13 uur

Van dezelfde auteur

Duivelspiek
Feniks
Onzichtbaar
7 dagen
Spoor
Orion
Cobra
Icarus

Deon Meyer

13 uur

A.W. Bruna Uitgevers

Thirteen Hours © 2008 Deon Meyer
First published in South Africa in Afrikaans by Human & Rousseau as *13 uur*
First published in Great Britain in English by Hodder & Stoughton in 2010
as *Thirteen Hours*
Oorspronkelijke titel
13 uur
Omslagbeeld
© plainpicture/Mark Owen (achtergrond)/
© planpicture/Demurez Cover Arts (vrouw)
Omslagontwerp
Studio Jan de Boer

ISBN 978 94 005 0631 2
NUR 305

Achter in dit boek is een woordenlijstje opgenomen van
Zoeloe- en Xhosawoorden.

Voor mijn broers, Bertus en Francois

05.36 uur – 07.00 uur

1

Om 05.36 uur rent ze de steile helling van de Leeuwenkop op, haar sportschoenen roffelen vinnig op het brede, onverharde pad.

Op dat moment vinden de vroege stralen van de zon haar als een zoeklicht tegen de berghelling. Ze is een toonbeeld van zorgeloze gratie. Van achteren gezien danst haar donkere vlecht tegen het rugzakje; haar nek steekt bruin verbrand af tegen het bleekblauw van haar T-shirt. Er straalt energie uit de ritmische stappen van haar lange benen in de denim short. Ze wekt een jonge, atletische indruk; levenslustig, gezond, geconcentreerd.

Totdat ze plotseling blijft staan en over haar linkerschouder kijkt. Dan verbrokkelt de illusie, want op haar gezicht staat angst te lezen. En uitputting.

Ze ziet niets van de indrukwekkende schoonheid van de stad in het zachte licht van de opkomende zon. Haar ogen zoeken wild en bang naar beweging in het struikgewas achter haar. Ze weet dat ze er zijn, maar niet hoe dichtbij. Haar adem jaagt, van inspanning, ontzetting en angst. De adrenaline en de verschrikkelijke drang om te leven dwingen haar om door te rennen, om vol te houden ondanks haar verzuurde benen, de brand in haar borst, de uitputting van een nacht zonder slaap en het gebrek aan richtinggevoel in een onbekende stad, een vreemd land, een ongenaakbaar werelddeel.

Voor haar splitst het pad zich. Haar instinct dwingt haar naar rechts, verder omhoog, naar de rotskoepel van de Leeuwenkop. Ze denkt niet na, ze heeft geen strategie, ze loopt blindelings, haar slanke armen als de zuigers van een machine die haar aandrijft.

Inspecteur Bennie Griessel slaapt.

Hij droomt dat hij met een grote tankwagen over de N1 rijdt, de helling tussen Plattekloof en Parow af, te hard, hij heeft de auto niet helemaal onder controle. Als zijn telefoon gaat, is de eerste schrille toon genoeg om hem met een kortstondig gevoel van opluchting naar de werkelijkheid terug te roepen. Hij doet zijn ogen open en kijkt op de wekkerradio. Het is 05.37 uur.

Hij zwaait zijn voeten uit het eenpersoonsbed, de droom al vergeten, en blijft even op de rand zitten, onbeweeglijk, als een man op de rand van een afgrond. Dan staat hij op en strompelt naar de deur, de houten trap af naar de woonkamer, waar hij gisteravond zijn mobiel heeft laten liggen. Zijn donkere haar, dat te lang niet meer is geknipt, zit in de war. Hij draagt alleen een verschoten rugbyshort. Zijn enige gedachte is dat een telefoontje om deze tijd van de ochtend slecht nieuws moet zijn.

Hij herkent het nummer op het scherm van zijn telefoon niet.

'Griessel.' Zijn stem laat hem in de steek, hees doordat het de eerste woorden van de dag zijn.

'Hé, Bennie, met Vusi. Sorry dat ik je wakker bel.'

Hij probeert zich te concentreren, zijn hoofd is nog wazig. 'Geeft niet.'

'We hebben een... lichaam.'

'Waar?'

'De St. Martinikerk, die Lutherse kerk boven aan de Langstraat.'

'In de kerk?'

'Nee, ze ligt buiten.'

'Ik ben er zo.'

Hij verbreekt de verbinding en haalt een hand door zijn haar.

'Ze,' had inspecteur Vusumuzi Ndabeni gezegd.

Vast gewoon een *bergie*, een dakloze. Die te veel van het een of ander heeft gezopen.

Hij legt de telefoon naast zijn nieuwe tweedehands laptop.

Als hij zich omdraait, nog niet helemaal wakker, stoot hij zijn scheenbeen tegen het voorwiel van de fiets die tegen zijn bank van de lommerd staat. Hij kan hem nog net opvangen voordat hij omvalt. Dan gaat hij de houten trap weer op. De fiets herinnert hem even aan zijn financiële problemen, maar daar wil hij nu niet aan denken.

In zijn slaapkamer trekt hij de korte broek uit en de muskusgeur van seks stijgt op van zijn onderlijf.

Fok.

De kennis van goed en kwaad bezwaart hem opeens. Samen met de gebeurtenissen van de vorige avond perst dat gevoel de laatste loomheid uit zijn hoofd.

Wat bezielde hem?

Hij gooit de broek met een beschuldigende boog op het bed en loopt de badkamer in.

Nijdig doet hij de klep van de wc omhoog, mikt en plast.

Plotseling is ze op het asfalt van de Seinheuvelweg en ziet een vrouw met een hond, honderd meter naar links. Haar mond vormt een uitroep, twee woorden, maar haar stem gaat verloren in het jagen van haar adem.

Ze rent naar de vrouw met de hond. Het is een groot beest, een ridgeback. De vrouw is een jaar of zestig, blank, met een grote roze zonnehoed, een wandelstok en een klein rugzakje.

De hond wordt opeens onrustig. Misschien ruikt hij haar angst, voelt hij de paniek in haar. Haar zolen kletsen tegen het asfalt wanneer ze vaart mindert. Drie meter van hen af blijft ze stilstaan.

'Help me,' zegt het meisje. Ze heeft een duidelijk accent.

'Wat is er?' Ongerustheid in de ogen van de vrouw. Ze doet een stap naar achteren. De hond gromt en trekt aan de riem, naar het meisje toe.

'Ze willen me vermoorden.'

De vrouw kijkt verschrikt om zich heen. 'Maar er is niemand.'

Het meisje kijkt over haar schouder. 'Ze komen eraan.'

Dan kijkt ze naar de vrouw en de hond en beseft dat het niets zal uithalen. Niet hier op de open berghelling. Niet tegen hen. Ze zou hen allemaal in gevaar brengen.

'Bel de politie. *Please*. Bel alstublieft de politie,' zegt ze en dan begint ze weer te lopen, eerst langzaam, met een onwillig lichaam. De hond rukt zich naar voren en blaft een keer. De vrouw trekt aan de riem.

'Maar waarom?'

'Please,' zegt ze en ze rent met zware voeten over het asfalt in de richting van de Tafelberg. 'Bel de politie.'

Als ze zeventig stappen verder is, kijkt ze even om. De vrouw staat er nog steeds, aan de grond genageld en verdwaasd.

Bennie Griessel trekt de wc door en vraagt zich af waarom hij dat van gisteravond niet heeft zien aankomen. Hij heeft het niet opgezocht, het is gewoon gebeurd. Jezus, hij hoeft zich niet schuldig te voelen, hij is ook maar een mens.

Maar hij is getrouwd.

Als je het tenminste een huwelijk kunt noemen. Van tafel en bed en woning gescheiden. Nee, verdomme, Anna kan niet alles hebben. Ze kan hem niet uit zijn eigen huis verdrijven en van hem verwachten dat hij twee huishoudens onderhoudt en dan ook nog willen dat hij zes maanden lang nuchter en celibatair blijft, fok.

Nuchter is hij tenminste wel. Honderdzesenvijftig dagen al. Dat is meer dan vijf maanden strijd tegen de fles, dag na dag, uur na uur, tot nu toe.

God, Anna mag er nooit achterkomen, dat van gisteravond. Niet nu. Minder dan een maand voordat hij zijn ballingschap heeft uitgezeten, de straf voor zijn gezuip. Als Anna het te weten komt, kan hij het wel schudden, dan is al dat geploeter en geworstel voor niets geweest.

Hij zucht en gaat voor het spiegelkastje staan om zijn tanden te poetsen. Hij bekijkt zichzelf. Het grijs bij de slapen, de rimpels naast zijn zwarte ogen, de Slavische trekken. Nooit een echte adonis geweest.

Hij doet het kastje open, haalt de borstel en de tandpasta eruit.

Wat zag ze in hem, die Bella? Gisteravond was er een moment geweest dat hij zich afvroeg of ze met hem naar bed ging omdat ze hem zielig vond, maar toen was hij te geil, te dankbaar voor haar zachte stem en haar grote borsten en haar mond. God, die mond, hij had iets met monden, daar was het hele probleem mee begonnen. Nee, het was begonnen met Lize Beekman, maar vertel dat maar eens aan Anna.

Jissis.

Bennie Griessel poetst snel zijn tanden, stapt onder de douche en draait de kranen open zodat hij de beschuldigende geuren van zijn lichaam kan wassen.

Het is geen bergie. Griessels hart slaat een slag over als hij over de scherpe punten van het kerkhek klimt en het meisje ziet liggen. De sportschoenen, de kaki short, het oranje topje en de vorm van haar benen en armen verraden dat ze jong is. Ze doet hem aan zijn dochter denken.

Hij loopt het geasfalteerde pad op, langs de hoge palmen en dennen en langs een geel bordje met EIGEN TERREIN. PARKEREN OP EIGEN RISICO naar de plek waar ze op datzelfde asfalt ligt, links van het fraaie grijze kerkgebouw.

Hij kijkt op naar de volmaakte ochtend. Helder, bijna geen wind, alleen een vage bries die verse zeelucht de berg op voert. Dit is geen moment voor de dood.

Vusi staat naast haar, bij Dik en Dun van Forensisch, een politiefotograaf en drie mannen in het uniform van de SAPS, de *South African Police Service*. Achter Griessel, op de stoep van de Langstraat, staan nog meer uniformen, minstens vier, heel gewichtig in het witte overhemd met zwarte epauletten van Metro, de gemeentepolitie. Samen met een kluitje omstanders leunen ze met hun armen op het hek en kijken naar de stille figuur.

'Morgen, Bennie,' zegt Vusi Ndabeni op zijn rustige manier. Hij is even lang als Griessel, maar lijkt kleiner; slank en verzorgd, scherpe naad in de zwarte broek, spierwit overhemd met das, glimmende schoenen. Zijn kroeshaar is kort en hoekig geknipt, het sikje onberispelijk bijgewerkt. Hij heeft chirurgische handschoenen aan. Griessel heeft hem afgelopen donderdag voor het eerst ontmoet, samen met de vijf andere rechercheurs die hij het komende jaar moet 'mentoreren'. Dat is het woord dat John Afrika, districtschef Recherche en Criminele Inlichtingendienst, gebruikte. Maar toen Griessel alleen in Afrika's kantoor aan de Alfredstraat zat, was het: 'We zitten in de shit, Bennie. We hebben de zaak-Lotz verkloot en nu zegt de top dat we hebben zitten slapen in de Kaap, we moeten onze vingers uit onze neus halen, maar wat kan ik doen? Ik ben mijn beste mensen kwijt en die nieuwelingen kunnen nog niets, het zijn groentjes. Kan ik op je rekenen, Bennie?'

Een uur later, in de grote vergaderzaal van de commissaris, met zes van zijn beste 'nieuwe' mensen, die naast elkaar op grijze dienststoelen zaten en niet erg onder de indruk leken, verzachtte John Afrika de boodschap: 'Bennie zal jullie mentor zijn. Hij zit al 25 jaar bij het korps, hij zat al bij de voormalige afdeling Moord en Roof toen de meesten van jullie nog op de lagere school zaten. Wat hij al vergeten is, moeten jullie nog leren. Maar jullie moeten één ding goed begrijpen: hij is er niet om je werk voor je te doen. Hij is je raadsman, je klankbord. En je mentor. Het woordenboek zegt...' de commissaris wierp even een blik op zijn aantekeningen, '... *een oudere, wijze vriend, die je met goede raad terzijde staat.* Dat is de reden waarom ik hem aan de Provinciale Taskforce heb toegevoegd. Want Bennie is ouder en wijzer, en je kunt hem vertrouwen, want ik kan hem vertrouwen. Er gaat te veel kennis verloren, er komen te veel nieuwe mensen bij en we hoeven niet elke keer het wiel opnieuw uit te vinden. Leer van hem. Jullie zijn zorgvuldig geselecteerd; er zijn er niet veel die deze kans krijgen.'

Griessel bekeek hun gezichten. Vier slanke zwarte mannen, een dikke zwarte vrouw en een breedgeschouderde kleurling, allemaal begin dertig. Er was niet veel te merken van spontane dankbaarheid, behalve bij Vusumuzi ('maar iedereen noemt me Vusi') Ndabeni. De gekleurde rechercheur, Fransman Dekker, was openlijk vijandig. Maar Griessel was al gewend aan de onuitgesproken gevoelens bij de nieuwe SAPS. Hij stond naast John Afrika en zei tegen zichzelf dat hij dankbaar moest zijn dat hij nog een baan had na het ontbinden van de Eenheid Ernstige en Geweldsmisdrijven, en dat hij en Mat Joubert, zijn voormalige chef, niet achter een bureau waren gezet zoals de meesten van hun collega's.

De nieuwe structuur die niet nieuw is, het is verdomme precies hetzelfde liedje als dertig jaar geleden: rechercheurs achter bureaus, want zo doen ze het tegenwoordig in het buitenland dus nu moet de SAPS het ook zo doen. Maar hij heeft tenminste nog werk en Joubert heeft hem voorgedragen voor bevordering. Als zijn geluk blijft aanhouden, als ze verder kunnen kijken dan zijn drankverleden, de positieve discriminatie en alle politieke shit, hoort hij vandaag of hij het tot hoofdinspecteur heeft geschopt.

Hoofdinspecteur Bennie Griessel. Dat klinkt lekker. En hij kan de loonsverhoging goed gebruiken. Heel goed.

'Morgen, Vusi,' zegt hij.

'Ha, Bennie,' groet Jimmy, de lange, magere witjas van Forensisch. 'Ik hoor dat ze je tegenwoordig "The Oracle" noemen.'

'Zoals dat wijf uit *The Lord of the Rings*,' zegt Arnold, de kleine dikke. Samen staan ze in Kaapse politiekringen bekend als Dik en Dun, meestal in de uitgekauwde grap 'Forensisch staat je bij door Dik en Dun'.

'*The Matrix*, sukkel,' zegt Jimmy.

'Doet er niet toe,' zegt Arnold.

'Morgen,' zegt Griessel. Hij wendt zich naar de uniformen onder de boom en haalt diep adem om tegen hen te zeggen: dit is een plaats delict, rot op naar de andere kant van de muur, als hij zich herinnert dat het Vusi's zaak is; hij moet zijn mond houden en voor mentor spelen. Hij werpt de uniformen een vernietigende blik toe, zonder het minste effect, en draait zich om naar het lijk.

Het meisje ligt op haar buik, haar hoofd van de straat afgekeerd. Haar blonde haar is heel kort. Op haar rug twee korte, horizontale snijwonden, symmetrisch links en rechts op de schouderbladen. Maar de gewelddadige snee door haar keel, diep genoeg om de slokdarm bloot te leggen, is de doodsoorzaak. Haar gezicht, borst en schouders liggen in een grote plas bloed. De geur van de dood is al aanwezig, bitter als koper.

'Jissis,' zegt Griessel, want al zijn angsten en weerzin golven in hem op en hij moet langzaam en rustig ademhalen, zoals dokter Barkhuizen hem heeft geleerd. Hij moet afstand nemen, *hij moet het niet internaliseren.*

Even doet hij zijn ogen dicht. Dan kijkt hij weer omhoog, naar de bomen. Hij zoekt objectiviteit, maar dit is een verschrikkelijke manier om dood te gaan. Zijn geest wil hem de gebeurtenis laten zien zoals die zich heeft afgespeeld, het mes dat flitsend en spekglad diep door haar weefsel snijdt.

Hij staat snel op en doet of hij om zich heen kijkt. Dik en Dun bekvechten ergens over, zoals gewoonlijk. Hij probeert te luisteren.

God, ze is zo jong. Achttien, negentien?

Hoe gek moet je zijn om zo'n kind de keel door te snijden? Hoe pervers?

Hij dwingt de beelden uit zijn hoofd en denkt aan de feiten, de gevolgen. Ze is blank. Dat betekent problemen. Dat betekent media-aandacht, en weer het hele circus van beschuldigingen van de 'misdaad-die-uit-dehand-loopt'. Dat betekent grote druk en lange uren en te veel mensen met een vinger in de pap en iedereen die alleen zijn eigen reet wil redden. Hij heeft geen zin meer in die dingen.

'Problemen,' zegt hij zacht tegen Vusi.

'Weet ik.'

'De uniformen kunnen beter achter de muur blijven.'

Ndabeni knikt en loopt naar de uniformen toe. Hij vraagt hun om met een omweg, achter de kerk langs, weg te gaan. Ze reageren traag, want ze willen deel uitmaken van het gebeuren. Maar ze gaan.

Vusi komt bij hem staan met een notitieblok en pen in de hand. 'Alle hekken zijn dicht. Er is een toegangshek voor auto's aan de andere kant, bij het kantoor van de kerk, en het hoofdhek hier voor het gebouw. Ze moet over de omheining zijn geklommen; dat is de enige manier om hier binnen te komen.' Vusi praat te snel. Hij wijst met zijn vinger naar een kleurling die aan de andere kant van de muur op de stoep staat. 'Die man daar... James Dylan Fredericks, heeft haar gevonden. Hij is bedrijfsleider van Kauai Health Foods in de Kloofstraat. Hij zegt dat hij altijd met de Golden Arrow-bus uit Mitchells Plain komt en vanaf de halte gaat lopen. Hij kwam hier om vijf over vijf langs en zag iets. Hij is over het hek geklommen, maar toen hij het bloed zag, is hij teruggegaan en heeft bureau Caledonplein gebeld, want dat nummer heeft hij onder een sneltoets, voor de winkel.'

Griessel knikt. Hij vermoedt dat Ndabeni zenuwachtig wordt van zijn aanwezigheid, alsof hij hier is om de zwarte man te evalueren. Dat zal hij moeten rechtzetten.

'Ik zal tegen Fredericks zeggen dat hij kan gaan, we weten waar we hem kunnen vinden.'

'Het is goed, Vusi. Je hoeft niet... ik waardeer het dat je me de details geeft, maar ik wil niet dat je... je weet wel...'

Ndabeni raakt Griessels arm aan, alsof hij hem gerust wil stellen. 'Het is oké, Bennie. Ik wil leren.'

Vusi zwijgt even. Dan voegt hij eraan toe: 'Ik wil dit niet verknallen, Bennie. Ik heb vier jaar in Khayelitsha gezeten en ik wil niet terug. Maar dit is mijn eerste... blanke.' Voorzichtig, alsof het een racistische opmerking kan zijn. 'Dit is een andere wereld.'

'Dat is het zeker.' Griessel is niet goed in dit soort dingen, altijd onzeker over de juiste, politiek correcte woorden. Vusi redt hem: 'Ik heb gevoeld of er iets in haar broekzakken zat. Een ID of zo. Maar er zit niets in. Nu is het wachten alleen nog op de patholoog.'

Ergens in de bomen kwettert schril een vogel. Naast hen landen twee duiven, die onmiddellijk op de grond beginnen te pikken. Griessel kijkt rond. Op het kerkterrein staat een auto, een witte Toyota-minibus, die aan de zuidkant bij een twee meter hoge bakstenen muur geparkeerd staat. Het woord *Adventure* is met rode letters op de zijkant geschilderd.

Ndabeni volgt zijn blik. 'Ze parkeren hier waarschijnlijk voor de veiligheid,' en hij gebaart naar de hoge muren en gesloten hekken. 'Ik geloof dat ze een kantoor in de Langstraat hebben.'

'Dat zou kunnen.' De Langstraat is het hoofdkwartier van het rugzaktoerisme in de Kaap; jonge mensen, studenten uit Europa, Australië en Amerika, die goedkoop onderdak en avontuur zoeken.

Griessel hurkt weer bij het lichaam, maar zo dat haar gezicht van hem afgewend ligt, want hij wil niet naar de verschrikkelijke wond of haar fijne trekken kijken.

Laat het alsjeblieft geen buitenlandse zijn, denkt hij.

Want dan loopt de boel echt uit de hand.

2

Ze was het Kloofnekpad afgerend en even besluiteloos blijven staan. Ze wilde rusten, ze wilde op adem komen en proberen de angst onder controle te krijgen. Ze moest een beslissing nemen: rechts, van de stad af, naar wat volgens de wegwijzer *Camps Bay* heet en wat er nog meer aan die kant van de berg lag, of links, min of meer terug naar waar ze vandaan was gekomen. Haar instinct zei rechts, weg, verder weg van haar achtervolgers en van de verschrikkelijke gebeurtenissen van die nacht.

Maar dat is wat ze zouden verwachten, dat is wat haar dieper het onbekende in zou voeren, verder weg van Erin, en ze was linksaf gegaan, zonder verder na te denken, haar sportschoenen sloegen luid tegen het dalende asfalt. 400 meter was ze aan de rechterkant van de tweebaansweg gebleven en toen rechts afgeslagen, een steenachtige helling af gestruikeld, een veldje over, naar de normaalheid van Higgovale, een woonwijk hoog tegen de berg. Grote, dure huizen met afgesloten tuinen en hoge muren. Haar hoop was opgevlamd; hier zouden mensen zijn die iets konden doen, die een schuilplaats, bescherming en hulp konden bieden.

De hekken waren dicht, elk huis een fort, de straten verlaten, zo vroeg op de ochtend. De weg kronkelde steil tegen de berg op, haar benen wilden niet meer, en toen zag ze het open hek van het huis rechts van haar. Haar hele wezen snakte naar rust. Ze keek over haar schouder, er was niemand. Ze schoot het hek door. Een korte, steile oprit, een garage en een afdak. Rechts dichte struiken tegen de hoge muur; links het huis, achter een ijzeren traliehek en een gesloten poort. Ze kroop tussen de struiken tot bij de gepleisterde muur, helemaal achterin, waar ze onzichtbaar zou zijn vanaf de weg.

Ze was eerst op haar hurken gezakt, met haar rugzak tegen de muur. Ze liet doodmoe haar hoofd hangen en sloot haar ogen. Toen was ze verder gezakt, totdat ze op haar billen zat. Ze wist dat het vocht van de bakstenen en de rottende bladeren vlekken zouden maken op haar blauwe denim short, maar het kon haar niet schelen. Het enige wat ze wilde was uitrusten.

Opeens heeft ze weer de scène voor ogen die zich meer dan zes uur geleden in haar hoofd heeft vastgezet. Haar lichaam schokt van angst en ze doet haar ogen open, want ze kan daar nu niet aan denken. Het is te... alles. Door het gordijn van diepgroene bladeren en grote felrode bloemen ziet ze een auto onder het afdak staan en daar concentreert ze zich nu op. Een vreemde vorm, slank en elegant, niet nieuw. Wat zou het zijn? Op die manier probeert ze haar aandacht van de terreur in haar hoofd af te leiden. Haar adem gaat weer regelmatig, maar haar hart niet. Uitputting drukt als een dood gewicht op haar, maar ze verzet zich; ze kan zich die luxe nog niet veroorloven.

Om 06.27 uur hoort ze rennende voetstappen in de straat, van meer dan één persoon, uit dezelfde richting als waar zij vandaan is gekomen, en haar hart slaat weer over.

Ze hoort hoe ze naar elkaar roepen buiten op straat in een taal die ze niet verstaat. De voetstappen vertragen en houden stil. Ze schuift iets naar voren, zoekt een opening tussen de bladeren om doorheen te kunnen zien en kijkt strak naar het open hek. Een van hen staat daar, nauwelijks zichtbaar, mozaïekstukken die laten zien dat hij zwart is.

Ze zit doodstil.

Ze ziet het mozaïek bewegen. Hij loopt het hek binnen, geluidloos op zijn sportschoenzolen. Ze weet dat hij de verstopplekken, het huis en de auto onder het afdak zal afzoeken met zijn ogen.

De vage vorm halveert. Bukt hij zich? Zodat hij onder de auto kan kijken?

De stukjes waaruit hij gevormd is verdubbelen, de omtrek wordt groter, hij komt dichterbij. Kan hij haar zien, hier helemaal achterin?

'Hé!'

Ze schrikt van de stem, een mokerslag in haar borst, ze weet niet of ze op dat moment heeft bewogen.

De donkere figuur verwijdert zich, maar zonder haast.

'Wat moet je?' De stem komt vanaf het huis, boven. Iemand praat tegen de zwarte man.

'Niks.'

'Sodemieter op.'

Geen antwoord. Hij staat stil, en komt dan kalm, langzaam in beweging totdat zijn verbrokkelde vorm door de bladeren verdwijnt.

De twee rechercheurs doorzoeken het kerkterrein vanaf de zuidkant. Vusi begint vooraan, bij de grens met de Langstraat en het puntige, barokke hek, en Griessel achter, bij de hoge bakstenen muur. Hij loopt langzaam, stap voor stap, hoofd omlaag, zijn ogen gaan heen en weer. Het lukt hem slecht zich te concentreren, hij heeft een ongemakkelijk gevoel, iets ongrijpbaars, vaag en vormeloos. Maar hij moet zich hierop richten, op de kale grond, de graspollen, de boomstammen, de stukken asfalt. Hij bukt zich van tijd tot tijd om iets op te pakken en in zijn vingers te houden: de dop van een bierflesje, twee ringetjes van frisdrankblikjes, een verroeste metalen wisser, een leeg wit plastic zakje.

Hij loopt tot achter de kerk, waar het straatgeluid opeens gedempt is. Hij kijkt omhoog naar de toren. Er staat een kruis op de punt. Hoe vaak is hij hier al langsgereden, en nooit heeft hij goed gekeken. Het kerkgebouw is mooi, een architectonische stijl waarvan hij de naam niet weet. De tuin is goed onderhouden, de grote palmen, dennen en oleanders, hoeveel jaar geleden zijn ze geplant? Hij loopt achter het kantoorgebouwtje langs en dan is het geluid van de straat weer terug. In de noordhoek van het terrein blijft hij staan en kijkt de Langstraat in. Dit is nog de oude Kaap, de gebouwen zijn semivictoriaans, de meeste met maar één verdieping, nu in felle kleuren geschilderd, waarschijnlijk om ze aantrekkelijk te maken voor jongeren.

Waar komt die vage onrust in hem vandaan? Het komt niet door gisteravond. Het komt ook niet door dat andere, waar hij al twee, drie weken omheen draait, dat met Anna en weer bij haar intrekken en of dat ooit zal lukken.

Is het de mentorkwestie? Op de plaats van een moord komen en wel mogen kijken, maar nergens aan mogen komen? Het zal hem zwaar vallen, dat weet hij nu al.

Of misschien moet hij alleen iets eten.

Hij kijkt in zuidelijke richting, naar de kruising met de Oranjestraat. Nog voor zevenen op een dinsdagochtend en het is druk op straat met auto's, bussen, taxi's, scooters en voetgangers. Het energieke gewoel dat bij half januari hoort: de scholen gaan weer beginnen, de feestdagen zijn voorbij, vergeten. Op de stoep is het kluitje ramptoeristen aangegroeid tot een kleine meute. Er zijn nu ook twee persfotografen, cameratas over de schouder, lange lens als wapen in de aanslag. Hij kent een van hen, een drinkmaatje uit zijn zuipdagen, die jaren voor de *Cape Times* heeft gewerkt en nu voor een tabloid op sensatie jaagt. Op een avond in de Fireman's Arms had hij gezegd: als je de politie en de media een week op Robbeneiland opsluit, gaan alle drankhandelaren van Kaapstad op de fles.

Hij ziet een fietser die behendig door het verkeer laveert, een racefiets met onmogelijk dunne wielen, de fietser in een strak zwart broekje, felgekleurd shirt, schoenen en valhelm. De klojo heeft zelfs handschoenen aan. Zijn ogen volgen de fiets tot voorbij het verkeerslicht van de Oranjestraat, en hij weet dat hij er nooit zo belachelijk wil uitzien. Hij voelt zich al stom genoeg met die pispothelm op zijn kop. Hij zou die niet eens gedragen hebben als hij hem niet bij de fiets had gekregen.

Dokter Barkhuizen, zijn sponsor bij de AA, was erover begonnen.

Griessel had gefrustreerd tegen de dokter gezegd dat de trek in een borrel niet minder werd, de eerste drie maanden waren allang voorbij, de zogenaamde crisisperiode, en zijn behoefte was nog even groot als op de eerste dag. De dokter had het één-dag-tegelijk-motto aangehaald, maar toen Griessel zei dat hij meer nodig had dan dat, had de dokter gezegd: 'Je moet afleiding zoeken; wat doe je 's avonds?'

's Avonds? Een politieman heeft helemaal geen 's avonds. En als hij wonder boven wonder toch vroeg thuiskwam, schreef hij aan zijn dochter Carla, of stopte hij een van zijn vier cd's in de computer, pakte de basgitaar en speelde mee.

'Ik heb 's avonds van alles te doen, dokter.'

'En 's ochtends?'

'Soms ga ik wandelen in het park. Daar boven bij het reservoir.'

'Hoe vaak?'

'Weet ik niet. Af en toe. Een keer per week, misschien minder...'

Het probleem met de dokter is dat hij welbespraakt is. En geestdriftig. Over alles. Een van die positieve het-glas-is-halfvoltypes die niet rusten voordat ze jou ook geïnspireerd hebben. 'Ik ben een jaar of vijf geleden begonnen met fietsen, Bennie. Mijn knieën houden niet van joggen, maar een fiets is vriendelijk voor de ledematen van een oude man. Ik ben kalm begonnen, vijf, zes kilometer per dag. En toen kreeg het me te pakken, want het is lekker. De frisse lucht, de geur, de zon, je voelt de hitte en de kou, je ziet dingen vanuit een ander perspectief, want je beweegt in je eigen tempo, het is alsof de wereld tot rust komt. Je hebt tijd om na te denken.'

Na de derde toespraak van de dokter begon hij enthousiast te worden en eind oktober ging hij op zoek naar een fiets. Op zijn gebruikelijke manier: Bennie 'Koopjesjager' Griessel, zoals zijn tienerzoon Fritz hem goedmoedig spottend noemt. Eerst ging hij de prijs van nieuwe fietsen bekijken in de winkels en hij ontdekte twee dingen: dat ze belachelijk duur zijn en dat hij meer van de bonkige mountainbikes hield dan van dat magere glimmende racegedoe. Daarna was hij bij de lommerd gaan kijken, maar daar was het allemaal afgeragd, goedkoop spul, dat zelfs nieuw al rotzooi is. Vervolgens had hij op internet gezocht, en daar vond hij de advertentie: bloemrijke taal over een Giant Alias, 27 versnellingen, superlicht aluminium frame, Shimano-shifter en -schijfremmen, gratis zadeltasje met gereedschap en gratis valhelm. 'Een maand oud, oorspronkelijke prijs 7.500 rand, *upgrading to DH*', wat, zoals de eigenaar hem later aan de telefoon uitlegde, voor *Downhill* staat, alsof hij dan wél wist wat het betekende. En toen had hij gedacht: wat de fok, 3.500 rand is een superaanbieding, en wat had hij de afgelopen zes maanden, nadat zijn vrouw hem het huis uit had geschopt, nou voor zichzelf gekocht? Niets. Alleen het bankstel bij het pandjeshuis van Mohammed 'Love Lips' Faizal in Maitland. En de koelkast. En de basgitaar die hij Fritz met kerstmis wilde geven, ook een koopje bij Faizal, waar hij toevallig in september al tegenaan was gelopen. Dat was alles. Noodzakelijke spullen. De laptop telde niet mee, want hoe zou hij anders contact moeten houden met Carla?

Toen dacht hij nog niet aan Kerstmis en alle uitgaven die eraan kwamen. Hij pingelde nog eens tweehonderd rand van de fiets af, nam het geld op, kocht het ding en begon 's ochtends te fietsen. In zijn oude rugbybroek, T-shirt en sandalen, en met die stomme valhelm op. Hij kwam erachter dat hij niet in de ideale buurt woont om te fietsen. Zijn huis staat halverwege de helling van de Tafelberg. Als je naar zee rijdt, moet je terug tegen de berg op. Of je kunt eerst naar boven rijden, in de richting van Kloofnek, om later van de afdaling te genieten, maar lijden zul je. Na een week had hij het bijna opgegeven. Totdat dokter Barkhuizen hem het vijfminutenadvies gaf.

'Dat is mijn strategie, Bennie. Als ik geen zin heb, zeg ik tegen mezelf: "Ik hoef maar vijf minuten." Als ik dan niet verder wil, draai ik om en ga terug.'

Hij probeerde het en is niet één keer omgedraaid. Als je eenmaal bezig bent, ga je door. En eind november werd het ineens lekker. Inmiddels heeft hij een route gevonden die hij leuk vindt: net na zes uur 's ochtends de St. Johnsstraat af, clandestien door de Kompanjiestuin, voordat de overijverige beveiligers hun dienst beginnen. Dan neemt hij de Adderleystraat, zwaait naar de bloemenverkopers in de Goue Akker die hun voorraad van hun pick-ups laden en rijdt naar het eind van de Duncanstraat bij de haven, om te zien wat voor schepen er vandaag aan de kade liggen. Dan fietst hij langs de Waterkant naar Groenpunt en helemaal langs zee tot aan het zwembad bij Seepunt. Hij kijkt naar de zee en de berg en de mensen: de mooie, jonge, joggende vrouwen met hun lange, zongebruinde benen en wippende borsten, gepensioneerden die doelgericht wandelen, moeders met baby's in wandelwagentjes en andere fietsers die hem groeten, ondanks zijn primitieve outfit. En dan draait hij om en rijdt terug, zestien kilometer in totaal, en hij voelt zich goed. Over zichzelf. Over de stad, waarvan hij zo lang alleen de onderbuik heeft gezien. En over zijn slimme aankopen.

Totdat zijn zoon, Fritz, twee weken voor Kerstmis op bezoek kwam en zei nee, hij had besloten dat de bas het niet meer was voor hem, hij wilde gitaar spelen. '*Leadguitar*, pa, *jissie*, pa, we hebben vrijdagavond Zinkplaat gezien, en je hebt die leadgitarist, Basson Laubscher, heftig, pa. Moeiteloos. Geniaal. Dat is mijn droom, pa.'

Zinkplaat.

Hij wist niet eens van het bestaan van die band.

En dat nadat Griessel al bijna twee maanden lang de basgitaar als kerstcadeau voor Fritz verborgen had gehouden. Toen moest hij weer met Hot Lips Faizal gaan praten, die op zo'n korte termijn maar één gitaar had, een fokking Fender, zowat splinternieuw en even duur. En alles wat hij aan Fritz geeft, moet hij ook aan zijn dochter Carla in Londen sturen, dus gaat hij financieel het schip in, want Anna laat hem alimentatie betalen als een gescheiden man en de manier waarop ze die berekent is hem duister. Hij heeft sterk het vermoeden dat hij wordt uitgeknepen, dat hij wordt misbruikt, want ze verdient goed op het advocatenkantoor. Maar als hij zijn mond opendoet, zegt zij: 'Je had ook geld voor drank, Bennie, dat was nooit een probleem...'

Het morele gelijk. Dat heeft zij en hij niet. Daarom moet hij betalen. Het maakt deel uit van zijn straf.

Maar dat is niet wat nu aan hem knaagt.

Griessel zucht en loopt door, terug naar de plek van de moord. En als hij zich concentreert op de aangroeiende massa omstanders die in bedwang zal moeten worden gehouden, herkent hij plotseling de nieuwe onrust in hem.

Het heeft niets te maken met seks, financiën of honger. Het is een voorgevoel. Alsof de dag onheil zal brengen.

Hij schudt zijn hoofd. Hij heeft zich nooit iets van dat soort onzin aangetrokken.

De Metro-agenten steken ijverige handen uit om een jonge, gekleurde vrouw in een witte jas over de scherpe punten van het hek te helpen. Ze pakt haar tas, knikt om te bedanken en loopt naar Griessel en Ndabeni toe. Ze kennen haar niet.

'Tiffany October,' zegt ze en ze steekt een kleine hand uit naar Bennie. Hij ziet dat die een beetje trilt. Ze heeft een bril op met een dun zwart montuur. Onder de make-up zijn sporen van acne te zien. Ze is slank, tenger onder de witte jas.

'Bennie Griessel,' zegt hij en wijst naar de rechercheur naast hem. 'Dit is inspecteur Vusumuzi Ndabeni. Het is zijn delict.'

'Zeg maar Vusi.'

'Aangenaam kennis te maken,' antwoordt ze en ze schudt de zwarte rechercheur de hand.

Ze kijken haar vragend aan. Ze snapt het meteen: 'Ik ben de forensisch patholoog.'

'Bent u nieuw?' vraagt Vusi na een ongemakkelijke stilte.

'Het is mijn eerste solo.' Tiffany October glimlacht zenuwachtig. Dik en Dun van Forensisch komen nieuwsgierig dichterbij om kennis te maken. Ze schudt beiden hoffelijk de hand.

'Zijn jullie klaar?' vraagt Griessel ongeduldig.

'We moeten het pad en de muur nog doen,' zegt Jimmy, de magere. Hij kijk naar zijn kleinere collega. 'Bennie is geen ochtendmens.'

Griessel negeert hen. Altijd wat te mekkeren.

Tiffany October kijkt naar het lichaam.

'Ai,' zegt ze.

De rechercheurs zwijgen. Ze kijken alleen naar haar terwijl ze haar tas openmaakt, handschoenen tevoorschijn haalt en bij het meisje neerknielt.

Vusi komt dichterbij. 'Bennie, ik heb de fotograaf gevraagd om foto's te maken waarop geen... schade te zien is. Van haar gezicht. Ik wil ze laten zien hier in de Langstraat. We moeten haar identificeren. Misschien de foto's ook aan de media geven.'

Griessel knikt. 'Goed idee. Maar je moet de fotograaf achter zijn broek zitten. Ze zijn traag.'

'Zal ik doen.' Ndabeni bukt zich naar de patholoog. 'Dokter, kunt u bij benadering zeggen hoelang ze al dood is?'

Tiffany October kijkt niet op. 'Het is nog te vroeg...'

Griessel vraagt zich af waar professor Phil Pagel, de chef patholoog, vanochtend is. Als Pagel daar had gezeten zou hij hun een indicatie hebben gegeven van het tijdstip van overlijden met een marge van een halfuur. Hij zou een vinger in de bloedplas hebben gedoopt, zou hier wat hebben gevoeld en daar wat in het lijk hebben gepord, en zou hebben gezegd dat de kleine spiertjes wezen op de eerste rigor mortis en dat hij dacht dat ze zo ongeveer zoveel uur dood was. Hij zou dat later wel bevestigen. Maar Tiffany October heeft niet de ervaring van Pagel.

'Geef ons dan een ruwe schatting,' zegt Griessel.

'Dat kan ik echt niet.'

Ze is bang om fouten te maken. Griessel loopt naar Vusi en praat zacht in zijn oor zodat ze het niet kan horen. 'Ze ligt er al lang, Vusi. Het bloed is al zwart.'

'Hoelang?'

‘Dat weet ik niet. Vier uur... misschien meer. Vijf.’

‘Oké. Dan moeten we opschieten.’

Griessel knikt. ‘Zorg dat je die foto’s snel krijgt. En praat met die lui van Metro, Vusi. Ze hebben videocamera’s om toezicht te houden op straat. Ook in de Langstraat. Laten we hopen dat die goed hebben gewerkt, afgelopen nacht. De controlekamer zit in de Waalstraat. Misschien is daar iets...’

‘Dank je, Bennie.’

Ze valt in slaap, tegen de muur achter de struiken.

Ze wilde alleen even uitrusten. Ze had haar ogen gesloten, was met haar rugzak tegen de muur gezakt, haar benen voor zich uitgestrekt. Ze wilde alleen heel even aan de uitputting en spanning proberen te ontsnappen. De gebeurtenissen van die nacht waren demonen in haar hoofd. Om ze te verbannen dacht ze aan haar ouders, hoe laat het thuis zou zijn, maar de berekening van tijdzones was te ingewikkeld voor haar. Als het ’s ochtends vroeg was in West Lafayette, zou haar vader achter de krant, de *Journal & Courier* zitten en zijn hoofd schudden over Joe Tiller, de footballcoach van Purdue. Haar moeder zou te laat zijn, zoals altijd, haar hakken die de trap af kletterden, te haastig, de versleten bruinleren tas over haar schouder. ‘Ik ben laat, ik ben laat, hoe kan ik nou weer te laat zijn?’ Haar vader zou de krant laten zakken, ‘Het is een raadsel, lieve,’ zeggen en vader en dochter zouden hun rituele glimlach over de keukentafel wisselen.

Die routine, die geborgenheid, die veiligheid van haar ouderlijk huis overweldigen haar met een verschrikkelijk verlangen en ze wil ze bellen, op dat moment, hun stem horen, tegen ze zeggen hoeveel ze van hen houdt. Ze voert het denkbeeldige gesprek met haar vader, die zacht en rustig antwoordt, tot de slaap haar overmant.

3

Dokter Tiffany October roept hem. 'Inspecteur...'

'Ja?'

'Ik kan een beetje speculeren...'

Griessel vraagt zich af of ze hem daarnet gehoord heeft.

'Alle beetjes helpen...'

'Ik denk dat ze hier is vermoord, ter plekke. Het bloedpatroon wijst erop dat hij haar keel heeft doorgesneden terwijl ze hier lag. Ik denk dat hij haar tegen de grond heeft gehouden, op haar buik, en toen heeft gesneden. Er zijn geen spatsporen die erop wijzen dat ze stond.'

'O.' Tot die conclusie was hij zelf ook al gekomen.

'En deze twee sneden.' Ze wijst naar de twee sneden op de schouderbladen van het meisje.

'Ja?'

'Die zien eruit of ze post mortem zijn gemaakt.'

Hij knikt.

'Dit lijken vezels.' Dokter October peutert met een klein pincet voorzichtig in de rugwonden. 'Synthetisch materiaal, een donkere kleur, heel anders dan haar kleren.'

Ndabeni kijkt naar het forensische tweetal dat nu gebukt het pad af loopt, hoofden bij elkaar, zoekende ogen, monden altijd in beweging. 'Jimmy,' roept hij, 'we hebben hier iets voor jullie.' Dan hurkt hij naast de patholoog.

Ze zegt: 'Ik denk dat hij iets van haar rug heeft gesneden. Zoals een rugzak, u weet wel, de twee schouderbanden.'

Jimmy knielt naast hen. Tiffany October wijst hem op de vezels. 'Ik wacht wel even tot jullie ze allemaal hebben.'

'Oké,' zegt Jimmy. Hij en zijn collega halen instrumenten tevoorschijn om de vezels te verzamelen. Ze zetten hun gesprek voort alsof er geen onderbreking is geweest: 'Ik zeg je dat het Amore is.'

'Het is niet Amore, het is Amor,' zegt de dikke Arnold en hij haalt een doorzichtig plastic zakje uit zijn tas. Hij houdt het open.

'Waar hebben jullie het over?' vraagt Vusi.

'De vrouw van Joost.'
'Joost wie?'
'Van der Westhuizen.'
'Wie is dat?'
'De rugbyspeler.'
'Hij was captain van de Springbokken, Vusi.'
'Ik ben meer van voetbal.'
'Hoe dan ook, zij heeft een enorm stel...' Arnold gebaart met zijn handen om grote borsten aan te duiden. Tiffany October kijkt de andere kant op, beledigd. 'Het is gewoon een feit,' zegt Arnold verdedigend.
Jimmy trekt de vezels voorzichtig met een pincet uit de wonden van het meisje. 'Ze heet Amore,' zegt hij.
'Het is Amor, echt waar. Dus die kerel klimt op het podium waar ze staat...'
'Welke kerel?' vraagt Vusi.
'Weet ik veel, zo'n kerel die bij een van haar shows was. En hij grijpt de microfoon en zegt: "Je hebt de mooiste tieten in de hele business," dat zei hij tegen Amor en toen had Joost gigantisch de pest in.'
'Shows? Geeft ze shows?' vraagt Griessel.
'Jezus, Bennie, lees jij de *Huisgenoot* niet? Ze is zangeres.'
'Dus Joost grijpt die kerel na afloop en zegt: "Ik wil niet dat je zo over mijn vrouw praat," en die kerel zegt tegen hem: "Maar ze heeft echt mooie tieten"...' Arnold lacht uitbundig. Jimmy hikt mee. Tiffany October loopt geërgerd naar de muur.
'Wat is er?' zegt de kleine als verontschuldiging tegen haar. 'Het is waar gebeurd.'
'Je kunt het beter "borsten" noemen,' zegt Jimmy.
'Maar dit is wat die kerel zei.'
'Hoe komt het dat Joost hem geen dreun heeft verkocht?'
'Dat zou ik ook wel willen weten. Hij heeft Jonah Lomu getackeld tot het spuug in het rond vloog, hij rijdt dwars door een slagboom heen als hij de pest in heeft, maar een kerel die het over de t... borsten van zijn vrouw heeft, slaat hij niet.'
'Laten we wel wezen, zou hij ermee wegkomen voor de rechter? De advocaat van die kerel neemt een stapel *Huisgenoten* en zegt: "Edelachtbare, kijk dan, op elke foto kunt u haar bewijsstukken zien, van Pramberg tot aan Koekenaap." Dan moet een man toch weten dat kerels over de goederen van je vrouwtje gaan praten alsof ze van hen zijn.'
'Is waar. Maar ik zweer je, het is Amor.'
'Nooit niet.'

'Jij denkt aan Amore Bekker, de dj.'

'Nee, dat is niet waar. Maar één ding kan ik je wel vertellen: ik zou mijn vrouw nooit zo laten rondlopen.'

'Jouw vrouw heeft niet de mooiste tieten uit de business. Wie ze breed heeft, laat ze breed hangen.'

'Zijn jullie klaar?' vraagt Bennie.

'We moeten het pad nog afmaken en de muur doen,' zegt Jimmy en staat op. Vusi roept de fotograaf. 'Hoe snel kan ik de foto's van haar gezicht hebben?'

De fotograaf, een jongen met lang krulhaar, haalt zijn schouders op. 'Ik zal zien wat ik kan doen.'

Geef hem op z'n flikker, denkt Griessel. Maar Vusi knikt alleen.

'Nee,' zegt Griessel. 'We hebben ze voor achten nodig. Geen gelul.'

De fotograaf loopt verontwaardigd naar de muur. Griessel kijkt hem nijdig na. 'Dank je, Bennie,' zegt Vusi zacht.

'Je moet keihard zijn, Vusi.'

'Ik weet het.'

Na een ongemakkelijke stilte vraagt hij: 'Wat zie ik over het hoofd, Bennie?'

Griessel praat vriendelijk, adviserend. 'De rugzak. Het moet roof zijn geweest, Vusi. Haar geld, haar paspoort, haar telefoon...'

Ndabeni pikt het snel op. 'Je denkt dat ze haar rugzak ergens hebben gedumpt.'

Griessel kan niet meer werkeloos toekijken. Hij draait zich om, naar de stoep, waar het aantal toeschouwers nu uit de hand dreigt te lopen. 'Ik pak dit wel aan, Vusi, laten we die Metro-lui ook iets te doen geven.' Hij loopt naar de muur en roept naar de agenten. 'Wie heeft hier de leiding?'

Ze kijken elkaar aan.

'De stoep is van ons,' zegt een gekleurde Metro-agent met een indrukwekkend uniform, strepen waar je maar kijkt. Zeker een veldmaarschalk, denkt Griessel.

'Van jullie.'

'Inderdaad.'

Hij heeft zin in ruzie, want hij heeft moeite met het hele concept van gemeentepolitie, stomme verkeersagenten die hun werk niet doen, iedereen doet wat hij wil in het verkeer. Hij houdt zich in en wijst een SAPS-agent aan: 'Ik wil dat jullie de stoep afzetten, van beneden af tot hierboven. Als mensen hier willen blijven, kunnen ze aan de overkant gaan staan.'

De agent schudt zijn hoofd. 'We hebben geen afzetlint.'

'Dan ga je dat halen.'

De SAPS-man vindt het niet prettig om uitverkoren te zijn, maar hij draait zich om en loopt door de menigte heen. Van links wringt een ambulance zich met moeite door de mensen.

'Dit is onze stoep,' zegt de Metro-agent vol strepen koppig.

'Sta jij hier aan het hoofd?' vraagt Bennie aan hem.

'Ja.'

'Hoe heet je?'

'Jeremy Oerson.'

'En de stoepen vallen onder jullie jurisdictie?'

'Ja.'

'Perfect,' zegt Griessel. 'Zorg dat de ambulance hier kan parkeren. Precies hier. En vervolgens wil ik dat jullie elke stoep en steeg gaan afzoeken binnen een straal van zes straten vanaf hier. Het slachtoffer had een rugzak, en die rugzak zoeken we. Elke vuilnisbak, elk hoekje en gaatje, snap je?'

De man werpt hem een lange blik toe. Hij overweegt waarschijnlijk wat de gevolgen zijn als hij weigert. Dan knikt hij nors en begint bevelen te blaffen tegen zijn mensen.

Griessel draait zich om en loopt terug naar Vusi.

'Jullie kunnen beter even komen kijken,' roept de patholoog die bij het lijk hurkt.

Ze gaan bij haar staan. Ze houdt met een pincet een kledingetiket vast dat achter in het topje van het meisje zit.

'Broad Ripple Vintage, Indianapolis,' zegt ze en kijkt hen veelbetekenend aan.

'Wat betekent dat?' vraagt Vusi Ndabeni.

'Ik denk dat ze uit Amerika komt,' zegt ze.

'Fok,' zegt Bennie Griessel. 'Weet je dat zeker?'

Tiffany October spert even haar ogen bij zijn taalgebruik en haar toon bevestigt dat: 'Redelijk zeker.'

'Ellende,' zegt Ndabeni. 'Diepe ellende.'

07.02 uur – 08.13 uur

4

In de bibliotheek van het grote huis aan de Brownlowstraat in Tamboerskloof wordt Alexandra Barnard ruw gewekt door de schrille, angstige kreten van haar dienstbode.

Het is een surrealistisch moment. Ze weet niet waar ze is, haar ledematen voelen vreemd, stram en ongemakkelijk aan, haar hoofd lijkt opgezwollen, haar gedachten zijn als koude stroop. Ze tilt haar hoofd op en probeert haar ogen te focussen. Ze ziet de dikke gekleurde vrouw bij de deur, haar mond zo te zien verwrongen van afschuw. Het geluid gaat door merg en been.

Alexandra beseft dat ze op haar rug op het Perzische tapijt ligt en vraagt zich af hoe ze daar is beland. Terwijl ze zich bewust wordt van de walgelijke smaak in haar mond en van het feit dat ze de nacht stomdronken op de grond heeft doorgebracht, volgt ze de blik van Sylvia Buys: er ligt iemand naast de grote, bruinleren stoel tegenover haar. Ze duwt zich op haar armen overeind en zou willen dat Sylvia ophield met schreeuwen. Ze kan zich niet herinneren dat ze gisteravond samen met iemand heeft gedronken. Wie zou daar liggen? Ze gaat rechtop zitten. De gezichtshoek is nu beter, waardoor ze de figuur herkent. Adam. Haar man. Hij heeft maar één schoen aan, aan de andere voet hangt een sok, alsof hij bezig was die uit te trekken. Zwarte broek, wit overhemd met een zwarte vlek op de borst.

En dan, alsof iemand eindelijk de camera scherpstelt, beseft ze dat Adam gewond is. Het zwart op zijn borst is bloed, het overhemd is kapot.

Ze steunt met haar handen op het kleed om op te staan, verward, verbijsterd. Ze ziet de fles en het glas op het houten tafeltje naast zich. Haar vingers raken iets en als ze kijkt ziet ze een vuurwapen naast zich liggen. Ze herkent het, Adams pistool. Wat doet dat hier?

Dan staat ze op.

'Sylvia,' zegt ze.

De gekleurde vrouw blijft schreeuwen.

'Sylvia!'

De stilte is meteen een enorme opluchting. Sylvia staat bij de deur, haar handen nu tegen haar mond, haar blik strak op het pistool gericht.

Alexandra Barnard doet voorzichtig twee stappen naar voren en blijft dan staan. Adam is dood. Dat beseft ze nu, door de combinatie van de wonden en de manier waarop hij ligt. Maar ze begrijpt het niet, droomt ze?

'Waarom?' vraagt Sylvia half hysterisch bij de deur.

Alexandra kijkt naar haar.

'Waarom hebt u hem vermoord?'

De patholoog en twee ambulancebroeders manoeuvreren het lichaam zorgvuldig in een zwarte zak met een rits. Griessel zit op de stenen rand van een plantenbak met een palm erin. Vusi Ndabeni praat via zijn mobiele telefoon met de chef op het bureau. 'Ik heb er minstens vier nodig, chef, voor het veldwerk... Ik begrijp het, maar het is een Amerikaanse toeriste... Ja, dat weten we bijna zeker... Ik weet het... Ik weet het. Nee, nog niets... Dank u wel, chef, ik wacht wel.'

Hij loopt naar Bennie. 'De chef zegt dat er vanochtend een demonstratie is van een of andere vakbond bij het parlement, hij kan maar twee mensen missen.'

'Er is altijd wel een of andere demonstratie van een of andere vakbond,' zegt Griessel en hij staat op. 'Ik help wel met het veldwerk, Vusi, zodra de foto's er zijn.' Want hij kan niet werkeloos toekijken.

'Dank je, Bennie. Wil je koffie?'

'Wou je iemand sturen?'

'Er is een tentje verderop in de straat, ik ga zelf wel even.'

'Nee, laat mij maar.'

De receptie van bureau Caledonplein staat vol klagers, slachtoffers, getuigen en meelopers met verhalen van de afgelopen nacht. Boven de zee van protesterende en beschuldigende stemmen uit rinkelt een telefoon lang en monotoon. Een vrouwelijke brigadier, uitgeput na negen uur op de been te zijn geweest, negeert het volgende boze gezicht aan de andere kant van de balie en neemt op. 'Caledonplein, brigadier Thanduxolo Nyathi, kan ik u helpen?'

Het is een vrouwenstem, nauwelijks verstaanbaar.

'U moet harder praten, mevrouw, ik versta u niet.'

'Ik wil iets aangeven.'

'Ja mevrouw?'

'Er was een meisje...'

'Ja mevrouw?'

'Vanochtend, om een uur of zes, op de Seinheuvelweg. Ze zei dat ik de politie moest bellen omdat iemand haar wilde vermoorden.'

'Ogenblik, mevrouw.' Ze trekt een SAPS-formulier naar zich toe en haalt een pen uit haar borstzakje. 'Mag ik uw naam, alstublieft?'

'Eh, ik wilde het alleen maar melden...'

'Dat weet ik, mevrouw, maar ik heb een naam nodig.'

Stilte.

'Mevrouw?'

'Mijn naam is Sybil Gravett.'

'En uw adres?'

'Ik snap echt niet wat dat ertoe doet. Ik zag het meisje op de Seinheuvel. Ik was de hond aan het uitlaten.'

De brigadier onderdrukt een zucht. 'En wat gebeurde er toen, mevrouw?'

'Nou, ze kwam naar me toe rennen en zei dat ik de politie moest bellen, omdat iemand haar wilde vermoorden, en toen rende ze weer weg.'

'Hebt u gezien of er iemand achter haar aan zat?'

'Ja. Een paar minuten later kwamen ze langsrennen.'

'Met hoeveel waren ze, mevrouw?'

'Nou, ik heb ze niet geteld, maar het zullen er vijf of zes zijn geweest.'

'Kunt u ze beschrijven?'

'Ze waren, eh, sommigen waren blank en anderen zwart. En ze waren vrij jong... Ik vond het erg verontrustend, die jongemannen, zoals ze achter haar aan renden...'

Ze wordt met een schok wakker omdat iemand tegen haar schreeuwt. Als ze in paniek overeind wil komen, laten haar benen haar in de steek, waardoor ze struikelt en met haar schouder tegen de muur valt.

'Hé, vieze junk.' Hij staat aan de andere kant van de struiken met zijn handen op zijn heupen, dezelfde stem die eerder vanuit het huis heeft geschreeuwd.

'Please,' smeekt ze en staat op.

'Ga van mijn terrein af,' zegt hij en wijst met zijn vinger naar het hek. 'Hoe haal je het in je kop? Liggen snurken in mijn struiken.'

Ze baant zich een weg door de planten. Ze ziet dat hij een donker pak aanheeft, een zakenman van middelbare leeftijd, woedend. 'Please, ik heb uw hulp nodig...'

'Nee. Ga maar ergens anders liggen spuiten. Ik ben het spuugzat. Wegwezen.'

Ze begint te huilen en loopt naar hem toe. 'Het is niet wat u denkt, please, ik kom uit de Verenigde...'

De man grijpt haar bij de arm en sleept haar naar het hek. 'Het zal me worst wezen waar je vandaan komt.' Hardhandig sleurt hij haar mee. 'Het enige wat ik wil, is dat jullie ophouden mijn tuin te gebruiken voor dat gore gedoe.' Bij het hek duwt hij haar de straat op. 'En nu rot je op, anders bel ik de politie,' zegt hij, hij draait zich om en loopt naar zijn huis.

'Please, bel de politie,' zegt ze tussen de snikken door; haar schouders schokken, haar lichaam beeft. Hij loopt door, doet een traliehek open, slaat het achter zich dicht en verdwijnt.

'O god.' Ze staat huilend op de stoep; ze trilt over haar hele lichaam. 'O god.' Door haar tranen heen speurt ze instinctief de straat af, eerst links, dan rechts. Daarboven, vlak voordat de straat over de berghelling buigt, staan twee van hen. Kleine, wachtende figuurtjes, een met een telefoon tegen zijn oor. Ze schrikt en begint snel in de tegenovergestelde richting te lopen, de richting waar ze vandaan is gekomen. Ze weet niet of ze haar gezien hebben, ze blijft links lopen, vlak langs de muren van de huizen en kijkt over haar schouder. Ze staan niet meer stil. Ze rennen naar haar toe.

De wanhoop trekt aan haar. Het zou een oplossing zijn om stil te blijven staan en het allemaal te laten gebeuren, het onvermijdelijke. Ze kan dit niet volhouden, ze heeft geen kracht meer. Heel even lijkt het een bijna onweerstaanbare optie, een volmaakte uitweg, ze vertraagt haar pas. Dan ziet ze de scène met Erin weer voor zich, de adrenaline begint weer te stromen en ze rent huilend door.

Het ambulancepersoneel tilt net het lijk op een brancard over de muur als Griessel met de koffie aankomt. De omstanders drommen samen, tot tegen het gele politietape waarmee de stoep is afgezet. Griessel verbaast zich allang niet meer over de macabere belangstelling van mensen voor de dood. Hij geeft een van de bekers koffie aan zijn collega.

'Dankjewel, Bennie.'

De geur van koffie herinnert Griessel eraan dat hij nog niet heeft ontbeten. Misschien kan hij even terug naar de flat voor een snel bord Weetabix voordat de foto's komen, het is maar een kilometer verderop. En even kijken of Carla hem geschreven heeft. Want gisteravond...

Nee, hij gaat nu niet over gisteravond nadenken.

Vusi zegt iets in het Xhosa wat hij niet verstaat, een uitroep van verbazing. Hij volgt de blik van de zwarte rechercheur en ziet drie Metro-agenten over de muur klimmen. Oerson, degene met wie Griessel eerder een onderonsje had, heeft een blauwe rugzak in de hand. Ze komen vol bravoure aanlopen.

'*uNkulunkulu*,' zegt Vusi.

'Fok,' zegt Bennie Griessel.

'We hebben hem,' zegt de veldmaarschalk zelfingenomen en geeft de rugzak aan Vusi.

De Xhosa schudt zijn hoofd en haalt zijn rubberhandschoenen weer uit zijn zak.

'Wat?' zegt Oerson.

'Het zou handig zijn als jullie ons voortaan even waarschuwen als jullie iets gevonden hebben,' zegt Griessel op redelijke toon. 'Dan halen we de mensen van Forensisch erbij en zetten het gebied af voordat iemand ergens aan kan zitten.'

'Hij lag in een fokking deuropening in de Bloemstraat. Er kunnen al duizend mensen aangezeten hebben. Er zit in elk geval niet veel in.'

'Je hebt hem opengemaakt?' vraagt Vusi als hij de rugzak aanneemt. De twee schouderbanden zijn doorgesneden, precies zoals de patholoog heeft voorspeld.

'Er had een bom in kunnen zitten,' zegt Oerson verdedigend.

'Heb je hier ook aangezeten?' vraagt Vusi en haalt een make-uptasje tevoorschijn. Hij hurkt om de inhoud op het asfalt uit te stallen.

'Nee,' zegt Oerson, maar Griessel weet dat hij liegt.

Vusi haalt een servetje van Steers uit de rugzak, dan een donker houten beeldje van een nijlpaard, een witte plastic lepel en een Petzl-hoofdlamp. 'Is dat alles?'

'Dat is alles,' zegt Oerson.

'Willen jullie me alsjeblieft een plezier doen?'

Ze geven geen antwoord.

'Willen jullie nog een keer gaan kijken of er echt niets meer ligt? Misschien iets wat iemand heeft weggegooid. Wat dan ook. Wat ik het liefste wil, is een vorm van identificatie. Een paspoort, een rijbewijs, wat dan ook...'

Oerson is niet enthousiast. 'We kunnen jullie niet de hele dag blijven helpen.'

'Ik weet het,' zegt Vusi zacht en geduldig. 'Maar als jullie alleen dat nog willen doen, alsjeblieft?'

'Oké. Ik haal er nog wat mensen bij,' zegt Oerson. Ze draaien zich om en klimmen over de muur.

Vusi's vingers doorzoeken de vakjes aan de zijkanten van de rugzak. In het eerste vindt hij niets. Diep onder uit het tweede haalt hij iets. Een groen kartonnen kaartje met een zwart met geel logo: *Hodsons Bay Company.* In kleinere letters: *Bicycles, fitness, backpacking, camping, climbing gear, and technical clothing for all ages and abilities.* Met een adres: 360 Brown Street, Levee Plaza, West Lafayette, IN 47906. Er staan ook twee telefoonnummers op. De Xhosa bestudeert het kaartje aandachtig en zegt dan tegen Griessel: 'Ik denk dat IN voor Indiana staat.'

'West Lafayette,' zegt Griessel nadenkend.

'Zeker een klein stadje,' zegt Vusi. 'Ik heb er nog nooit van gehoord.'

'Fax ze een foto, Vusi. Misschien kunnen zij haar identificeren.'

'Goed idee.'

Griessels telefoon rinkelt schel in zijn zak. Hij neemt op.

'Griessel.'

'Bennie, met Mavis. Inspecteur Fransman Dekker heeft gebeld. Ik moest aan je doorgeven dat ze een moord hebben in de Brownlowstraat 47, in Tamboerskloof, en of je hem wilt komen mentoreren.'

'Of ik wat wil?'

'Dat zei hij. Hij klonk een beetje als een windbuil.'

'Dank je, Mavis. Brownlowstraat 47?'

'Klopt.'

'Ik ga erheen.' Hij hangt op en zegt tegen Vusi: 'Nog een moord. Hierboven in Tamboerskloof. Het spijt me Vusi...'

'Geen probleem. Ik bel wel als we iets vinden.'

Griessel wil weglopen maar Ndabeni roept hem achterna: 'Bennie...'

Griessel draait zich om. Vusi komt aanlopen. 'Ik wilde je alleen vragen... ik... eh...'

'Vraag op, Vusi.'

'Die patholoog... Ze... Denk je... zou een *coloured* dokter met een *darkie* politieman uit willen?'

Het duurt een paar seconden voordat hij de overgang kan maken. 'Ik... je vraagt het aan de verkeerde... maar, ja, Vusi, waarom niet? Je kunt het altijd proberen...'

'Dank je, Bennie.'

Griessel klimt over de muur. Bij het hek van het kerkhof ziet hij een lange, sombere man die met een bezorgde frons het slot openmaakt. De dominee is er, denkt hij, of noemen Luthersen hun predikanten anders?

5

Het verkeer is een ramp. Hij doet er alleen al een kwartier over om van de Langstraat naar de Buitengracht te komen. Op de helling van de Buitensingel staan ze bumper aan bumper. Hij drinkt de rest van de zoete koffie op. Zo redt hij het wel tot hij iets te eten krijgt. Maar van zijn plan om snel Carla's e-mails te gaan ophalen komt niets terecht. Het zal moeten wachten tot vanavond. Hij zit al een week zonder verbinding op die stomme computer, dus die paar uur kunnen er nog wel bij. Carla zal het begrijpen, want hij heeft vanaf het begin problemen met dat rotding gehad. Hoe had hij moeten weten dat er ook laptops zonder interne modem bestaan? Hij had het ding voor een prikje op een politieveiling van niet-opgehaalde gestolen goederen gekocht, een week nadat zijn dochter naar Londen was vertrokken, want hij wilde weten hoe het met haar ging, met zijn Carla, die 'eerst alles op een rijtje wilde zetten in het buitenland' voordat ze besloot wat ze ging doen met de rest van haar leven.

Hoe kon je nou alles op een rijtje zetten als je vloeren stofzuigde in een Londens hotel?

Het had hem 500 rand gekost om de computer met het internet verbonden te krijgen, want hij moest een modem kopen en een internetserver zoeken en drie uur lang met een man aan de telefoon zitten alleen om de verbinding in te stellen. Vervolgens werkte Microsoft Outlook Express nog niet, dus weer een uur aan de telefoon om het op te lossen voordat hij een mail naar Carla kon sturen om te zeggen: *Hier ben ik, hoe gaat het met je? Ik mis je en ik maak me zorgen om je. Er stond een artikel in* Die Burger *dat Zuid-Afrikaanse kinderen in Londen veel drinken en in de problemen komen. Je moet je niet laten beïnvloeden...*

Al schrijvend ontdekte hij dat het vrijwel onmogelijk was om op zo'n laptop het deelteken op de i van beïnvloeden te krijgen.

Lieve papa,

Ik heb werk gevonden in het Gloucester Terrace Hotel vlak bij Marble Arch. Het is een mooi stuk van Londen, vlak bij Hyde Park. Ik ben schoonmaakster. Ik werk van tien uur 's ochtends tot tien uur 's avonds, zes dagen per week en maandags vrij. Ik weet niet hoelang ik dit blijf doen, het is niet erg leuk en het betaalt beroerd, maar het is tenminste iets. De andere meisjes zijn allemaal Pools. Het eerste wat ze zeiden toen ik vertelde dat ik uit Zuid-Afrika kwam, was: 'Maar je bent blank.'

En papa, je weet toch dat ik nooit zal drinken...

Toen hij die woorden las, brandden ze dwars door hem heen, vanwege het opnieuw aangewakkerde besef van de schade die hij had aangericht: Carla zal nooit drinken want haar vader is een alcoholist die zijn hele gezin naar de kloten heeft geholpen. Je mag dan al honderdzesenvijftig dagen droogstaan, je kunt het verleden niet uitwissen.

Hij wist niet wat hij terug moest schrijven, zijn woorden waren opgedroogd door zijn gevoelloze blunder. Pas twee dagen later antwoordde hij haar onhandig, vertelde van zijn fiets en zijn overplaatsing naar de Provinciale Taskforce. Ze moedigde hem aan: *Het is fijn om te weten wat er in jouw leven gebeurt, papa. Veel interessanter dan het mijne. Ik werk en slaap en eet, maar ik ben maandag wel bij Buckingham Palace geweest...*

En zo had hun correspondentie een toon gekregen waarbij ze zich allebei op hun gemak voelden, een ritme van twee e-mails per week, vier, vijf eenvoudige alinea's waarnaar hij steeds meer begon uit te zien, zowel naar het ontvangen als het schrijven ervan. Zijn antwoorden vormde hij overdag al in zijn hoofd. Hij moest Carla dit vertellen of dat. De woorden gaven zijn kleine leven een soort waarde.

En toen, een week geleden, deed zijn internetverbinding het niet meer. Onverklaarbaar, plotseling, en ook onoplosbaar voor de computerjongen aan de telefoon die hem dingen met de computer liet doen waarvan hij niet had geweten dat ze mogelijk waren. 'U zult ermee naar de dealer moeten,' was de uiteindelijke diagnose. Maar hij had verdomme geen dealer, want dit was gestolen waar.

Vrijdagmiddag was hij Charmaine Watson-Smith tegen het lijf gelopen op weg naar de deur van zijn appartement. Charmaine is ver in de zeventig en woont op nummer 106. Ze is slim, gul en levenslustig; een echte oma, met haar grijze knotje. Ze kent iedereen in het gebouw en weet overal van.

'Hoe is het met je dochter?' vroeg Charmaine.

Toen vertelde hij haar van zijn computerproblemen.

'O, ik ken wel iemand die kan helpen.'

'Wie?'

'Geef me een dagje.'

Gisteren, maandagavond om halfzeven, stond hij in zijn keuken te strijken met de voordeur open toen Bella aanklopte.

'Oma Charmaine zegt dat ik naar je pc moet komen kijken.'

Hij had haar al eerder gezien, de jonge vrouw die elke avond in een lomp, onaantrekkelijk grijs uniform naar haar appartement aan de andere kant van het gebouw liep, met een koffertje in de hand. Ze had kort, blond haar, een bril en zag er moe uit aan het eind van de dag.

Gisteravond had hij haar bijna niet herkend; ze had er mooi uitgezien. Het koffertje had hem op het goede spoor gezet, want dat had ze bij zich.

'O... kom binnen.' Hij zette de strijkbout neer.

'Bella van Breda. Ik woon op nummer 64.' Even onhandig als hij.

Hij schudde haar vluchtig de hand. Die was zacht en klein. 'Bennie Griessel.' Ze had een spijkerbroek en een rode blouse aan en rode lippenstift op. Haar ogen stonden verlegen achter de bril, maar hij was zich vanaf het begin bewust van haar brede, volle mond.

'Oma Charmaine...' Hij zocht naar de juiste woorden '... laat er geen gras over groeien...'

'Ik weet het. Maar ze is geweldig.' Bella keek naar de laptop, die hij in de open keuken had staan, op zijn enige werkoppervlak. 'Is dit hem...?'

'O... ja.' Hij zette de computer aan. 'Mijn internetverbinding wil... hij doet het opeens niet meer. Weet jij iets van computers?'

Ze stonden naast elkaar naar het scherm te kijken terwijl het tot leven kwam. 'Ik ben computertechnicus,' antwoordde ze en zette haar koffertje weg.

'O.'

'Ik weet het, de meeste mensen vinden het mannenwerk.'

'Nee, nee, ik... iedereen die computers begrijpt...'

'Het is ongeveer het enige wat ik begrijp. Zal ik maar...' Ze wees naar de computer.

'Alsjeblieft.' Hij trok een van zijn barkrukken voor haar bij. Ze ging voor het apparaat zitten.

Hij zag dat ze slanker was dan hij had gedacht. Misschien had haar mantelpak hem de verkeerde indruk gegeven. Of haar gezicht. Dat was rond, als van een molligere vrouw.

Ze was achter in de twintig. Hij had bijna haar vader kunnen zijn.

'Is dit je verbinding?' Ze had een menu openstaan met de cursor op een icoon.

'Ja.'

'Zal ik een snelkoppeling op je bureaublad zetten?'

Het duurde even voordat hij snapte waar dat op sloeg.

'Ja, graag.'

Ze klikte, keek even, dacht na en zei toen: 'Volgens mij heb je per ongeluk je inbelnummer veranderd. Er mist een cijfer.'

'O.'

'Heb je het nummer ergens?'

'Ik denk van wel...' Hij pakte de stapel documenten, boeken en handleidingen die hij in een plastic tas in de kast bewaarde en begon erin te zoeken.

'Hier...' Hij wees met zijn vinger.

'Oké. Zie je, de acht is weg, die heb je waarschijnlijk gewist, dat gebeurt vaak...' Ze typte het cijfer in en klikte en meteen begon het modem te bellen en te kreunen.

'Fok hé,' zei hij in oprechte bewondering. Ze lachte. Met die mond. Toen vroeg hij of ze koffie wilde. Of rooibos, wat Carla altijd dronk. 'Dat is het enige wat ik heb.'

'Koffie zou lekker zijn.'

En toen hij de ketel opzette, zei ze: 'Jij bent rechercheur,' en zei hij: 'Wat heeft oma Charmaine je allemaal verteld?' En zo raakten ze in gesprek, misschien vooral omdat ze allebei alleen waren op een maandagavond. God weet dat hij niets met haar van plan was. Hij bracht de koffie naar het zitgedeelte in de wetenschap dat hij theoretisch haar vader kon zijn, al had ze die mond, al was hij zich tegen die tijd ook bewust van haar borsten, die net als haar gezicht bij een vollere vrouw hoorden, en van haar bleke, smetteloze huid.

Het was een beleefd, wat ongemakkelijk gesprek, vreemdelingen met behoefte aan contact op een maandagavond.

Twee bekers koffie met suiker en poedermelk later beging hij de grote fout. Hij pakte onnadenkend de bovenste cd van zijn stapeltje van vier en stak die in zijn computer, want dat was het enige wat hij had, afgezien van de discman die alleen met oordopjes werkte.

Ze vroeg verbaasd: 'Hou jij van Lize Beekman?' en hij zei in een opwelling van eerlijkheid: 'Heel veel,' en toen gebeurde er iets in haar ogen, alsof ze hem anders zag.

Hij had die cd gekocht nadat hij op de autoradio een liedje van Beekman had gehoord, *My Suikerbos*. Er was iets in de stem van de zangeres, compassie, nee, kwetsbaarheid, of was het alleen de melancholie van de muziek? Hij wist het niet. Hij vond het arrangement mooi, de subtiele instrumentatie, en toen had hij de cd gekocht en afgeluisterd op zijn discman, eigenlijk met de bedoeling de noten van de basgitaar in zijn hoofd te prenten. Maar hij werd gegrepen door de tekst. Niet alleen de woorden, ook de combinatie van de muziek en de stem, hij werd er blij en verdrietig van. Hij kon zich niet herinneren wanneer muziek hem voor het laatst dat gevoel had gegeven, alsof hij naar onbekende dingen verlangde. En toen

Bella van Breda vroeg of hij van Lize Beekman hield, was het voor het eerst dat hij zoiets tegen iemand kon zeggen. Daarom kwam het er zo uit: 'Heel veel.' Met gevoel.

Bella zei: 'Ik wou dat ik ook zo kon zingen,' en het bijzondere was dat hij begreep wat ze bedoelde, hij voelde dezelfde hunkering om met zoveel wijsheid en inzicht en... aanvaarding alle dingen van het leven te kunnen bezingen, het goede en het slechte, met zulke prachtige melodieën. Aanvaarding had hij nooit gekend. Walging, ja, al zijn hele leven, en hij kon nooit begrijpen waarom, een constante diepe walging voor alles en vooral voor zichzelf.

Toen zei hij: 'Ik ook,' en na een lange stilte brandde het gesprek los. Het ging over van alles. Ze vertelde hem haar levensverhaal. Hij praatte over zijn werk, vertelde haar de sterke verhalen over merkwaardige arrestaties, tegendraadse getuigen en excentrieke collega's. Bella vertelde dat ze ooit voor zichzelf wilde beginnen, en haar ogen straalden van hartstocht en enthousiasme. Hij luisterde verwonderd. Zij had een droom. Hij had niets. Alleen een paar fantasietjes. Het soort dingen dat je voor jezelf houdt, dat je bedenkt als je 's avonds in je eentje op de snaren zit te tokkelen. Om bijvoorbeeld Theuns Jordaan aan zijn microfoon vast te ketenen en te zeggen: 'Nu zing je *Hex-vallei*, vader, maar niet een stukje in een medley, nee, het hele nummer, verdomme.' Met Anton L'Amour op gitaar en Bennie zelf op bas, op vol volume en dan helemaal losgaan. Of de kans om één keer aan Schalk Joubert te vragen: 'Hoe krijg je het in godsnaam voor elkaar om zó basgitaar te spelen, alsof het ding op je hersens is aangesloten?'

Of anders misschien ooit zijn eigen viermansband beginnen. En de oerblues spelen. Robert Johnson en John Lee Hooker, of de oude, echte rock-'n-roll: Berry, Domino, Ricky Nelson, de vroege Elvis...

Maar hij zei niets, hij luisterde alleen naar haar, en ergens tegen tienen stond ze op om naar de wc te gaan en toen ze terugkwam, was hij net op weg van de gootsteen naar de divan en wilde hij vragen: 'Nog koffie?' Ze stonden dicht bij elkaar, haar ogen keken anders, om haar mond speelde een klein, geheim glimlachje dat zei dat ze een vermoeden had van wat er nu ging gebeuren en dat ze het niet erg vond. En toen kuste hij haar.

En nu Bennie Griessel in de heldere zomerzon van de dinsdagochtend in het verkeer vastzit, herinnert hij zich dat er aanvankelijk geen wellust was, het was eerder een soort voortzetting van hun gesprek. Het was troost, verlangen, samenzijn, net als de muziek van Lize Beekman. Twee mensen die aanraking nodig hadden.

Ze kusten lang en daarna hadden ze tegen elkaar aan gestaan en elkaar vastgehouden; hij was zich er weer van bewust dat haar lichaam slanker was dan hij verwacht had. Toen stapte ze naar achteren en ging op de bank zitten. Hij dacht dat ze bedoelde dat het genoeg was geweest. Maar ze zette haar bril af en legde die zorgvuldig weg, op de grond, haar ogen waren opeens weerloos en diepbruin. Hij ging naast haar zitten en kuste haar weer en het volgende wat hij zich herinnerde, was dat ze overeind kwam om haar beha los te maken en hem met een zekere trots haar mooie borsten aanbood.

Hij zit in de politieauto en herinnert zich hoe haar lichaam voelde, zacht en warm en uitnodigend. En hij herinnert zich de groeiende intensiteit. Hoe hij in haar kwam, daar op de divan, hoe hij zichzelf op zijn armen omhoog had geduwd en naar haar had gekeken en dezelfde diepe dankbaarheid in haar ogen zag die hij in zijn hart voelde. Dankbaarheid omdat ze er was, omdat wat hier gebeurde mooi en langzaam en zacht was.

En hij denkt dat zoiets echt niet verkeerd kan zijn.

Zijn telefoon gaat en hij is terug in de werkelijkheid. Het zal Dekker wel zijn die wil weten waar hij blijft. Maar op de display staat ANNA en zijn hart maakt een sprongetje.

De val is haar redding.

Ze is instinctief de steile treden tegen de berg op gerend, weg van de straat, tussen twee hoge, met klimop begroeide muren door, en daarna over een smal, slingerend pad omhoog. De Tafelberg is opeens kolossaal boven haar, de helling steil, rotsen en *fynbos* en open vlakte. Met opnieuw een klem om haar hart bedenkt ze dat ze een fout heeft gemaakt: ze zullen haar zien, ze zullen haar inhalen op de helling, ze zullen haar tegen de grond drukken en haar keel doorsnijden, net als bij Erin.

Ze drijft zichzelf tegen de berg op. Ze kijkt niet om. Het klimmen vreet aan haar dijen, haar knieën, een langzaam gif dat haar zal verlammen. Rechtsboven zich ziet ze het kabelbaanstation, de zon blinkt op autoramen, heel kleine figuurtjes van mensen, zo dichtbij en toch zo verschrikkelijk ver weg. Kon ze daar maar komen. Nee, te steil, de afstand is te groot, ze redt het nooit.

Ze ziet dat het pad zich splitst, kiest de linkertak en rent door. Veertig treden en dan een onverwacht scherpe daling, het pad gaat steil omlaag naar de rotsige kloof van een rivier die hoog uit de berg komt. Ze is er niet op verdacht, haar voet komt verkeerd terecht op losliggende stenen en ze valt naar links, de berg af, terwijl ze probeert zich met haar handen tegen te houden. Ze stoot hard haar schouder, hapt naar adem, rolt nog een keer en dan ligt ze stil, zich bewust van haar ontvelde handen en van haar kin die ergens tegenaan is gekomen. Maar het grootste probleem is haar adem, ze wil de lucht met grote teugen terugzuigen in haar longen. Bij de eerste poging maakt ze een bulkend geluid als van een dier en ze wil stil zijn, ze mogen haar niet horen. Twee keer ademt ze hees, doet dan zachtere, kleinere pogingen, en ineens komt de oever van het riviertje in beeld en ziet ze de scheur waar het water door de eeuwen heen de reuzenrots van onderen heeft uitgesleten, net groot genoeg om erin te kruipen.

Ze schuift als een slang over de ronde rotsen, haar bloedende handen voor zich uit, tot bij de opening. Ze hoort de voetstappen van haar achtervolgers. Hoe dichtbij zijn ze? Ze beseft dat haar rugzak er niet in zal passen. Ze heeft geen tijd, straks zien ze haar. Ze komt overeind op haar knieen, wil de rugzak afrukken, maar moet eerst de gespen om haar middel losklikken, de schouderbanden rechts en links afdoen, haar lichaam in de holte wurmen, de rugzak achter zich aan trekken en dan springen ze drie meter van haar af over het riviertje, snel, behendig en woordeloos. Ze houdt haar jagende adem in en ziet hoe het bloed van haar kin op de rots drupt. Ze blijft stil liggen en doet haar ogen dicht, alsof ze haar dan niet kunnen zien.

Hij zit in het verkeer, met zijn telefoon tegen zijn oor, en zegt: 'Hallo Anna.' Zijn hart klopt in zijn keel over gisteravond.

'Bennie, ik wil je spreken.'

Het is verdomme onmogelijk, hoe kan zijn vrouw erachter zijn gekomen?

'Waarover?'

'Over alles, Bennie. Ik vroeg me af of we misschien vanavond konden praten.'

Over alles? Uit haar stem kan hij niets opmaken.

'Dat zou kunnen. Wil je dat ik naar huis kom?'

'Nee, ik had gedacht dat we ergens... misschien iets kunnen gaan eten.'

Jissis. Wat moet dit voorstellen?

'Dat is prima. Waar?'

'Ik weet het niet. Canal Walk is zo'n beetje halverwege. Daar zit een Primi...'

'Hoe laat ben je daar?'

'Zeven uur?'

'Dank je Anna, dat lijkt me leuk.'

'Tot ziens, Bennie.' Heel snel, alsof hij iets verkeerds heeft gezegd.

Hij zit met de telefoon in zijn hand. Achter hem toetert een automobilist. Hij beseft dat hij moet optrekken. Hij laat de koppeling opkomen en rijdt het gat voor hem dicht. *Over alles, Bennie.* Wat betekent dat? Waarom niet bij hen thuis? Nee, ze wil uit eten. Bijna een soort date. Maar toen hij zei: 'Dat lijkt me leuk,' kwam het tot ziens alsof ze boos was.

Weet ze van gisteravond? Stel dat ze daar was geweest, bij zijn appartement, bij zijn deur. Ze had geen moer kunnen zien, maar ze had het beslist kunnen horen: Bella, die in een bepaald stadium zachte, tevreden geluiden had gemaakt, God, wat had hij het heerlijk gevonden, maar als Anna het gehoord had...

Maar ze was nog nooit bij zijn appartement geweest. Waarom zou ze gisteravond zijn gekomen? Om ergens over te praten?

Niet helemaal onmogelijk. En het zou kunnen dat ze iets heeft gehoord, heeft gewacht en Bella naar buiten heeft zien komen en...

Maar zou ze dan uit eten willen?

Nee. Misschien.

Als ze het weet... dan kan hij het schudden. Daar is hij zeker van. Maar ze kan het niet weten.

6

De Brownlowstraat is een verrassing voor Griessel, want Tamboerskloof wordt geacht een rijkeluisbuurt te zijn. Maar de oude victoriaanse huizen hier variëren van recent gerestaureerd tot erg vervallen. Sommige zijn rijtjeshuizen, andere hurken tegen de helling als vrijstaande kolossen. Nummer 47 is groot en indrukwekkend, een bovenverdieping, bordessen en balkons met krullend traliewerk, roomkeurige muren en groengeverfde houten luiken naast de ramen. Ergens in de afgelopen tien jaar is het opgeknapt, maar het kan nu wel weer wat aandacht gebruiken.

Er is geen garage. Griessel parkeert in de straat, achter een zwarte Mercedes SLK 200 cabrio, twee politieauto's en een witte Nissan met het SAPS-logo op het portier en SOCIAL SERVICES eronder in zwarte letters. Het busje van Forensisch staat aan de overkant. Dik en Dun zijn zeker rechtstreeks van de Langstraat hierheen gekomen.

Een uniform houdt hem tegen bij de grote houten voordeur. Hij laat zijn ID zien. 'U zult achterom moeten lopen, de zitkamer is een plaats delict,' zegt hij. Griessel knikt tevreden.

'Ik denk dat ze nog in de keuken zijn, u kunt hier naar rechts en dan helemaal om het huis heen.'

'Dank je.'

Hij loopt om. Er is niet veel tuin tussen de muur en het huis. De bomen en struiken zijn groot, oud en vrij slecht onderhouden. De achterkant kijkt uit over de Leeuwenkop. Bij de achterdeur staat nog een uniform op wacht. Hij haalt weer zijn SAPS-kaartje uit zijn portemonnee en laat het aan de agent zien.

'De inspecteur verwacht u.'

'Dank je,' zegt hij. Hij loopt door de bijkeuken en doet de binnendeur open. Dekker zit aan de keukentafel met een beker koffie tussen zijn handen en een pen en notitieblok voor zich, volledig in beslag genomen door de gekleurde vrouw tegenover hem. Ze heeft een wit met roze uniform aan, een zakdoek in haar hand en betraande ogen. Ze is dik, waardoor het moeilijk is haar leeftijd te schatten.

'Fransman...' zegt Griessel.

Dekker kijkt verstoord op. 'Bennie.' En dan, alsof hij zich bedenkt: 'Kom binnen.' Hij is een lange, atletische kleurling, met brede, sterke schouders, een gezicht uit een sigarettenreclame, ruig en aantrekkelijk.

Griessel loopt naar de tafel en geeft Dekker een hand.

'Dit is Sylvia Buys. Zij is de dienstbode hier.'

'Goedemorgen,' zegt Sylvia Buys plechtig.

'Morgen, mevrouw.'

Dekker schuift de koffie van zich af alsof hij zich ervan wil distantiëren, en trekt een beetje onwillig zijn notitieblok dichterbij. 'Mevrouw Buys is om...' hij raadpleegt het notitieblok, '... zes uur vijfenveertig aan het werk gegaan, heeft eerst opgeruimd en koffiegezet hier in de keuken voordat ze de woonvertrekken ging inspecteren om... zeven uur.'

'De schade opnemen,' zegt Sylvia Buys verwijtend. 'Die vrouw kan een *mess* maken!'

'... waarna ze de overledene, de heer Adam Barnard, en de verdachte, mevrouw Sandra Barnard...'

'Ze heet eigenlijk Alexandra...' Afkeurend.

Dekker maakt een aantekening en zegt: 'Mevrouw Alexandra Barnard. Mevrouw Buys heeft hen in de bibliotheek op de eerste verdieping aangetroffen. Om zeven uur. Het vuurwapen lag naast mevrouw Barnard op het tapijt...'

'Om nog maar te zwijgen van de drank. Ze is een *alkie*, elke avond zuipt ze zich klem en meneer Adam...' De zakdoek wordt van tafel gepakt, Sylvia Buys dept ermee onder haar neus en haar stem wordt ijler en hoger.

'Was ze gisteravond onder invloed?' vraagt Griessel.

'Ze is elke avond zo dronken als een tor. Ik ging *half past four* weg en toen was ze al een end heen, om die tijd van de dag praat ze al in zichzelf.'

'Mevrouw Buys zegt dat de verdachte alleen was toen ze gistermiddag het huis verliet. Ze weet niet hoe laat de overledene thuis is gekomen.'

'Hij was een *good man*. Altijd een vriendelijk woord. Ik snap het niet. Waarom heeft ze hem doodgeschoten? Waarom? Hij heeft haar nooit iets gedaan, hij pikte al haar fratsen, haar gezuip, hij pikte het gewoon, hij stopte haar elke avond in bed en dan gaat zij hem doodschieten?' Ze huilt hoofdschuddend.

'U bent getraumatiseerd, *sister*. Wij zorgen dat er iemand komt met wie u kunt praten.'

'Ik wil niet praten,' snikt Sylvia Buys. 'Waar vind ik ooit weer een baan, op mijn leeftijd?'

'Het ligt niet zo eenvoudig als zij zegt,' zegt Dekker als ze de blankhouten trap naar de bibliotheek op lopen. 'Dat zul je wel zien.'

Griessel ziet dat de man gespannen is. Hij weet dat zijn collega's Dekker achter zijn rug 'Fronsman' noemen, een verwijzing naar zijn gebrek aan humor en zijn verterende ambitie. En in de wandelgangen van de Provinciale Taskforce heeft hij de verhalen gehoord, want ze praten graag over opkomende sterren: Dekker is de zoon van een Franse rugbyspeler. Zijn moeder, een gekleurde vrouw uit de township Atlantis, was jong en weelderig toen ze in de jaren zeventig als schoonmaakster bij de Koebergkerncentrale werkte. De rugbyspeler was wat ouder, zijn glorietijd lag ver achter hem, en hij werkte als pr-man bij het Franse consortium dat Koeberg had gebouwd en onderhield. Hun interactie was eenmalig, en de rugbyspeler ging kort erna terug naar zijn vaderland, zonder te weten van zijn nazaat. Dekkers moeder wist niet meer hoe hij heette, daarom had ze haar zoon gewoon 'Fransman' gedoopt.

Hoeveel daarvan waar is, weet Griessel niet, maar het kind heeft van zijn vader duidelijk de Gallische neus, de lichaamsbouw en het steile zwarte haar – nu in een borstelkop geknipt – en van zijn moeder de koffiekleurige huid.

Hij loopt achter Dekker aan de bibliotheek van het huis in. Dik en Dun zijn daar bezig. Ze kijken op als de rechercheurs binnenkomen.

'We kunnen elkaar niet op deze manier blijven ontmoeten, Bennie, daar komen roddels van,' zegt Jimmy.

Een oude grap, maar Griessel grinnikt en kijkt naar het slachtoffer dat aan de linkerkant ligt: nette zwarte pantalon, wit overhemd zonder das, er mist een schoen, twee schotwonden in de borst. Adam Barnard was lang en fors. Zijn zwarte haar in de stijl van de jaren zeventig tot over zijn oren en boord, met elegante grijze vleugels bij de slapen. Zijn dode ogen zijn open, zodat hij een beetje verbaasd kijkt.

Dekker slaat afwachtend zijn armen over elkaar. Dik en Dun staan naar hem te kijken.

Voorzichtig komt Griessel dichterbij en neemt de boekenplanken, de Perzische tapijten, de schilderijen, de drankfles en het glas naast de stoel aan de rechterkant van de kamer in zich op. Het vuurwapen ligt nu in een doorzichtig plastic bewijsstukkenzakje op de grond, waar Forensisch het met een witte krijtcirkel heeft gemarkeerd. 'Zij lag aan die kant?' vraagt hij aan Dekker.

'Klopt.'

'The Oracle aan het werk,' zegt Dik.

'Rot op, Arnold,' zegt Griessel. 'Is het pistool afgevuurd?'

'Heel kort geleden,' zegt Arnold.
'Maar niet hier.'
'Bingo,' zegt Arnold.
'Ik zei toch dat hij het meteen in de gaten zou hebben?' zegt Jimmy.
'Ja,' zegt Dekker. Hij klinkt teleurgesteld. 'Het is een automatisch pistool, er ontbreken drie patronen uit het magazijn, maar er liggen geen hulzen. Geen bloed op de vloer, geen kogelgaten in de muren of boekenplanken, en de ene schoen is weg. Ik heb het hele huis doorzocht. Jimmy en co hebben de tuin bekeken. Ze heeft hem niet hier over de kling gejaagd. We zullen de auto op straat moeten doorzoeken...'
'Waar is ze?'
'In de zitkamer, met Tinkie Kellerman van Maatschappelijk Werk.'
'Klop, klop,' zegt iemand vanuit de deuropening. Het is de langharige fotograaf.
'Kom binnen,' zegt Dekker. 'Je bent laat.'
'Omdat ik eerst die stomme afdrukken moest maken voor...' Dan ziet hij Griessel. Zijn houding verandert. 'Vusi heeft zijn foto's, Bennie.'
'Dank je.'
'Jimmy, hebben jullie haar al getest op kruitresten?' vraagt Dekker.
'Nog niet. Maar ik heb papier om haar handen gedaan. Dat vond ze niet leuk.'
'Kunnen jullie dat dan snel gaan doen? Ik kan niet met haar praten als ze papieren zakken om haar handen heeft.'
'Als ze het pistool heeft aangeraakt, zal ze zeker kruitresten op haar handen hebben. Ik weet niet of je daar veel aan hebt.'
'Laat dat míjn zorg zijn, Jimmy.'
'Ik zeg het alleen maar. Kruitresten zijn niet meer wat ze waren. Advocaten zijn slim geworden.' Jimmy haalt een doosje met het opschrift SEM-TEST uit zijn tas. Hij loopt naar de trap, met de twee rechercheurs achter zich aan.
'Fransman, je hebt goed werk gedaan,' zegt Griessel.
'Ik weet het,' zegt Dekker.

De controlekamer voor de bewakingscamera's van de Metro-politie is een indrukwekkende ruimte, met twintig flikkerende tv-schermen, een hele rij videorecorders en een controlepaneel dat eruitziet alsof het in een spaceshuttle thuishoort. Rechercheur-inspecteur Vusi Ndabeni staat naar een monitor te kijken: het korrelige beeld van de kleine, rennende figuren in het licht van de straatlantarens in de Langstraat. Negen seconden materiaal, nu in slow motion, zeven schimmige mensen in een wanhopige race van links naar rechts over het scherm. Het meisje loopt voorop, alleen herkenbaar dankzij de donkere bult van de rugzak. Hier, tussen de Leeuwen- en de Pepperstraat heeft ze maar drie stappen voorsprong op de voorste aanvaller, haar armen en benen pompen hard in de vlucht. Zestien, zeventien meter erachter nog vijf mensen. Op het allerlaatste beeld, voordat ze van het scherm verdwijnt, kan Ndabeni zien hoe zij haar hoofd begint te draaien alsof ze wil zien hoe dichtbij ze zijn.

'Is dit het beste wat jullie hebben?'

De operateur is blank, een uil van een mannetje achter een grote, ronde Harry Potter-bril. Hij haalt alleen zijn schouders op.

'Kun je het vergroten?'

'Niet echt,' antwoordt hij met een nasale stem. 'Ik kan een beetje met helderheid en contrast spelen, maar als je inzoomt, krijg je alleen korrels. Het aantal pixels wordt niet groter.'

'Kunnen we het alsjeblieft proberen?'

De Uil schuift en draait aan de knoppen voor hem. 'Verwacht geen wonderen.' Op het scherm rennen de figuren langzaam achteruit en bevriezen dan. De man tikt op een toetsenbord en boven in beeld verschijnen grafieken en tabellen.

'Wie wil je beter zien?'

'De mensen die haar achtervolgen.'

De operateur selecteert met een muis twee van de vijf achterste figuren, waarna die opeens het hele scherm vullen. Hij typt weer op het toetsenbord en het beeld wordt lichter, de schaduwen vervlakken. 'Het enige wat ik kan proberen is een *high pass sharpening*,' zegt hij. Het beeld wordt iets scherper, maar geen van de twee mensen is herkenbaar.

'Je kunt wel zien dat het mannen zijn en dat de voorste zwart is,' zegt de Uil.

Vusi staart naar het scherm. Dit zal niet veel helpen.

'En je kunt zien dat het geen oude mannen zijn.'

'Kun je dit printen?'

'Oké.'

'Staan ze alleen maar op die ene camera?'

'Mijn dienst zit erop om acht uur. Dan zal ik kijken of er niet ergens anders nog wat is. Ze moeten van de kant van de Groentemarkt of de Kerkstraat zijn gekomen, maar het gaat tijd kosten. Er zijn zestien camera's in die sector, al doen ze het niet allemaal meer.'

'Dank je,' zegt Vusi Ndabeni. Toch is er één ding dat hij niet begrijpt: als een van de aanvallers hier, bij de Pepperstraat, nog maar drie stappen achter haar was, waarom heeft hij haar dan niet al vóór de kerk gepakt? Dat is vijfhonderd meter verder, misschien meer. Is hij uitgegleden? Gevallen? Of heeft hij doelbewust op een stillere plek gewacht?

'Nog één ding, als je het niet erg vindt.'

'Hé, het is mijn werk.'

'Kun je die twee vooraan voor me vergroten?'

Griessel loopt achter Dekker aan de zitkamer in. Het is een ruim vertrek, met grote banken en stoelen rond een gigantische salontafel. Smaakvol, oud, mooi opgeknapt. De kleine, tengere Tinkie Kellerman van Maatschappelijk Werk van de SAPS zit kaarsrecht in een leunstoel, waarin ze nog kleiner lijkt. Zij is degene die erbij gehaald wordt als het slachtoffer of de verdachte een vrouw is, want ze is erg meelevend, maar nu ligt er een ongemakkelijke frons op haar gezicht.

'Mevrouw, laat me die zakken van uw handen halen,' zegt Jimmy joviaal tegen Alexandra Barnard, een gebogen figuur in een te grote witte kamerjas. Ze zit dubbelgeklapt op de punt van een grote vierzitsbank, haar ellebogen op haar knieën en haar hoofd gebogen, haar gezicht gaat schuil achter ongewassen grijze en blonde haren. Ze steekt zonder op te kijken haar handen uit. Jimmy maakt de bruine papieren zakken los.

'Ik moet alleen even deze schijven op uw handen drukken. Ze zijn kleverig, maar dat is alles.' Hij verbreekt het zegel op het SEM-kistje en haalt de ronde metalen schijven eruit. Griessel ziet dat de handen van Alexandra Barnard beven, haar gezicht wordt nog steeds bedekt door het lange haar.

Dekker en hij kiezen ieder een stoel. Dekker slaat zijn notitieblok open.

Jimmy werkt snel en zorgvuldig, eerst de rechterhand, dan de linker. 'Het is klaar, dank u wel, mevrouw.' Hij werpt de rechercheurs een blik toe die zegt: 'dit is interessant,' en bergt dan zijn spullen op.

'Mevrouw Barnard,' zegt Dekker.

Tinkie Kellerman schudt haar hoofd even, alsof ze wil zeggen dat de verdachte niet aanspreekbaar is. Jimmy loopt met ten hemel geslagen ogen weg.

'Mevrouw Barnard,' zegt Dekker, zijn stem harder, zakelijker.

'Ik heb het niet gedaan,' zegt ze zonder zich te bewegen, met een verrassend lage stem.

'Mevrouw Barnard, u hebt recht op een advocaat. U bent niet verplicht tot antwoorden. Maar als u ervoor kiest om onze vragen te beantwoorden, moet ik u mededelen dat uw verklaring voor de rechtbank gebruikt kan worden.'

'Ik heb het niet gedaan.'

‘Wilt u dat ik contact opneem met een advocaat?’

‘Nee,’ en dan kijkt ze langzaam op en veegt de haren aan weerszijden van haar gezicht weg. Bloeddoorlopen blauwe ogen, de huid een ongezonde kleur. Griessel ziet de regelmatige gelaatstrekken, tekenen van vroegere schoonheid onder de sporen van misbruik, en hij weet dat hij haar kent, hij kent een versie van dit gezicht, maar hij kan haar op dat ogenblik totaal niet plaatsen. Ze kijkt naar Dekker en dan naar Griessel, met een gezicht dat uitsluitend vermoeidheid uitdrukt. Ze steekt een hand uit naar een tafeltje naast zich en pakt sigaretten en een aansteker. Het kost haar moeite het pakje open te krijgen en er een sigaret uit te halen.

‘Mevrouw Barnard, ik ben inspecteur Fransman Dekker. Dit is inspecteur Bennie Griessel. Bent u bereid om onze vragen te beantwoorden?’ Zijn stem is harder dan nodig is, zoals je praat tegen iemand die een beetje doof is.

Ze knikt even, met moeite, en steekt de sigaret aan. Ze ademt de rook diep in, alsof die haar kracht moet geven.

‘De overledene is uw man, Adam Barnard?’

Ze knikt.

‘Wat is zijn volledige naam?’

‘Adam Johannes.’

‘Leeftijd?’

‘Tweeënvijftig.’

Dekker schrijft. ‘En zijn beroep?’

Ze richt haar vermoeide ogen op Dekker. ‘AfriSound.’

‘Neem me niet kwalijk?’

‘AfriSound. Dat is van hem.’

‘AfriSound?’

‘Dat is een platenmaatschappij.’

‘En hij bezit die maatschappij?’

Ze knikt.

‘Uw volledige naam?’

‘Alexandra.’

‘Leeftijd?’

‘Honderdvijftig.’

Dekker kijkt haar alleen maar aan, pen in de aanslag.

‘Zesenveertig.’

‘Uw beroep?’

Ze maakt een kort, cynisch geluid en veegt haar haar weer uit haar gezicht. Griessel ziet bevestigd dat ze drinkt, zoals de dienstbode al had beweerd. De trillende handen, de ogen, de kenmerkende verkleuring en verweerdheid van haar gezicht. Maar er is nog iets waaraan ze hem doet denken. Hij weet dat hij haar eerder heeft ontmoet.

'Neem me niet kwalijk?' zegt Dekker.

Waar kent hij haar van, vraagt Griessel zich af. Waarvan?

'Ik werk niet.'

'Huisvrouw,' zegt Dekker en schrijft dat op.

Ze maakt hetzelfde veelzeggende geluid.

'Mevrouw Barnard, kunt u ons vertellen wat er vannacht is gebeurd?'

Ze zakt langzaam achteruit op de bank, legt een elleboog op de leuning en steunt haar hoofd op haar hand. 'Nee.'

'Neem me niet kwalijk?'

'Ik weet niet hoelang ik de verleiding nog kan weerstaan om je van alles kwalijk te gaan nemen.'

Dekkers kaakspieren bewegen alsof hij knarsetandt. Alexandra ademt langzaam en doelbewust in, alsof ze zich aangordt voor een belangrijke taak. 'Ik ben alcoholist. Ik drink. Vanaf elf uur 's ochtends. Tegen zessen ben ik meestal heerlijk dronken. En vanaf halfnegen herinner ik me niet veel.' Op dat ogenblik, misschien omdat de diepe, volle stem ergens in zijn geheugen weerklank vindt, weet Bennie Griessel weer wie ze is. Het woord komt op zijn tong en hij zegt het bijna hardop, maar bedwingt zich net op tijd: *Soetwater.*

Ze was zangeres. Xandra. God wat is die oud geworden.

Soetwater. Het woord roept een visioen bij hem op. Een tv-beeld van een vrouw in een strakke zwarte rok, alleen zij en een microfoon in de felle schijnwerper op een podium vol rook.

'n Glasie vol sonlig, 'n soet kelkie klein.

Skink Soetwater.

'n Mondjie vol liefde, 'n slukkie vol pyn.

Drink Soetwater.

Halverwege de jaren tachtig zo'n beetje, en Griessel herinnert zich hoe ze was, die verschrikkelijk sensuele blonde zangeres met de Dietrich-achtige stem en genoeg zelfvertrouwen om zichzelf niet serieus te nemen. Hij heeft haar alleen op tv gezien, en op de covers van tijdschriften in de tijd dat hijzelf nog niet dronk. Ze heeft vier, vijf hits gehad, hij weet nog *'n Donkiekar net vir Twee*, *Tafelbaai se Wye Draai* en de superhit, *Soetwater*. Fok, ze was een grote ster, en kijk hoe ze er nu uitziet. Bennie Griessel voelt medelijden, maar ook verlies en herkenning.

'Dus u weet niet meer wat er gisteravond is gebeurd?'

'Niet echt.'

'Mevrouw Barnard,' zegt Dekker, stijf en formeel. 'Ik krijg niet de indruk dat u erg geschokt bent door de dood van uw man.'

Hij vergist zich, denkt Griessel. Hij ziet haar verkeerd, hij is te gespannen, te haastig.

'Nee, inspecteur, ik ben niet in de rouw. Maar als u me een gin met dry lemon brengt, zal ik mijn best doen.'

Heel even wordt Dekker onzeker, maar dan recht hij zijn schouders en zegt: 'Weet u nog iets van gisteravond?'

'Genoeg om te weten dat ik het niet heb gedaan.'

'O.'

'Kom vanmiddag terug. Drie uur is een goede tijd. Mijn beste tijd van de dag.'

'Dat is geen optie.'

Ze maakt een gebaar dat dat haar probleem niet is.

'Ik zal uw bloed moeten laten testen voor het alcoholpercentage.'

'Ga je gang.'

Dekker staat op. 'Ik zal de specialist halen.'

Griessel loopt achter hem aan. In de zitkamer zijn Dik en Dun bezig in te pakken. 'Kun je haar even bloed afnemen voordat jullie weggaan?'

'Tuurlijk, chef,' zegt Jimmy.

'Fransman,' zegt Griessel, beseffend dat hij heel voorzichtig zal moeten opereren. 'Je weet dat ik alcoholist ben?'

'Ach,' zegt Arnold, de dikke, 'rechercheurs die verbroederen. Het mooiste wat er bestaat.'

'Rot op,' zegt Griessel.

'Ik was al op weg,' zegt Arnold.

'Jullie moeten de Mercedes buiten nog doen,' zegt Dekker.

'Dat is het volgende op de lijst,' en Arnold loopt de kamer uit, zijn handen vol bewijsstukken en apparatuur.

'Dus?' vraagt Dekker als ze alleen zijn.

'Ik weet hoe ze zich voelt, Fransman.'

'Ze voelt niks. Haar man ligt daar en ze voelt niks. Zij heeft hem over de kling gejaagd, wat ik je brom. Het gewone verhaal.'

Hoe maak je een niet-drinker duidelijk hoe ze zich nu voelt? Alexandra Barnards hele wezen smacht naar alcohol. Ze is als een drenkeling in de verschrikkelijke vloed van die ochtend; drank is de enige reddingsboei. Griessel weet het.

'Je bent een goede rechercheur, Fransman. Je plaats delict is prima op orde, je doet alles volgens het boekje en negen van de tien keer heb je gelijk. Maar als je een bekentenis wilt... Geef me een kans. Een op een is minder intimiderend.'

Griessels mobiele telefoon gaat. Hij kijkt naar Dekker als hij hem tevoorschijn haalt. De man lijkt niet blij met zijn voorstel.

'Griessel.'

'Bennie, met Vusi. Ik ben in de controlekamer van Metro. Het zijn er twee, Bennie.'

'Twee wat?'

'Twee meisjes, Bennie. Ik sta hier te kijken naar vijf kerels die achter twee meisjes aan zitten in de Langstraat.'

7

'Fok,' zegt Bennie Griessel. 'Ze achtervolgen die meisjes, zeg je? Door de Langstraat?'

'Volgens de tijdscode was het vanochtend om kwart voor twee. Vijf mannen, vanuit de Waalstraat naar de kerk toe.'

'Hoe ver is dat? Vier straten?'

'Zes straten tussen de Waalstraat en de kerk. Een halve kilometer.'

'Jissis, Vusi, dat doe je niet om de rugzak van een toerist te jatten.'

'Ik weet het. En er is nog wat: de opnamen zijn niet geweldig, maar je kunt wel zien dat de figuren die achter hen aan zitten zwart én blank zijn, Bennie.'

'Dat slaat nergens op.' Want in dit land werkten misdadigers niet samen over de kleurgrenzen heen.

'Ik weet het... Ik dacht, misschien zijn het uitsmijters, misschien hebben de meisjes bij een club moeilijkheden veroorzaakt, maar, weet je...'

'Uitsmijters snijden geen buitenlandse toeristen de keel door.'

'Nog niet,' zegt Vusi, en Griessel weet wat hij bedoelt. De clubs met de uitsmijters zijn een nest van georganiseerde misdaad, een kruitvat. 'Hoe dan ook, ik heb een opsporingsbevel voor het andere meisje uitgevaardigd.'

'Goed werk, Vusi.'

'Ik weet niet of het veel zal helpen,' zegt Ndabeni en hij hangt op. Griessel ziet dat Dekker ongeduldig op hem wacht.

'Het spijt me, Fransman. Dat ging over Vusi's onderzoek.'

'En dit hier is míjn onderzoek,' zegt hij met een lichaamstaal die op ruzie duidt.

Griessel had die agressie niet verwacht, maar hij weet dat hij zich op dun ijs begeeft. Rechercheurs lijden ernstig aan territoriumdrift, en hij is hier alleen om te mentoreren.

'Je hebt gelijk,' zegt hij en loopt naar de deur. 'Maar misschien helpt het.'

Dekker blijft fronsend staan.

En dan, net voordat Bennie naar buiten loopt: 'Wacht.'

Griessel stopt.

'Oké,' zegt Dekker eindelijk. 'Praat met haar.'

Ze hoort hen niet meer. Alleen het geluid van vogels en krekels en het gedruis van de stad beneden. Ze ligt in de koelte van de rotswand, maar ze zweet, de temperatuur in de bergkom stijgt snel. Ze weet dat ze niet kan opstaan, want ze zullen ergens naar haar staan uitkijken.

Ze overweegt om hier te blijven liggen, de hele dag, tot het donker wordt en ze niet meer zo zichtbaar zal zijn. Dat kan ze doen, al heeft ze dorst, al heeft ze gisteravond voor het laatst gegeten. Als ze uitrust, als ze nog een beetje kan slapen, kan ze vanavond met hernieuwde kracht hulp gaan zoeken.

Maar zij weten dat ze hier ergens is.

Ze zullen de anderen gaan halen en zoeken, teruglopen over het pad en elke mogelijkheid overwegen en als een van hen dichtbij komt, kunnen ze haar zien, de holte is niet diep genoeg. Ze kent de meesten, kent hun atletische lichamen, hun energie, hun concentratie, hun behendigheid en hun zelfvertrouwen. En ze weet dat ze het zich niet kunnen veroorloven op te houden met zoeken.

Ze zal verder moeten.

Ze kijkt de rivierbedding af, de rotsige, smalle kloof die tussen fynbos en rotsen naar beneden slingert. Daar zal ze af moeten, kruipend, voorzichtig om geen geluid te maken. De berg was de verkeerde keuze, te verlaten, te open. Ze moet ergens zien te komen waar mensen zijn, ze moet hulp zoeken, ergens moet iemand bereid zijn om te luisteren en te helpen.

Ze tilt langzaam haar hoofd van de rugzak af, duwt hem voor zich uit en glijdt er voorzichtig achteraan. Ze kan hem niet slepen, dat maakt te veel lawaai. Ze komt half overeind, doet de rugzak langzaam om en knipt de gespen zachtjes vast. Dan kruipt ze op handen en voeten over de ronde rotsen. Langzaam, zodat ze niets verstoort wat geluid kan maken.

Griessel loopt de zitkamer in en fluistert Tinkie Kellerman iets in het oor. Alexandra Barnard heeft nog een sigaret opgestoken; met haar ogen volgt ze Tinkie, die opstaat en de kamer uitgaat. Griessel doet de deur achter haar dicht en loopt zwijgend naar een victoriaans meubelstuk, een grote kast met glas-in-looddeuren boven en donkerhouten deuren onder. Hij doet boven en onder deuren open, pakt een glas en een fles gin uit de kast en loopt naar de stoel die het dichtst bij Alexandra Barnard staat.

'Mijn naam is Bennie Griessel en ik ben alcoholist. Ik sta nu honderdzesenvijftig dagen droog,' zegt hij en verbreekt het zegel op de fles. Haar ogen zijn gericht op de doorzichtige vloeistof die hij voorzichtig in het glas schenkt, drie stevige vingers. Hij geeft het aan haar. Ze pakt het aan met handen die verschrikkelijk trillen. Ze neemt een grote, dorstige slok en doet haar ogen dicht.

Griessel loopt terug naar de drankkast en zet de fles weg. Als hij weer gaat zitten zegt hij: 'Meer ga ik je niet geven.'

Ze knikt.

Hij weet hoe ze zich voelt op dat moment. Hij weet dat de drank door haar hele lijf zal vloeien, een zachte, helende stroom die wonden geneest en stemmen het zwijgen oplegt, die een glad zilveren strand van vrede achterlaat. Hij gunt haar de tijd; er zijn vier slokken voor nodig, soms meer; je moet je lichaam de kans geven om de goddelijke gloed toe te laten. En dan beseft hij dat hij ingespannen naar het glas aan haar lippen zit te staren, hij ruikt de drank, hij voelt hoe zijn eigen lichaam ernaar reikt en gaat weer in de stoel zitten. Hij haalt diep adem terwijl hij naar de tijdschriften op de salontafel kijkt, *Visi* en *House & Garden*, twee jaar oud, maar ongelezen, tot ze 'Dank u' zegt en hij hoort dat haar stem zijn scherpe kantjes kwijt is.

Ze zet het glas langzaam neer, het trillen is bijna weg, en ze steekt hem het pakje sigaretten toe.

'Nee, dank u,' zegt hij.

'Een alcoholist die niet rookt?'

'Ik rook af en toe.'

Ze steekt er een op. De asbak naast haar is al vol.

'Mijn AA-sponsor is dokter,' zegt hij ter verduidelijking.

'Moet je een andere sponsor zoeken,' zegt ze in een poging tot humor, maar het werkt niet; haar mond trekt de andere kant uit en dan begint Alexandra Barnard te huilen, geluidloos, alleen een pijnlijke grijnslach om haar mond en tranen uit haar ogen. Ze legt de sigaret neer en slaat haar handen voor haar gezicht. Griessel steekt een hand in zijn broekzak en haalt er een zakdoek uit. Hij houdt hem haar voor, maar ze ziet hem niet. Haar schouders schokken, haar hoofd zakt omlaag, de lange haren vallen weer als een gordijn voor haar gezicht. Griessel ziet dat het blond met zilver is, een zeldzaam verschijnsel; de meeste vrouwen verven hun haar. Hij vraagt zich af waardoor ze zo onverschillig is geworden. Ze was een ster tenslotte, een grote. Waarom heeft ze zich zo laten gaan?

Hij wacht tot het snikken bedaart. 'Hij heet dokter Barkhuizen en is zeventig jaar oud, een alcoholist met lang haar in een vlecht. Hij zegt dat zijn kinderen vroegen waarom hij rookte, en dat hij allerlei redenen aanvoerde: het helpt bij stress, het is lekker...' Hij houdt zijn stem vlak, hij weet dat het een onbenullig verhaal is, maar dat doet er niet toe, hij wil alleen het gesprek op gang krijgen. 'Toen zei zijn dochter dat hij het dan vast niet erg zou vinden als zij ook ging roken. Op dat moment wist hij dat hij tegen zichzelf loog over dat roken. Toen is hij gestopt. Bij mij was het anders. Toen ik ophield met drinken... had ik gewoon geen belangstelling meer voor sigaretten. Het was toch al nooit mijn grootste hobby. Nu zit ik op drie of vier per dag.'

Ze kijkt eindelijk op en ziet de zakdoek. Ze pakt hem aan. 'Was het moeilijk?' Haar stem nog lager. Ze veegt haar gezicht af en snuit haar neus.

'De drank wel. Nog steeds.'

'Ik zou het niet kunnen.' Ze frommelt de zakdoek in elkaar, pakt het glas weer en neemt een slok.

Hij antwoordt niet. Hij moet haar nu ruimte geven om te praten. Hij weet dat ze dat gaat doen.

'Hier is uw zakdoek.'

'Die mag u houden.'

'Ik zal hem laten wassen.' Ze zet het glas neer. 'Ik heb het niet gedaan.'

Griessel knikt.

'We praatten niet meer,' zegt ze en kijkt de kamer in.

Griessel zwijgt.

'Hij komt om halfzeven uit kantoor. Dan komt hij naar de bibliotheek en kijkt even naar me. Om te zien hoe dronken ik ben. Als ik niets zeg, gaat hij in z'n eentje in de keuken eten of in zijn studeerkamer zitten. Of hij gaat weer uit. Hij bracht me elke avond naar bed. Elke avond. Ik heb me weleens afgevraagd, 's middags, als ik nog kan denken, of dat de reden is waarom ik drink. Zodat hij dat tenminste nog voor me doet. Is het niet tragisch? Is het niet hartverscheurend?' De tranen beginnen weer te stromen. Het verstoort het ritme van haar praten, maar ze gaat door. 'Soms, als hij binnenkwam, probeerde ik hem uit te dagen. Daar was ik goed in... Gisteravond heb ik... heb ik hem gevraagd wie er nu aan de beurt was... U moet begrijpen... We hebben... het is een lang verhaal...' en voor het eerst zijn haar snikken hoorbaar, alsof ze bezwijkt onder het gewicht van haar geschiedenis, en er welt medelijden op in Bennie Griessel, want hij ziet weer de schim van de zangeres in haar.

Uiteindelijk drukt ze haar sigaret uit. 'Toen zei hij alleen "fuck you", dat was het enige wat hij zei, en toen ging hij weer weg. Ik schreeuwde hem na: "Ja, laat mij maar achter," maar ik denk niet dat hij het gehoord heeft, ik was dronken.'

Ze snuit weer in de zakdoek. 'Dat is alles. Dat is alles wat ik weet. Hij heeft me niet naar bed gebracht, hij heeft me achtergelaten, en vanochtend, toen lag hij daar.' Ze pakt het glas op.

'De laatste woorden die hij tegen me heeft gezegd: "Fuck you".' Nog meer tranen.

Dan drinkt ze het laatste restje drank op en kijkt Griessel strak aan. 'Denkt u dat ik het geweest kan zijn die hem heeft doodgeschoten?'

Het mollige meisje achter de balie van de Cat & Moose Youth Hostel and Backpackers Inn kijkt naar de foto die de agent haar voorhoudt en vraagt: 'Waarom ziet ze er zo gek uit?'

'Ze is dood.'

'O, lieve hemel.' En dan denkt ze even na en zegt: 'Was zij dat vanochtend, hier bij de kerk?'

'Ja. Herken je haar?'

'O, lieve hemel, ja. Ze zijn gisteren aangekomen, twee Amerikaanse meisjes. Wacht...' Het mollige meisje slaat het register open en loopt met haar vinger langs de kolom. 'Hier zijn ze, Rachel Anderson en Erin Russel, ze komen uit...' Ze buigt zich voorover om het kleine handschrift van de adressen te lezen. 'West Lafayette, Indiana. O, lieve hemel. Wie heeft haar vermoord?'

'Dat weten we nog niet. Is dit die Anderson?'

'Ik weet het niet.'

'En die andere, weet je waar die is?'

'Nee, ik werk overdag, ik... Laten we gaan kijken, ze hebben kamer zestien.' Ze slaat het register dicht en loopt voor hem uit door de gang. 'O, lieve hemel.'

Met voorzichtige vragen weet hij informatie over het vuurwapen los te krijgen. Het was van haar man. Adam Barnard bewaarde het in een kluis in de kamer. Hij had de sleutel bij zich, zeker omdat hij bang was dat zij in haar dronkenschap iets stoms zou doen. Ze zegt dat ze niet weet hoe het ding naast haar op het kleed terecht is gekomen. Ze zegt dat zij het misschien was die hem doodgeschoten heeft, ze had er reden genoeg voor, woede en zelfmedelijden en haat genoeg. Er waren momenten geweest dat ze wilde dat hij dood was, maar haar fantasie was eigenlijk zelfmoord plegen en dan zien wat hij zou doen: als hij om halfzeven 's avonds thuis zou komen en de trap op zou lopen en haar daar zou vinden, levenloos, en zich over haar lichaam zou buigen en haar om vergiffenis zou smeken, huilend en gebroken. Maar, zegt ze met zware ironie, die twee dingen zouden nooit samengaan. Je kunt niets zien als je dood bent.

En dan zit ze daar maar en eindelijk fluistert hij *Soetwater*, maar ze reageert niet, ze schuilt heel lang achter haar haren totdat ze het glas langzaam naar hem uitsteekt en hij weet dat hij nog een keer moet inschenken als hij het hele verhaal wil horen.

08.13 uur – 09.03 uur

8

Bennie Griessel heeft het verhaal van Alexa Barnard aangehoord.

'Alexa. Niemand noemt me Alexandra of Xandra.'

En nu, vlak voordat hij de voordeur van de Brownlowstraat 47 opent om Dekker te zoeken, wordt hij overvallen door een eigenaardige emotie, iets wat op zijn hart drukt, een gewichtloosheid in zijn hoofd, een soort afstand tot de werkelijkheid, alsof hij een paar millimeter van alles verwijderd is, een seconde of twee uit de pas met de wereld.

Daarom duurt het even voordat hij beseft dat er hierbuiten chaos heerst. De straat, die stil en rustig was toen hij aankwam, is nu een gedrang van journalisten en nieuwsgierigen: een kudde fotografen, een troep verslaggevers, een cameraploeg van de tv en de groeiende groep omstanders die door hun aanwezigheid zijn aangetrokken. Het lawaai spoelt over Griessel heen, zware klankgolven die hij met zijn lijf kan voelen, tegelijk met het besef dat hij zo intens naar Alexa's verhaal heeft geluisterd dat hij hier allemaal niets van heeft gemerkt.

Voor hem op de veranda is een gespannen Dekker in een verhit gesprek verwikkeld met een kale man; harde, boze stemmen.

'Niet voordat ik haar heb gezien,' zegt de man met een superieure houding en agressieve lichaamstaal. Zijn hoofd is helemaal kaalgeschoren, hij is lang en pezig, met een zilveren ringetje in een van zijn grote vlezige oren. Zwart overhemd, zwarte broek en het soort zwarte basketbalschoenen dat jongeren dragen, al lijkt hij zelf een eind in de veertig. Zijn prominente adamsappel wipt op en neer op het ritme van zijn woorden.

Dekker ontdekt Griessel. 'Hij wil haar per se zien,' zegt Dekker gespannen.

De man negeert Griessel. Hij knipt een zwart etui aan zijn brede zwarte riem open en haalt een klein zwart mobieltje tevoorschijn. 'Ik laat mijn advocaat komen; dit gedrag is absoluut onaanvaardbaar.' Hij begint op de toetsen van het mobieltje te drukken. 'Die vrouw is niet gezond.'

'Dit is de vennoot van de overledene. Willie Mouton,' zegt Dekker.

'Meneer Mouton,' zegt Griessel, op redelijke toon. Zijn stem klinkt hem vreemd in de oren.

'Fok of,' zegt Mouton. 'Ik ben aan de telefoon.' Zijn stem is doordringend en hoog als een industriële lintzaag.

'Meneer Mouton, ik kan niet toestaan dat u zo tegen een politieofficier spreekt,' zegt Dekker op hoge toon. 'En als u persoonlijke telefoontjes wilt plegen, doet u dat maar op straat...'

'Het is een vrij land, voor zover ik weet.'

'... en niet op mijn plaats delict.'

'Jouw plaats delict? Wie de fok denk je wel dat je bent?' en dan in de telefoon: 'Sorry. Kunt u me doorverbinden met Regardt, alstublieft...'

Dekker komt dreigend op hem af, hij begint zijn geduld te verliezen.

'Regardt, met Willie, ik sta hier op de veranda van Adam met de Gestapo...'

Griessel legt een hand op Dekkers arm. 'Er zijn camera's, Fransman.'

'Ik ga hem niet in elkaar slaan,' zegt Dekker terwijl hij Mouton hardhandig de veranda af trekt en naar het tuinhek duwt. Camera's flitsen en klikken.

'Ze mishandelen me, Regardt,' zegt Mouton, met iets minder zelfvertrouwen.

'Morgen, Nikita,' zegt professor Phil Pagel, de chef patholoog, van de andere kant van het hek met een geamuseerde uitdrukking op zijn gezicht.

'Morgen, professor,' zegt Bennie terwijl hij kijkt hoe Dekker Mouton het hek uit duwt, naar de stoep, en tegen een agent zegt: 'Zorg dat hij hier niet meer binnenkomt.'

'Ik klaag jullie aan,' zegt Mouton. 'Regardt, ik wil dat je al die klojo's aanklaagt. Ik wil dat je stante pede hierheen komt met een rechterlijk bevel; Alexa zit daarbinnen en god weet wat deze stormtroepen met haar uitvreten.' Zijn stem is opzettelijk hard zodat Dekker én de media hem kunnen horen.

Pagel dringt zich langs Zorro en loopt het trapje op met zijn zwarte tas in de hand. '*What a piece of work is a man*,' zegt hij.

'Wat?' zegt Griessel en ineens is de afstand weg, is hij terug in het heden, met een helder hoofd.

Pagel schudt Griessel de hand. 'Hamlet. Tegen Rosencrantz en Guildenstern. Vlak voordat hij zegt dat de mens *a quintessence of dust* is, louter stof. Ik ben gisteravond naar het toneelstuk geweest, zeer aan te bevelen. Drukke ochtend, Nikita?'

Pagel noemt hem al twaalf jaar Nikita, want de eerste keer dat hij Griessel ontmoette, zei hij: 'Ik weet zeker dat de jonge Chroesjtsjov er zo uitzag.' Griessel moest diep in zijn geheugen graven om te bedenken hoe Chroesjtsjov er ook alweer uitzag. Pagel is flamboyant gekleed en zoals altijd lang, fit en uitzonderlijk aantrekkelijk voor zijn vijftig en nog wat jaren; sommige mensen beweren dat hij lijkt op een van de sterren uit een soap die Griessel nog nooit heeft gezien.

'Het gaat stroef, zoals altijd.'

'Ik heb begrepen dat je nu mentor bent van een nieuwe generatie wetsdienaren, Nikita.'

'Zoals je ziet, ben ik briljant in mijn baan,' grinnikt Griessel. Dekker komt net de veranda op. 'Heb je Fransman al ontmoet?'

'Ik heb inderdaad het genoegen gehad. Inspecteur Dekker, ik bewonder je daadkracht.'

Dekker is nog steeds gespannen. 'Morgen, prof.'

'Volgens geruchten is Adam Barnard het slachtoffer?'

Ze knikken allebei, synchroon.

'*Take arms against a sea of troubles*,' zegt Pagel.

De rechercheurs kijken hem niet-begrijpend aan.

'Ik misbruik *Hamlet* om te zeggen dat we ons moeten voorbereiden op grote problemen, collega's.'

'Aha,' zeggen de rechercheurs. Ze begrijpen het.

Ze staan in de bibliotheek te praten terwijl Pagel bij het lijk knielt en zijn dokterstas openmaakt.

'Dit heeft zij niet gedaan, Fransman,' zegt Griessel.

'Weet je dat honderd procent zeker?'

Griessel haalt zijn schouders op. Niemand kan iets ooit honderd procent zeker weten. 'Het is niet alleen wat ze zegt, Fransman. Maar ook hoe het eruitziet.'

'Ze kan iemand ingehuurd hebben.'

Griessel moet toegeven dat dat argument hout snijdt. Vrouwen die anderen betalen om zich van hun echtgenoot te ontdoen is de nieuwe nationale sport. Maar hij schudt zijn hoofd. 'Ik betwijfel het. Je huurt niet iemand in om het eruit te laten zien of je het zelf hebt gedaan.'

'In dit land is alles mogelijk,' zegt Dekker.

'Amen,' zegt Pagel.

'Prof, die grote problemen... Kende je Barnard?' vraagt Griessel.

'Ten dele, Nikita. Voornamelijk van horen zeggen.'

'Wat is zijn verhaal?' vraagt Dekker.

'Muziek,' zegt Pagel. 'En vrouwen.'

'Dat vertelde zijn vrouw ook,' zegt Griessel.

'Alsof ze nog niet genoeg geleden heeft,' zegt Pagel.

'Hoezo?' vraagt Dekker.

'Je weet dat ze een ster was?'
'Nee.' Verbaasd.
Pagel kijkt niet op als hij praat; zijn handen zijn vaardig bezig met zijn instrumenten en het lichaam. 'Barnard heeft haar "ontdekt", hoewel die uitdrukking me eigenlijk tegenstaat. Maar ik moet mijn onkunde bekennen, collega's. Zoals jullie weten ligt mijn liefde eigenlijk bij de klassieken. Ik weet dat hij als advocaat bij de muziekindustrie betrokken is geraakt. Xandra was zijn eerste ster...'
'Xandra?'
'Dat was haar toneelnaam,' zegt Griessel.
'En ze zong?'
'Inderdaad. En heel goed ook,' zegt Pagel.
'Hoe lang geleden was dat?'
'Vijftien, twintig jaar?'
'Ik heb nog nooit van haar gehoord,' zegt Dekker hoofdschuddend.
'Ze is van het toneel verdwenen. Vrij plotseling.'
'Ze heeft hem met iemand anders betrapt,' zegt Griessel. 'Toen is ze gaan drinken.'
'Aldus de roddels. Heren, onofficieel en onbevestigd: ik vermoed dat het tijdstip van overlijden, min of meer...' Pagel kijkt op zijn horloge, 'tussen twee en drie uur vanochtend ligt. Zoals jullie waarschijnlijk al hadden geconcludeerd, zijn twee schoten met een klein kaliber vuurwapen de doodsoorzaak. De plaats van de wond en de weinige kruitresten duiden op een schietafstand van twee tot vier meter... en een redelijk goede schutter; de twee wonden liggen minder dan drie centimeter uit elkaar.'
'En hij is niet hier neergeschoten,' zegt Dekker.
'Inderdaad.'
'Twee wonden maar?' vraagt Griessel.
De patholoog knikt.
'Er zijn drie schoten gelost met zijn pistool.'
'Professor,' zegt Dekker, 'ze is alcoholist. Ze was gisteravond dronken. Ik heb bloed laten afnemen, maar of dat zal helpen, acht of tien uur later?'
'Aha, Fransman, we hebben tegenwoordig ethylglucuronide dat tot 36 uur na gebruik de residuen van alcohol in het bloed kan opsporen. En met een urinemonster tot vijf dagen na inname.'
Dekker knikt tevreden.
'Maar ik moet me aansluiten bij de theorie van Nikita. Ik denk niet dat zij het heeft gedaan.'
'Hoezo, prof?'
'Kijk naar hem, Fransman. Hij is om en nabij de een meter negentig, hij

heeft wat overgewicht, ik schat hem ergens aan de verkeerde kant van honderdtien kilo. Het zou jou en mij al moeite kosten om zijn lichaam die trap op te dragen, en wij zijn nuchter.' Pagel begint zijn instrumenten in te pakken. 'Kom, we brengen hem naar het lijkenhuis; ik kan hier niet veel meer doen.'

'Iemand heeft een hoop moeite gedaan om hem hier te krijgen,' zegt Dekker.

'En daar wringt de schoen,' zegt Pagel.

'Vrouwen...' mijmert Dekker.

Pagel staat op. 'Je moet de Afrikaanse muziekindustrie als potentiële bron van conflicten ook niet afschrijven, Fransman.'

'Prof?'

'Volg je de rioolpers niet, Fransman?'

Dekker haalt zijn schouders op.

'Ach ja, het leven van een wetsdienaar, druk, druk, druk. Er gaat heel wat geld om in de Afrikaanse muziekindustrie, Fransman. Groot geld. Maar dat is nog maar het topje van de ijsberg. De intriges zijn legio. Schandalen als overspel, seksuele intimidatie, pedofilie... meer lange messen en openlijke dolken in de rug dan in *Julius Caesar.* Ze bakkeleien over alles: *back tracks*, contracten, artistieke credits, royalty's, wie een musical over welke historische figuur mag maken, wie welke plek in de muziekgeschiedenis verdient...'

'Maar waarom?' vraagt Griessel ontgoocheld.

'Mensen zijn mensen, Nikita. En als er veel roem en rijkdom in het spel zijn... Het is overal hetzelfde: er zijn kliekjes en kampen, grote ego's, kunstenaarstemperamenten, overgevoeligheden, haat, jaloezie, afgunst, naijver, er zijn mensen die al jaren niet meer met elkaar praten, nieuwe vijandschappen... de lijst is eindeloos. En onze Adam zat er middenin. Is het voldoende om tot moord aan te zetten? Zoals Fransman terecht opmerkte: in dit land is alles mogelijk.'

Jimmy en Arnold van Forensisch komen binnen. 'O, daar is de professor. Morgen, prof,' zegt Arnold, de dikke.

'Rosencrantz en Guildenstern zijn gearriveerd. Morgen heren.'

'Professor, mogen we u iets vragen?'

'Natuurlijk.'

'Waar het om gaat...' zegt Arnold.

'Vrouwen...' zegt Jimmy.

'Waarom zijn hun borsten zo groot?'

'Ik bedoel, kijk naar dieren...'

'Veel kleiner, prof...'

'Jissis,' zegt Fransman Dekker.

'Volgens mij is het de revolutie,' zegt Arnold.

'Evolutie, stomme aap,' zegt Jimmy.

'*Whatever*,' zegt Arnold.

Pagel kijkt naar hen met de welwillendheid van een geduldige vader. 'Interessante vraag, collega's, maar we zullen ons gesprek later moeten voortzetten. Kom eens langs in Soutrivier.'

'We zijn niet zo dol op het lijkenhuis, prof.'

Dekkers telefoon gaat. Hij kijkt naar het toestel. 'Het is Cloete,' zegt hij.

'*En laat de pauken tot de trompen spreken*,' zegt Pagel op weg naar de deur, want Cloete is de SAPS-persvoorlichter. 'Tot ziens, collega's.'

Ze groeten de patholoog en luisteren hoe Fransman de sensationele details aan Cloete vertelt.

Griessel schudt zijn hoofd. Dit wordt een enorme toestand; je hoeft maar naar buiten te kijken om dat te concluderen. Dan gaat zijn eigen telefoon. Hij neemt op: 'Griessel.'

'Bennie,' zegt Vusi Ndabeni. 'Ik denk dat je moet komen.'

9

Rachel Anderson kruipt door de kloof. Hij wordt dieper naarmate ze verder komt, de wanden zijn nu hoog, ruw en onbegaanbaar. Ze sluiten haar in, maar bieden ook zoveel beschutting dat ze kan gaan staan, want hier zullen ze haar waarschijnlijk niet kunnen zien. De helling wordt steiler, het terrein zwaarder. Even na acht uur en het is bloedheet. Ze klimt over rotsen en houdt zich vast aan de wortels van struiken, ze zweet, haar keel is droog, haar knieën begeven het bijna. Ze moet water vinden, ze moet iets te drinken vinden, ze moet in beweging blijven.

En dan ziet ze het paadje, naar rechts, treden die uit de rots en de aarde zijn gehakt en gegraven. Ze staart ernaar. Ze weet niet wat haar daarboven te wachten staat.

Alexa Barnard ziet hoe ze het lijk van haar man de deur uit dragen en haar gezicht vertrekt van verdriet.

Tinkie Kellerman staat op, komt op de bank naast haar zitten en legt een zachte hand op haar arm. Alexa voelt een verschrikkelijke behoefte om door de tengere politievrouw vastgehouden te worden. Maar ze zit daar maar en slaat haar armen om haar eigen schouders, in een wanhopige zelfomhelzing. Ze buigt haar hoofd en ziet hoe de tranen op de witte stof van de mouwen van haar kamerjas druppelen en dan verdwijnen, alsof ze nooit hebben bestaan.

Rachel Anderson klimt tot bijna bovenaan en kijkt dan met kloppend hart over de rand van de kloof. Alleen de berg. En stilte. Nog een trede hoger en dan beseft ze ineens dat ze haar van achteren kunnen zien en draait ze zich verschrikt om, maar er is niemand. De laatste twee treden, voorzichtig. Aan haar linkerkant de daken van huizen, de laatste rij boven tegen de berg. Voor haar een voetpad dat achter de huizen langs loopt, met bomen die beschutting en schaduw bieden. Rechts van haar de steilte van de berg, daarna de bergmassa zelf.

Ze kijkt nog een keer om, en dan loopt ze haastig het pad op, haar hoofd zo laag mogelijk.

Griessel rijdt terug naar de Langstraat, er is nu minder verkeer. Vusi heeft gezegd dat hij naar de Cat & Moose moet komen.

'Wat is er aan de hand?' heeft hij gevraagd.

'Ik vertel het wel als je er bent,' op de toon van iemand die in aanwezigheid van anderen praat.

Maar dat is niet wat Griessel bezighoudt. Hij zit in de politieauto en denkt aan Alexa Barnard. Aan haar stem en haar verhaal, aan haar schoonheid die achter twintig jaar drinken schuilgaat. Hij vraagt zich af of zijn geest in staat zou zijn haar jongere, mooiere beeld uit zijn geheugen op te diepen en op het doek van haar huidige gezicht te projecteren zodat je die twee samen ziet: het heden en het verleden, zo ver uit elkaar en toch zo onscheidbaar. En dan denkt hij aan de intensiteit waarmee ze de gin dronk en hij weet dat het gevaarlijk was om te zien, dat ogenblikkelijke herstel. Het heeft zijn eigen behoefte losgetornd, waardoor die nu als duizend losse draden in hem hangt. Waardoor een stem in hem zegt dat er een drankwinkel is, hier in de Kloofstraat, die alles weer kan verbinden, die de leidingen weer kan herstellen zodat de elektriciteit van het leven weer op volle kracht kan stromen.

'God,' zegt Bennie tegen zichzelf en hij slaat doelbewust links af de Breëstraat in, weg van de verzoeking.

Wanneer de tranen opdrogen, zegt Tinkie Kellerman: 'Kom, ik denk dat u zich beter zult voelen als u een bad heeft genomen.'

Alexa knikt en staat op. Ze loopt wat wankel, de politievrouw moet haar leiden, de trap op, door de bibliotheek, de gang uit, tot aan de slaapkamerdeur.

'Ik denk dat je hier moet wachten.'

'Dat kan niet,' zegt Tinkie met medelijden in haar stem.

Alexa blijft even staan. Dan dringt de betekenis tot haar door. Ze zijn bang dat ze iets zal doen. Zichzelf iets zal aandoen. En ze weet dat de mogelijkheid bestaat. Maar eerst wil ze de drank bereiken, de vier centimeter gin in de fles achter haar ondergoed.

'Ik zal niets doen.'

Tinkie Kellerman kijkt haar met grote, meelevende ogen aan.

Alexa gaat de kamer binnen. 'Niet in de badkamer komen.'

Ze zal de fles samen met haar kleren uit de kast halen. Haar lichaam zal hem afschermen.

'Ga daar maar zitten.' Ze knikt naar de stoel voor de toilettafel.

Fransman Dekker hoort het aanhoudende geklop op de voordeur. Hij doet open. Willie Mouton, die kale kop met zijn zwarte kleren, staat op de veranda, samen met een alter ego. Een even tanige man, maar met een volle bos zwart haar, pijnlijk netjes in een scheiding gekamd, en het uiterlijk van een begrafenisondernemer: lang, somber gezicht, ogen die alles al hebben gezien, donker pak en antracietkleurige das. 'Mijn advocaat is er. Nu ben ik klaar voor je.'

'Nu bent u klaar voor me?' Zijn drift vlamt op bij de neerbuigende manier waarop de blanke man tegen een kleurling praat, maar buiten op straat zijn lenzen op hem gericht, toeschouwers en journalisten die tegen het hek drommen.

'Regardt Groenewald,' zegt de advocaat verontschuldigend en hij steekt voorzichtig zijn hand uit, een zoenoffer, waardoor Dekker moet omschakelen.

Hij schudt de lange, slappe hand. 'Dekker,' zegt hij, terwijl hij de advocaat opneemt. Hij had een dobermann verwacht, niet deze basset van een man.

'Hij bedoelt alleen maar dat we bereid zijn om te praten,' zegt Groenewald.

'Waar is Alexa?' vraagt Mouton en hij kijkt langs Dekker het huis in. Groenewald legt zijn slappe hand op Moutons arm alsof hij hem wil tegenhouden.

'Er wordt voor haar gezorgd.'

'Door wie?'

'Door een agente van Maatschappelijk Werk.'

'Ik wil haar zien.' De opdracht van een blanke, maar weer dooft de advocaat de lont.

'Rustig, Willie.'

'Dat is op dit moment geen optie,' zegt Dekker.

Mouton kijkt verwijtend naar zijn advocaat. 'Dat kan hij niet maken, Regardt.'

Groenewald zucht. 'Ik weet zeker dat hij Alexa op haar rechten heeft gewezen, Willie.' Hij praat verontschuldigend, kalm, afgemeten.

'Maar die vrouw is ziek.'

'Mevrouw Barnard wilde zelf zonder aanwezigheid van een advocaat spreken.'

'Maar ze is niet compis mentos,' zegt Mouton.

'Compos mentis,' zegt Groenewald geduldig.

'Mevrouw Barnard is op het ogenblik geen verdachte,' zegt Dekker.

'Dat is niet wat Adams dienstbode heeft gezegd.'

'Voor zover ik weet, werkt de huishoudelijke hulp nog niet voor de SAPS.'

'Zie je, Regardt. Zo zijn die lui. Bijdehand. Terwijl ik net een vriend en collega heb verloren.'

'Willie, meneer Dekker, laten we allemaal even kalm blijven...'
'Ik bén kalm, Regardt.'
'Mijn cliënt heeft informatie in verband met de zaak,' zegt Groenewald.
'Wat voor informatie?'
'Pertinente informatie. Maar kunnen we niet...'
'Dan is het zijn plicht die aan mij over te dragen.'
'Niet als jij zo bijdehand blijft doen.'
'Meneer Mouton, u hebt geen keus. Het achterhouden van informatie...'
'Alstublieft, heren,' zegt Groenewald sussend. Dan, heel voorzichtig: 'Misschien kunnen we beter binnen verder praten?'
Dekker aarzelt.
'Mijn cliënt heeft een sterk vermoeden wie Adam Barnard om het leven heeft gebracht.'
'Maar ik wil niemand belasteren,' zegt Mouton.
'Willie, van laster is onder deze omstandigheden geen sprake.'
'U weet wie Barnard heeft neergeschoten?'
'Mijn cliënt heeft geen bewijs, maar voelt het als zijn burgerplicht om de beschikbare informatie aan justitie mede te delen.'
Fransman Dekker kijkt naar de meute, dan naar Groenewald en Mouton. 'Ik denk inderdaad dat u beter binnen kunt komen.'

Rachel Anderson loopt over het pad dat de berg omzoomt, haastiger nu, want het is vlak terrein en ze heeft de beschutting van de dennenbomen achter zich gelaten. Er zijn alleen de huizen links beneden, heel groot, met zwembaden, afgesloten tuinen en hoge muren. Daarachter ligt de stad en de lange bocht van de Tafelbaai, een ansichtkaart van helderblauwe zee en een kluitje wolkenkrabbers die tegen elkaar aan schurken alsof ze solidariteit zoeken in elkaars nabijheid.

Het is een leugen, denkt ze, die schoonheid. Een façade. Zij en Erin hebben zich erdoor laten misleiden.

Voor haar buigt het pad naar rechts, om een reservoir heen. De hoge aarden wal zal haar een paar honderd meter aan het oog onttrekken.

Als de badkamerdeur dicht is, trekt Alexa Barnard haar kamerjas en nachtjapon uit en pakt dan de fles die ze onder de schone kleren heeft meegesmokkeld.

Ze schroeft met bevende hand de dop eraf. Er zit niet veel meer in. Ze brengt hem naar haar lippen en drinkt. De beweging wordt weerkaatst in de lange spiegel en ze kijkt er onwillekeurig naar: het blote lichaam, de nutteloze vrouwelijkheid, het vuile lange haar in slierten voor en rond het gezicht, de stoppels van okselhaar, de open mond en de fles wanhopig hoog opgetild om de laatste druppels eruit te persen. Ze schrikt van de bezetenheid, de doelgerichtheid waarmee het spiegelbeeld op de fles focust.

Wie staat daar?

Ze wendt zich af en drinkt de fles leeg, maar vindt geen verlichting. Ze zet hem op de grond en zoekt met uitgestrekte arm steun tegen de muur.

Is zij dat?

Soetwater, had de sympathieke rechercheur met dat eigenaardige gezicht en dat verwarde haar tegen haar gezegd. *Waarom hebt u het zover laten komen?* bedoelde hij. Ze heeft het hem verteld, maar dat was vóór het spiegelmoment, dus onvolledig.

Ze draait zich terug en kijkt weer naar de vrouw in de spiegel. Het lange lichaam lijkt zo weerloos. De benen, de heupen, de buik die met een kleine ronding hangt, de forse borsten, de lange tepels, de hals waar de huid niet meer glad is. Het afgeleefde, opgebruikte, leeggedronken gezicht.

Dat is zij. Haar lichaam. Haar gezicht.

God.

'Waarom hebt u het zover laten komen?' Er klonk oprechte belangstelling in de stem.

Ze rukt zich los en stapt de douche in. Tot hier, maar verder wil ze niet gaan. Kan ze niet gaan.

Mechanisch draait ze de kranen open.

Adam is dood. Wat moet ze doen? Vanavond? Morgen?

De angst die in haar opwelt is zo groot dat ze haar handpalmen tegen de tegels moet drukken om overeind te blijven. Ze blijft even zo staan, het water is te warm, maar dat voelt ze niet. De pillen, die moet ze hebben, de slaappillen, zodat ze weg kan drijven, weg van die vrouw in de spiegel, weg van die verzengende angst, de dorst, de donkerte voor haar.

De pillen zijn in de kamer waar Tinkie Kellerman zit.

Ze zal iets anders moeten vinden. Hier in de badkamer. Ze stapt gespannen de douche uit, trekt met bevende handen het medicijnkastje open, te haastig, omvallende potjes, niets wat ze kan gebruiken. Ze pakt haar scheermes, kijkt naar de nutteloosheid ervan, smijt het weg, tegen de deur, grabbelt in het kastje rond, hier is niets, niets.

'Mevrouw?' klinkt het van de andere kant van de deur.

Alexa Barnard draait zich om en doet de deur op slot. 'Laat me met rust.' Dit is niet haar stem.

'Mevrouw, alstublieft...'

Ze ziet de drankfles. Ze pakt hem bij de hals, slaat hem stuk tegen de muur. Een splinter spat tegen haar voorhoofd. Ze kijkt naar de scherpe glasscherf die in haar hand achterblijft. Ze tilt haar linkerarm op en snijdt met geweld, diep en wanhopig, van de pols tot de elleboog. Een fontein van bloed. Ze snijdt opnieuw.

In de woonkamer zitten Mouton en Groenewald naast elkaar op de grote bank, Dekker tegenover hen.

'Ik heb geen bewijs,' zegt Mouton.

'Vertel hem wat er gebeurd is, Willie.'

Ze lijken op die twee uit die oude zwart-witfilms, denkt Dekker. Hoe heetten die ook alweer?

'Een of andere kerel kwam mijn kantoor binnenstormen en zei dat hij Adam ging vermoorden.'

'En wie is die kerel?'

Mouton kijkt zijn advocaat aan. 'Je weet zeker dat het geen laster is, Regardt?'

'Dat weet ik zeker.'

'Maar stel dat ik moet getuigen?'

'Willie, van laster zal geen sprake zijn.'

'Het kan hun carrière verwoesten, Regardt. Ik bedoel, stel dat hij het niet is?'

'Willie, je hebt geen keus.'

Laurel en Hardy, weet Dekker weer. Twee blanke komieken. Hij vraagt: 'Meneer Mouton, wie was het?'

Mouton haalt diep adem, de adamsappel wordt overgehaald als een trekker. 'Het was Jos Geyser,' en dan zakt hij terug alsof hij een storm heeft ontketend.

'Wie?'

'De gospelzanger,' zegt Mouton ongeduldig. 'Van Jos en Melinda.'

'Die ken ik niet.'

'Jos en Melinda? Iedereen kent ze. Zestigduizend exemplaren van de nieuwe cd, vierduizend op één dag toen ze op radio RSG te gast waren. Ze zijn groot.'

'En waarom zou Jos Geyser Adam Barnard willen vermoorden?'

Mouton leunt samenzweerderig naar voren en praat ineens zachtjes: 'Adam heeft Melinda in zijn kantoor gepakt.'

'Gepakt?'

'Je weet wel... Hij heeft seks met haar gehad.'

'In het kantoor van Barnard?'

'Dat klopt.'

'En toen werden ze door Geyser betrapt?'

'Nee. Toen bekende Melinda.'

'Aan Jos?'

'Nee, hogerop. Maar Jos was erbij toen ze aan het bidden was.'

Fransman Dekker maakt een geluid, iets tussen een lach en ongeloof. 'Meneer Mouton, dat meent u niet serieus.'

'Jazeker!' Verontwaardiging. 'Denk je dat ik op een moment als dit grapjes zit te maken?'

Dekker schudt zijn hoofd.

'Gistermiddag kwam Jos Geyser met een noodgang langs Natasha en brak zowat mijn deur eruit en zei dat hij op zoek was naar Adam en ik zei hoezo en hij zei dat hij Adam ging vermoorden, want die had Melinda verkracht. Toen zei ik: "Hoe kun je dat zeggen, Jos?", toen zei hij dat Melinda het had gezegd. Toen zei ik: "Wat heeft ze gezegd?", toen zei hij dat ze had gebeden en de Grote Zonde in het kantoor van Adam, op het bureau, had opgebiecht. Ze had gezegd dat het de duivel was, maar Jos weet hoe hij is, hij weet van Adams dingen. En hij zou hem doodslaan. Hij was buiten zinnen, hij nam mij bijna te grazen toen ik zei dat het niet als een verkrachting klonk, het is een beer van een vent, hij zat in dat televisieprogramma, *Gladiators*, voordat hij bekeerd werd.' En dan laat Mouton zijn stem weer zakken: 'De geruchten gaan dat hij hem niet... je weet wel... niet overeind krijgt, door de steroïden...'

'Dat doet niet ter zake, Willie,' zegt Groenewald.

'Het geeft hem een motief,' zegt Mouton.

'Nee, nee...' zegt de advocaat.

'Hij zou hem doodslaan?' vraagt Dekker. 'Is dat wat hij zei?'

'Hij zei ook dat hij hem zou afmaken... nee, hij zou hem fokking afmaken, hij zou Adam z'n ballen afsnijden en boven de platina cd in zijn woonkamer hangen.'

'Adams dingen. Naar wat voor "dingen" verwees Geyser?'

'Adam is...' En dan aarzelt Mouton. 'Ik kan niet geloven dat Adam dood is.' Hij zakt weer terug op de bank en grijpt naar zijn kale hoofd. 'Hij was mijn vriend. Mijn vennoot. We hebben samen zoveel meegemaakt. Ik heb het nog zo gezegd, op een dag zal iemand...'

Er daalt een stilte neer. Mouton veegt met de rug van zijn hand over zijn ogen.

'Sorry,' zegt Mouton. 'Het is moeilijk voor mij.'

De advocaat steekt weer zijn lange, smalle hand naar zijn cliënt uit. 'Dat is begrijpelijk, Willie.'

'Hij had een gigantische persoonlijkheid.'

En dan hoort Dekker de hoge, doordringende stem van Tinkie Kellerman: 'Fransman!'

Hij komt snel overeind en loopt naar de deur.

'Fransman!'

'Hier,' roept hij. Hij ziet Kellerman boven aan de trap.

'Kom helpen,' zegt ze. 'Schiet op.'

Honderd meter na het reservoir buigt het pad naar links, bergafwaarts, naar de stad toe, door een brede, vlakke kloof. Rachel Anderson loopt tussen dennenbomen door, volgt de route om grote rotsblokken heen, ziet het stenen muurtje voor zich met de doorgang in het midden en rechts een bijna afgebouwd huis achter een grote eik. De koelte van een diepe poel schaduw, een plek om te rusten, maar ze denkt eerst aan een kraan, haar dorst is als brandende koorts.

Ze loopt met zoekende ogen langs de garage naar de straat toe. De deuropening van de dubbele garage ligt vol met in stukken gezaagd dennenhout, netjes gestapelde blokken. Ze ziet de kraan bij de achterdeur van het huis, bidt dat die werkt, loopt sneller, bukt zich en draait hem open. De zilveren waterstroom, een paar seconden warm en dan ineens koel. Ze laat zich op een knie zakken, draait de kraan iets verder dicht en dan drinkt ze, direct van de straal.

Fransman Dekker heeft genoeg deuren geforceerd om te weten dat je niet je schouder moet gebruiken. Hij doet een stap naar achteren en trapt. Splinters, maar hij blijft dicht. Hij trapt weer, twee keer, voordat het slot breekt en de deur nauwelijks veertig centimeter openzwaait. Genoeg om het bloed te zien.

'O, lieve god,' zegt Tinkie Kellerman achter hem.

'Wat?' zegt Willie Mouton en probeert zich langs haar te wurmen.

'Meneer, u mag niet...'

Dekker is in de badkamer en ziet Alexa Barnard liggen. Hij stapt in het bloed en draait haar blote lichaam om. Haar ogen zijn open, maar wazig.

'Ambulance,' roept hij naar Tinkie. 'Onmiddellijk.'

Hij bukt zich en kijkt naar de schade. Haar linkerpols is diep ingesneden, minstens drie keer. Het bloed stroomt er nog uit. Hij grijpt een kledingstuk dat op de grond ligt en begint het om de wond te draaien, zo strak mogelijk.

Alexa zegt iets tegen hem, bijna onhoorbaar.

'Mevrouw...' zegt hij.

'De andere arm,' fluistert ze.

'Pardon?'

'Snij de andere arm, alsjeblieft,' en ze reikt hem met een vermoeide hand de glasscherf aan.

Ze lest haar dorst, wast het bloed van haar handen, armen en gezicht, staat op, draait de kraan dicht en haalt diep adem. De stad ligt vlak onder haar.

Ze loopt de hoek van het huis om, nu minder opgejaagd, haar angst getemperd door het water.

En dan ziet ze hen, een paar meter verderop in de straat. Ze verstijft en hapt naar adem. De jongens staan met hun rug naar haar toe, naast elkaar. Ze herkent hen.

Ze staat als versteend, hoort het oorverdovende kloppen van haar hart.

De jongens kijken de straat af naar beneden. Een van hen draait zijn hoofd en zegt iets. Zal hij haar zien?

Hij kijkt weer voor zich.

Ze doet een stap naar achteren, nog een. De garage. Met die houtblokken. Daar moet ze in. Ze is te bang om van hen weg te kijken en schuifelt achteruit, doodsbang dat ze ergens op zal trappen. Als ze maar niet omkijken. Ze is bij de muur van de garage, nog maar één stap. En dan begint een van hen zich om te draaien. Degene met wie het allemaal begonnen is. Degene die Erin met het mes heeft bewerkt.

10

In de ontbijtzaal van de Cat & Moose Youth Hostel and Backpackers Inn zit de negentienjarige Oliver 'Ollie' Sands met zijn hoofd in zijn handen. Hij is iets te dik, heeft rood haar, zijn lichte huid heeft te veel zon gehad en zijn hoekige bril met zwart montuur ligt voor hem op tafel. Tegenover hem, bij de deur, zitten Vusumuzi Ndabeni en Bennie Griessel.

'Meneer Sands heeft het slachtoffer geïdentificeerd als Erin Russel,' zegt Vusi, met de foto van het slachtoffer en zijn notitieblok voor zich.

'*Jeez*,' zegt Sands en schudt zijn hoofd achter zijn handen.

'Hij heeft door Afrika gereisd met juffrouw Russel en haar vriendin, Rachel Anderson. Hij weet niet waar juffrouw Anderson is. De laatste keer dat hij ze zag, was gisteravond in de Van Hunks, de nachtclub in de Kasteelstraat.' Vusi kijkt naar Sands voor bevestiging.

'Jeez,' zegt de jongen weer. Hij laat zijn handen zakken en trekt zijn bril naar zich toe. Griessel kan zien dat zijn ogen rood zijn.

'Meneer Sands, u bent gisteren in Kaapstad aangekomen?'

'*Yes, sir*. Uit Namibië,' met een onmiskenbaar Amerikaans accent en een onvaste, emotionele stem. Sands zet zijn bril op zijn neus en zijn ogen knipperen alsof hij Vusi voor het eerst ziet.

'Jullie met z'n drieën?' vraagt Griessel.

'*No*, sir, we waren met eenentwintig man. Eigenlijk drieëntwintig, toen we met de tour uit Nairobi vertrokken, maar een jongen en meisje uit Nederland zijn in Dar afgehaakt. Ze... ze vonden het niet leuk.'

'Een tour?' vraagt Griessel.

'African Adventure Tour. Over land, met een truck.'

'En u en de twee meisjes waren samen?'

'No, sir, ik heb ze in Nairobi ontmoet. Zij komen uit Indiana, ik kom uit Phoenix in Arizona.'

'Maar u was gisteravond met de meisjes?' vraagt Vusi.

'We gingen met een heel stel naar de club.'

'Hoeveel?'

'Weet ik niet. Tien misschien, ik weet het niet precies.'

'Maar de twee meisjes waren bij de groep?'

'Yes, sir.'

'Wat is er in de club gebeurd?'

'We hadden lol. U weet wel...' Sands zet zijn bril weer af, wrijft in zijn ogen. 'Beetje drinken, beetje dansen...' Hij zet zijn bril weer op.

Het gebaar maakt Griessel achterdochtig.

'Hoe laat gingen jullie weg?' vraagt Vusi.

'Ik... Ik was een beetje moe. Ik was om elf uur terug.'

'En de meisjes?'

'Weet ik niet, sir.'

'Ze waren nog in de club toen u wegging?'

'Yes, sir.'

'Dus de laatste keer dat u juffrouw Russel in leven zag, was in de club?'

Het gezicht van Sands vertrekt van emotie. Hij knikt alleen, alsof hij zijn eigen stem niet vertrouwt.

'En ze waren aan het drinken en dansen?'

'Yes, sir.'

'Ze waren nog steeds met de groep?'

'Ja.'

'Kunt u ons de namen geven van de mensen met wie ze waren?'

'Ik neem aan... Jason was er. En Steven, Sven, Kathy...'

'Weet u ook achternamen?' Vusi trekt zijn notitieblok naar zich toe.

'Niet van allemaal. Het is Jason Dicklurk, en Steven Cheatsinger...'

'Zou u dat voor ons kunnen spellen?'

'Nou, Jason is, u weet wel, J.A.S.O.N. en... ik weet niet zeker hoe je zijn achternaam spelt... Mag ik...'

'Is het Steven met ph of met een v?' Vusi's pen hangt boven het notitieblok.

'Weet ik niet.'

'Stevens achternaam?'

'Wacht... Is het goed als ik de lijst pak? Met alle namen, de gidsen en iedereen.'

'Graag.'

Sands staat op en loopt naar de deur. Dan blijft hij staan. 'Ik heb foto's. Van Rachel en Erin.'

'Foto's?'

'Ja.'

'Kunt u die ook gaan halen?'

'Ze zitten op mijn camera, maar ik kan ze laten zien.'

'Dat lijkt me een goed idee.'

Ollie Sands loopt de kamer uit.

'Als we een foto van het vermiste meisje kunnen krijgen...' zegt Vusi.

'Hij verzwijgt iets,' zegt Griessel. 'Over gisteravond.'

'Denk je dat, Bennie?'

'Nu net, toen hij zijn bril afzette. Toen begon hij te liegen.'

'Hij zat te huilen voordat jij kwam. Misschien was het...'

'Hij verzwijgt iets, Vusi. Brildragers... die hebben een maniertje... Er is...' En dan aarzelt Griessel; hij heeft met Dekker geleerd dat hij zijn mentorschoenen voorzichtig moet neerzetten. 'Vusi, je leert die dingen in de loop der jaren, bij ondervraging...'

'Je weet dat ik wil leren, Bennie.'

Griessel staat op. 'Kom hier zitten, Vusi. Je moet er altijd voor zorgen dat de ondervraagde met zijn rug naar de deur zit.' Hij verschuift de stoelen en gaat op een ervan zitten. Vusi komt naast hem zitten. 'Je zult zien, als ze iets te verbergen hebben... stel dat hij hier zit, op een hoek, dan draait hij zijn benen naar de deur. Dan zijn de tekens niet zo duidelijk. Maar met de deur achter zich, voelen ze zich klemgezet. Dan worden de tekens duidelijker, gaan ze zweten, vingers even in de kraag, wippen met een been of voet, hand over de ogen, brildragers zetten hun bril af. Deze hier deed het toen hij begon te praten over vroeg thuiskomen gisteravond.'

Ndabeni heeft elk woord ingezogen. Hij zegt: 'Dank je, Bennie. Ik zal het hem vragen.'

'Is hij de enige die hier is, van de groep?'

'Ja. Een aantal van hen is gisteravond al op het vliegtuig gestapt. De anderen zijn elders. Een wijntrip. Of de berg op.'

'En deze was nog hier?'

'Hij lag nog in bed.'

'En waarom zou dat zijn?'

'Goeie vraag.'

'Weet je hoe je naar zijn ogen moet kijken, Vusi?'

De zwarte rechercheur schudt zijn hoofd.

'Je laat hem eerst iets opschrijven, zodat je weet of hij links of rechtshandig is. Dan kijk je naar zijn oogbewegingen als hij antwoordt...'

Op dat moment gaat Griessels mobiel en hij ziet de naam op het schermpje. AFRIKA. 'Het is de commissaris,' zegt hij voordat hij opneemt. Vusi's wenkbrauwen gaan omhoog.

'Griessel.'

'Bennie, wat de fok is er aan de hand?' vraagt de districtschef Recherche en Criminele Inlichtingendienst zo hard dat Vusi naast hem het ook kan horen.

'Commissaris?'

'Ik word gebeld door een advocaat, Groenewoud of Groenewald of zoiets, praat zo fijn als gemalen poppenstront, hij zegt dat jullie zo tekeer zijn gegaan tegen de vrouw van Adriaan Barnard...'

'Adam Bar...'

'Maakt geen fok uit,' zegt John Afrika. 'Nu heeft die vrouw zelfmoord gepleegd omdat jullie haar de stuipen op het lijf hebben gejaagd, terwijl zij niets met die hele fokking zaak te maken heeft.'

Een klem om zijn hart. 'Is ze dood?'

'Nee, ze is niet dood, maar fok, jij bent daar om te mentoreren, Bennie, dat is de reden waarom ik je heb ingebracht, denk je eens in wat de pers hiervan gaat maken, ik hoor dat die Barnard een fokking *celebrity* is...'

'Commissaris, niemand heeft...'

'Ik zie je in het ziekenhuis, jou en Fransman Dekker, hij kan zijn fokking ambitie niet in de hand houden, en als ik voor hem opkom, zeggen ze dat het komt doordat hij een hottentot is net als ik, en ik alleen mijn eigen mensen in bescherming neem, waar de fok zit je eigenlijk?'

'Bij Vusi, commissaris... De kerkmoord.'

'En nu hoor ik dat het een Amerikaanse toeriste is, jissis, Bennie, op een dinsdag nog wel. Het ziekenhuis, Bennie, ik zie je daar, vijf minuten,' en dan is de verbinding verbroken. Bennie bedenkt dat hij degene is die Alexa drank heeft gegeven. De commissaris heeft niet gezegd welk ziekenhuis, en dan komt Oliver 'Ollie' Sands binnen met zijn camera en hij huilt weer als hij naar de display kijkt. Hij houdt hem zo dat de rechercheurs hem kunnen zien. Bennie Griessel kijkt en voelt hoe een spookhand op zijn hart drukt, de bekende beklemming. En de angst. Want Rachel Anderson en Erin Russel staan daar, lachend en mooi en zorgeloos, met de Kilimanjaro op de achtergrond. Jong en bruisend, net als zijn dochter Carla, deel van het Grote Avontuur.

Rachel Anderson ligt op haar buik achter de stapel houtblokken, in de koelte van de bijna afgebouwde garage en probeert haar adem in bedwang te houden.

Ze denkt dat de jongens haar gezien hebben, want ze hoort de voetstappen en stemmen dichterbij komen.

'... meer mensen,' zegt de een.

'Misschien. Maar als de *Big Guy* over de brug komt, hebben we er meer dan zat.'

Ze herkent hun stemmen.

Recht voor de garage blijven ze staan.

'Ik hoop in jezusnaam dat ze daar nog ergens is.'

'Die fucking berg. Hij is giga. Maar zodra ze zich verplaatst krijgt Barry haar in de smiezen. En de straten kunnen we aan de smerissen overlaten, we krijgen die bitch echt wel te pakken, vroeg of laat pakken we haar en is die hele *fuck-up* van de baan.'

Ze ligt te luisteren naar de stemmen en voetstappen die de berg op gaan en steeds zachter worden. *En de straten kunnen we aan de smerissen overlaten.* Dat zijn de woorden die zich in haar hoofd vastzetten en haar laatste hoop de grond in boren.

Bennie Griessel zegt in het Afrikaans: 'Hij gaat wel praten, Vusi. Je moet hem gewoon aan het schrikken maken. Zeg dat je hem gaat opsluiten. Of neem hem mee naar de cellen. Ik moet ervandoor.'

'Oké, Bennie.' Griessel loopt naar buiten en op weg naar zijn auto belt hij Dekker. 'Leeft ze nog, Fransman?'

'Ja, ze leeft. Tinkie was de hele tijd bij haar, maar toen ging ze godverdomme de badkamer in, deed de deur op slot en sneed haar pols door met een stukgeslagen ginfles.'

De fles waar hij haar uit heeft laten drinken? Hoe heeft ze die de badkamer in gekregen?

'Haalt ze het?'

'Ik denk van wel, we waren er snel bij. Ze heeft een hoop bloed verloren, maar ze moet het wel redden.'

'In welk ziekenhuis ben je?'

'City Park. Heeft de commissaris je gebeld?'

'Hij heeft enorm de pest in.'

'Het is niemands schuld, Bennie, die klootzak van een Mouton heeft een enorme scène getrapt. Toen hij het bloed zag, ging hij over de rooie.'

'We lossen dit wel op, Fransman. Ik ben er zo.' Hij stapt in zijn auto en vraagt zich af of hij iets over het hoofd heeft gezien in zijn gesprek met Alexa Barnard. Was er een voorteken geweest?

Inspecteur Vusi Ndabeni zegt: 'Ik ben je vriend. Je kunt me alles vertellen.' En hij ziet hoe de handen van Oliver Sands naar zijn bril gaan en die afzetten.

'Ik weet het.' Sands begint de bril met de zoom van zijn T-shirt schoon te maken, nu met zijn rug naar de deur.

'Dus, wat is er echt gebeurd afgelopen nacht?' Vusi kijkt of hij de tekens kan zien waar Bennie het over had.

'Dat heb ik al verteld,' de stem té beheerst.

Vusi rekt de stilte. Hij kijkt strak naar Sands, maar de brilloze ogen ontwijken de zijne. Hij wacht tot Sands zijn bril weer op zijn neus heeft. Dan buigt hij zich naar voren. 'Ik denk niet dat je me alles hebt verteld.'

'Dat heb ik wel, eerlijk waar,' en weer gaan de handen naar de bril, verschuiven hem.

Bennie heeft gezegd dat hij hem aan het schrikken moet maken. Hij weet niet of hij dat met overtuiging kan doen. Hij haalt een stel handboeien uit zijn jaszak en legt die op tafel.

'Politiecellen zijn geen prettige plekken.'

Sands kijkt naar de boeien. 'Please,' zegt hij.

'Ik wil je helpen.'

'Dat kunt u niet.'

'Waarom niet?'

'Jeez...'

'Oliver Sands, sta op en doe je handen achter je rug.'

'O god,' zegt Oliver Sands en hij staat langzaam op.

'Ga je praten?'

Sands kijkt naar Vusi, er gaat een siddering door hem heen, en dan gaat hij langzaam weer zitten.

'Ja.'

09.04 uur – 10.09 uur

11

Griessel rijdt de Loopstraat uit in de richting van de haven. Hij had de Breestraat moeten nemen, hier is te veel verkeer, langzaam rijdende auto's, voetgangers die zomaar de weg op lopen, plaatselijke ritselaars en toeristen uit de omgeving van Johannesburg. Onmiskenbaar. Dit is de tweede golf, de eerste is de schoolvakantiebrigade, zelfvoldane klootzakken die denken dat ze een godsgeschenk voor Kaapstad zijn, meestal gezinnen met dwarse, aan hun mobiel gekluisterde tieners. Ma koopt de winkels leeg, pa kent de weg niet en rijdt iedereen voor de voeten. En dan komt in januari de tweede golf, de rijke stinkerds die eerst met Kerstmis een flinke bonus hebben opgestreken in Johannesburg en het hier nu breed laten hangen.

Hij ziet kleine groepjes buitenlandse toeristen, Europeanen, zo vreselijk gezagsgetrouw, ze steken alleen over bij de verkeerslichten, met hun neus in hun reisgids en willen alles met dure camera's vastleggen. Hij remt, rood licht zo ver hij kan zien. Waarom komt die stomme Metro-politie niet een keer van z'n luie reet om hier de boel te synchroniseren?

Dat herinnert hem eraan dat hij de veldmaarschalk moet bellen. Oerson. Om te horen of ze iets gevonden hebben. Nee, hij moet Vusi eraan herinneren. Het is Vusi's zaak. Hij trommelt ongeduldig met zijn vingers op het stuur, realiseert zich dat het het ritme van *Soetwater* is, en dan kan hij zijn geweten niet meer negeren. Alexa Barnard. Hij had het moeten zien aankomen.

Ze had hem verteld van haar zelfmoordfantasie. *Zodat Adam om halfzeven thuiskomt, de trap op loopt en mij daar vindt. En dan buigt hij zich over me heen en zegt huilend: 'Jij bent de enige van wie ik ooit heb gehouden.' Maar dood zijn en Adam zien smeken zouden nooit samen kunnen gaan.*

Hij schudt zijn hoofd. Hoe had hij dit in godsnaam over het hoofd kunnen zien? Het komt door het vroege opstaan, bijna een uur vroeger dan anders, dat hij er maar half bij is vandaag. En hij had haar ook nog drank gegeven. Hij, de grote mentor, die *al vergeten is wat anderen nog moeten leren.*

Hij zoekt naar verzachtende omstandigheden, de manier waarop ze het had gezegd, het verhaal dat ze daarna vertelde. Dat had zijn aandacht afgeleid, een vertekend beeld gegeven van een vrouw die op een bepaalde manier alles onder controle had. Ze had hem gemanipuleerd. Toen hij *Soetwater* fluisterde en zij haar glas weer uitstak als tolgeld voor haar verhaal.

Hij had alleen haar dorst gezien, dat was het probleem. Hij had twee vingers ingeschonken en zij had de haren voor haar ogen weggeveegd en gezegd: 'Ik was zo'n verschrikkelijk onzeker gevalletje.' En toen had haar geschiedenis hem afgeleid van de zelfmoord en was hij gefascineerd geraakt. Hij had alleen de woorden gehoord, de zware ironie in haar stem, de zelfspot, alsof haar verhaal een parodie was en niet echt bij haar hoorde.

Ze was het enige kind van een bankemployé en een huisvrouw, vertelde ze. Het gezin volgde elke drie of vier jaar de overplaatsingen en promoties van haar vader: Parijs, Potchefstroom, Port Elizabeth, en uiteindelijk Bellville, waarmee het P-ritme verbroken werd. Bij elke verhuizing liet ze half gevormde vriendschappen achter, moest ze op een nieuwe school als buitenstaander van voren af aan beginnen, in de wetenschap dat het weer tijdelijk zou zijn. Ze ging hoe langer hoe meer in haar eigen wereld leven, meestal achter een gesloten kamerdeur. Ze had een pijnlijk persoonlijk dagboek bijgehouden, ze had gelezen en gefantaseerd. De laatste jaren van de middelbare school had ze gedroomd van zangeres worden, van volle zalen en staande ovaties, covers van tijdschriften, intieme cocktailparty's met andere beroemdheden, en prinsen die haar het hof maakten.

De bron daarvan, en de enige constante in haar jeugd, was haar grootmoeder van vaderskant, bij wie ze elke decembervakantie in de zomerhitte van Kirkwood en de Sondagsriviervallei had doorgebracht. Oma Hettie was haar hele leven muziekonderwijzeres geweest. Een energieke, gedisciplineerde vrouw met een paradijselijke tuin, een onberispelijk huis en een vleugel in de voorkamer. Het was een huis van geuren en klanken: marmelade en abrikozenjam op het fornuis, taart of schapenbout in de oven, haar oma's stem die zong of praatte. En 's avonds de zoete klanken van de piano die naar buiten dreven door de open ramen van het kleine blauwe huis, over de grote veranda's, de dichtgegroeide tuin en de aangrenzende sinaasappelboomgaarden naar het ruige landschap van het Addopark en de verkleurende horizon.

Aanvankelijk zat Alexa altijd naast haar oma te luisteren. Jaren later, toen ze de woorden en melodieën uit haar hoofd kende, begonnen ze steeds vaker samen te zingen.

Oma Hettie hield van Schubert en de sonates van Beethoven, maar haar grootste liefde waren de gebroeders Gershwin. Nostalgisch vertelde ze tussen de liedjes door de verhalen over George en Ira; ze toverde *Rialto Ripples* en *Swanee* uit de toetsen, zong *Oh, Lady Be Good* en *Oh, Kay!* Ze vertelde aan Alexandra dat dat liedje geïnspireerd was door Georges grote liefde, de componiste Kay Swift, maar dat dat hem er niet van had weerhouden om ook een verhouding te hebben met de beeldschone actrice Paulette Goddard.

Op een bloedhete avond, toen ze vijftien was, hield oma Hettie ineens op met spelen en zei tegen Alexa: 'Ga daar staan.' Ze had zich gehoorzaam naast de piano opgesteld.

'Nu zing jij!'

En ze had voor de eerste keer uit volle borst *Of Thee I Sing* gezongen, en had gezien hoe de oude vrouw haar ogen dichtdeed en met een heel klein glimlachje haar verrukking liet blijken. Toen de laatste noot wegdreef in de zoele zomeravond had Hettie Brink naar haar kleindochter gekeken en ten slotte, in het Engels, de taal waarin ze zoveel jaar les had gegeven, gezegd: '*My dear*, je zingt loepzuiver en je hebt een prachtige stem. Je wordt een ster.' En toen had ze het *Gershwin Songbook* van Ella Fitzgerald tussen haar stapel langspeelplaten vandaan gehaald.

Zo was de droom begonnen. En oma Hetties officiële zangles.

Haar ouders waren niet onder de indruk. Een zangloopbaan was niet wat ze voor hun enige kind in gedachten hadden. Ze wilden dat ze lerares zou worden, een diploma haalde, vastigheid, *iets om op terug te vallen. Wat voor man trouwt er nu met een zangeres?* Een ironische echo van haar moeders woorden.

In haar eindexamenjaar waren er conflicten, lange, bittere ruzies in de woonkamer van de bankmanager in Bellville. Alexa was, met de verbale munitie die haar oma haar verschafte, teruggevallen op haar laatste verdedigingslinie: 'Het is míjn leven. Míjn leven.' En een week voor haar eindexamen had ze auditie gedaan voor de Dave Burmeisterband.

Die dag was ze bijna bezweken aan de plankenkoorts. Dat was niets nieuws. Ze had het al meegemaakt tijdens festivals en tijdens de weinige optredens op bruiloftsrecepties en in kleine clubs met obscure bandjes. Het was een soort ritueel, een duivel die haar vier dagen voor een optreden stelselmatig in zijn greep kreeg, waardoor ze ten slotte met wild kloppend hart, zwetende handen en de overweldigende zekerheid dat ze zich verschrikkelijk belachelijk ging maken, de tocht van de kleedkamer naar de microfoon alleen met bovenmenselijke wilskracht kon voltooien.

Maar zodra ze ging zingen, zodra de eerste toon aan haar dichtgesnoerde keel ontsnapte, smolt de demon weg alsof hij nooit had bestaan.

Tijdens haar eerste optreden met Burmeister in een club in Johannesburg was haar oma erbij om de duivel te bezweren, om haar hand vast te houden en haar moed in te praten. 'Hier ben je voor geboren, liefje. Ga het podium op en geef ze van katoen.'

En dat had ze gedaan. De recensie uit *The Star* lag naast oma Hetties bed toen ze twee maanden later in haar slaap was overleden. 'Alexandra Brink, in glinsterend zwart, is een streling voor het oog: jong, blond en mooi. Maar zodra ze begint te zingen bewijst ze met haar omfloerste, sensuele stem, haar volledige beheersing van klassiek materiaal en haar vernieuwende interpretaties, dat ze beschikt over een zeldzame rijpheid en een scherp muzikaal inzicht. Haar repertoire omvat Gershwin, Nat King Cole, Ma Rainey, Bessie Smith en Bobby Darin, en Dave Burmeisters arrangementen passen volmaakt bij haar stijl en persoonlijkheid.'

Oliver Sands uit Phoenix, Arizona, vertelt aan inspecteur Vusi Ndabeni dat hij op dag acht van het African Overland Adventure verliefd is geworden op Rachel Anderson. In Zanzibar. Toen hij aandachtig een bord vis en schaaldieren zat te eten.

'Je zit duidelijk te genieten,' had Rachel gezegd.

Hij keek op. Ze stond voor zijn restauranttafeltje, met de smaragdgroene zee achter zich, lang, donkerbruin haar in een vlecht over haar schouder, een honkbalpet op haar hoofd en mooie lange benen in een korte broek. Oliver had zich heel even geschaamd voor de intensiteit waarmee hij het eten had verorberd. Maar toen ze glimlachte en de stoel tegenover hem uittrok met een 'Mag ik bij je komen zitten, dat wil ik ook wel proeven,' kon hij zijn geluk niet op.

Hij vertelde dat ze zich op de eerste avond van de tour aan elkaar moesten voorstellen, in een kring van kampeerstoelen onder de Afrikaanse sterren. Hij had niet eens geprobeerd de namen van Erin en Rachel te onthouden, want mooie, atletische, welbespraakte meisjes als zij zagen hem nooit staan. Toen ze in Zanzibar tegenover hem zat en ijverig en tevreden haar eigen bord met zeebanket zat te eten, had hij met een gevoel van paniek geprobeerd zich haar naam te herinneren. Want ze had met hem gepraat. Ze had hem gevraagd waar hij vandaan kwam en wat zijn toekomstplannen waren. Ze had aandachtig naar zijn antwoorden geluisterd, hem verteld van haar droom om arts te worden, en dat ze hier, in Afrika, iets nuttigs wilde komen doen.

Toen had hij zijn hart aan een naamloze vrouw verloren.

De plankenkoorts van Alexa Brink was erger geworden. De dood van haar oma had daar invloed op gehad; er was een soort bodem weggevallen. Eerst was ze gaan roken om te proberen de angst onder controle te krijgen.

Ondanks de lof van de critici en de enthousiaste reacties van de kleine zalen in Johannesburg, Durban en Kaapstad, kwam de duivel van de twijfel elke avond op haar schouder zitten. Hij fluisterde met bitse stem dat ze op een gegeven ogenblik ontmaskerd zou worden, dat iemand uit het publiek haar ware gedaante zou zien en in het bijzijn van iedereen zou roepen dat ze een indringer was, een bedrieger, een charlatan. Ze kon het niet meer verdragen in de eenzaamheid van haar kleedkamer. Op een avond was ze bij Dave Burmeister binnengestormd en had huilend haar angst bekend. Dat was het begin van een vicieuze cirkel. Burmeister had met vaderlijk geduld tegen haar gezegd dat alle groten plankenkoorts hadden. Zijn zachte, rustige stem had haar aanvankelijk gekalmeerd en ervoor gezorgd dat ze achter de microfoon terechtkwam. Maar elke avond had het een beetje langer geduurd en meer overreding en grotere loftuitingen gekost voordat ze de angstaanjagende tocht over het podium kon maken.

Tot Burmeister uit wanhoop een glas cola met cognac voor haar neerzette en zei: 'In godsnaam, drink dit dan maar.'

Oliver Sands had zijn verliefdheid op Rachel Anderson met ijzeren hand beheerst. Hij wist instinctief dat hij zijn brandende begeerte niet mocht laten blijken, hij moest afstand houden. Hij zocht in de truck geen plek naast haar, hij zette 's avonds zijn tent niet vlak bij de hare op. Hij wachtte op de magische ogenblikken dat zij – vaak samen met Erin – spontaan met hem kwam praten, of hem vroeg om hen met haar videocamera voor een toeristische site te filmen. Ze had gezien dat hij soms met een boek in zijn hand zat en vroeg wat hij las. Zo raakten ze in gesprek over literatuur. 's Avonds ging ze naast hem bij het kampvuur zitten en zei ze met haar woeste levenslust: *'So, Ollie, did we have a great day, or what?'*

Hij was zich dag en nacht zo verschrikkelijk van haar bewust dat hij elk ogenblik wist waar ze was, wat ze deed, met wie ze praatte. Hij zag dat ze hartelijk was tegen iedereen in de groep, hij hield bij hoeveel tijd ze anderen gunde en merkte dat hij bevoorrecht werd – hij kreeg meer aandacht en gesprekstijd dan wie dan ook. De twee atletische, zelfverzekerde hoofdgidsen, die zo opvallend aantrekkelijk waren en zo gewild bij de andere jonge vrouwen, werden door Rachel hartelijk en beleefd over dezelfde kam geschoren als de andere mannen in de groep. Ze zat vaker naast Ollie te eten, en met hem praatte ze enthousiaster, deelde ze veel meer persoonlijke geheimen.

Tot het Karibameer. Toen ze op hun tweede dag daar op de boot waren gestapt, was ze opeens somber en stil, de levensvreugde was weg, de spontaniteit opgedroogd.

Alexandra Barnard had zich aangewend om drie glazen te drinken voor een optreden. Dat was de dosis die ze nodig had om de duivel het zwijgen op te leggen. Dat was haar limiet. Na vier kreeg ze een dikke tong, zwommen de teksten door haar geheugen en maakte Burmeisters vaderlijkheid plaats voor een frons van bezorgdheid. Twee was te weinig.

Ze kende de risico's. Daarom dronk ze niet overdag of na een optreden. Alleen die drie glazen, het eerste verbeten achterovergeslagen anderhalf uur voor aanvang, de andere twee langzamer en bedachtzamer. De basviolist had haar gin aangeraden, omdat je daar, anders dan van cognac, geen kegel van kreeg. Ze had gin met tonic geprobeerd, maar dat vond ze niet lekker. Dry lemon was ten slotte haar favoriete mix geworden.

Zo had ze vier jaar lang de demon in toom gehouden, honderden optredens gedaan en twee cd's samen met Burmeister en zijn band opgenomen.

En toen ontmoette ze Adam Barnard.

Ze zag hem op een avond in het kleine theater in Kaapstad, de lange, forse, aantrekkelijke man met zijn dikke bos zwart haar, die geboeid naar haar luisterde. De volgende avond was hij er weer. Hij klopte na het optreden op de deur van haar kleedkamer met een bos bloemen in de hand. Hij was welbespraakt en charmant, en zijn complimenten waren discreet, waardoor hij een grote geloofwaardigheid uitstraalde. Hij nodigde haar uit voor de lunch, een zakenlunch, beklemtoonde hij.

Ze was rijp voor wat hij voorstelde, zich bewust van de grenzen van de genres die ze had gekozen. Ze was in die tijd bekend en geliefd in kleine kring, met vleiende interviews in de amusementsbijlagen van een paar kranten en bescheiden cd-verkopen. Maar ze was zich ook bewust van de beperkingen van haar carrière, haar publiek en haar inkomsten. Ze had de hoogste sport van een korte ladder bereikt en haar vooruitzichten waren voorspelbaar en weinig inspirerend.

Daarom had ze drie dagen later een contract met Adam Barnard ondertekend. Daarmee verbond ze zich aan zijn platenmaatschappij en aan hem, als haar manager.

Op professioneel gebied was hij zijn beloften nagekomen. Hij had bij Anton Goosen, Koos du Plessis en Clarabelle van Niekerk Afrikaanse composities uitgezocht die bij haar stem en haar nieuwe stijl zouden passen. Hij had de beste musici voor opnames gezocht, een specifieke, unieke klank voor haar gecreëerd en haar stelselmatig aan de media blootgesteld. En hij had haar het hof gemaakt met diezelfde kalme professionaliteit, en was met haar getrouwd. Hij had haar zelfs van haar drie gin voor een optreden afgekregen door zijn absolute steun en geloof in haar talent en zijn zilveren woorden. Twee jaar lang waren haar leven en haar loopbaan helemaal waar ze van had gedroomd.

Tot op een middag een fotosessie in de open lucht voor het tijdschrift

Sarie werd afgezegd vanwege het slechte weer en ze onverwacht vroeg thuiskwam. En daar, in dezelfde kamer waar zij en Griessel nu zaten, trof ze Adam Barnard met zijn broek op zijn enkels en Paula Phillips op haar knieen voor hem, bezig hem te bevredigen met haar lange dunne vingers en roodgeverfde mond. Ja, Paula Phillips, die zwartharige zangeres met haar lange benen en grote borsten die met haar iele stem nog steeds nietszeggende commerciële troep voor een kleinburgerlijk publiek brengt.

Dat was de dag dat Alexa Barnard serieus begon te drinken.

Hoewel Rachel Anderson zich opeens tegen iedereen anders gedroeg, wist Oliver Sands zeker dat het iets was wat hij had gedaan of gezegd. Hij probeerde zich elk samenzijn met haar te herinneren, elk woord dat hij tegen haar had gezegd, maar kon de oorsprong van haar afkeer niet vinden. Had hij iets tegen iemand anders gezegd, of iemand anders iets aangedaan wat haar zo had geschokt? Hij had nachten wakker gelegen, hij had tijdens de ritten naar de Victoria-watervallen, het Chobe-wildreservaat, de Okavango-delta, Etosha en ten slotte naar de Kaap, uit het raam gekeken met de vage hoop dat hij een inval zou krijgen, dat hij erachter zou komen hoe hij het weer goed kon maken.

Tot de vorige avond, in de Van Hunks-club in Kaapstad, toen hij het niet meer uithield.

Wat hij had moeten zeggen, was: 'Ik zie dat iets je dwarszit, Rachel. Wil je erover praten?' Maar hij had al een biertje te veel op, om moed te verzamelen. En toen was hij naast haar gaan zitten en had als een absolute, totale idioot gezegd: 'Ik weet niet waarom je opeens een hekel aan me hebt, maar ik hou van je, Rachel,' en had haar met hongerige hondenogen aangestaard in de belachelijke hoop dat ze zou zeggen: 'Ik hou ook van jou, Ollie, ik hou al van je sinds die magische dag in Zanzibar.'

Maar dat zei ze niet.

Hij had even gedacht dat ze hem niet had gehoord boven de harde muziek uit, want ze had voor zich uit zitten staren aan het tafeltje. En toen was ze opgestaan, en had hem op zijn voorhoofd gezoend.

'Lieve Ollie,' had ze gezegd en ze was weggelopen, tussen de dansende menigte door.

'Daarom was ik hiernaartoe gegaan,' zegt Sands tegen Vusi.

'Ik kan je niet volgen.'

'Omdat ik wist dat de slaapzaal leeg zou zijn. Omdat ik wilde huilen zonder dat iemand me zag,' zegt Oliver Sands. Hij zet zijn bril niet af. De tranen stromen onder het montuur naar beneden, langs zijn rode, ronde wangen.

12

Rachel Anderson ligt op haar buik achter de stapel stammetjes, krachteloos en leeg.

Er drukt iets onaangenaam in haar buik, maar ze verroert zich niet. Ze kan het zelfmedelijden niet langer onderdrukken, het overweldigt en verlamt haar. Ze kan niet huilen, het is alsof haar traanbuisjes opgedroogd zijn. Haar ademhaling is snel en vlak, haar mond staat open, haar ogen staren naar de structuur van het gezaagde hout, maar zien niets.

Haar gedachten staan stil, gevangen door een totaal gebrek aan mogelijkheden. De deuren naar alle ontsnappingsroutes zijn dichtgeklapt, behalve die ene optie: in deze schaduw te blijven liggen, als een hijgende, verlamde vis op het droge.

De stemmen hoort ze niet meer. Ze zijn weggelopen, de berg op. Misschien zullen ze haar sporen zien en ze hierheen volgen, op een gegeven moment naar de onafgebouwde garage kijken en begrijpen dat die een schuilplaats biedt en dan achter het hout zoeken en haar haren in een ijzeren greep klemmen en haar keel openrijten. Ze denkt dat ze niet zal bloeden, want er is niets meer over. Niets. Niet eens meer de angst voor het grove lemmet, de adrenaline pompt niet meer door haar heen.

O, thuis zijn.

Dat is het vage verlangen dat haar langzaam overrompelt. Een spookbeeld dat uit de mist opdoemt, de veilige haven, haar vaders stem, ver en vaag: *'Don't you worry, honey, just don't you worry.'*

Door hem vastgehouden worden, op zijn schoot kruipen, haar hoofd onder zijn kin drukken, haar ogen dichtdoen. De veiligste plek van de wereld.

Haar ademhaling wordt langzaam rustiger, het beeld in haar hoofd helderder. Er vormt zich een idee, instinctief en irrationeel, om gewoon op te staan en haar vader te bellen.

Hij zal haar redden.

Als er 's nachts een moord of een gewapende overval in zijn gebied plaatsvindt, bellen de SAPS-leden van het Caledonplein hun bureauchef thuis.

Maar de kleinere incidenten van de vorige nacht moeten wachten tot hij achter zijn bureau schuift en met zijn pen langs de aantekeningen in het register van het bureau gaat. De chef is een zwarte hoofdcommissaris met vijfentwintig dienstjaren. Hij weet dat er maar één manier is om die taak te verrichten: langzaam en objectief. Anders raak je overweldigd door de inhoud en omvang van het document. Daarom scant hij de lijst met beroepsmatige afstandelijkheid, langs huiselijk geweld, openbare dronkenschap, diefstal van mobiele telefoons en auto's, drugdeals, verstoring van de openbare orde, huisvredebreuk, aanranding, exhibitionisme en vals alarm.

Zijn pen glijdt eerst over het Leeuwenkop-incident heen, op bladzij zeven van het register, maar gaat dan terug. Hij leest het nauwkeuriger. De onwillige vrouw die een jong meisje op de berg had gezien. Dan pakt hij het bulletin dat links van hem op de hoek van het geblutste houten tafelblad ligt. Een agent heeft het een paar minuten geleden gebracht, en toen heeft hij het vluchtig gelezen. Nu besteedt hij er meer aandacht aan.

Hij ziet het verband. Helemaal onder aan het bulletin staan de naam en het telefoonnummer van inspecteur Vusumuzi Ndabeni.

De bureauchef trekt zijn telefoon naar zich toe en belt.

Vusi loopt door de Langstraat in de richting van de haven, op weg naar de Van Hunks-club, als zijn telefoon gaat. Hij neemt lopend op.

'Inspecteur Ndabeni.'

'Vusi, met Goodwill,' zegt de chef van het Caledonplein in het Xhosa. 'Ik denk dat ik iets voor je heb.'

Bennie Griessel staat samen met zijn collega's in een van de onderzoekskamers van de spoedeisende hulp in het City Park-ziekenhuis, met een sterk gevoel van déjà vu.

Ze vormen een intiem groepje achter de dichte deur, want het is een kleine ruimte. Terwijl Fransman Dekker staat te praten, met zijn gebruikelijke frons, kijkt Griessel naar de mensen om hem heen: John Afrika, districtschef Recherche en Criminele Inlichtingendienst in volledige, indrukwekkende uitrusting, zijn epauletten van links naar rechts vol ordetekens. Afrika is kleiner dan Dekker, maar hij heeft een aanwezigheid en een energie die hem veel groter doen lijken, de dominante kracht in de kamer. Naast Afrika staat de tengere Tinkie Kellerman, haar fijne gelaatstrekken worden overheerst door grote ogen die uitstralen dat ze geïntimideerd is door het gezelschap. Dan is er nog de breedgeschouderde Dekker met zijn borstelkop en hoekige gezicht; ernstig, geconcentreerd en met een zware, diepe stem. Ze zeggen dat vrouwen weke knieën van hem krijgen, maar

Griessel begrijpt niet waarom. Ze zeggen dat Dekker een beeldschone vrouw heeft met een hoge baan bij Sanlam, en dat hij het zich daarom kan veroorloven om in een duur huis ergens op de Tygerberg te wonen. Ze zeggen ook dat hij soms de katjes in het donker knijpt.

En hier naast hem staat Cloete, de persvoorlichter met de nicotinevlekken op zijn vingers en de permanente kringen onder zijn ogen. Cloete met zijn eindeloze geduld en kalmte, de schakel tussen twee vuren, de media en de SAPS.

Hoe vaak heeft hij dit al niet meegemaakt, vraagt Griessel zich af, zo'n noodvergadering die ervoor moet zorgen dat iedereen is ingedekt, dat verklaringen hoger op de SAPS-ladder eensluidend zullen zijn. Het verschil is dat hijzelf nu, net als Cloete, gevangen zit in een niemandsland, in zijn geval ontstaan door een mentorschap waar hij niet in gelooft.

Dekker rondt zijn verklaring af en Griessel ademt onopvallend in om zich schrap te zetten voor de voorspelbare conclusie.

'Weten jullie het zeker?' vraagt Afrika en kijkt naar Griessel.

'Honderd procent, commissaris,' zegt hij. Iedereen behalve Cloete knikt.

'Waarom gaat die klootzak dan zo tekeer?' en nu kijkt de commissaris vluchtig naar Tinkie Kellerman: 'Het spijt me, maar zo is hij nou eenmaal.'

Tinkie knikt alleen maar. Ze is wel wat gewend.

'Hij is van het begin af aan een probleem geweest,' zegt Fransman Dekker. 'Hij viel de agent bij het hek lastig, wilde per se naar binnen. Maar het was een plaats delict, commissaris, ik doe alles volgens het boekje.'

'Oké,' zegt John Afrika en kijkt nadenkend naar beneden, met zijn hand voor zijn mond. Dan kijkt hij op. 'De media...' Een vragende blik naar Cloete.

'Dit is een groot verhaal,' zegt Cloete, zoals altijd in de verdediging, alsof hij medeplichtig is aan de bloeddorst van de media. 'Barnard is een soort beroemdheid.'

'Dat is het probleem,' zegt John Afrika, en denkt weer na.

Als hij Dekker aankijkt met een verontschuldigende trek om zijn mond weet Griessel wat er komen gaat.

'Fransman, je zult het niet leuk vinden.'

'Commissaris, misschien...' zegt Griessel, want het is hem ook weleens overkomen dat hij van een zaak werd afgehaald en hij weet hoe dat voelt.

Afrika steekt zijn hand op. 'Ze zullen ons verscheuren, Bennie. Als Mouton ons de schuld geeft van Alexa Barnard. Ik bedoel, we waren daar, in haar kamer. Je weet hoe het gaat met kranten. En dan schrijven ze morgen dat het komt doordat we onervaren mensen op de zaak hebben gezet.'

Dekker begrijpt het ook. 'Nee, commissaris,' zegt hij.

‘Fransman, laten we wel wezen, het is tijdens jóúw wacht gebeurd,’ zegt Afrika streng. En dan, zachter: ‘Ik wil niet zeggen dat het jouw schuld is, ik wil je beschermen.’

‘Beschermen?’

‘Je moet goed begrijpen dat het moeilijke tijden zijn...’

Ze weten dat hij verwijst naar recente blunders van de politie, waar de kranten en politici zich als roofdieren op gestort hebben.

Dekker probeert het nog een laatste keer. ‘Maar commissaris, als ik de zaak vandaag oplos, schrijven ze morgen...’

‘*Djy wiet dissie sóé maklikie*.’ Je weet dat het niet zo eenvoudig is.

Griessel vraagt zich af waarom kleurlingen onderling alleen Kaaps Afrikaans spreken. Hij voelt zich dan altijd buitengesloten.

Dekker wil nog iets zeggen, zijn mond gaat al open, maar dan heft John Afrika een waarschuwende vinger en de mond gaat dicht, de kaakspieren spannen zich, de ogen vlammen.

‘Bennie, jij neemt het over,’ zegt de commissaris. ‘Met onmiddellijke ingang. En Fransman, jij werkt nauw met Bennie samen. Laat hem de druk op zijn schouders nemen, laat hem de Moutons van deze wereld aanpakken. Jullie zijn een team, als jullie de zaak oplossen...’

Griessels telefoon gaat.

‘... dan kunnen jullie de eer delen.’

Bennie haalt de telefoon uit zijn zak en kijkt naar het schermpje.

‘Het is Vusi,’ zegt hij veelbetekenend.

‘Jissis,’ zegt Afrika hoofdschuddend. ‘Denk je dat je alles gehad hebt.’

Griessel antwoordt met: ‘Vusi?’

‘Is de commissaris nog bij jou, Bennie?’

‘Hij is hier.’

‘Hou hem daar, alsjeblieft, hou hem even daar.’

De Tafelbergweg is een asfaltweg die in eerste instantie de omtrek van de berg zo’n 360 meter boven het zeeoppervlak volgt. Hij loopt langs het onderste kabelbaanstation, waar de toeristen nu in een lange rij staan, maar vlak na de kloof van Platteklipstroom worden auto’s tegengehouden door een betonversperring, zodat alleen voetgangers en fietsers verder kunnen. Vanaf hier stijgt en daalt het weggetje tussen de 380 en 460 meter hoog meer dan vier kilometer lang om de Duivelspiek heen, tot het verandert in een steeds ruwer onverhard pad en uiteindelijk aansluit op de Koningsbattery-wandelroute.

Het uitkijkpunt met het beste uitzicht over de kom van de stad is honderd meter onder Mount Prospect tegen de noordwestelijke flank van de

Duivelspiek, vlak voordat het pad een scherpe bocht naar het oosten maakt.

De jongeman zit net boven het pad op een rots in de schaduw van een nu bloemloze proteastruik. Hij is achter in de twintig, blank, getraind en bruinverbrand. Hij draagt een breedgerande hoed, een verschoten blauw overhemd met een groene kraag, een kaki bermudashort en oude, gehavende wandelsandalen met dikke zolen. Hij houdt een verrekijker voor zijn ogen en scant het terrein langzaam van links naar rechts, van west naar oost. De Kaap is van hieruit adembenemend, van de kabelbaan die schijnbaar gewichtloos tegen de ruige wanden van de Tafelberg naar boven glijdt, via de verleidelijke rondingen van de Leeuwenkop en de Seinheuvel, over de blauwe baai, een fonkelende parel die zich uitstrekt van de horizon tot hier voor hem, waar de stad zich behaaglijk in de oksel van de berg nestelt, als een kind bij iemand die hij vertrouwt. Hij is zich daar niet van bewust, want zijn aandacht is puur gericht op de rand van de stad.

Naast hem op de platte rots ligt een stratenboek van Kaapstad. Het ligt open bij Oranjezicht, de wijk direct onder hem. De bergbries bladert zacht door de pagina's zodat hij ze nu en dan afwezig moet gladstrijken.

Rachel Anderson staat langzaam op, als een slaapwandelaar. Ze loopt om de lange stapel stammen heen en kijkt dan naar de berg. Ze ziet niemand. Ze stapt uit de schaduw van de garage en slaat rechtsaf, in de richting van de stad, over het cement en de zwarte steenslag, dan over het asfalt van de Boschlaan tot waar die, tien meter verderop, uitkomt op de Rugbyweg. Ze is leeg, ze kan niet meer vluchten, ze gaat haar vader bellen, gewoon rustig lopen en haar vader bellen.

Op dat moment ziet de jongen met de verrekijker haar, als zijn lenzen over haar heen glijden, een eenzaam figuurtje, dat hij herkent aan de denim short, het bleekblauwe T-shirt en het kleine rugzakje.

'Jezus christus,' zegt hij hardop.

Hij stelt de verrekijker scherp op haar, om het absoluut zeker te weten, pakt zo snel mogelijk zijn telefoon uit zijn borstzak en zoekt een nummer. Hij belt en brengt dan de verrekijker met zijn andere hand weer naar zijn ogen.

'*Yeah?*' hoort hij door de telefoon.

'Ik zie haar. Ze komt verdomme zomaar uit het niets wandelen.'

'Waar is ze?'

'Gewoon, op de weg, ze slaat rechts af...'

'Welke weg, Barry?'

'Ja, fuck,' zegt Barry. Hij legt de verrekijker op de rots en trekt het stratenboek naar zich toe. Hij ziet dat de wind weer een bladzij heeft omgeslagen. Snel bladert hij terug en zijn vinger begint te zoeken naar de precieze plek.

'Het is hier vlakbij, de eerste weg onder...'

'Barry, welke straat is het nou?'

'Ik ben aan het zoeken,' zegt Barry hees.

'Relax. Geef ons een straatnaam.'

'Oké, oké... Het is de Rugbyweg... Wacht even...' Hij grijpt de verrekijker weer.

'De Rugbyweg loopt de hele berg langs, stomme idioot.'

'Dat weet ik, maar ze slaat linksaf de...' Hij legt de verrekijker weer neer en zoekt naarstig op de kaart. 'De Braemarstraat in.' Hij zoekt haar met de lenzen en ziet haar even. Ze loopt ongehaast, rustig. En dan begint ze te verdwijnen, alsof de woonwijk haar vanaf haar voeten inslikt. 'Shit, ze is... ze is weg, gewoon fucking verdwenen.'

'Dat kan niet.'

'Ik denk dat ze van een talud af is gegaan of zo.'

'Je zult met iets beters moeten komen.'

Barry zoekt weer bevend op de kaart. 'Trap. Ze neemt de trap naar de Strathconaweg.' Hij richt de verrekijker weer. 'Ja, dat is het. Dat is waar ze is.'

Griessel staat met Dekker en Cloete buiten op de stoep. Ze kijken door de glazen deuren hoe John Afrika bij de eerste hulp Willie Mouton en zijn sombere advocaat kalmeert.

'Het spijt me, Fransman,' zegt Griessel.

Dekker zegt niets, hij staart alleen naar de drie mannen daar binnen.

'*Shit happens*,' zegt Cloete filosofisch. Hij neemt een lange trek van zijn sigaret en kijkt naar zijn telefoon waarop de ene klagende sms na de andere binnenkomt. Hij zucht. 'En het is niet Bennies schuld.'

'Ik weet het,' zegt Dekker. 'Maar we verspillen tijd. Jos Geyser kan al in Timboektoe zijn.'

'Dé Jos Geyser?' vraagt Cloete.

'Wie?' vraagt Griessel.

'Die gospelfiguur. Barnard heeft gisterochtend zijn vrouw geneukt in zijn kantoor, en toen heeft ze alles bekend.'

'De vrouw van Barnard?' vraagt Griessel.

'Nee, de vrouw van Geyser.'

'Melinda?' vraagt Cloete dringend.

'Ja, klopt.'

'Nee!' zegt Cloete geschokt.

'Wacht even...' zegt Griessel.

'Ik heb al hun cd's,' zegt Cloete. 'Jissis, ik kan het niet geloven. Loopt Mouton dat rond te bazuinen?'

'Ben jij een gospelfan?' vraagt Dekker.

Cloete knikt alleen en schiet zijn peuk met een boog de straat in. 'Hij liegt, zeg ik je. Melinda is een lief ding. En bovendien zijn zij en Jos bekeerlingen, zij zou nooit zoiets doen.'

'Bekeerd of niet, dit is wat Mouton zegt.'

'Wacht even, Fransman, vertel het nou eens precies,' zegt Griessel.

'Barnard schijnt gisterochtend Melinda Geyser in zijn kantoor geneukt te hebben. En toen kwam haar man, Jos, gistermiddag en zei dat hij alles wist en dat hij Barnard verrot ging slaan, maar Barnard was er niet.'

'Dat kan niet,' zegt Cloete, maar als politieman weet hij dat alles kan, hij overweegt de mogelijkheid dat het waar kan zijn en zijn gezicht wordt somber. 'O jissis. De media...'

'Ja,' zegt Griessel.

'Bennie!' Ze draaien zich alle drie om als ze de stem van Vusi Ndabeni horen. De rechercheur komt over de stoep aandraven en blijft hijgend bij hen staan. 'Waar is de commissaris?'

Als één man wijzen ze alle drie met beschuldigende vingers naar de glazen deuren waarachter zich nu een arts bij de Mouton-conferentie heeft aangesloten.

'Het andere meisje, dat leeft nog, Bennie. Maar ze zitten achter haar aan, ergens in de stad. De commissaris zal meer mensen moeten inzetten.'

Ze loopt ongehaast door de Marmionweg, in de richting van de stad. Er is iets afwezigs over haar gekomen, een aanvaarding van haar lot. Voor zich ziet ze een auto die achteruit de oprit van een huis uit komt, een kleine, zwarte Peugeot. Ze ziet dat er een vrouw achter het stuur zit. Ze versnelt haar pas niet, maar loopt kalmpjes naar haar toe. De vrouw rijdt tot de rand van de straat en stopt dan. Ze kijkt links en dan rechts of er iets aankomt. Ze ziet Rachel en maakt even oogcontact. Dan kijkt ze weer weg.

'Hi,' zegt Rachel kalm, maar de vrouw hoort haar niet. Rachel doet een stap naar voren en klopt met de knokkel van haar middelvinger zacht tegen het raampje. De vrouw kijkt geërgerd om. Haar mond heeft een eigenaardige vorm, de hoeken buigen sterk naar beneden. Ze draait het raampje een paar centimeter open.

'Mag ik alstublieft uw telefoon gebruiken?' zegt Rachel emotieloos, alsof ze het antwoord al weet.

De vrouw bekijkt haar van top tot teen, ziet de vuile kleren, de kapotte kin, handen en knieën. 'Er is een telefooncel bij Carlucci's. In de Montrosestraat.'

'Ik zit echt in de problemen.'

'Het is vlak om de hoek,' en de vrouw kijkt weer of er verkeer over de Marmionweg aankomt. 'Gewoon bij de volgende straat rechtsaf, en dan twee straten verder.' Ze draait het raampje dicht en rijdt achteruit. Als ze het stuur naar links draait om de straat in te rijden, kijkt ze nog een keer vol achterdocht en afkeer naar Rachel.

Barry bestudeert de kaart op de motorkap en zegt in de telefoon: 'Tja, ze kan linksaf de Chesterfield in zijn gegaan, of ze kan de Marmion hebben genomen, maar ik zie haar niet. Het zicht vanaf hier is niet goed.'

'Welke straat gaat naar de stad?' De stem klinkt buiten adem.

'Marmion.'

'Concentreer je dan op Marmion. We zijn twee minuten van de Land Rover, maar je moet ons wel vertellen waar ze is. Het kost tien minuten om de politie daar te krijgen. En tegen die tijd kan ze overal zijn.'

Barry pakt de verrekijker en houdt hem weer voor zijn ogen. 'Wacht even.'

Hij volgt weer de Strathconaweg, tot waar die lommerrijk overgaat in de Marmionweg. Door de verrekijker heeft het beeld geen perspectief, er zijn te veel huizen met twee verdiepingen, er is te veel begroeiing, hij ziet alleen hier en daar de stoep of stukken van de asfaltweg aan de westkant. Hij volgt het traject naar het noorden, naar de stad, en kijkt weer snel op de kaart. De Marmionweg komt uit op... de Montrose Avenue. En daar moet ze linksaf als ze naar de stad wil.

Terug naar de verrekijker. Hij krijgt de Montrose in beeld, breed en beter zichtbaar vanaf hier. Hij volgt hem naar het westen. Niets. Zou ze rechts afgeslagen zijn? Naar het oosten?

'Barry?'

'Yeah?'

'We zijn bij de Land Rover. We gaan richting Marmion.'

'Oké,' zegt hij, nog steeds met de verrekijker voor zijn ogen.

Dan ziet hij haar, ver en klein in de lenzen, maar onmiskenbaar. Ze steekt een kruising over.

'Ik zie haar. Ze loopt in de Montrose...' Hij kijkt op de kaart. 'Ze is net de Forest overgestoken, in westelijke richting.'

'Oké. We zijn in de Glencoe. Zorg dat je haar niet kwijtraakt.'

13

John Afrika komt in zijn eentje de glazen deuren bij de eerste hulp uit, Willie Mouton en de sombere advocaat, Regardt Groenewald, zijn kennelijk het ziekenhuis ingegaan.

'Goed nieuws, jongens,' zegt John Afrika als hij in de kring komt staan. 'Alexa Barnard is buiten levensgevaar. De schade is niet zo groot, ze heeft alleen veel bloed verloren, ze houden haar... hé, Vusi, goeiemorgen, wat doe jij hier?'

'Het spijt me, commissaris, ik weet dat u het druk hebt, maar ik kom eigenlijk hulp vragen.'

'Je hoeft je niet te verontschuldigen, Vusi. Wat kan ik voor je doen?'

'Dat Amerikaanse meisje bij de kerk. Ze waren met z'n tweeën, weten we nu.' Vusi Ndabeni haalt zijn notitieblok uit de zak van zijn jasje, gaat rechtop staan en schakelt over op Engels. 'Het slachtoffer is Erin Russel. Haar vriendin is Rachel Anderson. Ze zijn gisteravond met een groep aangekomen. Rachel Anderson is rond zes uur vanochtend gezien op de Seinheuvel, achtervolgd door *agressors*. Sir, ze is een ooggetuige en ze verkeert in groot gevaar. We moeten haar vinden.'

'*Damn*,' zegt John Afrika, maar de Engelse krachtterm klinkt zwak uit zijn mond. 'Achtervolgd door agressors? Wat voor agressors?'

'Vijf of zes jongemannen schijnbaar, een paar blank, een paar zwart.'

'En wie is die getuige?'

'Een dame, ze heet... Sybil Gravett. Ze liet haar hond uit op de Seinheuvel toen Miss Anderson naar haar toe kwam voor hulp. Miss Anderson is doorgerend in de richting van Camps Bay nadat ze Mrs Gravett had gevraagd de politie te bellen. Een paar minuten later kwamen de jongemannen langsrennen.'

De commissaris kijkt op zijn horloge. 'Fok, Vusi, dat is meer dan drie uur geleden.'

'Ik weet het. Daarom heb ik meer mensen nodig, sir.'

'Bliksems.' Afrika wrijft met zijn hand over zijn kaak. 'Ik heb geen mensen meer. We zullen de bureaus erbij moeten halen.'

'Ik heb het al gevraagd aan de bureaus, sir. Maar Caledonplein moet een vakbondsdemonstratie bij het parlementsgebouw begeleiden en Camps Bay heeft maar twee voertuigen beschikbaar, de bureauchef zegt dat een van de patrouillebussen gestolen is op oudejaarsavond, en de andere heeft een ongeluk gehad...'

'Nee, o, bliksems,' zegt Afrika nog voordat Vusi uitgesproken is.

'Ik heb een opsporingsbevel uitgevaardigd, sir, maar ik dacht als we de heli konden krijgen en een beetje druk konden uitoefenen op de bureauchefs...'

Afrika pakt zijn mobiel. 'Even kijken wat ik kan doen. Wie zitten er eigenlijk achter haar aan?'

'Ik weet het niet, commissaris. Maar ze waren gisteravond in een nachtclub. Van Hunks.'

'Jissis,' zegt John Afrika en belt een nummer. 'Wanneer gaan we daar de bezem eens doorheen halen?'

Rachel Anderson loopt Carlucci's Quality Food Store binnen, regelrecht naar de toonbank, waar een jongen met een wit schort bezig is kleingeld uit kleine plastic zakjes te halen.

'Is hier een telefoon die ik kan gebruiken?' haar stem klinkt toonloos.

'Daar, naast de pinautomaat,' zegt hij, en dan kijkt hij op. Hij ziet de vlekken op haar kleren, het geronnen bloed op haar gezicht en knieën. 'Hé... Gaat het wel?'

'Nee, het gaat niet. Ik moet dringend bellen alsjeblieft.'

'Het is geen kaarttelefoon. Heb je kleingeld nodig?'

Rachel doet haar rugzak af. 'Ik heb wel.' Ze loopt de kant uit die hij heeft aangewezen.

Hij merkt op dat ze mooi is, al ziet ze er nu zo gehavend uit. 'Kan ik ergens mee helpen?'

Ze antwoordt niet. Hij kijkt haar bezorgd na.

'Jezus christus,' zegt Barry door de mobiele telefoon. 'Ze is net een fucking restaurant of zo binnengegaan.'

'Shit. Waar?'

'Op de hoek van Montrose en... ik denk dat het de Bo-Oranje is... Ja, dat is het.'

'We zijn er binnen twee minuten. Blijf haar in de gaten houden.'

'Ik verlies de deur niet uit het oog.'

In zijn huis in West Lafayette, Indiana, wordt Bill Anderson wakker van de telefoon. Als hij zijn hand uitsteekt, stoot hij de hoorn van de telefoon zodat hij overeind moet komen en zijn voeten uit bed moet zwaaien om hem op te rapen.

'Wat is er?' vraagt zijn vrouw naast hem verward.

'*Daddy?*' hoort hij als hij de hoorn oppakt. Hij brengt hem naar zijn oor. '*Baby?*'

'Daddy!' zegt zijn dochter Rachel, tienduizend kilometer verderop, en dan begint ze te huilen.

Bill Andersons maag trekt samen, hij is meteen klaarwakker. '*Honey*, wat is er?'

'Erin is dood, daddy.'

'*Oh my god*, baby, wat is er gebeurd?'

'Daddy, je moet me helpen. Ze willen mij ook vermoorden.'

Links van haar is een groot raam dat uitkijkt op de Montrose Avenue, voor haar is de toonbank van de lunchroom, waar drie klanten elkaar vragend aankijken als ze haar woorden horen.

'Weet je het zeker, honey?' vraagt haar vader, zijn stem zo verschrikkelijk dichtbij.

'Ze hebben haar keel doorgesneden, daddy, gisteravond. Ik heb het gezien...' Haar stem breekt.

'Oh my god,' zegt Bill Anderson. 'Waar ben je?'

'Ik heb niet veel tijd, daddy. Ik ben in Kaapstad... De politie, ik kan niet eens naar de politie...' Ze hoort piepende banden op het asfalt buiten. Ze kijkt naar buiten. Er is een nieuwe, witte Land Rover Defender gestopt, ze herkent de inzittenden.

'Daar zijn ze, daddy, help me, please.'

'Wie zijn daar? Wie heeft Erin vermoord?' vraagt haar vader dringend, maar ze ziet hoe de twee mannen uit de Land Rover springen en naar de ingang van de lunchroom rennen. Ze gooit de hoorn neer en vlucht de zaak door, langs de verbijsterde vrouwen voor de toonbank, naar een witte houten deur helemaal achterin. Ze gooit hem woest open. Net voordat ze naar buiten rent, hoort ze de man met het schort fel 'Hé!' roepen. Ze is in een lange, smalle passage tussen het gebouw en een hoge witte muur. Op de muur een lange rij glasscherven. De enige uitgang is naar rechts, aan het eind van de passage, weer een houten deur. Ze rent, de verschrikkelijke angst is terug.

Als de deur op slot is...

Het geluid van haar sportschoenen echoot door de smalle ruimte. Ze rukt aan de deur. Die wil niet open. Achter zich hoort ze de deur van de lunchroom opengaan. Ze kijkt om. De twee mannen zien haar. Ze concentreert zich op de deur voor zich. Er zit een draaislot op. Ze maakt het open. Een angstig geluid ploft over haar lippen. Ze rukt de deur open. Ze zijn te dichtbij. Ze rent naar buiten, klapt de deur achter zich dicht, hoort hun voetstappen, niet meer dan een paar meter van zich af. Ze ziet de straat voor zich, beseft dat er aan deze kant een grendel op de deur zit, draait zich om, haar vingers werken in grote haast, het ding wil niet schuiven, ze hoort hen bij het draaislot aan de andere kant. Ze ramt tegen de grendel met haar handpalm; pijn schiet omhoog door haar arm. De grendel schuift, de deur zit op slot. Ze rukken eraan vanaf de andere kant.

'Bitch!' roept een van hen.

Ze boldert vier betonnen treden af. Ze is op straat en rent door, links, de lange helling van de Bo-Oranjestraat af, haar ogen zoekend naar een uitweg, want ze zijn te dichtbij, al moeten ze weer via de vooringang de winkel uit; ze zijn nu net zo dichtbij als vannacht, vlak voordat ze Erin te pakken kregen.

Bill Anderson stormt de trap af naar zijn studeerkamer, met zijn vrouw Jess op zijn hielen.

'Hebben ze Erin vermoord?' vraagt ze. In haar stem klinkt zorg en angst.

'Honey, we moeten rustig blijven.'

'Ik ben rustig, maar je moet me vertellen wat er aan de hand is.'

Anderson blijft beneden staan, waar de trap uitkomt in de hal, en draait zich om. Hij legt zijn handen op de schouders van zijn vrouw. 'Ik weet niet wat er aan de hand is,' zegt hij rustig en langzaam. 'Rachel zegt dat Erin vermoord is. Ze zegt dat ze nog in Kaapstad is, en dat ze in gevaar is.'

'Oh my god.'

'Als we haar willen helpen, moeten we rustig blijven.'

'Maar wat kunnen we doen?'

De jongen met het schort ziet hoe de twee die achter het meisje aanzitten terug komen rennen door Carlucci's. Hij roept weer 'Hé!' en gaat tussen hen en de voordeur staan. 'Stop!'

De voorste van de twee – blank, gespannen en geconcentreerd – geeft de jongen zonder hem een blik waardig te keuren een dreun tegen zijn borst waardoor hij achteruitstruikelt en met zijn rug tegen de toonbank bij de deur valt. Dan zijn ze hem voorbij, naar buiten, de straat in.

Hij krabbelt overeind en ziet hoe ze op de stoep even aarzelen.

'Ik bel de politie,' roept hij, met zijn rechterhand over zijn rug wrijvend. Ze reageren niet, kijken de Bo-Oranjestraat in, zeggen iets tegen elkaar, lopen naar de Land Rover en springen erin.

De jongen draait zich om naar de toonbank, grijpt de telefoon en belt de politie. Hij ziet hoe de Land Rover met piepende banden de hoek van de Belmontstraat en de Bo-Oranjestraat om scheurt, waardoor een oude, groene Volkswagen Golf hard moet remmen. Hij bedenkt opeens dat hij het kenteken moet onthouden. Hij gooit de telefoon neer, rent naar buiten, een eindje de straat in. Hij ziet dat het een Kaapstads nummer is, CA 412 en nog vier cijfers, maar dan is de auto te ver weg. Hij draait zich om en gaat snel terug naar de toonbank.

Op de helling van de Duivelspiek gaat Barry's telefoon en hij neemt op: 'Ja!'

'Waar is ze nu, Barry?'

'Ze ging de Bo-Oranje in. Wat is er gebeurd?'

'Waar is ze nu, *for fuck's sake?*'

'Ik weet het niet. Ik dacht dat jij haar kon zien.'

'Kijk je wel, klootzak?'

'Natuurlijk kijk ik, maar ik kan niet die hele fucking straat zien van hieraf.'

'Jezus! Is ze de Bo-Oranje ingegaan?'

'Ik zag haar zo'n.... zestig meter, toen verdween ze achter de bomen.'

'Fuck! Blijf kijken. Verlies die fucking straat niet uit het oog.'

Bill Anderson zit in zijn studeerkamer met zijn ellebogen op het oude bureau en de telefoon aan zijn oor. Hij belt zijn advocaat. Achter hem staat zijn vrouw, Jess. Ze huilt zacht, haar armen beschermend om zich heen geslagen.

'Neemt hij op?' vraagt ze.

'Het is twee uur 's ochtends. Zelfs advocaten slapen.'

Een bekende stem neemt op aan de andere kant, duidelijk verward en slaperig. 'Connelly.'

'Mike, met Tom. Het spijt me heel erg dat ik je op dit uur bel, maar het gaat om Rachel. En Erin.'

'Dan hoef je je nergens voor te verontschuldigen.'

Er hebben vier geüniformeerde agenten van de SAPS dienst op bureau Caledonplein: een inspecteur, een brigadier en twee agenten. De agent die de oproep van Carlucci's Quality Food Store aanneemt, weet niets van het opsporingsbevel van Vusi Ndabeni en het Leeuwenkop-incident.

Hij maakt aantekeningen terwijl de jongeman het voorval in Carlucci's beschrijft. Daarna gaat hij naar de brigadier in de meldkamer en zij nemen contact op met de patrouillewagens van het bureau. De brigadier weet dat ze allemaal in de omgeving van het parlementsgebouw zijn, waar vanochtend een demonstratie wordt gehouden. Hij geeft oppervlakkige bijzonderheden van het voorval en vraagt of een van de voertuigen op onderzoek uit wil gaan. Hij krijgt een koor van vrijwilligers, want de demonstratie is klein, vreedzaam en saai. Hij kiest het voertuig het dichtst bij de Bo-Oranjestraat. De agent loopt terug naar de lange balie.

Hij zorgt dat de administratie van de oproep compleet is.

14

Ze zitten op het terras van een koffiebar op de hoek van de Kortmarkstraat en de Breestraat, vijf politiemannen om een vierpersoonstafel. Cloete – half afgewend, buiten de schaduwvlek van de rode parasol, telefoon aan zijn oor, sigaret tussen de vingers – vraagt op gedempte toon de een of andere vasthoudende journalist om geduld te hebben. De anderen zitten allemaal met hun ellebogen op tafel en hun hoofden dicht bij elkaar.

John Afrika's diepe frons verraadt dat zijn verantwoordelijkheden hem op het ogenblik zwaar vallen. 'Het is jouw feestje, Bennie,' zegt hij.

Griessel had geweten dat het zou komen, want het komt altijd. De top wil alles doen, behalve de beslissingen nemen.

'Commissaris, het is belangrijk dat we de beschikbare mankracht zo doeltreffend mogelijk aanwenden.' Hij hoort zijn eigen woorden. Waarom wordt hij zo belachelijk hoogdravend als hij met een hoge piet praat?

Afrika knikt plechtig.

'Ons grote probleem is dat we niet weten waar de moord op Barnard heeft plaatsgevonden. We hebben de forensische gegevens van de plaats delict nodig. Er waren uitschotwonden, er moet bloed zijn geweest, kogelhulzen. En dan moeten we Greyling op de plaats delict krijgen...'

'Geyser,' zegt Fransman Dekker, nog steeds chagrijnig.

Hij had dat moeten onthouden, denkt Griessel, wat is er vanochtend met zijn kop aan de hand? 'Geyser,' brandt hij in zijn geheugen. 'Ik ga ze naar het bureau brengen, die man en die vrouw. We moeten apart met ze praten. Fransman kan zolang bij AfriSound...' Hij kijkt even naar Dekker, niet helemaal zeker of de naam klopt. Dekker reageert niet. '... die platenmaatschappij, we moeten weten hoe Barnards dag verlopen is. Waar was hij gisteravond? Bij wie? Hoe laat? Waarom? We moeten het geheel van de grond af opbouwen.'

'Amen,' zegt Afrika. 'Ik wil een ijzersterke zaak.'

'We hebben ook een formele verklaring van Willie Mouton nodig. Fransman?'

'Komt voor elkaar.'

'Zijn er nog andere mensen die Geyser gisteren hebben gezien of gehoord? Wie hebben allemaal Geysers vrouw gezien toen ze op Barnards kantoor was?'

'De Big Bang,' zegt Cloete met walging. Zijn telefoongesprek is afgelopen. Dan gaat zijn telefoon weer. Hij zucht en draait zich om.

'Wat Vusi's zaak betreft, hij heeft hulp nodig, commissaris, iemand die alles met de bureaus kan coördineren, iemand met gezag, iemand die nog meer mensen kan laten komen, uit de zuidelijke voorsteden, uit Milnerton en Table View...'

'Table View?' vraagt Dekker. 'Die kunnen niet eens hun eigen reet vinden met een handspiegel.'

'De heli kan over een uur komen helpen. Maar jij zult het moeten coördineren, Bennie, want er is niemand anders,' zegt John Afrika ongemakkelijk.

Griessels stem klinkt zacht en ernstig. 'Commissaris, dat is iemands dochter, daarbuiten. Ze jagen al op haar sinds vannacht.'

Afrika ontwijkt de intensiteit van Griessels blik. Hij weet waar dit vandaan komt, hij kent het verhaal van Bennies dochter, die een halfjaar geleden ontvoerd is.

'Dat is waar,' zegt hij.

'We hebben mensen in het veld nodig. Auto's, patrouilles. Vusi, de foto die die Amerikaan met de bril heeft genomen van dat meisje dat vermist is, daar moeten we afdrukken van hebben. Iedere politieman op het Schiereiland, de mensen van Metro...' Griessel vraagt zich af wat er van de veldmaarschalk en zijn straatonderzoek is geworden.

'Metro?' vraagt Dekker. 'Stomme veredelde verkeersagenten.'

John Afrika kijkt streng naar Dekker. Dekker kijkt naar de straat.

'Maakt niet uit,' zegt Griessel. 'We hebben alle ogen nodig die we kunnen krijgen. En ik denk dat we Mat Joubert er ook bij moeten halen, commissaris, om te coördineren. Hij heeft nog niet veel te doen bij de Provinciale Taskforce.'

'Nee,' zegt Afrika beslist. En trekt dan zijn wenkbrauwen op. 'Je weet het nog niet van Joubert?'

'Wat is er met...' Griessels mobiel gaat. Hij kijkt naar het scherm. Het is een onbekend nummer. 'Sorry,' zegt hij en neemt op. 'Bennie Griessel.'

'Met Willie Mouton.' Een pedante stem.

'Meneer Mouton,' zegt Griessel expres, zodat de anderen het horen.

John Afrika knikt. 'Ik heb hem je nummer gegeven,' zegt hij zacht.

Mouton zegt: 'Ik heb Jos Geyser gebeld en gezegd dat hij naar kantoor moet komen, omdat ik hem iets belangrijks te vertellen heb. Hij is over tien minuten hier, als jullie hem willen arresteren.'

'Meneer Mouton, we hadden hem liever zelf opgeroepen.' Griessel doet zijn best om zijn frustratie te onderdrukken.

'Eerst klagen jullie dat ik niet meewerk,' zegt Mouton geïrriteerd.

Griessel zucht. 'Waar is uw kantoor?'

'Buitenstraat 16. Je loopt onder het gebouw aan de straat door, onze ingang is via de tuin, achter. Groot bord aan de muur, vraag maar naar mij bij de receptie, op de begane grond.'

'We zullen er zijn.' Hij hangt op. 'Mouton heeft Geyser op zijn kantoor ontboden. Hij is er over tien minuten.'

'Jissis,' zegt Dekker, 'wat een lul.'

'Fransman, ik ga Geyser ondervragen, maar jij moet zijn vrouw zien te vinden.'

'Melinda?' Cloete kan het nog steeds niet geloven. 'Mooie Melinda?'

'Ik zal Mouton hun huisadres vragen en dan bel ik je. Commissaris, hier is Vusi nog niet mee geholpen. Is er niemand die hem kan bijstaan?'

'Ach, het klinkt alsof de zaak Barnard zo'n beetje is afgehandeld. Als de zaak tegen Geyser sterk genoeg is, sluit je hem op en ga je Vusi helpen. We kunnen morgen alle losse eindjes aan elkaar knopen.'

Afrika ziet aan Bennies gezicht dat dit niet de oplossing is waarop hij had gehoopt.

'Oké. We kunnen tijdelijk Mbali Kaleni erbij halen, tot jij vrij bent.'

'Mbali Kaleni?' vraagt Fransman Dekker ongelovig.

'Shit,' zegt Vusi Ndabeni. En voegt er dan meteen aan toe: 'Sorry...'

'Nee, fok,' zegt Dekker.

'Ze is slim. En degelijk,' zegt de commissaris, die voor het eerst in de verdediging is gedrongen.

'Het is een Zoeloe,' zegt Vusi.

'Het is een trut,' zegt Dekker. 'En ze zit bij Bellville, de bureauchef zal haar niet vrij willen maken.'

'Dat zal hij wel.' John Afrika heeft de controle terug. 'Zij is de enige die ik beschikbaar heb, en ze staat op Bennies mentorlijst. Ze kan vanaf het Caledonplein coördineren. Ik zal ze vragen om iets voor haar te regelen.'

Hij ziet geen opluchting op de gezichten van Vusi en Fransman Dekker.

'En bovendien,' zegt Afrika beslist, 'is het maar tijdelijk, tot Bennie het weer kan overnemen.' En dan, als bijgedachte, verwijtend: 'Jullie horen allemaal de pogingen van Dienst om meer vrouwen binnen te halen te steunen.'

De jonge zwarte man rent vanaf het Molteno-reservoir soepel en atletisch tussen de bomen van het De Waalpark door naar de Land Rover Defender die in de Bo-Oranjestraat staat te wachten.

'Niks,' zegt hij als hij instapt.

'Fuck,' zegt de jonge blanke bestuurder. Hij trekt op voordat het portier goed en wel dicht is. 'We moeten hier weg. Hij zal de politie wel gebeld hebben. En hij heeft de Land Rover gezien.'

'Nou, dan moeten we zorgen dat onze politie ook hierheen komt.'

De blanke haalt zijn telefoon uit zijn borstzak en geeft hem aan de zwarte man. 'Bel ze. Zorg dat ze precies weten waar ze is verdwenen. En haal Barry ook hierheen. We hebben geen reet meer aan hem daar op die berg. Zeg dat hij naar die lunchroom moet gaan.'

Griessel en Dekker gaan samen naar de Loopstraat. 'Wat hebben jullie tegen inspecteur Kaleni?' vraagt Griessel.

'Dat is die dikke,' zegt Dekker, alsof dat alles verklaart. Griessel herinnert zich haar van vorige week donderdag, klein, heel dik, met een onaantrekkelijk gezicht, streng als een sfinx, en een zwart broekpak dat te strak zat.

'En?'

'We zaten samen bij Bellville en ze is echt schijtirritant. Zo'n stomme beha-verbrandende feministe die denkt dat ze alles weet, die alles doet om hielen te likken bij de chef.' Dekker zwijgt even. 'Ik ga die kant op.' Hij wijst de straat in.

'Kom ook naar AfriSound als je klaar bent.'

Dekker is nog niet klaar: 'En ze heeft de superirritante gewoonte om uit het niets op te doemen, ze loopt zo zacht als een natte droom op die kleine voetjes en ineens staat ze naast je, bovendien ruikt ze permanent naar KFC al zie je haar die zooi nooit eten.'

'Weet je vrouw het?'

'Wat?'

'Dat je op Kaleni geilt?'

Dekker gromt iets onverstaanbaars en nijdigs. Dan gooit hij zijn hoofd in zijn nek en lacht, een diepe blaf die van de gebouwen aan de overkant terugkaatst.

Griessel denkt aan dikke politieagenten als hij naar zijn auto loopt, aan wijlen inspecteur Tony O'Grady. Dikke Engelsman, betweterige slimmerik, liep altijd op noga te kauwen, met zijn mond halfopen. Ging misschien ook niet zo vaak in bad als wenselijk was. Kon drinken als de beste, populaire jongen. Het komt doordat Kaleni een vrouw is, de rechercheurs zijn er nog niet echt klaar voor.

Waar zijn de dagen van Noga O'Grady gebleven?

Toen Griessel nuchter, onbevreesd en enthousiast was. En altijd scherp. Hij kon een confrontatieruimte vol rechercheurs laten bulderen van de lach, elke maandagochtend. De dagen van Moord en Roof, van de ascetische kolonel Willie Theal, alweer drie maanden geleden het graf ingegaan door kanker, van hoofdinspecteur Gerbrand Vos, later hoofdcommissaris, met zijn felle blauwe ogen, doodgeschoten voor zijn huis door een syndicaat van de Kaapse Vlakte. En Mat Joubert... Dan herinnert Griessel zich wat de commissaris zei, haalt zijn telefoon tevoorschijn en belt.

'Mat Joubert,' hoort hij de bekende stem aan de andere kant.

'Ik heb John Afrika voorgesteld hoofdcommissaris Mat Joubert bij de zaak te halen, want we hebben hulp nodig, en hij zei: "Weet je het nog niet van Joubert?"'

'Bennie...' Verontschuldigend.

'Wat weet ik nog niet?'

'Waar ben je?'

'In de Loopstraat, op weg om een gospelzanger voor moord te gaan arresteren.'

'Ik moet toch naar de stad. Ik trakteer je op een kop koffie als je klaar bent.'

'Wat wil je me dan vertellen?'

'Bennie... ik vertel het je als ik je zie. Ik wil dit niet door de telefoon doen.'

Dan weet Griessel wat er aan de hand is. De moed zakt hem in de schoenen.

'Jissis, Mat,' zegt hij.

'Bennie, ik wilde het jou in elk geval persoonlijk vertellen. Bel me als je klaar bent.'

Griessel stapt in de auto en slaat het portier te hard dicht. Hij start en rijdt weg.

Niets blijft ooit hetzelfde.

Ze gaan allemaal weg. Vroeg of laat.

Zijn dochter. Naar Londen. Hij stond naast Anna toen Carla wegliep op het vliegveld, door de bewaakte deur van de vertrekhal. Rolkoffertje haastig achter zich aan gesleept, paspoort en ticket in de andere hand, op weg naar het Grote Avontuur, op weg, bij hem, bij hen vandaan. De emotie had hem bijna overweldigd, daar naast zijn bijna-ex-vrouw. Hij wilde op dat moment Anna's hand pakken en tegen haar zeggen: 'Nu zijn alleen jij en Fritz over, want Carla zijn we kwijt aan de grotemensenwereld.'

Maar dat durfde hij niet.

Zijn dochter had nog een keer omgekeken, vlak voordat ze om de hoek verdween. Ze was al ver weg, maar hij kon de opwinding op haar gezicht zien, de verwachtingen, de dromen van een leven dat voor haar lag.

En hij blijft altijd achter.

Zal hij vanavond ook achterblijven? Als Anna hem niet meer wil hebben? Zal hij dat aankunnen?

En als ze zegt: 'Oké, Bennie, je bent nuchter, je mag weer naar huis komen'? Wat de fok doet hij dan? Want de afgelopen weken is hij zich dat steeds meer gaan afvragen. Misschien is het een soort rationalisme, een manier om zichzelf tegen haar afwijzing te beschermen, maar hij weet niet zo zeker of het gaat werken, hij en Anna weer bij elkaar.

Zijn gevoelens daarover zijn ingewikkeld, daarvan is hij zich bewust. Hij houdt nog van Anna. Maar hij heeft het gevoel dat hij in staat is geweest op te houden met drinken juist omdat hij nu alleen is. Omdat hij niet meer het geweld en de dood elke avond meeneemt naar zijn gezin. Omdat hij niet het huis binnenloopt en zijn vrouw en kinderen ziet en wordt overvallen door de angst dat zij ook zo zullen liggen, hun lichaam verminkt, de handen verstijfd in een verschrikkelijke angst voor de dood.

Maar dat is niet alles.

Ze waren gelukkig, Anna en hij. Destijds. Voordat hij begon te drinken. Ze hadden de kleine wereld van hun gezin, eerst alleen zij tweeën, toen kwamen Carla en Fritz. Hij speelde 's avonds op het vloerkleed met zijn kinderen en lag 's nachts tegen het lichaam van zijn vrouw aan en ze praatten en lachten en vreeën met hartverscheurende vanzelfsprekendheid en zorgeloosheid, want de toekomst was een voorspelbare utopie. Ook al waren ze arm, ook al waren alle meubels, de auto en het huis op de pof gekocht. En toen werd hij bevorderd naar Moord en Roof en glipte de toekomst door zijn vingers, uit zijn vaste greep, beetje bij beetje, dag voor dag. Zo langzaam dat je het niet merkte, zo subtiel dat je dertien jaar later opstaat uit de verdoving van een dronkenlap en beseft dat het weg is.

En je krijgt het nooit meer terug. Dat is het lullige. Je kunt niet terug. Dat leven, die mensen, die omstandigheden zijn weg, net zo dood als O'Grady en Theal en Vos. Je moet van voren af aan beginnen, maar deze keer zonder de naïviteit en de onschuld en het optimisme van hoe je was, zonder het waas van verliefdheid, je bent anders, je zit vast aan degene die je nu bent, met alle kennis en ervaring en realisme en ontnuchtering.

En hij weet niet of het mogelijk is. Hij weet niet of hij de fut heeft om terug te gaan naar waar elke dag een dag des oordeels is. Anna die hem met arendsogen in de gaten houdt als hij 's avonds thuiskomt. Waar is hij geweest? Ruikt hij naar drank? Ziet hij eruit of hij gedronken heeft? Hij zal de deur binnenkomen met dat besef, hij zal te hard proberen te bewijzen dat hij nuchter is, hij zal haar naar de mond praten, hij zal haar angst zien totdat ze zeker weet dat hij nuchter is en dan zal ze ontspannen. Het is hem allemaal te zwaar, te veel, het is een last die hij nog niet zal kunnen dragen.

En dan is er het feit dat hij de afgelopen twee, drie maanden is gaan houden van zijn leven, van zijn spartaanse flatje, van de omgang met zijn kinderen voordat zijn dochter vertrok, toen Fritz en Carla en hij in zijn zitkamertje of in een restaurant als drie volwassenen, drie... vrienden hadden zitten praten, niet belast door de regels en beperkingen van een conventioneel gezin. Hij was gaan houden van de stilte in zijn huis als hij de deur opendoet, zonder iemand die hem in de gaten houdt en beoordeelt. Hij kan de ijskast opentrekken en de tweeliterfles sinaasappelsap pakken en gewoon uit de fles drinken, lang en gulzig. Hij kan op zijn bank gaan liggen met zijn schoenen aan, zijn ogen dichtdoen en een uiltje knappen tot een uur of zeven, acht, en dan naar de Engen-garage aan de Annandaleweg lopen om een Woollies Food-broodje en een flesje gemberbier te kopen. Of zijn favoriet: een Dagwoodburger bij Steers. En dan thuis met twee vingers een mailtje aan Carla typen, met een hap en een slok tussendoor. Op de basgitaar tokkelen en onmogelijke dromen dromen. Of het schaaltje terugbrengen aan Charmaine Watson-Smith, zijn zeventigjarige buurvrouw op nummer 106. 'O, Bennie, je hoeft me niet te bedanken, je bent mijn liefdadigheidsproject. Mijn politieman.' Ondanks haar leeftijd zijn haar ogen levendig en is haar eten elke keer ongelofelijk lekker.

Alles heeft een prijs.

Want Anna weet misschien van Bella. Anna gaat misschien vanavond tegen hem zeggen dat hij dan nu wel nuchter is, maar dat hij een trouweloze hond is en dat ze hem niet meer wil.

Hij wil dat Anna hem wil. Hij heeft haar goedkeuring nodig, hij heeft haar liefde en haar omhelzing nodig en de veilige haven van hun huis. Maar hij weet niet of dat nu het beste voor hem is.

Jissis, waarom kan het leven niet eenvoudiger zijn?

En dan is hij in de Buitenstraat en is er geen plek om te parkeren en voelt het heden, de werkelijkheid, als een schijnwerper die plotseling wordt aangestoken. Hij knippert met zijn ogen tegen het schelle licht.

10.10 uur – 11.02 uur

15

'Nee,' zegt inspecteur Mbali Kaleni resoluut.

Hoofdcommissaris Cliffie Mketsu, bureauchef van Bellville, reageert niet. Hij weet dat hij moet wachten tot ze haar salvo heeft afgevuurd, deze uitgesproken, door principes gedreven, koppige vrouwelijke rechercheur.

'En al die andere vrouwen die verdwenen zijn dan?' vraagt ze met een ontevreden frons op haar ronde gezicht. 'En die Somalische vrouw waar niemand me mee wilde helpen dan? Waarom roepen we niet de hele dienst erbij om aan haar zaak te werken?'

'Welke Somalische vrouw, Mbali?'

'Het lichaam dat al twee weken in het lijkenhuis van Soutrivier ligt. Maar volgens de pathologen heeft het geen prioriteit; ze kan door natuurlijke oorzaken overleden zijn. Natuurlijke oorzaken? Omdat het een wond is die is gaan zweren, omdat ze in een huisje van karton en planken is doodgegaan, met niks? En niemand wil helpen, Binnenlandse Zaken niet, Vermiste Personen niet, niet eens de politiebureaus, terwijl ik ze allemaal een foto heb gestuurd en gevraagd of ze die op het bord willen hangen. Dan kom ik daar, en dan halen ze gewoon hun schouders op, weten ze niet eens waar het rapport is gebleven. Maar wee je gebeente als er een Amerikaanse vermist is, dan springt iedereen door brandende hoepels.' Ze vouwt haar armen resoluut voor haar borst. 'Ik niet.'

'Je hebt gelijk,' zegt Cliffie Mketsu heel geduldig. Hij heeft een theorie dat Kaleni een vaderskind is. In een land waarin vaders meestal afwezig zijn, is zij met twee sterke ouders opgegroeid, moeder een verpleegster en vader een ontwikkelde man, schoolhoofd in KwaZulu. Een leider van de gemeenschap die zijn enige kind zorgvuldig en doelbewust heeft toegerust met een eigen visie, een helder oordeel en het zelfvertrouwen om dat luid en duidelijk te verkondigen. Daarom moet hij haar de kans geven.

'Dat weet ik.'

'De commissaris heeft speciaal om jou gevraagd.'

Ze maakt een geërgerd geluid.

'Het is een kwestie van landsbelang.'

'Landsbelang?'

'Toerisme, Mbali. Het is ons levenssap. Valuta. Werkgelegenheid. Het is onze grootste industrie, onze sterkste hefboom om vooruit te komen.'

Hij ziet dat ze ontdooit; de armen gaan van de borst af. 'Ze hebben je nodig Mbali, om die zaak over te nemen.'

'Maar al die andere vrouwen dan?'

'Het is een onvolmaakte wereld,' zegt hij zacht.

'Dat hoeft niet zo te zijn,' zegt ze en ze staat op.

Om tien over drie 's ochtends zit Bill Anderson op de oude leren tweezitsbank in zijn studeerkamer, zijn rechterarm om zijn snikkende vrouw, een beker koffie in de linkerhand.

Ondanks zijn ogenschijnlijke kalmte kan hij zijn eigen hart horen kloppen in de stilte van de North Salisburystreet. Zijn gedachten zijn beurtelings bij zijn dochter en bij de ouders van haar vriendin, Erin Russel. Wie zal hun het verschrikkelijke nieuws gaan brengen? Moet hij bellen? Of wachten op een officiële bevestiging? En wat kan hij doen? Want hij wil, hij moet iets doen om zijn dochter te helpen, te beschermen, maar waar moet hij beginnen? Hij weet niet eens waar ze nu is.

'Ze hadden nooit moeten gaan,' zegt zijn vrouw. 'Hoe vaak heb ik dat niet gezegd? Waarom konden ze niet naar Europa?'

Anderson heeft geen antwoord voor haar. Hij drukt haar alleen steviger tegen zich aan.

Dan gaat de telefoon, schril in de vroege ochtend. Anderson morst koffie uit zijn beker als hij haastig opstaat. Hij neemt op.

'Bill, Mike hier. Het spijt me, het duurde even voordat ik het congreslid te pakken had, hij zit in Monticello met zijn gezin, ik heb hem net gebeld en hij gaat onmiddellijk stappen ondernemen. Ten eerste laat hij weten dat hij in gedachten bij jou en je gezin is...'

'Dank je, Mike, bedank hem uit onze naam.'

'Zal ik doen. Ik heb hem je nummer gegeven, en hij belt zodra hij meer informatie heeft. Hij gaat de ambassadeur in Pretoria en de consul in Kaapstad bellen om bevestiging te krijgen en alle beschikbare feiten te achterhalen. Hij kent ook een stafmedewerker van Condi Rice, en hij zal Buitenlandse Zaken om alle hulp vragen die hij kan krijgen. Nu weet ik dat jij een Democraat bent, maar deze man is een oud-militair, Bill, hij heeft zijn rechtspraktijk opgegeven met drie dagen opzegtermijn om in de Eerste Golfoorlog te dienen. Hij krijgt dingen voor elkaar. Dus maak je geen zorgen, we zullen Rachel veilig thuisbrengen.'

'Mike, ik weet niet hoe ik je moet bedanken.'

'Je weet dat dat niet hoeft.'

'Erins ouders...'

'Daar dacht ik ook net aan, maar het moet eerst officieel zijn, Bill, voordat we iets zeggen.'

'Dat is waarschijnlijk het beste. Ik overweeg *chief* Dombkowski mee te nemen. Ik denk niet dat ik het alleen aankan.'

'Ik bel de chief zodra we meer informatie hebben. Dan gaan we allebei mee.'

De brigadier loopt Carlucci's Quality Food Store uit naar zijn patrouillewagen, doet het portier open en pakt de microfoon van de mobilofoon. Hij neemt contact op met bureau Caledonplein en krijgt dezelfde agent die hem hierheen heeft gestuurd. Hij rapporteert dat hij een verklaring heeft afgenomen en dat er schijnbaar een jonge vrouw werd achtervolgd door een blanke en een zwarte man, maar dat er nu geen spoor meer van hen is.

'Kijk of je iets in het systeem kunt vinden, een witte Land Rover Discovery, kenteken CA en de cijfers vier, één, zes en dat is alles wat hij kon zien, maar hij weet het niet honderd procent zeker. We zullen hier nog wat rondkijken,' zegt hij en dan ziet hij de tweede Metro-politieauto binnen een paar minuten die de Bo-Oranjestraat afrijdt. Hij herinnert zich de twee patrouilles te voet in Metro-uniformen die hij op weg hierheen heeft gezien. De hoogste tijd dat ze komen helpen met de klus, denkt hij. Nu slenteren ze hier een beetje rond op zoek naar verkeersboetes. Of kopers van valse rijbewijzen.

Zijn partner komt de lunchroom uit en zegt: 'Als je het mij vraagt, gaat het om drugs.'

Vusi Ndabeni ontmoet de politiefotograaf bij de Cat & Moose Youth Hostel and Backpackers Inn en zegt dat ze Oliver Sands en zijn camera weer moeten gaan halen.

Wanneer Sands de hal binnenkomt, lijkt hij nog steeds gebroken.

'Ik wil graag die foto van Erin en Rachel gebruiken,' zegt Vusi.

'*Sure*,' zegt Sands.

'Mogen we je camera een paar uur lenen?'

'Ik kan ook alleen de memory card meenemen,' zegt de fotograaf.

'Oké. Ik heb... vijftig afdrukken nodig. Maar snel. Meneer Sands, laat onze fotograaf zien wie Rachel Anderson is.'

'Krijg ik hem terug?' vraagt Sands.

'Ik kan je die afdrukken vandaag niet meer bezorgen,' zegt de fotograaf.

Vusi kijkt naar de man met zijn lange krullen en onwillige houding.

Je moet keihard zijn, heeft Bennie Griessel gezegd.

Maar zo is hij niet. En hij weet niet of hij zo kan zijn. Hij zal een ander plan moeten bedenken.

Vusi onderdrukt een zucht. 'Morgen? Is morgen goed?'

'Morgen is beter,' knikt de fotograaf tevreden.

Vusi haalt zijn mobiel uit zijn zak. 'Wacht even,' zegt hij, hij toetst een nummer in en houdt de telefoon tegen zijn oor.

'Bij het volgende signaal,' zegt een eentonige vrouwenstem aan de lijn, 'is het tien uur, zeven minuten en veertig seconden.'

'Mag ik commissaris Afrika spreken,' zegt Vusi. Hij fluistert tegen de fotograaf: 'Ik wil alleen horen of de commissaris boos wordt als het meisje morgen dood is.'

'Bij het volgende signaal...'

'Welk meisje?' vraagt de fotograaf.

Oliver Sands kijkt niet-begrijpend van de een naar de ander.

'Tien uur zeven minuten en vijftig seconden.'

'Dat meisje op de foto. Ze is ergens in de buurt van Kampsbaai, en er zijn mensen die haar willen ombrengen. Als we de foto's pas morgen krijgen...'

'Bij het volgende signaal...'

'Wacht,' zegt de fotograaf.

'Ik wacht op de commissaris,' praat Vusi tegen de telefoon terwijl de vrouwenstem zegt: 'Tien uur en acht minuten precies.'

'Dat wist ik niet,' zegt de fotograaf.

Vusi trekt zijn wenkbrauwen verwachtingsvol op.

De fotograaf kijkt op zijn horloge. 'Twaalf uur, dat is het beste wat ik kan doen.'

Vusi kijkt op zijn mobiel en beëindigt de oproep. 'Oké. Breng de afdrukken naar het Caledonplein en geef ze aan inspecteur Mbali Kaleni.' Op hetzelfde moment gaat zijn telefoon en hij neemt weer op.

'Inspecteur Vusi Ndabeni.'

'*Sawubona*, Vusi,' zegt Mbali Kaleni in het Zoeloe.

'*Molo*, Mbali,' zegt Vusi in het Xhosa.

'*Unjani*?' vraagt ze in het Zoeloe.

'*Ntwengephi*,' zegt hij in het Xhosa om zijn bedoeling duidelijk te maken en dan gaat hij over op het Engels. '*Where are you?*'

'Op de N1, ik kom van Bellville. Waar ben jij?'

'Ik ben in de Langstraat, maar je moet naar het Caledonplein.'

'Nee, *brother*, ik moet naar jou toe. Ik kan de zaak niet overnemen als ik niet weet wat er aan de hand is.'

'De zaak overnemen?'

'De commissaris zei dat ik de zaak moest overnemen.'

Vusi doet langzaam zijn ogen dicht. 'Mag ik je terugbellen?'
'Ik wacht.'

Griessel loopt door de poort die toegang geeft tot Buitenstraat 16 en ziet dat het gebouw rondom een binnentuin is gebouwd, met geplaveide paden tussen bloemperken, een visvijver en een vogelbadje. Tegen de muur van de zuidvleugel zit een groot logo van AfriSound, het woord in stakerige letters die vermoedelijk typisch Afrikaans moeten lijken. Het logo is een branieachtige vogel met een zwarte borst, gele keel en wenkbrauwen, die met open bek tegen een oranje zon staat te zingen. Griessel weet niet wat voor vogel het is. Hij loopt naar de dubbele glazen deuren. Zijn mobiel gaat. Dit nummer kent hij inmiddels.

'Vusi?' zegt hij.

'Bennie, het ziet ernaar uit dat we een misverstand hebben.'

De Metro-patrouillewagen stopt naast de twee jongemannen in de Land Rover Defender op de hoek van de Prinsstraat en de Bredastraat.

Jeremy Oerson zit op de passagiersplek van de auto. Hij draait het raampje naar beneden en vraagt aan de jongeman achter het stuur van de Land Rover: 'Weet je wat ze aanheeft, Jay?'

De man knikt. 'Blauwe denim short, lichtblauw T-shirt. En ze heeft een rugzak bij zich.'

'Oké,' zegt Jeremy Oerson en reikt naar zijn mobilofoon. Hij knikt naar de bestuurder. 'We gaan,' zegt hij.

'Dank u, commissaris,' zegt Bennie Griessel in de telefoon. Hij zet hem uit en blijft even hoofdschuddend voor de glazen deuren van AfriSound staan.

Hij is geen mentor, hij is een brandweerman verdomme, want het enige wat hij doet is brandjes blussen.

Griessel zucht, trekt de deur open en loopt naar binnen.

Tegen de bloedrode en hemelsblauwe muren hangen ingelijste gouden en platina cd's en affiches van optredens van artiesten. Griessel herkent de namen. Achter een moderne balie van licht hout zit een zwarte vrouw van middelbare leeftijd, die opkijkt. Haar ogen zijn rood, alsof ze gehuild heeft, maar de glimlach is moedig.

'Kan ik u helpen?'

'Ik kom voor Willie Mouton.'

'Dan bent u inspecteur Griessel.' Haar uitspraak van zijn achternaam is perfect.

'Dat klopt.'

'Zo verschrikkelijk van meneer Barnard...' Ze knikt in de richting van de trap. 'Ze wachten op u op de eerste verdieping.'

'Dank u.'

Griessel loopt de trap op, een houten trap met chromen leuning en nog meer ingelijste cd's aan de muur, met de naam van de artiest of de band op een bronzen plaatje eronder.

De eerste verdieping ligt voor hem. Het kleurenschema is helder en bont, maar de sfeer is somber. Geen muziek, alleen de stille fluistering van de airco en de gedempte stemmen van vijf, zes mensen die rond grote, lage, verchroomde bijzettafels zitten, op banken en stoelen van felgekleurd struisvogelleer, blauw, groen en rood.

Als ze merken dat hij er is, houden ze op met praten en kijken naar hem. Griessel ziet een wat oudere vrouw die huilt, ze lijken allemaal ontdaan, maar geen spoor van Mouton. Sommige gezichten komen hem bekend voor, hij vermoedt dat het zangers of musici zijn. Is Jos Geyser een van hen? Hij hoopt heel even dat Lize Beekmans of Theuns Jordaan er zijn, of Schalk Joubert. Maar wat moet hij tegen hen zeggen, onder deze omstandigheden?

Jammer maar helaas.

Links bij het raam zit een gekleurde vrouw achter een bureau. Hij ziet dat ze jong en beeldschoon is, met scherpe jukbeenderen, een volle mond, lang zwart haar. Ze staat op en loopt om het bureau heen. Elegante, nauwsluitende kleren, sandalen met hoge hakken, slank lichaam.

'Inspecteur?' Dezelfde ingetogen vriendelijkheid als de receptioniste beneden.

'Bennie Griessel,' zegt hij en steekt zijn hand uit.

'Natasha Abader.' Haar hand is smal. 'Ik ben de assistente van meneer Mouton. Komt u mee, alstublieft.'

'Dank u,' zegt Griessel en hij loopt achter haar aan de gang door. Hij kijkt naar het kleine, volmaakte achterwerk van Natasha Abader en vraagt zich onwillekeurig af of Adam Barnard haar ook in zijn kantoor heeft gepakt. Hij kijkt doelbewust weg, naar de ingelijste cd-hoezen aan de muur, nog meer affiches. Bordjes aan de deuren. AFRISOUND PROMO. PRODUCTION. FINANCE & ADMINISTRATION. RECORDING STUDIO. AFRISOUND ONLINE. En dan, bijna achteraan rechts, WILLIE MOUTON, DIRECTOR.

Links nog een dichte deur. ADAM BARNARD, MANAGING DIRECTOR.

Natasha klopt op Moutons deur en doet hem open. Ze steekt haar hoofd naar binnen. 'Inspecteur Griessel is er.' Ze stapt opzij zodat Griessel er langs kan.

'Dank u,' zegt Griessel. Ze knikt alleen en loopt terug naar haar bureau. Hij gaat naar binnen. Mouton en zijn advocaat, Groenewald, zitten achterovergeleund als twee magnaten aan weerszijden van een groot bureau.

'Kom binnen,' zegt Mouton.

De advocaat steekt zittend een halfhartige hand uit naar Griessel. 'Regardt Groenewald.'

'Bennie Griessel. Zit Geyser daar vooraan?'

'Nee, ze zitten in de vergaderzaal,' gebaart Mouton met zijn hoofd naar het eind van de gang. Hij heeft nu iets plechtigs; de agressie van daarnet is verdwenen.

'Ze?'

'Hij heeft Melinda meegenomen.' Griessel kan zijn ergernis niet onderdrukken. Mouton ziet het. 'Ik kan het niet helpen; ik heb niet gezegd dat hij haar moest meenemen,' alsof hij tegen een ondergeschikte praat.

Hij kent Moutons soort, gewichtig in zijn kleine wereldje, gewend om de lakens uit te delen. En nu hij gehoor heeft gevonden bij de districtschef, denkt hij dat hij zich overal mee mag bemoeien. 'We willen ze afzonderlijk ondervragen,' zegt Griessel en hij pakt zijn mobiel. 'Mijn collega dacht dat ze thuis zou zijn; ik zal hem moeten bellen.'

Hij zoekt het nummer van Dekker en belt.

'Wat weet Geyser?' vraagt hij terwijl de telefoon overgaat.

'Nog niets. Natasha heeft alleen tegen hen gezegd dat ze in de vergaderzaal moeten wachten, maar je ziet dat hij schuldig is. Zweet als een varken.'

'Bennie,' zegt Dekker aan de telefoon.

'Er zijn wat dingen veranderd,' zegt Griessel.

16

Vusi Ndabeni loopt haastig de Langstraat af als John Afrika terugbelt.

'Het is geregeld, Vusi. De chef van inspecteur Kaleni heeft me verkeerd begrepen,' zegt John Afrika.

'Dank u, commissaris.'

'Zij gaat naar het Caledonplein en brengt de bureaus vast op de hoogte.'

'Dank u, commissaris.'

'Ze zal een grote hulp zijn, Vusi. Het is een slimme vrouw.'

'Dank u, commissaris.'

Meer dan dertienhonderd kilometer naar het noorden, in het Wachthuisgebouw dat deel uitmaakt van de Thibault-arcade in de Pretoriusstraat in Pretoria, maakt de telefoon van de waarnemende landelijke korpschef van de SAPS één enkel brommend geluid. Hij neemt op.

'De onderminister wil u spreken,' zegt zijn secretaresse.

'Dank je.' Hij aarzelt even voordat hij het witte 'Lijn 1'-knopje indrukt. Hij weet dat het geen goed nieuws zal zijn. De onderminister belt alleen als er slecht nieuws is over de corruptiezaak tegen de landelijke korpschef, die momenteel met verlengd verlof is.

'Goedemorgen, minister,' zegt hij in het Engels.

'Goedemorgen, commissaris,' zegt ze en hij kan horen dat ze niet opgewekt is. 'Ik ben net gebeld door de Amerikaanse consul-generaal in Kaapstad.'

De ingang van de Van Hunks is in de Kasteelstraat. Er hangt een neonuithangbord met de naam en het motto: SMOKIN'. Inspecteur Vusumuzi Ndabeni trekt en duwt aan de deurkruk, maar de deur zit dicht.

'Ai,' zegt hij en loopt de hoek om naar de ingang van de zaak ernaast, een lampenwinkel. Hij treft een vrouw bij de kassa en vraagt of zij weet wanneer er iemand bij de club zal zijn.

'Probeer de achterdeur,' zegt ze en wijst hem naar de dienstingang aan de achterkant.

Hij bedankt haar en loopt langs mannen die bezig zijn kratten bier van een vrachtwagen te laden en de club in te dragen, naar de keuken van de Van Hunks. Een blanke man met een korte zwarte paardenstaart en kleine oogjes houdt toezicht op de kratten. Hij ziet Vusi.

'Hé!' zegt hij. 'Wat moet je?' Agressief en met een vaag accent.

Vusi trekt zijn SAPS-legitimatie tevoorschijn. Hij houdt hem zo dat de man hem kan lezen. 'Ik zou de manager graag willen spreken,' zegt hij beleefd.

Paardenstaart, die een kop groter is dan Ndabeni, trekt zijn neus op voor de kaart van de rechercheur. 'Waarom?'

'Bent u de manager?' vraagt Vusi, nog steeds voorkomend.

'Nee.'

'Ik zou hem graag spreken.'

'Haar. Ze is bezig.'

'Kunt u me bij haar brengen, please?'

'Heb je een bevelschrift?'

'Nee, ik heb geen bevelschrift nodig,' legt hij geduldig uit. 'Ik onderzoek een moord en het slachtoffer was gisteravond in deze club. Ik heb alleen informatie nodig.'

Als Paardenstaart hem schattend opneemt, ziet Vusi dat de ogen van de man dicht bij elkaar staan. Bij blanken, heeft hij gehoord, is dat een teken van domheid. Dat verklaart de vragen van de man.

'Wacht hier, want ze jatten mijn bier.' Paardenstaart wijst naar de zwarte arbeiders die de kratten naar binnen brengen. 'Wat denkt de politie daaraan te gaan doen?'

'Hebt u het aangegeven?'

'Waarom?'

'Dan kan de politie onderzoek doen,' zegt Vusi langzaam en duidelijk. 'U moet naar het bureau gaan om aangifte te doen.'

Paardenstaart slaat zijn ogen ten hemel. Vusi weet niet wat hij daarmee bedoelt; hij kan het toch niet eenvoudiger uitleggen. 'Moet u horen, mijn onderzoek is heel dringend. Ik moet onmiddellijk de manager spreken.'

Nog een aarzeling. Dan zegt de man: 'De gang door. Derde deur rechts.'

'Dank u,' zegt Vusi en hij loopt weg.

Willie Mouton houdt de deur van de vergaderzaal open en Griessel gaat naar binnen. De Geysers zitten aan de lange ovale tafel. Ze houden elkaars hand vast. Bennie had zich twee jonge, bruisende engelengezichten voorgesteld, met de overdreven blijmoedigheid van pasbekeerden. Maar de Geysers zijn aan de verkeerde kant van de veertig, zij misschien ouder dan hij. Stroef en gespannen. Jos is een grote man met witblond haar in een blokkapsel. Diepe lijnen in zijn gezicht, een blonde hangsnor die precies tot op zijn kin is bijgeknipt. Brede schouders en armen, een waas van zweet op zijn voorhoofd. Naast hem lijkt Melinda klein, een popje, met een rond gezicht, roodblond haar in een waterval van krulletjes, een roomblanke huid en lange wimpers. Zwaar aangezette make-up, schoonheid uit een ander tijdperk, iets in de ogen en de mond waardoor ze in het Kaapstad van Griessels jeugd als een 'makkelijk meisje' bekend zou hebben gestaan.

'Willie,' zegt Jos Geyser en hij staat op. 'Wat is er aan de hand?'

'Dit is brigadier Bennie Griessel van de politie, Jos. We willen graag een woordje met je wisselen.'

Griessel steekt zijn hand uit. 'Inspecteur,' zegt hij.

Geyser negeert Griessels hand. 'Waarom?' vraagt hij met een autoritaire frons.

'Adam is dood, Jos.'

Een onzichtbare hand veegt de frons van Geysers gezicht. Griessel ziet hoe hij langzaam verbleekt. Een moment lang is het stil in de kamer.

Melinda maakt een geluid, maar Griessel houdt zijn aandacht op Jos gericht. De grote man lijkt oprecht geschokt.

'Hoe?' vraagt Geyser.

'Hij is gisteravond in zijn huis neergeschoten,' zegt Mouton.

'O, heiland!' roept Melinda Geyser.

'Ik zou u graag alleen willen spreken, meneer Geyser,' zegt Griessel haastig, uit angst dat de voortvarende Mouton te veel zal zeggen.

'Melinda, wil je even in mijn kantoor wachten?' vraagt Mouton.

Ze reageert niet.

'Jullie maken een vergissing,' zegt Geyser tegen Griessel.

'Wilt u alstublieft gaan zitten, meneer Geyser?'

'Kom Melinda,' zegt Mouton.

'Ik blijf bij Jos.'

'Mevrouw, ik vrees dat ik alleen met hem moet praten.'

'Ze blijft,' zegt Geyser.

Vusi vindt de manager in een rommelig kantoortje met overal ordners en stapels rekeningen over de tafel en planken verspreid. Ze zit getallen op een grote rekenmachine in te tikken, gelakte nagels die vliegensvlug op de toetsen prikken. Hij klopt op het kozijn van de open deur en vraagt of zij de manager is.

'Yes.' Ze kijkt op. Jaar of veertig, kort zwart haar, sterk gezicht, maar hard.

Vusi houdt zijn legitimatie omhoog en stelt zich voor.

'Galina Federova.' Ze schudt Vusi de hand met een zelfverzekerde greep. 'Waarom bent u hier?' Haar Engels heeft hetzelfde accent als dat van Paardenstaart.

Vusi geeft haar de hoofdlijnen van de zaak.

'Ga zitten, please.' Ergens tussen een bevel en een uitnodiging in, het please een kort en krachtig 'plis'. Ze begint rekeningen op het tafelblad op te tillen op zoek naar iets. Dan vindt ze sigaretten en een plastic aansteker, maakt het pakje open en houdt het Vusi voor.

'Nee, dank u.'

Ze neemt er zelf een, steekt hem op en vraagt terwijl de rook uit haar mond komt: 'U weet hoeveel mensen gisteravond?'

Nee, zegt hij, dat weet hij niet.

'Misschien tweehonderd, misschien meer. We zijn heel poplair.'

De vreemde uitspraak zet hem even op het verkeerde been. 'Dat begrijp ik. Maar er moet iets gebeurd zijn, mevrouw Federova.'

'Noem me Galia. Dat is de Russische manier voor Galina.'

'Bent u de eigenaar?'

'Dat is Gennady Demidov. Ik manage alleen.'

Vusi haalt zijn boekje uit zijn binnenzak en maakt een aantekening.

'Waarom schrijft u dat op?'

Hij haalt zijn schouders op. 'Tot hoe laat bent u open?'

'Deur dicht om twaalf uur op maandagavond.'

'En dan gaat iedereen weg?'

'Nee. Niemand kan naar binnen, maar wie binnen is, zij kunnen blijven. We sluiten bar als iedereen naar huis.'

'Vanochtend om kwart over twee, had u toen nog mensen?'

'Ik moet de nachtmanager vragen. Petr.'

'Kunt u hem bellen?'

'Hij slaapt.'

'Dan zult u hem wakker moeten maken.'

Ze heeft er duidelijk geen zin in. Ze trekt aan de sigaret en blaast de rook door haar neus uit, als een stier in een striptekening. Dan begint ze rekeningen op te tillen, op zoek naar de telefoon. Hij vraagt zich af hoe mensen die niet netjes zijn kunnen functioneren.

Bennie Griessel loopt naar Jos Geyser toe. Hij kijkt op naar de kolos, die nu vastberaden zijn kin naar voren steekt. 'Meneer Geyser, laat me uitleggen wat uw keuzes zijn. We kunnen hier gaan zitten, alleen u en ik, en rustig praten...'

'Regardt en ik zijn er ook bij, Jos, je hoeft je geen zorgen te maken,' zegt Willie Mouton achter hem.

'Nee,' zegt Griessel, die zich even overvallen voelt. 'Zo werkt het niet...'

'Natuurlijk werkt het wel zo. Hij heeft het recht...'

Griessel draait zich langzaam om. 'Meneer Mouton,' zegt hij, steeds meer uit zijn humeur. 'Ik begrijp dat het voor iedereen een moeilijke tijd is. Ik begrijp dat het slachtoffer uw vennoot was en dat u graag wilt dat de zaak wordt opgelost. Maar dit is míjn werk. Dus wilt u dit alstublieft aan mij overlaten?'

Willie Mouton verschiet van kleur. De adamsappel beweegt sneller, de bandzaagfrequentie van de stem stijgt. 'Hij heeft recht op een advocaat en hij was gisteren in mijn kantoor. Regardt en ik moeten erbij zijn.' Achter Mouton komt advocaat Groenewald door de gang aanlopen alsof hij weet dat hij zal moeten helpen.

Bennie zoekt geduld en vindt een laatste restje. 'Meneer Geyser, dit is een ondervraging, geen arrestatie. Wilt u dat Groenewald erbij is?'

Geyser kijkt naar Melinda voor hulp. Ze schudt haar hoofd. 'Hij is Willies advocaat.'

'Ik ben beschikbaar,' zegt Groenewald zedig.

'Ik sta erop,' zegt Mouton. 'Wij allebei.'

Bennie Griessel weet dat dit het moment is om Mouton aan te pakken. En er is maar één manier. Hij stapt doelgericht op de kale kop af, met de ambtelijke woorden voor op de tong, maar de zedige advocaat is verbazend snel. Groenewald springt tussen de twee mannen in.

'Willie, als hij je nu voor obstructie oppakt, is er niets wat ik voor je kan doen.' Hij grijpt Mouton stevig bij zijn arm. 'Kom, we wachten in jouw kantoor. Jos weet waar hij me kan vinden.'

Mouton blijft staan. Zijn mond beweegt maar er komt niets uit. Dan draait hij zich langzaam om, zijn blik blijft uitdagend op Griessel gericht. Groenewald trekt hem mee en Mouton loopt naar de deur, waar hij over zijn schouder roept: 'Je hebt rechten, Jos.' Dan zijn ze allebei weg.

Griessel haalt diep adem en richt zich tot het zangpaar. 'Meneer Geyser.'

'Wij waren gisteravond in de kerk,' zegt Melinda.

Hij knikt langzaam en vraagt: 'Meneer Geyser, wilt u rechtsbijstand?'

Hij kijkt naar zijn vrouw. Ze schudt zachtjes haar hoofd. Griessel ziet de dynamiek. Zij is degene die het voor het zeggen heeft.

'Ik heb niemand nodig,' zegt Jos. 'Kom, laten we dit afhandelen. Ik weet wat jullie denken.'

'Mevrouw, wilt u alstublieft in Moutons kantoor wachten?'

'Ik wacht wel voor. In de lounge.' Ze gaat naar Jos toe, pakt zijn arm en kijkt hem betekenisvol aan. 'Beertje...' zegt ze. Naast haar man lijkt ze klein, maar ze is langer dan Griessel dacht. Ze draagt een spijkerbroek met een zeegroene blouse in de kleur van haar ogen. Hij vermoedt dat haar lichaam tien kilo geleden sensationeel was.

'Het is *all right*, Bolletje,' zegt Jos, maar er is spanning tussen hen, dat kan Griessel zien.

Ze kijkt nog een keer om en doet dan zachtjes de deur dicht.

Griessel pakt zijn telefoon en zet hem uit. Hij kijkt naar Geyser, die met zijn voeten wijd uiteen naast de ovale tafel staat.

'Ga zitten, meneer Geyser. Alstublieft.' Hij wijst naar een van de stoelen aan de kant van de deur.

Jos verroert zich niet. 'Vertel eerst eens: bent u een kind van de Heer?'

17

Op de vierde verdieping van een onopvallend gebouw aan de Alfredstraat in Groenpunt klakken de schoenzolen van de korpschef van de SAPS Weskaap haastig de gang af.

Hij is een Xhosa, klein van postuur, in volledig uniform, maar nu zonder het jasje, zijn blauwe hemdsmouwen opgerold tot zijn ellebogen. Hij blijft staan voor de open deur van het kantoor van John Afrika, districtschef Recherche en Criminele Inlichtingendienst. Afrika is aan de telefoon, maar hij hoort zijn baas en wenkt hem om binnen te komen. Hij zegt: 'Ik bel je terug,' en legt de telefoon neer.

'John, de landelijke korpschef heeft net gebeld. Weten wij van een Amerikaans meisje dat afgelopen nacht is overleden?'

'Dat weten we,' zegt John Afrika gelaten. 'Ik vroeg me al af wanneer de ellende zou beginnen.'

De districtschef gaat tegenover Afrika zitten. 'De vriendin van het meisje heeft een halfuur geleden haar vader in Amerika gebeld en gezegd dat iemand haar wil vermoorden.'

'Van hieruit?'

'Van hieruit.'

'Bliksems. Heeft ze gezegd waar ze is?'

'Blijkbaar niet. De vader zegt dat het klonk alsof ze hard moest weglopen voordat ze uitgesproken was.'

'Ik zal Bennie en Vusi op de hoogte moeten brengen. En Mbali,' zegt John Afrika en hij grijpt weer naar zijn telefoon.

Galia Federova, de manager van de Van Hunks, praat Russisch in de telefoon en geeft hem daarna aan Vusi. 'Petr. U kunt met hem spreken.'

De rechercheur neemt de telefoon aan. 'Goedemorgen, mijn naam is Vusi. Ik wilde alleen weten, is er vanochtend iets gebeurd in de club, tussen twee uur en kwart over twee? Twee Amerikaanse meisjes, en een paar jongemannen. We hebben ze op video, terwijl ze door de Langstraat rennen en we hebben mensen die zeggen dat ze in de club waren.'

'Er waren heel veel mensen,' zegt Petr met een veel minder uitgesproken accent dan de vrouw.

'Dat weet ik, maar heeft iemand iets ongebruikelijks opgemerkt?'

'Wat is ongebruikelijk?'

'Een ruzie. Een vechtpartij.'

'Dat weet ik niet. Ik zat in het kantoor.'

'Wie zou het wel weten?'

'De barkeepers en de bediening.'

'Waar kan ik die vinden?'

'Ze slapen nog, denk ik.'

'U zult ze moeten bellen. Ze moeten allemaal naar de club komen.'

'Dat is niet mogelijk.'

'Ja, dat is wel mogelijk. Dit is een moordonderzoek.'

Petr zucht diep en onwillig aan de andere kant. 'Dat kost een hoop tijd.'

'We hebben geen tijd. Een van de meisjes leeft nog, en als we haar niet vinden, is zij straks ook dood.'

De mobiele telefoon van Vusi gaat over.

'Een uur,' zegt Petr.

'Vraag of ze naar de club komen,' zegt Vusi en hij geeft het toestel terug aan Federova. Hij neemt zijn mobiel op. 'Met Vusi.'

'Ze leeft nog, Vusi,' zegt John Afrika. 'Ze heeft haar vader in Amerika gebeld, een halfuur geleden. Maar ik krijg Bennie niet te pakken.'

Rachel Anderson rende de Bo-Oranjestraat af, haar ogen wanhopig links en rechts op zoek naar een ontsnappingsroute, maar de huizen aan weerskanten van de straat waren ontoegankelijk door hoge muren, hekken onder stroom, veiligheidstralies en -deuren. Ze wist dat er geen tijd was, ze zaten hoogstens een paar seconden achter haar. Als ze door de zaak zijn teruggerend, had ze misschien nog honderd meter voorsprong. De stem van haar vader had haar nieuwe energie gegeven, een grenzeloos verlangen om te overleven, om haar ouders weer te zien. Wat moet haar moeder zich nu verschrikkelijke zorgen maken, haar lieve, goeie, verstrooide ma.

Toen zag ze het huis, niet meer dan één straat bij Carlucci's vandaan, links op de hoek. Een laag victoriaans huis met een wit houten hekje en een mooie tuin, en ze wist dat het haar enige kans was. Ze sprong over de heuphoge omheining. De punt van haar sportschoen bleef haken, waardoor ze aan de andere kant in het bloemperk viel, eerst op haar handen, die weinig doeltreffend haar val probeerden te breken, toen op haar buik, die over het glibberige oppervlak schoof. Ze snakte naar adem. De vochtige tuinaarde maakte een brede modderstreep op haar blauwe T-shirt. Ze krabbelde onmiddellijk overeind en wilde om het huis heen rennen, langs de voorkant naar achteren, weg van de straat, voordat ze haar konden zien. Over het gazon, een paadje, nog meer borders, vrolijk wit, blauw en geel. Met haar mond wijd open hapte ze naar adem. Tegen de verste hoek van het huis stonden bougainvilles, groot en dicht, met paarse bloemen die over een pergola tuimelden.

Een schuilplaats. Heel even aarzelde ze, beoordeelde de omvang van de planten, zonder te beseffen dat ze doornen hebben. Ze dook erin, naar achter, tot in de diepe schaduw, en de scherpe punten van de planten zetten zich in haar vast, krasten haar armen en benen met lange bloedsporen. Ze slaakte een zachte uitroep van pijn tot ze hijgend in de koelte op haar buik lag, achter het bladerscherm.

'Please God,' prevelde ze en draaide haar hoofd naar de straat. Ze kon niets zien, alleen een diepgroen gordijn en de kleine witte bloempjes in elke paarse kelk.

Als ze haar niet gezien hadden, was ze veilig. Voorlopig. Toen schoof ze haar hand langs haar ledematen om te proberen de doorns eruit te trekken.

'Laat me de Amerikaanse consul bellen,' zegt de districtschef tegen John Afrika en hij staat op. 'Ik zal zeggen dat we alles doen wat in onze macht ligt om haar op te sporen, John. En dan moeten we ervoor zorgen dat het waar is. Laat Bennie Griessel de leiding overnemen.'

'Dat is goed. Maar de bureaus sturen nog steeds geen mensen.'

'Laat dat maar aan mij over,' zegt de districtschef; hij loopt naar de deur en blijft staan.

'Is Griessel niet voorgedragen voor promotie?'

'Het is goedgekeurd, ik denk dat hij het vandaag hoort.'

'Vertel het hem. Vertel het aan het hele team.'

'Goed idee,' en dan gaat de mobiel van Afrika. De districtschef blijft staan en hoopt dat er nieuws is.

'John Afrika.'

'Commissaris, u spreekt met inspecteur Mbali Kaleni. Ik ben op het Caledonplein, maar ze zeggen dat ze geen werkplek voor me hebben.'

'Mbali, ik wil dat je nu naar het kantoor van de bureauchef gaat, want hij krijgt nu een telefoontje.'

'Ja, commissaris,' zegt ze.

'En het vermiste meisje... ze leeft. Ze heeft een halfuur geleden naar huis gebeld.'

'Waar is ze?'

'Ze had niet genoeg tijd om dat te zeggen. We moeten haar vinden. Snel.'

'Ik zal haar vinden, commissaris.' Zelfverzekerd.

John Afrika legt de telefoon neer. 'Caledonplein,' zegt hij tegen de districtschef. 'Ze willen niet meewerken.'

'Wacht,' zegt de kleine Xhosa in het onberispelijke uniform. 'Laat ik ze ook een belletje geven.'

'Wil je me vertellen wat er gisteren gebeurd is?' Griessel is aan de andere kant van de ovale tafel gaan zitten, met zijn gezicht naar de deur. De grote man zit nu met zijn ellebogen op tafel; de ene hand grijpt zenuwachtig naar de witte hangsnor.

'Ik heb het niet gedaan.' Hij kijkt Griessel niet aan.

'Meneer Geyser, laten we bij het begin beginnen. Er was gisteren blijkbaar een akkefietje...'

'Wat zou u doen als de zoon van de duivel met uw vrouw neukt? Wat zou u doen?'

'Meneer Geyser, hoe bent u erachter gekomen dat Adam Barnard en uw vrouw...'

'We zondigen allemaal. Maar hij had nooit berouw. Nooit. Hij wist van geen ophouden. Afgoden. Mammon. Hij hoereerde.' Dan kijkt hij Griessel veelbetekenend aan en zegt: 'Hij geloofde in de evolutie.'

'Meneer Geyser...'

'Hij is de zoon van de duivel. En vandaag brandt hij in de hel.'

'Meneer Geyser, hoe bent u erachter gekomen?' Met groot geduld.

Hij trekt zijn schouders naar achteren alsof hij zich schrap moet zetten. 'Toen ze gisteren thuiskwam, leek het of ze zich niet lekker voelde, dus heb ik haar gevraagd wat er mis was.' Hij laat zijn voorhoofd op zijn hand steunen en kijkt naar de tafel. '"Niets," zei ze. Maar ik wist dat er iets was... Toen zei ik: "Bolletje, je voelt je niet lekker, wat is er?" Toen ging ze zitten en ze kon me niet in de ogen kijken. Toen wist ik dat het een grote zonde was.' En hij zwijgt weer. Het kost hem duidelijk moeite terug te gaan naar wat er gebeurd is.

'Hoe laat was dat?'

'Een uur of drie.'

'En toen?'

'Toen ging ik bij haar zitten en pakte haar hand. Ze begon te huilen. Toen zei ze: "Beertje, kom, laten we bidden, Beertje." Toen hield ze mijn handen heel stevig vast en zei: "Heer, vergeef me, want Satan..."' Geyser opent zijn handen, zijn gezicht is vertrokken van emotie. '"...want Satan is vandaag in mijn leven gekomen." Toen zei ik: "Bolletje, wat is er gebeurd?"

Maar ze hield alleen haar ogen dicht...' De grote man slaat zijn handen voor zijn gezicht.

'Meneer Geyser, ik weet dat het moeilijk is.'

Geyser verbergt zich achter zijn handen en schudt zijn hoofd. 'Mijn Melinda...' zegt hij en zijn stem breekt. 'Mijn Bolletje.'

Griessel wacht.

'Toen vroeg ze de Heer haar te vergeven, want zij was zwak, toen vroeg ik of ze gestolen had, maar toen zei ze: "Heer, Johannes 1 vers 8," dat zei ze steeds opnieuw en toen zei ik dat ze moest ophouden, wat had ze gedaan? Toen deed ze haar ogen open en zei dat ze in het kantoor van Adam Barnard gezondigd had, want zij was niet zo sterk als ik dacht, ze kon de duivel niet tegenhouden en ik zei wat voor zonde en ze zei: "Van het vlees, Beertje, de grote zonde van het vlees..."' Geysers stem breekt nu helemaal en hij zwijgt, met twee handen voor zijn gezicht.

Bennie zit daar en onderdrukt de neiging om op te staan en zijn hand op die geweldige schouder te leggen, om te troosten, om iets te zeggen. Want in de loop van vijfentwintig jaar heeft hij geleerd dat je achterdochtig moet blijven, dat je niets moet geloven totdat het laatste bewijs binnen is. Hij heeft geleerd dat mensen als het zwaard der gerechtigheid boven hun hoofd hangt, tot alles in staat zijn: ontkennende, hartverscheurende tranen, de gepijnigde verontwaardiging van de onterecht beschuldigde, heftige protesten, diep berouw of pathetisch zelfbeklag. Het laat mensen verbluffend slim liegen, wat bij sommigen tot volledig zelfbedrog leidt, zodat ze zich met absolute overtuiging aan onmogelijke onschuld vastklampen.

Daarom doet hij niets. Hij wacht tot Jos Geyser uitgehuild is.

Galia Federova drukt op een schakelaar en hoog tegen het plafond van de club flikkeren de tl-buizen aan, met net genoeg licht om de grote ruimte in schemer te hullen.

'U kunt hier wachten,' zegt ze tegen Vusi met een gebaar naar de tafels en stoelen die rond de dansvloer staan. 'Wilt u iets drinken?'

'Hebt u thee?'

Even verbeeldt hij zich dat ze glimlacht voordat ze zegt: 'Ik zal het vragen,' en dan is ze weg.

Hij loopt tussen de tafels door die sinds de vorige avond nog niet op hun plaats zijn gezet.

Bij een ervan blijft hij staan, haalt de stoelen eraf en gaat zitten. Hij legt zijn notitieblok, pen en mobiele telefoon op het blad en kijkt verwonderd om zich heen. Rechts tegen de muur is de lange bar van ruwe, dikke houten balken. Aan de muren hangen nagemaakte scheepswrakornamenten uit het zeilschiptijdperk, tussen moderne neonkrullen met zeerovermotieven. Links, helemaal achterin, een rij draaitafels en elektronische apparatuur, met daarvoor een dansvloer. Vier danspodia steken meters boven de dansvloer uit. Helemaal bovenin, tegen het plafond, hangen spots en laserlichten, die nu uit zijn. Tegen elke muur zijn reuzenluidsprekers bevestigd.

Hij probeert zich voor te stellen hoe het gisteravond geweest moet zijn. Honderden mensen, harde muziek, dansende lichamen, flikkerend licht. En nu is het stil en leeg en spookachtig.

Hij voelt zich ongemakkelijk op deze plek.

En in deze stad. Het zijn de mensen, denkt hij. Khayelitsha was vaak hartverscheurend, de zinloze moorden, soms drie op een dag, het huiselijk geweld, de verschrikkelijke armoede, de armzalige huisjes, het geploeter. Maar daar was hij welkom, als brenger van wet en orde. Eenvoudige mensen, zíjn mensen, ze respecteerden hem, hielpen en steunden hem.

Negentig procent van de zaken was zo klaar als een klontje. In deze stad zijn de mogelijkheden ingewikkeld en legio, de agenda's ondoorgrondelijk. Hier zijn alleen antagonisme en achterdocht. Alsof hij een indringer is.

'Geen respect,' zou zijn moeder zeggen. 'Dat is het probleem van de nieuwe wereld.' Zijn moeder die in Knysna olifanten uit hout snijdt en ze schuurt en polijst tot ze de glans van leven krijgen, maar die weigert om ze te verkopen in het kraampje aan de weg bij het meer, 'want de mensen hebben geen respect meer'. Voor haar is de 'nieuwe wereld' alles aan de andere kant van het bruine water van de Visrivier en de Mzimvuburivier. Maar er is geen werk in Gwiligwili, 'thuis'. Nu is ze een balling, uitgeleverd aan die nieuwe wereld. Al gaat ze maar één keer in de week naar de winkels. De rest van de tijd zit ze voor het golfplaten huisje in Khayalethu-Suid met haar olifanten en wacht tot haar zoon belt op het mobieltje dat hij voor haar heeft gekocht. Of tot Zukisa komt vertellen hoeveel kunstwerken ze aan respectloze toeristen hebben verkocht.

En dan denkt Vusi Ndabeni aan Tiffany October, de tengere jonge patholoog. Ze heeft dezelfde zachte ogen als zijn moeder, dezelfde tedere stem, alsof daarachter grote wijsheid schuilgaat.

Hij wil haar bellen, en zijn maag trekt samen.

Zou zij met een Xhosa uitgaan?

'Vraag het haar,' heeft Griessel gezegd. 'Dat kan geen kwaad.' Hij zoekt in zijn notitieblok naar het nummer van het lijkenhuis.

Hij belt. De telefoon gaat lang over voordat hun centrale opneemt. Hij haalt diep adem om te zeggen: 'Mag ik dokter October van u?' Maar dan schiet zijn moed tekort; de angst dat ze 'nee' zal zeggen ligt als een ziekte in zijn maag. In paniek drukt hij de oproep weg.

Hij scheldt zichzelf uit in boos Xhosa en belt onmiddellijk Vaughn Cupido, de enige medewerker van de eenheid Georganiseerde Misdaad van de SAPS in Bellville-Suid die hij kent. Hij moet lang wachten voordat Cupido antwoordt met zijn gewone, zelfverzekerde mantra: 'Praat met me.'

Vusi groet en vraagt of ze iets weten over Gennady Demidov.

Cupido fluit door zijn tanden, demonstratief, zoals altijd. 'Genna? We noemen hem Demisof. Brother, zowat de halve stad is van hem. Prostitutie, drugs, afpersing, witwaspraktijken, sigaretten...'

'Hij is eigenaar van de Van Hunks-club.'

'Ja. En hij heeft nog een club, in de Breestraat, de Moscow Redd, hij heeft een hotelletje in Oranjezicht dat eigenlijk gewoon een hoerentent is en het verhaal gaat dat de Cranky Croc in Langmarkt feitelijk van hem is.'

'De Cranky Croc?'

'Een internetcafé met bar op het Groenmarktplein. Makkelijkste plek in de Kaap om *dagga* te kopen.'

'Ik zit met een Amerikaanse toeriste, jaar of negentien. Afgelopen nacht heeft iemand in de Langstraat haar keel doorgesneden. Maar daarvoor waren ze in de Van Hunks.'

'Dat is drugs, Vusi. Klinkt mij in de oren als een misgelopen deal. Zo doen ze dat, die Russen: laat je netwerk zien dat je niet met je laat sollen.'

'Een misgelopen deal?'

'Demisof is importeur, Vusi. De dealers komen bij hem kopen, voor honderdduizend rand per keer.'

'Waarom arresteren jullie hem dan niet?'

'Dat is niet zo makkelijk, brother. Hij is slim.'

'Maar dat meisje is gisteren aangekomen, eerste keer in Kaapstad. Ze is geen dealer.'

'Dan is ze vast een *mule*.'

'Een mule?'

'Die brengen drugs binnen. Met vliegtuigen, vistrailers, elke manier die mogelijk is.'

'Aha,' zegt Vusi.

'Ze heeft waarschijnlijk niet geleverd wat ze moest leveren. Zoiets. Ik kan je niet vertellen wat er gebeurd is, maar het moeten drugs zijn.'

De chef van bureau Caledonplein loopt de gang door achter inspecteur Mbali Kaleni aan, niet in staat zijn misnoegen te onderdrukken.

Tien minuten geleden was alles onder controle, zijn efficiënte bureau functioneerde normaal en adequaat. Dan komt zij binnenwaggelen, zonder kloppen, loopt iedereen rond te commanderen, eist een kantoor dat hij niet heeft, weigert om samen met de maatschappelijk werker een ruimte te delen. En het volgende moment wordt hij uitgekafferd door de districtschef die zegt dat hij de dienst te schande maakt. Nu moet maatschappelijk werk bij hem komen zitten zodat dat dominante mens in zijn kantoor kan trekken.

Ze lopen het aangiftebureau in. Ze ziet eruit als een volgevreten kropduif: kort, met die grote ronding voor en die grote ronding achter, in het strakke zwarte broekpak. Grote zwarte tas over de schouder, haar dienstwapen aan een brede zwarte riem om de heupen, haar SAPS-legitimatie aan een koord om haar nek, zeker omdat niemand kan geloven dat ze een politievrouw is.

Ze gaat midden in het vertrek staan, voeten wijd uit elkaar, en klapt twee keer hard in haar handen.

'*Listen up, people*,' roept ze. Pie-pol, haar Zoeloeaccent.

Hier en daar draait een hoofd.

'Stilte.' Hard en scherp.

Er daalt een stilte neer en ze heeft ieders aandacht: klagers, meelopers, uniformen.

'Dank u. Mijn naam is inspecteur Mbali Kaleni. We hebben een situatie en we moeten scherp zijn. Er is een Amerikaanse toeriste vermist in de stad, een meisje van negentien. Misschien in Kampsbaai. Misschien Clifton of Bantry Baai. Er zijn mensen die haar proberen te vermoorden. We moeten haar vinden. Ik heb de leiding over deze operatie. Ik wil dat jullie contact opnemen met elke wagen die op pad is en ervoor zorgen dat ze de boodschap krijgen. Ze moeten na twaalven een foto van het meisje komen halen. De districtschef heeft persoonlijk jullie bureauchef gebeld, en hij tolereert geen obstructie...'

'Inspecteur...' zegt de agent die de oproep van Carlucci's heeft aangenomen.

'Ik ben nog niet klaar,' zegt ze.

'Ik weet waar ze is,' zegt hij, niet geïntimideerd, tot trots van zijn chef.

'Weet je dat?' vraagt Kaleni. De wind is even uit haar zeilen.

'Ze is niet in Kampsbaai, ze is in Oranjezicht,' zegt hij.

Vusi Ndabeni zit in de schemering van de nachtclub en belt Bennie Griessel, maar de mobiel van de blanke rechercheur staat op voicemail.

'Bennie, met Vusi. Ik denk dat de meisjes drugs binnengesmokkeld hebben en ik denk dat ze die moesten afleveren bij de Van Hunks. Ik zit te wachten op de barkeepers en de bediening, maar ik weet nu al dat zij niets gaan zeggen. Ik denk dat we Georganiseerde Misdaad erbij moeten halen.

Bel me, alsjeblieft.'

Hij kijkt weer naar de aantekeningen in zijn notitieblok. Wat kan hij nog meer doen?

De videocamera's...

Hij belt de meldkamer van de Metro-politie, en wordt uiteindelijk doorgeschakeld naar de Uil.

'Ik kan je vertellen dat ze van onderaan de Langstraat zijn gekomen. De camera op de hoek van de Langmarkstraat en de Langstraat laat om 01.39 uur zien hoe de twee meisjes voorbijlopen, de hoek is niet goed, maar ik heb het met het andere materiaal vergeleken, het zijn dezelfde meisjes.'

'Voorbijlópen?'

'Ze lopen haastig, maar ze rennen beslist niet. Maar op *time code* 01.39.42 zie je die kerels voorbijkomen, de hoek is iets beter, ik zie vijf van hen dezelfde kant uit rennen, van noord naar zuid.'

'Achter de meisjes aan.'

'Precies. Ik zoek nog iets eerder, hoger op de Langstraat, maar er was een camera die niet werkte aan de andere kant van de Kortmarkstraat; dus reken daar niet op.'

'Heel erg bedankt,' zegt Vusi.

Hier, honderd meter van de club af, liepen ze nog, wisten ze niet dat die mannen eraan kwamen.

Wat betekent dat?

Hij maakt een aantekening in zijn notitieblok.

En verder?

Hij moet Dik en Dun bellen. Ze moeten de bagage van Rachel Anderson onderzoeken op sporen van drugs.

Hij zoekt hun nummer op zijn telefoon, vindt het, maar aarzelt. Zal het helpen? Het laboratorium loopt zes maanden achter, te weinig mensen, te veel werk.

Later. Laten ze eerst Rachel Anderson vinden.

Fransman Dekker aarzelt even in de grote lounge van AfriSound tot de beeldschone gekleurde vrouw opstaat en naar hem toe komt.

'Kan ik u helpen?' vraagt ze even bescheiden als de zwarte vrouw beneden, maar met meer belangstelling.

'Inspecteur Fransman Dekker.' Hij steekt zijn hand naar haar uit. 'Gecondoleerd met uw verlies.'

Ze slaat haar ogen neer. 'Natasha Abader. Dank u.' Haar hand is klein en koel in de zijne.

'Ik ben op zoek naar inspecteur Bennie Griessel.'

‘Hij is in de vergaderzaal.’ Haar zoekende blik naar een ring om zijn vinger is ervaren en geoefend. Ze verraadt niets als ze de dunne gouden band ziet, kijkt hem recht aan.

‘Er staat een journalist beneden, bij jullie voordeur. Laat die alsjeblieft niet boven komen.’

‘Ik zal het tegen Naomi zeggen. Kan ik u koffie aanbieden? Thee? Wat dan ook?’ Het laatste woord met een beheerste glimlach van volmaakt witte tanden.

‘Nee, bedankt,’ antwoordt hij en hij kijkt weg. Hij wil hier niets beginnen. Onder geen voorwaarde.

18

'Het spijt me,' zegt Jos Geyser.

'Maakt niet uit.'

'Het komt alleen... ze is alles voor mij.'

'Ik begrijp het,' zegt Griessel.

'Ik zat aan de grond,' zegt Geyser. 'Ik was niets. Toen kwam zij...'

En Jos Geyser begint het hele verhaal vanaf het begin. Griessel laat hem praten.

Geyser heeft zijn emoties nu onder controle, met zijn ellebogen op tafel staart hij naar de muur achter Griessel. Hij was op het verkeerde pad, zegt hij. Speelde mee in *Gladiators* op tv, vrouwen, drank, cocaïne en steroïden, een ster, bekendheid en bakken met geld. Toen schrapte de omroep het programma. Van de ene op de andere dag. Daarna veranderde alles. Niet meteen, want er was nog een tijdlang geld van optredens in de casino's van Gauteng en er stond nog iets op de bank. Maar zeven maanden later kon hij de huur van het huis in Sandton niet meer betalen, toen werd hij op straat gezet en kwam de deurwaarder de meubels halen, nam de bank de BMW terug en waren zijn vrienden zijn vrienden niet meer.

Drie maanden van verbijstering, van bij anderen op de bank slapen, en zijn hand ophouden bij mensen die geen zin meer hadden in hem en zijn sores, en toen vond hij Jezus. In The House of Faith, de grote charismatische kerk in Bryanston, Johannesburg. Zijn hele leven veranderde. Want dit was echt. Alles. De vriendschappen, de liefde, het mededogen, de ontferming, de vergiffenis voor wat hij was.

En toen zei de pastor dat ze baritons nodig hadden bij de Praise Singers, het enorme koor van de kerk. Jos kon altijd al zingen, van kinds af aan. Hij had de stem, het instinctieve gevoel voor harmonie, daar was hij mee geboren, maar zijn leven had andere paden gevolgd waardoor hij was afgedwaald. Hij werd een *praise singer* en de eerste dag zag hij Melinda, de prachtige vrouw met het engelengezicht die over de hoofden van de tenoren heen naar hem glimlachte.

Na de repetitie kwam ze naar hem toe en zei: 'Ik ken je, jij bent White Lightning uit *Gladiators*.' Hij zei dat hij dat niet meer was, en toen werden haar ogen zacht en zei ze: 'Kom...' en nam hem bij de hand.

In de cafetaria van de kerk vertelden ze elkaar hun verhaal. Zij was een gescheiden vrouw uit Bloemfontein, een voormalige zangeres in de band van haar ex, met een leven vol zonde. Na de echtscheiding was ze stuurloos geraakt, en toen was ze naar Johannesburg gekomen op zoek naar werk. The House of Faith was ook haar verlossing, haar reddingsboei in de woeste wateren van haar leven.

Ze wisten het allebei, die avond. Maar als je aan de grond zit, ben je voorzichtig, dan praat je eerst, urenlang, in de veiligheid van de ontmoetingsruimte in de kerk. Avond aan avond. En toen, drie weken later, zaten ze daar na een koorrepetitie en vroeg ze: 'Ken je *Down to the River to Pray*, die negrospiritual?' Hij zei: 'Nee,' en zij zat tegenover hem en begon te zingen met haar mooie stem, de eenvoudige melodie, totdat hij hem kende en mee begon te zingen, in harmonie. Eerst zacht, alleen zij tweeën, terwijl ze elkaar in de ogen keken, want ze wisten dat hun stemmen bij elkaar pasten. Het was *magic*, zegt Jos Geyser, naar de muur starend, het was een lichtstraal uit de hemel. En toen gingen ze steeds harder zingen, hetzelfde lied, en het was stil geworden in de cafetaria, muisstil, tot ze klaar waren.

'Zo is het allemaal begonnen,' zegt hij.

'Ik begrijp het.'

'Ze is alles voor mij...'

'Meneer Geyser...'

'Zeg maar gewoon Jos.'

'Jos, ik moet weten wat er gisteren gebeurd is.'

Hij kijkt naar Griessel en heft zijn handen in een hulpeloos gebaar. 'Het werd me te veel.'

Griessel knikt alleen.

'We wisten niets van Adam Barnard. Onze eerste cd was op het Chorus label, een kleine gospelstudio in Centurion, en toen kwam Adam met ons praten. Hij zei dat we te goed waren om weggestopt te zitten, we hadden een wonderbare boodschap en de wereld moest ons horen. Heiliger dan heilig, hij was een kind van de Heer, hij wilde alleen helpen. Dus gingen we bij hem onder contract en kwamen we naar de Kaap. Toen hoorde ik van zijn dingen...'

'Wat voor dingen?'

'U weet wel...'

Er klinkt een zachte klop op de deur van de vergaderzaal. Griessel zucht. 'Binnen.'

De deur gaat open. Fransman Dekker steekt zijn hoofd naar binnen. 'Bennie...'

Griessel staat op. 'Een moment, alsjeblieft.' Hij loopt naar de deur en trekt die achter zich dicht.

'Je hebt je telefoon uit staan,' fluistert Dekker.

'Dat weet ik.' Zodat er geen onderbrekingen zijn, zoals nu.

'Ik wilde alleen zeggen dat ik er ben. Ze zoeken nog een plek waar ik met haar kan praten.'

'Ik kom als ik klaar ben.'

Natasha, de beeldschone assistente komt door de gang aanlopen. 'Fransman...' roept ze.

Griessels wenkbrauwen gaan omhoog.

'Wat?' vraagt Dekker.

'Al bij de voornaam...' zegt Griessel zachtjes.

Hij haalt zijn schouders op. 'Zo gaat het nou altijd.'

'Fransman, jullie kunnen in de studio komen zitten,' zegt Natasha. 'Geef ons tien minuten.'

Paardenstaart brengt een blad met een theepot en toebehoren. Hij zet het drie tafels van Vusi af neer en loopt weg.

Vusi staat op en gaat naar het blad.

Zo zullen ze zich allemaal gedragen, de werknemers bij Van Hunks. Bot en vijandig. Hij zal niets uit ze krijgen, beseft hij. Hij gaat zijn tijd verspillen, want het hele gedoe over die drugskoeriers is waarschijnlijk waar.

Hij schenkt thee in de kop, doet er suiker en melk bij en neemt het hele blad mee naar waar zijn spullen liggen.

Oliver Sands vertelde dat Anderson plotseling veranderd was. Hij gaat zitten, zet het kopje opzij, bladert in zijn boekje en vindt de aantekening. Bij het Karibameer. Plotseling humeurig geworden. Dat was zeker toen ze de drugs gekregen had. Of gemerkt had dat ze weg waren? Kan ook.

Zij en Erin Russel wilden de drugs op die manier invoeren, want toeristen zijn het nieuwe goud van Afrika; bij grensposten worden ze doorgezwaaid. Misschien hadden ze de drugs meegenomen uit Amerika, misschien uit Malawi of Zambia, hij weet niet hoe dat in zijn werk gaat. Misschien was het niet hun eerste keer.

En toen was er iets gebeurd, of ze hadden het spul aan iemand anders verkocht. Gisteravond hadden ze het aan Demidov verteld, hier in de club, of aan Galia Federova of aan de avondmanager, Petr. En toen waren ze teruggelopen naar de jeugdherberg en een minuut of wat later had Demidov zijn handlangers gestuurd om hun de keel door te snijden en was de jacht begonnen ergens achter de Langmarkstraat. Ze hadden Erin Russel boven bij de kerk gepakt en de keel doorgesneden.

Zo doen ze dat, de Russen: laat je netwerk zien dat je niet met je laat sollen, had Vaughn Cupido gezegd.

Was Erin Russel de leider? Of had Rachel Anderson gewoon geluk dat ze ontsnapt was?

Het zijn de mensen van Demidov die op Anderson jagen. De vraag is: hoe bewijs je dat, en hoe houd je ze tegen?

Hij steekt zijn hand uit naar de theepot. Hij moet Griessel proberen te bereiken. Hij pakt zijn telefoon en belt. Weer de voicemail.

Jos Geyser zegt tegen Griessel dat hij Bolletjes handen had losgelaten, daar in de woonkamer, want hij was van de duivel bezeten. Hij was in zijn nieuwe BMW M3 gestapt en vanaf Milnerton-Rif hierheen gereden, maar hij herinnert zich niets van die rit, zo sterk was de duivel in hem. De auto had hij half op de stoep gezet, er is hier namelijk nooit parkeerplek, hij was naar binnen gegaan en was klaar om Adam Barnard de nek om te draaien, dat kan hij niet ontkennen. Als hij Barnard hier te pakken had gekregen, dan zou hij iets gedaan hebben waarvoor de Heer hem gestraft zou hebben.

'Je bekent dat je in het kantoor van Willie Mouton gedreigd hebt Adam Barnard te vermoorden?'

'Ik had het daarvoor ook al tegen Natasha gezegd. Ik heb gevloekt. Ik heb me daarnet tegenover haar verontschuldigd. Zij begrijpt het. Van de duivel.'

'En toen ben je naar Mouton gegaan.'

'Eerst naar Adams kantoor, want ik dacht dat ze me voorlogen. Daar was hij niet. Toen ben ik naar Willie gegaan.'

'En toen?'

'Ik vroeg of hij het wist en hij zei van niet en toen zei ik tegen hem dat ik Adam ging afmaken. Maar Adam was er niet. Wat kon ik doen?'

'Wat héb je gedaan?'

'Ik ben hem gaan zoeken.'

'Waar?'

'Bij café Zanne en de Bizerca Bistro.'

'Waarom daar?'

'Daar zit hij vaak. Tussen de middag.'

'Heb je hem gevonden?'

'Nee, de Here zij dank.'

'En toen?'

'Toen verliet de duivel me.'

Griessel trekt zijn wenkbrauwen omhoog.

'Het verkeer,' zegt Jos Geyser. 'Toen ik naar huis wilde, zat ik vast in het verkeer. Anderhalf uur. Toen liet de duivel me los.' Dan kijkt hij weer naar de muur en zegt: 'Ik zat voor het stoplicht in Paardeneiland te huilen, want de duivel heeft me beproefd en ik heb de Heer teleurgesteld. En Melinda. Mijn Melinda...'

'Jos, ben je rechtstreeks naar huis gegaan?'

Geyser knikt alleen.

'Ben je in het bezit van een vuurwapen?'

Hij schudt zijn hoofd. Nee.

'We zullen je huis moeten doorzoeken, Jos. We hebben instrumenten die kunnen aantonen of er wapens of munitie zijn geweest, ook als die er niet meer zijn.'

'Ik heb geen vuurwapen.'

'Waar was je sinds middernacht?'

'Bij Melinda.'

'Waar waren jullie?'

'We waren gisteravond in de kerk.'

'Welke kerk?'

'The Tabernacle. In Parklands.'

'Tot hoe laat?'

'Weet ik niet... zeker tot halfelf.'

'In de kerk?'

'We zijn na de dienst naar de pastor gegaan. Voor een gesprek.'

'Tot halfelf?'

'Zo ongeveer.'

'En toen?'

'Toen zijn we naar huis gegaan.' Hij kijkt Griessel aan en ziet dat het niet genoeg is. Hij verstrengelt zijn dikke vingers op tafel en kijkt er strak naar. 'Het was... moeilijk. Zij... Melinda... Ze wilde dat ik haar vasthield... Ik...' En dan valt hij weer stil.

'Jos, heb je afgelopen nacht het huis verlaten?'

'Nee.'

'Helemaal niet?'

'Ik ben vanochtend pas weer naar buiten gegaan. Toen Willie belde.'

Griessel kijkt oplettend naar Geyser, ziet de eenvoud van de reus, de kinderlijke eerlijkheid. Hij denkt aan de tranen, hoe gebroken hij was door de ontrouw van zijn vrouw. Hij weet niet of hij hem kan geloven. Hij denkt aan de schade die Adam Barnard heeft aangericht, bij Alexa, bij Jos, bij talloze anderen. Dan denkt hij aan zijn eigen ontrouw van gisteravond en hij staat haastig op en zegt: 'Je zult hier moeten wachten, Jos, als je het niet erg vindt.'

Fransman Dekker vraagt Melinda Geyser om in een van de stoelen voor het grote mengpaneel in de opnamestudio te gaan zitten, maar als hij de dikke, geluidsdichte deur sluit en zich omdraait, staat ze nog steeds, als iemand die eerst iets wil zeggen.

'Ga zitten, alstublieft,' zegt hij.

'Ik kan niet...' Ongemakkelijk, gespannen.

'Mevrouw, dit kan wel even duren. U kunt beter gaan zitten.'

'U begrijpt het niet...'

'Wat begrijp ik niet?' Hij gaat op een kantoorstoel met wieltjes zitten.

'Ik... U moet mij vergeven... Ik ben nog ouderwets...' Een handgebaar dat iets probeert te verklaren.

Dekker kijkt vragend naar haar op.

'Ik wil... Ik kan niet met u over gisteren praten...'

De manier waarop ze het zegt maakt hem achterdochtig.

'Met mij?' Zijn stem snijdt als een mes.

Ze durft hem niet aan te kijken en bevestigt daarmee zijn vermoeden.

'Omdat ik gekleurd ben?'

'Nee, nee, ik kan niet met... een man praten.'

Dekker hoort de toon van haar stem, als iemand die betrapt is; hij ziet de oogbewegingen. 'U liegt,' zegt hij, de woede komt snel bij hem, alsof er een schakelaar wordt omgezet.

'Alstublieft, het is al moeilijk genoeg.'

Hij komt overeind uit de stoel, waardoor ze schrikt en terugdeinst.

'Uw soort...' zegt hij, heel even de controle kwijt. Er wellen andere woorden op achter zijn boosheid, zijn vuisten gaan open en dicht, maar dan haalt hij ergens zelfbeheersing vandaan en maakt een geluid, iets tussen ongeloof en walging.

'Alstublieft...' zegt ze.

Hij kijkt haar minachtend aan, loopt naar de deur, doet die open, gaat naar buiten en probeert hem achter zich dicht te smijten. In de gang staat Bennie Griessel met zijn telefoon tegen zijn oor en hij zegt: 'Vusi, ik vertrouw die kerels van Georganiseerde Misdaad voor geen millimeter.'

Barry zit op het terras van Carlucci's en hoort de sirenes aankomen van beneden in de stad. Hij ziet hoe een jongeman met een schort het ook hoort en naar buiten loopt.

De patrouillewagens scheuren de Bo-Oranjestraat in, met blauw zwaailicht, vier stuks, en stoppen met piepende banden recht voor de lunchroom. Portieren klappen, blauwe uniformen rollen uit de auto's. Uit een van de voorportieren komt een kleine, dikke zwarte vrouw met een grote tas over de schouder en een vuurwapen op de heup.

Ze loopt verbeten de straat over, met de horde blauwe uniformen achter zich aan.

Om hem heen, aan de andere tafels, zitten klanten de processie met verbijstering gade te slaan.

De jongeman met het schort staat hen op het terras op te wachten.

'Ben jij de jongen die over dat meisje heeft gebeld?' hoort Barry de zwarte vrouw autoritair vragen.

'Dat klopt.'

'Vertel me dan alles.' Ze hoort geschuifel achter zich, kijkt om, ziet de uniformen, en de geamuseerde lachjes die snel verdwijnen bij haar geërgerde blik.

'Jullie kunnen niet allemaal hier binnen staan. Ga buiten wachten.'

19

Om zeventien minuten voor vier, Amerikaanse Oostelijke Standaardtijd – vijf uur later dan Greenwichtijd en zeven uur later dan het in Kaapstad is – zit Bill Anderson op de laptop aan zijn bureau internetartikelen over Zuid-Afrika te lezen. Zijn vrouw Jess zit met opgetrokken benen en een deken om haar schouders op de leren bank achter hem. Ze schrikt op van het plotselinge, schrille geluid.

Hij neemt op. 'Bill Anderson,' zegt hij, en de bezorgdheid klinkt door in zijn stem.

'Meneer Anderson, u spreekt met Dan Burton. Ik ben de consul-generaal van de VS in Kaapstad,' glashelder en duidelijk, ondanks de grote afstand. 'En ik begrijp wat een zware tijd u nu doormaakt.'

'Dank u.'

'Wie is het?' vraagt Jess Anderson, die naast haar man is komen staan. Hij houdt zijn hand over de hoorn en fluistert: 'De consul-generaal in Kaapstad.' Dan houdt hij de telefoon zo dat zij het ook kan horen.

'Ik kan u vertellen dat ik zojuist zowel met de landelijke als met de provinciale korpschef van de Zuid-Afrikaanse politie heb gesproken en hoewel ze Rachel nog niet hebben gevonden...'

Jess Anderson maakt een geluidje en haar man legt zijn arm om haar schouders terwijl ze luisteren.

'... hebben ze me verzekerd dat ze niets onbeproefd zullen laten om haar te vinden. Ze zetten op dit moment alle middelen in voor de zoektocht en ze denken dat het alleen maar een kwestie van tijd is...'

'Dank u, maar...'

'De enige reden waarom de ambassadeur niet zelf belt, is dat hij voor een officieel bezoek in het noorden is, in de provincie Limpopo, maar het is mijn opdracht om alle taken van de regering van de VS in het consulaire district Kaapstad te coördineren, en ik onderhoud contacten met de Zuid-Afrikaanse functionarissen, zowel de provinciale als de landelijke...'

'Meneer Burton.'

'Zeg maar Dan, alstublieft.'

'Onze grootste zorg is dat Rachel iets zei over de politie toen ze belde.'

'O?'
'Ze zei dat ze zelfs niet naar de politie kon.'
De consul-generaal blijft een tijdje stil. 'Zei ze waarom?'
'Nee, daar had ze de tijd niet voor. Ze was heel ontdaan, ze zei "daar zijn ze" en toen hoorde ik alleen geluiden...'
'Zei ze dat de politie daar was?'
'Nee... ik weet het niet... Ze zei "daar zijn ze, help me alsjeblieft"... Maar zoals ze het over de politie had... Ik weet het niet, ik kreeg de indruk dat ze die niet kon vertrouwen. En ik heb van alles op internet gelezen. Hier staat dat de man die de leiding heeft over de hele politiemacht is aangeklaagd wegens corruptie en belemmering van de rechtsgang...'
'O God,' zegt Jess en ze kijkt naar het scherm van de laptop van haar man.
'*Well...*' zegt de consul-generaal alsof hij die mededeling eerst moet verwerken. 'Ik weet hoe het eruitziet, meneer Anderson, maar ik heb alle reden te geloven dat de wetsdienaren in Kaapstad uiterst competent en betrouwbaar zijn. Ik zal onmiddellijk de commissaris bellen voor een paar antwoorden... Intussen ben ik zo vrij geweest uw telefoonnummer aan de autoriteiten door te geven. De commissaris heeft me verzekerd dat de rechercheur die belast is met het onderzoek u zo spoedig mogelijk zal bellen, en hij zal u op de hoogte houden van alle ontwikkelingen. Hij heet... Krie-zil, inspecteur Benny Krie-zil.'
'Vraag naar Erin,' fluistert Jess Anderson.
'Meneer Burton, Erin Russel... Is er nieuws over Erin?'
'Ik moet u tot mijn grote leedwezen mededelen dat juffrouw Russel afgelopen nacht is vermoord, meneer Anderson...' Zijn vrouw laat de deken van haar schouders vallen, grijpt haar man bij de schouders, drukt haar gezicht in zijn hals en huilt.

Inspecteur Mbali Kaleni zegt tegen de uniformen dat Carlucci's als plaats delict moet worden behandeld. Ze laat hen eerst het hele gebied afzetten met gele tape. Dan ontruimt ze de zaak en zet al het personeel en de klanten buiten aan de terrastafeltjes, terwijl twee agenten hun naam, adres en verklaring afnemen.
Ze geeft een brigadier opdracht Forensisch te laten komen om de voor- en achterdeuren op vingerafdrukken te controleren. Ze vraagt de jongeman met het schort, degene die alles heeft zien gebeuren, om samen met een agent in een SAPS-wagen naar bureau Caledonplein te rijden zodat hij kan helpen met een compositietekening van de aanvallers. De jongeman zegt dat dat niet mogelijk is; hij is verantwoordelijk voor de zaak. Ze vraagt of hij iemand kan laten komen. Hij zegt dat hij het zal proberen.

'*Hurry up*,' zegt ze op haar bevelende manier. 'Geen tijd te verliezen.'

'Hebben jullie het nummer gecontroleerd?' vraagt hij haar.

'Welk nummer?'

'Het kentekennummer van de Land Rover. Ik heb het gedeeltelijk gezien. Ik heb het doorgegeven aan de mannen die hier kwamen.'

'Ik zal het checken.'

Voordat de jongen kan weglopen, vraagt ze of hij kan laten zien welke kant het meisje en haar aanvallers op zijn gerend. Hij wijst met een vinger, maar zij steekt een mollige hand in de lucht. 'Nee, kom even mee.' Ze zet haar sportieve Adidas zonnebril op en loopt de lunchroom uit tot de hoek van de Bo-Oranjestraat en de Belmontstraat. De jongeman wijst in de richting van de stad.

'Ik wil het zeker weten. Je zag haar die kant op rennen?'

'Nee, dat heb ik al verteld, ik zag haar geen andere kant op rennen, dus ze moet de Bo-Oranjestraat zijn ingegaan. Die kerels kwamen terug door de zaak, duwden me opzij, renden naar de hoek en direct daarna kwamen ze terug voor de Land Rover. Zij gingen ook die kant uit.'

'Waren ze jong?'

'Ja.'

'Wat is jong?'

'Weet niet, begin twintig...'

'Fit en sportief?'

'Ja.'

Ze knikt en maakt een gebaar dat hij kan gaan. Ze roept de brigadier die de verklaring heeft opgenomen. Hij bevestigt dat hij het nummer van de Land Rover heeft doorgegeven.

'Bel ze. Vraag wat ze hebben gevonden.'

Hij knikt en loopt terug naar de patrouillewagen.

Ze kijkt weer naar de straat.

Waarom zijn ze teruggekomen voor de Land Rover? Twee jongemannen die al sinds twee uur vanochtend een meisje achtervolgen. Ze moet doodmoe zijn, maar ze rennen niet achter haar aan, en komen een auto halen? Dat slaat nergens op.

Ze veegt het zweet van haar voorhoofd, verschuift de band van haar grote zwarte schoudertas en zet haar handen op haar heupen, zonder te merken dat de uniformen naar haar kijken en achter hun hand giechelen en fluisteren.

Ze draait langzaam rond en kijkt elke straat uit. Veegt weer zweet weg.

Ze zagen haar niet meer, dat is wat er is gebeurd. De twee aanvallers zouden haar te voet achterna zijn gegaan als ze haar in het oog hadden gehad. Ze was verdwenen; daarom zijn ze de auto komen halen.

Kaleni roept twee jonge brigadiers die tegen een politieauto leunen. 'Jij en jij,' wijst ze. 'Hier komen.'

Zelfbewust en lachend komen ze dichterbij. Ze zegt dat ze naar de achteruitgang van de zaak moeten gaan tot de houten deur die nog vergrendeld is.

'Maar niets aanraken.'

'Ja, inspecteur.'

'En als ik "nu" zeg, rennen jullie terug door de zaak, de voordeur uit, tot je bij mij bent. Vraag die jongen met dat schort precies hoe ze renden, dan volgen jullie dezelfde route. Begrepen?'

'Ja, inspecteur.'

'Oké. *Ngokushesha*!'

Kaleni loopt buitenom naar de houten deur. Ze wacht tot ze de voetstappen van de agenten in de steeg hoort, aan de andere kant van de deur.

'Staan jullie bij de deur?'

'Ja.'

'Wacht tot ik "nu" zeg...' Ze telt af, van vijf naar een, en blaft 'Nu!' Ze hoort hoe ze wegspurten, de voetstappen weerkaatsen tegen de muur van de lunchroom. Ze kijkt op de secondewijzer, vijf, tien, vijftien, twintig, dan komen de twee agenten de hoek om. Vierentwintig seconden tot waar ze staat.

'Oké. Nu wil ik dat jullie vanaf deze deur beginnen, en de straat af rennen, zo snel mogelijk.'

Ze kijken haar aan, buiten adem maar bereidwillig, en spurten weg.

'Nee, wacht!'

Ze draaien zich om en lopen terug. Ze glimlachen niet meer.

'Ik zeg weer "nu",' met haar ogen op haar horloge gericht. Ze wacht weer tot de wijzer op de twaalf staat, telt af, schreeuwt 'Nu!' en weg zijn ze, terwijl zij hen en haar horloge in de gaten houdt. De jongeman heeft gezegd dat de aanvallers hem een duw hadden gegeven. Voeg er een seconde bij, misschien twee. Ze zijn misschien naar buiten gerend, wisten niet welke kant zij op was gegaan, zijn stil blijven staan om te kijken, eerst naar de Bo-Oranjestraat, dan rechts naar de Belmontstraat. Weer twee, drie seconden.

Ze noteert hoe ver de twee agenten zijn gekomen in vierentwintig en in dertig seconden en dan schreeuwt ze 'Oké!', maar ze zijn al te ver, horen haar niet, en blijven rennen, twee blauwe uniformen in volle vaart de heuvel af.

'Hé!' probeert ze weer, maar het helpt niet.

'*Isidomu*,' mompelt ze en begint zelf de straat af te lopen, haar ogen op het dertigsecondenpunt.

Rachel Anderson heeft de sirenes gehoord die de straat in kwamen loeien, niet meer dan twintig meter van waar ze achter de bougainvilleranken lag. Ze wist dat het voor haar was, want die man in de lunchroom zou zeker de politie hebben gebeld. En ze hoorde hoe het geloei hier vlak boven, op de hoek, stopte.

Ze bleef stil liggen. Alle doorns waren nu uit haar vlees, er was alleen nog het branden van de wonden. Haar adem was weer normaal, het zweet opgedroogd in de diepe koelte. Ze zullen haar niet kunnen zien, al lopen ze door de straat voorbij, al komen ze tot hier in de tuin.

Ze zal wachten tot ze klaar zijn met zoeken. Tot ze weer weggaan. Dan zal ze besluiten wat ze vervolgens moet doen.

Mbali Kaleni loopt tot aan de hoek van de Bo-Oranjestraat en de Alexandrastraat, zo'n beetje het vierentwintigsecondenpunt. Ze steekt langzaam de straat over, naar de stoep aan de andere kant.

Het meisje moet hier linksaf zijn gegaan, de Alexandrastraat in. Dat is waarom de twee mannen haar niet meer konden zien.

Maar er klopt iets niet.

Ze staart de Alexandrastraat in. De helling. Een doodmoe meisje. Vanochtend vroeg, voor zessen, heeft iemand haar nog op de Leeuwenkop gezien, vlak na tien uur hier beneden in Oranjezicht, ze heeft een grote omweg gemaakt, maar ze was op weg naar beneden, naar de stad. Nu komt ze hier en dan kiest ze een straat die haar van die bestemming wegvoert en nog steil omhooggaat ook. Het moet een hel zijn geweest op zulke uitgeputte benen.

Maar als je bang bent, als je aanvallers je op de hielen zitten...

Kaleni legt haar hand in gedachten op het witte hek van het lage victoriaanse huis links van haar en kijkt of ze de twee hardlopende geüniformeerde idioten ziet. Ja, daar komen ze weer aan, rustig babbelend.

Een blok verder is het Molteno-reservoir. Maar dat is meer dan veertig seconden vanaf Carlucci's, zelfs als Rachel Anderson even hard had gerend als twee sportieve, stevige agenten. Nee, hier op deze hoek moet ze afgeslagen zijn. Of...

Kaleni kijkt naar het victoriaanse huis, kijkt naar het hek. Dit is het enige huis in dit deel van de Bo-Oranjestraat zonder hoge muren of schuttingen, de enige andere mogelijkheid...

En dan ziet ze, recht voor zich, de schade aan het bloemperk, de brede strook waar de beplanting weg is geschraapt. Ze zet haar zonnebril af en kijkt nog eens goed. Ze ziet de handafdrukken, en de voetafdrukken aan de andere kant, drie, voordat het grasveld begint. Ze meet met haar ogen de afstand tussen de schade en de omheining. Zou iemand er hier overheen hebben kunnen springen? En daar landen?

Ze loopt snel door, op zoek naar het tuinhek. Als ze het ziet, rent ze erheen, een koddige, haastige figuur met een handtas over de schouder, een pistool op de heup en een zonnebril in de hand.

'Ik ben niet blank genoeg voor haar,' zegt Fransman Dekker zodra Griessel zijn telefoongesprek met Vusi heeft afgerond.

'Wat?' vraagt Griessel, zijn gedachten nog bij de telefoon. 'Sorry, Fransman, ik heb nog vier berichten.' Hij houdt het toestel weer tegen zijn oor. 'Melinda?' vraagt hij.

Dekker met falsetsarcasme: 'Ik kan niet met mannen praten...'

'Ik ben zo klaar...' Griessel luistert. 'Het is John Afrika...'

Dekker loopt twee stappen de gang in en draait zich weer om. 'Maar het komt doordat ik een hottentot ben. Schijnheilige gospeltrut,' zegt hij hoofdschuddend.

'Weer John Afrika...' zegt Griessel, ook hoofdschuddend.

'Die geweldige christen,' zegt Dekker.

'Ik moet de commissaris terugbellen,' zegt Griessel verontschuldigend. 'Het meisje heeft haar vader gebeld. In Amerika... Commissaris, met Bennie...'

Dekker gaat bij de studio staan, drukt zijn hand tegen de deur en leunt met gebogen hoofd naar voren.

Griessel: 'Ja, commissaris,' en 'Goed, commissaris,' totdat hij eindelijk zegt: 'Ik kom eraan, ik ben er zo,' en de telefoon uitzet.

'Ze wil niet met je praten omdat je gekleurd bent?' vraagt hij aan Dekker.

'Dat is niet wat ze zegt, dat is wat ze bedoelt.'

'Gelul. Ze kan een advocaat krijgen en ze mag vragen of er een vrouw bij is, meer keuzes heeft ze niet.'

'Zeg jij dat tegen haar.'

'Dat is precies wat ik ga doen,' zegt Griessel.

En dan valt de stroom uit.

20

Vusi Ndabeni is rusteloos. Hij drinkt zijn thee op, zet het kopje op het blad en schuift het weg. Hoe lang duurt het nog voordat de mensen beginnen te komen, voordat Petr zijn personeel wakker en op pad heeft? Wat is Mbali Kaleni met zijn zaak aan het doen daar in die lunchroom? Daar gebeurt het allemaal, hier gebeurt niks.

Misschien nog tien minuten wachten. Als er dan nog niemand is...

Dan wordt het opeens donker in de grote ruimte, en onheilspellend stil, want de airconditioning slaat ook af.

Weer een stroomstoring. Gisteren duurde die drie uur.

Het is pikdonker, hij ziet geen hand voor ogen.

Nu wil hij hier weg. Hij grabbelt naar zijn telefoon, drukt op een toets om het scherm te activeren, draait het zo dat het licht op de tafel schijnt, pakt zijn notitieblok en pen en staat op. Voorzichtig loopt hij tussen de tafels en stoelen door en dan de gang uit. Er komt een vage, gele streep licht uit het kantoor van Galina Federova. Hij loopt erheen en ziet dat ze een kaars heeft aangestoken en bezig is er nog een in de hals van een lege bierfles te duwen.

'Hi,' zegt hij.

Ze schrikt, zegt iets wat klinkt als '*bogh*' en laat bijna de bierfles vallen.

'Sorry.'

'Leve de Eskom,' zegt ze schouderophalend.

'Wat kun je eraan doen?' vraagt hij retorisch.

Ze steekt de tweede kaars ook aan, gaat achter haar bureau zitten en pakt een sigaret.

'Ik kan daar niets aan doen.' Ze steekt de sigaret aan bij de kaars.

Russen zijn misschien niet zo sterk in retorische vragen. 'Het spijt me, maar ik moet weg.'

'Ik kan u een kaars brengen.'

'Nee, het meisje... ze is ergens gezien.'

'O?' zegt ze met de potloodstreepwenkbrauwen hoog opgetrokken. Hij weet niet wat hij daarin moet lezen.

Vusi haalt een visitekaartje tevoorschijn en legt het voor haar neer. 'Wilt u me alstublieft bellen als de mensen van gisteravond komen?'

Federova pakt het kaartje op met haar lange nagels. 'Oké.'

'Dank u wel,' zegt Vusi. Hij loopt naar buiten zoals hij binnen is gekomen, met de telefoon als lichtbron, door de keuken, waar Paardenstaart nu in het licht dat door de buitendeur valt flessen drank staat te tellen met een potlood in zijn hand.

'Wat doen jullie aan elektriciteit? Wat gaat politie doen?'

Hij overweegt even om de man geduldig duidelijk te maken dat dit niets met de politie te maken heeft, maar zegt alleen: 'We bellen de Eskom.'

Vusi loopt de achterdeur uit naar de steeg, het verblindend felle zonlicht in. Hij hoort Paardenstaart nog roepen: 'Grappig. Ik hou van grappige politie,' maar hij heeft haast, want zijn auto staat helemaal boven in de Langstraat, meer dan tien minuten lopen, en hij wil met Kaleni gaan praten in de lunchroom, hij wil... Vusi blijft staan waar de steeg uitkomt op de Strandstraat.

Er is iets wat hij kan doen, al zegt Bennie Griessel dat hij de eenheid Georganiseerde Misdaad niet wil inschakelen. Hij kiest het nummer van Vaughn Cupido en belt.

'Praat met me,' antwoordt Cupido meteen.

'Hebben jullie foto's van de mensen van Demidov?'

Cupido antwoordt niet.

'Vaughn, ben je er nog?'

'Waarom vraag je dat?' Achterdochtig.

'Hebben jullie die, Vaughn?'

'Dat kan ik bevestigen noch ontkennen.'

'Wat betekent dat?'

'Dat betekent dat ik maar een inspecteur ben. Je zult het hogerop moeten vragen.'

'Aan wie?'

'Aan de hoofdcommissaris.'

'Vaughn, er is een man die net twee van de aanvallers bij een lunchroom in Oranjezicht heeft gezien. Als hij de mensen van Demidov kan identificeren, zou dat het leven van dat meisje kunnen redden.'

Weer blijft het stil.

'Vaughn?'

'Ik bel je zo terug.'

Rachel Anderson hoort het klikklak van damesschoenen op het tuinpad, een paar meter bij haar vandaan, en nog een geluid: het ritmische gefluister van stof die langs stof schuurt. De geluiden houden opeens op, dan een zucht, en het geluid van iemand die hard op een deur klopt.

Rachel probeert oppervlakkig te ademen en draait langzaam haar hoofd zodat ze haar voeten kan zien. Zit ze diep genoeg in de struiken?

Weer het gehamer op de deur. '*Hello, anybody home*?' Een Afrikaans accent, een vrouw met een dwingende stem.

Wat betekent dit?

'*Hey, guys*!' blaft dezelfde stem autoritair. 'Ik heb jullie teruggeroepen maar jullie hoorden me niet.'

Een mannenstem antwoordt vanaf de straat, dan roept dezelfde Afrikaanse vrouw: 'Nee, blijf op straat, dit zou een plaats delict kunnen zijn. Ga in de lunchroom vertellen dat ik Forensisch nodig heb. Schoenafdrukken, ik wil dat er afgietsels van worden gemaakt en dat ze geïdentificeerd worden.'

Dan het geluid van een deur die opengaat en een mannenstem. 'Wat kan ik voor u doen?'

'Hoe maakt u het?'

'Dat is geen adequaat antwoord. Waarom bonkt u op mijn deur?' vraagt de mannenstem kalm en bescheiden.

'Omdat uw bel kapot is.'

'Die is niet kapot, de stroom is uitgevallen.'

'Alweer?'

'Ja. Kan ik iets voor u doen?'

'Ik ben inspecteur Mbali Kaleni van de SAPS. We zijn op zoek naar een meisje dat op de vlucht is voor aanvallers, en ik denk dat ze in uw tuin is geweest. Ik wil weten of u haar hebt gezien.'

'Ik heb haar niet gezien.'

'Daar. Wilt u even komen kijken?'

'Is dat uw politielegitimatie?'

'Ja.'

'Wanneer is dit gebeurd?'

'Een minuut of veertig geleden. Wilt u alstublieft even in uw tuin komen kijken? U hebt haar niet gezien?'

'Nee. Maar ik heb haar wel gehoord.'

Het wordt Rachel Anderson koud om het hart.

'Echt?'

'Ja,' zegt de man. 'Ik hoorde voetstappen, om de hoek van het huis.'

'Hier?'

'Ja, precies hier. Maar ik hoorde haar naar de muur rennen, ik denk dat ze eroverheen is gesprongen, naar het huis hiernaast. Tegen de tijd dat ik door het raam keek, was ze weg.'

'Kijkt u eens naar de sporen,' zegt de politievrouw.

Even een moment van opluchting als de stemmen zachter worden, maar dan versnelt Rachels polsslag, want ze weet niet waar haar sporen te zien zijn. Dan herinnert ze zich de val in het bloemperk, toen ze over de omheining sprong. Maar is dat alles? Leiden haar sporen hierheen? Ze heeft door de vochtige aarde gelopen, die kan op het gras zijn blijven plakken, op de leisteen van het pad.

Ze hoort de voetstappen van de vrouw weer op het tuinpad. Ze blijft doodstil liggen en doet haar ogen dicht.

Bennie Griessel gooit geërgerd en haastig de dikke deur van de opnamestudio van AfriSound open, want John Afrika heeft gezegd dat hij op moet schieten, ze wachten op hem. De ruimte is pikdonker, er zijn geen ramen. De lichtstrook die langs de deur valt, belicht Melinda Geyser. Ze staat daar met grote, verschrikte ogen, haar handen tegen haar hart. Bambi in gevaar. Dan zegt ze: 'De stroom is uitgevallen,' en ze laat haar handen zakken, alsof ze dacht dat de donkere ruimte een politietruc was.

Hij loopt naar haar toe en zegt met al het geduld dat hij bij elkaar kan schrapen: 'Mevrouw, u zult met inspecteur Dekker moeten praten. Met of zonder uw advocaat. De keuze is aan u. U mag verzoeken of er een vrouwelijk lid bij aanwezig kan zijn, maar u bent geen slachtoffer. Het is aan hem om te bepalen.'

'Een vrouwelijk lid?' Verward.

'Een vrouwelijk lid van de politie.'

Ze denkt even na en zegt dan: 'Hij heeft me verkeerd begrepen.'

'O?'

'Naar aanleiding van wat er gisteren is gebeurd bedoelde ik alleen dat het makkelijker geweest zou zijn om er met een vrouw over te praten,' een gedwee lammetje zonder gal.

'Dus wat wilt u?'

'Ik wil alleen maar zeker weten dat het vertrouwelijk blijft.'

Hij legt haar uit dat niets vertrouwelijk kan blijven als zij of Jos aangeklaagd worden.

'Maar we hebben niets gedaan.'

'Dan zal alles vertrouwelijk blijven.' Ze stemt in en hij moet bij die klootzak van een Mouton gaan vragen waar Fransman Melinda straks kan ondervragen, want het is te donker in de studio. Op dat moment brengt Natasha een gaslamp en zet die naast Melinda in de opnamestudio.

Griessel en Dekker kijken Natasha na. Als ze om de hoek verdwijnt, trekt Bennie zijn collega aan de arm mee tot voor het lege kantoor van Adam Barnard. Hij heeft een bericht van de commissaris dat hij aan Dekker moet overbrengen, en hij weet hoe de reactie zal zijn. Er is maar één manier om het te doen:

'John Afrika zegt dat ik Mbali Kaleni moet laten komen om je te helpen.'

Fransman Dekker ontploft. Niet onmiddellijk, het is alsof de implicaties zich eerst in hem ophopen. Zijn lichaam rekt zich, zijn ogen worden wild, zijn mond gaat een keer open en dicht met gespannen kaakspieren voordat hij losbarst en met zijn vuist een donderende klap tegen de deur van Adam Barnard geeft: 'Jezus christus.' Hij draait zich woest om, mikt weer op de deur, maar dan is Griessel bij hem en neemt de arm in de klem.

'Fransman!'

Dekker rukt aan zijn arm.

'Het blijft jóúw zaak.'

De gekleurde speurder staat stil, met een strakke blik, de arm nog in de lucht. Griessel voelt de kracht van de brede schouders als hij eraan trekt.

Dan gaat de arm langzaam naar beneden.

'Ik heb een zoon op de middelbare school,' zegt Griessel. 'Die zegt de hele tijd tegen me: "Pa, doe effe chill." En ik denk dat jij dat nu moet doen, Fransman.'

Dekkers kaakspieren beginnen weer te bewegen. Hij rukt zijn arm uit Bennies greep en kijkt boos naar de deur.

'Je laat je overal door opfokken, Fransman, dat brengt je geen reet verder.'

'Dat kun jij toch niet snappen.'

'Dat weet je niet.'

'Hoe kun je het snappen? Jij bent blank.'

'Wat bedoel je daar nou weer mee?'

'Daar bedoel ik mee dat je geen kleurling bent,' zegt hij en wijst met een boze vinger naar Griessels gezicht.

'Fransman, ik heb geen flauw idee...'

'Heb je het gezien, Bennie? Vorige week, bij de commissaris? Hoeveel kleurlingen waren er?'

'Alleen jij.'

'Alleen ik, ja. Want ze bevoordelen de *darkies*. Daarom komt Kaleni nu. Ze moeten overal voorgetrokken worden. Ik ben een fokking statistiek, Bennie, ik ben daar om hun fokking quotum vol te maken. Heb jij de commissaris gezien, donderdag? Hij had alleen oog voor die stomme Xhosa's, hij ziet me niet staan. Acht procent kleurlingen. Acht procent, verdomme, zoveel van ons willen jullie hebben. Wie heeft dat besloten? Hoe? Weet jij hoeveel kleurlingen dat de das om heeft gedaan? Duizenden, zeg ik je. Niet zwart genoeg, sorry, brother, rot maar op, zoek maar een baan bij een bewakingsdienst, of ga een geldtransportbusje rijden. Maar dat doe ik niet, Bennie, ik ga nergens heen.' In zijn woede gaat Fransman Dekker over van blank Afrikaans op de woorden en ritmes van Atlantis, zijn geboorteplaats in de West Kaap. 'Het is míjn leven verdomme. Ik was nog maar zó groot toen ik tegen mijn moeder zei dat ik *policeman* wilde worden. Ze heeft haar *gat afgechar* zodat ik naar de middelbare school kon en bij de *polieste* kon en niet op een fokking geldauto hoef te rijden.'

Hij veegt het speeksel van zijn lippen. Griessel zegt: 'Ik begrijp het, Fransman, maar...'

'Denk je dat? Ben jij je hele leven gemarginaliseerd? Nu jullie *whiteys* de positieve discriminatie in je nek beginnen te voelen, nu denken jullie dat jullie het snappen? Jullie snappen er geen fok van, dat zeg ik je. Jullie waren altijd Baas of Knecht, wij waren geen fok, en dat zijn we nog steeds niet, eerst niet blank genoeg, en nu weer niet zwart genoeg, het houdt nooit op. We zitten in het midden van het fokking kleurenpalet en dan zegt dat blanke christelijke wijf dat ze niet met mannen praat, maar ze weet niet dat ik haar kan lezen zoals ik al die whiteys kan lezen.'

'Kun je míj lezen, Fransman?' Griessel begint nu ook opgefokt te raken.

Dekker zegt niets, hij draait zich hijgend om.

Griessel loopt om hem heen tot hij recht voor hem staat. 'Ze zeggen dat je ambitie hebt, nou laat me je wel vertellen, ik heb mijn hele carrière door de plee gespoeld omdat ik geen zelfbeheersing had, omdat ik al die shit heb laten gebeuren. Daarom sta ik nu hier. Want ik heb geen opties meer. Wil jij opties hebben, Fransman? Of wil jij ook op je vierenveertigste nog inspecteur zijn met als functiebeschrijving 'mentor', omdat ze bij god niet weten wat ze met je aan moeten? Weet je hoe dat is? Ze bekijken je van top tot teen en je weet dat ze denken: wat heeft die voor shit aangericht dat hij met al dat grijze haar nog steeds een lullig inspecteurtje is. Is dat wat je wilt? Wil je meer zijn dan de rassenstatistieken van de Dienst? Wil je de beste politieman zijn die je kunt zijn? Dan hou je nu op met die shit, pakt deze zaak aan en handelt hem af. Het doet er niet toe wat ze zeggen of hoe ze tegen je praten of wie John Afrika stuurt om je te helpen. Je hebt rechten, net als Melinda Geyser. Er zijn regels. Gebruik die. Hoe dan ook, je kunt op je kop gaan staan, het zal niet veranderen. Ik ben al meer dan vijfentwintig jaar politieman, Fransman, en ik zal je vertellen dat ze je altijd als een hond zullen behandelen, de mensen, de media, de hoge pieten, de politici, maakt niet uit of je zwart, wit of bruin bent. Behalve als ze je midden in de nacht bellen en zeggen: "Er staat iemand voor mijn raam," dan ben je opeens een fokking *hero*, maar morgen als de zon schijnt, ben je weer niks. De vraag is: kun je dat aan? Stel jezelf die vraag. En als je het niet kunt, hou er dan mee op en zoek een andere baan. Of verdraag het, Fransman, want zo zal het blijven.'

Dekker haalt diep adem.

Griessel wil er nog iets aan toevoegen, maar ziet ervan af. Hij loopt bij Dekker weg, zijn aandacht weer bij zijn werk.

'Ik denk niet dat het Jos Geyser was. Als hij liegt, heeft hij een Oscar verdiend. Melinda is het enige alibi dat hij heeft, en er is iets met haar... Ze weet niet wat hij heeft gezegd, laat haar praten, zorg dat ze details geeft over gisteren, over wat er precies is gebeurd, en bel mij dan zodat we de verhalen kunnen vergelijken. Ik ga nu naar de commissaris.'

Dekker kijkt hem niet aan. Griessel loopt weg, de gang door.

'Bennie,' zegt Dekker als hij al bijna bij de receptie is. Griessel draait zich om.

'Dank je.' Met aarzelende oprechtheid.

Griessel maakt een handgebaar en loopt door.

Een van de mannen in de lounge staat op van de bank van struisvogelleer en probeert hem te onderscheppen. Bennie probeert oogcontact te vermijden, maar de man is hem te snel af.

'Bent u van de politie?' Hij is lang, begin dertig, en zijn gezicht komt Griessel erg bekend voor.

Kortaf en gehaast zegt hij: 'Ja, maar ik kan nu niet met u praten,' en hij wil eraan toevoegen, 'want ze zijn met me aan het kloten,' maar dat doet hij niet. 'Mijn collega is nog binnen. Praat met hem als hij naar buiten komt,' en dan rent hij naar buiten, de trap af en het grasveld over, naar zijn auto.

Er zit een parkeerbon op de voorruit, recht voor de bestuurdersplek.

'Fok,' zegt hij. De frustratie stroomt over de damwand van zijn zelfbeheersing, want dit betekent nog meer papierwerk waar hij niet op zit te wachten. De Metro-politie heeft godverdomme wel tijd om bonnen te schrijven, maar je moet ze niet vragen om ergens anders mee te helpen. Hij laat de boete zitten, stapt in, start de motor, schakelt knarsend en rijdt weg.

Hij gaat de commissaris godverdomme om een functieomschrijving vragen.

Want Bennie Griessel, Groot Mentor, bevalt hem niets. Hij heeft vorige week donderdag aan John Afrika gevraagd wat het zou inhouden. Toen was het antwoord: 'Bennie, jij bent mijn vangnet, mijn supervisor. Hou de boel in de gaten, kijk hoe ze met de plaats delict omgaan, zorg dat ze geen verdachten over het hoofd zien. Want jezus, Bennie, we trainen ze tot het iedereen de neus uitkomt, maar op het moment dat ze op de plaats delict staan, lijkt het of ze plankenkoorts hebben, of gewoon slonzig zijn, ik weet het niet meer. Misschien pushen we ze te veel, maar ik moet mijn targets halen, wat kan ik anders? Neem bijvoorbeeld die bliksemse zaak-Lotz. Nu heeft die Van der Vyver, die zes jaar onschuldig heeft gezeten, een miljoenenproces tegen de minister aangespannen, dat mag ons niet nog een keer gebeuren. Kijk mee over hun schouder, Bennie, geef een voorzichtig duwtje waar het nodig is.'

Wat nou, voorzichtig duwtje?

En dan moet hij hard remmen voor de file voor hem, twee rijen auto's breed, tien auto's lang. De stroomuitval betekent dat alle verkeerslichten in de stad uit zijn. Chaos.

'Jissis,' zegt hij hardop. De Eskom is tenminste een staatsinstelling waar het nog kloteriger gaat dan bij de SAPS.

Hij leunt achterover. Kwaad worden helpt niet.

Maar fok, wat moest je anders?

Van de ene zaak naar de andere. Dan weer hier, dan weer daar. Dat is het zoveelste recept voor een ramp.

Als Jos Geyser Barnard niet doodgeschoten heeft...

Die man die hem daarbinnen wilde tegenhouden, hij weet opeens wie het is. Iván Nell, de bekende zanger, hij heeft zijn muziek op Radio Sonder Grense gehoord, goeie, melodieuze rock, al is hij zuinig met de bas. Heel even heeft hij spijt dat hij niet snel met hem heeft gepraat, dan had hij dat vanavond aan Carla kunnen schrijven, maar het is niet anders, nergens tijd voor, behalve voor in het verkeer zitten schelden.

En hij heeft honger, alleen maar koffie sinds gisteravond, hij zal iets aan zijn bloedsuikerspiegel moeten doen. Griessel krijgt meteen zin in een sigaret. Hij doet het dashboardkastje open, grabbelt erin, vindt het halve pakje Chesterfields en het gehavende doosje Lion-lucifers, steekt een sigaret op en draait het raampje open. Hij voelt hoe de hitte van het asfalt opstijgt en door het open raam naar binnen stroomt.

Hij trekt aan de sigaret, blaast langzaam de rook uit, die zich ophoopt tegen de voorruit en dan door het raam naar buiten zwiept.

Vanochtend bood Alexa Barnard hem een sigaret aan, maar toen heeft hij bedankt. 'Een alcoholist die niet rookt?' vroeg ze. Hij vertelde haar dat hij nog maar af en toe rookt, omdat zijn AA-sponsor een dokter is.

Zorg dat je een andere sponsor krijgt, zei ze.

Hij vindt haar aardig.

Hij had haar alleen geen drank moeten geven.

Dan herinnert hij zich dat hij zijn fout wil goedmaken. Hij zoekt met zijn hand in zijn zak terwijl hij weer een autolengte vordert, haalt de telefoon tevoorschijn, bewerkt de toetsen met zijn duim en belt.

Hij gaat lang over, zoals gewoonlijk.

'Bennie!' zegt dokter Barkhuizen, als altijd walgelijk opgewekt. 'Hou je het vol?'

'Dok, heb je weleens gehoord van die beroemde zangeres, Xandra Barnard?'

'Ze hebben veel belangstelling voor een huis hier,' zegt Barry door de telefoon. Hij rijdt langzaam door de Bo-Oranjestraat in zijn gehavende rode Toyota-pick-up.

'Wat voor soort belangstelling?'

'Er staan een stuk of duizend geüniformeerde agenten op de stoep, en een of andere vrouwelijke rechercheur staat in de tuin met een ouwe bok.'

'Nou, zorg dat je erachter komt wat er aan de hand is.'

Barry kijkt naar de huizen in de straat. Rechts, honderd meter verderop, recht tegenover het victoriaanse huis is een mogelijkheid. Een lange geasfalteerde oprit naar een garage. 'Yeah...' Dan ziet hij dat de uniformen naar hem kijken. 'Misschien. Maar nu niet, te veel ogen. Geef me een minuut of tien.'

11.03 uur – 12.00 uur

21

De suizende gaslamp op de mengtafel van de studio werpt een absurd lange schaduw van Melinda Geyser op de muur ertegenover. Ze staat met haar gezicht maar een paar centimeter van het glas, de opnamehokjes achter haar zijn in schemer gehuld. Dekker zit voorovergebogen op een leren stoel met wieltjes, zijn ellebogen op zijn knieën, omdat de rugleuning van de stoel verschrikkelijk kraakt als hij ertegen leunt. Hij zweet. Zonder airconditioning wordt het hier steeds warmer.

'Het spijt me van het misverstand,' zegt ze en vouwt haar armen onder haar borsten over elkaar. Haar silhouet is niet onaantrekkelijk; de groene blouse, de spijkerbroek, de witte leren riem met de grote zilveren gesp, de witte sandalen met kurken sleehak. Toch klopt er iets niet: het is niet wat hij verwacht had van een gospelzangeres, het zit net een beetje te strak allemaal, het doet hem denken aan het soort vrouwen dat zich het meest voor hem uitslooft: eind dertig, begin veertig, de frisheid is er een beetje af, maar ze willen de sensualiteit van hun lichaam nog een paar jaar uitbuiten.

Misschien is het typisch iets voor zangeressen, denkt hij, en zegt: 'Ik reageerde misschien een beetje overdreven.' De oprechtheid in zijn stem is nieuw voor hem.

'Weet u wat het verschil is tussen een cd maken en het leven?' vraagt ze. Ze blijft naar het glas staren. Hij vraagt zich af of ze naar haar eigen spiegelbeeld kijkt.

'Nee,' zegt Dekker.

'Het verschil is dat je voor het leven maar één take krijgt.'

Gaat ze nou een preek afsteken?

'Adam had me nog nooit gevraagd om alleen te komen. Gisterochtend belde hij en zei dat hij me moest zien. Zo zei hij het, alsof hij geen keuze had. Alsof ik iets fout had gedaan. "Ik moet je zien. Alleen jou." Als een schoolhoofd dat een stout kind bij zich roept.'

Dan komt ze in beweging. Ze haalt haar armen van elkaar, draait zich om naar Dekker en gaat op een leren tweezitsbank tegenover hem zitten, haar rechterarm op de leuning, de linkerhand naast haar op het kussen. Ze kijkt hem aan en zegt: 'Als je dingen in je leven hebt gedaan die je altijd zullen blijven achtervolgen, dan zeg je "ja". Dan vertel je je lieve man een leugen, meneer Dekker, en rijd je naar Adam Barnards kantoor en ga je zitten en vraagt wat er aan de hand is.'

Meneer. Nu is hij een meneer.

De anders zo joviale Adam Barnard was ernstig, vertelt ze. Ze zit doodstil tijdens het praten, geen beweging in haar lichaam of handen, alsof ze op dun ijs over donker water loopt. Haar stem klinkt vastberaden.

Barnard had een dun dvd-doosje over zijn bureau naar haar toe geschoven, zo'n zelfgebrande dvd waarop je het logo van de fabriek door het plastic heen kunt zien. Ze had hem vragend aangekeken, maar hij had niets gezegd. Zij had het opengemaakt. De dvd zat erin. Iemand had met de hand, in viltstift, op de witte bovenkant van de schijf MELINDA 1987 geschreven. Toen wist ze wat het was.

Dan zucht ze diep en kijkt naar rechts, naar het glas, alsof ze zichzelf nog een laatste keer wil zien.

'U moet mijn achtergrond kennen, meneer Dekker. We leven in een vreemde wereld, in een gemeenschap die etiketjes moet plakken om dingen een plaats te geven.' Haar taalgebruik verrast hem, het is veel beschaafder dan hij had verwacht.

'Maar dat proces is niet logisch of rechtvaardig. Als je iemand bent die van nature moeite heeft zich aan te passen, dan word je zolang je jong bent een rebel genoemd. Maar later krijgt dat andere namen. Ik was zo'n zogenaamde rebel. Op school was ik... ongehoorzaam. Ik wilde alles op mijn manier doen. Ik was nieuwsgierig. Naar alles. Ik was op zoek naar opwinding, naar alles wat een net Afrikaner-meisje niet geacht werd te doen. En ik heb jarenlang mannen gekozen waar een bepaald risico aan kleefde. Instinctief, het was geen bewuste beslissing. Ik vraag me weleens af of het anders zou zijn geweest als dat mijn enige zwakte was. Maar dat is het niet. Ik heb ook van jongs af aan behoefte gehad aan erkenning. De bevestiging dat ik niet gewoon ben. Ik wilde boven de massa uitsteken. Dat is niet noodzakelijkerwijs een streven naar roem, maar eerder een behoefte aan aandacht, denk ik. En uiteindelijk is het die combinatie die me maakt tot wie ik ben.'

Ze is niet dom, denkt hij. Ze is een vrouw die makkelijk mensen zou kunnen bedriegen.

'Ik ben nooit heel mooi geweest. Niet dat ik lelijk ben, een mens moet zijn zegeningen tellen: als ik gebruik maak van wat ik heb, kan ik de aandacht trekken, maar niet zo dat mannen naar adem snakken. Ik wist dat ik slim genoeg was om te studeren, maar voor wat ik wilde zijn, bestond nooit een opleiding. Het enige wat overbleef, was mijn stem. En een podiumpersoonlijkheid, maar dat ontdekte ik pas later. En toen kwam Danny Vlok op mijn pad. Hij kan alles spelen, van viool tot trompet. Hij had een muziekwinkel in de stad, in Bloemfontein, en een viermansband voor bruiloften en partijen. Ik zag zijn advertentie voor een zangeres bij de personeelsadvertenties in het *Volksblad*. Het was Danny's droom om een rockster te worden. Hij probeerde er in elk geval zo uit te zien. Op die leeftijd vond ik dat leuk, en hij was tien jaar ouder dan ik. Wereldwijs. Hij probeerde ook te leven als een rockster. Hij dronk en hij rookte dagga. Het enige probleem was dat Danny alleen de muziek van andere mensen kon zingen. Zijn eigen muziek was... niet goed. Ik deed auditie voor zijn band en daarna gingen we naar zijn appartement aan de Parkweg voor een joint en voor seks. Twee maanden later zijn we voor de burgerlijke stand getrouwd. Vier jaar later zijn we weer gescheiden.'

Ze is bezig zichzelf te straffen met dit verhaal, denkt Dekker. Dit is haar boetedoening, deze onthulling. Maar nu zwijgt ze opeens en kijkt om zich heen. 'Er staat hier altijd water. Het is erg warm.'

'Ik zal het aan Natasha vragen,' zegt hij en staat op. Als hij de deur uitkomt, ziet hij Jos achter in de gang, bezorgd, rusteloos.

'Zijn jullie klaar?'

'Nog niet, meneer Geyser.'

De grote man knikt alleen maar en loopt terug naar de vergaderzaal.

Rachel Anderson hoort de stemmen aan de andere kant, maar niet de woorden. Ze zijn al zo lang bezig dat ze hoe langer hoe meer gaat geloven dat er geen sporen zijn die naar haar toe leiden. De spanning vloeit langzaam uit haar lichaam, haar hart komt tot bedaren.

Tot ze weer het geklik van vrouwenhakken hoort, vlak langs haar, op twee, drie passen afstand.

'Oké. Dank u wel,' zegt dezelfde zwarte vrouw van daarnet.

'Ik hoop dat u haar vindt,' zegt de mannenstem.

'Ze kan niet ver weg zijn. We gaan het park doorzoeken.'

'Succes.'

'Oké.' En dan hoort ze de vrouw weglopen. Een paar tellen later hoort ze de deur dichtgaan en weet ze dat ze veilig is.

Melinda Geyser drinkt het glas water halfleeg en houdt het dan in haar hand die op de leuning van de leren bank ligt.

'We hadden in Bethlehem, in Oos-Vrystaat, op een bruiloft gespeeld. Na de receptie bleven we overnachten in de chalets bij Loch Athlone. Er was niemand anders. We maakten buiten een vuurtje en zaten in het donker te drinken en te praten. Danny zei dat hij naar bed ging, want hij was moe en dronken en stoned. We waren al drie jaar getrouwd, en het ging niet goed meer. Ik bleef met de andere drie buiten zitten. Ze waren jong, net als ik, in de twintig. De basgitarist had een videocamera, hij had hem pas een week. Hij filmde ons. Eerst was het onschuldig, we waren melig en deden of we beroemd waren en interviews gaven voor de televisie. We dronken nog meer. Te veel. Ik denk dat de samenstelling van de groep een van de redenen was waarom het gebeurde. Danny was de leider en wij de vier werknemers, de onderdanen. We begonnen voor de camera van alles over Danny te zeggen. We aapten hem na, maakten hem belachelijk. We wisten dat hij razend zou worden als hij de video zou zien, want Danny was driftig, vooral de ochtend na een dronken avond. Maar juist het riskante maakte het zo leuk: hij was dichtbij, hij sliep, en wij zaten hem te bespotten op video. Er was... bewijs van wat we deden. Voor altijd, eigenlijk.

De gitarist zoende me als eerste. Hij zei dat hij wist wat Danny helemaal gek zou maken, liep naar me toe en kuste me op mijn mond. Van daaraf was het geen grote stap. Niet in de toestand waarin wij verkeerden. Ik hoef u niet alles te vertellen. De video laat zien hoe ik later hun broeken openrits en hen afzuig. Hij laat zien hoe ze mijn kleren uittrekken, met mijn hulp, en hoe ze ieder aan een tepel likken. Hij laat zien hoe twee van hen seks met me hebben, een van voren, de ander van achteren. Hij laat zien hoe ik geniet. Er is een close-up van mijn gezicht en je kunt het duidelijk zien... Je kunt me ook horen...'

Ze kijkt Dekker aan en zegt met kracht in haar stem: 'Ik zal me altijd blijven afvragen hoeveel de aanwezigheid van de camera heeft bijgedragen aan de intensiteit van die ervaring.' Dan zwijgt ze even voordat ze haar ogen neerslaat. 'Ik heb er nooit spijt van gehad. Tot gisteren. Tot ik besefte dat mijn zonden Jos kunnen achtervolgen. Het zal hem zo'n pijn doen dit allemaal te weten. Hij heeft een andere ik nodig.'

Als ze zwijgt, zegt Dekker: 'Dat stond op die dvd?'

Ze knikt.

'Barnard wilde u chanteren,' zegt hij omdat hij het denkt te begrijpen.

'Nee. Hij was degene die werd gechanteerd. Toen ik de dvd weer naar hem terugschoof en zei dat ik wist wat het was, zei hij dat hij er zestigduizend rand voor had betaald. Hij vertelde dat de dvd een week geleden per aangetekende post was gekomen, met een briefje waarop stond: *Bekijken als je alleen ben. Anders is Melinda's loopbaan kapot.* Het telefoontje kwam drie dagen later, van een man die vijftigduizend rand wilde hebben, anders zette hij het op internet. Ik heb Adam nog gevraagd waarom hij zestigduizend had betaald. Hij zei dat de andere tienduizend waren om zeker te stellen dat dit de enige kopie was.'

'Hoe heeft hij dat voor elkaar gekregen?'

'Dat wilde ik ook weten. Hij zei dat het niet de eerste keer was dat hij de belangen van een van zijn kunstenaars moest beschermen. Hij heeft mensen die hem daarbij helpen, een agentschap. Die hebben het spoor van de geldlevering gevolgd tot ze hem te pakken hadden.'

'De basgitarist?'

'Nee. Danny Vlok.'

'Uw ex?'

'U moet toegeven dat er een zekere gerechtigheid in zit.'

'Hoe konden ze ervoor zorgen dat er geen kopie meer is?'

'Dat weet ik niet. Ik heb geprobeerd Danny te bellen toen ik hier wegging. Iemand in zijn winkel vertelde me dat hij in het ziekenhuis lag. Hij is zondagavond in zijn flat overvallen.'

Dekker verwerkt dat even. Het wordt nu een groot verhaal. En ingewikkeld. 'Maar waarom heeft Barnard het aan u verteld als alles al was afgehandeld?'

'Ik denk dat Adam erg opgewonden was geraakt van de video.'

'Dus hij chanteerde u?'

'Ik denk dat het meer zo was dat hij zijn kans schoon zag.'

'O?'

'Hij zei dat ik me nergens zorgen over hoefde te maken. Ik bedankte hem. Toen glimlachte hij alleen en duwde de dvd in de speler. Ik had moeten weggaan. Maar ik wilde hem weer zien. Een laatste keer. We hebben hem samen bekeken. En toen hij afgelopen was, vroeg hij of hij me mocht kussen. Toen zei ik ja.'

Ze ziet Dekkers blik en zegt: 'Want ik was Adam heel dankbaar. Voor zijn discretie. Zijn moeite, zijn onkosten. En die video terugzien... jezelf. Zo jong... zo... geil...'

Dekker fronst nog steeds.

'U vraagt zich af hoe een bekeerde vrouw zoiets kan doen. Weet u, meneer Dekker, ik geloof niet in een veroordelende God. Ik geloof dat het bisschop Tutu was die zei: "God heeft een zacht plekje in zijn hart voor zondaars. Hij stelt geen hoge eisen." Hij zit daarboven niet met gebalde vuisten klaar om ons overal voor te straffen. Ik denk dat Hij een God van liefde is, die weet dat wij allemaal zijn zoals we zijn, zoals Hij ons gemaakt heeft, met onze zwakheden en al. Hij begrijpt het. Hij weet dat het ons uiteindelijk dichter bij Hem brengt, de wetenschap dat we zwak zijn. Hij wil alleen dat we onze zonden belijden.'

Dekker is sprakeloos. Het is stil, alleen de gaslamp suist. Ze vouwt voor het eerst haar handen in haar schoot samen. 'U wilt waarschijnlijk weten waarom ik het aan Jos heb verteld. Dat is iets wat ik niet helemaal kan verklaren. Ik ben naar buiten gelopen met de dvd in mijn handtas. Ik wist dat ze het wisten, Willie, Wouter...'

'Wouter?'

'De financieel directeur. Wouter Steenkamp. Zijn kantoor is naast dat van Adam. Ik wist dat ze me gehoord moesten hebben, want ik ben luidruchtig bij seks. En Adam Barnard had zijn... talenten. Natasha's stem toen ik langs haar liep... Misschien was ze in de gang toen wij bezig waren. Ze wist iets. Maar ik liep naar buiten, ging in mijn auto zitten, pakte de dvd en wilde hem doormidden breken. Ik wist niet dat dat zo moeilijk is. Ze buigen, maar breken niet snel, net als de menselijke geest. Ik haalde een pincet uit mijn handtas en maakte er krassen mee. Dat was het enige wat ik voor elkaar kreeg. Ik kraste en kraste tot ik zeker wist dat het ding het nooit meer zou doen. Daarna heb ik Danny's winkel gebeld. Ik reed naar huis, gooide de dvd in de vuilnisbak en liep de woonkamer in. En daar zat die lieve, goeie Jos, die zo onvoorwaardelijk van me houdt. Hij sloeg zijn armen om me heen, zoals hij altijd doet. En het enige wat ik kon denken was dat hij de seks aan me zou ruiken. Jos moet de spanning hebben gevoeld, hij is een sensitieve man, hij vraagt zich voortdurend af of hij wel goed genoeg is voor mij. Zijn zorgzaamheid, daar was ik voor gevallen, die absolute, oprechte zorgzaamheid. Op dat moment zag ik het verschil tussen zijn beeld van mij en wie ik echt ben. Dat was verpletterend, als u me dat theatrale woord wilt vergeven. Op dat moment vond ik dat hij recht had op de waarheid, maar ik kreeg het niet over mijn lippen. Misschien gewoon omdat we onszelf beschermen tot het laatste toe. Maar ik zou graag willen geloven dat ik uiteindelijk hem wilde beschermen, want zo moeilijk als het voor mij is om met mezelf te leven, zo onmogelijk zal het voor Jos zijn om te herstellen van de volledige waarheid.'

22

Als Vusi Ndabeni tegenover Carlucci's parkeert, hangt de politiehelikopter recht boven zijn hoofd, het geroffel van de rotorbladen is oorverdovend. Hij ziet Mbali Kaleni bij een patrouillewagen staan, met de mobilofoon in haar hand, de draad spiraalt door het open raampje. Ze heeft een stratenboek van Kaapstad opengeslagen op de motorkap; met haar andere hand moet ze de bladzijden vasthouden.

Als Vusi naar haar oversteekt, hoort hij haar hard roepen: 'Dit is het centrale punt, waar ik sta. Je moet vanaf hier zoeken. Bekijk eerst alle huizen in dit blok. Ze zal weg willen blijven van de straat, dus misschien zit ze ergens in een achtertuin. Daarna bekijk je de parken. Het De Waalpark is aan het eind van de straat, en dan heb je nog de Leeuwenhof... twee, drie, vier straten verder, oost. Nee, wacht... west, kun je het zien?'

Vusi komt naast haar staan. Ze werpt een snelle blik naar hem terwijl ze probeert te verstaan wat de helikopterpiloot zegt.

'Ik kan je niet horen,' roept ze in de microfoon.

'Waar wilt u ons hebben na de parken?'

'Doorzoek het gebied tussen dit punt en de stad.'

'*Roger.*' De helikopter zwaait naar het noorden, in de richting van het De Waalpark. Kaleni steekt haar arm door het raampje om de microfoon terug te hangen. Ze kan er niet bij, haar lichaam is te kort en te breed. Vusi doet het portier voor haar open. Ze geeft hem de microfoon alsof het zijn schuld is. Hij hangt hem terug en doet het portier dicht. Het lawaai van de helikopter is nu minder hard.

'We vinden haar wel,' zegt Kaleni.

De witte bus van Forensisch is gearriveerd. Dik en Dun stappen uit en komen met koffertjes aanlopen.

'Waar bleven jullie nou?' vraagt Kaleni scherp.

Bennie Griessel is tweehonderd meter van de Riebeeckstraat af als hij beseft dat hij de auto beter ergens in de Breestraat kan laten staan om te voet verder te gaan naar de Alfredstraat, want het kost hem minstens veertig minuten om door de verkeerschaos over de Buitengracht te komen.

Hij vindt een parkeerplek tegenover een fietsenwinkel en vraagt zich af of hij 's ochtends zijn mountainbike in de auto zou moeten zetten, want de stroom valt tegenwoordig uit met de regelmaat van het kanon op de Seinheuvel. Er komt een parkeerwachter op hem af, vol ambtelijke doelgerichtheid, haar kaartjesapparaat in de hand.

'Politie,' zegt Griessel en wijst op zijn badge. Hij wil haast maken, want hij hoort de dringende stem van John Afrika in zijn hoofd.

'Maakt niet uit,' zegt de parkeerwachter. 'Hoe lang wilt u blijven staan?'

Misschien moet hij gewoon weglopen. 'Hoeveel is het voor twee uur?'

'Veertien rand.'

'Jissis,' zegt Griessel. Hij graaft in zijn portemonnee naar kleingeld, geeft het aan haar, sluit de auto af en draaft tussen het stilstaande verkeer door. Het is maar vier straten te voet, hij zou de Prestwichstraat kunnen nemen om er nog sneller te zijn. En intussen kan hij proberen erachter te komen wat er aan de hand is. Onder het lopen pakt hij zijn telefoon en belt Vusi.

'Hallo, Bennie,' het geluid van een helikopter op de achtergrond.

'Vusi, ik ben op weg naar de commissaris, ik wil alleen weten wat er gebeurt. Waar ben jij?'

'Bij Carlucci's.'

'Is daar nieuws?'

'Ze is verdwenen, Bennie, maar de helikopter is op zoek en we hebben nu negen wagens, er zijn er nog een paar op weg, maar het verkeer...'

'Ik weet het. Hebben jullie al met Metro gepraat?'

'Ik heb nog geen tijd gehad.'

'Laat maar aan mij over. We moeten een rooster opstellen, anders gaan ze allemaal dubbel werk doen, maar ik zal je bellen als ik klaar ben bij de commissaris. Laat het me weten als er iets gebeurt.'

'Bennie, Georganiseerde Misdaad heeft foto's van de mensen van Demidov. Ik wil dat die jongen van de lunchroom daarnaar kijkt.'

Griessel aarzelt. Hij heeft een halfjaar geleden bij Georganiseerde Misdaad een corruptienest blootgelegd. Ze zitten nog steeds niet op één lijn, al zit er een heel nieuw team en deelt hij tegenwoordig een gebouw met hen in Bellville-Suid. Maar Vusi's plan klinkt logisch.

'Als je het voor elkaar krijg, Vusi. Het kan in elk geval geen kwaad.'

In zijn kantoor op de vierde verdieping van de Alfredstraat 24 in Groenpunt hoort John Afrika weer de dringende voetstappen van de korpschef naderen. Hij wil net een raam opendoen, want het is warm zonder airconditioning.

Afrika zucht. Nog meer problemen. Hij blijft op zijn baas staan wachten.

De kleine Xhosa klopt deze keer niet, hij heeft te veel haast en is te bezorgd. 'Ze zeggen dat ze bang is voor de politie,' zegt hij als hij nauwelijks binnen is. Hij loopt naar het bureau en leunt met zijn handen op de rand alsof hij opeens moet uitrusten.

'Commissaris?' vraagt Afrika, want hij weet niet waar het over gaat.

'De consul-generaal zegt dat Rachel Anderson tegen haar vader heeft gezegd dat ze niet naar de politie kan gaan.'

'Ze kan niet naar de politie?'

'De vader zei dat het klonk alsof ze de politie niet vertrouwde.'

'Bliksems,' zegt John Afrika en gaat achter zijn bureau zitten.

'Dat dacht ik nou ook,' zegt de korpschef.

De Buitengracht is een nachtmerrie, het verkeer zit muurvast in alle vijf de banen, er zit geen beweging in. Griessel zigzagt tussen de auto's door, dankbaar dat hij te voet is. Zijn telefoon gaat. Zeker de commissaris die wil weten waar hij in godsnaam uithangt. Maar op het scherm staat DEKKER.

'Fransman?'

'Bennie, het is een complete soap,' zegt Dekker en geeft Griessel de hoofdlijnen van het verhoor van Melinda, de hele weg tot aan de hoek van de Prestwichstraat en de Alfredstraat.

'Fok,' zegt Griessel eindelijk. 'Waar zegt ze dat ze gisteravond waren?'

'Tot elf uur in de kerk, The Tabernacle in Parklands, daarna zijn ze naar huis gegaan. Melinda heeft op de bank geslapen, Jos in de slaapkamer, maar ze zijn tot 's ochtends thuis gebleven. En ze bezitten geen vuurwapen.'

'Dat zegt hij ook...' Geyser kan gelogen hebben over het vuurwapen, want hij heeft sinds vannacht de tijd gehad om het te dumpen. 'Fransman, zeg tegen Jos dat je hun huis wilt doorzoeken.'

'Ik heb bij het nationale register gevraagd of ze wilden kijken. Er staat geen wapen...'

'Nee, ik zeg niet dat we het huis moeten doorzoeken. Kijk alleen hoe ze reageren. Gebruik het gewone huiszoekingsbevel-verhaal.'

'Wat voor huiszoekingsbevel-verhaal?'

'Dat van "we kunnen zo een huiszoekingsbevel krijgen, maar als u meewerkt, is dat niet nodig."'

'Oké. Maar die ex, Bennie, die kan het geweest zijn. Het is een totaal circus. Ik ga nu Bloemfontein proberen te bellen, kijken of zij iets kunnen vinden. Ik laat Jos en Melinda gaan...'

'Kun je doen. Je kunt ze ook in die vergaderzaal zetten. Laat ze nog maar een beetje zweten tot je iets van Bloemfontein hebt gehoord. En praat met je sexy vriendin bij de receptie. Waar was Barnard gisteravond? Kijk naar zijn agenda, doorzoek zijn kantoor, lees zijn e-mail.'

Dekker reageert eerst niet, zegt dan: 'Oké.' Maar hij is niet gelukkig.

'Sorry, Fransman, ik neem het alweer over.'

'Ik probeer chill te doen Bennie. Ik probeer chill te doen.'

Vusi Ndabeni zegt in de telefoon tegen Vaughn Cupido: 'Even vragen wat hun e-mailadres is,' en loopt naar de jongeman met het schort die op de stoep zit, bij zijn personeel.

'Hebben jullie hier e-mail? Georganiseerde Misdaad mailt straks een paar foto's van mensen die je moet bekijken.'

'Ja. Het adres is info at Carlucci's punt co punt za. Maar het zal niet veel uithalen.'

'Waarom niet?'

'Er is geen elektriciteit. De pc doet het niet.'

Vusi voelt zijn schouders zakken, maar hij zegt tegen Cupido: 'Stuur toch maar vast, Vaughn, hier is het adres...'

De dikke inspecteur Mbali Kaleni komt naast hem staan en zegt tegen de jongeman: 'Ben je zeker van het kenteken van de Land Rover?'

'Ik weet vrij zeker dat het CA was en er zaten een vier, een één en een zes in.'

'Ze zeggen dat er geen Land Rover Discovery is met CA, een vier, een een...'

'Het was geen Discovery.'

'Niet?'

'Ik heb tegen die man gezegd dat het een Defender was. Lange wielbasis. En nieuw.'

'Mannen,' zegt Kaleni en schudt haar hoofd.

'Hoe bedoelt u?' vraagt de jongeman met het schort.

'Jij niet,' zegt Kaleni en pakt haar mobiel. 'De idioten waar ik mee moet werken.' Ze belt bureau Caledonplein en hoort hoe lang de telefoon overgaat voordat er iemand opneemt. Ze vraagt de agent te spreken die aanvankelijk naar het kenteken heeft gezocht.

'Het was geen Land Rover Discovery, het was een Defender. Je moet opnieuw zoeken.'

'Kan niet,' zegt de agent.

'Waarom niet?'

'De stroom is uitgevallen.'

Bennie Griessel hijgt en zweet als hij het kantoor van John Afrika inloopt vanwege de hitte buiten, vanwege de vier steile trappen omdat die kutlift het niet doet zonder elektriciteit, en vanwege de druk die in hem opbouwt.

De korpschef zit tegenover John Afrika. Alle twee kijken ze ernstig.

'Middag, commissaris.' Griessel kijkt op zijn horloge, ziet dat het pas vijf over halftwaalf is, terwijl het voelt of het al drie uur is. 'Morgen, commissaris,' corrigeert hij zichzelf.

De kleine Xhosa staat op, heel serieus, steekt zijn hand uit naar Griessel en zegt: 'Gefeliciteerd, Bennie.'

'Eh...' zegt Griessel en veegt het zweet van zijn voorhoofd. 'Eh...' En dan: 'O, fok, commissaris.' De Xhosa lacht, pakt Bennie bij zijn schouder en zegt: 'Je kunt beter gaan zitten, hoofdinspecteur, want ik heb zo'n idee dat je vandaag je promotie gaat verdienen.'

In de tuin van het victoriaanse huis bij de drie afdrukken van sportschoenen in de zachte grond, houdt Jimmy, de lange magere van Forensisch, de plastic zak met tandheelkundig gips open en kijkt hoe Arnold, de dikke, er voorzichtig een afgepaste hoeveelheid water ingiet.

'Ze is zo dik dat de weegschaal "wordt vervolgd" zegt, als ze zich weegt,' zegt Arnold.

'Hè hè,' grinnikt Jimmy.

'Ze is zo dik dat ze een eigen postcode heeft,' zegt Arnold. 'Alsjeblieft, schud maar even.'

'Als ze maar niet zo bazig was,' zegt Jimmy. Hij ritst de zak dicht en schudt. 'Ik meen het, jij bent ook niet mager, maar jij bent tenminste niet zo'n bitch.'

'En daar moet ik blij mee zijn?'

'Ik zeg het alleen maar,' zegt Jimmy terwijl hij geconcentreerd de zak schudt. 'Wat ik wil weten is wat ze in jezusnaam met die voetafdrukken wil. Ze weet van wie ze zijn. Het is alleen maar tegen de wind in pissen.'

'Het spul is klaar. Nu kneden.'

Jimmy kneedt de zak groene brij tussen zijn handen.

'Ik ben bij lange na niet zo dik als zij.'

'Jij bent langer, dat is het verschil,' zegt Jimmy. 'Hou de vorm klaar.'

Arnold pakt de langwerpige mal, verstelt hem zo dat hij over de linker voetafdruk past en drukt hem voorzichtig in de grond. Hij pakt een fles talkpoeder en strooit dat over de afdruk. 'Ga je gang,' zegt hij.

Jimmy doet de zak open, houdt hem midden boven de vorm en laat de pasta eruit lopen.

'Ik heb een trage stofwisseling, dat is mijn probleem,' zegt Arnold. 'Maar zij is een vreetzak. Ik hoor dat ze van 's ochtends vroeg tot 's avonds laat aan de KFC is.'

Tien meter van waar Dik en Dun van Forensisch bij de voetafdrukken knielen, achter de vitrage van het victoriaanse huis, kan de oude man ze niet horen. Maar hij kan ze wel zien. Net zoals hij het meisje heeft gezien dat over de omheining sprong, de Land Rover die vlak na haar voorbijreed, de zoekende jongemannen. De agenten die later zo vastberaden de Bo-Oranjestraat door kwamen rennen, de zwarte vrouwelijke rechercheur, die eerst nadenkend bij het witte hek stond, en later bij het bloemperk een onderzoek instelde.

Hij weet wie ze zoeken. En hij weet waar ze zich schuilhoudt.

23

Hoofdinspecteur Bennie Griessel. Fok. Niet te geloven.

Hij zit nog na te genieten van zijn bevordering en krijgt zin om op te staan, naar zijn appartement te rennen en Carla te schrijven: *Lieve Carla, je vader is vandaag hoofdinspecteur geworden.* Vanavond gaat hij naar Primi Piatti, waar Anna aan een tafel met kaarslicht zit. Dan zal hij zich over haar heen buigen, haar een kus op de wang geven met de woorden: 'Hoofdinspecteur Bennie Griessel, aangenaam.' Zij zal verrast naar hem opkijken: 'Bennie!' En zal hem op zijn mond kussen...

'Hoe heeft Dekker het nieuws van Kaleni opgenomen?' verbreekt John Afrika zijn fantasie.

'Ik heb tegen hem gezegd dat het zijn zaak blijft, commissaris,' zegt Griessel. 'Hij heeft het geaccepteerd.'

Afrika kijkt sceptisch, maar knikt alleen even. 'Heb je het haar al verteld?'

Vergeten. Totaal. Hij moet van zijn luie reet komen. 'Ik heb nog geen kans gehad.'

'Jullie weten wat Mbali betekent?' vraagt de korpschef. 'Bloem. Het betekent bloem in het Zoeloe.'

Afrika grijnst. 'Ze spreekt vijf talen en heeft een IQ van 137. Niet slecht voor een bloem.'

'Op een dag zit ze in mijn stoel,' zegt de kleine Xhosa.

'Ze denkt dat ze er al zit,' zegt Afrika, en dan lachen de twee hoge officieren zacht en goedmoedig. Griessel grinnikt, niet zeker of een hoofdinspecteur wel mee mag lachen.

De districtschef wordt meteen weer ernstig. 'Bennie, er is een nieuwe ontwikkeling. Rachel Andersons vader zegt dat ze heeft gezegd dat ze niet naar de politie kan. Ze bedoelt volgens hem dat ze ons niet kan vertrouwen.'

'Dat ze ons niet kan vertrouwen?' vraagt Griessel, en de twee commissarissen knikken synchroon en verwachten dat hij het raadsel voor hen oplost.

'Dat is wat ze door de telefoon tegen hem heeft gezegd?'

Weer knikken ze.

'Wacht even,' zegt hij en schuift naar voren op de ijzeren dienststoel met grijze kussens. 'We bekijken het vanaf de verkeerde kant, commissaris. Vusi heeft een theorie dat ze een drugskoerier is, zij en de overledene. Dat klopt met een heleboel dingen: hoe ze het land binnengekomen zijn, de club, de Russen, de rugzak die is afgesneden, de hele jacht. Het komt niet doordat ze de politie niet vertrouwt, het komt doordat ze schuldig is. Ze kan niet een politiebureau binnenlopen en zeggen: "Help me, ik heb voor een half miljoen aan drugs binnengesmokkeld en daarna Demidov besodemieterd."'

Hij ziet enorme opluchting op de gezichten van de twee oudere mannen. Maar dan trekt John Afrika een bedenkelijk gezicht. 'Dat kunnen we niet tegen de consul-generaal of tegen haar vader zeggen. Niet voordat we bewijzen hebben.'

'We hebben haar vader beloofd dat jij hem zou bellen,' zegt de korpschef en als Bennie niet enthousiast kijkt, voegt hij er nadrukkelijk 'hoofdinspecteur' aan toe.

'Meteen,' zegt John Afrika.

'Om hem gerust te stellen,' zegt de tengere Xhosa.

'Dat zou een hoop druk van de ketel halen.'

'Als hij weet dat een hooggeplaatste officier de leiding heeft.'

'Maar we moeten niet al te hard van stapel lopen met dat hele drugsidee.'

'Ik zal je het nummer geven,' zegt de korpschef terwijl hij opstaat.

'Gebruik het kantoor van directeur Arendse maar,' zegt John Afrika. 'Hij is met verlof.' Afrika gaat ook staan. 'Kom, ik zal je laten zien waar het is.'

En dan gaat de elektriciteit weer aan met een siddering die door het hele gebouw trekt.

'Gaan jullie hem niet arresteren?' vraagt Willie Mouton ongelovig als het tl-licht opeens begint te flikkeren en fel op zijn kale hoofd weerkaatst.

'De elektriciteit doet het weer,' zegt advocaat Groenewald, alsof het een wonder is.

'Er zijn op het ogenblik geen gronden voor een arrestatie,' zegt Dekker vanuit de deuropening. 'Mag ik u een paar vragen stellen?'

'Mij?'

Dekker loopt naar een stoel naast de advocaat. 'Alstublieft. Over Adam Barnard. En de Geysers.'

'O, natuurlijk. Gaat u zitten,' zegt Mouton, niet overdreven hartelijk.

Dekker gaat zitten. 'Vanochtend in het huis van Barnard. U had het over Adams "dingen", vlak voordat mevrouw Barnard...'

Hij ziet hoe Mouton naar Groenewald kijkt, alsof hij om goedkeuring vraagt.

'De kranten hebben er al uitgebreid over geschreven, Willie,' zegt de advocaat langzaam.

Mouton schraapt zijn keel en veegt snel met een hand over zijn kaalgeschoren schedel. 'Seksuele intimidatie,' zegt hij voorzichtig.

Dekker wacht.

'Ik geloof niet dat het iets met zijn dood te maken heeft.'

'Laat hen daarover beslissen, Willie.'

'Ja, Regardt, maar vijftien jaar geleden kon een man het proberen en een vrouw kon nee zeggen en dan was er niks aan de hand. Nu is het meteen seksuele intimidatie.' Weer die hand over het hoofd, een gebaar van onzekerheid. Hij friemelt aan zijn zilveren oorbel en leunt opeens naar voren, hij heeft een besluit genomen. 'Iedereen weet dat Adam iets met vrouwen had. En zij ook met hem... ze kwamen erom vragen, eerlijk waar. Vijftien jaar geleden promootte ik bands en organiseerde hun tournees, en toen hoorde ik de jongens al praten: Adam heeft Xandra thuiszitten, maar dat is niet genoeg, hij wil meer. Hij vroeg mij om bij AfriSound te komen, als volwaardige partner, ik zou de productie en promotie doen. Toen zei hij: "Willie, je moet één ding weten, ik hou van vrouwen." Hij schaamde zich er totaal niet voor. Maar seksuele intimidatie? Wat een gelul. Natuurlijk probeerde hij het. Maar hij heeft nooit tegen een vrouw gezegd dat ze een contract kreeg als ze met hem naar bed ging. Nooit. Hij luisterde naar demo-cd's of ging naar een optreden kijken, en dan zei hij ja of nee: "Ja, we willen je onder contract, je hebt talent," of "Nee, je bent niet geschikt voor ons." Ik zeg het maar meteen, er waren zangeressen die hem wilden uittesten. Ze liepen zijn kantoor binnen, een en al tieten en benen en make-up en wapperende wimpers, en dan zei hij rechtuit: "Ik wil je best bonken, maar je krijgt geen contract."'

'Ik wil je best bonken...' Dekker proeft de term op zijn tong en bedenkt dat die whiteys toch echt een eigen taal hebben.

'Je begrijpt wat ik bedoel.'

'En die seksuele intimidatie?'

'Een jaar geleden kreeg Nerina Stahl een heel goed aanbod van Center Stage en toen stonden de kranten opeens vol van hoe Adam haar misbruikt had.'

'Dat begrijp ik niet helemaal.'

'Nerina Stahl... de zangeres.'

Dekker schudt zijn hoofd. Nooit van gehoord.

'Jij luistert zeker naar Kfm, daar missen ze helemaal de Afrikaanse boot.'

'5FM,' zegt Dekker.

Mouton knikt, alsof dat logisch is. 'Adam heeft haar gemáákt. Vier jaar geleden, toen zong ze...'

'Heb je het over Nerina Stahl?'

'Ja, ze had voor McCully in een Abba-tribute gezongen, een maand in de Liberty in Johannesburg gestaan, een maand hier bij het Pavilion, een van die shows die komen en gaan. Toen ging Adam op een avond kijken. Mooie meid, leuk stemmetje, jong, ze was toen 24, kwam oorspronkelijk uit Daniëlskuil, of Kuruman. Maar als wij haar niet hadden gemaakt, verkocht ze nu huizen voor Pam Golding in Plattekloof, wat ik je brom. Adam heeft haar mee uit eten genomen en gezegd dat ze een solocarrière kon krijgen, en toen heeft ze diezelfde middag nog getekend. We hebben haar een *boob job* gegeven, Adam heeft een zwik Duitse popliedjes vertaald en we hebben wat geld aan een muziekvideo gespendeerd. Er zijn 25 duizend van die cd's verkocht en twee jaar later stond ze in *Huisgenoot Skouspel* in Suncity, een mega-optreden. Ze moest nog een jaar bij ons onder contract blijven, maar toen bood Center Stage meer en is ze naar de kranten gestapt met dat seksuele intimidatiegelul, want dat was de enige manier om onder het contract uit te komen. En toen zijn er meteen drie anderen met haar meegelift, twee *has-beens*...'

'Meneer Mouton,' Dekker maakt een gebaar om hem af te kappen. 'Center Stage?'

'Dat is een concurrerend label. Ze hadden alleen Engelse acts, maar met de Afrikaanse golf wilden ze de andere labels artiesten aftroggelen. Nikki Kruger voorop, en de Bloedrivier Blues Band. En Ministerie van Muziek. Alleen Nerina kwam met dat seksuele intimidatiegedoe.'

'En toen kwamen er ook andere vrouwen naar voren?'

'Dat was puur voor de publiciteit. Tanya Botha en Largo, die waren alle twee gekelderd en toen...'

Hij ziet Dekker fronsen. 'Je weet wel, gekelderd, verkoopcijfers die tot onder het nulpunt dalen. Tanya ging ineens helemaal de mist in, haar eerste twee cd's waren covers, we hadden een lekkere sound voor haar ontworpen, maar toen wou ze ineens alleen maar haar eigen dingen zingen, pijn en lijden, en niemand wou ernaar luisteren. En Largo... Ik weet het niet, ik denk dat haar uiterste verkoopdatum verstreken was.'

'En toen beschuldigden ook zij Adam Barnard van seksuele intimidatie?'

'Op de voorpagina van *Rapport*. ZANGERESSEN SAMEN IN HET GEWEER TEGEN SEKS of zoiets.'

'Hoe luidde de aanklacht van Nerina Stahl precies?'

'Een hoop bullshit, zeg ik je. Ze beweerde ineens dat Adam haar nooit met rust liet, dat hij zijn handen niet van haar kon afhouden, dat hij haar de hele tijd naar zijn huis wilde laten komen, maar iedereen weet dat Xandra ziek thuis zit en dat was niet hoe Adam te werk ging.'

'En toen?'

'Toen zeiden we tegen Nerina dat ze weg mocht en ineens was de storm voorbij. Tanya Botha en haar advocaat hebben hier gezeten, en toen we dertigduizend boden, was zij ook tevreden. Ik zie dat ze nu een gospel-cd uitbrengt, bij een of ander nieuw label, ze zingen nu allemaal Afrikaanse gospel, die markt is hot.'

'Wanneer is daar voor het laatst over gesproken?'

'Ik weet het niet... elke keer dat de kranten geen fok te schrijven hebben. Regardt?'

'De afgelopen vijf, zes maanden was het rustig. Maar nu Adam dood is...'

'Je moet je voorstellen hoe ze tekeer zullen gaan. En niemand zal zich herinneren dat hij de Afrikaanse muziek heeft gered.'

'Hoezo?' vraagt Dekker.

'Niemand heeft zoveel gedaan voor het luisterlied als Adam Barnard. Behalve misschien Anton Goosen.'

'Wat is het "luisterlied"?'

'Dat was vóór jouw tijd, begin jaren tachtig. Maar je moet de hele scene uit die tijd begrijpen. In de jaren zeventig luisterden Afrikaners alleen maar naar van die suikerzoete muziek: Jim Reeves, Gé Korsten, Min Shaw, Groep Twee, Herbie en Spence... van die ik-hou-van-jou-ik-blijf-je-trouw-liedjes. De gouden eeuw van de apartheid, het volk wilde niet denken, het wilde alleen maar meeneuriën. En toen kwamen jongens als Anton Goosen en Koos du Plessis en die schreven originele, goede, geweldige teksten. Hoe dan ook, destijds noemden ze het de Muziek-en-Lyriekbeweging, vraag me niet waarom, of alleen het luisterlied, want je moet luisteren, je kunt niet zomaar meeneuriën. Maar goed, Adam was in de twintig, hij werkte bij De Vries & Kotzé, een van die retegrote advocatenbureaus, maar hij was daar niet happy, hij was gek van muziek. Hij is overal gaan luisteren, in bars, in kleine clubs, en hij zag dat er een enorme baal talent rondliep, maar de grote labels hadden geen belangstelling, die wilden alleen de grote sterren. Toen ontdekte hij Xandra. Wist je dat Alexa Barnard een grote ster was?'

'Ik hoorde het.'

'Hij gaf zijn baan op en begon AfriSound. Hij nam Xandra en een paar anderen onder contract. Hij zorgde dat hij de beste songs te pakken kreeg en hij heeft ze slim gemarket, want hij wist dat zij de toekomst waren. Ze deden het oké, niet geweldig, maar wel beter dan alleen overleven, en toen kwam Voëlvry en zat hij aan alle kanten gebakken.'

'Voëlvry?'

Mouton zucht. 'Heb je weleens van Johannes Kerkorrel en Koos Kombuis gehoord?'

'Ja.'

'Die maakten daar deel van uit. Daar ben ik ooit begonnen, ik toerde rond met die jongens, we sliepen in busjes, hadden geen studio's en labels of zo, verkochten cassettebandjes vanuit de achterbak van de busjes. Dat was eind jaren tachtig. Ik deed alles, de bus rijden, proberen de jongens nuchter te houden, eten kopen, podia opbouwen, versterkers installeren, posters plakken, geld voor tickets innen. Het waren wilde dagen, maar het was geweldig. Voëlvry was protestmuziek in het Afrikaans, weet je wel, tegen de apartheid. De studenten kochten zich er blind aan, bij duizenden, terwijl pa en ma in de suburbs naar de liefdesballades van Bles Bridges zaten te luisteren. Die nieuwe ontwikkeling gebeurde vlak onder hun neus. Op dat moment kwam Adam naar me toe en begon onze samenwerking. Wij zijn de jongens die Voëlvry op de kaart hebben gezet. Wij hebben ze een label gegeven, wij hebben ze mainstream gemaakt, met management, marketing en promotie. Het werd steeds groter en kijk eens waar de Afrikaanse muziek nu is. De laatste vijf, zes jaar is die geëxplodeerd, doordat de taal onder vuur ligt. En het enige waar de kranten over schrijven is seksuele intimidatie, nou vraag ik je! Of over *De la Rey*, maar geen van die mensen heeft ooit de hele cd beluisterd. Wist jij dat de andere nummers allemaal over zuipen en vechten gaan?'

'Welke nummers?'

'Op die *De La Rey*-cd.'

Dekker schudt afwezig zijn hoofd voordat hij vraagt: 'Heeft Adam Barnard de afgelopen week iets over een dvd gezegd?'

'Wat voor dvd?' Oprechte verbazing.

'Gewoon een dvd.'

'We zijn bezig met een paar dvd's. Jos en Melinda staan ingeroosterd voor het *Klein Karoo Nasionale Kunstefees*, een liveopname...'

Dekker schudt weer zijn hoofd. 'Heeft Barnard iets gezegd over een dvd die hij met de post heeft gekregen?'

'Waarom zou iemand hem een dvd sturen? Productie en promotie is mijn werk. Als hij iets had gekregen, had hij het aan mij gegeven.'

'Het is mogelijk dat hij een pakje heeft gekregen met een dvd erin. Vorige week. Heeft hij iets gezegd?'

'Niet tegen mij. Wat voor dvd was het? Wie heeft gezegd dat hij een dvd heeft gekregen?'

'Maakte hij zijn eigen post open?'

'Adam? Ja, wie anders?'

'Had hij geen secretaresse?'

'Natasha is onze assistente, maar ze maakt nooit onze post open. We doen trouwens bijna alles elektronisch. Als er een dvd was, zou hij hem aan mij hebben gegeven. Wat stond erop?'

'Ik kan op het ogenblik geen details geven, meneer Mouton. Met wie kan ik spreken over betalingen die meneer Barnard de afgelopen week heeft gedaan?'

'Betalingen? Waar gaat het over?'

'Willie...' zegt Groenewald.

'Dit is mijn bedrijf, Regardt, ik heb het recht om het te weten. Wat lopen die Geysers allemaal rond te bazuinen?'

'Willie, zijn onderzoek is sub judice. Dat betekent dat hij niet verplicht...'

'Ik weet wat het betekent, Regardt, maar dit is mijn bedrijf, nu Adam er niet meer is.'

'Meneer Mouton, u bent helaas verplicht mijn vragen te beantwoorden.'

De adamsappel gaat op en neer, de hand friemelt aan de zilveren oorbel. 'Wat was de vraag?'

'Met wie kan ik spreken over betalingen die meneer Barnard de afgelopen week heeft gedaan?'

'Aan wie?'

'Doet er niet toe.'

'Adam beheerde de financiën en de administratie. Hij tekende zelf de cheques. Maar Wouter zal het wel weten. De accountant.'

'Waar kan ik Wouter vinden?'

'Hij zit hiernaast.'

'Dank u wel,' zegt Dekker en staat op. 'Ik zal ook het kantoor van meneer Barnard moeten doorzoeken. Is er sinds gisteravond iemand in zijn kantoor geweest?'

'Vraag maar aan Natasha, ik weet het niet.'

Dekker loopt naar de deur.

'Ze liegen,' zegt Mouton. 'De Geysers liegen om hun eigen reet te redden. Betalingen? Wat voor betalingen?'

'Willie...' zegt Groenewald.

Griessel zit in het kantoor van de afwezige directeur. De bureaustoel is groot en comfortabel, het bureau breed en schoon. Hij kijkt naar het witte papier dat de korpschef hem heeft gegeven. *Bill Anderson* staat erop. En het nummer, met de toegangscodes voor het buitenland.

Hij heeft geen zin om te bellen. Hij is niet goed in dat soort dingen. Hij zal te hard proberen om geruststellend te klinken, hij zal valse hoop geven, want hij weet hoe die man zich moet voelen. Stel dat Carla hem uit Londen zou bellen om te vertellen dat er mensen waren die haar wilden vermoorden, mensen die al eerder gemoord hadden. Hij zou buiten zinnen zijn, fok, hij zou in het eerste het beste vliegtuig springen.

Maar dat is niet het enige wat hem dwarszit.

Vanaf het moment dat John Afrika wegliep en de deur achter zich dichttrok, heeft Griessel zitten denken over die andere mogelijkheid: stel dat Rachel Anderson geen drugskoerier is?

Gennady Demidov is berucht. Zijn netwerk van bezigheden is wijd vertakt. Het gerucht gaat dat hij gemeenteraadsleden in zijn zak heeft. En SAPS-leden. Minstens een paar uniformen. Er is een aanklacht geweest wegens mishandeling, iets over mensen die met honkbalknuppels geslagen werden omdat ze hun grond niet aan Demidov wilden verkopen, grond die de gemeenteraad weer zou kopen om het nieuwe voetbalstadion voor het WK op te bouwen. En toen verdween het dossier op bureau Seepunt en de getuigen zwegen.

En de eenheid Georganiseerde Misdaad is een halfjaar geleden met veel tamtam schoongeveegd. Nieuwe chef, nieuwe rechercheurs, een heel stel uit Gauteng en KwaZulu, maar een halfjaar is lang. En de zakken van de Rus zijn diep.

Dit is geen theorie die hem erg populair zal maken bij de twee commissarissen.

Griessel zucht en pakt de hoorn op, hij hoort de zoemtoon.

'U spreekt met hoofdinspecteur Bennie Griessel,' zal hij zeggen.

Dat zal tenminste een lekker gevoel geven.

24

Vusi Ndabeni en Mbali Kaleni staan samen met de jongeman met het schort bij de computer in een hokkig kantoortje bij Carlucci's. Ze kijken hoe de e-mail langzaam binnenkomt.

'Hebben jullie geen ADSL?' vraagt Kaleni, alsof het een zonde is.

'Dat hebben we niet nodig,' zegt de jongeman.

Vusi vraagt zich af of hij verondersteld wordt te weten wat ADSL is, maar hij wordt gered doordat er een mobiele telefoon gaat: die van Kaleni.

'Yes?' antwoordt ze scherp en ongeduldig. Ze luistert lang. 'Blijf even hangen.' Ze neemt haar grote, zwarte handtas van haar schouder, steekt haar hand er diep in en haalt een zwart, gebonden notitieblok met pen tevoorschijn. Ze maakt het plechtig open, legt het op tafel, klikt de pen schrijfklaar en zegt: 'Oké. *Shoot*.'

Dan: 'Ik bedoel, kom maar op.'

Ze schrijft, zegt: 'Ik heb het,' en hangt op. 'Vusi, ik ga naar Parklands. Ze hebben een hit voor het kenteken.'

'De Land Rover?'

'Ja. Ene J.M. de Klerk, Atlantic Breeze 24 in Parklands heeft in september een Land Rover Defender 110 Hard Top uit 2007 geregistreerd. Kenteken CA 416 7889. En hij is geboren in 1985. Een jonge jongen.'

'Geen Rus,' zegt Vusi teleurgesteld.

'Zal wel een rijke pa hebben,' zegt de jongeman met het schort terwijl hij een e-mail opent. 'Die Landies kosten drie ton.'

'Waar werkt hij?' vraagt Vusi hoopvol.

'Zelfde adres. Hij werkt thuis.'

Griessel hoort de telefoon overgaan op een ander continent, glashelder, en hij vraagt zich af hoe laat het nu in West Lafayette, Indiana is.

'Anderson,' zegt de stem aan de andere kant.

'*Mr Anderson, my name is Bennie Griessel...*' Hij is zich bewust van zijn Afrikaanse accent en een fractie van een seconde ligt de logische volgende zin op zijn tong: '*... and I'm an alcoholic.*' Hij slikt de woorden in en zegt: 'Ik ben hoofdinspecteur bij de Zuid-Afrikaanse politie, en heb de leiding over de zoektocht naar uw dochter. Ik leef heel erg met u mee, maar ik verzeker u dat we alles in het werk stellen om haar te vinden en te beschermen.'

'In de eerste plaats wil ik u bedanken dat u de tijd neemt om me te bellen, hoofdinspecteur. Is er nieuws?' De stem klinkt beleefd en Amerikaans, waardoor Griessel het onwezenlijke gevoel krijgt dat hij in een tv-serie speelt.

'Een politiehelikopter zoekt het gebied af waar ze voor het laatst is gezien, er zijn meer dan tien patrouille-eenheden op straat naar haar aan het zoeken, en er komen er nog meer. Maar tot nu toe hebben we haar nog niet gevonden.'

Stilte aan de telefoon, niet eens de gewone ruis van een lokaal gesprek.

'Hoofdinspecteur, het valt me niet makkelijk om dit te vragen, maar toen ik Rachel aan de telefoon had, zei ze dat ze niet naar de politie kon... U begrijpt hopelijk dat ik, als ouder, erg bezorgd ben. Weet u waarom ze dat zei?'

Griessel haalt diep adem. Dit is de vraag waar hij bang voor was. 'Meneer Anderson, wij hebben ook nagedacht over deze... kwestie...' Dat is niet het goede woord. 'Dit onderwerp, bedoel ik. Het kan verschillende dingen betekenen, en ik onderzoek alle mogelijkheden.' Het klonk niet toereikend. 'U moet weten, ik heb een dochter van dezelfde leeftijd als Rachel. Mijn dochter is in Londen op het ogenblik. Ik weet hoe u zich voelt, meneer Anderson. Ik weet dat het heel... zwaar voor u moet zijn. Onze kinderen zijn het enige wat we hebben,' en hij weet dat het fout klinkt, niet helemaal eerlijk.

'Ja, hoofdinspecteur, dat is precies wat ik de laatste paar uur heb gedacht. Daarom ben ik zo bezorgd. Zeg eens, hoofdinspecteur, kan ik u vertrouwen?'

'Ja, meneer Anderson. U kunt me vertrouwen.'

'Dan zal ik dat doen. Ik vertrouw u het leven van mijn dochter toe.'

Zeg dat niet, denkt Griessel. Hij moet haar eerst vinden. 'Ik doe alles wat in mijn macht ligt,' zegt hij.

'Is er iets wat we van hieruit kunnen doen? Wat dan ook?'

'Ik zal u mijn mobiele nummer geven, meneer Anderson. U kunt me bellen wanneer u wilt. Als Rachel u nog een keer belt, geef haar dan alstublieft mijn nummer en zeg dat ik naar haar toe kom, in m'n eentje, als ze zich zorgen maakt... En ik beloof dat ik u bel zodra er nieuws is.'

'We vroegen ons af... We willen op het vliegtuig stappen...'

Hij weet niet wat hij daarop moet zeggen. 'Ik... Dat kunt u doen natuurlijk... Laat me haar vinden, meneer Anderson. Laat me haar eerst vinden.'

'Wilt u dat doen, hoofdinspecteur?' Een wanhopige klank in de stem, een vastklampen aan een reddingsboei.

'Ik rust niet tot ik haar gevonden heb.'

Bill Anderson legt de telefoon langzaam neer en leunt achterover in zijn stoel. Hij slaat zijn handen voor zijn gezicht. Zijn vrouw staat naast hem, met haar hand op zijn schouder.

'Je mag huilen,' zegt ze tegen hem, een bijna onhoorbare fluistering.

Hij antwoordt niet.

'Ik zal nu sterk zijn, zodat jij kunt huilen.'

Hij laat langzaam zijn handen zakken en kijkt naar de boeken op de lange planken voor hem. Zoveel kennis, denkt hij. En hij heeft er nu niets aan.

Hij buigt zijn hoofd. Zijn schouders schokken.

'Ik heb hem gehoord,' zegt Jess Anderson. 'En hij zal haar vinden. Ik hoorde het in zijn stem.'

Hoofdinspecteur Bennie Griessel zit met zijn ellebogen op het bureau van de directeur, zijn kin op zijn handen.

Hij had het niet willen zeggen. Hij had geen beloften willen doen. Hij had het moeten houden bij: 'Ik zal alles doen wat in mijn macht ligt.' Of hij had moeten zeggen: 'Gezien de omstandigheden waag ik me niet aan voorspellingen.' Maar Rachel Andersons vader had hem gesmeekt. 'Wilt u dat doen, hoofdinspecteur?'

En toen had hij gezegd dat hij niet zou rusten tot hij haar gevonden had.

Waar moet hij in jezusnaam beginnen?

Hij laat zijn armen zakken en probeert zich te concentreren, er gebeuren te veel dingen tegelijk.

De helikopter en de patrouilles zullen haar niet opsporen, want ze kruipt weg, bang voor de politie. En hij weet niet waarom.

De oplossing is erachter zien te komen wie haar achtervolgers zijn. Vusi's plan begint steeds beter te klinken. Hij moet nagaan of er al ontwikkelingen zijn.

Griessel staat op en wil zijn telefoon pakken, maar dan gaat die opeens zo hard over in het stille kantoor dat hij ervan schrikt.

'Griessel.'

'Met inspecteur Mbali Kaleni van de Zuid-Afrikaanse Politiedienst, Bennie.' Haar Zoeloe-accent is onmiskenbaar, maar elk Afrikaans woord wordt met zorg uitgesproken. 'We hebben een Land Rover Defender gevonden die bij het kenteken hoort. Hij is van een man in Parklands, ene J.M. de Klerk. Ik ben op weg.'

'Dat is heel mooi werk, maar de commissaris heeft gevraagd of je met een andere zaak kunt helpen. Fransman Dekker is bezig met een onderzoek...'

'Fransman Dekker?'

Griessel negeert de afkeer in haar stem. 'Mag ik je zijn nummer geven? Hij is in de stad.'

'Ik heb zijn nummer.'

'Bel hem alsjeblieft.'

'Ik heb er geen zin in,' zegt de bloem, 'maar ik zal hem bellen.'

'We hebben op 11 januari een bedrag van vijftigduizend rand elektronisch overgemaakt naar een rekening bij de ABSA-bank, volgens Adams instructies,' zegt de accountant van AfriSound, Wouter Steenkamp, met een geaffecteerde stem.

Hij zit comfortabel achter een groot, plat computerscherm, zijn ellebogen op het bureau, zijn vingers als een kerktoren voor zijn borst. Hij is klein, begin dertig, met een hoekig gezicht en zware wenkbrauwen. Hij besteedt duidelijk aandacht aan zijn uiterlijk: de modieuze bril met het zware montuur, het korte haar, de zwarte stoppelbaard doelbewust en consequent twee dagen oud, lichtblauw sportief overhemd met smalle, witte, horizontale strepen, donker borsthaar dat net zichtbaar is bij de openstaande kraag. Een bonkig sporthorloge, bruingebrande armen. Geen gebrek aan zelfvertrouwen.

'Aan wie?' vraagt Dekker, in een stoel tegenover hem.

Steenkamp raadpleegt het scherm van zijn computer zonder zijn kerktoren van vingers af te breken. 'Volgens Adams briefje was de rekeninghouder "Bluegrass". De bankfiliaalcode was het ABSA-filiaal in Bloemfontein Centrum. De transactie was succesvol.'

'Heeft meneer Barnard gezegd waarvoor de betaling was?'

'In zijn e-mail vroeg hij me om het onder "diverse uitgaven" te boeken.'

'Dat is alles?'

'Dat is alles.'

'Is er ook een betaling van tienduizend rand gedaan?'

'Precies tienduizend?' Steenkamps ogen scannen de spreadsheet op zijn scherm.

'Ik geloof van wel.'

'Vorige week?'

'Ja.'

'Niet volgens mijn overzicht.'

Dekker leunde naar voren. 'Meneer Steenkamp...'

'Wouter, alstublieft.'

'Volgens mijn informatie maakte Adam Barnard gebruik van een agentschap om te weten te komen wie er achter die Bluegrass-rekening zat. Voor een honorarium van tienduizend rand.'

'Aha...' zegt Steenkamp. Hij staat op, steekt zijn hand uit naar een keurig bakje 'in', pakt een paar documenten en trekt er een uit. 'Tienduizend, op de kop af,' zegt hij en reikt Dekker het papier aan. 'Jack Fischer & Co.'

Dekker kent het bedrijf. Voormalige, oudere blanke SAPS-agenten die vijf, zes jaar geleden allemaal gebruik hebben gemaakt van gunstige afvloeiingsregelingen en hun eigen privédetectivebureau zijn begonnen. Hij pakt het papier en kijkt ernaar. Een rekening. *Cliënt: AfriSound, cliëntcontact: de heer A. Barnard.*

En onder *betreft* en *kosten* staat: *Administratief onderzoek, 4.500 rand. Persoonlijk onderhoud, 5.500 rand.*

'Persoonlijk onderhoud?' zegt hij hardop.

Steenkamp haalt zijn schouders op.

'Is dit de handtekening van Adam Barnard?'

'Ja. Ik betaal alleen als hij of Willie getekend heeft.'

'Dus je weet niet waarvoor die rekening was?'

'Nee. Adam heeft het niet met mij overlegd. Hij heeft het in zijn uitmandje gelegd en Natasha heeft het hier neergelegd. Als hij getekend heeft...'

'Gebruiken jullie Jack Fischer vaak?'

'Af en toe.'

'Je weet dat het privédetectives zijn?'

'Inspecteur, de muziekbusiness is niet altijd rozengeur en maneschijn. Maar Adam behandelde die zaken meestal.'

'Zou Willie Mouton het weten?'

'Dat moet u aan hem vragen.'

'Ik zal die rekening mee moeten nemen.'

'Mag ik eerst even een kopie maken?'

'Ga je gang.'

Inspecteur Vusi Ndabeni heeft nog nooit in een helikopter gevlogen.

De piloot geeft hem over zijn schouder een koptelefoon aan, iemand doet de deur dicht, de motor maakt een machtig lawaai, de rotors gaan sneller draaien en ze stijgen op. Zijn maag trekt samen. Hij zet met trillende handen de koptelefoon op en ziet hoe het De Waalpark onder hem snel kleiner wordt.

Die dingen vallen om de haverklap uit de lucht, denkt hij. En je moet niet naar beneden kijken, heeft iemand een keer tegen hem gezegd, maar de stad is recht ónder hem, het parlement, het Kasteel, de treinrails naar het station netjes in het gelid, de haven, de zee, oogverblindend zoals de zon erop weerkaatst. Vusi haalt zijn zonnebril uit zijn zak, zet hem op en zegt: 'Weet Table View dat we komen?' Hij kijkt in absolute verwondering naar Robbeneiland.

'U moet de microfoon draaien, hij zit te ver van uw mond,' zegt de copiloot en gebaart hoe hij dat moet doen.

Vusi buigt de microfoon zodat die voor zijn mond zit. 'Weet Table View dat we komen?'

'Wilt u met ze praten?' vraagt de piloot.

'Graag. We hebben patrouillewagens nodig.'

'Ik roep ze voor u op.'

En dan, met de flonkerende Tafelbaai links van hem en de industrieën van Paardeneiland uitgestrekt aan zijn rechterkant, praat inspecteur Vusumuzi Ndabeni met de bureauchef van Table View via de boordradio van een helikopter en als hij klaar is, denkt hij: wat zou mijn moeder zeggen als ze me zo kon zien?

25

Bennie Griessel draaft weer over de Buitengracht, waar de verkeersopstopping verdwenen is alsof hij nooit heeft bestaan. Zijn hoofd is bij de voortvluchtige Rachel Anderson. Waar wil ze naartoe? De enige mogelijkheid is het Cat & Moose Youth Hostel, daar staat haar bagage, en daar is haar vriend, Oliver Sands. Waar kan ze anders heen?

Hij belt het Calendonplein en vraagt de radiocentrale om een eenheid naar de Langstraat te sturen. 'Maar ze moeten niet voor de Cat & Moose parkeren. Laat ze binnen wachten. Als ze komt, mag ze hen niet zien.'

Dat is het enige wat hij kan doen. De ooggetuige bij Carlucci's heeft volgens Vusi de clandestien genomen foto's van Demidovs soldaten bekeken en duidelijk gezegd dat het niet een van hen was.

Wat eigenlijk geen fok betekent, want Georganiseerde Misdaad heeft misschien niet alle foto's gestuurd. Of de foto's zijn oud. Of ze hebben geen foto's van alle mensen van Demidov.

Hij of Vusi zal weer naar de Van Hunks moeten. Maar laten ze eerst maar eens kijken of die plek in Table View iets oplevert. En hij moet de hele zoektocht een beetje aansturen, hij zal bureau Caledonplein als basis moeten gebruiken, dat ligt centraal en daar is de radioverbinding met de patrouilles.

Hij draaft de laatste tweehonderd meter naar zijn auto, zich bewust van de hitte die nu als een deken over de stad hangt.

'Ik weet niet waar dat voor was,' zegt Willie Mouton tegen Dekker en geeft de rekening van Jack Fischer terug over het bureau. 'En ik denk niet dat ze iets zullen zeggen.'

'O?'

'Dat ligt gevoelig. Geheimhoudingsplicht.'

'Wat?'

'Nee, Willie,' zegt Groenewald, de advocaat.

'Natuurlijk wel. Ze garanderen discretie. Daarom werken we met ze.'

'Dat geldt alleen voor dokters, psychiaters en juristen, Willie. Als de politie een bevelschrift heeft, kunnen ze die inlichtingen krijgen.'

'Maar wat heeft zo'n garantie dan voor zin?' De adamsappel gaat op en neer.

'Is er een speciaal iemand met wie jullie samenwerken bij Jack Fischer?' vraagt Dekker.

'We werken met Jack zelf. Maar u zoekt helemaal op de verkeerde plek, zeg ik.'

Rachel Anderson hoort de helikopter niet meer.

De stilte is eerst onheilspellend, maar wordt dan langzamerhand geruststellend. Ondanks haar voetafdrukken in het perk, ondanks het feit dat een zwarte politievrouw maar twee stappen van haar schuilplaats stond, is ze ontsnapt.

Ze heeft besloten dat ze hier blijft schuilen tot het donker wordt.

Ze kijkt op haar horloge. Het is elf voor twaalf. Nog acht uur voordat de zon ondergaat. Dat is lang. Laat ze op andere plekken gaan zoeken, laat ze deze tuin vergeten.

Ze voelt een doffe pijn in haar lichaam van de schaafwonden en kneuzingen. Ze zal het zich gemakkelijk moeten maken als ze hier zo lang blijft liggen.

Traag komt ze overeind en duwt de dichte doorntakken voorzichtig en langzaam opzij. Ze wil geen geluid maken, geen beweging veroorzaken, ze weet niet of er nog ogen op de planten zijn gericht.

De rugzak zal af moeten. Die kan ze als kussen gebruiken.

Ze maakt de gespen los, trekt de banden over haar schouders en laat de rugzak zakken. Hij blijft haken aan doorns en takken, het gaat onhandig zo achter haar rug. Ze ontwart hem zorgvuldig, tot hij op de grond ligt, draait zich langzaam op haar rug en legt haar hoofd erop.

De grond is niet al te ongemakkelijk onder haar. De dichte koelte zal haar beschermen tegen uitdroging. Ze weet dat haar bloedsuikerspiegel laag is, maar ze redt het wel tot het donker. Dan gaat ze op zoek naar een telefoon, ergens zal iemand haar laten bellen, dat moet, ze zal erom smeken. Dan zal ze haar vader vertellen waar ze is.

Ze haalt diep adem en kijkt op, door de dichte bladermassa, naar waar ze vlekjes zon kan zien. Ze doet haar ogen dicht.

En dan hoort ze de voordeur van het huis opengaan.

Barry komt vanuit de stad met zijn Toyota-pick-up. Het is nu stil in de Bo-Oranjestraat, de politieauto's en uniformen zijn weg, alleen een wit minibusje met een SAPS-kenteken staat nog op de hoek.

Hij vraagt zich af of het de moeite waard is om het victoriaanse huis in de gaten te houden.

Hij zoekt de inrit die hij eerder heeft gezien en rijdt die op, tot helemaal tegen de deur van de garage. Hij pakt de verrekijker die naast hem op de versleten bekleding ligt en stapt uit. Hij merkt dat hij het huis niet kan zien; de muur links van hem is te hoog.

Hij klimt op de achterbak van de Toyota, leunt met zijn rug tegen de cabine en houdt de verrekijker voor zijn ogen. Hij is nauwelijks meer dan honderd meter van het victoriaanse huis af. Hij laat de lenzen van de verrekijker erlangs glijden.

Doodstil.

Hij kijkt naar de tuin. Terug naar het huis.

Tijdverspilling.

De voordeur gaat open. Een man verschijnt. Hij stelt scherp en kijkt.

Er staat een oude man bij de voordeur. Doodstil.

Jos en Melinda Geyser zitten naast elkaar aan de grote ovale tafel in de vergaderkamer als Dekker de deur opendoet. Ze kijken hem vol verwachting aan, maar hij zegt niets voordat hij is gaan zitten, een stoel van Jos vandaan.

'Inspecteur Griessel en ik denken niet dat jullie in dit stadium van de zaak verdachten zijn.'

'In dit stadium?' vraagt Melinda.

'Mevrouw, het onderzoek is net begonnen. We...'

'Ik heb het niet gedaan,' zegt Jos beslist.

'Nou, help ons dan om jullie van onze lijst af te halen.'

'Wie staan er nog meer op de lijst?' vraagt Melinda.

Dekker wil haar het zwijgen opleggen. 'Ik probeer het spoor van een pakje te volgen.' Hij ziet de schrik op haar gezicht.

'Wat voor pakje?' vraagt Jos.

'Dat kan ik niet zeggen, meneer Geyser, maar ik vraag u nogmaals: help ons.'

'Hoe?'

'Geef ons toestemming jullie huis te doorzoeken, zodat we er zeker van zijn dat daar niets is wat jullie in verband brengt met de dood van Barnard.'

'Zoals wat?'

'Een vuurwapen. Jullie kunnen weigeren, en dan moeten we eerst een huiszoekingsbevel halen. Maar als jullie toestemming geven...'

Jos kijkt naar Melinda. Ze knikt. 'Ga maar zoeken. Er is niks te vinden.'

Dekker kijkt oplettend naar haar. Hij ziet alleen vastbeslotenheid. 'Wachten jullie hier. Ik kom zo snel mogelijk terug.'

Wanneer Mbali Kaleni door de dubbele toegangsdeuren van AfriSound naar binnen loopt, staan er vier mensen in geanimeerd gesprek met de receptioniste.

'Pardon,' zegt Kaleni en houdt haar identiteitskaart op voor de receptioniste. 'Politie.'

De vier anderen draaien zich om. Een van hen heeft een camera om zijn nek.

'Bent u hier voor de Barnard-zaak?' vraagt een jonge vrouw met kort blond haar.

'Bent u van de krant?' vraagt Kaleni.

'*Die Burger*,' zegt de vrouw. 'Is het waar dat Jos en Melinda Geyser hierbinnen ondervraagd worden?'

'Ik praat niet met de media,' en ze wendt zich tot de zwarte receptioniste. 'Inspecteur Dekker. *Ngaphakathi*?'

'Ja, hij is binnen.'

'Alstublieft,' roept een andere journalist, 'zijn de Geysers binnen?'

Kaleni schudt alleen haar hoofd als ze de trap oploopt. '*Izidingidwane*.'

Rachel Anderson ligt doodstil, maar ze hoort niets.

Heeft hij alleen de voordeur open- en weer dichtgedaan?

Ze haalt nauwelijks adem.

Dan zijn daar voetstappen, bijna onhoorbaar, een, twee, drie, vier.

En stilte.

'Die politievrouw vertelde me dat je een Amerikaans meisje bent,' zegt dezelfde stem die ze eerder heeft gehoord. Ze schrikt ervan en verstijft weer als ze beseft dat hij het tegen háár heeft.

'Ik zag je over het hek springen. Ik zag hoe bang je was. En toen, de mannen in de Land Rover...' Er klinkt veel medeleven in de stem, maar de verschrikking dat hij weet dat ze er is, verlamt haar.

'De politievrouw vertelde me dat die mannen achter je aan zitten, dat ze je kwaad willen doen.'

Ze ademt door haar mond, geluidloos.

'Je moet erg bang zijn, en erg moe. Ik neem aan dat je niet weet wie je kunt vertrouwen. Ik zal de deur niet op slot doen. Als je binnen wilt komen, ben je zeer welkom. Ik ben alleen. Mijn vrouw is vorig jaar overleden. Er is eten en drinken binnen en ik geef je mijn woord dat niemand ooit zal weten dat je hier was.'

Emoties wellen in haar op. Zelfbeklag, dankbaarheid, de impuls om op te springen.

Nee!

'Ik kan je helpen.'

Ze hoort zijn voeten schuifelen.

'Ik ben binnen, en de deur is niet op slot.'

Het blijft even stil voordat zijn voetstappen weer klinken, bij haar vandaan. Het geluid van de deur die open- en dichtgaat.

En dan dondert een kanonschot over de stad en er gaat een schok door haar lichaam.

12.00 uur – 12.56 uur

26

Fransman Dekker blijft even in de gang van AfriSound staan, diep in gedachten verzonken, en staart met een gebogen arm en zijn hand tegen zijn wang naar de eenvoudige patronen van de lange, handgeweven *dhurrie* op de grond. Alle deuren om hem heen zijn gesloten: de Geysers achter hem in de vergaderzaal, Mouton en de advocaat in het kantoor links, de accountant Wouter Steenkamp rechts.

Hij wil Bloemfontein bellen en horen wát ze hebben, hij moet naar Jack Fischer & Co, hij moet Barnards kantoor doorzoeken, hij moet met Natasha Abader praten over Barnards agenda van gisteren. Hij weet niet waar hij zal beginnen, en hij heeft geen zin in Jack Fischer en Natasha Abader. Het detectivebureau is blank, allemaal oud-politieagenten, die naar de kranten rennen zodra ze de SAPS voor schut kunnen zetten. En Natasha is een verleiding waar hij niet op zit te wachten. Het verhaal van Adam Barnard, de rokkenjager, heeft hem een spiegel voorgehouden, zo wil hij niet zijn, hij heeft een goede, mooie, slimme vrouw, die haar leven aan hem heeft toevertrouwd.

En dan buldert het kanon het middaguurschot van de Seinheuvel en dat doorbreekt zijn gedachtegang. Hij kijkt op en ziet de dikke inspecteur Mbali Kaleni met een gezicht als een onweerswolk aan komen lopen door de receptie of lounge of hoe die muziekmensen het ook noemen.

'Fok,' zegt hij zacht en binnensmonds.

Bennie Griessel hoort het kanonschot als hij over de drempel van bureau Caledonplein stapt en bedenkt dat hij er elke keer weer van schrikt, hij zal er nooit aan wennen. Is het echt pas twaalf uur? En dan ziet hij de fotograaf met het lange haar aan komen draven, met een zoekende blik en een stapeltje foto's in zijn hand.

'Ben je op zoek naar Vusi?'

'Ja,' zegt de fotograaf. 'Ik kan hem nergens vinden.'

'Hij is naar Table View. Je bent laat, verdomme.'

'We hebben een stroomstoring gehad, hoe wil je dat ik afdrukken maak als er geen elektriciteit is?' vraagt de fotograaf en geeft Bennie geïrriteerd de foto's.

Hij pakt ze aan. 'Dank je.'

De fotograaf loopt zonder een woord weg. Beledigd.

Griessel kijkt naar de bovenste afdruk. Rachel Anderson en Erin Russel, lachend en levend. Blondine en brunette, licht en donker. Russel had het gezicht van een nimf, het blonde haar kort geknipt, mooi neusje, grote, groene ogen. Rachel Anderson is zwoeler, haar schoonheid gecompliceerder, donkere vlecht over de schouder, lange, rechte neus, brede mond, de kaaklijn bekoorlijk en vastberaden. Maar allebei nog kinderen, ze stralen zorgeloosheid en uitbundigheid uit, hun ogen fonkelen van opwinding.

En achter hen broeit de enige andere Afrikaanse berg die een landmark in de omgeving is, de Kilimanjaro.

Drugskoeriers?

Zijn hoofd vertelt hem dat alles mogelijk is, want hij heeft het al zo vaak gezien. Hebzucht, roekeloosheid, onbezonnenheid. Misdadigheid komt bij alle gezichten voor, het is een kwestie van neigingen, achtergrond en gelegenheid. Maar zijn hart zegt nee, deze twee niet.

Ze wordt heen en weer geslingerd tussen de angst om iemand te vertrouwen en de oprechtheid in zijn stem. Ze kan hier niet blijven, want iemand weet waar ze is. Ze kan niet weer de straat op, want dan begint alles van voren af aan. De wetenschap dat de deur open is, een paar stappen bij haar vandaan, de mogelijkheid van een veilige haven waar ze kan eten en drinken, overrompelt haar en overwint elk argument.

Ze komt langzaam overeind, haar hart klopt, het risico is groot. Ze pakt de rugzak, kruipt op haar knieën tot de rand van het bladergordijn, want verder naar boven zijn de planten te dicht en de stekels te venijnig.

Een stukje tuinpad, één tree, een lage veranda, een bruine deurmat met WELKOM erop, en een houten deur waarvan de verf dof van ouderdom is.

Hier aarzelt ze, een laatste overweging van alle mogelijkheden. Dan kruipt ze de laatste centimeters naar buiten, met knipperende ogen vanwege de felle zon. Ze gaat rechtop staan, haar benen stijf van het lange liggen. Dan loopt ze met grote, snelle stappen over het pad, de tree, de schaduw van de veranda. Ze legt haar hand op de klink, geoxideerd koper dat koel is onder haar handpalm, haalt diep adem en doet de deur open.

Barry heeft zijn verrekijker niet voor zijn ogen. Het ding is te zwaar om voortdurend omhoog te houden zonder steun.

Zijn hoofd is een paar graden opzij gekeerd, naar de straat, de kant van Carlucci's op. Hij ziet de beweging vanuit zijn ooghoek, meer dan honderd meter van hem af, daar bij het huis. Hij draait zijn hoofd om en knijpt zijn ogen tot streepjes. In een flits ziet hij het figuurtje, klein door de afstand, het blauw van een kledingstuk heeft de kleur die hij zoekt. Hij pakt de verrekijker op, kijkt erdoorheen en stelt hem scherp.

Niks. 'Shit,' zegt hij hardop.

Hij houdt de kijker doodstil op de voordeur gericht. Die kan hij maar gedeeltelijk zien achter de barokke veranda, maar nu is hij verlaten.

Heeft hij het zich verbeeld? Nee, hij heeft het gezien. Hij knijpt geconcentreerd met zijn ogen. Klein figuurtje, blauw...

'Shit,' zegt hij weer, want het kan verbeelding zijn. Hij heeft daarboven op de berg ook een paar keer gedacht dat hij haar zag, en dan pompte de adrenaline door zijn aderen, maar als hij scherp stelde, was het meestal vals alarm, de verblinding van hoop en verwachting.

Hij laat de verrekijker zakken en kijkt met het blote oog naar het victoriaanse huis. Hij wil de dimensies van dat moment reconstrueren.

Daar bewoog ze. Precies daar, rechterhand op de klink? Linkerhand naar achteren gestrekt, iets erin. De rugzak?

Weer de lenzen voor zijn ogen. Waar was ze vandaan gekomen? Hij ziet voor het eerst de mogelijkheid van de bougainvilles, een oud, overwoekerd prieel. Hij bestudeert de dichtheid van de begroeiing. 'Fuck hé,' zegt hij. De mogelijkheden dagen langzaam in zijn hoofd, de weg die ze genomen kan hebben, de dikke politievrouw bij het perk links.

Hij grijpt naar het mobieltje in de zak van zijn spijkerbroek en haalt het eruit zonder het huis uit het oog te verliezen.

Ze moet het zijn. Dit verklaart hoe ze zo spoorloos verdwenen kon zijn. Hij weet het bijna honderd procent zeker.

Bijna. Negentig. Tachtig.

Als hij een fout maakt...

'Shit!'

Binnen is het koel en stil.

Ze staat in de hal en hoort haar eigen ademhaling. Er staat een klassieke houten kast tegen de muur met een grote ovale spiegel erboven. Daarnaast fotolijsten van donker hout met bebaarde gezichten in zwart-wit.

Ze doet een stap naar voren. De houten vloer kraakt en ze staat stil. Links de doorgang tussen twee eenvoudige zuilen naar een grote kamer; ze buigt voorover om naar binnen te kunnen kijken. Een grote, mooie houten tafel, een laptop die bijna schuilgaat onder stapels boeken en documenten. Volgestouwde boekenplanken tegen de muur, drie grote ramen, waarvan er een uitkijkt over de straat en de omheining waar ze overheen gesprongen is. Een oud, versleten Perzisch tapijt op de vloer, rood en blauw en beige.

'Ik ben in de keuken.' De stem van de man een eindje verderop in het huis klinkt geruststellend, maar ze schrikt toch.

Boeken. Net als in het huis van haar ouders. Een boekenmens moet veilig zijn.

Ze loopt verder in de richting van de stem. Een van de banden van de rugzak sleept fluisterend over de houten vloer.

Achter een witgeverfd deurkozijn is de keuken. Hij staat met zijn rug naar haar toe. Wit overhemd, bruine broek, witte sportschoenen. Hij ziet eruit als een bejaarde monnik met dat dunne grijze haar om de kale plek die glimt in het tl-licht. Hij is bezig bij een tafel en draait zich langzaam om met een houten lepel in zijn hand.

'Ik maak een omelet. Wil jij ook?'

Hij is ouder dan ze had gedacht, een beetje krom, een goedig gezicht tussen diepe rimpels, losse huid boven de rode halsdoek om zijn hals, ouderdomsvlekken op zijn hoofd en handen. Zijn ogen zijn waterig, bleekblauw, ondeugend achter de grote bril met goudkleurig montuur. Hij legt de lepel neer naast een mengkom, veegt zijn handen af aan een witte theedoek en steekt er een naar haar uit. *'My name is Piet van der Lingen.'* Een brede glimlach van een wit kunstgebit.

'Pleased to meet you,' zegt ze in een reflex en geeft hem een hand.

'Omelet? Misschien wat geroosterd brood?' Hij pakt de houten lepel weer op.

'Dat zou heerlijk zijn.'

'Hang de rugzak maar aan de haken bij de deur,' en hij wijst met de lepel naar de hal. Dan concentreert hij zich weer op zijn mengkom.

Ze blijft staan, aarzelend om de opluchting toe te laten, de anticlimax, de ontspanning.

'En de badkamer is in de gang, tweede deur links.'

'Ik heb haar gezien,' zegt Barry in zijn mobiel, met meer zekerheid dan hij voelt.

'Waar?'

'Ze is een huis ingegaan, een straat bij de lunchroom vandaan.'

'Jezus. Wanneer?'

'Een paar minuten geleden.'

'Je hebt haar gezien?'

‘Puur toeval. Ik heb maar een glimp opgevangen, maar ze was het. Geen twijfel mogelijk.’

‘Een glimp? Wat moet dat godverdomme voorstellen?’

Ze zitten in de opnamestudio. Fransman Dekker wil haar vertellen over de Barnard-zaak. Inspecteur Mbali Kaleni zegt: ‘Wacht heel even,’ en ze doet haar ogen dicht, want ze wil de zaak van het Amerikaanse meisje uit haar gedachten krijgen. Ze wist zo zeker dat ze haar zou vinden. Nu maakt ze haar hoofd leeg en doet haar ogen open. *‘Go ahead,’* zegt ze.

Dekker praat, geeft haar de bijzonderheden, maar zakelijk, oppervlakkig, de norse uitvoering van dwangarbeid.

Zijn houding verbaast Mbali niet.

Ze weet dat haar mannelijke collega’s haar niet aardig vinden. En Fransman Dekker nog het minst van allemaal. Maar daar heeft ze vrede mee, want ze weet waarom. De mannen voelen zich over het algemeen bedreigd door haar kundigheid, en geïntimideerd door haar hoge moraal en haar eerlijkheid. Ze drinkt niet, ze rookt niet, ze vloekt niet. Ze neemt geen blad voor de mond. De SAPS is geen plek voor zoete broodjes; daarvoor is de taak te groot en zijn de omstandigheden te moeilijk. Ze zegt wat ze denkt. Over hun ego’s, die te vaak de spil zijn waar alles om draait. Over hun voortdurende seksisme en racisme. Over hun gebrek aan concentratie. Te vaak ‘snel een stukkie vlees op de barbecue’, of ‘kom we gaan even een biertje pakken’, als jongens die nog niet volwassen zijn. Te veel praatjes op kantoor, over sport en politiek en seks. Dan zegt ze recht voor z’n raap dat dat niet hoort. En daar hebben ze de pest over in.

Maar Dekker heeft nog andere redenen om een hekel aan haar te hebben. Ze heeft hem een paar weken geleden betrapt. In de gang, toen hij dacht dat niemand hem hoorde. Met zijn mobiel tegen zijn oor fluisterde hij geile woordjes tegen ene Tamaryn, terwijl zijn vrouw Crystal heet. Toen hij het kantoor weer binnensloop, stond ze op, ging voor zijn bureau staan en zei: ‘Een man moet zijn vrouw trouw zijn.’ Hij keek haar alleen maar aan. Toen zei ze: ‘Bedrog heeft vele vermommingen,’ en liep weg. Sindsdien ziet ze de haat in zijn ogen. Omdat ze het weet én afkeurt.

Maar er is werk aan de winkel. Daarom luistert ze aandachtig. En ze antwoordt alleen in het Engels, al praat hij Afrikaans. Want ze weet dat hij daar ook de pest aan heeft.

Rachel Anderson doet de badkamerdeur achter zich dicht en moet erg nodig plassen. Ze maakt de korte denimshort open, schuift hem tot onder haar knieën en gaat zitten. De opluchting is groot, het geluid zo hard dat ze zich even afvraagt of hij het niet kan horen. Ze bekijkt de badkamer; de muren zijn licht pastelblauw, het porselein spierwit. Het oude, opgeknapte bad op poten is opeens een verleiding van warm schuimend water dat de verschrikkelijke matheid en de doffe pijn uit haar lichaam zal trekken, maar ze onderdrukt dat gevoel, een overgave waar ze nog niet aan toe is. En de oude man daarbinnen maakt eten.

Als ze klaar is, buigt ze zich over de wasbak, draait de kranen open, pakt de zeep en wast haar handen. Het droge bloed en de modder, het onderliggende vuil van het vastgrijpen aan rotsen en planten, muren en grond: ze kijkt hoe het wegspoelt. Ze mengt warm en koud water in de kom van haar handen en spoelt haar gezicht af. Dan pakt ze het stuk zeep, smeert het over haar wangen en voorhoofd, haar mond en kin, en spoelt het weer af.

De donkerblauwe handdoek is fris en ruw. Ze veegt langzaam over haar gezicht en hangt hem weer netjes op. Dan kijkt ze pas in de spiegel, automatisch gaan haar handen naar haar haar en vegen het uit haar gezicht.

Ze ziet er gehavend uit. Slecht. Haar haar zit slordig, er zijn plukken uit de vlecht ontsnapt die om haar gezicht slierten, haar ogen zijn bloeddoorlopen, om haar mond zitten vermoeide lijnen. Ze heeft een snee in haar kin, omringd door een lichtpaarse plek, nog een dunne kras op haar voorhoofd; ze weet niet waar ze die heeft opgelopen. Vuil in haar hals, op haar bleekblauwe T-shirt.

Je lééft.

Dat vervult haar met een diepe dankbaarheid. En meteen volgt het schuldgevoel, want Erin is dood. Lieve Erin, de emotie is een vloedgolf, abrupt, overweldigend, de verschrikkelijke schaamte dat ze blij kan zijn dat ze nog leeft, terwijl Erin dood is. Het breekt in één keer haar verdedigingsmechanisme af, zodat ze voor het eerst alles herbeleeft: zij en Erin die in doodsangst vluchten, Erin voor haar die een hand op het kerkhek zet en over de scherpe gietijzeren punten springt, een fatale fout.

'Nee!' had ze geschreeuwd, maar ze was blindelings gevolgd, moeiteloos gesprongen. Erin was op een smal pad op het kerkterrein blijven staan, tussen diepe, donkere schaduwen van grote bomen. Rachel had beseft dat ze in de val zaten en was haar voorbij gerend, wanhopig op zoek naar een uitweg. Ze wilde de leiding nemen, een route aangeven achter de kerk om, ze had gedacht dat Erin haar volgde en was al achter het gebouw, uit het zicht, weg van de straatlantarens, toen ze besefte dat ze Erins voetstappen niet hoorde. Ze had zich omgedraaid, de doodsangst als een zwaar gewicht dat ze meesleepte. Waar was Erin? Tegen haar zin en bang was ze teruggerend naar de hoek van de kerk.

Erin op de grond, zij alle vijf bij haar, bukkend, knielend, dierlijke geluiden. Het mes flitste. Erins wanhopige gil, plotselinge stilte. Zwart bloed in het donker.

Dat ogenblik was versteend in de synapsen van haar hersens, onwerkelijk, overweldigend. Zwaar als lood.

Ze had zich weer omgedraaid en gerend voor haar leven. Achter de kerk om. Weer over het hek. Een grotere voorsprong.

Opluchting. Dankbaarheid. Ze leeft.

Voor de spiegel in de badkamer overweldigt het haar zozeer, dat ze niet naar zichzelf kan kijken. Ze buigt beschaamd haar hoofd en grijpt met wanhopige handen de zijkanten van de wasbak vast. De emotie is fysiek, misselijkheid stijgt op vanuit haar maag, haar ingewanden trekken samen en ze kokhalst, een droge verstikking die naar boven komt. Ze geeft een brul en siddert.

Dan begint ze te huilen.

Vusi Ndabeni zit voor in een patrouillewagen, tussen een agent en een inspecteur, alle twee in uniform. Achter hen op het Weskuspad rijdt nog een politiebusje.

Ze wilden de sirenes en de zwaailichten aandoen, maar hij had gezegd: 'Nee, alsjeblieft niet.' Hij wil zonder fanfare aankomen bij het huis van J.M. de Klerk, hij wil het geruisloos laten omsingelen en dan op de voordeur kloppen. De inspecteur heeft gezegd dat hij weet waar het is, een van die halfronde straten in Parklands, een nieuwe woonwijk, waar blanken en de opkomende zwarte middenklasse naast elkaar en kennelijk in harmonie samenwonen. Het nieuwe Zuid-Afrika succesvol in praktijk gebracht.

Bij een verkeerslicht gaan ze rechtsaf de Parkweg in. Winkelcentra, schakelwoningen, dan weer linksaf, Ravenscourt in, rechtsaf Humewood, niet de lijnrechte stratenblokken van het Mandelapark en Harare in Khayelitsha, maar een doolhof van kronkelende lanen en doodlopende straten. Vusi kijkt naar de inspecteur.

'Het is hier vlakbij, eerste links, tweede rechts.'

Vrijstaande huizen, schakelwoningen, appartementen, nog netjes en nieuw, de tuinen in wording, de bomen klein of afwezig.

'We moeten niet voor het huis parkeren,' zegt Vusi. 'Ik wil hem niet aan het schrikken maken.'

'Oké,' zegt de inspecteur en beduidt de agent hoe hij moet rijden.

Uiteindelijk een straatnaambord: ATLANTIC BREEZE.

Schakelwoningen. De nummers aan deze kant lopen tot veertig, grote complexen achter muren. 'Zijn hier alleen schakelwoningen?' vraagt Vusi.

'Ik denk het niet.'

Maar nummer 24 is er wel een. Ze stoppen even verderop. 'Ik wil uitstappen,' zegt Vusi. De inspecteur doet het portier open en schuift naar buiten.

Een hoge witte muur met bovenop afwerend scherp metaal, grote geschilderde cijfers, een twee en een vier. Een groot elektrisch traliehek in het midden en de schakelhuizen erachter in landelijke stijl, met blauwe en groene luiken naast vlakke ramen en zwarte puntdaken. Weer een snel speculatieproject dat binnen vijf jaar saai en oninspirerend zal zijn.

'Ai,' zegt Vusi. Zo had hij het zich niet voorgesteld. Hij wenkt de twee uniformen uit de andere auto. Ze stappen allemaal uit en komen bij hem staan.

'De vesten,' zegt hij. De inspecteur doet de achterdeuren van het busje open. De kogelvrije vesten liggen niet meer netjes op een stapel zoals daarnet. Vusi pakt er een, trekt het over zijn hoofd en gespt het dicht. 'Jullie ook. Wacht hier, dan kijk ik eerst of ik het hek open kan krijgen.' Ze knikken enthousiast. Hij loopt de straat over en langs de muur. Er zit een paneel bij het dichte hek, met een rooster voor een luidspreker en belknoppen, sommige met namen ernaast. Hij bekijkt ze maar ziet geen De Klerk. Helemaal linksboven staat ADMINISTRATIE. Hij drukt op de bel. Een elektronisch geluid door de luidspreker. Dan niets.

Hij drukt weer.

Geen antwoord.

Hij kijkt door de tralies van het hek. De oprijlaan loopt rechtdoor, draait dan negentig graden naar links en verdwijnt achter een blok huizen. Hij ziet geen teken van leven, iedereen is naar zijn werk. Hij drukt weer op de knop, zonder hoop.

De luidspreker kraakt en fluit even. Een monotone vrouwenstem zegt: 'Wat wil je?'

Zestien verdiepingen boven de drukte van de Adderleystraat staat de man bij het raam, met zijn rug naar de luxe van het appartement achter hem. Hij kijkt uit over de stad. Voor hem, de Goue Akker, links het Cape Sunhotel, daarachter de torenflats van Foreshore, een mengelmoes van architectonische vormen tegen de horizon. Het blauw van de zee is zichtbaar, maar bedorven door de hijskranen van de haven, twee boortorens en scheepsmasten.

De baard en het haar van de man zijn kortgeknipt, netjes, egaal en vroeg grijs, want zo te zien is hij nog geen vijftig. Hij is rijzig en slank in het denimoverhemd, de kaki broek en de blauwe bootschoenen. Het bruingebrande gezicht in de weerspiegeling van het hoge, brede raam is emotieloos.

Hij heeft een hand in zijn broekzak, in de andere houdt hij een platte mobiele telefoon. Hij verplaatst zijn blik van het uitzicht naar het cijferpaneel van de telefoon. Uit zijn hoofd toetst hij een nummer in en dan houdt hij het toestel een paar millimeter van zijn oor. Hij hoort hem een keer overgaan voordat Barry opneemt. 'Mr B.'

De man knikt tevreden over de reactietijd en de kalmte in Barry's stem.

'Ik neem het over,' zegt hij afgemeten.

'*Right*.' Opluchting.

'Beschrijf het huis.'

Barry doet zijn best, beschrijft de gevel, de hoektuin, waar de voordeur zit.

'Heeft het huis een achterdeur?'

'Dat weet ik niet.'

'Als dat zo is, zou die op de Belmontstraat uitkomen?'

'Dat klopt.'

'Oké. Ik stuur Eben en Robert om die kant te bewaken. Ik ga ook uit van de veronderstelling dat ze geen behoefte heeft om door de achterdeur te vertrekken, want ze weet niet dat we haar hebben gezien. Is dat een redelijke veronderstelling, Barry?'

'Yes, sir.'

'En ze weet ook niet dat we het huis in de gaten houden?'

'No, sir.'

'Mooi. Laten we dat zo houden. Ik begrijp dat je maar één bewoner hebt gezien, een oude man.'

'Right.'

'Geen spoor van anderen?'

'No, sir.'

'Mooi. Luister goed, Barry: jij, Eben en Robert moeten klaarstaan in geval van nood. Als je gebeld wordt, ga je naar binnen en pak je haar, hoe dan ook. Begrepen?'

'Yes, sir.'

'Maar dat is de tweede optie, en alleen als ze de politie belt. We weten niet waarom ze die nog niet heeft gebeld, maar dat kan elk moment gebeuren, en dan hebben we misschien nog vijf minuten. Dat betekent dat je razendsnel moet zijn.'

'Right.' De bezorgdheid klinkt door.

'En wat je ook doet, zorg dat je de rugzak te pakken krijgt.'

'Oké.'

'En we hebben geen zin in getuigen.'

'Ik heb geen pistool.'

'Barry, Barry, wat heb ik je nou geleerd?'

'Aanpassen, improviseren en oplossen.'

'Precies. Maar misschien is het niet nodig, want we gaan voor de eerste optie. Het kost een minuut of twintig, dertig om het op poten te zetten, om te zorgen dat het snel, stil en vlekkeloos verloopt. Intussen ben jij mijn *main man*, Barry. Als we bellen ga je naar binnen. Als ze weggaat, grijp je haar. Geen fouten. We kunnen ons geen fouten veroorloven. Begrepen?'

'Yes, sir.'

'Zeker weten? Heb je alle gevolgen overzien?'

'Yes, sir.'

'Mooi.'

Als hij de telefoon in zijn broekzak steekt, ziet hij de politiehelikopter die over de Tafelbaai aan komt vliegen, recht op hem af. Hij houdt zijn ogen erop gericht tot het ding laag boven de stad voorbijvliegt.

27

De uniformen staan buiten met machinepistolen en kogelvrije vesten. Vusi is alleen binnen bij de administratrice van het wooncomplex. Ze doet hem denken aan brooddeeg, bleek en vormeloos, zelfs haar stem heeft geen karakter.

'De Klerk zit in A6. Hij is geen huurder, het is eigendom. Ik zie hem weinig. Hij betaalt zijn servicekosten met een automatische overboeking.'

Ze heeft een slaapkamer van haar huis als kantoor ingericht en zit aan een goedkoop spaanplaten bureautje. Daarop een computerscherm en een toetsenbord met daarachter witte planken met mappen, waarvan er een open naast het toetsenbord ligt. Vusi staat bij de deur.

'Is hij er nu?'

'Weet ik niet.' Een naakte constatering van een weinig opwindend feit.

'Wanneer hebt u hem voor het laatst gezien?'

'Ik denk in november.'

'Dus hij was in november voor het laatst in zijn huis?'

'Weet ik niet. Ik kom niet veel buiten.'

'Hebt u telefoonnummers van hem?'

Ze kijkt. 'Nee.'

'Kunt u hem beschrijven?'

'Hij is jong.' Ze legt een ronde wijsvinger op het document. 'Zesentwintig.' Kijkt weer op naar Vusi en ziet de vraag op zijn gezicht. 'Langig. Bruinig haar.'

'Waar werkt hij?'

De wijsvinger beweegt over het gedrukte document in de map. 'Hier staat alleen "consultant".'

'Mag ik even kijken?'

Ze schuift de map naar hem toe. Hij pakt zijn notitieblok en pen tevoorschijn, legt ze op de map en kijkt naar het formulier. Voorletters en achternaam: *J.M. de Klerk*. Een identiteitsnummer.

Unit: driekamerduplex

Status: eigenaar-bewoner

Onderhuur: nee

Service: R800 p.m.
Datum van ingang: 1 april 2007
Beroep: consultant
Postadres: unit A6, Atlantic Breeze 24, Parklands 7441
Zakenadres: n.v.t.
Telefoonnummer thuis: n.v.t.
Telefoonnummer werk: n.v.t.
Telefoonnummer mobiel: n.v.t.
Adres en contactgegevens naaste verwanten: n.v.t.

En een haastige handtekening onder een verklaring dat hij de regels en reglementen van het complex aanvaardt.

'Rijdt hij in een Land Rover Defender?'

'Weet ik niet.'

Vusi schuift de map weer naar haar toe. 'Bedankt,' zegt hij, en dan, hoopvol: 'Hebt u een sleutel van zijn huis?'

'Ja.'

'Wilt u het alstublieft voor ons opendoen?'

'Volgens de reglementen moet ik eerst een huiszoekingsbevel hebben.'

Bennie Griessel zit in de meldkamer van bureau Caledonplein, een plattegrond van de stad ligt op tafel, zijn notitieblok en pen erbovenop. Hij luistert hoe de jonge brigadier met elke patrouillewagen praat over de straten die ze hebben afgewerkt. Hij maakt haastig aantekeningen en probeert zich een beeld te vormen van waar ze kan zijn, waarheen ze op weg kan zijn, wat ze moeten doen. Het kost hem moeite om het allemaal op een rijtje te krijgen; te veel mogelijkheden en onzekerheden.

Zijn telefoon gaat. Hij beduidt de brigadier om de radio even het zwijgen op te leggen, kijkt snel naar het schermpje en neemt op.

'Vusi?'

'Bennie, we hebben een huiszoekingsbevel nodig om binnen te komen.'

'Is hij er niet?'

'Ik geloof het niet. We gaan nu aanbellen, maar de conciërge heeft een sleutel...' Een vrouwenstem zegt iets op de achtergrond. 'De administratrice,' zegt Vusi. 'Zij heeft een sleutel.'

'We hebben niet genoeg voor een huiszoekingsbevel, Vusi. Drie cijfers van een kenteken...'

'Dat dacht ik al. Oké. Ik bel nog wel.'

Griessel legt de telefoon neer, pakt zijn pen en gebaart naar de brigadier dat hij verder kan gaan. Hij kijkt naar de kaart en beweegt de punt van zijn pen naar de Kompanjiestuine. Daar is ze.

Zijn instinct zegt dat ze daar is, want hij kent het De Waalpark, hij kent de Bo-Oranjestraat, dit is zijn thuis, zijn territorium, zijn fietsroute. Bo-Oranjestraat, Goewermentslaan, de Tuine; als hij in haar schoenen stond, als hij daarvandaan moest vluchten, bang en onzeker, min of meer op weg naar de Langstraat, dan zou hij die route nemen.

'Ik wil twee teams in de Tuine,' zegt hij tegen de brigadier. 'Maar ze moeten eerst foto's komen halen.'

Piet van der Lingen hoort haar daarbinnen snikken. Hij staat een beetje gebogen voor de badkamerdeur, zijn hand omhoog om zacht aan te kloppen. Hij wil haar niet laten schrikken.

'Rachel,' zegt hij zacht.

Het snikken houdt meteen op.

'Rachel?'

'Hoe weet u hoe ik heet?'

'Dat heeft de politievrouw me verteld. Je bent Rachel Anderson, uit Lafayette in Indiana.'

Er valt een lange stilte voordat de deur langzaam opengaat en hij haar ziet, de tranen nog op haar wangen.

'West Lafayette om precies te zijn,' zegt ze.

Hij glimlacht medelijdend. 'Kom, meisje. Het eten is bijna klaar.'

Fransman Dekker vertelt de dikke inspecteur Mbali Kaleni van het geld dat aan Jack Fischer & Co is overgemaakt, tienduizend rand. Op dat moment krijgt hij opeens een heldere inval hoe hij een heel stel problemen tegelijk kan oplossen. Hij bepaalt zijn strategie terwijl hij de ontwikkelingen uiteenzet. Hij moet haar heel voorzichtig de wortel voorhouden, want ze staat erom bekend dat ze snel lont ruikt.

'De Bloemfontein-zaak is de sleutel,' zegt hij, terwijl hij met opzet zijn toon neutraal houdt. 'Maar Fischer en de zijnen zijn slim. Zie jij kans?' Zijn woorden zijn met grote zorg gekozen.

Ze maakt een geluid achter in haar keel. 'Slim?' Ze staat op. 'Het zijn maar mannen,' zegt ze op weg naar de deur.

Hij is opgelucht maar laat niets merken. 'Het zijn ouwe rotten,' zegt hij.

Ze doet de deur open. 'Laat Bloemfontein maar aan mij over.'

Als Vusi Ndabeni eerst op de voordeur en dan op de achterdeur heeft geklopt, stuurt hij de uniformen naar de aangrenzende huizen om te vragen of iemand De Klerk kent. Hij blijft achter en probeert vanaf de kleine achterveranda naast de grote barbecue door de enige kier tussen twee gordijnen te gluren.

Hij ziet een kamer met helemaal achterin een stukje keuken waar een leeg bierflesje op een kast staat. Verder een bank van donker materiaal en hier, recht voor hem, de hoek van een gigantische flatscreen-tv.

Geen kleed op de tegelvloer. Dat bierflesje kan er al weken staan. Er ligt as in de barbecue, maar dat zegt ook niets.

Hij staat in de schaduw van de kleine veranda, kijkt naar het grasveldje en wacht tot de uniformen terugkomen.

De 'administratrice van de rechtspersoon' heeft hem verteld dat de schakelwoningen vorig jaar net onder een miljoen kostten, twee slaapkamers en een badkamer boven, grote woonkamer en open keuken beneden, en een gastentoilet. Een nieuwe Land Rover van meer dan driehonderdduizend. Een grote, nieuwe tv. Hoe bekostigt een zesentwintigjarige dat allemaal?

Drugs, denkt Vusi.

Dan ziet hij de agenten aankomen. Hij ziet dat ze niets te melden hebben. Hij krijgt meteen haast en loopt hen tegemoet. Hij wil terug naar de stad, terug naar de Van Hunks, want daar ligt de sleutel tot deze hele puzzel.

Het voelt surrealistisch, onwezenlijk, de oude man in zijn onberispelijk witte overhemd die een stoel voor haar naar achteren trekt. Door de heerlijke geur van gebakken spek komt haar honger meteen tot leven, als een ontwakend dier. De tafel netjes gedekt voor twee, de grote glazen kan met sinaasappelsap waar druppels condens aflopen, zodat ze onmiddellijk trek krijgt in de zoete, koude vloeistof.

Hij loopt naar het fornuis en vraagt of ze kaas en spek op de omelet wil. 'Please,' zegt ze. Hij moedigt haar aan om van het sinaasappelsap te drinken. Ze schenkt in met een hand die een beetje beeft en brengt het glas naar haar mond, terwijl ze probeert de overweldigende dorst te onderdrukken.

Zal hij ook twee boterhammen voor haar roosteren?

Graag.

Hij gaat in de weer, doet boter in een pan, voegt het geklutste geel van eieren bij het wit dat hij eerder apart heeft opgeklopt, mengt het en laat het in de pan lopen. Stukjes gebakken spek naast geraspte kaas op een bord. Hij zet de pan op een brander.

Hij dekt altijd voor twee, zegt hij, sinds de dood van zijn vrouw. Eigenlijk was die gewoonte nog eerder begonnen, toen ze ziek was. Dan voelde hij zich minder alleen. En nu is het een groot voorrecht om iemand aan tafel te hebben. En ze moet hem verontschuldigen, want hij gaat te veel praten, hij krijgt niet vaak bezoek. De boeken zijn dezer dagen zijn enige gesprekspartners. Wanneer heeft ze voor het laatst gegeten?

Ze denkt even na. Gistermiddag, zegt ze, en herinnert zich de grote hamburgers, om een uur of vier, in een tent met een Amerikaanse Sixtiessfeer. *'A hole in the wall,'* had Erin gezegd, en dan doet ze haar geheugenbank dicht, want ze wil het zich nu niet herinneren.

Hij strooit spek en kaas op de omelet, doet de oven open, haalt de pan van het vuur, zet hem voorzichtig in de oven en doet de deur dicht. Hij draait zich naar haar om. 'Hij zakt zo gauw in,' zegt hij, 'als je niet voorzichtig bent.' Dan ziet hij dat haar glas leeg is, komt naar de tafel en schenkt het weer vol. Ze bedankt hem met een kleine, oprechte glimlach.

Een stilte, maar niet ongemakkelijk.

'Die boeken,' zegt ze, om de stilte te vullen, om beleefd te zijn, om te bedanken.

'Ik was vroeger historicus,' zegt hij. 'Nu ben ik gewoon een oude man met te veel tijd om handen en met een zoon die dokter is in Canada en die in zijn mails schrijft dat ik bezig moet blijven, omdat ik nog veel te vertellen heb.'

Hij bukt zich naar de oven en kijkt erin. 'Bijna klaar,' zegt hij. 'Ik ben bezig met een boek. Ik heb mezelf beloofd dat het mijn laatste is. Het gaat over de wederopbouw van Zuid-Afrika na de Tweede Vrijheidsoorlog, de Boerenoorlog. Ik schrijf het voor mijn mensen, de Afrikaners, zodat ze kunnen zien dat ze hetzelfde hebben meegemaakt als de zwarte mensen nu. Zij waren ook onderdrukt, zij waren ook straatarm, landloos, onderworpen. Maar door positieve discriminatie zijn ze er weer bovenop gekomen. En door economische empowerment. De parallellen zijn groot. De Engelsen klaagden over de dienstverlening van de gemeente die opeens niet goed meer was, doordat incompetente Afrikaners het hadden overgenomen...'

Hij pakt pannenlappen en trekt de ovendeur open. De omelet in de pan is hoog gerezen, de kaas gesmolten, de geur wolkt naar haar toe en het speeksel loopt haar in de mond van de honger. Hij pakt een spatel, laat de omelet op een spierwit bord glijden, vouwt hem behendig dubbel en brengt hem naar haar.

'*Catsup*?' vraagt hij, met ondeugende ogen achter de grote, ronde goudkleurige bril. 'Zo noemen jullie het geloof ik.'

'Nee, dank u, het ziet er heerlijk uit.'

Hij schuift zout en peper dichterbij en zegt dat hij zichzelf heeft afgeleerd om zout te gebruiken, op doktersinstructie van zijn zoon, en dat hij eigenlijk niet goed meer proeft. Daarom kan de omelet te flauw zijn.

'Het probleem met omeletten is dat ik er maar een tegelijk kan maken. Eet gerust terwijl ik snel de mijne maak.'

Hij gaat weer aan de slag bij het fornuis. Ze pakt mes en vork, snijdt door het opgezwollen ei en brengt het naar haar mond. Haar honger is overweldigend, de smaak zacht en heerlijk in haar mond.

'Maar het boek is ook voor onze zwarte mensen,' zegt hij. 'De Afrikaners zijn erbovenop gekomen, een wonderbaarlijke prestatie. Maar toen vergrepen ze zich aan hun macht. Nu zijn er tekenen dat de zwarte regering dat ook gaat doen. Ik ben bang dat ze dezelfde fouten gaan maken. Dat zou zo jammer zijn. We zijn een land van mogelijkheden, van wonderbaarlijke, goede mensen die allemaal maar één ding willen: een toekomst voor onze kinderen. Hier. Niet in Canada.'

Hij zet de pan weer in de oven. Hij zegt dat hij een kaasfan is, en dat zuivel volgens zijn zoon niet gezond is, maar dat zoiets op je negenenzeventigste naar zijn idee niet meer uitmaakt, en hij glimlacht weer met zijn witte, gelijkmatige kunstgebit. Het geroosterde brood! Dat was hij helemaal vergeten... Hij klakt met zijn tong, pakt twee boterhammen uit een plastic zak en doet ze in de rooster.

'Dit is verrukkelijk,' zegt ze, want dat is het. Ze heeft de helft van de omelet al op.

'Zal ik lekkere koffie voor ons zetten? Er zit een fantastische koffiezaak in de Bo-Kaap; ze branden hun eigen bonen, maar malen doe ik zelf.'

'Dat zou heerlijk zijn.' Ze wil opstaan en hem omhelzen. De emoties zijn diep en zwaar in haar, maar worden gesust door zijn enthousiasme en gastvrijheid.

Hij doet een keukenkastje open en haalt daar een groot zilverkleurig blik uit. Hij zegt dat hij nu niet zijn omelet in de oven moet vergeten, dat is de handicap van de ouderdom, dat vergeten. In zijn jonge jaren kon hij zo gemakkelijk alles tegelijk doen, maar nu is dat het enige wat hij zich herinnert: zijn jonge jaren. Hij schept koffiebonen in een molen en drukt op een knopje. Het scherpe geluid van messen die bonen breken. Hij mompelt iets, ze ziet zijn lippen bewegen. Als hij klaar is met malen, trekt hij het filter van het koffiezetapparaat open en giet de koffie erin. Hij pakt de pannenlappen en doet de oven open.

'Een mengsel van cheddar en gruyère, het ruikt altijd lekkerder dan het smaakt. Dat is het probleem met de ouderdom. Je reukvermogen blijft langer intact dan je smaak.'

In de broodrooster springen de twee boterhammen omhoog. Hij pakt een bordje, legt het brood erop en brengt het haar. 'Een beetje groenevijgenjam? Ik heb er hele lekkere camembert bij, vol en romig, gemaakt door een kleine kaasboerderij in de buurt van Stellenbosch.' Hij doet de ijskast open en haalt het al tevoorschijn voordat ze iets kan zeggen.

Hij is weer bij het fornuis, schuift zijn omelet op een bord, komt ermee naar de tafel en gaat zitten. Hij neemt een hap. 'Ik doe vaak ook feta bij dit speciale mengsel, maar misschien is dat te zout voor een jonge vrouw... De koffie!' Hij springt weer overeind, met verbluffende energie, om water in het koffiezetapparaat te gieten. Hij morst op het aanrecht en veegt dat eerst met de witte theedoek schoon. Hij zet het apparaat aan en komt weer zitten.

'West Lafayette. Je bent ver van huis, meisje.'

28

Op de zestiende verdieping van het appartementenblok staat de man met de korte grijze baard, scherp afgetekend tegen het verlichte stadspanorama, zijn handen achter zijn rug gevouwen.

Voor hem staan de zes jongemannen. Ze kijken naar hem, niet geïntimideerd, afwachtend, drie zwart, drie blank, verenigd door hun jeugd, hun atletische lichaam en hun onverschrokkenheid.

'Er zijn fouten gemaakt,' zegt de man in het Engels, met een opvallend accent. 'Leer daarvan. Ik neem nu de leiding over. Het is geen motie van wantrouwen. Zie het als een leermoment.'

Een of twee knikken een beetje, ze weten dat hij niet van emotioneel vertoon houdt.

'De tijd is onze vijand. Daarom zal ik het kort houden. Onze vriend bij Metro zal een passend voertuig verschaffen: een bestelbusje dat al vier maanden onopgeëist in het depot in Groenpunt staat. Ga het halen, Oerson wacht bij het hek. Laat het busje achter in de parkeergarage van het Victoria Junction-hotel.'

Hij pakt een blinkende metalen koffer van de grond en legt hem op de tafel voor zich. Hij kijkt naar een van de jongens. 'De Taurus?'

'In de haven onder water.'

'Mooi zo.' De man klapt de koffer op tafel open en draait hem om zodat ze erin kunnen kijken. 'Vier stuks Stechkin APS, het APB-model. Die B staat voor *Bes-shumniy*, het Russische woord voor 'stil', want de loop is uitgeboord voor een lagere omloopsnelheid en zoals jullie zien, worden ze geleverd met een knaldemper. De wapens zijn vijfendertig jaar oud, maar het is een van de betrouwbaarste automatische pistolen ter wereld. Negen millimeter, magazijn van twintig. De munitie is minder dan zes maanden oud. De knaldempers betekenen niet dat het wapen helemaal stil is. Het maakt een geluid dat vergelijkbaar is met dat van een ongedempt punt twee pistool, genoeg om de aandacht te trekken, en dat willen we niet. Gebruik het alleen in noodgevallen. Is dat duidelijk?'

Nu knikken ze allemaal, met begerige blikken naar de wapens.

'Veel meer stopkracht dan de Taurus. Vergeet dat niet. En de nummers zijn er afgevijld. De wapens kunnen niet naar ons worden herleid. Zorg dat je handschoenen draagt en dump ze zo nodig.'

Hij wacht even om zeker te weten dat er geen vragen zijn.

'Goed. We doen het als volgt.'

Inspecteur Fransman Dekker is op weg naar Natasha Abader als de lange blanke man hem onderschept.

'U bent van de politie?'

'Ja,' zegt Dekker en hij beseft dat het een bekend gezicht is.

'Ik ben Iván Nell.' De nadruk in de krachtige stem zegt dat de naam iets betekent.

'Was u niet op tv?'

'Ik was een van de mentoren van *Supersterre*.'

'U zingt.'

'Dat klopt.'

'Mijn vrouw keek altijd naar *Supersterre*, aangenaam kennis te maken. U moet me verontschuldigen, we hebben het nogal druk vanochtend,' zegt Dekker en gaat weer op weg naar Natasha.

'Daarom ben ik hier,' zegt Nell. 'Over Adam.'

Dekker blijft onwillig staan. 'Hoezo?'

'Ik denk dat ik de laatste ben die hem levend heeft gezien.'

'Gisteravond?' De zanger heeft nu zijn volledige aandacht.

Nell knikt. 'We hebben tot tien uur gegeten bij de Bizerca Bistro, hier bij Pier Place.'

'En toen?'

'Toen ben ik naar huis gegaan.'

'Aha.' Dekker denkt even na. 'En hij?'

'Ik weet niet waar Adam naartoe ging. Maar toen ik vanochtend op de radio hoorde...' Nell kijkt rond naar de andere mensen die voor zijn gevoel te dichtbij zitten, naar Natasha, die is opgestaan en op hen af loopt. 'Kunnen we ergens anders praten?'

'Waarover?'

Nell komt dichterbij en zegt gedempt: 'Ik denk dat zijn dood iets te maken kan hebben met ons gesprek van gisteravond, ik weet niet...'

'Waar hebben jullie het over gehad, meneer Nell?'

Hij lijkt niet op zijn gemak. 'Kunnen we ergens anders praten?' Een dringend gefluister.

Dekker onderdrukt de neiging om te zuchten. 'Kan het twee minuten wachten?'

'Natuurlijk. Ik wil alleen niet dat jullie denken, u weet...'

'Nee, meneer Nell, ik weet het niet,' zegt Fransman Dekker. Hij kijkt naar Natasha, die geduldig staat te wachten, een paar stappen van hen af, en dan weer naar Nell. 'Een moment, alstublieft.'

'Natuurlijk.'

Bennie Griessel is niet goed in wachten. Daarom loopt hij de meldkamer uit, door de drukke receptie en de veiligheidsdeuren naar buiten, de Buitenkantstraat in. Zijn hersens malen en hij heeft weinig hoop. Ze gaan haar niet vinden. Hij heeft nu veertien patrouillewagens die in een raster rijden, en er staat er een in de Langstraat die de Cat & Moose in de gaten houdt. Hij heeft tien voetpatrouilles, waarvan er twee de Kompanjiestuin doorzoeken. De helikopter is teruggekomen van Table View en heeft de hele klotestad doorzocht, en nu zijn ze bezig bij Kampsbaai, Bantrybaai en Seepunt en nog steeds geen spoor.

Waar kan ze zijn?

Hij loopt naar zijn auto, haalt de Chesterfields uit het dashboardkastje, doet het portier weer dicht en staat op de stoep met het pakje sigaretten in zijn hand.

Wat ziet hij over het hoofd?

Was er in de chaos van die ochtend iets wat hij over het hoofd heeft gezien? Het is een bekend gevoel: op de dag dat een misdaad is gepleegd, zit zijn hoofd té vol met losse, onsamenhangende brokjes die elkaar verdringen. Het heeft tijd nodig, een nacht slapen soms, zodat het onderbewustzijn kan sorteren en verbanden leggen, als een trage secretaresse die in haar eigen, ongehaaste tempo werkt.

Hij pakt een sigaret en steekt hem tussen zijn lippen.

Hij ziet iets over het hoofd...

Doet het doosje lucifers open.

De veldmaarschalk. Jeremy Oerson en de zoektocht naar de rugzak.

Hij begint haastig terug te lopen over de stoep, doet de lucifers in zijn broekzak, steekt de sigaret terug in het pakje en gaat het politiebureau in. Is dat alles? Is dat het enige wat aan de deur van zijn bewustzijn komt kloppen?

In de meldkamer vraagt hij aan een uniform waar hij een telefoonboek kan vinden.

'Receptie.'

Griessel gaat het halen en bladert erin terwijl hij terugloopt. Helemaal achterin staan de nummers van de gemeentelijke overheidsdiensten. Hij zoekt Metro op, legt het boek op de oude diensttafel van donker hout, waar zijn kaarten, notitieblok, pen en telefoon liggen, houdt zijn vinger bij het nummer en belt. Na twee keer overgaan zegt een vrouwenstem: 'Cape Town Metropolitan Police, *good afternoon*, goedemiddag,' en hij zegt: 'Jeremy Oerson, alstublieft.'

'Momentje.' Ze verbindt hem door en de telefoon gaat over. Tot een man opneemt: 'Metro.'

'Jeremy Oerson?'

'Jeremy is er niet.'

'Met insp... hoofdinspecteur Bennie Griessel, SAPS, waar kan ik hem vinden? Het is tamelijk dringend.'

'Ogenblik...' Een hand wordt over de hoorn gehouden en er worden onverstaanbare woorden geroepen. 'Hij is waarschijnlijk zo terug. Wilt u zijn mobiele nummer?'

'Graag.' Griessel trekt zijn pen en notitieblok naar zich toe.

De man geeft het nummer, Griessel schrijft het op, hangt op en belt. Oerson antwoordt bliksemsnel.

'Met Jeremy.'

'Bennie Griessel, SAPS. We hebben elkaar vanochtend in de Langstraat gesproken.'

'Ja.' Volkomen gebrek aan enthousiasme.

'Hebben jullie iets gevonden?'

'Waar?'

'In de stad. De rugzak van dat meisje. Jullie zouden gaan zoeken...'

'O ja. Nee, niks gevonden.'

Zijn houding bevalt Griessel niet. 'Kun je vertellen waar jullie precies hebben gezocht?'

'Dat zou ik moeten checken. Ik heb niet zelf gezocht. We hebben wérk te doen, weet je...'

'Ik dacht dat dit jullie werk was, misdaad bestrijden.'

'Jouw zaak is niet de enige waar we aan werken.'

Nee, jullie moeten ook nog parkeerbonnen uitschrijven, denkt hij, maar hij beperkt zich tot het onderwerp: 'En je weet honderd procent zeker dat ze absoluut niets hebben gevonden.'

'Niets van dat meisje.'

'Dus jullie hebben wel iets gevonden?'

'De straten liggen vol spullen. Er staat een zak vol troep in mijn kantoor, maar geen paspoort of portemonnee of iets van een Amerikaanse vrouw.'

'Hoe weet je dat?'

'Denk je dat ik achterlijk ben?'

Jezus. Griessel haalt langzaam en diep adem. 'Nee, ik denk niet dat je achterlijk bent. Waar is die zak?'

Oerson wacht voordat hij antwoordt. 'Waar ben je nu?'
'Nee, zeg maar waar je kantoor is. Ik laat hem ophalen.'

Natasha Abader doet het kantoor van Adam Barnard open en zegt: 'Ik zal je het wachtwoord moeten geven als je op zijn laptop wilt kijken.'

Ze gaat naar binnen, en Dekker volgt haar. Er hangen grote, ingelijste foto's aan de muur, Barnard met muzieksterren, de een na de ander, mannen met een arm om Barnards schouder, vrouwen met een hand op zijn lichaam. Op elke foto staat een handtekening en een boodschap, in dikke zwarte viltstift. 'Dankjewel, Adam!' *'Adam for president!!!'* 'Met liefde en dank.' 'De ster aan mijn hemel.' 'Jij bent mijn lieveling.' Hartjes, kruisjes die kusjes betekenen, muzieknoten.

Hij kijkt naar het bureau waar Melinda Geyser naar eigen zeggen gebonkt is. Behalve de laptop staat er niets op. Zijn fantasie slaat op hol. Melinda ligt op haar rug op het grote houten blad, poedelnaakt, haar benen over de schouders van de staande Adam gehaakt, haar mond open in extase terwijl Barnard haar pompt, geluid dat door de dunne muren hoorbaar is.

Dekker kijkt schuldbewust naar Natasha. Haar aandacht is bij de laptop, haar wenkbrauwen vormen een vraagteken.

'Wat?'

'Adam heeft zijn computer aan laten staan.'

Dekker loopt om het bureau heen en gaat naast haar staan. Hij ruikt haar parfum. Subtiel. Sexy. 'Ja?'

'Dat doet hij normaal nooit. Ik zet hem aan als ik binnenkom, zodat hij...'

De schermbeveiliging is aan, het logo van AfriSound dat als een vlaggetje wappert en beweegt. Ze beweegt de muis, de schermbeveiliging verdwijnt en er wordt een wachtwoord gevraagd. Natasha bukt zich om het in te voeren, haar lange nagels tikken op de toetsen, haar decolleté valt open. Dekker heeft een goed uitzicht, hij kan zijn ogen er niet van afhouden. Haar borsten zijn klein, stevig, volmaakt.

Ze komt opeens overeind. Hij verplaatst zijn blik haastig naar het scherm. Er staat geen programma open.

'Ik moet zijn e-mail bekijken.'

Ze knikt, bukt zich weer, beweegt de muis. Waarom gaat ze niet zitten? Of weet ze dat hij kijkt?

'Waar is zijn agenda?'

'Hij gebruikte Outlook. Wacht, ik zal het laten zien,' en weer beweegt ze de muis en klikt hier en daar. 'Je kunt gewoon met Alt en Tab heen en weer tussen e-mail en de agenda,' zegt ze, en dan doet ze een stap naar achteren en kan hij op de grote, comfortabele stoel gaan zitten.

'Dank je,' zegt hij. 'Mag ik je een paar vragen stellen?'

Ze loopt naar de deur. Heel even denkt hij dat ze hem negeert, maar dan doet ze de deur dicht, komt terug en gaat tegenover hem zitten. Ze kijkt hem recht aan.

'Ik weet wat je wilt vragen.'

'Wat?'

'Je wilt weten of Adam en ik... je weet wel...'

'Waarom zou ik dat vragen?'

Ze haalt onverstoorbaar haar schouders op. Een sensueel gebaar, maar hij vermoedt dat ze zich daar niet van bewust is. Er is iets dofs aan haar, iets droevigs. 'Je gaat over ons allemaal inlichtingen inwinnen,' zegt ze.

Meteen wil hij het weten, maar om een andere reden. 'Is het waar?' En zijn hersens zeggen: Fransman, wat ben je aan het doen? Maar hij weet wat hij aan het doen is, hij zoekt problemen en hij kan het niet helpen.

'Ja.' Ze slaat haar ogen neer.

'Hier?' Hij wijst naar het bureau.

'Ja.'

Waarom heeft ze zich aan een blanke man gegeven, een blanke man van middelbare leeftijd, terwijl ze mooi genoeg is voor de cover van een tijdschrift? Hij wil weten of het betekent dat ze makkelijk is, toegankelijk. Voor hem.

'En vanochtend was ik blij dat ik het gedaan heb,' zegt ze.

'Omdat hij dood is?'

'Ja.'

'Er gaan veel verhalen over hem... en vrouwen.'

Ze zegt niets.

'Heeft hij vrouwen gedwongen?'

'Nee,' met een houding die duidelijk maakt dat ze bezwaar heeft tegen de vraag.

'Heb je het gehoord gisteren? Toen Melinda hier was.'

'Ik heb het gehoord,' zonder blikken of blozen.

'Weet je waarom hij haar had laten komen?'

'Nee. Ik had alleen in zijn agenda gezien dat ze zou komen.'

'Maar meestal is Jos erbij.'

Weer dat schouderophalen.

'Dat is wat ik niet begrijp: drie van jullie hebben gehoord hoe hij een gospelzangeres in zijn kantoor... bonkte,' met zijn vingers zet hij aanhalingstekens om het woord. 'En niemand vindt dat gek. Wat is dit voor oord?'

Ze ergert zich. Dat ziet hij aan haar lichaamstaal en aan de manier waarop ze met haar mond trekt, plotseling stijf en zuur.

'Kom op, sister, hoe komt dit over, denk je?'

'Ik ben je "sister" niet.'

Hij wacht tot ze een verklaring geeft, maar ze zwijgt.

'Heeft Adam Barnard iets gezegd over een dvd, vorige week? Iets wat hij met de post heeft gekregen?'

'Nee.'

'Weet jij wie hem heeft doodgeschoten?'

Het duurt even voordat het antwoord komt, met tegenzin, als een vraag: 'Jos Geyser?'

'Misschien niet.'

Ze kijkt verbaasd en veegt met een geoefende beweging haar lange haar over haar schouder.

'Waarom denk je dat het Jos was?'

'Ik heb hem gezien gisteren. Hij was er kwaad genoeg voor. En hij is... *weird*.'

'Weird?'

Weer dat schouderophalen, dat samenzweert om haar borsten vreemd te laten bewegen onder de dunne, strakke stof. 'Een Gladiator die gospelzanger wordt. Is dat weird of niet? Zoals hij eruitziet...'

'Ik kan hem niet opsluiten om hoe hij eruitziet. Wie was er nog meer boos op Adam Barnard?'

Ze maakt een wrang geluid. 'Dit is de muziekbusiness.'

'En dat betekent?'

'Iedereen is weleens kwaad op iedereen.'

'En iedereen bonkt iedereen.'

Ze is weer verontwaardigd.

'Wie was er nog meer kwaad genoeg op hem om hem dood te schieten?'

'Ik weet het echt niet.'

Hij stelt de vraag die hem fascineert: 'Waarom waren... vrouwen zo gek op hem? Hij was over de vijftig.'

Ze staat op en vouwt haar armen onder haar borsten, koel en boos. 'Hij zou tweeënvijftig zijn geworden. In februari.'

Hij wacht op een antwoord, maar dat komt niet. Hij dringt aan: 'Waarom?'

'Het gaat niet om leeftijd, het gaat om aura.'

'Aura?'

'Ja.'

'Wat voor aura?'

'Er zijn meerdere soorten.'

'Wat had hij voor aura?'

'Dat begrijp je toch niet.'

'Help me het te begrijpen.'

'Hij had een aura van power. Heel sterk.' En dan kijkt ze hem weer uitdagend aan en zegt: 'Vrouwen houden van de power van geld, en die had hij. En hij was de poort naar de sterren, voor veel vrouwen. Hij kon hen voorstellen aan de beroemdheden met geld. Maar er is een andere power die helemaal onweerstaanbaar is: *the power to empower*.'

'Nu kan ik je niet meer volgen.'

'Een man met power in je leven hebben is de tweede prijs. De eerste prijs is zelf de power hebben zodat je geen man in je leven nodig hebt. Dat was het soort power dat Adam Barnard kon geven.'

'Aan zangeressen? Hij kon ze *fame* en *fortune* geven?'

'Ja.'

Hij knikt langzaam. Ze aarzelt even, draait zich om en loopt naar de deur.

'Maar jij bent geen zangeres,' zegt hij.

Met haar hand op de deurknop zegt ze zonder om te kijken: 'De tweede prijs is zo slecht nog niet.'

Ze doet de deur open en loopt weg.

'Stuur die Nell binnen alsjeblieft,' roept hij haar na, maar hij weet niet of ze hem gehoord heeft.

29

Alexa Barnard wordt zich langzaam bewust van een aanwezigheid naast haar bed.

Ze doet haar zware oogleden open, voelt de doffe pijn in haar onderarm, het gewicht van haar lichaam, ruikt de vreemde geur van de ziekenhuiskamer. Rechts van haar bed ziet ze grote ogen achter dikke brillenglazen. Ze probeert te focussen, maar doet haar ogen weer dicht.

'Mijn naam is Victor Barkhuizen en ik ben een alcoholist,' zegt een stem heel zacht, heel sympathiek.

Ze doet haar ogen weer open. Het is een oude man.

'Bennie Griessel heeft me gevraagd om bij u langs te komen. De rechercheur. Ik ben zijn AA-sponsor. Ik wil dat u weet dat u er niet alleen voor staat.'

Haar mond is kurkdroog. Ze vraagt zich af of het door de medicijnen komt, het spul waardoor ze in slaap was gevallen.

'De dokter?' vraagt ze, maar haar tong zit aan haar verhemelte geplakt, haar lippen zijn stijf, de woorden willen zich niet vormen.

'U hoeft niet te praten. Ik kom alleen een poosje bij u zitten en ik laat mijn nummer bij de zaalzuster achter. Vanavond kom ik weer.'

Ze draait moeizaam haar hoofd naar hem toe, weet haar ogen open te krijgen. Hij is klein en gebogen, kaal en bebrild, en het haar dat hij rondom zijn hoofd nog over heeft, hangt in een lange grijze vlecht op zijn rug. Ze steekt traag haar rechterhand naar hem uit. Hij pakt hem en houdt hem vast.

'U bent de dokter,' probeert ze weer.

'Niemand is volmaakt.'

'Ik rook,' zegt ze.

'Waar rook is, is vuur.'

Ze weet niet of de glimlach op haar gezicht te zien is. 'Dank u,' zegt ze alleen en doet haar ogen weer dicht.

'Graag gedaan.'

Dan weet ze het weer, ergens door de nevel is een gedachte gekomen, een boodschap. Zonder haar ogen open te doen, zegt ze: 'Die rechercheur...'

'Bennie Griessel.'

'Ja. Ik moet hem iets vertellen.'

'Ik kan hem een boodschap doorgeven.'

'Zeg dat hij moet komen. Over Adam...'

'Ik zal het hem zeggen.'

Ze wil er iets aan toevoegen, iets wat haar nu ontglipt, wat als een gladde zilveren vis uit haar handen het donkere water in glipt. Ze zucht, voelt de hand van Victor Barkhuizen en drukt hem, langzaam, alleen om te weten dat hij er nog is.

'Ik zou graag mijn vader bellen. Ik betaal ervoor, natuurlijk,' zegt Rachel Anderson terwijl ze hem helpt de borden naar de gootsteen te brengen, ondanks zijn protest.

'Dat hoeft niet,' zegt hij. 'De telefoon staat op de tafel waar ik aan werk.' En dan lacht hij. 'Kijk maar of je hem kunt vinden. Ga maar, ik ruim wel op.'

'Nee,' zegt ze. 'Laat me dan tenminste afwassen.'

'Geen sprake van.'

'Alstublieft, ik sta erop. Ik ben dol op afwassen.'

'Je kunt heel charmant liegen, meisje.'

'Het is echt waar! Thuis doe ik het altijd.'

'Dan doen we het samen,' zegt hij terwijl hij het afwasmiddel over de borden spuit en de kranen opendraait. 'Jij wast, ik droog en ruim op. Woon je nog bij je ouders?'

'O ja, ik heb vorig jaar eindexamen gedaan. Dit is bedoeld als tussenjaar, voordat ik ga studeren.'

'Hier, doe die handschoenen maar aan... En waar zou je gaan studeren?'

'Purdue. Daar werken mijn ouders.'

'Zijn het academici?'

'Mijn vader doceert Engelse Literatuur. Mijn moeder werkt bij de School of Aeronautics & Astronautics, bij het Astrodynamics and Space Applications-onderzoeksteam.'

'Lieve hemel.'

'Zij is een echte wetenschapper, het grootste warhoofd dat ik ken. Ik ben dol op haar, ze is briljant, ze doet ruimtevaartdynamica, *orbit mechanics*, dat gaat over satellietbesturing, hoe hun omloopbaan kleiner wordt en hoe ze weer in de dampkring komen. Het is een soort rijmpje, ik kan het opzeggen, maar ik begrijp niets van wat ze doet. Ik denk dat ik op mijn vader lijkt, en ik praat te veel, nu.'

Hij legt een hand op haar bovenarm. 'En ik geniet van elke minuut, dus praat zoveel je wilt.'

'Ik mis ze heel erg.'

'Ja, natuurlijk.'

'Nee, het is meer... ik ben bijna twee maanden geleden van huis gegaan, ik ben al zo lang weg, dat maakt je... ik wist niet hoe vreselijk ik was, ik was zo'n echte tiener!'

'Dat zijn we allemaal geweest. Dat hoort bij het leven.'

'Ik weet het, maar er moest iets heel ergs gebeuren...' Haar handen hangen roerloos in de afwas, haar hoofd zakt naar haar borst, ze staat doodstil.

Hij zegt eerst niets, kijkt alleen naar haar met diep medelijden. Hij ziet de tranen die geluidloos over haar wangen rollen. 'Wil je erover praten?'

Ze schudt haar hoofd, vecht om zich te beheersen. Het komt langzaam. 'Ik kan het niet. Ik moet eigenlijk...'

'Je bent bijna klaar. Ga je vader bellen.'

'Dank u.' Ze draalt. 'U bent zo vreselijk vriendelijk geweest... ik...'

'Ik heb maar heel weinig gedaan.'

'Zou het onbeleefd zijn als ik...'

'Ik denk niet dat jij ook maar één onbeleefde draad aan je lichaam hebt. Vraag maar wat je wilt.'

'Ik snak naar een bad, ik denk niet dat ik ooit zo vies ben geweest. Ik zal het snel doen, dat beloof ik...'

'Grote goedheid, natuurlijk, en neem alle tijd die je nodig hebt. Wil je badschuim? Ik heb het van mijn kleinkinderen gekregen voor mijn verjaardag, maar ik gebruik het nooit.'

Er is geen parkeerplek in de Kasteelstraat. Griessel moet een straat bij de Van Hunks vandaan in de Langstraat parkeren, en de parkeerwachter komt als een aasvogel op hem af. Hij betaalt voor twee uur en loopt haastig naar de nachtclub, waar tot zijn verbazing Vusi bij de voordeur staat te wachten.

'Ik dacht dat je nog onderweg was.'

'Die jongens van Table View zijn woestelingen. De hele weg de sirenes aan. De tent is dicht. We moeten achterom.'

'Ik heb de ooggetuige van Carlucci's laten halen, Vusi. En Oliver Sands van het hostel,' zegt Griessel.

'Oké, Bennie.'

Ze lopen samen de dienststeeg in. Griessels mobiele telefoon gaat. Op het scherm staat MAT JOUBERT.

'Hé,' zegt Bennie als hij opneemt.

'Met hoofdinspecteur Bennie Griessel?' vraag Joubert.

'Het is toch verdomme niet te geloven?'

'Gefeliciteerd, Bennie. Het werd hoog tijd. Waar zit je?'

'Nachtclub in de Kasteelstraat. De Van Hunks.'

'Ik ben vlak om de hoek. Heb je trek in iets van Steers?'

'Jissis, graag,' want hij heeft gisteravond voor het laatst gegeten. 'Een dagwoodburger, patat en een cola, ik betaal je terug.' Zijn maag maakt bij het vooruitzicht een hoorbaar hongergeluid. 'Wacht, ik vraag Vusi of hij ook wat wil.'

Op de derde verdieping van een recent opgeknapt kantoorgebouw in de St. Georgepassage gaat de lift open om de dikke vrouw eruit te laten.

Ze slingert de tas over haar schouder, hangt het pistool op haar heup recht en loopt doelgericht over het hoogpolige, lichtbruine tapijt naar de receptioniste die achter een donkerhouten balie zit. Ze pakt haar SAPS-identiteitskaart die om haar nek hangt tussen duim en wijsvinger, duwt hem de receptioniste onder de neus en kijkt op naar een donkerhouten bord met het opschrift JACK FISCHER & CO, elke elegante letter uit glimmend koper gesneden en apart gemonteerd.

'Inspecteur Mbali Kaleni, SAPS. Ik moet Jack Fischer spreken.'

De vrouw is niet onder de indruk. 'Ik betwijfel of hij beschikbaar is.' Ze steekt een onwillige hand uit naar een telefoon.

'Is hij er?'

De receptioniste negeert haar. Ze belt een viercijferig nummer en zegt dan gedempt: 'Marli, ik heb hier een vrouw van de politie die met Jack wil praten.'

'Is Jack aanwezig?' vraagt Kaleni weer.

'Ik snap het,' zegt de vrouw met een zekere genoegdoening in de telefoon. 'Dank je, Marli.' Ze legt de telefoon neer en snuift met een kleine frons. 'Wat ruik ik toch?'

'Ik vraag of Jack Fischer er is.'

'Meneer Fischers agenda is vol. Hij kan u pas na zessen ontvangen.'

'Maar hij is hier?'

De vrouw knikt weinig enthousiast.

'Zeg tegen hem dat het over de moord op zijn cliënt Adam Barnard gaat. Ik moet hem binnen nu en een kwartier spreken.'

De receptioniste doet haar mond open om te reageren, maar ze ziet hoe Kaleni zich omdraait en naar een van de grote leunstoelen bij de muur waggelt, behaaglijk gaat zitten, haar handtas op haar schoot zet en er een witte plastic tas uithaalt met de letters KFC erop en het logo van de bebrilde man met de sik.

De frons op het gezicht van de receptioniste wordt nog dieper als Kaleni haar pafferige hand in de plastic tas steekt en er een rood met witte kartonnen doos uithaalt en een blikje Fanta Grape. Ze ziet hoe de politievrouw haar handtas op de grond zet, de Fanta op de tafel naast haar, en zorgvuldig de doos openmaakt.

'U kunt hier niet eten,' zegt ze, eerder verbluft dan autoritair.

Mbali Kaleni pakt een kippenpoot uit de doos: 'Dat kan ik best.' Ze neemt een hap.

De receptioniste schudt haar hoofd en maakt een geluid, iets tussen ongeloof en wanhoop. Ze pakt de telefoon zonder haar blik van de etende politievrouw af te wenden.

Galina Federova loopt de gang door, met Vusi en Griessel achter zich aan, en Bennie ruikt de drank al voordat ze de grote nachtclub instappen: de bekende, muffe, verschraalde lucht van dranklokalen waar jarenlang alcohol is geschonken, gedronken en gemorst. De geur die hem meer dan tien jaar lang een toevluchtsoord bood. Zijn maag trekt samen, bang en verwachtingsvol. Als hij de deur doorgaat en de club voor zich ziet, zoeken zijn ogen de planken met flessen langs de muur, lange rijen naast elkaar, flonkerend als juwelen onder de felle lampen.

Hij hoort de Russische vrouw zeggen: 'Dit is de avondploeg,' maar hij staart naar de drank, zijn hoofd meteen vol met herinneringen, en ook met een overweldigende heimwee naar de ontelbare dagen en nachten van drinken met vergeten zuipmaten. En de sfeer van die schemerige holen, het gevoel, de volslagen berusting van een hand om een glas en de wetenschap dat een knikje voldoende is om een nieuw te krijgen.

Hij proeft nu niet de cognac of Jack Daniels die hij altijd dronk, maar de gin die hij vanochtend voor Alexa Barnard heeft ingeschonken. Hij herinnert zich ontstellend helder haar opluchting, hij kon zo duidelijk de uitwerking van de alcohol op haar zien, hoe alle demonen verdreven werden. En dat is wat hij nu wil, niet de geur of de smaak, maar de rust, het evenwicht dat hem al de hele dag ontglipt. Hij smacht naar de uitwerking van drank, maar dan hoort hij Vusi zijn naam zeggen, een, twee keer, en rukt hij zich los van de flessen en concentreert zich op zijn collega.

'Dit zijn de mensen van de avondploeg,' zegt Vusi.

'Oké.' Griessel kijkt het lokaal door, zich bewust van zijn hart dat te snel klopt, zijn handpalmen die zweten, en hij weet dat hij het verlangen met geweld uit zich moet persen. Hij kijkt naar de mensen. Sommige personeelsleden zitten aan tafels, andere zijn bezig stoelen recht te zetten en tafels af te vegen. Hij hoort nu pas de muziek op de achtergrond, onbekende rock.

'Wilt u vragen of ze gaan zitten, alstublieft?' zegt hij tegen Federova, met de gedachte dat hij zichzelf als de donder in bedwang moet krijgen. Er is een jong, verdwaald, bang meisje dat opgespoord moet worden.

De vrouw knikt en klapt in haar handen om de aandacht van het personeel te trekken. 'Kom. Ga zitten.'

Griessel ziet dat ze jong zijn, allemaal aantrekkelijk, de meerderheid mannen, negen of tien, en vier vrouwen. Geen van hen lijkt erg blij om hier te zijn.

'Kan iemand de muziek uitzetten?' vraagt Griessel, ongeduldig door het algemene gebrek aan belangstelling, de drank en de drang in hem.

Een van de jongens staat op en loopt naar de geluidsinstallatie, drukt ergens op of draait ergens aan en plotseling is het stil.

'Zij zijn van de politie,' zegt Galina Federova zakelijk, maar de irritatie klinkt erin door. 'Ze willen vragen stellen over gisteravond.' Ze kijkt naar Griessel.

'Hallo,' zegt hij. 'Gisteravond waren er twee Amerikaanse meisjes hier in de club, jonge toeristen. Vanochtend is het lichaam van een van hen gevonden aan het eind van de Langstraat. Haar keel is doorgesneden.'

Hij negeert de gedempte geluiden van ontzetting. Nu heeft hij tenminste hun aandacht. 'Ik laat een foto rondgaan van het slachtoffer en haar vriendin. We hebben dringend jullie hulp nodig. Als jullie je ook maar iets herinneren, steek dan je hand op. We denken dat het andere meisje nog leeft en we moeten haar vinden.'

'Voordat het te laat is,' zegt Vusi Ndabeni zacht naast hem.

'Ja,' zegt Griessel en geeft de helft van de foto's aan Vusi. Hij loopt naar de achterste tafel en begint met uitdelen. Hij ziet hoe ze er met de geijkte macabere belangstelling naar kijken.

Hij gaat weer voorin staan en wacht tot Vusi de laatste foto's heeft uitgedeeld. Federova gaat aan de bar zitten en steekt een sigaret op. De hoofden van de jonge werknemers voor hem zijn gebogen, ze bestuderen de foto's.

Dan kijken er twee of drie langzaam op, voorzichtig, met de aarzelende uitdrukking die zegt dat ze de meisjes herkennen, maar niet de eerste willen zijn die een hand opsteken.

30

Mbali Kaleni is zich bewust van de afkeer van de receptioniste, maar begrijpt er niets van. Een mens moet toch eten? Het is etenstijd en er zijn hier stoelen en een tafel.

Dat is het probleem in dit land, denkt ze, al die kleine cultuurverschillen. Een Zoeloe eet wanneer ze moet eten, dat is normaal, dat is natuurlijk, dat is niets bijzonders. Ze zit niemand in de weg, en ze bemoeit zich ook niet met hoe en wat en wanneer de kleurlingen en de blanken eten. Als ze achter gesloten kantoordeuren of ergens in een benauwd keukentje hun smakeloze witte broodjes willen eten, moeten ze dat zelf weten. Zij heeft er geen oordeel over.

Ze schudt haar hoofd, pakt het bakje aardappelpuree met saus, haalt het doorzichtige dekseltje eraf, neemt het witte plastic lepeltje en zorgt dat ze een klein, goedgemanierd hapje neemt. Dat hoort bij haar ritueel. Ze eet altijd eerst alle kip, dan de aardappels en de helft van de frisdrank bewaart ze voor het laatst. En zoals gewoonlijk denkt ze na terwijl ze eet. Niet over de dood van die muziekman; het Amerikaanse meisje spookt door haar hoofd. Ze was er zo zeker van dat ze haar zou vinden. Haar collega's renden woest rond, als kippen zonder kop, maar zo zijn mannen nu eenmaal. Als de nood aan de man is, willen ze dingen dóén, ze kunnen de impuls niet onderdrukken. Maar de situatie vroeg om kalmte, om logica en causaal denken. Zo is ze bij de afdrukken in het bloemperk terechtgekomen.

En daarna, niets. Dat is wat ze niet snapt.

Het meisje zou niet over de omheining zijn gesprongen om vervolgens over de volgende muur te klimmen en verder te rennen door de straat.

Maar de oude man zei dat hij haar had gehoord, daar bij de muur.

Waarom heeft Rachel Anderson niet bij hem aangeklopt om te vragen of ze mocht schuilen? Te weinig tijd. En als er zo weinig tijd was, zou ze op een andere manier uit het gezichtsveld van de straat hebben willen komen. Waarom heeft de helikopter haar niet gezien? Want als Kaleni alles op een rijtje zet, zijn er nog maar twee opties voor een voortvluchtige vrouw die van de straat wil blijven: in een huis binnen zien te komen, of ergens anders schuilen in een tuin waar niemand je kan zien. Als ze niet bij de oude man is, moet ze over de noordmuur zijn gesprongen, naar het volgende huis. Maar Kaleni heeft een uniform, een lange, broodmagere Xhosa, over de muur laten kijken, want zij is te klein. En hij zei dat daar niets was, alleen een moestuintje en een plastic tafel en stoelen.

Is ze ook over de volgende muur gesprongen, en in de volgende tuin terechtgekomen? Dan had de helikopter haar op een of ander moment moeten zien.

En als ze zo ver gegaan was, waarom had Mbali Kaleni dan het gevoel gehad dat ze dichtbij was?

Ze schraapt de laatste hap aardappel uit het bakje, doet het dekseltje weer dicht en bergt het bakje in de doos.

Als ze hier klaar is, zal ze weer naar de Bo-Oranjestraat rijden. Nog eens kijken. Dat is ze het meisje verschuldigd, de kalmte, de logica en het causale denken van een vrouw.

Iván Nell zit tegenover Fransman Dekker in het kantoor van Adam Barnard en zegt met zijn diepe stem: 'Ik wilde Adam spreken, want ik denk dat ze me belazeren. Met geld.'

'Hoe dat zo?'

'Dat is een lang verhaal.'

Dekker trekt zijn notitieblok en pen naar zich toe. 'Kunt u me de hoofdlijnen geven?'

Nell leunt naar voren op de stoel, zet zijn ellebogen op zijn knieën en zegt met een ernstig gezicht: 'Ik denk dat ze met de boeken knoeien. Ik heb gisteren tegen Adam gezegd dat ik mijn accountant erbij wil halen, want er klopt niets van. En toen ik vanochtend op de radio hoorde dat hij dood is...'

'Waarom dacht u dat er niets van klopte?'

'Nou, verkoopcijfers te pakken krijgen was net zo lastig als tanden trekken, een enorme heisa om iets uit hen te krijgen. En toen kreeg ik vorig jaar geld voor een paar liedjes op verzamel-cd's bij onafhankelijke labels... Dat was een gigantische klap, meer dan ik gedacht had. Toen ben ik eens gaan rekenen.'

'Dus AfriSound is niet uw label?'

'Nee, vroeger wel, tot februari vorig jaar.'

'Zij maakten uw cd's?'

'Ik had een contract voor drie oorspronkelijke albums en de optie voor een Greatest Hits, die vorig jaar is uitgekomen, allemaal bij Adam.'

'En toen bent u naar iemand anders gegaan?'

'Nee, ik ben mijn eigen label begonnen.'

'Omdat AfriSound u belazerde?'

'Nee, nee, toen wist ik nog niet dat ze me tilden.'

Dekker leunt achterover in de comfortabele stoel. 'Meneer Nell, kunt u helemaal bij het begin beginnen alstublieft?'

'Ik... Zeg maar Iván.'

Dekker knikt, onder de indruk, maar hij laat het niet merken. Hij had arrogantie verwacht, want de zanger is bekend, blank en succesvol. Maar er is geen spoor van een ego, geen minachting voor een gekleurde politieman, alleen de oprechte behoefte om te helpen.

'Op Varsity College ben ik begonnen in bars te spelen, in 1996, om wat zakgeld te verdienen. Engelse covers, Kristofferson, Cohen, Diamond, Dylan, dat soort nummers, alleen ik met mijn gitaar. Vanaf '98, toen ik was afgestudeerd, liep ik de deuren plat in Pretoria om gigs te krijgen en ik begon te zingen in Café Amics, McGinty's, Maloney's, in sommige tenten eerst zonder betaling, want niemand kende me. Ik deed altijd twee sets Engelse covers en de laatste set was Afrikaans, met een paar van mijn eigen nummers erin, gewoon om het publiek te testen. Toen gebeurde het: als het tijd werd voor de laatste set stroomde het opeens vol. En de mensen zongen mee. Het werden er steeds meer, alsof er een enorme behoefte was aan Afrikaanse liedjes, alsof ze ergens bij wilden horen, de studenten, de jongelui. Hoe dan ook, het werden steeds meer gigs, ik speelde op een gegeven moment zes avonden per week en toen ik meer geld begon te verdienen dan met mijn werk, ging ik het fulltime doen, in 2000. In 2001 heb ik mijn eigen cd gemaakt die ik tijdens optredens verkocht.'

'Bij welk label?'

'Nee, ik had geen label.'

'Maar hoe maak je een cd als je geen label hebt?'

'Je hoeft alleen maar geld te hebben. Er was een jongen bij de Hartebeespoort, die had in een schuurtje een studio ingericht. Ik ben bij hem gaan opnemen. Hij rekende toen ongeveer zestigduizend. Ik moest het geld lenen.'

'Waarom heeft iemand dan een label nodig?'

'Voor ongeveer alles, maar het belangrijkste is kapitaal. Als je een behoorlijk album wilt maken, een fatsoenlijke opname met goede muzikanten en genoeg studiotijd, dan heb je twee ton nodig. Daar kon ik niet aankomen. Die eerste cd van me was primitief, en dat hoor je. Maar als je een avond in een bar zingt en zegt dat er ook een cd van is en de mensen hebben een glaasje op, dan kopen ze hem. Laten we zeggen dat je er tien op een avond verkoopt, daarmee verdien je je geld terug, maar je krijgt het niet op de radio gedraaid. Daar is het niet goed genoeg voor. Bij een label betalen ze voor een band, voor een producer, voor een geluidstechnicus, ze doen de marketing, de distributie, dat is een heel ander verhaal.'

'Maar hoe ben je bij AfriSound gekomen?'

'Adam hoorde wat er gaande was, dat er steeds meer publiek was. Hij kwam luisteren en wilde me onder contract. Ik bedoel, Adam Barnard, dat is waar een jongen van droomt, hij is de legende, hij is Mister Afrikaanse Muziek himself. Hij heeft me mijn grote kans gegeven, hij heeft me op de kaart gezet. Daar zal ik hem altijd dankbaar voor blijven... Hoe dan ook, we tekenden voor drie albums met een optie voor een Greatest Hits. En hij zei dat ik om te beginnen mijn eigen album opnieuw moest opnemen, met de beste muzikanten. Adam produceerde zelf, het was een *dream team*. En ze betaalden RSG-radio om de cd te draaien, het album is uiteindelijk dubbel platina geworden, dat duurde meer dan drie jaar, maar het liep goed. De volgende twee albums ook, en de Greatest Hits, ook al platina.'

'Waarom wil je dan niet meer bij AfriSound zingen?'

'Om heel veel redenen. Kijk, de grote labels persen elke cent uit je. Er zijn altijd grote beloftes, maar daar houden ze zich niet altijd aan. Eigenlijk gaat het over marges. Bij een platenmaatschappij krijg je twaalf procent, soms minder. Maar zelfstandig krijg je alles, min de basiskosten, tachtig, vijfentachtig procent, als je eenmaal je studiokosten hebt terugverdiend. Dat is een gigantisch verschil. En ik heb nu het kapitaal om een behoorlijke studio lang genoeg te huren om het beste resultaat te krijgen.'

'Wat betekent het als je zegt dat "het goed liep"? Over wat voor bedragen hebben we het dan?'

'Kijk, dat hangt ervan af...' Ongemakkelijk, alsof hij er eigenlijk niet over wil praten.

'Zo bij benadering.'

'*Jonkmanskas* was mijn eerste album voor Adam, dat deed maar vijftienduizend in het eerste jaar, maar je moet je *brand* opbouwen, want als mensen je tweede cd goed vinden, gaan ze de eerste ook kopen. Dus *Jonkmanskas* had een redelijk begin, maar staat nu al op honderdvijftigduizend.'

'En wat is jouw aandeel daarin?'

'Dat hangt er ook van af, of ik het zelf bij een concert verkoop of dat je het in de winkel koopt.'

Dekker zucht. 'Iván, ik probeer iets van de muziekbusiness te begrijpen. Geef me een grove schatting van wat je met een cd verdient. Tegenwoordig.'

Nell gaat langzaam rechtop zitten, nog steeds ongemakkelijk bij het onderwerp. 'Laten we zeggen zo'n zevenhonderdvijftigduizend in de loop van drie, vier jaar.'

'Zevenhonderdvijftigduizend?'

'Ja.'

'Fok,' zegt Dekker zacht en maakt een aantekening in zijn notitieblok. 'Maar hoe hebben ze je nou belazerd?'

'Het klinkt als heel veel geld, inspecteur, maar daar moet nog belasting af en er zijn veel onkosten...'

'Hoe hebben ze je belazerd?'

'Ik weet het niet. Daarom wil ik er een accountant bij halen.'

'Je moet toch een theorie hebben?'

'Nou, vorig jaar heb ik drie nummers gedaan voor verzamelalbums: een voor de rugby-cd van Sean Else, en twee voor Jeremy Taylor, een countryalbum en een kerstalbum. Sean en Jeremy zijn onafhankelijk, en toen ik het geld van de rugby-cd kreeg, was ik verbaasd, want dat was een klein fortuin, in verhouding veel meer dan wat ik bij Adam kreeg. En toen de betaling van dat country-ding kwam: hetzelfde verhaal. Toen ben ik eens goed naar de overzichten gaan kijken, naar de aftrekposten en verkoopcijfers en royalty's, en hoe meer ik keek, hoe minder ervan klopte. Nu moet je niet vergeten dat je op een verzamelalbum een van de tien of meer artiesten bent, dus je krijgt zeg maar een tiende van de royalty's die je normaal krijgt. Dus ik had er niet veel van verwacht. Maar het bleek veel op te brengen. En toen besefte ik dat er iets mis was.'

'En dat heb je met Adam Barnard besproken.'

'Ik heb hem gebeld, een week geleden ongeveer, en gezegd dat ik hem wilde spreken. Ik heb niet gezegd waarom, ik zei alleen maar dat ik het over mijn contract wilde hebben. En toen zei hij: laten we dan ergens rustig gaan eten.'

'En dat was gisteravond?'

'Klopt.'

'Wat was zijn reactie?'

'Hij zei dat ze voor zover hij wist niets te verbergen hadden. Toen ik zei dat ik mijn eigen accountant erbij wilde halen, zei hij: geen probleem.'

'En toen?'

'Toen bood hij me een nieuw contract aan. Maar ik zei: nee, dank je. En dat was dat. Daarna hebben we het over andere dingen gehad. Adam... Hij was geweldig gezelschap, zoals altijd. Zijn verhalen... Het rare is dat Adam normaal tot twaalf, een uur doorgaat, hij wordt nooit moe. Maar gisteravond rond half tien zei hij dat hij even iemand moest bellen. Hij ging naar buiten om te bellen en toen hij terugkwam, zei hij dat hij weg moest. We hebben de rekening gevraagd en om een uur of tien stonden we weer buiten.'

Dekker kijkt in Barnards agenda op zijn computer. Bij 19.00 uur staat

IVÁN NELL - BIZERCA, maar voor later op de avond staat er niets. Hij maakt een aantekening in zijn notitieblok: MOBIEL GESPREK 21.30 UUR??, en vraagt zich af wat er met de mobiele telefoon van Adam Barnard is gebeurd, want die was vanochtend niet op de plaats delict.

'Je hebt geen idee wie hij belde?'

'Nee. Maar hij was niet het soort man dat opstond om te gaan bellen. Normaal bleef hij gewoon bij je zitten bellen, maakt niet uit wie het was. En toen ik vanochtend hoorde dat hij was doodgeschoten, toen ik over de ergste schok heen was, vroeg ik me af...'

Ze staat met één voet in het warme schuimbad en daar is weer de gelegenheid om zich over te geven aan de luxe, de behoefte om haar haar te wassen en haar lichaam te boenen en dan achterover te gaan liggen om de pijn en vermoeidheid te laten wegsmelten.

Ze kan het niet. Ze moet haar vader bellen, ze zullen daar gek van bezorgdheid zijn.

Maar ze wil eerst snel in bad. Want ze had daarnet in de keuken voor het eerst sinds vannacht een uitweg gezien, een vooruitzicht: als ze haar vader belt, zal hij ervoor zorgen dat iemand haar komt halen, misschien van de ambassade, en dan zullen ze haar ondervragen, zal ze alles vertellen en dan komt er een hele procedure op gang, misschien lange gesprekken over alles wat er is gebeurd. Dat betekent dat het uren kan duren voordat ze het zweet en het stof en het bloed kan wegwassen. Daarom moet ze nu snel van de gelegenheid gebruikmaken.

Dan stapt ze in bad en gaat zitten. Het warme water brandt in de krassen en snijwonden, maar de voldoening is zo overweldigend, dat ze langzaam achterover zakt tot ook haar borsten onder de schuimbellen glippen.

Snel nu.

Ze komt meteen overeind, met grote zelfdiscipline, gaat staan, pakt de zeep en het washandje en begint haar jeugdige lichaam te boenen.

12.57 uur – 14.01 uur

31

Een meisje en twee jongens van de bediening en een barkeeper herinneren zich Erin Russel en Rachel Anderson. Griessel zet ze bij hem en Vusi aan tafel. Hij gaat met zijn rug naar de bar zitten, zodat die rotflessen buiten zijn gezichtsveld staan, ook al kan hij niets aan de lucht ervan doen.

'De anderen mogen naar huis,' beslist Galina Federova.

'Nee, ik heb ze nog nodig,' want de jongen van Carlucci's moet nog komen kijken of hij iemand herkent.

'Waarvoor?'

Griessel ergert zich en wil tegen haar zeggen dat het haar geen zak aangaat en dat haar houding hem niet aanstaat, maar zijn haast om zo veel mogelijk informatie te verzamelen weerhoudt hem ervan. 'Laat ze nog tien minuten wachten,' zegt hij kortaf, zodat ze weet dat ze geen kapsones moet krijgen.

Ze zegt iets in het Russisch, schudt haar hoofd en loopt weg. Griessel kijkt haar na. Dan draait hij zich langzaam om, probeert zijn gedachten te ordenen en vraagt de jonge mensen om de tafel: 'Wie wil beginnen?'

'Ze zaten hier,' zegt een van de jongens, hij wijst naar een tafel vlakbij en grijpt naar een ketting van houten kralen om zijn hals. Dan kijken ze allemaal tegelijk op, naar de deur achter Griessel. Hij draait zich ook om. Daar staat Mat Joubert, met een zak afhaaleten in elke hand.

'Ga door,' zegt Joubert, 'ik hoor bij hoofdinspecteur Griessel.' Hij loopt naar de tafel, zet de zakken erop, haalt er doosjes uit en schuift ze naar Vusi en Bennie. Bennie's maag trekt samen bij de geur van patat.

'Dank je, Mat.'

'Bedankt, chef,' zegt Ndabeni.

Joubert knikt alleen maar, trekt een stoel bij en gaat aan de tafel zitten.

'Dit is senior hoofdinspecteur Mat Joubert van de Provinciale Taskforce,' zegt Griessel, want hij kan zien dat ze geïntimideerd zijn door het postuur van zijn collega. 'En hij is geen geduldige man,' liegt hij erbij. Hij kijkt naar de jongen die als eerste is gaan praten. 'Waar waren we?'

De jongen kijkt naar Griessel en dan respectvol naar Joubert, zijn stem ineens heel serieus. 'Die twee van de foto, die zaten daar eerst alleen. Ik heb ze bediend. Ze dronken Brutal Fruit. Die ene, de blonde, die ging echt los. Die andere heeft er maar vier of vijf gehad, op de hele avond. Beetje raar.'

'O?' zegt Griessel. Hij scheurt het zakje Steers-zout open en strooit het voorzichtig over zijn patat. Het water loopt hem in de mond.

'Die backpackers... Normaal zuipen ze allemaal.'

Griessel onderdrukt de neiging om naar de rijen flessen achter de bar te kijken. 'Hoe wisten jullie dat het backpackers waren?' vraagt hij. Hij pakt het plastic vorkje om een paar patatjes te spiesen en brengt ze haastig naar zijn mond.

De jongen trekt een serieuze rimpel in zijn voorhoofd. 'Ik werk hier al twee jaar...'

Griessel knikt met een mond vol aardappel en beduidt met het vorkje dat de jongen verder moet gaan.

'Je leert ze herkennen. Bruin verbrand, de kleren, de accenten... En ze geven eigenlijk nooit fooi.'

'Hoe laat waren ze hier?'

'Uhm, dat was... het was voor mijn eerste rookpauze, rond een uur of negen.'

Griessel prikt nog wat frieten. 'Ze zaten hier eerst alleen?'

'Een tijdje. Toen werd het vol. Ik doe acht tafels; ik kan het niet precies zeggen. Ze hebben ook gedanst; er waren zat kerels die ze kwamen vragen. En op een gegeven moment zaten er zo'n stuk of vijf bij de tafel, bekenden, zo te zien.'

'Jongens of meisjes?'

'Ik... *guys* en *girls*... Luister, je moet weten...' en hij kijkt vooral Mat Joubert aan, 'het is een chaos als het hier vol is. Ik herinner me die meisjes omdat ze mooi waren, maar dat is het wel zo'n beetje.'

'Je kunt je de jongens die bij hen zaten niet meer herinneren?'

'Nee.'

'Zou je ze herkennen als je ze weer zag?'

'Misschien.'

Griessel trekt een blikje fris open. 'En jullie?' vraagt hij aan de anderen.

'Ik heb ze alleen zien dansen,' zegt het meisje. 'Mijn tafels zijn daar. Ze hebben een paar keer met elkaar gedanst, wat op zich niet gek is, maar het leek of ze ruzie hadden, je weet wel, ze stonden te bekvechten en te dansen. Maar meer kan ik er niet over zeggen.'

Met een mond vol hamburger knikt Griessel in de richting van de barkeeper.

'Die ene...' zegt hij en identificeert Erin Russel met een tikkende vinger op de foto, 'die heb op een gegeven ogenblik...'

'Die heeft op een gegeven ogenblik,' zegt de jongen met de houten kralen.

'Wat?'

'Het is die heeft en niet die heb.'

'Begin je weer?'

'Je wilde zeggen...' moedigt Griessel hem aan.

'Mijn station is achterin. Daar stonden twee figuren te drinken en toen *heb* die ene op een gegeven ogenblik met ze staan praten. Ik herinner me haar, want ik vond dat ze de tien-kont van de avond had, ze praatte met die twee...'

'De tien-wat?'

'Dat is iets wat we achter de bar doen. We geven punten, voor de beste benen en konten en... zo. Van een tot tien. En...'

'Jullie zijn gestoord,' zegt het meisje.

'En jullie dan? Laatst toen met die gast van *Idols*...'

Mat Joubert legt langzaam zijn armen op tafel, zodat zijn brede schouders nog breder worden. De barkeeper slikt zijn woorden in en kijkt schuldbewust naar Joubert. 'Hoe dan ook, ze was een tien-kont. De rest was ook niet slecht. Definitief, negen-benen en ik schat acht-...'

'Vertel iets over die jongens,' zegt Griessel steeds ongeduldiger.

'Die ene... Ik herinner me zijn gezicht vaag, die was hier al eerder geweest... de andere, weet ik niet... vriendjes, denk ik, ze hebben samen wat gedronken, eigenlijk niet gedanst, alleen bij de bar staan praten.'

'En toen?'

'Toen heb ik tegen de andere barkeepers gezegd dat we een tien-kont in de zaal hadden. Daar waar de bar naar de muur draait. Maar toen ik weer keek, was ze weg. En toen gingen die jongens ineens ook weg.'

'Wacht, wacht, wacht. Zij heeft hen aangesproken? Waarover, kon je dat horen?'

'Nee, ik... ik heb er niet zo op gelet.'

'Je stond naar haar kont te kijken,' zegt de serveerster verwijtend.

De barkeeper reageert niet.

'En toen ging ze weg?'

'Ik heb haar niet zien weggaan.'

'Hoe lang heeft ze bij hen gestaan?'

Hij denkt eerst na. 'Kijk, ik heb haar niet zien aankomen, we lopen ons suf te rennen, er zijn altijd te weinig barkeepers. Ik weet alleen dat ik haar op een bepaald moment daar zag staan, vanuit mijn ooghoek, ik denk dat ik weer drankjes ben gaan halen, toen kreeg ik de kans om goed te kijken, en toen zag ik die kont. Toen ben ik het tegen Andy en zo gaan zeggen, maar toen ik haar aan wilde wijzen, was ze weg. Ze kan vijf minuten bij hen hebben gestaan. Of tien...'

'Toen ze naar buiten gingen, hadden ze haast?'

'Enorm.'

'Hoe laat was dat?'

'Zeker al... Het was laat, ik weet het niet precies, ergens na enen?'

Griessel en Vusi kijken elkaar betekenisvol aan. 'Je had die ene hier al eerder gezien?'

'Dat denk ik. Niet vaak, maar hij kwam me vaag bekend voor.'

'Beschrijf hem eens.'

'Vrij lang...' Zijn woorden drogen op.

'Oud? Jong? Zwart? Blank?'

'Nee, blank, ongeveer zo oud als ik, begin twintig, vrij kort donker haar, heel bruin verbrand.'

'En de andere?'

'Zwart, ook zo begin twintig.'

De jongen met de houten kralen wijst ineens naar de deur achter Griessels rug en zegt opgewonden: 'Die gast zat gisteravond bij hun tafel.'

De rechercheurs kijken snel om. Bij de muur staan drie SAPS-agenten in blauw uniform geduldig te wachten. Een van hen heeft een grote, doorzichtige vuilniszak die naast hem op de grond ligt. Tussen hen in staan Olivier Sands en een jongen die Griessel niet kent.

'Dat weten we,' zegt Griessel.

'Die andere is de jongen van Carlucci's,' zegt Vusi gewichtig en hij staat op. Griessel volgt hem.

'Is dit de zak van Metro voor mij?' vraagt Griessel aan een van de agenten.

'Ja, inspecteur.'

'Het is nu hoofdinspecteur,' zegt Mat Joubert vanaf de tafel.

'Echt waar, Bennie?' vraagt Vusi, en er klinkt oprechte blijdschap in zijn stem.

Voordat hij het kantoor van Adam Barnard verlaat, belt Fransman Dekker met Forensisch.

'Met Jimmy,' zegt de dunne.

'Jimmy, met Fransman Dekker. Ik wil alleen weten, bij die Barnardzaak, hebben jullie misschien ergens zijn mobiel gevonden?'

Het duurt even voordat Jimmy snapt waar het om gaat. 'Blijf even hangen...'

Dekker hoort hem in de verte vragen: 'Arnie, die muziekvent die is doodgeschoten, hebben we daar een mobiel van gevonden?' En dan zegt hij tegen Dekker: 'Nee, Fransman, we hebben niks gevonden.'

'Ook niet in zijn auto?'

'Noppes.'

'Dank je, Jimmy.' Dekker blijft even peinzend staan, doet haastig de kantoordeur open en loopt naar het bureau van Natasha Abader. Ze is aan de telefoon, maar als hij voor haar staat, legt ze haar hand op de hoorn en trekt haar wenkbrauwen op.

'Het mobiele nummer van Adam Barnard?'

Nog steeds met haar hand over de hoorn geeft ze hem het nummer en hij voert het in op zijn telefoon. 'Dank je.' Terwijl hij belt, loopt hij weg, de gang in; misschien ligt Barnards telefoon in zijn kantoor, dan zal hij hem horen. Maar hij hoort de telefoon alleen overgaan aan zijn oor. Lang. En net als hij denkt dat hij de voicemail krijgt, hoort hij een bekende stem aan de andere kant die zegt: 'Hallo?'

'Met wie spreek ik?' vraagt Fransman Dekker verbaasd.

'Met hoofdinspecteur Bennie Griessel van de SAPS,' zegt de stem.

'Hoofdinspecteur?' zegt Dekker, totaal de kluts kwijt.

Griessel en Vusi zitten hoopvol te wachten of de jongen van Carlucci's iemand bij de Van Hunks kan identificeren als er een telefoon schel begint over te gaan, hier vlak bij hen, met het gerinkel van een ouderwetse telefoon. Allemaal grijpen of kijken ze naar hun mobiel, tot een van de uniformen zegt: 'Het komt uit die zak.'

Griessel rukt de zak met rommel open en begint als een gek achter de klank aan te grabbelen, tot hij iets beet heeft en de telefoon tevoorschijn haalt. Hij staart er heel even vol ongeloof naar voordat hij opneemt. Dat is het begin van een surrealistisch gesprek met iemand die hem blijkbaar kent, tot het raadsel wordt opgelost met: 'Bennie, met Fransman Dekker. Ik heb het mobiele nummer van Adam Barnard gebeld.'

'Dat meen je niet.'

'Echt waar.'

'Je gelooft nooit waar die telefoon was. In een zwarte schoen, in een zak met spullen die Metro vanochtend in de straten rond de moordplek bij de kerk heeft opgeraapt.'

'Een schoen? Kun je zien welke maat?'

Griessel pakt de schoen, kijkt erin, maar ziet niets. Hij draait hem om. Bijna afgesleten cijfers. 'Maat 45.'

'Jezus, dat is de andere schoen van Adam Barnard, Bennie. En die mobiel zat in de schoen?'

‘Niet te geloven.’

‘Waar hebben ze die gevonden?’

‘Weet ik niet. Dan moet je Jeremy Oerson bij Metro bellen. Hij is een soort veldmaarschalk daar.’

‘Wat is een veldmaarschalk?’

‘Ik bedoel dat hij een of andere bezopen rang heeft. Wacht, ik geef je zijn nummer...’ Hij zoekt in zijn telefoon.

‘En ben jij nu hoofdinspecteur?’ Griessel hoort dat Dekker nauwelijks de afgunst uit zijn stem kan weren. Dan zegt hij: ‘Kun je voor mij naar zijn belgeschiedenis kijken?’

‘Blijf hangen.’ Het duurt even, want hij kent dit soort telefoons niet.

‘Hij moet gisteravond iemand gebeld hebben, even voor tienen,’ zegt Dekker.

Griessel vindt eindelijk het goede icoontje. NO RECORDS staat er.

‘Hier staat niets,’ zegt hij tegen Dekker.

Barry kijkt strak naar de vrachtwagen op de hoek bij Carlucci’s terwijl hij zijn telefoon opneemt.

‘Met Barry.’

‘Waarom zijn ze nog niet naar binnen?’ hoort hij de stem van de man met de grijze baard zeggen.

‘Dat kan niet. Er staat een vrachtwagen voor de winkel verderop in de Bo-Oranjestraat en de chauffeur kijkt precies de straat in.’

‘Hoelang nog?’

‘Nou, ze zijn al een tijdje aan het uitladen, dus het duurt niet zo lang meer.’

Korte stilte op de lijn. ‘De tijd gaat dringen.’ Het is voor het eerst dat Barry een vage onrust in de stem van de man hoort. Maar dan heeft hij hem weer onder controle: ‘Bel als de weg vrij is. Ik wil precies weten wanneer ze naar binnen gaan.’

‘Oké, Mr B.’

32

Zijn snor is even groot als zijn ego, denkt Mbali Kaleni.

Ze zit met Jack Fischer aan een ronde tafel in zijn luxueuze kantoor. Aan de ene kant staat een groot donkerhouten bureau, aan de andere een boekenkast over de hele breedte van de muur, boordevol juridische handboeken zo te zien. Tegen elk van de andere twee muren hangt een groot olieverfschilderij, een landschap van respectievelijk het Bosveld en het Boland. Achter het bureau een dik, dieprood gordijn voor een raam. Op de vloer een Perzisch tapijt, nieuw en mooi.

Fischer is tegen de zestig. Een volle bos donker haar in een pijnlijk nette scheiding gekamd, tussen de grijze slapen het verweerde gezicht van een roofvogel, met de rimpeltjes van een levenslange roker. En de overdadige, brede snor. Ze vermoedt dat het donkerblauwe pak maatwerk is; het zit te goed.

Ze mag de man niet. Zijn vriendelijkheid is vals, ietwat uit de hoogte, het soort houding dat veel Afrikaners van een zekere leeftijd tegenover zwarten hebben. Hij is achter zijn bureau vandaan gekomen met een blauwe map in de hand, heeft haar gevraagd om bij de ronde tafel te komen zitten en is het gesprek begonnen met: 'Waarmee kunnen we u van dienst zijn?' *We*. En toen ze het uitlegde, glimlachte hij eerst onder die snor. 'Juist ja.' En toen: 'Normaal had ik u iets aangeboden, maar ik zie dat u uw eigen versnaperingen hebt meegenomen.'

Ze reageert niet.

'U beseft dat ik zonder bevelschrift geen inlichtingen hoef te verschaffen.'

Ze gaat rechtop zitten in de dure stoel en knikt.

'We zijn immers voormalige leden van de Macht.'

Het was dat 'immers' dat haar deed besluiten hem in zijn eigen jargon het een en ander duidelijk te maken. 'We verwijzen tegenwoordig liever naar de SAPS als "de Dienst"', zegt ze tegen hem. 'En ik was ervan uitgegaan dat voormalige leden het belang en de urgentie van een moordonderzoek zouden begrijpen.'

Weer ontplooit hij die superieure glimlach onder de snor. 'Dat begrijpen we maar al te goed. Daarom krijgt u mijn volledige medewerking.'

Hij slaat de map open. Binnenin staat het woord 'AfriSound' en een codenummer. Ze vraagt zich af of het boekhoudertje van de platenmaatschappij hem heeft gebeld om te zeggen dat de politie onderweg was. Dat is op zich al interessant.

'We hebben alleen een overboeking van vijftigduizend rand van AfriSound naar de rekening van een zekere Daniël Lodewikus Vlok nagetrokken, en daarna contact opgenomen met een subcontractor in Bloemfontein om met meneer Vlok te spreken. Het doel van dat gesprek was alleen na te gaan of meneer Vlok op de hoogte was van de betaling en de omstandigheden waaronder die plaatsvond. We wilden onze cliënt geen onschuldige man toespelen.'

'Toen heeft de subcontractor hem aangevallen.'

'In het geheel niet.' Verontwaardigd.

Ze kijkt hem aan met een uitdrukking die zegt dat ze misschien een vrouw in een mannenwereld is, maar daarom nog niet dom.

'Inspecteur Kaleni,' zegt hij met geveinsde beleefdheid, 'wij zijn het privédetectivebureau met de snelst groeiende omzet in dit land, omdat we ethisch en doeltreffend zijn. Waarom zou ik onze toekomst op het spel zetten door wederrechtelijk optreden?'

Dat is het ogenblik waarop de vergelijking tussen de snor en het ego haar invalt. 'De naam en contactgegevens van de subcontractor?'

Hij heeft geen zin om die te geven. Hij kijkt eerst naar een van zijn schilderijen: zijn lichaamstaal een onhoorbare zucht. Langzaam staat hij op om zijn adressenboek uit een van de laden van zijn reuzenbureau te halen.

Mat Joubert zegt dat hij ervandoor moet, want hij kan zien dat ze het druk hebben, en Griessel loopt met hem mee naar de deur. Als ze buiten gehoorsafstand van de anderen zijn, zegt de grote rechercheur: 'Bennie, ik stap over naar het kantoor van Jack Fischer.'

'Jissis, Mat,' zegt Griessel.

Joubert rolt met zijn brede schouders. 'Ik heb er lang over nagedacht, Bennie. Het was een moeilijk besluit. Je weet dat ik een echte politieman ben.'

'En waarom smeer je hem dan? Voor het geld?' Hij is boos op Joubert, want nu is hij zo ongeveer de enige blanke die over is in de SAPS en ze hebben samen zoveel meegemaakt.

'Je weet dat ik niet alleen voor het geld wegga.'

Griessel kijkt opzij, naar waar Vusi bij Oliver Sands zit. Hij weet dat

Joubert de waarheid vertelt, want Mats vrouw, Margaret, heeft een flinke erfenis gehad. ‘Maar waarom dan wel?’

‘Omdat het niet leuk meer is, Bennie. Bij Misdrijven kon ik iets betekenen, maar nu...’

Joubert had een hoge positie bij Ernstige en Geweldsmisdrijven en hij was goed, de beste baas voor wie Griessel ooit heeft gewerkt. Daarom knikt hij, voor het eerst met begrip.

‘Ik zit nu al vier maanden bij de Provinciale Taskforce zonder portefeuille,’ zegt Joubert, ‘zonder mensen, zonder taakomschrijving. Ze weten niet wat ze met me aan moeten. En John Afrika heeft tegen me gezegd dat ik moet accepteren dat er geen bevorderingen zullen komen; dat is gewoon hoe het werkt. En dat zou me nog niet kunnen schelen, maar om daar alleen maar te zitten ik ben te oud voor al die andere ellende, Bennie, de streken van de landelijke korpschef, dat hele gedoe rondom Special Operations, de rassenquota die elk jaar anders lijken te zijn, alles is politiek geworden. En als Zuma president wordt, zijn de Xhosa’s uit en de Zoeloes in en dan verandert alles weer, nieuwe topstructuur, nieuwe agenda’s, nieuwe problemen.’

En hoe moet het dan met mij, wil Griessel met toenemende ontzetting vragen, maar hij kijkt Joubert alleen maar aan.

‘Ik heb het gevoel dat ik mijn portie heb gedaan, Bennie. Alles wat ik kon doen, voor het nieuwe land. En wat zijn mijn opties, op mijn leeftijd? Ik word in juli vijftig. Er is een man die politieagenten werft voor Australië; hij heeft me opgezocht, maar wat moet ik daar? Dit is mijn land, ik hou van deze plek.’

‘Oké,’ zegt Bennie Griessel, want hij ziet de ernst op Jouberts gezicht. Hij onderdrukt zijn eigen frustraties.

‘Ik wilde alleen dat je het wist.’

‘Dank je, Mat. Wanneer hou je ermee op?’

‘Eind van de maand.’

‘En Jack Fischer? Is dat geen klootzak?’

Joubert glimlacht. Echt iets voor Bennie Griessel om zoiets te vragen. ‘Voor hoeveel klootzakken hebben we al gewerkt?’

Griessel grinnikt terug. ‘Een hoop.’

‘Ik zat met Jack bij Moord en Roof. Hij was een goede rechercheur, eerlijk waar, al kon hij geen spiegel voorbijlopen zonder zijn haar en zijn snor te kammen.’

Om negen over zes ’s ochtends in West Lafayette loopt Bill Anderson haastig de trap af naar de hal, waar zijn advocaat Connelly en het hoofd van de politie van de stad, Dombkowski, bij zijn vrouw staan te wachten.

'Sorry dat u zo lang moest wachten, chief,' zegt Anderson. 'Ik moest me nog aankleden.'

Het hoofd van de politie, een grote man van middelbare leeftijd met een boksersneus, steekt zijn hand uit. 'Ik leef met je mee, Bill.'

'Bedankt, chief.'

'Zullen we gaan?' vraagt Connelly.

De twee andere mannen knikken. Anderson neemt de handen van zijn vrouw in de zijne. 'Jess, als ze belt, moet je vooral kalm blijven en zo veel mogelijk te weten proberen te komen.'

'Zal ik doen.'

'En geef haar het nummer van die hoofdinspecteur, Krie-zil, ze moet hem echt bellen...'

'Als je liever hier blijft, Bill?' vraagt Connelly.

'Nee, Mike, ik moet erbij zijn. Dat ben ik Erin en haar familie verschuldigd.' Hij doet de voordeur open. De kou sijpelt binnen en zijn vrouw trekt haar kamerjas strakker om zich heen. 'Ik heb mijn telefoon bij me. Bel me,' zegt hij tegen haar.

'Onmiddellijk.'

Ze stappen de veranda op. Anderson trekt de deur achter zich dicht. Jess loopt naar de studeerkamer, langzaam, diep in gedachten.

En op dat moment gaat de telefoon.

Ze schrikt, met een hand op haar hart hapt ze hoorbaar naar lucht. Dan rent ze terug naar de voordeur, rukt hem open en ziet haar man in de politieauto stappen.

'Bill!' roept ze, haar stem hoog en bang.

Ze ziet hoe haar man hard komt aanrennen en zich naar de telefoon haast.

Rachel Anderson zit aan de tafel die helemaal vol ligt met allerlei documentatie en de laptop van Piet van der Lingen. Bij haar oor gaat de telefoon over op een ander continent. Te lang, denkt ze, waarom doet haar vader er zo lang over?

'Rachel?' Ineens de stem van haar moeder, buiten adem en bang.

'Mom!' Overrompeld; ze had de kalmte van haar vader verwacht.

'O, my God, Rachel, waar ben je, is alles in orde?' Ze kan de onderdrukte hysterie en angst horen.

'Mom, het gaat goed, ik ben bij een heel vriendelijke man, ik ben voorlopig veilig...'

'O, godzijdank, godzijdank. We hebben met de politie daar gesproken, we hebben met de ambassadeur gesproken en de *congressman*, het komt goed, Rachel. Alles zal... Bill, ze is veilig, ze is bij iemand, een vriendelijke man, Rachel, dit is zulk goed nieuws, ik hou van je *honey*, hoor je me, ik hou zoveel van je.'

'Ik hou ook van jou, mom...'

'Nu geef ik je je vader, je moet goed luisteren, hij zal je een nummer geven dat je moet bellen. Beloof me dat je precies zult doen wat hij vraagt, Rachel, alsjeblieft.'

'Dat beloof ik, mom. Met mij gaat het goed, ik weet dat het heel moeilijk voor jullie moet zijn geweest...'

'Maak je over ons geen zorgen, wij zullen alles regelen, schat, het is zo geweldig om je stem te horen, ik kan het maar niet geloven, hier is je vader, ik hou van je, hoor je me, ik hou heel veel van je.'

'Ik ook van jou,' zegt Rachel Anderson en glimlacht door haar plotselinge tranen van verlangen en dankbaarheid heen, en dan hoort ze de stem van haar vader: 'Honey? Alles goed?'

'Ja, *dad*, alles goed, ik ben bij een heel vriendelijke man, ik zit in zijn huis, ik ben helemaal veilig.'

'Ik kan je met geen mogelijkheid vertellen wat een opluchting dat is, honey, dat is echt geweldig nieuws,' de rustige, kalme stem van haar vader. 'We hebben hier niet stilgezeten, van alles gedaan om te proberen je te helpen, ik heb de Consul-Generaal in Kaapstad gesproken, ze staan klaar, ik zal je hun nummer geven, maar eerst zal ik je het nummer geven van een politieman. Nu weet ik dat je iets zei over de politie toen je de laatste keer belde, maar deze man werd aanbevolen door hun topmensen, en ik heb persoonlijk met hem gesproken. Hij is belast met jouw zaak, en hij heeft me beloofd dat hij ervoor zal zorgen dat je ongedeerd blijft, oké?'

'Weet je het zeker?'

'Absoluut, zelfs hun, hoe heet dat, minister van Politie is van je zaak op de hoogte, de consul-generaal heeft contact met hen, dus op het hoogste niveau, er kan je niets overkomen. Kun je nu de nummers opschrijven?'

Ze kijkt over de laptop heen, ziet de achterkant van een geel potlood onder een document liggen, trekt dit tevoorschijn en draait een van de volgetikte vellen naast zich om.

'Ik zit klaar,' zegt ze vastberaden en onnoemelijk opgelucht; de nachtmerrie is bijna voorbij.

Mbali Kaleni heeft haar auto achtergelaten op de Parade en loopt in het felle zonlicht door de steeg van de bloemenverkopers, langs het oude postkantoor, tussen de stalletjes waar van alles verkocht wordt, van schoenen tot zakjes noten. Ze overweegt heel even om gesuikerde cashewnoten te kopen, maar denkt dan nee, ze wil snel in de Bo-Oranjestraat komen, en weer bij dat huis staan.

Ze versnelt haar pas, haar grote, zwarte tas zwaait bij elke stap.

'Leg me één ding uit,' zegt Griessel tegen Oliver Sands. Hij staat, Sands zit aan de tafel, nog steeds met grote verschrikte ogen alsof de aandacht te veel voor hem is. 'Waarom hadden de meisjes hun rugzak mee naar de club?'

'Die rugzakjes...' zegt Sands. 'Ze gingen nergens naartoe zonder die dingen. Typisch meisjes, denk ik. U weet wel, make-up en zo...'

Griessel denkt aan het rugzakje dat Oerson heeft gebracht. Klein, compact. Het klopt wel. Hij zal de plastic zak met troep moeten doorzoeken, maar niet hier, eerst moet hij terug naar het Caledonplein.

'Met Jeremy,' neemt Oerson zijn mobiel op. Fransman Dekker kan horen dat hij een kleurling is en tien tegen een dat hij in een auto zit.

'*Bro*, met Fransman Dekker, ik ben van de SAPS, hoe loopt het bij jullie?' Want Griessel heeft gezegd dat de Metro-officier een 'lastige klant' is.

'Als een tiet, en bij jou?'

'Net zo, bro, moet je horen, er zat een megaverrassing in die zak met spullen die jouw mensen hebben gevonden, een schoen, maat 45, ik zou alleen willen weten waar ze die vandaan hebben.'

'*No idea*, bro, maar ik zal de mannetjes erbij halen en het vragen.'

'Thanks, het is een *murder case*, ik moet de sokken erin zetten, je weet hoe het gaat.'

'Ik weet het. Geef me tien minuten, ik zit op het moment even vast.'

'Jij belt mij?'

'Direct, bro.'

Dekker hangt op en klopt op de deur van de accountant, Wouter Steenkamp. Hij krijgt geen reactie en doet de deur open. Steenkamp is aan de telefoon en zegt: '... die kutpolitie moet helpen, of ik moet een ander plan trekken.' Hij ziet Dekker, zegt in de telefoon 'Wacht even,' en dan tegen Dekker: 'Beneden bij de receptie staat het helemaal vol met persmuskieten; jullie zullen moeten helpen om ze in de hand te houden.'

'Oké.'

'Ze gaan helpen,' zegt hij in de hoorn. 'Mooi zo, *bye*.' Hij kijkt Dekker vragend aan.

'Ik zal tegen ze zeggen dat ze buiten moeten wachten. Jullie kunnen beter de voordeur dichthouden.'

‘Wat een gezeik,’ zegt Steenkamp.
‘Blijf even hier, we moeten praten,’ zegt Dekker.
‘Waarover nou weer?’
‘Nieuwe informatie,’ zegt Dekker, voordat hij wegloopt om de media terug te dringen. ‘Er zijn mensen die zeggen dat ze door jullie belazerd zijn.’

‘Uw mensen kunnen gaan,’ zegt Vusi tegen Galina Federova.
‘Dus jullie gaan niemand arresteren?’ Sarcastisch, sigaret tussen de vingers.
‘Nee. Ze zijn heel behulpzaam geweest.’
Griessel vindt dat Vusi te hoffelijk is; hij moet tegen die kutbuitenlander zeggen dat hij haar in de bak gooit als ze zo bijdehand doet. Hij beseft dat zijn geduld op is, hij wil hier weg, weg van de dranklucht en de flessen, de dorst loert nog vlak om de hoek. Hij heeft geen flauw benul wat hij nu moet doen, ze weten dat de meisjes hier waren, ze weten dat er gesprekken en ruzies waren. Ze weten dat twee mannen direct na de meisjes zijn vertrokken, ze weten van de jacht door de Langstraat, maar dat helpt allemaal geen reet, want zo sporen ze haar niet op. Dan gaat zijn telefoon. Hij trekt hem geërgerd tevoorschijn en zegt: ‘Bennie Griessel.’
‘Ik ben bij Alexa Barnard geweest, Bennie,’ zegt dokter Barkhuizen.
‘Is ze oké?’
‘Ze zit onder de medicijnen, maar je weet wat haar te wachten staat. Het is een sterke vrouw, Bennie. Mooi ook, ik snap waarom je zo bezorgd bent.’
‘Rot op, dok.’ Hij hoort in zijn oor het geluid van een nieuwe oproep, terwijl Barkhuizen aan de andere kant gniffelt.
‘Ze zei dat je met haar moest komen praten, zodra je tijd hebt. Iets over haar man...’
‘Dok, ik heb een andere oproep, het is hier een gekkenhuis, goed dat je haar hebt opgezocht. We spreken elkaar later,’ zegt Griessel en hij schakelt over naar de andere oproep.
Griessel zegt zijn naam, waarop een vrouw met een Amerikaans accent vraagt: *‘Is that Captain Benny Krie-zil?’* Hij denkt, dat zeg ik toch net, verdomme, maar antwoordt beleefd: *‘Yes.’*
‘*My name is Rachel Anderson.* Mijn vader zei dat ik u moest bellen.’
De naam brandt door hem heen, door de teleurstelling over Mat Joubert heen, door de frustratie van de dag en de drankzucht heen. Er gaat een schok door zijn lichaam en hij zegt: ‘Jissis,’ en dan: ‘Ja, ja, ben je ongedeerd, waar ben je?’ De adrenaline en opluchting spoelen door hem heen, hij is in twee stappen bij Vusi’s schouder, legt er een dringende hand op en

als zijn zwarte collega omkijkt, zegt hij: 'Rachel Anderson,' en wijst naar zijn telefoon. Vusi's gezicht klaart op.

'Ja, ik ben bij een Mr Pete Vander Liengen, het adres is...' en Griessel hoort op de achtergrond een man iets zeggen. Dan Rachels stem: '...Upper Orange Street zes... in Orenjisik?'

'Ja, ja, Oranjezicht, Upper Orange zes, blijf waar je bent, ik ben onderweg, doe de deur voor niemand open, ik bel als ik er ben, please Miss Anderson,' zegt hij smekend. Godsamme, dit is goed nieuws. Griessel beduidt Vusi dat ze moeten gaan, hij draaft de deur uit, de gang door, naar de steeg, steeds sneller, en hoort Vusi's voetstappen achter zich.

'Ik verroer me niet,' zegt Rachel Anderson en er klinkt vrolijkheid in haar stem, alsof ze uitkijkt naar zijn komst. Bennie Griessel is al bij de achterdeur, buiten in de steeg en hij rent zo hard hij kan.

Barry staat achter op zijn pick-up en ziet hoe de chauffeur van de vrachtwagen instapt en de motor aanzet. Dan kijkt hij naar rechts, waar de hoge, kordate, zilverkleurige Peugeot Boxer-bestelbus staat te wachten. Zijn mobiel in zijn zwetende hand. Hij drukt op de beltoets en houdt hem tegen zijn oor.

'Ja?'

'De vrachtwagen rijdt nu weg.'

'Goed. Kun je de bestelbus zien?'

Barry kijkt naar de vuile, stoffige Peugeot. 'Ja, ze gaan nu.'

'Jay belt Eben, zij houden de achterdeur in de gaten. Dan draait hij het busje en rijdt terug naar het voorhek aan de Bo-Oranjestraat, omdat hij met zijn neus in de richting van de stad wil staan. Als ze uitstappen en in de voortuin zijn, bel je mij.'

'*Right. Stand by.*'

33

Piet van der Lingen staat naast haar bij de grote werktafel. Ze zegt: 'Die man van de politie is onderweg, Captain Benny Krie-zil,' en de oude man ziet de gedaanteverwisseling; er is plotseling blijmoedigheid in haar ogen, de spanning is weg. Hij glimlacht met zijn spierwitte kunstgebit en zegt: 'We zullen je de juiste Afrikaanse uitspraak moeten leren, het is Griessel.'

'Gggg...' zegt ze alsof ze haar keel schraapt.

'Goed zo,' zegt hij. 'Een de "r" is ook hard. G-riessel.'

'Ghe-riessel.'

'Bijna. Ggg-rrriessel.'

'Griessel.'

'Heel goed.' Ze lachen samen en zij zegt: 'Hoe kan ik u ooit bedanken?'

'Waarvoor? Voor een lichtpuntje in een dag van een oude man?'

'Voor het redden van mijn leven,' zegt ze.

'Nou, als je het zo stelt... Dan eis ik dat je nog een keer bij me komt lunchen voordat je vertrekt.'

'Heel graag...'

En dan ziet ze dat hij opzij kijkt, naar het raam, plotseling met een bezorgd gezicht. Haar ogen volgen de zijne en ze ziet hen, de vier die het tuinpad op komen lopen en ze zegt: 'Oh, my god,' want ze kent hen. Ze komt overeind uit de stoel. 'Niet opendoen!' De angst is terug in haar stem. 'Ze willen me vermoorden, ze hebben vannacht mijn vriendin vermoord!' Ze rent een paar passen de gang in, een doodlopende weg. Ze hoort hoe iemand hardhandig aan de knop van de voordeur rukt en stuift in paniek terug.

Dan breken ze het glas-in-lood van de voordeur, en ze rent weer door de hal naar de keuken, daar is een achterdeur. Er komt een hand door de opening, om de deur van binnenuit open te maken. 'Kom!' schreeuwt ze naar Van der Lingen. De oude man staat aan de grond genageld, alsof hij ze wil tegenhouden.

'Nee!' gilt ze.

De deur gaat open. Ze moet weg, rent door de keuken, en hoort een schot in de hal. Ze jankt van angst, dan is ze bij de achterdeur, haar oog valt op een lang vleesmes in het droogrek, ze grijpt het, rukt aan de achterdeur, die is open, ze staat buiten, in de onverwacht scherpe zon. Twee van hen staan tussen haar en het hekje in de hoek, ze komen aanstormen, zwart en blank, met vastberaden gezichten. Dringende voetstappen achter haar, dus maar één keus, ze rent naar de man voor haar die zijn blanke armen uitstrekt om haar te vangen. Ze rukt snel het mes omhoog, met haat en weerzin en hoge, schrille angst. Ze steekt naar zijn borst, hij wil opzij springen, te laat; het mes door zijn keel, zijn ogen vol ongeloof.

'Bitch!' schreeuwt de zwarte man en slaat haar met zijn vuist, raakt haar oogkas, een waterval van licht ontploft in haar hoofd, ze valt naar rechts, op het gras, hoort hun uitroepen, ze krabbelt overeind, en dan zitten ze op haar. Een, twee, drie, nog een vuist in haar gezicht, armen die haar vastpinnen, ze maken korte, ruwe geluiden, ze ziet een arm omhooggaan, iets bots en metaligs dat naar haar gezicht zwaait, en dan het donker.

Griessel racet. Hij heeft het blauwe zwaailicht uit de achterbak gehaald, in de sigarettenaansteker gestoken en op het dashboard gezet, maar het rotding werkt niet. Dus rijdt hij alleen met de knipperende waarschuwingslichten van de Opel, al helpt dat niet echt. Hij houdt de claxon ingedrukt terwijl hij tegen Vusi zegt: 'Ik had een auto met sirene moeten pakken.' Door de Langstraat, van het ene rode licht naar het andere, elke keer moet hij vaart minderen, zijn arm uit het raam steken en wild naar het kruisende verkeer zwaaien. Vusi doet hetzelfde aan zijn kant.

'Ze is daar waarschijnlijk veilig,' zegt Vusi voorzichtig, de eeuwige diplomaat. Griessel weet wat hij wil zeggen: we hoeven niet zo woest te scheuren, ze heeft toch gezegd dat ze bij een goede man zit.

'Waarschijnlijk,' zegt hij en zwaait woest met zijn arm, drukt lang op de claxon, 'maar ik mag het nu niet verkloten.' Hij geeft plankgas, de banden van de Opel gieren.

Mbali Kaleni rijdt rustig over de Annandalestraat, het verkeer is druk hier bij de afslag naar de Bo-Oranjestraat. Ze zet haar richtingaanwijzer aan om van baan te wisselen, maar niemand geeft haar ruimte. Ze schudt haar hoofd. Kaapse chauffeurs; in Durban zou dat nooit gebeuren. Eindelijk wordt de stroom auto's op de rechterbaan dunner en schuift ze op, maar ze laat haar richtingaanwijzer aan.

Het verkeerslicht staat op rood.

Het lijkt wel een bijennest, denkt Fransman Dekker, dat gezoem, de microfoons zijn de angels en als ze je konden steken...

Hij blijft op de trap staan en roept, hard: 'Aandacht alstublieft.'

De zwerm komt op hem af, het zijn wel een man of twintig, de vragen komen, de angels worden naar hem uitgestoken met wanhopige armen, hij hoort flarden: '... Iván Nell hem neergeschoten?' '...voor wie bidden de Geysers?' '... Alexa Barnard proberen te vermoorden?' 'Is Jos Geyser in hechtenis?' '... Xandra dood?'

Hij houdt zijn rechterhand in de lucht, met de palm naar voren, buigt zijn hoofd om oogcontact te vermijden en staat daar alleen maar, want hij weet dat ze op een gegeven moment moeten zwijgen.

Kaleni ziet hen.

Ze ziet eerst de bestelbus voor het huis en denkt heel even dat het die sukkels van Forensisch zijn, ze kan die lui niet uitstaan, irritant, wat doen ze nog hier?

Een beweging als ze dichterbij komt, aan de andere kant, in de Belmontstraat, mensen die iets dragen.

Wat is hier aan de hand?

Nog dichterbij, ze zijn met z'n vieren, hebben haast, houden ieder een stuk van iets vast. Ze bewegen zich als een krab over de stoep, maar het houten hek verbergt hun vracht. Ze ziet dat ze op weg zijn naar de bestelbus die in de Bo-Oranjestraat staat.

Vreemd.

Wat ze dragen is een mens, ze ziet het als ze de hoek om komen, achter het houten hek vandaan, en naar het busje schuifelen. Ze kijkt goed, het is het meisje, levenloos, de jongens hebben haar armen en benen in een houdgreep. Mbali geeft gas, haar hand gaat naar haar heup en drukt de leren lus van haar dienstwapen los. Ze zwenkt de weg over en stuift op de voorkant van het busje af. Ze rijdt te hard, ze kan niet op tijd stoppen, trapt hard op de rem. Voor haar stapt een van hen uit het busje, aan de bestuurderskant, met een pistool met geluiddemper in de hand. De kleine banden van de Corsa gillen, de auto trekt opzij, straks raakt ze de stoeprand, ze worstelt met het stuur, komt tot stilstand, niet meer dan een meter van de Peugeot af, de Corsa dwars op de weg. Instinctief kijkt ze naar het nummerbord, CA 4... Dan ziet ze hoe hij een pistool op haar richt, er komt een ster in de voorruit, de kogel slaat tegen metaal ergens achter haar, ze wil duiken, maar de veiligheidsgordel houdt haar tegen.

'*uJesu*,' zegt ze zacht en strekt een hand uit om hem los te knippen.

Hij schiet op haar en ze voelt de verschrikkelijke klap in haar lichaam, maar de gordel is los, ze gaat plat liggen, haar rechterhand grijpt haar pistool, ze tilt het op en lost blindelings drie schoten door de ruit, de pijn is een aardbeving die langzaam, onstuitbaar door haar heen trekt. Ze kijkt naar de wond. Een gat onder haar linkerborst, bloed, een stroompje naar een plas op de bekleding, terwijl ze de auto altijd brandschoon houdt. Ze lost nog wat schoten en komt snel overeind. De pijnt scheurt door haar middenrif. Ze kijkt snel weer door de voorruit. Hij is daar niet, beweging, hier staat hij, vlak naast het portier, pistool in twee handen, dodelijk lange demperloop op haar oog gericht. Ze ziet het ding om zijn nek, een soort Afrikaanse hanger, kralen die een woord spellen, ze rukt haar hoofd opzij en zwaait met haar vuurwapen, maar is zeker van de dood, een vluchtige teleurstelling, het was zo kort, dit leven, ze ziet de vinger doelgericht aan de trekker.

Griessel toetert zich een weg door het verkeer en draait van de Annandalestraat de Bo-Oranjestraat op, een vent in zo'n gele Humvee steekt zijn middelvinger op, twee auto's moeten op de rem gaan staan als hij over de kruising jaagt. Vusi houdt zich zonder een woord aan de handgreep boven de deur vast.

Bennie scheurt verder, geeft gas na de bocht, ze zijn er bijna. Een idioot in een grote zilverkleurige bestelbus komt van bovenaf aanscheuren, midden op de weg, hij toetert weer, zwenkt erlangs, ziet een glimp van het gezicht van de bestuurder: jonge klootzak met een verbeten uitdrukking. En dan kijkt hij naar de straat voor hem die opeens leeg en open is. Hij schakelt terug, trapt het gaspedaal in, de motor kreunt, hij schakelt weer, de heuvel op. Dit is zijn eigen wereld, zijn flat is maar een blok verderop in de Vriendestraat, wat hij nog steeds een fokking stomme naam vindt. Het De Waalpark ligt aan de rechterkant, en dan zegt Vusi: 'Daar is het.' Ze komen over de bult, zien onmiddellijk de Corsa, zeggen geen woord en weten dat er iets mis is doordat die zo schuin staat.

Een pick-up rijdt precies voor hem, van links, achteruit een oprit uit. Griessel trapt op de rem, de neus van de Opel duikt, rubber giert, hij zwenkt naar links, wielen tegen de stoeprand. 'Fok,' zegt hij, hij ruikt het rubber, rukt de Opel terug, vlak langs de bumper van de Toyota, ziet de man achter het stuur: grote, wilde schrikogen. Hij kijkt naar de Corsa: is de ruit kapot? Hij zwenkt de weg over, stopt achter de kleine witte auto, stapt snel uit, hoort de Toyota wegscheuren, in de richting van de stad. Hij kijkt vluchtig die kant uit, stomme klootzak. Hij ziet het huisnummer op het houten hekje. Zes. Kogelhulzen, hij ruikt cordiet. Het is hier helemaal mis, kogelgaten in de voorruit en het raam van de bestuurder, er zit iemand achter het stuur, fok, fok.

'Het is Mbali,' roept Vusi, die het andere portier openrukt.

Griessel ziet haar, hoofd op de borst, bloed aan de hoofdsteun. Hij trekt het portier open.

'Jissis,' zegt Griessel, en wil zijn vingers tegen haar hals drukken om haar hartslag te voelen, maar haar hals is glad van het bloed. Hij ziet de wond onder haar oor, stukken kaakbeen, witte brokjes en een kloppende ader die dikke rode vloeistof uitpompt.

'Bel een ambulance! Ze leeft nog!' Hij schreeuwt harder dan hij van plan was, zijn hart bonst. Hij trekt eerst zachtjes aan haar schouder, tot hij haar omgedraaid heeft, met haar rug naar hem toe, steekt zijn handen onder haar armen en voelt verder naar beneden ook bloed. Hij trekt haar voorzichtig uit de auto en legt haar op de stoep. Vusi komt om de auto rennen, telefoon in de hand.

Twee wonden, die aan haar hoofd is het ernstigst. Hij staat snel op, zijn hand zoekt een zakdoek en vindt die, dan hurkt hij bij Mbali Kaleni en drukt de zakdoek tegen het gat. Hij hoort Vusi dringend in de telefoon praten. Hij drukt zijn andere hand tegen de zakdoek, pakt zijn eigen mobiel, hoort een auto de hoek omslippen, de Belmontstraat in, met bloedspoed. Hij kan zich niet op tijd omdraaien, ziet alleen iets van de achterbumper. Hij kijkt naar Kaleni, ze haalt het niet, de ambulance zal er te lang over doen.

'Help me,' zegt hij tegen Vusi. 'Ik breng haar zelf.'

Vusi knielt bij hem neer, zijn stem is kalm. 'Bennie, ze zijn onderweg.'

'Jissis, Vusi, weet je het zeker?' terwijl hij naar zijn telefoon kijkt en het nummer van het Caledonplein zoekt.

'Ze weten dat het een politievrouw is. Ze komen.'

Griessel drukt de zakdoek harder aan. Mbali Kaleni beweegt, een schokje van het hoofd. 'Mbali,' zegt hij wanhopig.

Ze doet haar ogen open, kijkt in de verte en dan naar hem. 'De ambulance komt eraan, Mbali.' Hij wil haar moed inspreken: 'Je gaat het redden.'

Ze maakt een geluid.

'Blijf maar stil liggen, ze zijn er zo.'

Vusi neemt Mbali's hand in de zijne. Hij praat zachtjes tegen haar in een Afrikaanse taal en Griessel ziet de kalmte van de kleine Xhosa en denkt: Vusi mag dan niet keihard zijn, hij is wel sterk.

Mbali wil iets zeggen, hij voelt het kaakbeen onder zijn hand bewegen, hij ziet het bloed dat uit haar mond komt. 'Nee, nee. Je moet niet praten; de ambulance komt er zo aan.'

Hij kijkt naar het huis. 'Vusi, je zult moeten kijken wat daarbinnen aan de hand is.'

De zwarte speurder knikt, springt op en spurt erheen. Griessel kijkt naar

Mbali. Haar ogen zijn smekend op hem gericht. Hij houdt de zakdoek stevig tegen haar hals, en beseft dat hij zijn telefoon nog in zijn andere hand heeft. Hij belt het bureau, ze hebben meer mensen nodig.

Dan vallen de ogen van Mbali Kaleni dicht.

34

Ze is zich aanvankelijk alleen bewust van het geraas, roepende stemmen, een motor op volle toeren. Dan voelt ze de pijn in haar gezicht en ze wil een hand ernaar uitsteken, maar dat kan ze niet. Er is het gevoel van beweging, van verlies van evenwicht, een voertuig dat een scherpe bocht maakt, optrekt.

Dan herinnert ze zich alles, en er gaat een schok door haar heen.

'De bitch wordt wakker,' zegt een van hen. Ze wil haar ogen opendoen, ze wil zien, maar het lukt niet. Een oog is akelig dichtgezwollen, het andere kan niet focussen, een wazig beeld. Met z'n vieren houden ze haar vast, de druk op haar armen en benen is te veel, te zwaar, te pijnlijk.

'Please,' zegt ze.

'Fuck you,' de woorden met haat uitgespuugd, klodders speeksel tegen haar gezicht.

Een mobiele telefoon gaat schel over.

'Het is de *Big Guy*,' zegt een stem die ze kent.

'Fuck,' zegt een andere bekende stem. 'Vertel het maar.' Ze draait haar oog, maar kan hen niet zien, alleen de vier die haar vasthouden, ze kijken nu allemaal naar voren.

'Jezus. Oké.' En dan: 'Mr B, met Steve. De fucking bitch heeft Eben neergestoken... nee, hij was met Robert bij de achterdeur... ziet er slecht uit, chief, hij gaat dood als we hem niet... Ik weet het, ze heeft hem met een fucking mes in zijn keel gestoken, het bloed... Zegt u het maar, chief... Nee, hij ligt bij Rob in de pick-up, dan moet u hem bellen... Oké. Ja, die is hier... Nee... Oké, wacht even... De *boss* wil weten wat er in de rugzak zit...'

Degene die haar been vasthoudt laat plotseling los. 'Hier, pak aan,' zegt hij en dan schopt ze, uit alle macht, en raakt hem ergens.

'Fuck!' Een harde klap tegen haar hoofd, haar been wordt snel weer neergedrukt en ze schreeuwt, uit frustratie en pijn en woede en angst en ze rukt met haar armen en benen om los te komen, maar het helpt niet.

Vusi komt snel aanlopen, Griessel hoort zijn haastige voetstappen.

'Bennie, er ligt daarbinnen een oude man. Hij is neergeschoten, maar hij leeft nog.'

'Een oude man?'
'Ja, een wond in de borst, ik denk dat de kogel door een long is gegaan.'
'Niemand anders verder?'
'Niemand.'
'Fok.'
De sirene van de ambulance is opeens duidelijk te horen.

'Als je dat nog een keer doet, schiet ik je in je fucking been, begrepen?' Het gezicht van de spuugprater tegen het hare, vertrokken, waanzin in zijn stem. Ze doet haar ogen dicht, laat haar lichaam verslappen.
'Het zit er niet in,' zegt Steve voorin.
'Jezus,' zegt Jay.
'Mr B, het zit niet in de rugzak... Ja, ik weet het zeker.' Lange stilte met alleen het geluid van de auto die nu langzamer rijdt, regelmatiger. Dan: 'Daar was geen tijd voor, want toen dook die fucking vette smeris op, maar Jay heeft haar neergeschoten, ze is er geweest... Nee, dat zeg ik, er was geen tijd... Oké... Oké...' Geluid van een mobieltje dat dichtklapt. 'De Big Guy zegt dat we haar naar de loods moeten brengen.'

Als hij de laatste vertegenwoordiger van de media de deur uit heeft gewerkt en die van binnen op slot doet, hoort Dekker de stem van Willie Mouton achter zich: 'Verdomme, jullie zullen iets moeten doen, zo kan dat niet.'
Mouton staat op de trap, met zijn handen in de zij en een heel ontevreden gezicht. 'Ik ga nu bellen, onze OB-mensen komen wel helpen,' zegt Dekker.
'OB?'
'Openbare Betrekkingen.'
'Maar wanneer zijn jullie klaar?'
'Zodra ik al mijn vragen heb gesteld,' zegt Dekker en hij gaat de trap op, langs Mouton, die zich omdraait en hem volgt.
'Hoeveel vragen wil je nog stellen? En je praat met mijn personeel zonder dat er een advocaat bij is. Dat kan zo niet. Met wie wil je nu praten?'
'Met Steenkamp.'
'Maar je hebt al met hem gesproken.'
Ze lopen door de grote lounge. Dekker blijft abrupt staan, met zijn gezicht vlak voor dat van Mouton. 'Ik wil nog een keer met hem praten, Willie. En ik heb het recht om met je hele rotpersoneel te praten zonder dat jouw advocaat erbij zit en ik ga niet opnieuw dat dansje met je dansen.'
Het rood stijgt op uit Moutons nek, de adamsappel springt op en neer

alsof er te veel woorden achter opgehoopt liggen. 'Wat heeft Iván Nell je verteld?'

Dekker loopt weg, de gang in. Weer komt Mouton twee stappen achter hem aan. 'Hij is niet meer een van onze artiesten, hij heeft hier niets te zoeken,' maar Dekker negeert hem, loopt naar het kantoor van Steenkamp, doet zonder kloppen de deur open en wil die dichtdoen voordat Mouton binnenkomt, maar dan ziet hij die juridische doodgraver zitten, tegenover de accountant.

'Kom erbij zitten, inspecteur,' zegt Groenewald met zijn bezadigde stem.

De ambulancebroeders komen met de brancard vanaf de voordeur aanrennen. Griessel houdt het hekje voor hen open en draaft met hen mee. 'Gaat ze het redden?'

'Geen idee,' zegt de voorste en hij steekt Griessel de plasmazak toe. 'Kunt u dit vasthouden terwijl we inladen? Omhoog houden.'

'En de oude man?' Griessel grijpt de zak vol doorzichtige vloeistof; Vusi houdt de ambulancedeur open, omdat de wind hem anders dichtwaait.

'Ik denk van wel,' zegt de ambulancebroeder. Ze tillen de oude man op de brancard omhoog en schuiven hem naast Mbali Kaleni naar binnen, twee doodstille figuren onder lichtblauwe dekens. De ene broeder rent naar het portier aan de bestuurderskant, maakt het open en springt voorin; de ander springt achterin. 'Doe maar dicht,' zegt hij en Griessel en Ndabeni pakken elk een deur en slaan die dicht. De sirene van de ambulance begint te loeien. Hij rijdt weg, de Bo-Oranjestraat in, waar hij net voorbij Carlucci's een U-bocht maakt voor de groeiende mensenmassa en komt dan weer langs, precies op het moment dat de eerste van een konvooi patrouilleauto's over de top van de heuvel opduikt.

'Vusi,' zegt Griessel hard om boven de sirenes uit te komen, 'laat ze de straten afzetten en de mensen weghouden. En ik wil geen uniform dichterbij zien komen dan de stoep.'

'Oké, Bennie.'

Griessel pakt zijn mobiel. 'We zullen Forensisch ook moeten laten komen.' Hij gaat staan en bekijkt het tafereel: de auto van Mbali, de kogelhulzen die verspreid liggen, de voordeur die openstaat, het kapotte glas. Daarbinnen is de oude man neergeschoten, ergens hebben ze Rachel Anderson gepakt... Het gaat uren duren om alles te verwerken. Uren die hij niet heeft. De mensen die achter haar aan zaten, hebben haar gevangen. Hoe lang zullen ze haar in leven laten? Waarom hebben ze haar nog niet vermoord, zoals Erin Russel, waarom hebben Vusi en hij haar lijk hier niet gevonden? Dat is de grote vraag.

Maar één ding weet hij, hij heeft hulp nodig, hij moet tijd winnen. Vusi en hij hebben samen niet genoeg mankracht.

Hij belt Mat Joubert. Hij weet dat John Afrika dat niet leuk zal vinden. Maar in het grotere geheel is dat nog het minst erg.

'Bennie.' Joubert herkent zijn nummer.

'Mat, ik heb je nodig.'

'Dan kom ik.'

De accountant Wouter Steenkamp lacht en Willie Mouton, die met zijn lange magere lijf tegen de muur leunt, maakt een honend geluid. Advocaat Groenewald schudt meewarig zijn hoofd, als een man die alles al gehoord heeft.

'Wat is er zo grappig?' vraagt Fransman Dekker.

Steenkamp leunt achterover in zijn troon achter het bureau en drukt zijn vingertoppen tegen elkaar. 'Denk je dat Iván Nell de eerste zanger is die zegt dat hij geflest is?

Dekker haalt zijn schouders op. Hoe moet hij dat weten?

'Het is altijd hetzelfde liedje,' zegt Willie Mouton.

'Altijd,' zegt Steenkamp, hij vlecht zijn vingers in elkaar, draait de handpalmen naar voren en strekt zijn armen totdat de knokkels knakken. Hij legt zijn hoofd tegen de leuning van de stoel. 'Als ze goed beginnen te verdienen.'

'Bij de eerste cheque, dan komen ze hier en is het "Dank jullie wel, jeminee, ik heb nog nooit zoveel geld gezien."' Moutons stem klinkt aanstellerig zoals hij Nell nadoet. 'En dan zijn wij de *heroes* en zijn ze o zo dankbaar...'

'Maar dat blijft niet zo,' zegt Steenkamp.

'Ze doen het niet voor de kunst.'

'Het geld regeert.'

'En hoe meer ze krijgen, hoe meer ze willen hebben.'

'Want eerst is het een flitsende auto en een superhuis met alles erop en eraan, dan is het een strandhuis en een bus met een giga foto van jou erop voor de geluidsinstallatie, en alles moet groter en beter zijn dan die van Kurt of Dozi of Patricia, en het kost een smak geld om dat allemaal voor elkaar te krijgen.'

Groenewald knikt langzaam, instemmend. Steenkamp lacht weer: 'Twee jaar, pappie, en dan komen ze hier zitten mekkeren: "Maar waarom wordt dat afgetrokken en waarom is dat zo weinig," dan gaan we van hero naar zero, dan zijn ze vergeten wat een armoelijders ze waren toen ze hun contract kregen.' Zijn handen liggen nu in zijn schoot, de vingers van de rechterhand draaien aan de trouwring.

'Iván Nell zegt...' begint Dekker.

'Weet je hoe hij heette?' vraagt Mouton, die ineens van de muur komt en naar de deur loopt. 'Sakkie Nell. Isak, daar komt de I van Iván vandaan. En vergeet niet het streepje op de "a".' Mouton doet de deur open. 'Even een stoel halen voor mezelf.'

'Iván Nell zegt dat hij jullie cijfers heeft vergeleken met wat hij aan compilaties heeft verdiend, bij onafhankelijke producers.'

Deze keer voegt zelfs de advocaat zich bij het koor van beledigden. Steenkamp schuift naar voren om iets te zeggen, maar Mouton zegt: 'Wacht Wouter, niet verdergaan, ik wil die grap niet missen,' en hij loopt de gang in.

Bennie Griessel staat in de hal, met het dringende gevoel dat hij nu niet te veel bij dit deel van het onderzoek betrokken moet raken. Hij moet zich richten op Rachel, op hoe hij haar terug kan vinden.

Hij trekt rubber handschoenen aan, kijkt vluchtig naar het bloed op het mooie zilver-met-blauwe tapijt waar de oude man is neergeschoten, de scherven gebrandschilderd glas op de grond.

Hij zal haar vader moeten bellen.

Hoe de fok hebben ze haar gevonden? Hoe zijn ze erachter gekomen dat ze hier was? Ze heeft vanuit dit huis gebeld, *My name is Rachel Anderson. Mijn vader zei dat ik u moest bellen.* Ze heeft met haar vader gesproken, en toen met hem. Hoe lang heeft het hem gekost hier te komen? Tien minuten? Negen, acht? Op zijn hoogst twaalf. Hoe konden ze in twaalf minuten hierheen rijden, Mbali en de oude man neerschieten en Rachel wegsleuren?

Hoe gaat hij dit alles aan haar vader uitleggen? De man die hem gevraagd heeft: *Zeg eens, hoofdinspecteur: kan ik u vertrouwen?*

En hij heeft gezegd: 'Ja, meneer Anderson, u kunt me vertrouwen.'

Dan zal ik dat doen. Dan vertrouw ik u het leven van mijn dochter toe.

Hoe hebben ze haar te pakken gekregen? Dat is de vraag, de enige die ertoe doet, want het 'hoe' zal naar 'wie' leiden en die 'wie', daar moet hij achter zien te komen. Nu. Heeft ze nog iemand anders gebeld? Dat is de plek om te beginnen. Hij zal het moeten ontdekken, hij haalt zijn telefoon uit zijn zak en wil Telkom bellen.

Nee, eerst John Afrika. Fok. Hij weet wat de districtschef Recherche en Criminele Inlichtingendienst gaat zeggen. Hij kan de stem al horen, de ontsteltenis. *Hoe, Bennie? Hoe?*

Griessel zucht, een korte, haastige zucht. Dat rotgevoel vanochtend, dat er onheil in de lucht hing...

En de dag is nog lang niet voorbij.

Mouton schuift zijn luxe, leren bureaustoel naast Groenewald, gaat zitten en zegt: *'Let the games begin.'*

'Ik zal je eerst vertellen hoe het met een compilatie zit,' zegt Steenkamp, terwijl hij over het bureau leunt, een potlood pakt en het tussen zijn vingers draait. 'De een of andere joker bedenkt dat hij geld wil verdienen aan Valentijnsdag of Kerstmis of zoiets, hij belt een paar mensen en zegt: "Heb je een song voor me?" Er zijn geen studiokosten, geen rooie rotcent wordt uitgegeven, want hij krijgt die opname kant en klaar. Dat maakt een gigantisch verschil, want het enige wat hij hoeft te doen om het album een beetje te promoten, is even een paar tv-reclames maken die hij in elkaar laat flansen door een jongen met een Apple en Final Cut, waardoor hij eigenlijk alleen voor de zendtijd betaalt, en die reclames drie dagen lang in de reclameblokken tijdens de dagelijkse soap te gooien, en hup, alle kijkers kopen het als gekken.'

'Hij kan zijn hele administratie op de achterkant van een pakje sigaretten doen,' zegt Mouton geërgerd.

'Geen overheadkosten. Terwijl wij hier zitten met een administratieafdeling en een financiële afdeling en een marketing & promotions-afdeling. We zitten voor veertig procent in een distributiepoot, want we zijn een *full-service-shop*, we begeleiden de artiest op de lange termijn. We scheppen een *brand*, een merk, we verkopen niet zomaar een paar cd's,' zegt Steenkamp.

'Vertel hem over RISA en NORM,' zegt Mouton.

Steenkamp haalt een A4'tje uit de printer naast hem, maakt met het potlood een sterretje en schrijft ernaast RISA. *'Recording Industry of South Africa...'*

'Fokking maffia,' zegt Mouton.

'Ze reiken daar de SAMA's uit, de *South African Music Awards*,' zegt Groenewald, en Mouton snuift minachtend.

'Ze pakken 25 cent van elke cd die wij verkopen, want zij...' en hij maakt aanhalingstekens met zijn vingers, 'beschermen ons tegen piraterij.'

'Ha!' zegt Mouton.

'En denk je dat de onafhankelijken die de compilatie maken de score bijhouden? Denk je dat ze over elke cd gaan betalen? Waarschijnlijk niet, want dat is werk, dat is gedoe, het zijn kosten en het is winst.' Steenkamp maakt nog een sterretje en schrijft NORM op het papier. 'NORM zijn de lui die ervoor moeten zorgen dat ik betaald word als jij een cover maakt van een nummer dat ik heb geschreven. Zes komma zeven procent. Maar dat is theorie. In de praktijk zijn het alleen grote spelers zoals wij die betalen. Want als je onafhankelijk bent, dan moet je NORM-geld ophoesten als de cd's gebrand worden. En je laat er hier vijfduizend branden en daar vijfduizend branden, maar je zegt tegen NORM dat je er maar vijfduizend hebt gebrand, hier zijn de nota's, en dan betaal je maar de helft. Dan wordt NORM geript en de componist geript en de onafhankelijke rent lachend naar de bank.'

'En wij moeten NORM betalen als de verkopen binnenkomen,' zegt Mouton, 'gecontroleerde cijfers, alles open en eerlijk. Maar dan klaagt de artiest: "Waarom is mijn aandeel zo laag?"' Weer doet hij Nells stem na. 'En laat ik je nog wat vertellen. De helft van de hits hier in het land is Duits popgedoe dat vertaald is. Of Hollands of Vlaams of zoiets. En wat Adam deed – en daar was hij briljant in – hij had mannetjes in Europa, en zodra ergens een popsong in de kijker liep, dan werd die als mp3 per e-mail opgestuurd en dan ging Adam ervoor zitten en schreef een Afrikaanse tekst. Veertig minuten en klaar was hij, en dan belde hij Nerina Stahl en...'

'Tenminste, voordat ze hier wegging.'

'Al die fokking hits van haar waren Duitse pop, wie gaat die nu voor haar vinden, denk je? In elk geval zitten wij met de gebakken peren, want wij moeten het allemaal administreren. Er moet geld naar Duitsland, de songwriter en publisher moeten hun deel krijgen. Maar nu komt die onafhankelijke en hij vindt iemand om een cover van Adams vertaling van die Duitse song te doen... snap je?'

'Ik denk het,' zegt Dekker geboeid.

'... en nu moet Adam betaald worden, de Duitser en zijn publisher moeten betaald worden, maar de onafhankelijke zegt: "Nee, we hebben er maar vijfduizend laten branden," maar hij liegt, want er is geen controle op de distributie. De onafhankelijken gaan hun gang en niemand houdt de boeken bij.'

'En daarom zijn hun cheques zo groot.'

'En dan komt die klootzak hier tegen ons zeggen dat we hem belazeren.'

'Laat hij zijn eigen cd's gaan maken, dan zullen we wel zien. Laat hij zelf twee ton neerleggen voor een studio, zelf vier ton ophoesten voor een tv-campagne.'

'Amen,' zegt Groenewald. 'Vertel hem van de wachtwoorden en de pdf's.'

'Ja,' zegt Mouton. 'Ga Sakkie Nell eens vragen of die onafhankelijke hem een *password protected* pdf stuurt.'

Steenkamp schrijft nog een sterretje. Pdf. 'Er zijn maar drie of vier grote distributeurs van cd's in ons land. Dat zijn de jongens die de cd's komen halen en ze over de platenwinkels verspreiden. Je hebt Musica en Look & Listen, je hebt Checkers en Pick n Pay Hypers. Adam heeft een distributiepoot opgezet, nu is dit een onafhankelijk bedrijf, wij bezitten veertig procent: AMD, African Music Distribution. Wat zij doen, net als de andere grote spelers, is dat ze de verkoop van elke cd bijhouden en elke drie maanden sturen ze een password protected pdf-document van de verkopen van elke artiest aan mij. Wij doen de betaling aan de artiest...'

'Nog voordat we het geld van de distributeurs hebben gekregen,' zegt Mouton.

'Dat klopt. We betalen uit eigen zak. Het risico is voor ons. En ik mail hem dezelfde pdf-staat, precies zoals ik die van de distributeur heb gekregen, volledig, hij kan alles zien. En niemand kan met die staat knoeien, want wij hebben het wachtwoord niet.'

'Vertel mij dan eens hoe we hen kunnen tillen?' zegt Mouton.

'Onmogelijk,' zegt Groenewald.

'Omdat we te fokking eerlijk zijn, dat is het probleem.'

'Maar laat hij vooral zijn eigen cd'tjes gaan uitgeven. Laat hij de overhead zelf voelen. Dan praten we verder.'

'Amen,' bevestigt de accountant.

35

John Afrika had geraasd en getierd aan de telefoon en gezegd: 'Jíj belt die vader in Amerika, Bennie, jij belt hem op, want fok, ik zie geen kans, hoe in jezusnaam, ik ben onderweg, jissis, Bennie, hoe kon dit verdomme gebeuren?' en toen had hij de telefoon neergegooid. Bennie stond daar met zijn mobiel in de hand en vroeg zich af of Jack Fischer & Co werk had voor een alcoholist die bezig was om twee zaken op één dag te verkloten en kreeg zin om de telefoon tegen de muur te smijten. Hij boog zijn hoofd, staarde naar de vloer en dacht dat hij net zo goed kon gaan zuipen, want wat hielp het nuchter te zijn? Tot Vusi aan kwam draven en zei: 'Bennie, het was de bestelbus die bijna tegen ons opbotste, we hebben een ooggetuige.'

Nu staan ze hier op de stoep en de vrouw – op het oog doodgewoon, onopvallend, zonnebril, begin dertig, vrij bleek en verlegen – begint met een zachte, melodieuze stem te praten, alsof het diep uit haar hart komt. Ze zegt dat ze Evelyn Marais heet en alles heeft gezien.

Ze kwam net uit Carlucci's en was op weg naar haar auto aan de overkant. Ze wijst naar een rode Toyota Tazz, minstens tien jaar oud. Ze had de schoten gehoord en was midden op straat blijven staan. Ze praat kalm en duidelijk en ongehaast, maar ze kunnen zien dat ze zich niet helemaal gemakkelijk voelt onder de aandacht. 'De eerste schoten klonken niet eens als schoten, bijna als vuurwerk, ik besefte pas later wat het was. Toen keek ik. Ze droegen met z'n vieren een meisje, daarvandaan.' En ze wijst met een ongelakte vingernagel naar de hoek van de Belmontstraat. 'Ze...'

'Het meisje, hoe droegen ze haar?'

'Twee hielden haar onder haar schouders; twee droegen haar benen, hier bij de knieën.'

'Kon u zien of ze tegenstand bood?'

'Nee, ik had de indruk dat ze... ik meen dat er bloed aan haar handen zat, ik dacht dat ze misschien gewond was, dat ze haar naar dat busje hielpen, dat het een ambulance was...'

'Was het een ambulance?'

'Nee. Dat dacht ik. Heel even. Logisch, in zekere zin, tot die andere schoten klonken. Veel harder. Maar ik kon de mensen die schoten niet zien; ze stonden voor de bestelbus. Ik zag ze pas voor het eerst toen ze eromheen renden. De ene, de bestuurder, die had een pistool met een geluiddemper in zijn hand.' Dat is het moment waarop Griessel begint te vermoeden dat ze geen doorsnee ooggetuige is.

'Een pistool met een geluiddemper?'

'Ja.'

'Mevrouw, wat doet u voor werk?'

'Ik ben onderzoeker. Voor een filmmaatschappij. En het is juffrouw overigens...'

'Kunt u die mannen beschrijven?'

'Ze waren jong, ergens in de twintig. Mooie jongens. Dat is de reden waarom ik even dacht dat ze haar hielpen. Drie waren blank, een was zwart. Ik heb niet op hun haarkleur gelet, het spijt me... Maar ze... drie van hen hadden een spijkerbroek aan, en T-shirts, nee, die ene had een poloshirt, een groen poloshirt, lichtgroen, bijna limoen, het stond heel mooi bij het denim. O, en die andere had een bruine katoenen broek aan en een wit overhemd waar iets op het borstzakje stond. Het was te ver om te zien...' Griessel en Ndabeni staren haar verbijsterd aan.

'Wat?' zegt ze, niet op haar gemak. Ze schuift haar zonnebril tot boven op haar hoofd en kijkt Griessel aan. Hij ziet haar helderblauwe ogen, een schakering van een tropische zee, hoe de aanblik daarvan haar hele gezicht verandert, van vaal naar mooi, van gewoon naar uitzonderlijk.

'Juffrouw, u bent heel oplettend...'

Ze haalt verlegen haar schouders op. 'Ik zeg alleen wat ik gezien heb.'

'Het meisje, juffrouw, dat is heel belangrijk, u zegt dat ze bloed aan haar handen had?'

'Ja, haar hand, wacht even, haar rechterhand, en haar arm, tot hier,' ze wijst naar haar elleboog.

'Nergens anders?'

'Nee.'

'Maar ze spartelde niet?'

'Nee.'

'Leek het of ze... bewusteloos was?'

'Ik... misschien. Nee. Ik weet het niet. Maar ze spartelde niet.'

'En het busje?' vraagt Vusi. 'Weet u niet wat voor merk het was?'

'Een Peugeot. Maar ik moet toegeven dat ik dat niet wist. Pas toen hij wegreed, zag ik het logo. Dat met het leeuwtje, je weet wel, op zijn achterpoten...'

Griessel knikt alleen maar. Hij zou van zijn leven niet het verband hebben gelegd tussen het leeuwtje en Peugeot. Hij kijkt naar haar ogen en denkt: die vrouw is een genie.

'Een zilverkleurige Peugeot, maar smerig,' zegt ze. 'Ik zou moeten nagaan wat voor model...' Voordat Griessel kan zeggen dat dat niet nodig is, voegt ze eraan toe: 'En natuurlijk het kenteken, als jullie dat willen hebben.'

'Je hebt het kenteken?' Griessel is te verbluft om nog 'u' te zeggen.

'CA 409, dan zo'n streepje,' ze trekt het horizontaal door de lucht met haar vinger, 'en dan 341.'

De speurders trekken tegelijk hun telefoon. 'Juffrouw,' zegt Bennie Griessel, 'wilt u niet voor ons komen werken?'

'Hoe dan ook,' zegt Willie Mouton, die opstaat en zijn stoel naar achteren begint te rijden, naar de deur toe, op geruisloze wieltjes, 'Adam belde me gisteravond, ergens na negenen, en vertelde me over die verhalen van Iván Nell.'

'En toen?' vraagt Fransman Dekker.

'Toen hebben we gelachen. Want Adam zei: laat hij zijn accountant meenemen, dan weet hij ook wat overhead is.'

'Dat is alles?'

'Adam zei dat hij naar huis ging, want het ging niet goed met Alexandra, hij was bezorgd om haar. En daar heeft Jos Geyser hem opgewacht, wat hij jullie ook wil wijsmaken. Ik ben geen rechercheur of zo, maar je kunt in zijn ogen zien dat hij tot alles in staat is.'

'Vusi, we werken nu tegen de klok,' zegt Bennie Griessel bij het tuinhekje tegen hem. 'Ik heb Mat Joubert erbij gehaald...' Hij ziet de uitdrukking van Ndabeni. 'Ik weet het, maar de commissaris kan de pot op, we moeten dat meisje vinden. Nu wil ik jou vragen: spoor die Peugeot op. Het nummer kan vals zijn, maar laten we het proberen. Maakt me niet uit wat je moet doen, er kunnen er geen honderden in de Kaap zijn. Vergeet de plek, vergeet alles, het bestelbusje is jouw pakkie-an.'

Vusi knikt geestdriftig, aangevuurd door Griessels haast.

'Mat Joubert kan de plaats delict komen doen. Ik ga haar vinden, Vusi, dat is het enige wat ik nu wil, haar vinden. Ik wil heel even in het huis kijken of er iets van belang is, dan ga ik proberen erachter te komen hoe ze wisten dat ze hier was. Op de een of andere manier... Ik weet het niet, ik wil uitzoeken wie ze nog meer gebeld heeft.'

'Heel goed, Bennie.'

'Dank je, Vusi.' Hij draait zich om, loopt het huis in en reconstrueert heel snel wat er gebeurd is. In de hal: ze hebben het glas-in-lood van de voordeur kapotgemaakt, de deur geopend en zijn naar binnen gegaan. De oude man is hier neergeschoten. Links is een grote studeerkamer, misschien vroeger de zitkamer, een grote werktafel met talloze documenten, daarop staat een telefoon, er ligt een stoel, omgetrapt. Heeft ze vanaf hier gebeld?

Hij loopt de gang door, kijkt bij alle slaapkamers naar binnen. Niets noemenswaardigs. Op de terugweg loopt hij de gastenbadkamer in. Die ruikt vaag naar onlangs gebruikt. Hij haalt een vinger door het bad. Het is nat. Iemand heeft zich gewassen, in de laatste twee uur. De handdoek is vochtig. Hij snuffelt. Zeep. Zegt niets. Hij kijkt scherp naar de binnenkant van het bad. Haren bij de afvoer, twee lange, donkere haren. Van Rachel? Hij gaat de badkamer uit. Ze heeft een bad genomen. Daar tijd voor gehad. Dat betekent een groot vertrouwen in de oude man. Zal zijn naam moeten vinden.

Weer door de gang, dan naar de keuken, alles pijnlijk netjes. Hij ziet de open achterdeur, rent naar buiten, maar let op waar hij zijn voeten neerzet. Hij ziet het bloed buiten, een lange sliert over het tegelpad en een deel van het gras en dan komt er een klem om zijn hart. Hij hurkt met tegenzin om naar de spatten te kijken.

Allemachtig, ze hebben haar keel doorgesneden, de mogelijkheid snijdt als een mes door hem heen.

Nee, dat kan niet. Hij heeft het aan Evelyn Marais gevraagd, of het bloed alleen aan haar handen zat.

Ja, haar hand, haar rechterhand, en haar arm, tot hier.

Nergens anders?

Nee.

Maar het bloedpatroon hierbuiten vertelt een ander verhaal.

Hij springt op in de hoop dat ze nog niet weg is, en rent het achterhek uit, links de Belmontstraat in, waar de groeiende menigte achter het gele lint op de hoek staat, terwijl uniformen hen in de gaten houden. Zijn ogen zoeken de Tazz. Die staat er nog, met de vrouw erin. Omdat hij denkt dat ze wil wegrijden, baant hij zich al 'sorry, sorry' zeggend een weg door de toeschouwers. Wanneer de Tazz optrekt, is hij nog net op tijd om tegen de zijkant te bonken. Ze kijkt verschrikt om en stopt als ze hem ziet.

'Juffrouw,' zegt hij buiten adem bij haar portier. Zij draait het raampje omlaag, schuift de zonnebril omhoog, en steekt haar rechterarm uit het portier. 'Sorry,' zegt hij.

'Geeft niet'. De blauwe ogen kijken hem afwachtend aan.

'Het meisje...' Hij komt met moeite op adem. '... je weet absoluut zeker van het bloed... alleen aan haar arm?'

Ze zet de motor af en sluit haar ogen. Blijft zeker een halve minuut zo zitten. Griessel onderdrukt zijn enorme ongeduld, want hij wil dat ze het zeker weet.

De ogen gaan open. 'Ja,' zegt ze en knikt beslist.

‘Er was nergens anders bloed?’

Ze schudt haar hoofd, vol overtuiging. ‘Nee. Alleen de arm.’

‘Niet haar hals of haar hoofd?’

‘Beslist niet.’

‘God zij dank,’ zegt Bennie Griessel en hij pakt haar hand die in het open raampje ligt en geeft er een zoen op. ‘Dank je,’ zegt hij. ‘Dank je, dank je.’ En dan draait hij zich om en rent terug.

Het bloed is niet van Rachel Anderson.

De eerste opwelling van Fransman Dekker was om Mouton en Steenkamp de schuld te geven van zijn frustratie, van de woede die in hem opborrelt. Hij staat achter een gesloten deur in het kantoor van Adam Barnard, kijkt naar de ingelijste foto's en wil ze van de muur halen, op de grond gooien en erop stampen. De manier waarop Mouton zei dat Jos Geyser het gedaan heeft, alsof Dekker een idioot is, de manier waarop Steenkamp achteroverleunde, die zelfvoldane, opgeblazen whitey...

Hij kijkt naar foto's van Adam Barnard. Een grote man, vol zelfvertrouwen. Elke glimlach is hetzelfde, de manier waarop hij in de camera kijkt, zijn lichaam iets gedraaid, handen om schouders en middels van artiesten, hij is het toonbeeld van succes, Mister Geliefd, geen vijand in de wijde wereld.

Onmogelijk.

En dát, weet Dekker, is eigenlijk de reden van zijn frustratie: hij zit op een dood spoor, het hele onderzoek zakt langzaam maar zeker weg in een moeras van, fok, onwaarschijnlijkheden, het slaat allemaal nergens op en de whiteys lachen hem uit.

En waar is Mbali Kaleni?

Hij loopt om het bureau heen, gaat zitten, zet zijn ellebogen op het blad, legt zijn hoofd in zijn handen en wrijft in zijn ogen. Hij zal moeten nadenken, hij zal zijn ergernis moeten beheersen en alles van voren af aan moeten overdenken, want geen van de stukken passen in elkaar. Jos en Melinda Geyser. Ze liegen allebei. Of niet. De video? De afperser? Waar is Mbali Kaleni in godsnaam? Zij heeft vast iets gevonden, iets wat ze volgt, en dan zal zij de zaak oplossen en hij zal een stomme klootzak lijken. Hij haalt zijn mobiel uit zijn zak en belt haar nummer, maar dat rinkelt en rinkelt en rinkelt.

Ze ziet best dat hij belt, ze doet het expres. Zijn drift vlamt weer op, wild als een bosbrand.

Wacht, wacht, wacht. Kalmeer.

Weer zijn hoofd in zijn handen, hij doet zijn ogen dicht. Fok, hij zal alles op alles moeten zetten om dit op te lossen.

Concentratie: Adam Barnard is zijn huis ingedragen, de trap op, tot bij zijn zatte vrouw.

Dat betekent dat het iemand was die weet dat ze elke avond knock-out gaat. Dat betekent dat het iemand was die sterk genoeg is om het niet geringe dode gewicht van Barnard daar te krijgen. Iemand die weet dat Barnard een pistool in huis heeft én waar hij het heeft opgeborgen.

Vergeet Bloemfontein en die afperser, dat is onmogelijk. De kennis van het pistool is de sleutel.

Wie zou dat weten?

Jos Geyser? Misschien. Melinda eventueel ook. Kennis. Motief. Spierkracht.

Maar Bennie Griessel zegt dat het Jos niet is. En Griessel is niet achterlijk, al zeggen ze dat hij zuipt als een vis. Of maakte Griessel een fout? Zat de nieuwe hoofdinspecteur met zijn hoofd bij de kerkmoord? Hij is tenslotte ook maar een mens.

Kennis van het pistool. Hoeveel mensen kunnen dat zijn? Alexa Barnard, nog iemand die door Griessel is uitgesloten, een drinkende vrouw. Was Bennie objectief? Heeft ze hem een zuipmaatjesrad voor ogen gedraaid? Heeft ze hulp gehad? Een minnaar?

Wie nog meer? Als je ervan uitgaat dat zeventig, tachtig procent van de misdaden door iemand van de naaste familie wordt gepleegd.

Dan valt het hem in: de dienstbode. De klagende Sylvia Buys die zich alleen zorgen maakte over waar ze weer werk zou vinden. Sylvia die zo vreselijk dol was op Adam Barnard, die zo snel de schuld op Alexandra schoof. Hij moet haar niet vergeten. Motief? Iets. Heeft Adam haar op diefstal betrapt? Haar geconfronteerd?

En hoe goed kenden de Geysers Barnard? Huisvrienden? Zou een van hen weten waar het pistool in het huis ligt? Hij zal erachter moeten komen. Eerst Griessel bellen, zeggen dat hij bedenkingen heeft over Alexandra, over de Geysers, al krijgt Bennie er de pest in.

Waar is Mbali?

Iemand klopt op de deur.

'Ja?'

Natasha Abader steekt haar hoofd naar binnen. 'Er staat een politieman voor de deur. Hij zegt dat hij jullie wil laten zien waar hij de schoen gevonden heeft.'

Hij springt op. 'Dank je,' zegt hij en hij loopt naar de deur. 'Ik wil graag nog een keer met jou praten,' zegt hij.

Ze lijkt daar niet blij mee.

14.02 uur – 15.10 uur

36

Dekker en de jonge Metro-agent moeten zich een weg banen door de journalisten voor de deur, over het grasveldje, langs de koivijver, door de poort van het gebouw naar de Buitenstraat. De pers slingert hem vragen als beschuldigingen naar het hoofd totdat ze op de hoek van de Breestraat de laatste aasgieren eindelijk afschudden. Wanneer komt Cloete die mediachaos nou eens oplossen?

'Het is daarboven, om de hoek,' zegt de Metro-agent. Als ze zwijgend verder lopen, merkt Dekker dat de zuidoostenwind is opgestoken, de volmaakte zomerdag is verdwenen. Hij kijkt omhoog naar de Tafelberg. Er begint zich als voorbode een wolk te vormen. Aan het eind van de middag zal de wind stormkracht hebben, maar het is januari, je kunt er niets aan veranderen.

De Metro-man leidt hem naar een hoek, daar slaan ze links af de Nuwekerkstraat in, steken de weg over en zes stappen verder blijft hij staan en wijst met zijn knuppel.

'Precies daar.'

'Daar lag de schoen?'

'Precies daar,' beaamt de man. 'Bijna in de goot.'

'Je weet het honderd procent zeker?'

'Ik heb hem zelf gevonden.'

'Je hebt er niet in gekeken?'

'In de schoen?' Er komt een frons van wantrouwen op zijn gezicht, alsof hij aan Dekkers geestelijke vermogens twijfelt.

'Dat zou ik ook niet hebben gedaan,' zegt Dekker. 'Bedankt.'

'Mag ik gaan?'

'Wacht even. Ik wil alleen nog weten: hebben ze jullie gevraagd om dingen op te pakken?'

'Ja. Inspecteur Oerson heeft ons gestuurd. Om alles op te halen wat eruitzag of het in een rugzak gezeten kon hebben. Wat dan ook. Toen zag ik de schoen. Ik heb hem opgepakt en in een plastic zak gedaan. Ik heb ook een hoed gevonden, daar op de hoek van de Watsonstraat. Maar dat is alles. Ik heb ze naar Abrams gebracht, die had de grote vuilniszak en daar heb ik ze in gedaan. Abrams heeft de vuilniszak naar inspecteur Oerson gebracht, want die had gezegd dat hij alles wilde zien.' Hij vertelt het nadrukkelijk en systematisch, alsof hij nog steeds twijfelt of Dekker ze wel allemaal op een rijtje heeft.

'Heel erg bedankt. Dat is alles wat ik wilde weten.'

De man knikt, draait zich om en loopt rustig de straat uit, zwaaiend met zijn knuppel, een hand op zijn pet tegen de wind.

Dekker kijkt naar de plek waar de schoen heeft gelegen. Dan naar de hoek van de Nuwekerkstraat en de Buitenstraat. Dat is zo'n twee-, driehonderd meter bij AfriSound vandaan.

Wat betekent dat?

Hij pakt zijn telefoon, want het wordt tijd dat hij Bennie Griessel belt.

Het bureau Voertuigdocumentatie van de Metro-politie zegt tegen Vusi dat de Peugeot Boxer-bestelwagen, CA 409-341, op naam staat van Cap-Sud Trading.

'Kun je dat voor me spellen?' vraagt Vusi.

'Hoofdletter C, a-p, hoofdletter S, u-d... de contactpersoon is ene Frederik Willem de Jager, het adres is Eenheid 21, Access City, La Bellestraat in Stikland.'

'Bedankt,' zegt Vusi.

'Maar er zit een notitie bij,' zegt de vrouw. 'Het voertuig staat in het depot.'

'Wat voor depot?'

'Ons autodepot. Hiernaast, in Groenpunt.'

'Staat hij op dit ogenblik daar?'

'Volgens het systeem wel.'

Vusi denkt even na en vraagt: 'Heb je een telefoonnummer van die De Jager?'

'*Yep*.' En ze geeft het.

Griessel staat bij de grote tafel met een papier in zijn hand waarop twee telefoonnummers staan. Een ervan is zijn mobiele nummer. Het andere is een Kaaps nummer dat hij niet kent. Hij kijkt naar het handschrift en vergelijkt het met de aantekeningen op de bergen documenten die over de tafel verspreid liggen, in klein, bijna onleesbaar gekrabbel. De nummers zijn groter, ronder, vrouwelijker geschreven.

Rachel Anderson?

Hij belt het andere Kaapse nummer. De telefoon gaat drie keer over en dan antwoordt een vrouw met het kenmerkende accent: '*United States consul, good afternoon, how may I help you?*'

'O, pardon, verkeerd nummer,' zegt hij en hangt op.

'Gourmet Foods, goedemiddag,' antwoordt een vrouwenstem.

'Is dit niet CapSud Trading?'

'Ja, dit is CapSud, onze handelsnaam is Gourmet Foods.'

'Kunt u me doorverbinden met de heer De Jager, alstublieft?'

'Met wie spreek ik?'

'Met inspecteur Vusi Ndabeni van de SAPS.'

'Meneer De Jager is overleden, inspecteur.'

'O. Dat spijt me. Wanneer is hij overleden?'

'Vier maanden geleden.'

'Ik bel om navraag te doen naar een Peugeot Boxer-bestelbus, kenteken CA 409-341, die op naam van CapSud staat geregistreerd.'

'Dat is zeker die gestolen auto.'

'O?'

'We hadden hem begin oktober vorig jaar gekocht en meteen doorgestuurd naar een bedrijf om ons logo erop te laten zetten. Hij is diezelfde nacht daar gestolen. En jullie hebben nooit iemand gepakt.' Verwijtend.

'Weet u dat het voertuig zich in het depot van de Metro Politie bevond?'

'Ja, ze hebben hem gevonden, in Soutrivier, op een parkeerplaats voor de brandweer. Ze hebben hem weggesleept en in het depot gezet en ons gebeld. Dat was half oktober.'

'Mevrouw, waarom zijn jullie hem niet gaan halen?'

'Toen Frik overleed werd alles bevroren, niemand kan geld opnemen of cheques tekenen, en de boedel wordt pas over twee maanden afgehandeld. Dat is het Nieuwe Zuid-Afrika, je moet maar afwachten.'

'Dus voor zover u weet, staat de bestelbus nog steeds in het depot.'

'Dat moet wel, want we worden elke week gebeld door deze of gene dat we de boete moeten komen betalen en het ding komen halen, en hoe hard ik ook vertel van Frik, het helpt niet, want de volgende week is het weer een ander die belt.'

'En u bent mevrouw...?'

'Ik ben Saartjie de Jager. Friks vrouw.'

'Mag ik vragen hoe meneer De Jager is gestorven, mevrouw?'

'Cholesterol. De dokter heeft op hem ingepraat, ik heb op hem ingepraat, maar Frik wilde niet luisteren. Zo is hij zijn hele leven geweest. En nu zit ik met de ellende.'

Alles gebeurt tegelijkertijd. Griessel wacht ongeduldig aan de grote tafel tot zijn contact bij Telkom terugbelt, John Afrika loopt voorzichtig langs het bloed in het portaal, met een blik van afgrijzen, en zegt: 'Nee, o, *jirre*.' Griessels telefoon gaat en Vusi komt de voordeur in met een opgewonden: 'Bennie!'

Hij denkt dat het de man van Telkom is, keert zich van zijn collega's af en neemt op. 'Griessel.' Door het raam ziet hij Mat Joubert over het tuinpad komen aanlopen.

'Bennie, met Fransman.'

Te veel tegelijk. 'Fransman, kan ik je terugbellen?' Achter hem zegt de commissaris iets, op verwijtende toon.

'Bennie, ik wil alleen even vragen hoe zeker het is dat de vrouw van onze Barnard en Jos Geyser definitief niet betrokken zijn?'

Hij wil tegen Afrika zeggen dat hij daarom Joubert heeft laten komen, voordat het vuurwerk losbarst. 'Ik weet het niet,' zegt hij, zijn hoofd niet bij het gesprek.

'Zal ik ze nog maar een keer ondervragen? Ik kan Mbali vragen om met Alexandra te praten.'

De naam van de vrouwelijke rechercheur brengt hem weer bij de les. 'Je weet het nog niet?' vraagt hij.

'Wat doe jij hier?' hoort hij John Afrika achter zich zeggen. Hij draait zich om. Joubert is binnengekomen. Hij houdt zijn hand over de hoorn als Dekker vraagt: 'Wat weet ik nog niet?'

'Commissaris, ik zal het uitleggen,' zegt Griessel, en dan tegen Dekker: 'Mbali is neergeschoten, Fransman. Hier in de Bo-Oranjestraat, dat Amerikaanse meisje...'

Dekker is met stomheid geslagen.

'Ze ligt in het ziekenhuis,' zegt Griessel.

'Het Amerikaanse meisje? Wat had Mbali daar te zoeken?'

'Dat wilde ik jou juist vragen.'

'Hoe moet ik dat weten? Ik had haar naar Jack Fischer gestuurd.'

'Jack Fischer?' vraagt hij verbaasd, en dan weet hij dat hij dat niet had moeten zeggen, met Afrika en Joubert naast zich.

'Die hebben een klus gedaan voor AfriSound, maar ik denk dat het een doodlopend spoor is. Hoe is het met Mbali?'

'Dat weten we niet. Fransman, het spijt me, ik moet rennen. Praat nog een keer met Geyser als je denkt dat het nodig is, ik bel je later.' Hij hangt op en zegt: 'Commissaris, ik heb Mat gevraagd om te komen helpen.' Afrika's gezicht vertrekt in protest, maar Griessel geeft hem geen kans. 'Met alle respect, commissaris,' begint hij, wetende dat wat hij nu gaat zeggen niet erg respectvol gaat zijn, maar dat kan hem geen bal meer schelen. 'U hebt gezegd dat er niet genoeg mensen zijn. Mat zit zich bij de Provinciale

Taskforce te vervelen, hij is de beste rechercheur in de Kaap en ik heb een Amerikaans meisje dat ik moet vinden, maakt niet uit hoe. U mag me morgen ontslaan, u mag me weer inspecteur of brigadier maken als u wilt, maar er is verdomme geen tijd te verliezen. Vusi werkt aan de bestelbus waarin ze Rachel Anderson hebben meegenomen, ik ga uitvogelen hoe ze in godsnaam wisten dat ze in dat huis was. We hebben geen tijd om de plaats delict te zekeren, ik heb iemand nodig die weet wat hij doet. En u hebt gezegd dat ik Rachels vader moet bellen, en dat zal ik doen, maar niet voordat ik weet wat er aan de hand is. Want hij gaat mij vragen stellen en dan wil ik antwoorden hebben waar de vader van de dochter vrede mee kan hebben. Dus laten we alle bullshit overslaan en dat meisje zoeken.' En dan voegt hij er nog een laatste hoopvol 'met alle respect, commissaris,' aan toe en wacht tot de guillotine valt.

John Afrika kijkt naar Griessel, naar Joubert, naar Ndabeni, en dan weer terug naar Griessel. Een reeks emoties trekt als seizoenen over zijn gezicht. Dan knikt hij even. 'Vind haar, Bennie.' En hij loopt naar buiten, voorzichtig om de plas bloed heen.

Griessels telefoon gaat weer, hij neemt op en de man van Telkom zegt: 'Bennie, er zijn tussen twaalf en twee maar twee telefoontjes vanaf dat nummer gepleegd. Het eerste naar West Lafayette in Indiana, dat is in Amerika, en het tweede naar jou.'

'Dave, hoe laat was het eerste?'

'Wacht even... 13.36 uur. Dat duurde twee minuten en tweeëntwintig seconden.'

'Dank je, Dave, heel erg bedankt.' Hij hangt op en denkt na. Hij probeert de puzzel in elkaar te zetten, er hangen duizend losse draden in zijn hoofd.

'Bennie...' zegt Vusi, maar hij houdt zijn hand omhoog, kijkt naar de toetsen van zijn mobiel, zoekt in de ontvangen oproepen naar het telefoontje van Rachel en vindt het. Hij heeft het om 13.41 uur ontvangen. Toen was hij de Van Hunks uitgerend en hierheen gescheurd. Als haar aanvallers dat eerste telefoontje op de een of andere manier onderschept hadden, hadden ze precies vijf minuten langer de tijd gehad. Stel dat ze in de buurt waren, ergens vlakbij. Ze moesten hier zijn binnengekomen vlak nadat hij met Rachel had gepraat. Dat is een snelle reactie. Té snel...

Een vonk in zijn hoofd, een flits van inzicht. 'Vusi, was die lunchroom waar ze is binnengegaan hier op de hoek?'

'Carlucci's,' knikt Ndabeni.

'En toen is ze hierheen gerend.' Griessel wijst naar de Bo-Oranjestraat.

'Mbali heeft voetafdrukken in de tuin gevonden.'

Griessel krabt op zijn hoofd. 'Ze zaten hier ergens, Vusi. Ze moeten haar gezien hebben, maar met al die politie hier...'

'Bennie, het busje...'

Maar Griessel hoort hem niet. Waarom hebben ze háár niet neergeschoten? Alleen die oude man. Ze hebben Erin Russel de keel doorgesneden. Maar Rachel hebben ze laten leven, al hadden ze haar net zo makkelijk om zeep kunnen helpen. Hier, in dit huis. Maar ze hebben haar ontvoerd.

Nog een openbaring.

'De rugzak,' zegt hij, want ze hebben Erin Russels rugzak van haar schouders gesneden. Hij bukt en kijkt onder de tafel. 'Kijk of jullie een rugzak zien.' Hij loopt de gang in. 'Vusi, jij neemt de linkerkant, de badkamer en die slaapkamer, dan neem ik de rechterkant.' Hij blijft staan. 'Mat, wil jij alsjeblieft in de keuken en buiten zoeken?'

'Hoe ziet die rugzak eruit?'

'Geen idee,' zegt Griessel, maar hij heeft een theorie en blijft plotseling staan, waardoor Vusi bijna tegen hem aanloopt, en begint koortsachtig te bellen. Wanneer de brigadier van bureau Caledonplein opneemt, identificeert hij zich en vraagt of er nog uniformen staan bij de Cat & Moose in de Langstraat.

'Ja, ze zijn er nog.'

'Brigadier, zeg tegen hen dat ze moeten vragen waar de bagage van de Amerikaanse meisjes is. Erin Russel en Rachel Anderson. Laat ze bij de bagage blijven en die met hun leven bewaken.'

'Komt voor elkaar.'

En dan zegt Griessel tegen Vusi Ndabeni: 'Ze zoeken iets, Vusi, die klootzakken zoeken iets bij die meisjes. Daarom leeft Rachel nog.' En hij rent haastig naar de slaapkamers om de rugzak te gaan zoeken.

37

'Wat nu weer?' vraagt Natasha Abader als hij de deur van Adam Barnards kamer achter haar dichttrekt.

'Ga zitten alsjeblieft,' zegt Dekker en schuift zijn zitvlak op het bureau, zodat hij intimiderend dicht bij haar kan komen.

Ze vindt het niet prettig, haar mooie ogen verraden dat, maar ze gaat zitten.

'Kan ik je vertrouwen, sister?'

'Ik zei al dat ik je sister niet ben.'

'Waarom niet, sister? Omdat je hier la-di-da tussen de whiteys werkt en ik maar een hottentot uit Atlantis ben? Je bent een kleurling, *finish* en klaar.'

'Denk je dat het daar iets mee te maken heeft?' Haar ogen bliksemen. 'Je kunt het niet hebben dat ik met een blanke man geslapen heb, hè? Nee, je mag met je hoofd schudden zoveel je wilt, ik heb gezien hoe je veranderde, daarnet, toen ik zei: "Ja, hij heeft mij hier ook genomen." Nou, laat ik je dit vertellen, hij was niet de eerste blanke en hij zal niet de laatste zijn. Ik discrimineer niet, ik slaap met wie ik wil, want dit is het Nieuwe Zuid-Afrika, maar dat wil jij niet weten. Jij wil "brother" en "sister" zeggen, jij wil dat we een aparte stam zijn, wij kleurlingen, jij hoort bij die mensen die overal lopen te kankeren hoe zwaar het is om kleurling te zijn. *Wake up*, inspecteur, het heeft geen zin. Als je niet integreert, kom je er niet. Dat is het probleem in dit land, iedereen loopt te klagen, niemand wil iets doen, niemand wil het verleden vergeten. En trouwens, niet om het een of ander, maar met hoeveel blanke vrouwen heb jij geslapen?'

Hij kijkt opzij, naar het raam.

'Dacht ik het niet,' zegt ze.

'Waarom denk je dat?'

'Geen vrouw kan naar jou kijken zonder aan seks te denken,' zegt ze.

Nu kijkt hij haar aan, in haar ogen, en ze kijkt uitdagend en boos terug.

'Dat zal ik maar als een compliment opvatten.' In het besef dat hij een veldslag heeft verloren, probeert hij zijn positie te versterken.

'Waarom ben ik hier?'

Hij voelt zich opeens ongemakkelijk zo dicht bij haar. Hij staat op en loopt om het bureau heen. 'Omdat ik je vertrouw.'

Ze schudt haar hoofd, lang haar als een waterval.

'Ik ga dingen zeggen die je niet mag doorvertellen,' zegt hij.

Ze kijkt hem alleen maar aan.

'De mensen die Adam Barnard hebben doodgeschoten kenden hem heel goed. Ze weten dat zijn vrouw 's avonds knock-out gaat. Ze weten waar hij zijn pistool bewaart. Jij bent de enige die ik kan vertrouwen. Vertel me wie hem zo goed gekend heeft.'

'Hoe kun je dat zo zeggen. Ze hebben hem in zijn huis doodgeschoten...'

'Nee, hij is ergens anders doodgeschoten. Misschien hier aan de overkant, op straat. We hebben zijn schoen daar gevonden. En zijn mobiel.' Hij ziet dat ze verbaasd opkijkt en dat geeft hem voldoening. 'En toen hebben ze hem naar zijn huis gebracht, de trap opgedragen en daar neergelegd. Wie weet het van zijn vrouw, Natasha? Wie zou van het pistool weten? De Geysers?'

Ze strijkt eerst haar rok glad en zwiept haar haar over haar schouder voordat ze antwoordt. 'Nee. Ik denk van niet. Ik denk niet dat ze ooit bij hem thuis zijn geweest. Adam was... hij schaamde zich voor Alexa. Ze heeft een paar keer...'

'Wat?'

'... een scène geschopt als hij mensen mee naar huis nam. Hij woonde hier. Van 's ochtends vroeg tot 's avonds laat. Hij ging zo tegen zevenen naar huis, maar heel vaak kwam hij weer terug om acht uur, negen uur en dan werkte hij door tot na twaalven.'

'Wie zou het dan geweten hebben?'

Ze denkt weer na voordat ze antwoord geeft. 'Ik zou het echt niet kunnen zeggen.'

'Alsjeblieft. Doe er een gooi naar.'

'Een gooi?'

'Een gok.'

'Ik wist het van zijn vrouw.'

'Wie nog meer?'

'Willie en Wouter en Michèle.'

'Wie is Michèle?'

'Ze zit al de hele ochtend daarbinnen. Ze doet de pr.'

'Ik dacht dat Willie Mouton productie en promotie deed.'

'Ja, maar zij doet de pr. Promotie is wanneer we ergens voor betalen en pr is wanneer kranten ergens over schrijven, of iemand op tv of de radio komt en je er niet voor hoeft te betalen.'

‘Wat is Michèle voor iemand?’

‘Het is die oudere vrouw die daarbinnen bij Spider en Iván zat.’

Hij herinnert het zich vaag een oudere vrouw tussen de jongere mannen. ‘En zij kent Adam goed?’

‘Ze werken al jaren samen. Vanaf het begin. Zij is voor zichzelf begonnen, een jaar of zeven geleden, maar ze doet nog steeds freelance onze pr.’

‘Hoe is ze voor zichzelf begonnen?’

‘Je weet wel, haar eigen agentschap. Voor kunstenaars die geen label hebben, voor kleinere labels.’

‘Konden zij en Adam het goed met elkaar vinden?’

‘Ze waren als broer en zus...’ Met een intonatie dat dit niet het hele verhaal is.

‘Hoe bedoel je?’

‘Ze zeggen dat Adam en Michèle minnaars waren. Jaren geleden.’

‘Hoeveel jaar geleden?’

‘Het zijn maar geruchten...’

Hij werpt haar een blik toe die zegt: lul niet.

‘Toen Alexandra begon te drinken, geloof ik. Toen kwam hij op Michèles schouder uithuilen. En zij was toen zelf getrouwd.’

‘Fok,’ zegt Dekker.

Ze kijkt hem afkeurend aan.

‘Jezus, sister,’ zegt hij verontwaardigd. ‘Mijn lijst wordt steeds langer.’

Mat Joubert loopt terug door de keuken naar de hal, waar Griessel en Vusi afwachtend naar hem kijken. Hij schudt zijn hoofd. Geen rugzak. Hij ziet hoe Bennie in zijn hoofd de informatie verwerkt. Joubert wacht geduldig tot hij weer kan praten.

‘Je weet van het bloed daarbuiten?’ vraagt hij aan Griessel en kijkt naar hem als hij ja zegt. Bennies hele lichaam blijft doodstil, zijn hoofd een beetje scheef, de rechterhand gaat onwillekeurig naar zijn hoofd, de vingers krabben in zijn dikke, warrige bos haar, vlak achter het oor.

Joubert krijgt medelijden met deze collega, deze vriend, deze man die hij al een leven lang kent. Griessels lichaam is altijd te klein geweest voor al die energie, zodat het soms lijkt of het vibreert, of er een schokgolf van drift als een tsunami uit kan komen rollen. Het gezicht. Twintig jaar geleden had het iets koboldachtigs, het ondeugende van een hofnar, met een aanstekelijke lach en schuine grappen die voortdurend achter de fonkelende Slavische ogen en de brede mond op de loer lagen, klaar om in volle vaart uit te barsten. Nu is dat bijna niet meer te zien. De erosie van het leven heeft het weggesleten in een netwerk van fijne groeven. Maar Joubert weet dat in dat hoofd de synapsen heen en weer schieten. Griessel, die de hele ochtend van het kastje naar de muur is gestuurd, probeert in zijn hoofd de puzzel in elkaar te leggen. En als dat gebeurt, berg je dan maar. Want Bennie heeft het brein van een rechercheur, altijd veel sneller en creatiever dan het zijne. Hij was zelf altijd langzaam, ordelijk en systematisch, maar Griessel heeft instinct, een natuurlijke flair, de sprankelende vliegende spits tegenover Jouberts ploeterende vleugelspel.

'Het kan om drugs gaan,' zegt Griessel, meer tegen zichzelf. 'Ik denk... die rugzak...'

'Bennie, dat busje stond in het depot van Metro,' zegt Vusi.

Griessel staart in het niets: '... die meisjes hebben... nee, ik weet het niet. Misschien hebben ze drugs gestolen. Of aangenomen zonder te betalen...'

Joubert wacht rustig tot hij ziet dat Bennie weer aandacht voor hem en Vusi heeft. Dan vraagt hij: 'Is het bloed van dat meisje?'

'Nee.' En dan kijkt Bennie met meer aandacht naar Joubert, een plotseling inzicht, en hij zegt: 'Het bloed is van iemand anders, niet van Rachel, het is het bloed van een van die klootzakken,' en hij grijpt zijn mobiel.

Joubert zegt: 'Bennie, laat mij de ziekenhuizen bellen.'

'Nee, Mat, laat het Caledonplein dat doen.' Hij belt het nummer en geeft de opdracht aan de brigadier in de meldkamer: 'Elke jongeman van laten we zeggen tussen de achttien en de vijfendertig, maakt niet uit welke kleur, welk ras, welke taal, brigadier, elke jonge klootzak die bloedt, daar wil ik van weten,' en dan kijkt Griessel naar Vusi en zegt: 'In het depot van Metro?'

'Klopt. Dezelfde Peugeot, hetzelfde kenteken. Hij was gestolen, maar Metro heeft hem in Soutrivier gevonden en nu staat hij al sinds oktober in het depot, want de eigenaar is aan een hartaanval gestorven en de rekeningen zijn geblokkeerd. Ik ga erheen, Bennie. Ik ga kijken wat daar aan de hand is. Hoe hebben ze hem uit het depot gekregen?'

Joubert ziet iets flitsen in Griessels ogen, een plotseling besef. 'Wat?' Want hij weet hoeveel Bennies intuïtie waard is.

Griessel schudt zijn hoofd. 'Ik weet het niet. Iets. Jissis, ik moet rustig kunnen nadenken, maar er is geen tijd. Vusi, goed werk, ga uitzoeken hoe het zit met die bestelbus, want dat is ongeveer het enige wat we hebben.' Opeens ademt hij scherp in. 'Wacht,' roept hij Ndabeni terug. 'Vusi, even voor de zekerheid, die man in de lunchroom, heeft hij naar de foto's van Demidovs mensen gekeken?'

'Ja.'

'Niks?'

'Niks.'

'Oké. Dankjewel.' Vusi rent weg en Griessel blijft met gebogen hoofd staan terwijl Mat Joubert geduldig afwacht. Lang, zwijgend, zodat het tikken van de staande klok in de grote studeerkamer hoorbaar is. Zij tweeën, de dinosauriërs van de SAPS, denkt hij, een bedreigde, uitstervende diersoort. De politieke luchtvervuiling en de rassenklimaatsverandering hadden allang hun tol moeten eisen, maar ze zijn er nog, twee oude carnivoren in een oerwoud, met stramme ledematen, afgesleten tanden, maar nog niet helemaal nutteloos.

Griessel krabt hoorbaar in zijn haardos achter zijn oor. Hij maakt een geluid: 'Eh...' draait zich om en loopt weg, met Joubert achter zich aan, kalm, over de deurmat en de veranda, langs de bougainvilles en over het flagstone paadje. Griessel doet het tuinhek open en gaat op straat staan. Hij kijkt naar de Leeuwenkop. Joubert gaat naast hem staan en ziet de rotskoepel die boven de stad uitsteekt, voelt de wind en ziet hoe Bennies haar nog meer door elkaar gewaaid wordt. De dag is zo prachtig begonnen, maar de zuidooster zal het overnemen, vanavond zal hij als een gek om de hoek van de Tafelberg blazen, een demon.

'Vóór zes uur vanochtend, daar,' zegt Griessel en wijst naar de Leeuwenkop, 'heeft zij tegen die vrouw gezegd: "Bel de politie." Toen zaten die jongens nog steeds achter haar aan, al vanaf twee uur vanochtend. Om elf uur, hier bij de lunchroom, zei ze door de babbelbox tegen haar vader dat ze niet met de politie kan praten.'

Babbelbox, denkt Joubert. Een dinosauriërwoord.

Griessel laat zijn hoofd weer zakken. Dan kijkt hij omhoog naar de Tafelberg. Zijn ogen meten de afstand naar de Leeuwenkop. Hij kijkt Joubert aan. 'Vijf uur nadat ze op de Leeuwenkop was, kwam ze hier bij Carlucci's aan. En dan parkeert die klootzak in de straat en komt achter haar aan. Hoe wisten ze dat, Mat? Waar is ze in de tussentijd geweest, waarom hebben ze haar niet gevonden? Waarom wilde ze toen niet meteen de politie bellen?' Weer gaat zijn hand naar zijn haar. 'Hoe doe je dat? Een meisje, een buitenlands meisje, je moet haar absoluut vinden en ze kan overal zijn; hoe hou je de hele stad in de gaten?'

Ze turen naar de berg. Zoals altijd is het Griessels talent om zich in iemand anders te verplaatsen, of het nou een slachtoffer of een misdadiger is, waar Joubert van onder de indruk is.

Dan beseft hij wat Griessel kennelijk allang inzag. Ze zaten op de berg en overzagen vanaf daar de hele stad. 'Kan zijn,' zegt hij.

'Hebben we geen reet aan,' zegt Griessel, steeds een stap voor. 'Want nu hebben ze haar.'

'Maar dit huis kun je niet zien vanaf de berg,' zegt Joubert met een gebaar naar het victoriaanse villaatje naast hen.

'Dat klopt...' Afwezig. Bennie zoekt nu in zijn hoofd, weet Joubert, hij kent de frustratie, de berg informatie van zo'n dag waarop alles tegelijk gebeurt. Je moet door de chaos snuffelen, alles wat je gehoord en gezien hebt, alles wat je weet, moet gesorteerd worden. Voor hem is dat zijn nachtelijke werk, als hij naast Margaret ligt, achter haar warme lichaam, zijn hand op de ronding van haar buik. Dan loopt hij in gedachten langzame, systematische paden af. Maar Griessel werkt volgens een ander procedé, ongeduldig, haastig, niet altijd foutloos, maar veel sneller. Hij ziet hoe Griessel zijn hoofd omhoogrukt – een tuimelaar zou zijn omgevallen – de straat inkijkt en meteen die kant uit loopt. Joubert moet zijn lange benen uitstrekken om hem bij te houden. Honderd meter verderop gaat Griessel aan het begin van een oprit staan en kijkt naar het huis en de garage. 'Hier heeft hij gezeten, in een pick-up.' Opgewonden. 'Hij heeft ons bijna van de weg gereden.'

Griessel rent de oprit op, draait zich om, kijkt naar het huis van Piet van der Lingen en zegt: 'Nee.' Hij loopt heen en weer, springt op en neer en zegt: 'Mat, kom eens hier staan.'

Joubert komt er staan.

'Op je tenen.'

Joubert rekt zich uit.

'Wat zie je van het huis?'

De lange man kijkt. 'Net te laag om alles te zien.'

'Hij kwam hieruit, in een pick-up. Toyota, 4x4, zo'n verbleekte rode, het oude model. Dat klootzakje achter het stuur was jong, hij scheurde achteruit, fokking hard, recht op ons af, en toen richting de stad.'

Joubert concentreert zich op iets anders, niet belast door herinneringen. 'Hij kan in de bak van de pick-up hebben gestaan,' zegt hij. 'Dan kon hij alles zien.'

'Jissis,' zegt Griessel. 'Jong, hij was jong, net als die anderen,' en hij kijkt naar Joubert. 'Ik zal hem herkennen, Mat, als ik zijn rotsmoel weer zie. Ik zal hem herkennen.' Hij zwijgt een tel en zegt dan: 'Een oude Toyota. Dat is geen drugswagen, Mat.'

Griessels mobiel gaat. Hij kijkt op het scherm voordat hij opneemt. 'Brigadier?' Dan luistert hij, veertig seconden lang, en begint te lopen. Mat Joubert loopt achter hem aan, steeds sneller, zijn blik op Griessel gericht. Daar komt de tsunami weer.

'Zorg dat daar nog meer mensen naartoe gaan, brigadier,' zegt Griessel door de telefoon. 'Ik kom eraan.'

Griessel kijkt achterom naar Joubert, het bekende, vonkenschietende vuur in zijn ogen. 'Iemand heeft tien minuten geleden een jonge, blanke klootzak uitgeladen bij de Eerste Hulp van het City Park Ziekenhuis en is toen weer weggescheurd. Het slachtoffer is met een mes in zijn keel gestoken, ze kunnen hem misschien nog net redden. Ik ga erheen, Mat.' En Griessel begint te rennen.

'Ik doe de plaats delict wel,' roept Joubert hem na.

'Dank je, Mat,' Bennies woorden worden weggeblazen door de wind.

'Zorg dat je haar vindt, Bennie,' schreeuwt Joubert, maar hij weet niet of Griessel het heeft gehoord. Hij kijkt de hardlopende figuur van zijn collega na, zo vastberaden, zo dringend, en weer voelt hij de emotie: een heimwee, een hartzeer, alsof het de laatste keer is dat hij Bennie Griessel ziet.

38

Jess Anderson verbreekt als eerste de stilte in de studeerkamer en verwoordt hun zorgen. 'Waarom belt hij niet?'

Bill Anderson wil niet blijven zitten, hij wil heen en weer lopen om de spanning te verlichten. Maar dat kan hij niet, want hij weet dat zijn vrouw dan nog ongeruster wordt. Daarom zit hij naast haar op de bruine leren bank. Zijn vriend, advocaat Connelly, en de politiechef, Dombkowski, hebben erop aangedrongen dat hij thuisbleef, zodat hij er is als de Zuid-Afrikaanse politieman belt. Nu heeft hij spijt dat hij niet is meegegaan naar de ouders van Erin. Dat was zijn plicht. Maar hij kon onder deze omstandigheden Jess niet alleen laten.

'Het is al bijna veertig minuten geleden,' zegt ze.

'We weten niet hoe ver hij moest,' zegt Anderson.

'We zouden hem kunnen bellen.'

'We geven hem nog even.'

Ze hebben haar tegen de betonnen vloer gedrukt, met zijn vieren. Een vijfde heeft een mes onder haar T-shirt gestoken en het weggesneden, daarna haar broek, daarna haar ondergoed. Hetzelfde mes waarmee Erins keel is doorgesneden, dezelfde handen hebben haar moeiteloos gestript. Ze hebben haar opgehesen en tegen de dunne ijzeren pilaar gedrukt, haar armen naar achteren gebogen en ergens mee vastgemaakt, achter de pilaar. Toen deden ze een stap naar achteren en het enige wat zij kon doen was naar beneden glijden, zo ver als de boeien dat toelieten, om haar schaamte te verbergen, zodat ze nu met gebogen hoofd naar de sportschoenen aan haar voeten staart.

'Waar is het?'

Ze geeft geen antwoord. Ze hoort hem aankomen, voetstappen op de vloer, twee maar, hij grijpt haar haar, rukt haar hoofd omhoog zodat het tegen het metaal van de paal bonkt, en knielt voor haar neer.

'Waar is het?' komt de vraag weer.

Haar linkeroog is opgezwollen en pijnlijk. Ze richt het andere op hem. Zijn aantrekkelijke gezicht vlak voor het hare, kalm. Zoals altijd. In zijn stem gezag en zelfbeheersing.

Haar afschuw van hem is groter dan haar angst om dood te gaan. Dat inzicht komt plotseling en bevrijdend, het brengt de impuls om iets te doen, te schoppen, te spugen. Ze begint speeksel in haar mond te verzamelen. Om alles wat hij gedaan heeft, alles, wil ze dat met minachting en haat over hem heen spugen, maar ze bedenkt zich, ze is niet machteloos. Ze kunnen haar niet doodmaken. Niet nu. Nog niet. Ze kan tijd winnen. Ze is niet alleen. *Ik ben onderweg, doe de deur voor niemand open, ik bel als ik er ben, please, miss Anderson*, de stem van de politieman, de bezorgdheid, de drang om haar in veiligheid te brengen, te redden. Hij is nu ergens bezig haar te zoeken, hij zal haar vinden, op de een of andere manier zal hij erachter komen wie er op haar jagen, het ligt zo voor de hand, hij zal erachter komen en hij zal haar vinden.

Ze antwoordt door haar hoofd langzaam heen en weer te zwaaien.

Hij neemt haar haar in een ijzeren greep. 'Ik ga je pijn doen,' zegt hij. Op zijn praktische manier.

'Ga je gang.' Ze probeert haar stem even neutraal te houden als de zijne.

Hij lacht haar in haar gezicht uit. 'Je hebt geen idee.'

Doet er niet toe, denkt ze. Laat hem maar lachen.

Hij laat haar opeens los en staat op. 'Hun bagage is nog in de Cat & Moose.'

'Die hadden we allang moeten halen.'

'We wisten het niet, Steve. Je weet wat ze zei in de club... Waar de fuck is Barry? Bel hem, ga hun spullen halen.'

'Die gaan ze niet zomaar aan ons geven, Jay.'

Ze tilt haar hoofd op en ziet hoe ze naar elkaar kijken. Er hangt spanning tussen hen.

Steve, de zwarte, knikt uiteindelijk, draait zich om en loopt weg. Jay zegt tegen een andere, die ze niet kent: 'Er is een gereedschapswinkel een straat verderop, op de rechterhoek.'

Ze ziet hoe hij zijn hand in zijn zak steekt, er een paar bankbiljetten uithaalt en die aan de ander geeft.

'Ik wil een snoeischaar. We gaan haar tenen afknippen. Dan haar vingers. Dan haar tepels. Jammer wel. Mooie tieten.'

Het duurt een poosje voordat Fransman Dekker aan Michèle Malherbe vraagt of ze met Adam Barnard heeft geslapen.

Haar waardigheid overrompelt hem als ze de kamer binnenkomt, zodat hij pas later ontdekt dat ze kleiner is dan hij dacht. Ze heeft kort blond haar, een aantrekkelijk gezicht, en lijkt van onbestemde leeftijd, totdat hij later naar haar handen kijkt en beseft dat ze eind vijftig, begin zestig moet zijn. Ze stelt zich voor, luistert aandachtig naar zijn rang en naam en gaat met een aura van beheerst verlies op een van de bezoekersstoelen zitten. Dekker kan niet achter Barnards bureau gaan zitten, dat voelt verkeerd op dat moment. Hij neemt plaats op de andere bezoekersstoel.

'Het is een groot verlies, inspecteur,' zegt ze, met haar ellebogen op de leuningen van de stoel en haar handen in haar schoot gevouwen. Hij kan zien dat ze eerder die ochtend gehuild heeft. Hij vraagt zich onmiddellijk af hoe zo'n vrouw voor Barnard kon vallen.

'Ja,' zegt hij. 'U kende hem heel goed?'

'Bijna vijfentwintig jaar.'

'Ik... eh... mevrouw, ik begrijp dat u het bedrijf, de verhoudingen heel goed kent.'

Ze knikt. Haar gezicht ernstig en geconcentreerd.

'Waarom zou iemand hem...' Hij zoekt naar een eufemisme. '... om het leven willen brengen?'

'Ik denk niet dat Adams dood iets met het bedrijf te maken heeft, inspecteur.'

'O?'

Ze tilt haar rechterhand op in een klein gebaar. Ze heeft één elegante ring aan haar middelvinger: 'We zijn misschien een emotioneel stelletje. Per definitie. Muziek is tenslotte emotie, nietwaar? Maar in essentie is er niet zo'n groot verschil tussen de muziekindustrie en andere bedrijven. We vechten, we bakkeleien, we concurreren met elkaar, we zeggen en doen soms dingen die we beter hadden kunnen laten, maar dat gaat overal zo. Het enige grote verschil is dat de media onze... zonden makkelijker aan de grote klok hangen.'

'Ik weet niet zeker of ik het begrijp.'

'Ik probeer te zeggen dat ik geen enkele reden kan bedenken waarom iemand in Adams wereld hem zou willen vermoorden. Ik kan niemand bedenken die daartoe in staat is.'

Hij ademt in om te reageren, maar ze maakt weer hetzelfde gebaar en zegt: 'Ik ben niet naïef. Ik heb geleerd dat onze menselijke aard alles mogelijk maakt. Maar als je een kwart eeuw met mensen samenwerkt, zie je al hun kanten, en doe je ook een zekere mensenkennis op waaruit je onder deze omstandigheden kunt putten.'

'Mevrouw, de manier waarop het is gebeurd... duidt erop dat het iemand was met veel kennis van Adams huiselijke omstandigheden.'

Ze kijkt niet weg. Haar ogen zijn lichtbruin. Haar sensualiteit is subtiel, denkt hij, misschien door de combinatie van de kennis waarover ze beschikt en die verfijning. 'Ik weet niet precies waar u op doelt.'

'Ze wisten het van zijn vrouw, bijvoorbeeld.'

Haar glimlach is sympathiek. 'Inspecteur, helaas zijn de omstandigheden van die lieve Alexa algemeen bekend. Vooral in de business.'

'Praatte Barnard erover?'

Gedempte verontwaardiging: 'Adam zou er niet over piekeren zoiets te doen.'

Hij wacht.

'Ik weet wel dat de media de indruk wekken dat dit een omgeving is waarin mensen niet om elkaar geven, inspecteur, maar dat is een vertekend beeld. Er zijn genoeg mensen die nog contact hebben met Alexa, die geregeld proberen te communiceren, die blijven hopen dat ze... herstelt. Het is een geweldig mens.'

'U bent er daar een van?'

Ze knikt.

'Maar ik begrijp dat u ook meer dan alleen vrienden was met Adam Barnard?' Met opzet.

Ze kijkt hem teleurgesteld aan. Dan staat ze uiterst waardig op. 'Ik zal het nummer van mijn juridisch vertegenwoordiger bij Natasha achterlaten,' zegt ze en ze loopt langzaam en statig naar de deur, doet hem open en trekt hem zacht achter zich dicht.

Hij zit naar de deur te kijken, en heeft de pest aan zichzelf. En geen idee wat hij nu moet doen.

De verpleegster op de Eerste Hulp zegt tegen Griessel dat hij met de chef-arts moet spreken en hij vraagt haar om de man te bellen. Het is geen man, zegt de verpleegster arrogant, en Griessel zegt dat het hem niets kan schelen, als ze maar belt.

Ze toetst een nummer in, fluistert in de telefoon, legt hem neer en zegt dat de chef-arts in vergadering is, haar houding nog een paar graadjes arroganter.

'Mevrouw, ik heb een vrouwelijke rechercheur die in de operatiekamer ligt met twee schotwonden en weet niet of ze het gaat halen. Ik heb een negentienjarig Amerikaans meisje dat ontvoerd is door mensen die vanochtend haar vriendin de keel hebben doorgesneden in de Langstraat. Die...' hij moet met veel moeite de drang om 'klootzak' te zeggen onderdrukken, terwijl hij met zijn duim over zijn schouder naar de operatiekamer wijst, 'jongen daarbinnen is mijn enige kans om haar te vinden voordat ze haar ook afmaken. Nu zweer ik u, als haar iets overkomt omdat jullie de rechtsgang dwarsbomen, slapen jullie vanavond allemaal in de smerigste, volste cel die ik op het Schiereiland kan vinden. Ik hoop dat we elkaar nu goed begrijpen.'

Ze slikt met grote ogen haar verontwaardiging in, pakt de telefoon weer, belt het nummer en zegt: 'Julie, ik denk dat dokter Marinos nu onmiddellijk naar de IC moet komen.'

Bij het hek van het depot van de Metro-politie doet de jonge verkeersagent in glanzend uniform een dikke, groene dossiermap open, bladert er zorgvuldig in, strijkt de bladzij waar het om gaat glad en loopt met zijn vinger tot bij een opmerking op een officieel formulier.

'Ja, het betreffende voertuig is om precies 12.34 uur bij mij uitgeboekt. En hier...' Hij bladert door en draait de map om zodat Vusi het aan de andere kant van de balie kan zien. '... is het formulier, getekend en gestempeld.'

'Wie heeft het getekend?'

De verkeersagent draait de map weer terug en bestudeert de handtekening. 'Ik zou het niet kunnen zeggen.'

'Wie zou het wel kunnen zeggen?'

'Dat moet u bij de Administratie gaan vragen.'

'Waar zit de Administratie?'

'Daar. In het registratiegebouw. Maar u moet naar boven. Op de eerste verdieping.'

'Dank u. Mag ik het formulier meenemen?'

De verkeersagent schudt zijn hoofd. 'Daar kan ik u niet mee helpen. Het formulier moet hier blijven.'

Vusi denkt eerst dat de man een grapje maakt. Maar hij ziet geen spoor van humor. 'Meent u dat serieus?'

'Deze map is mijn verantwoordelijkheid. Regels zijn regels.'

'Meneer...'

'Het is inspecteur.'

'Inspecteur, we werken aan een moordzaak en een ontvoering, we beginnen ernstig in tijdnood te raken.'

'Administratie heeft een duplicaat van het formulier, u hoeft hun alleen het dossiernummer te geven.'

Vusi vraagt zich af waarom de man dat niet meteen heeft gezegd. Hij haalt zijn zakboekje tevoorschijn, slaat het open, pakt zijn pen en vraagt: 'Kunt u me het nummer geven, alstublieft?'

Mat Joubert trekt rubber handschoenen aan, bukt bij de open deur van de Corsa van Mbali Kaleni en verzamelt eerst de kogelhulzen bij de voetruimte en naast de stoel. Dan noteert hij het aantal in zijn notitieblok. Hij hoort de voeten van Dik en Dun van Forensisch schuifelen op het asfalt naast hem, waar ze de andere hulzen allemaal met krijt omcirkelen en naast elk groepje hulzen een plastic driehoekje met een nummer zetten. Ze werken zwijgend.

Hij staat op, steekt zijn hoofd in de Corsa en steunt op de hoofdsteun en het stuur. Kaleni's grote zwarte handtas ligt op de passagiersstoel. Erbovenop ligt een A5-notitieblok, de bladzijden opengeslagen om de spiraal, bloed op de bovenste bladzij, fijne spatten. Er staat iets geschreven.

Hij pakt het notitieblok voorzichtig op, schuift de auto uit en komt buiten overeind. Hij haalt met zijn linkerhand zijn leesbril uit zijn borstzak, klapt hem open, zet hem op zijn neus en staart naar de drie letters, geschreven in beverig handschrift in hoofdletters: JAS.

Hij roept Jimmy, de lange, magere forensisch technoloog. 'Ik heb een bewijszakje nodig.'

'Komt eraan.' Enthousiast. Waarom klagen de rechercheurs over Dik en Dun? Hij heeft nooit problemen met ze gehad.

JAS. Raadselachtig.

Jimmy brengt een doorzichtig zakje en houdt het open. Joubert doet het notitieblok erin zodat de geschreven letters zichtbaar zijn. Jimmy zipt het dicht.

'Dank je, Jimmy.'

'Graag gedaan.'

Joubert bukt zich weer in de open deur en tuurt onder de stoel. Daar ligt een pen, verder niets.

Hij haalt zijn eigen pen uit zijn zak en gebruikt die om de pen onder de stoel dichterbij te graaien, totdat hij er met zijn vingers bij kan. Hij houdt hem zo dat hij door zijn leesbril kan kijken. Mont Blanc Starwalker. Cool Blue. En op de marineblauwe schacht staan twee vage bloedafdrukken.

Hij draait zich om en loopt naar Jimmy, intussen nadenkend over de bewijsstukken. Het bloed op het notitieblok zegt niet noodzakelijkerwijs iets. Maar de afdrukken op de pen... Mbali Kaleni heeft de letters J, A en S geschreven nadat ze gewond was.

JAS?

Zoeloe?

Hij pakt zijn mobiel. Hij moet erachter zien te komen.

39

De chef-arts van het City Park-ziekenhuis, een goedverzorgde vrouw van in de veertig, knikt alleen drie keer terwijl Griessel zijn verhaal doet, en zegt: 'Een ogenblik alstublieft.' Ze loopt haastig door de glazen deuren waarop OPERATING THEATRE. PERSONNEL ONLY staat.

Bennie kan niet stil blijven staan. Hij loopt naar de balie van de verpleegster en weer terug naar de deuren van de operatiekamer. Laat de klootzak leven alsjeblieft, net lang genoeg, zodat hij krijgt wat hij nodig heeft. Hij kijkt op zijn horloge. Bijna vijf over halfdrie. Er is al te veel tijd verstreken sinds ze haar hebben meegenomen. Te veel mogelijkheden. Maar ze hebben Rachel Anderson niet doodgeschoten, want ze willen iets van haar, dat is zijn enige kans, zijn enige hoop.

In de periferie van zijn bewustzijn flitst iets voorbij, spookbeelden, vluchtig, buiten bereik, zodat alleen een indruk overblijft: vanochtend. Hij blijft staan en doet zijn ogen dicht. Wat is dat? Alsof zijn hoofd wil zeggen dat die gewonde klootzak niet zijn enige hoop is. Er is nog iets. Hij moet terug naar het begin. Vanmorgen, wat is er gebeurd? Op het kerkterrein? Wat waren de belangrijke dingen? De rugzak, van Erin Russels rug gesneden...

De chef-arts komt de deur uit stormen, loopt naar Griessel en begint al vanaf een afstand te praten. 'Hoofdinspecteur, zijn halsslagader is doorgesneden, helaas vrij hoog, waar weinig bescherming is. Hij heeft ontzettend veel bloed verloren, we hebben daarbinnen een Code Blauw gehad, maar ze hebben hem kunnen reanimeren. Zijn toestand is kritiek, ze zijn nog steeds aan het proberen de wond te hechten, dat is onder deze omstandigheden een erg moeilijke procedure, vooral omdat zijn bloeddruk zo laag is en de bloeding nog niet helemaal gestopt kon worden. Ik vrees dus dat er geen kans is dat u binnen de komende vijf, zes uur met hem kunt praten. En zelfs daarna betwijfel ik of de communicatie zinvol zal zijn. Zijn stembanden schijnen ook beschadigd te zijn, ze weten nog niet in hoeverre.'

Hij verwerkt de informatie, de frustratie duwt een vloek naar het oppervlak, maar hij slikt hem in.

'Dokter, zijn kleren, ik zoek zijn kleren, iets wat hij aanhad.'

'Ik ga bellen,' zegt Bill Anderson beslist. Hij staat meteen op van de leren bank en loopt naar de telefoon op het bureau. Hij kijkt naar het nummer dat hij heeft opgeschreven, pakt de hoorn en toetst de cijfers in. Hij staat te luisteren naar de aanvankelijke stilte op de lijn, en dan komt het glasheldere geluid van de telefoon die overgaat op de onderste punt van een ander continent.

Griessels mobiel gaat en hij ziet op het scherm dat het Mat Joubert is. Hij neemt op: 'Mat?'

'Bennie, ik weet niet wat het betekent, maar Mbali Kaleni heeft het woord 'jas' in haar notitieblok geschreven, en ik weet vrij zeker dat ze dat heeft gedaan nadat ze werd neergeschoten. Er zitten bebloede vingerafdrukken op de pen en bloedspatten op het notitieblok. Ik dacht dat het misschien Zoeloe kon zijn, maar dat schijnt niet zo te wezen.'

'Jas?' En dan hoort hij de zachte toon van een wisselgesprek. 'Mat, blijf even hangen.' Hij ziet het lange nummer, de buitenlandse codes en hij weet wie het is.

Ach, hemel.

Hij kan nu niet met hen praten, hij kan het niet, wat moet hij zeggen? Wat moet hij zeggen? Sorry?

Ze zullen diep bezorgd zijn omdat hij nog niet gebeld heeft. Het is hun kind. Ze hebben het recht om het te weten.

'Mat, ik bel je terug.' Hij wisselt het gesprek en zegt: 'Meneer Anderson?'

'O, goddank, hoofdinspecteur, we werden erg ongerust. Is alles goed met Rachel?'

Geen vraag die hij nu wil beantwoorden.

'Meneer Anderson, Rachel was niet op het adres dat ze me heeft gegeven. We proberen nog steeds haar te vinden, maar we maken vorderingen.'

'Ze was er niet? Hoe is dat mogelijk?'

'Ik weet het niet, meneer. Ik weet het echt niet.'

De twee jongemannen komen het Cat & Moose Youth Hostel binnen, en lopen vol vuur en zelfvertrouwen naar de mollige vrouw aan de balie.

'Hi,' zegt de zwarte jongen glimlachend tegen haar. 'We komen Rachels spullen ophalen.'

'Wie?'

'Rachel Anderson, het Amerikaanse meisje. Je weet wel, dat vermist was.'

'Zijn jullie van de politie?'

'Nee, we zijn vrienden.'

'Ken ik jou niet?' vraagt het mollige meisje.

'Dat denk ik niet. Nou, waar is haar bagage?'

'Beneden, in hun kamer, bij de politie. Hebben ze haar gevonden?'

'Bij de politie?' De vriendelijkheid wankelt.

'Ja, het wordt bewaakt. Met pistolen en alles. Jullie moeten eerst met hen praten. Hebben ze het meisje gevonden?'

Ze geven geen antwoord maar kijken elkaar aan. Dan lopen ze naar buiten.

'Hé!' roept het meisje, maar ze kijken niet eens om. Ze komt achter de balie vandaan en rent de deur uit tot de stoep van de Langstraat. Ze ziet hoe ze haastig weglopen, een keer omkijken, en dan om de hoek verdwijnen.

'Ik ken jou,' zegt ze tegen zichzelf en gaat snel op zoek naar de twee mannen in uniform die de bagage bewaken.

Hij wil haar schoenen uittrekken. Ze drukt uit alle macht haar voeten tegen de betonnen vloer, zodat hij vloekt, naast haar gaat staan en met grof geweld haar voeten onder haar vandaan schopt.

Haar benen schieten naar voren en ze valt hard op haar blote billen. Ze duwt zich meteen weer naar boven, ze wil overeind komen, haar voeten weer onder zich krijgen, maar een van de anderen heeft haar benen vastgegrepen en houdt die stevig vast.

'Jezus, wat ben jij een lastig wijf,' zegt Jay tegen haar.

Ze spuugt naar hem, maar mist. Ze probeert haar benen los te worstelen. Het helpt niet. Jay begint haar veters los te trekken en rukt de schoen van haar voet. Hij haalt zijn neus op voor de stank. 'Hé, Yankee bitch, doe je nooit schone sokken aan?'

Ze spuugt weer, vruchteloos. Hij heeft de tweede veter los, trekt de sportschoen uit, gooit hem opzij en pelt allebei de sokken af. 'Hou jij even één been vast,' zegt hij tegen de derde man, 'want hier gaat ze gek van worden.'

Hij strekt zijn arm uit naar de snoeischaar, een groot apparaat met groene handvatten. 'Oké, voor de laatste keer: waar is de video?'

'Dood en begraven,' zegt ze.

Nu houden ze met zijn tweeën haar benen vast, met hun volle gewicht, zodat haar hielen pijnlijk tegen de betonnen vloer drukken.

'Nee,' zegt Jay tegen de ene. 'Ik wil dat ze ziet wat ik doe. Schuif eens een eindje op.'

Hij grijpt haar rechtervoet, zijn hand om de bal van de voet en de grote teen. Hij brengt de snoeischaar dichterbij, kijkt haar aan en duwt de bladen om haar kleine teen. Ze rukt uit alle macht. Ze zijn te sterk voor haar. Hij knijpt de handvatten van de schaar naar elkaar toe. De pijn is onmiddellijk en intens, zodat ze tegen wil en dank schreeuwt, een geluid waarvan ze niet wist dat ze het in zich had.

De teen blijft door het bloed aan de glimmende bladen plakken. Jay schudt de schaar, zodat het brokje vlees en nagel in het stof valt.

'Negen kleine negertjes...' zegt degene die haar rechterbeen vastdrukt zenuwachtig giechelend.

Ze huilt hysterisch.

'Waar is de video?' vraagt Jay, uitdrukkingloos, en pakt haar voet weer.

'Fuck you,' gilt ze.

Hij grijnst, grijpt haar voet stevig vast, drukt de snoeischaar om de volgende teen en knipt hem af.

'In mijn grote tas,' schreeuwt ze, want de pijn, de wreedheid en de vernedering zijn haar te veel.

'Mooi. Waar is die tas?'

'In het hostel.'

En dan gaat Jays telefoon en schrikken ze alle vier op.

De chef-arts komt terug door de glazen deuren, met bebloede kledingstukken in een grote, doorzichtige plastic zak. Griessel zegt tegen Bill Anderson: 'Het spijt me heel erg, maar ik moet weg. Zodra er nieuws is, bel ik u, dat beloof ik.'

Stilte aan de andere kant van de lijn. 'Ik geloof dat die beloften van u niet zoveel voorstellen,' en dan de hoorbare klik als de Amerikaan de telefoon neerlegt. Griessel staat als versteend, verscheurd tussen de onrechtvaardigheid en het besef dat hij zich net zo zou voelen, als vader.

De chef-arts steekt hem de zak toe. 'Dit is alles, ik weet niet of u er iets aan hebt.'

Hij vermant zich, steekt de mobiel in zijn zak en pakt de plastic tas aan. 'Jullie hebben niet toevallig een paar rubber handschoenen bij de hand?'

'Haal even een paar chirurgische handschoenen voor de hoofdinspecteur,' beveelt de arts. De verpleegster rent de gang in. 'Is dat alles, hoofdinspecteur?'

'Dokter, mijn collega, inspecteur Kaleni?'

'De zwarte vrouw?'

'Ja, is er al nieuws?'

'Haar kansen zijn beter dan van die jongen daarbinnen. De vuurwapenwond in haar hals... het lijkt of het projectiel afgeketst is op het kaakbeen, zodat het alleen de wand van de slagader heeft beschadigd, boven de vierde halswervel. En ze is kennelijk ter plekke behandeld om de bloeding te stoppen, wat een groot verschil heeft gemaakt.'

'Gaat ze het halen?'

'Het is nog te vroeg om iets te zeggen.'

De verpleegster komt terug met de handschoenen. 'Dank u,' zegt hij.

'Laat me weten als jullie iets nodig hebben,' zegt de arts en ze loopt naar de lift.

'Heel erg bedankt, dokter,' zegt hij. Hij zet de grote plastic tas op de balie van de verpleegster en trekt haastig de handschoenen aan. Het blijken een broek, een T-shirt en bruine leren laarzen te zijn. Hij doet de zak open en haalt het T-shirt eruit. Wit, donker van het bloed. Geen borstzakje. Hij haalt de schoenen uit de zak en zet ze opzij. Dan de broek, een spijkerbroek met een verweerde bruinleren riem. Hij voelt in de zakken, haalt er een bos sleutels uit en kijkt ernaar. Een autosleutel waarop Mazda staat, vier andere sleutels; twee van huisdeuren, twee kleinere. Van hangsloten? Helpt niets. Hij legt de sleutels naast de schoenen. Verder zit er niets in die broekzak. In de andere vindt hij een witte zakdoek, schoon en netjes opgevouwen. Hij draait de broek om, en voelt meteen dat de kontzakken leeg zijn. Maar er hangt iets aan de riem, een zwaar etui van roestbruin leer, met een flap. Hij knipt de flap open.

Aan de binnenkant van de flap staat iets geschreven, maar hij beperkt zich eerst tot de inhoud van het etui: een Leatherman, zo te zien. Hij haalt hem eruit. Rode handvatten, waarop LEATHERMAN staat en JUICE CS4. Het gereedschap is niet nieuw, vertoont sporen van gebruik. Vingerafdrukken, hij kan er vingerafdrukken op vinden. Dan concentreert hij zich weer op de flap en tilt hem op. Drie letters staan erop, met viltstift: A.O.A.

Voorletters?

Hoe heet je, klootzakje? Andries? Hij denkt aan Joubert, aan het woord dat Mbali neergekrabbeld heeft. JAS. Hij moet Mat terugbellen, maar eerst dit afmaken. Hij doet de Leatherman terug in het etui en gaat verder met de plastic tas. Er zitten alleen nog een onderbroek en een paar sokken in. Hij haalt ze eruit en draait ze om en om, op zoek naar nog meer voorletters, een wasgoedetiket, wat dan ook, maar vindt niets.

A.O.A.

Jas?

'Mevrouw,' zegt hij tegen de verpleegster. 'Hebt u misschien een plastic zakje voor me?' Hij haalt de bruine riem van de broek en schuift het etui eraf.

Ze knikt schuldbewust, omdat ze nu graag wil helpen na het goede voorbeeld van de chef-arts, grabbelt onder haar balie en haalt een leeg pillenzakje tevoorschijn.

'Dat is perfect,' zegt Griessel, 'heel erg bedankt,' en hij doet de Leatherman met etui en al in het zakje. Dan doet hij het zakje in de borstzak van zijn overhemd. Hij stopt de kledingstukken terug in de grote zak en kijkt op. De verpleegster kijkt strak naar hem, alsof hij elk moment een wonder kan gaan verrichten.

Hij trekt de rubber handschoenen uit en aarzelt waar hij ze weg kan gooien.

'Geef maar aan mij,' zegt ze zacht.

Hij knikt dankbaar, geeft ze aan haar, haalt zijn mobiel uit zijn zak en belt Mat Joubert.

'Bennie,' zegt de diepe stem.

'Jas?' zegt Griessel.

'J.A.S. Alleen die drie letters. Heb jij iets gevonden?'

'Nog drie letters. A.O.A. Met punten ertussen. Ik denk de voorletters van die klootzak.'

'Of een afkorting.'

'Kan wezen.'

'J.A.S. kan ook een afkorting zijn, ik weet het niet.'

Een vonk in Bennie Griessels achterhoofd, twee dingen die bij elkaar komen... en weer uit elkaar vallen.

'Zeg dat nog eens?'

'Ik zei dat J.A.S. ook een afkorting kan zijn.'

Niets, het inzicht is weg, geen spoor meer.

Zijn mobiel piept zacht in zijn oor. Wie nu weer? Hij kijkt. De meldkamer van het Caledonplein. 'Mat, ik krijg een wisselgesprek, we spreken elkaar nog,' en hij drukt op een toets van zijn telefoon. 'Griessel,' zegt hij, en de brigadier zegt: 'Hoofdinspecteur, twee kerels hebben net geprobeerd de bagage van het meisje bij de Cat & Moose op te halen,' en Griessels hart springt op.

'Hebben jullie die etters te pakken?'

'Nee, hoofdinspecteur, ze zijn hard weggelopen, maar de manager zegt dat ze er eentje kent.'

'Jissis,' zegt Griessel, hij grijpt de plastic zak en rent weg. 'Ik ben onderweg.'

'Oké, hoofdinspecteur.'

'Hoe weet je dat in jezusnaam, dat van hoofdinspecteur?' vraagt Griessel als hij de deur uitstormt, de straat op, en bijna twee schoolmeisjes omverloopt.

'Goed nieuws gaat snel,' zegt de brigadier, maar Griessel hoort hem niet, hij heeft het te druk met excuses aanbieden aan de meisjes.

40

De vrouw bij de afdeling Administratie van de Metro-politie van Kaapstad haalt met een frons het formulier uit de map en zegt: 'Dat is gek...'

Vusi wacht tot de vrouw uitlegt wat er zo gek is. Ze legt het formulier in gedachten verzonken opzij en bladert door de map, op zoek naar iets. 'Ik kan toch niet...' zegt ze.

'Mevrouw, is er iets mis?'

'Ik kan de kwitantie niet vinden.'

'Wat voor kwitantie?'

Ze legt de map opzij en begint documenten uit een drie verdiepingen hoog archiefbakje te halen. 'Volgens het formulier zijn de opslag- en verkeersboetes betaald.'

'Zou het helpen als we wisten van wie die handtekening is?'

'Die mensen hier, die krabbelen allemaal maar wat.' Ze blijft zoeken in de verdiepingen van het bakje, vindt niets, pakt het papier, kijkt ernaar en drukt met een vingernagel op het formulier. 'Kijk, de hokjes zijn alle drie duidelijk aangekruist: verkeersovertreding, boete vereffenen, en opslagkosten. Maar er is geen kwitantie.'

'Is dat de enige manier waarop iemand een auto uit het depot kan krijgen?'

'Nee, de andere opties zijn 'Gerechtelijk bevel', en 'Ingewilligd Verzoekschrift', en ze wijst op de betreffende hokjes. 'Maar dan moet er ook documentatie ter bevestiging zijn.'

'Mevrouw, de handtekening...'

Ze tuurt naar de krabbel onder aan het formulier. 'Dat lijkt op... ik weet niet, het kan Jerry zijn.'

'Wie is Jerry?'

'Inspecteur Jeremy Oerson. Maar ik weet het niet zeker. Het lijkt erop.'

'Kunnen we daarachter komen?'

'U zult erachter moeten komen, ik verzuip in het werk.'

'Kan ik een kopie van het formulier krijgen?'

'Dat kost vijf rand.'

Vusi wil zijn portemonnee pakken.

'Nee, u kunt niet bij mij betalen, u moet eerst bij de kassa op de benedenverdieping betalen en me dan de kwitantie brengen.'

Inspecteur Vusi Ndabeni kijkt naar haar, langzaam ontwaakt zijn sluimerende ongeduld. 'Het is misschien makkelijker om het gewoon aan Oerson te vragen,' zegt hij.

'Ze zitten op de tweede verdieping.'

Fransman Dekker ziet Griessel de hoek om rennen bij het City Park-ziekenhuis en hij roept Bennies naam. Maar dan is de blanke rechercheur weg en Dekker denkt dat dat misschien maar beter is ook. Want hij wil van voren af aan beginnen, hij wil het terrein aflopen dat Griessel vanochtend heeft verkend. Hij gaat weer met Alexandra praten, maakt niet uit wat hij denkt over de hele zaak, het was iemand die dicht bij Adam Barnard stond. *Inside information.*

En niet van het soort waarnaar Michèle Malherbe verwijst. *Helaas zijn de omstandigheden van die lieve Alexandra algemeen bekend. Vooral in de business.* Hij kent haar soort, het 'horen, zien en zwijgen'-soort. Zoals ze daar zat met haar grote waardigheid, kijk mij eens een stoere Boerenvrouw zijn, een hoeksteen van de samenleving, diep bedroefd, maar wel Barnard genaaid terwijl ze alle twee getrouwd waren. En hij, Fransman Dekker, weet dat juist de vrouwen die er zo uitzien, kleren als een non, vroom en afkeurend, wilde katten zijn in bed. Hij had er een gehad, vorig jaar, een blanke vrouw in Welgemoed, de buurvrouw van een slachtoffer van autodiefstal. Hij had aangeklopt op zoek naar ooggetuigen. Ze wilde eigenlijk niet opendoen, grote ogen achter haar bril, blouse tot de hals dichtgeknoopt. Even over de veertig, huisvrouw, kinderen op school, man op zijn werk. En toen hij klaar was met zijn vragen was er iets in haar, een tegenzin om hem meteen te laten gaan. 'Wilt u thee?' Ze kon hem niet in de ogen kijken. Toen wist hij het, want het was niet zijn eerste ervaring van dat soort. Dus zei hij: 'Graag.' Hij was er helemaal klaar voor, nieuwsgierig naar wat er onder die kuise kleren zat, en hij manipuleerde het gesprek: 'Het zal wel eenzaam zijn thuis.' Voordat de kopjes leeg waren, praatte ze over haar huwelijk dat niet goed liep, en hij had geweten wat voor geluiden hij moest maken, om haar voor te bereiden, los te maken. Tien minuten later grepen ze elkaar beet, en ze had honger, honger, honger, hij moest haar handen vasthouden, een rugkrabber. Met een 'Ik ben getrouwd' moest hij haar tegenhouden. Lekker lijf. Een wilde kat.

De woorden die ze gebruikt had toen hij haar op die grote, witte bank had geneukt!

Hij haalt zijn SAPS-identiteitskaart tevoorschijn en houdt hem omhoog zodat de vrouw bij de receptie van het City Park hem kan lezen en zegt: 'Ik kom voor mevrouw Alexandra Barnard.'

'O,' zegt ze, 'een ogenblikje,' en ze pakt de telefoon.

Bij zijn auto overweegt Griessel even om de zes straten te rennen, maar nee, als hij daarvandaan weer snel weg moet... Hij springt in de auto en trekt op. Zijn mobiel gaat. Hij vloekt en haalt het ding met moeite uit zijn zak.

FRITZ. Zijn zoon. En op dat moment herinnert hij zich die avond weer, zijn afspraak met Anna om zeven uur. Instinctief kijkt hij op zijn horloge, kwart voor drie, nog vier uur, moet hij niet bellen en zeggen dat het vanavond niet zal lukken?

'Fritz?' zegt hij en hij vraagt zich af of zijn zoon iets van Anna's missie weet.

'Pa, ik heb het gehad met school.'

'Hoe bedoel je?'

'Pa, we hebben een vette gig gekregen...'

'Wij?'

'De band, pa. Wet en Orde heten we, maar je schrijft de 'en' niet, het is een en-teken, pa, je weet wel, dat op een "s" lijkt.'

'Een ampersand.'

'Zoiets, ja, Wet & Orde, zoals jouw werk, dat was mijn idee, vind je het niet cool?'

'En nu ga je van school?'

'Ja, pa, die gig, we staan in het voorprogramma van Gian Groen en Zinkplaat tijdens hun tournee, pa, ze hebben het over vijfentwintigduizend voor een maand, dat is meer dan zesduizend de man.'

'En?'

'Ik heb school niet meer nodig, pa.'

Het telefoontje komt om 14.48 uur binnen bij de korpschef, kantoor Wes-Kaap. De kleine Xhosa neemt op, gewaarschuwd door zijn secretaresse. Het is Dan Burton, de Amerikaanse consul.

'Meneer Burton?'

'Commissaris, kunt u me alstublieft vertellen wat er aan de hand is?'

De commissaris hijst zich overeind achter zijn bureau. 'Ja, meneer, ik kan u vertellen wat er aan de hand is. Elke beschikbare politieagent in Kaapstad is op zoek naar het meisje. We denken dat we de beste rechercheur op het Schiereiland de leiding hebben gegeven, en ze doen alles wat in hun macht ligt, op dit moment, om de jongedame in kwestie te vinden.'

‘Dat begrijp ik, meneer, maar ik ben zojuist gebeld door haar ouders, en die zijn heel erg ongerust. Het schijnt dat ze veilig was, ze had ene hoofdinspecteur Krie-zil gebeld, maar hij heeft uitgebreid de tijd genomen en toen hij daar aankwam, was ze weg.’

‘Dat is niet de informatie die ik heb, meneer.’

‘Weet u wat er aan de hand is? Weet u wie die mensen zijn? Waarom jagen ze op haar als op een beest?’

‘Nee, dat weten we niet. Het enige wat ik u kan vertellen is dat we alles doen wat we kunnen om haar te vinden.’

‘Kennelijk is dat niet genoeg, meneer. Het spijt me erg, maar ik zal de minister moeten bellen, er moet iets gedaan worden.’

De commissaris staat op achter zijn bureau. ‘Meneer, ga uw gang en bel de minister. Maar ik zou niet weten wat we nog meer kunnen doen.’ Hij legt de telefoon neer en loopt de kamer uit en de gang in, naar het kantoor van John Afrika. Onderweg zegt hij een woord in zijn moedertaal, de klik van zijn tong weerkaatst tegen de muren.

Ze hoort niet hoe ze achter de houten deur ruzie maken. Ze zit met haar blote rug tegen de paal, de pijn in haar voet is verschrikkelijk, het bloed loopt nog steeds uit de twee stompjes, de twee tenen liggen op de betonnen vloer. Ze huilt met hangend hoofd, het stroomt uit haar neus en mond en ogen.

Ze heeft niets meer.

Helemaal niets.

Ze zeggen tegen Vusi Ndabeni dat senior inspecteur Jeremy Oerson weg is, hij is op zijn mobiel te bereiken. Met dezelfde nukkigheid, dezelfde wat-heb-ik-ermee-te-maken-houding, en een nauwelijks verhulde superioriteit die hij niet begrijpt. Zo gaat het al de hele dag: de paardenstaart bij de club, de Russische vrouw, die kerel bij het depot, de vrouw op de Administratie, het kan niemand wat schelen, denkt hij. In deze stad is het gewoon ieder voor zich.

Hij onderdrukt de groeiende onlust, de frustratie. Hij moet proberen begrip te krijgen voor die mensen, dat is het enige wat zal helpen. Hij noteert het nummer, maar voordat hij kan bellen, zeggen ze: ‘Daar komt hij net aan.’

Vusi draait zich om en herkent de man. Hij was vanochtend bij de kerk, in dat vreselijke uniform, dat nu niet meer zo netjes is, zijn gezicht glimmend van het zweet. ‘Inspecteur Oerson?’ vraagt hij.

‘Wat?’ Haastig, geïrriteerd.

'Ik ben inspecteur Vusumuzi Ndabeni van de SAPS. Ik ben hier voor een voertuig dat om 12.34 uur bij het depot is uitgeboekt, een Peugeot Boxer-bestelbus, CA 409-341...'

'Wat heb ik daarmee te maken?' Oerson loopt gewoon door naar zijn kantoor. Vusi gaat hem achterna, verbijsterd over zijn houding.

'Ze zeggen dat u het formulier hebt ondertekend.'

'Weet jij hoeveel formulieren ik onderteken?' Oerson blijft bij een gesloten kantoordeur staan.

Vusi haalt diep adem. 'Inspecteur, u was vanochtend op de plaats delict, het Amerikaanse meisje...'

'Nou en?'

'Het voertuig is gebruikt om haar vriendin te ontvoeren. Dit is ons enige spoor, ze is in groot gevaar.'

'Ik kan je niet helpen, ik heb alleen het formulier ondertekend,' zegt Oerson schouderophalend en legt zijn hand op de deurkruk. 'Ze komen hier de hele dag binnenrennen, die meisjes van beneden, op zoek naar iemand die kan tekenen. Ik kijk alleen of alles klopt.'

Achter de deur gaat een telefoon. 'Mijn telefoon,' zegt Oerson en doet de deur open.

'Klopte alles met dat voertuig?'

'Anders zou ik het niet getekend hebben.'

De telefoon rinkelt.

'Maar ze zeggen dat ze geen kwitantie of wat dan ook hebben.'

'Alles klopte toen ik tekende.' Oerson gaat het kantoor in en doet de deur achter zich dicht.

Vusi blijft staan.

Hoe kunnen mensen zo zijn?

Hij drukt zijn hand tegen de post van de dichte deur. Hij moet ze negeren, hij heeft werk te doen. Wat hij moet doen is de hele procedure van voren af aan controleren. Waar begin je als je iets uit het depot wilt hebben, wie neemt je gegevens op, vraagt iemand naar een ID?

Hij zucht en wil zich omdraaien als hij Oersons stem daarbinnen iets hoort zeggen wat bekend klinkt... 'Cat & Moose... Even wachten...'

Vusi staat aan de grond genageld.

De deur wordt opengerukt, Oersons beschuldigende gezicht verschijnt: 'Wat zoek jij hier nog?'

'Niets,' zegt Vusi en loopt weg. Halverwege de gang kijkt hij om. Oerson leunt nog in de deuropening om te zien hoe ver hij al is. Vusi loopt door. Hoort de deur dichtgaan. Pas bij de trap blijft hij staan.

De Cat & Moose? Wat heeft Oerson daarmee te schaften?

Toeval?

Oerson was er vanochtend bij, heel vroeg. Een senior inspecteur van Metro.

Hij is degene die de rugzak heeft gevonden. Hij is degene die ermee aan kwam lopen, vol bravoure, hij is degene die erin gerommeld heeft voor hij hem overhandigde. In de club had Bennie Griessel tegen Fransman Dekker gezegd dat hij Oerson moest bellen over de vuilniszak met troep die ze verzameld hadden.

Oerson heeft het formulier getekend. De houding, de arrogantie, dat zweet op zijn voorhoofd.

Cat & Moose.

Addertje onder het gras.

Vusi vraagt zich af of hij eerst Griessel moet bellen. Hij besluit het niet te doen. Bennie heeft duizend dingen aan zijn kop.

Hij draait zich om en loopt terug naar Oersons dichte deur.

41

Fransman Dekker krijgt te horen dat hij nu niet met Alexandra Barnard kan spreken. 'De dokter zegt dat ze onder medicatie is,' alsof het brandende braambos zelf gesproken heeft, en daar krijgt hij godgloeiend de schurft over in. 'Jullie zijn geobsedeerd door de dokter, fok die dokter.' Dat zou iemand een keer tegen ze moeten zeggen, maar hij doet het niet. Want Bennies woorden van vanmorgen hebben indruk gemaakt.

Ze zeggen dat je ambitie hebt, nou, laat me je wel vertellen, ik heb mijn hele carrière door de plee gespoeld omdat ik geen zelfbeheersing had...

Voor het eerst van zijn leven dat iemand zo tegen hem praatte. Voor het eerst dat iemand anders dan zijn moeder de moeite nam. Hij was al vaker stevig uitgefoeterd, maar dit was anders. Meestal was het alleen afkeuring, kritiek. Met Griessel was het anders.

'Wanneer kan ik bij haar?' vraagt hij de vrouw, nu beheerst.

'De dokter zegt na vieren, dan moet de medicatie uitgewerkt zijn.'

Hij kijkt op zijn horloge. Tien voor drie. Hij kan net zo goed iets te eten gaan halen, hij is hol van binnen en dorst heeft hij ook. Het zou hem tijd geven om na te denken, en wat kan hij anders doen? Hij heeft Jos en Melinda naar huis laten gaan. 'Ik wil het weten als jullie de stad uitgaan,' had hij dreigend gezegd, zonder zich iets aan te trekken van de verwijtende blikken. Toen was hij naar Natasha Abader gelopen en had gevraagd: 'Mag ik alsjeblieft alle contactgegevens van het personeel?' en zij had hem aangekeken alsof ze wist waarom hij ze wilde hebben.

Hij loopt het ziekenhuis uit met een scheurend gevoel van honger.

Vusi staat voor Oersons deur te luisteren. Hij hoort binnen Engels praten. 'Maar als ze niet weten wat ze zoeken, laten we dan wachten. Vroeg of laat verplaatsen ze het spul.' Lange stilte. 'Weten we dat absoluut zeker?' Een korte, blaffende, smalende lach. En dan de woorden waardoor Vusumuzi Ndabeni's hart overslaat: 'Zodra we het zeker weten maken we die bitch koud. Voordat ze alles verkloot. Maar wacht op me, ik wil het zien...'

Vusi's hand gaat naar zijn dienstpistool, hij pakt het beet en trekt het. Hij tilt zijn linkerhand op om de deur open te doen, ziet dat hij beeft, merkt dat zijn hart woest klopt, zijn adem oppervlakkig is, bijna paniekerig.

'Nee, alles in orde. Ze hebben niets, geen enkel bewijs.' Oerson daarbinnen, zo zelfvoldaan.

Daardoor aarzelt Vusi en versteent dan. Want dit is alles wat hij heeft, vermoedens, en woorden die hij heeft afgeluisterd. Hij vangt een glimp op van de volgende minuten: hij stormt naar binnen, Oerson ontkent, hij kan hem arresteren, Oerson weigert te praten, krijgt een advocaat, dat kan uren duren, en dan is het meisje al dood. Oersons woord tegen het zijne.

'Ik kom eraan,' zegt Oerson daarbinnen. 'Wacht op me.'

Vusi Ndabeni fluistert richting de hemel: 'Wat moet ik doen?'

Hij steekt het pistool terug in de holster, draait zich om en rent de gang uit. Hij zal Oerson moeten achtervolgen. En intussen Bennie bellen.

O God, hij moet die man niet laten ontkomen.

Er zijn geen parkeerplekken in de Langstraat. Er staat al een SAPS-patrouillewagen dubbel geparkeerd. Griessel zet de auto met twee wielen op de brede stoep voor een reisbureau, de Safari Tour Specialists, naast het Cat & Moose. Hij springt eruit, ziet de parkeerwachter honderd meter verderop in de straat en weet dat hij een boete gaat krijgen. Hij mompelt een vervloeking, sluit de auto af en rent naar de ingang van het gebouw met zijn felle kleuren oranje en roze. Hij stapt opzij voor een jong stel dat bij de deur een vreemde taal staat te praten. Het mollige meisje achter de balie praat geanimeerd met twee geüniformeerde agenten, een van de patrouilles van het Caledonplein. Hij rent naar hen toe. Ze herkent hem niet. Hij moet eerst zeggen: 'Bennie Griessel, SAPS, ik was vanochtend hier, ik hoor dat je een van die kerels hebt herkend.'

Haar gezicht verandert in een oogwenk weer van onzekere receptioniste in verontwaardigde getuige. 'Ik vertel het net aan uw collega's, ze kwamen hier gewoon binnenzeilen en zeiden dat ze de bagage meenamen, niet te geloven toch?'

'En je herkende een van hen?'

'Ze probeerden zich langs me te bluffen, zeiden dat ze haar vrienden waren. Dachten ze dat ik stom was of zo?'

'Maar je kende een van hen?'

'Ik ken hem niet, maar ik heb hem weleens gezien. Dus ik zei alleen: "Waarom gaan jullie niet praten met het arrestatieteam daarbinnen?" En toen hielden ze opeens hun kop, en even later...'

'Een arrestatieteam?' vraagt Griessel.

'Ja, die maatjes van jullie die de bagage bewaken daarbinnen, en even later zeilden ze rechtstreeks weer naar buiten.'

'Juffrouw, waar hebt u die man gezien?'

'Hier...' Ze zwaait met haar hand. Griessel weet niet wat dat allemaal moet omvatten.

'In het hostel?'

'Nou, hij zou hier binnen geweest kunnen zijn, maar ik heb hem vaker gezien, weet u, hij zit in het wereldje, dat weet ik zeker.'

'Wat voor wereldje?'

'Het toeristenwereldje,' zegt ze alsof dat vanzelf spreekt.

'Moet je horen,' zegt Griessel wanhopig, omdat dit geen teleurstelling mag worden. 'Het leven van een meisje hangt ervan af of we die vent kunnen identificeren, dus probeer je te herinneren waar je hem gezien hebt.'

'Echt?' De verantwoordelijkheid daalt op haar neer, de verontwaardiging wijkt en er komt enthousiasme voor in de plaats. 'Nou, oké, kijk... ik, ik weet dat ik hem in het café heb gezien.'

'Welk café?'

'Het café in de Langstraat.'

'Werkt hij daar?'

'Nee, hij was, zeg maar, een klant...' Diep peinzend, de ogen tot streepjes geknepen, een en al concentratie.

Griessel probeert een andere invalshoek. 'Oké, kun je hem beschrijven?'

'Hij is zwart. Lang. Knappe jongen, weet u wel, ergens in de twintig.' En dan klaart haar gezicht op. 'Hij is zeg maar dun, weet u wel, zo zien ze eruit, al die gidsen, daar heb ik hem hoogstwaarschijnlijk gezien, in het café, met de anderen.'

Maar Bennie Griessel luistert niet meer, want het ontwijkende, gladde, glibberige ding in zijn hersens stormt opeens op hem af, hij wil dat ze haar mond houdt. 'Wacht, wacht...' zegt hij.

'Wat?' vraagt ze, maar hij hoort haar niet. Zijn hand wrijft door zijn haar, blijft in zijn nek liggen, krabt achter zijn oor. Hij buigt zijn hoofd, zijn gedachten een chaos, hij wil orde scheppen. Vanochtend... Griessel kijkt naar rechts, waar ze vanochtend met die rooie, die Oliver Sands gepraat hebben, dat is wat zijn hoofd hem de hele middag al probeert te vertellen, het was dat gesprek. Hij probeert het terug te halen, maar tast in het duister. Ollie heeft verteld van de club, de meisjes in de club.

Nee. Niks. Verkeerd spoor.

Hij kijkt naar het meisje achter de balie, haar gezicht staat ontevreden nu hij haar het zwijgen heeft opgelegd. Ze zei: *Hij is zeg maar dun, weet u wel, zo zien ze eruit, al die gidsen*. Dat was het woord. De gidsen. Wat had Sands daarover gezegd? Vusi had vanochtend de vragen gesteld. Hij wilde weten wie erbij was toen Sands en de meisjes in de club waren. Toen had

Sands gezegd, een hele kluit. Een groep. En ergens had hij gezegd dat de gidsen er ook bij waren.

Hij fluistert tegen zichzelf: 'Jissis.' Want het ligt binnen grijpafstand, kon hij het maar zien. Hij weet niet dat hij een gebaar van frustratie heeft gemaakt, hij is zich niet bewust van de twee uniformen en het meisje die vaag bezorgd naar hem staren.

Griessels telefoon gaat. Hij negeert hem. Niet nu. Hij probeert de woorden van het gesprek van vanochtend uit zijn geheugenbank te persen, hij gaat bij de balie staan, legt zijn handen erop en buigt zijn hoofd. Het meisje doet een halve stap naar achteren.

Vusi Ndabeni, met zijn telefoon tegen zijn oor, hoort Griessels telefoon overgaan terwijl hij kijkt hoe Jeremy Oerson gehaast het Metro-gebouw uitkomt en naar zijn auto loopt.

'Neem op, Bennie,' zegt hij, terwijl hij snel naar zijn eigen auto loopt.

Oerson stapt in een Nissan Sentra met het wapen van de stadspolitie op het portier.

De telefoon gaat over.

'Alsjeblieft, Bennie,' maar Vusi wordt doorgeschakeld naar Griessels voicemail op het moment dat hij het portier van zijn auto opendoet en instapt.

'Gaat het wel?' vraagt het meisje van het Cat & Moose aan Griessel.

Een van de uniformen snapt wat er aan de hand is en legt haar het zwijgen op met zijn vinger op zijn lippen.

Bennie staat doodstil. Hij en Vusi en Oliver Sands. Bij de tafel. Sands die zegt dat ze met de tour door Afrika zijn gekomen. Toen hadden ze het over gisteravond gehad. De club. De meisjes. De drank. Wie was erbij, had Vusi gevraagd. Een hele kluit. Ken je de namen? Vusi met zijn notitieblok in de aanslag, toen zei Sands...

Het inzicht komt als een hamerslag, Griessels hele lichaam siddert ervan. 'Fok,' zegt hij in triomf, zo hard dat de andere drie schrikken. Want Oliver Sands heeft de namen gegeven, de rare namen, de idiote uitspraak, dat was het spook dat de hele middag in zijn kop zeurde, die ene naam, hij hoort hem nu, in Ollies stem: Jason Dicklurk. *Dicklurck*. Vanochtend had Griessel gedacht: wat een belachelijk idiote naam. Dick Lurk. Maar de uitspraak van die rooie, dat was het probleem. Jissis, hij had de link moeten leggen. Rachel Andersons vader die hem Krie-zil noemde, alleen Boeren kunnen hun eigen achternaam uitspreken. En een Zoeloe. Mbali Kaleni. Die hem gebeld had toen hij in het kantoor bij de commissaris zat. 'Met inspecteur Mbali Kaleni van de Zuid-Afrikaanse politiedienst, Bennie.' Een Zoeloe-accent, maar haar uitspraak was foutloos. *We hebben een Land Rover Defender gevonden die bij het kenteken past. Hij is eigendom van een man in Parklands, ene J.M. de Klerk.*

Dicklurk is De Klerk. J.M. de Klerk. Jason de Klerk. Een van de gidsen.

'Het reisgezelschap,' zegt hij tegen het meisje. 'Met welk reisgezelschap waren de meisjes mee?'

'Reisgezelschap?' vraagt ze, geïntimideerd door Griessels felheid.

'Je weet wel, de mensen waarmee ze door Afrika zijn gereisd.'

'O.' Even een frons, dan klaart haar gezicht op: 'African Overland Adventures. Daar werkt hij, die zwarte jongen, daar heb ik hem gezien, ze boeken al hun accommodatie in de Kaap bij ons, ik ga soms naar hun...'

'Waar zitten ze?'

'Maar één straat verderop. My god, dat is waar...'

'Laat zien,' zegt Griessel en rent naar de deur. Ze komt hem achterna, gaat op de stoep staan en wijst naar rechts, naar de overkant. 'Op de hoek.'

'Kom, jongens,' zegt Bennie Griessel tegen de uniformen en dan gaat er nog een licht in zijn hoofd op: A.O.A.: African Overland Adventures, waardoor hij in een opwelling het mollige meisje op haar wang zoent voordat hij wegrent.

Ze kijkt hem sprakeloos na.

42

Fransman Dekker neemt een hap van het broodje geroosterde kip met mayonaise in zijn linkerhand terwijl hij met de pen in zijn rechterhand in zijn notitieblok krabbelt.

Alexa Barnard. Die houding vanochtend.

Inside information.

Een vrouw die overdag in haar huis wegkruipt. Alleen. Eenzaam. Zuipend. Veel tijd om na te denken, over haar man, over haar leven, over haar lot. De man die haar chronisch bedriegt, de man die zijn handen niet thuis kan houden bij alles wat een rok aanheeft. De man die bakken met geld verdient terwijl zij thuis zit weg te rotten.

Je kunt mij niet wijsmaken dat ze geen tijd heeft gehad om na te denken over hoe het leven zou zijn geweest zonder die lul, denkt hij. Gezien de nationale sport: 'huur een kleurling in om het schietwerk voor je te doen'. Of het steekwerk. Met een mes natuurlijk. Drie, vier zaken alleen al in het afgelopen jaar. Het is een ziekte, een fokking epidemie.

Kom Sylvia, kom praten met je mevrouw, vertel me waar ik iemand kan vinden om meneer omver te blazen?

Of: Sylvia, ik zie dat je het zilver zo lekker meeneemt allemaal. Dus laten we voordat ik de politie bel even met elkaar babbelen.

Of: Meneer heeft een vette levensverzekering, meid. Over wat voor verdeling hebben we het als jij een schutter voor me zoekt?

Inside information. Twee vrouwen met alle inside information van de wereld.

Alleen één klein probleempje. *Je huurt geen mensen in om het te laten lijken of jij het hebt gedaan*, in de gevleugelde woorden van rechercheur-hoofdinspecteur Bennie Griessel. Maar hoofdinspecteur, beste hoofdinspecteur, stel ze leest de kranten en ze ziet hoe andere dames fouten hebben gemaakt. En ze denkt nee, ik trap niet in dezelfde val, ik ben te slim, ik ben een ex-popster, ik ben niet stom. Ik laat het eruitzien alsof ik erin geluisd word, hoofdinspecteur. Verdenking in de tweede graad. Want de muziekindustrie is een oorlogsgebied, ze kijken eerder naar hen dan naar mij. En als ze dan naar mij kijken, blijk ik een zatlap te zijn, hoe had ik ooit die kerel met z'n grote lijf de trap op kunnen slepen?

Wat zeg je daarvan, hoofdinspecteur?

Al rennend naar African Overland Adventures, zigzaggend tussen de mensen op de stoep door, vraagt Griessel zich even af of dat het is wat Mbali Kaleni wilde schrijven.

Jason.

Hoe wist ze dat? Waarom was ze teruggegaan naar de Bo-Oranjestraat? Wat had ze ontdekt dat iedereen over het hoofd had gezien?

Vlak voordat hij de deur binnenstormt, gaat zijn telefoon weer. Hij neemt niet op. Hij gaat eerst Jason de Klerk pakken en dan Rachel Anderson vinden.

Ze moet nog leven.

John Afrika zit met de hoorn in zijn hand en hoort Griessels telefoon overgaan. Tegenover hem staat de korpschef.

'Als we het mis hebben...' zegt hij.

'Bennie is clean,' zegt Afrika.

'John, we hebben het wel over mijn carrière.'

'Met Bennie, laat een boodschap achter,' klinkt het door de telefoon. Afrika zucht en legt de hoorn neer. 'Hij neemt niet op.'

'Ze gaan de tent schoonvegen als Zuma er is. Ze zullen elk excuus aangrijpen. Je weet hoe het gaat. Zoeloes erin, Xhosa's eruit.'

'Commissaris, ik begrijp het. Maar wat moet ik doen?'

'Is er niemand anders?'

John Afrika schudt zijn hoofd. 'Zelfs als die er was, dan is het nu te laat.' Hij kijkt naar de telefoon. 'Bennie is clean.' Maar hij klinkt niet meer zo zeker van zijn zaak.

Jeremy Oerson slaat links af de Ebenezerstraat in. Vusi geeft hem een kleine voorsprong en trekt dan zelf op, gespannen als een veer, hij mag de man niet uit het oog verliezen.

De Metro-Nissan is op weg naar het Waterfront, onder de snelweg van de westelijke boulevard door. Vusi rijdt langzaam, hij mag niet te dichtbij komen, maar moet ook niet te ver weg raken, hij moet zien waar de man heen gaat.

Oerson rijdt de Hawepad-rotonde op en gaat dan rechtsaf.

Hij is op weg naar de N1.

Vusi ontspant even. Dat maakt het makkelijker.

Griessel gooit de dubbele glazen deuren open, met de twee agenten achter zich aan. African Overland Adventures bestaat uit een grote ruimte met een lange balie, waarachter twee jonge vrouwen en een man zitten. Een flatscreen-tv aan de muur, een paar lage tafels en gemakkelijke stoelen. Er staan of zitten negen jonge mensen, sommige met koffie in hun hand. Ze kijken allemaal verschrikt op. Griessel trekt zijn dienstpistool voordat hij bij de balie is. In zijn zak gaat zijn telefoon nog steeds over.

'SAPS. Niet bewegen, dan krijgen we geen problemen.'

'What did he say?' komt een stem uit een van de gemakkelijke stoelen.

Hij draait zich om en ziet dat de agenten ook hun vuurwapen in de hand hebben. Hij knikt tevreden. *'I said, just keep still and everything will be fine.* Niemand gaat weg en niemand gaat iemand opbellen.'

Ze zwijgen allemaal. Ook Griessels telefoon. Het geluid van de tv trekt zijn aandacht. Op het grote scherm beelden van een Afrika-avontuur. Aan de muren grote affiches met foto's van het werelddeel, lachende jonge mensen met bergen, dieren en meren op de achtergrond. Op de lange balie staan standaards met folders.

'Zet alsjeblieft de tv uit.'

'Mogen we uw identiteitsbewijs zien?' vraagt een meisje achter de balie, een koele, zwoele schoonheid.

Hij grabbelt zijn ID tevoorschijn. Iedereen kijkt tv tegenwoordig, denkt hij, misschien zou hij dat stomme ding om zijn nek moeten hangen, net zoals Kaleni.

De koele kijkt ernaar. 'Is die echt?'

'Hoe heet je?'

'Melissa.' Uitdagend.

'Zet alsjeblieft die televisie uit en dan bel je de politie. Je draait één-nul-driemaal-één en zegt dat hoofdinspecteur Bennie Griessel assistentie nodig heeft bij African Overland Adventures. Zeg dat ze de brigadier op het Caledonplein moeten bellen.'

'Dan moet ik bewegen,' zegt Melissa. 'De afstandsbediening ligt hieronder.'

'Dan beweeg je,' zegt Griessel. Ze steekt haar hand uit, haalt de afstandsbediening tevoorschijn en richt die op de tv. Griessel ziet een prikkeldraadtattoo om haar bovenarm. Het wordt stil. 'Bel nu de politie,' zegt hij.

'Het is goed. Ik geloof u.'

'Bel ze.'

Ze loopt met tegenzin naar de telefoon.

'Wie van jullie is Jason de Klerk?'

Het duurt even voordat het andere baliemeisje zegt: 'Jason is er niet.'

'Ze nemen niet op,' zegt Melissa.
'Straks wel. Waar is Jason de Klerk?'
'Dat weten we niet.'
'Alle mannen, ik wil dat je ons je ID laat zien.' En tegen de agenten: 'Controleer ze.'
'Jason is hier gisteren voor het laatst geweest,' zegt Melissa.
'Waar kan hij dan zijn?'
'Dat alarmnummer van jullie is kut. Ze nemen nog steeds niet op,' zegt ze geïrriteerd.
Griessel ontploft. Hij loopt naar de balie, buigt zich eroverheen, met zijn gezicht zo dicht mogelijk bij het hare. 'Luister goed, kreng: Jason de Klerk en zijn vrienden hebben vannacht een van jullie klanten de hals doorgesneden, en ze gaan er nog een vermoorden als ik ze niet tegenhoud. Op dit moment denk ik dat je er niets van afweet, maar dat kan elk moment veranderen, en dat wil je niet, neem dat van mij aan. Dus ik vraag het nog één keer: waar kan ik hem vinden? En als je nog een keer bijdehand tegen me doet dan zul je daar fokking veel spijt van krijgen, heb je dat goed begrepen?'
Ze slikt zichtbaar. 'Ja,' zegt ze. 'Misschien is hij thuis. Misschien is hij op kantoor, of in de loods. Ze zitten tussen twee reizen in. Ik weet het echt niet.'
'Het kantoor?'
'Eerste verdieping. Via de ingang hiernaast.'
'En de loods?'
'Stanleystraat in Observatory,' en dan neemt het alarmnummer eindelijk op en zegt ze: 'Ik heb een dringende boodschap van ene... hoe heet u ook alweer?'

Ze komen alle drie weer binnen. Rachel Anderson kijkt niet eens op.
'Hou haar benen vast,' zegt Jason de Klerk en pakt de snoeischaar weer op van de vloer waar hij hem heeft laten liggen. De andere twee bukken zich over haar heen en pakken haar benen.
'Rachel,' zegt De Klerk, maar ze reageert niet. 'Rachel!'
'Ze is fucked, Jay,' zegt een van de anderen.
'We moeten het controleren.' Hij knielt bij de voet. 'Rachel, luister naar me. We moeten controleren of je de waarheid vertelt over de video, oké? Het is heel belangrijk, het is echt een kwestie van leven en dood, hoor je me?'
Geen reactie.
Hij doet de schaar om de basis van de middelste teen aan haar rechtervoet. 'Vertel me nog eens waar hij is?'
'Ze hoort je niet eens.'

'Alsjeblieft,' zegt ze, bijna onhoorbaar. 'Hij zit in de grote tas.'

Hij knipt de teen af. Haar lichaam schokt. 'Jezus,' zegt de ene, die haar benen vasthoudt.

'Weet je het zeker?' Jasons stem nog steeds kalm. 'Weet je het heel zeker?'

'Ja, ja, ja, ja, ja, ja!' Hard, hysterisch, haar lichaam verkrampt.

Hij pakt nog een teen. 'Waar precies in de tas?'

Er komt een oergeluid uit haar.

'Jezus christus, Jay, wat wil je nog meer?' vraagt de andere jongen, zijn gezicht vertrokken van afschuw.

Jason geeft hem woedend een klap met de achterkant van zijn hand. 'Weet je niet wat hier op het spel staat, fucker? Wil je de rest van je leven naar de gevangenis?'

Vusi Ndabeni volgt Jeremy Oerson als hij de rechter rijstrook neemt op de oostelijke boulevard van de N1 en dan de afrit naar de N2. Hij houdt afstand, iets meer dan vierhonderd meter, met zeven auto's tussen hen in. Hij pakt zijn telefoon en belt weer naar Bennie Griessel.

Het kantoor van African Overland Adventures op de eerste verdieping zit achter een stalen veiligheidsdeur. Griessel drukt op het knopje van de intercom. Een vrouwenstem zegt: 'Ja?' Hij zegt: 'Politie. Doe open.'

Het slot klikt, de deur gaat open. Hij kijkt meteen of er een andere uitgang is. Maar hij ziet niets, alleen drie vrouwen, bureaus, computers, archiefkasten. Hij houdt zijn ID omhoog. 'Meekomen, alsjeblieft, naar beneden.'

'Maar waarom?' Bezorgd om het pistool in zijn hand.

'Ik ben op zoek naar ene Jason de Klerk.'

'Die is hier niet.'

'Ik weet het. Kom.' Hij gebaart met zijn pistool. Ze lopen gedwee voor hem uit naar de trap.

Zijn telefoon gaat. Wie de fok is zo dringend naar hem op zoek? Hij haalt hem tevoorschijn. VUSI.

'Vusi, dit is geen goed moment.'

'Bennie, het spijt me, maar er is iets gebeurd, ik denk dat ik een kerel achtervolg die op weg is naar Rachel.'

Griessel blijft meteen staan. Iets in Vusi's snelvuurstem, de stortvloed van woorden, de wanhoop. 'Jissis.'

'Bennie, je zult het niet geloven. Jeremy Oerson. Ik heb hem horen praten. Hij is erbij betrokken, ik weet niet hoe.'

'Jeremy Oerson? Wat de fok?'

'Waar ben je?'

'Op de N2, vlak voor Groote Schuur. Hij heeft net de afrit genomen naar Main Road.'

Observatory. De loods. 'Vusi, ik denk dat hij naar de Stanleystraat gaat, daar is een loods, African Overland Adventures. Blijf bij hem, Vusi, ik kom eraan.' En Griessels voeten kletteren zo hard de trappen af, dat de drie middelbare vrouwen bang omkijken.

'Bennie!' zegt Vusi, bang dat hij ophangt.

'Ik ben er nog.'

'Ze gaan haar vermoorden, Bennie. Zodra Oerson er is.'

15.12 uur – 16.14 uur

43

Griessel zegt tegen de agenten dat niemand uit de reiswinkel weg mag, ze weten nog niet wie er allemaal betrokken zijn. Als de versterking komt, moeten ze de kantoren boven verzegelen, geen document mag daar weggehaald worden, er mogen geen telefoontjes worden gepleegd, laat de telefoon maar overgaan, niemand beantwoordt iets. Iedereen die binnenkomt moet blijven.

Ze knikken enthousiast.

De deur uit, het drukke, normale leven van de Langstraat in. Hij steekt de pistool in de holster, rent vijftig meter, blijft abrupt staan. Het verkeer. In die politiewagen van hem zonder sirene of zwaailicht. Hij draait zich om, zigzagt door de mensen op de stoep en duwt de glazen deuren weer open. Alle ogen op hem gericht. 'Hebben jullie een patrouillewagen met sirene?'

'Ja, hoofdinspecteur.' Een agent graaft in zijn broekzak, haalt de sleutels eruit en gooit ze met een boog naar waar Griessel staat. Hij grijpt mis. Melissa maakt een honend geluid, maar hij negeert het, raapt de sleutels op, rukt de deur open en spurt weg.

Er is maar één auto tussen Vusi Ndabeni en Jeremy Oerson als ze voor het stoplicht stilhouden waar de Browningstraat op de Hoofdweg uitkomt.

Vusi trekt de zonneklep naar beneden en gaat zo rechtop mogelijk zitten om er achter te schuilen. Oersons richtingaanwijzer wijst naar rechts.

Waar is de Stanleystraat?

African Overland Adventures? En de Metro-politie? Hij ziet geen verband. Het licht gaat op groen. Oerson rijdt. Vusi geeft hem een voorsprong, honderd meter, dan trekt hij op, wil ook naar rechts, maar er komt een auto voor hem en hij moet wachten.

Als hij rechtsaf gaat, de Hoofdweg op, ziet hij de Sentra van Oerson niet meer.

Onmogelijk.

Vusi geeft gas, onmiddellijk weer gespannen, waar kan hij gebleven zijn? Hij rijdt voorbij de Polostraat naar links, kijkt erin, ziet niets. Kijkt rechts, er zijn geen opties, alleen een moslimbegraafplaats, dan het ziekenhuis. Hij rijdt voorbij de Scottstraat links. Ziet de Sentra aan het eind van de Scottstraat. Vusi trapt op de rem, te laat, hij is voorbij de hoek. Hij zet de auto in de achteruit, kijkt om. Er komt verkeer de Hoofdweg af. Hij heeft geen keus en rijdt snel achteruit. Twee minibus-taxi's scheuren op hem af, de ene toetert lang en hard, zwenkt achter de andere en mist Vusi op een haar na, maar dan is hij ver genoeg terug om links af te slaan, de Scottstraat in. Net op tijd om Oerson een halve kilometer verderop naar rechts te zien gaan.

Was het hem wel?

De Waal Drive zal het snelste zijn. Griessel zet het blauwe zwaailicht en de sirene aan en scheurt met piepende banden weg. Het verkeer maakt ruimte voor hem, langs de St. Martini, de Lutherse kerk waar vanochtend alles begonnen is. Het voelt als een week geleden, fok, wat een dag. Het licht staat op rood bij de kruising met de Buitensingel, hij rijdt even iets langzamer, automobilisten zien hem aankomen, dan slaat hij links af, worstelt met het stuur, de Oranjestraat in, meer verkeer.

Het licht op de kruising met de Bo-Oranjestraat staat ook op rood, het duurt kostbare seconden om die voorzichtig over te steken, dan geeft hij plankgas, over de brug bij het Tuincentrum, de bochten van De Waal Drive voor hem. Hij pakt zijn mobiel van de stoel, want hij moet Vusi bellen, hulp krijgen, versterking. De Taskforce, SWAT, zoals het mollige meisje had gezegd. Nee, dat duurt te lang, al kunnen ze theoretisch binnen een kwartier gemobiliseerd zijn, maar dat is te laat.

Laten hij en Vusi eerst kijken wat er gaande is.

Vusi neemt op na twee keer overgaan. 'Bennie.'

'Waar ben je?'

Zijn zwarte collega zegt iets onhoorbaars.

'Ik kan je niet horen.'

'Stanleystraat, Bennie, ik wil niet te hard praten. Ik zie de loods. Hun trucks staan daar. African Overland Adventures.'

'Je moet me vertellen hoe ik moet rijden, Vusi, ik heb geen kaart.'

'Het is makkelijk, Bennie, neem de Groote Schuur-afrit, rechtsaf naar Main...'

'Ik zit op De Waal Drive, Vusi, dit helpt niet.'

Vusi zegt iets in Xhosa, een noodkreet, dan vraagt hij: 'Weet je Main Road te vinden in Observatory?'

'Ja.'

'Dan ga je de Scottstraat in... in oostelijke richting. Dan rechtsaf, tot voorbij Lower Mainstreet, dan de eerste rechts en dan zie je ze.'

'Ik kom eraan.'

'Oerson is al naar binnen, Bennie. Je moet opschieten.'

Jeremy Oerson schuift de grote deur net ver genoeg open om naar binnen te kunnen. Hij zet zijn zonnebril af, stopt die in zijn broekzak en schuift de deur dicht.

In de grote loods is het stil. De tenten, slaapzakken, waterjerrycans, het gereedschap, de benzinevaten, spaden, dommekrachten, alles is netjes geordend. Aan de ene kant een nieuwe witte Land Rover Defender.

'Hallllooo,' zegt hij.

Links en rechts van hem komen twee mannen achter een stapel goederen overeind, elk met een Stechkin APS-pistool op hem gericht.

'Christus,' zegt hij terwijl hij zijn handen in de lucht steekt. 'Ik ben het.'

Ze laten langzaam de pistolen zakken. Jason de Klerk komt achter de Land Rover vandaan. 'Ik heb geprobeerd je te bellen, Jeremy.'

'Ik ben een hoge politiefunctionaris, ik kan mijn telefoon niet opnemen als ik achter het stuur zit.'

'Je bent een stomme verkeersagent.'

Hij negeert de opmerking. 'Waar is ze?'

'Mr B wil weten of je bij haar bagage kunt komen.'

Oerson loopt verder de loods in, om zich heen kijkend. Achter een stapel tenten ziet hij nog iemand zitten, mokkend, bloed aan zijn bovenlip. 'Niet nu,' zegt hij. 'Wat is er met hem gebeurd? Werd ze gewelddadig?'

'Ik bedoelde niet nu meteen, Jerry,' zegt Jason geïrriteerd. 'Maar je kunt erbij, toch?'

'Maak je geen zorgen, zolang ze niet weten wat ze zoeken, zitten we safe. Ze brengen het naar een bewijskamer, en dan is het makkelijk.'

'Hoe makkelijk?'

'Ik koop een paar lui om, laat een of andere sukkel het ophalen. Een videotapeje laat je zo in je zak glijden, makkelijk zat. Morgen, volgende week is dit oud nieuws, meisje weg, druk van de ketel. Relax. Waar is ze?'

'Weet je het zeker?'

'Fok, natuurlijk weet ik het zeker. Voor duizend pegels staan ze in de rij om het te doen.'

'Oké,' zegt Jason en pakt zijn mobiel.

'Ze leeft toch nog wel?' vraagt Oerson. 'Want jullie zijn me nog iets schuldig.'

Als de Roodebloem-afrit voorbijflitst, beseft Griessel dat hij die had moeten nemen, afsnijden naar de Oostelijke Boulevard, dan dezelfde route als

Vusi nemen. Fok, nu is het te laat. Het enige alternatief is de Liesbeekparkweg, dan de Stasieweg in, maar dat is een minuut of twee, drie langer.

De wielen van de patrouillewagen gieren in de laatste bocht, voordat De Waal Drive uitkomt op het knooppunt bij het ziekenhuis. Het verkeer is hectisch, hij krijgt de kans niet om na te denken over de connectie van Jeremy Oerson met de hele toestand. Hij rijdt bijna een apotheekbezorger op een motorfiets van de sokken, moet uitwijken voor een andere auto, toeters loeien. Horen die klootzakken de sirene niet?

Dan is hij het kruispunt over, op de N2 Setlaarsweg, en schuift naar de linkerbaan. Nu geven ze hem de ruimte, hij geeft weer plankgas. Jeremy Oerson? Metro? Africa Adventures?

Hoe in jezusnaam?

Hij gaat de Liesbeek-afrit te snel op, de bocht is scherper dan hij zich herinnert, het rode verkeerslicht totaal onverwacht, auto's rijden recht voor hem de weg over. Te laat om te remmen. De patrouillewagen begint te schuiven, dat wordt een botsing. Dan is hij tussen twee auto's door, rukt aan het stuur om het onder controle te krijgen, geeft gas, geeft gas. Het kruispunt ligt achter hem.

Hij zet de sirene pas uit als hij Lower Mainstreet inslaat.

Bennie doet er te lang over.

De auto van Vusi staat halverwege de Scottstraat en de Stanleystraat, op de stoep, het dienstpistool heeft hij in zijn rechterhand op zijn schoot, in de aanslag. Hij kan door de voorruit de loods zien: lang gebouw, stenen muren, zilverkleurig zinken dak. Grote, witgeverfde schuifdeuren achter de vier vrachtwagens en vier trailers, elk met het opschrift AFRICAN OVERLAND ADVENTURES erop. Grote dingen, hoge zitplaatsen, bagageruimte eronder.

Ze is daarbinnen. Waar is Bennie? Misschien moet hij naar binnen. Maar met hoeveel zijn ze? Oerson, degene met wie de Metro-agent over de telefoon had gesproken. Hoeveel meer?

Hij zit daar, snel ademend, zijn hart bonkt in zijn borst.

Hij haalt de sleutel uit het contact, stapt uit, loopt om, doet de achterbak open en kijkt op. Ze zullen hem niet kunnen zien. Er zijn in elk geval geen ramen aan deze kant. Hij legt zijn pistool in de achterbak, trekt zijn jasje uit, pakt het kevlar kogelvrije vest. Hij trekt het aan, pakt zijn pistool. Kijkt op zijn horloge. 15.22 uur. Laat.

Hij zal iets moeten doen.

Hij neemt een besluit, het leven van het meisje is de grootste prioriteit. Hij laadt het pistool door en sluit de achterbak.

Hij gaat naar binnen.

Dan hoort hij gierend rubber op het asfalt achter zich, en kijkt om. Een SAPS-patrouillevoertuig komt de hoek om, recht op hem af, en stopt in een stofwolk op de stoep. Er springt iemand uit, met verward haar en een vuurwapen in de hand.

Bennie Griessel is gearriveerd.

'Hé!' zegt Jeremy Oerson, maar ze kijkt niet op. Ze ligt daar tegen de paal, poedelnaakt, hij kan alles zien, de tieten, het haar tussen haar benen, de bloedende rechtervoet, de drie tenen die in het stof liggen als poppen van een dik insect.

Hij staat wijdbeens met zijn zwarte laarzen, het pistool in beide handen, op haar hoofd gericht.

'Zorg dat ze me aankijkt,' zegt hij tegen een van hen.

'Maak er een eind aan, verdomme.'

'Nee, ik wil haar gezicht zien. Hé, Yank, kijk me aan.'

Ze tilt langzaam haar hoofd op. Haren hangen in slierten over haar voorhoofd. Hij ziet het oog dat opgezwollen is, paars en blauw, het droge bloed aan haar slaap. 'Jullie hebben haar wel toegetakeld,' zegt hij.

Haar hoofd is omhoog, maar de ogen zijn nog elders.

'Doe het nou, Jerry.'

'Kijk me aan,' zegt hij tegen haar, en dan ziet hij hoe haar ogen omhoog gaan, naar de zijne, en hij drukt de veiligheidspal naar achteren met zijn duim.

44

'Neem jij de achterkant, Vusi, daar moet een deur zijn, ik geef je een paar seconden,' zegt Griessel onder het rennen en ziet hoe de zwarte rechercheur naar rechts afbuigt, de hoek van het gebouw om.

Hij komt bij de grote witte schuifdeur, drukt zijn rug tegen de muur, met zijn dienstwapen in beide handen voor zich. Hij moet eerst zijn jagende adem onder controle krijgen en telt, eenentwintig, tweeëntwintig, drieëntwintig, want hij wil Vusi twintig seconden geven. Hij bidt. Lieve Heer, laat haar leven. Vierentwintig. Wanneer heeft hij voor het laatst gebeden? Toen Carla in levensgevaar was, toen is zijn gebed gedeeltelijk verhoord, hij pakt de kans, elke kans, als hij maar alsjeblieft Bill Anderson zal kunnen bellen en zal kunnen zeggen: 'Ze leeft.' Vijfentwintig, dan hoort hij een schot, schrikt, grijpt de deur met zijn linkerhand, rukt hem open en rent gebukt naar binnen. Hij ziet de jongeman recht voor hem, lang en atletisch, een loop met een geluiddemper op zijn hart gericht en weet op dat moment dat alles voorbij is, zijn eigen pistool enkele graden te ver naar rechts.

Het schot knalt en mept Bennie Griessel omver. Zijn rug slaat tegen de deur, een ontploffende pijn in zijn borst. Heel even beseft hij hoe eigenaardig het is, dat hij het schot eerst voelde en daarna pas hoorde. Hij valt op de grond. Het gevoel dat hij de hele dag al had, het naderende onheil, het is nu uitgekomen.

Oerson wacht op haar ogen. Hij wil het laatste gezicht zijn dat ze ziet. Hij wil weten hoe doodsangst eruitziet, hij wil het levenslicht uit haar ogen zien verdwijnen. Maar vooral wil hij weten hoe het voelt, de macht. Ze zeggen dat de macht om een leven te nemen onbeschrijfelijk is. Hij vraagt zich dat al zo lang af.

Haar ogen kijken in de zijne.

Hij ziet geen angst. Hij vraagt zich af of ze haar iets hebben ingespoten. Ze lijkt afwezig.

'Rachel,' zegt hij om haar te laten focussen.

Dan hoort hij het schot. Hij kijkt om naar de deur.

Nog een schot.
'Shit,' zegt hij.

Vusi rent de eerste hoek om, langs de korte kant van de loods, dan de volgende hoek. Hoge ramen, twee meter van de grond. Een stalen deur met een groot hangslot. Hij aarzelt niet, gaat tegen de muur staan, mikt en schiet op het slot. Het 9 mm projectiel slaat het aan stukken. Hij rukt de deur open. Binnen is het schemerig, een vrij kleine ruimte, een keuken, vuile glazen en koffiebekers in de gootsteen, een dichte deur.

Hij hoort een schot, niet donderend hard, klein kaliber? Bennie! Dan rent hij naar de tussendeur en opent die. Een grote ruimte met stapels apparatuur. Een lichtbaan aan de voorkant, de grote schuifdeur. Daar ligt iemand, doodstil. Lieve Heer, het is Bennie. Beweging, een jonge blanke links van Vusi met een lang wapen in de hand. 'Staan blijven!' Het helpt niet, de man draait zich om. Vusi schiet. De man valt, in slow motion. Hij heeft nog nooit iemand doodgeschoten, *uSimakade*, wat doet die stad met hem? Er slaat een kogel in de muur naast Vusi. Van rechts. Hij duikt achter vaten, rolt naar rechts, komt weer overeind. Hij ziet hem, nog een pistool met een geluiddemper dat hem zoekt, hij haalt de trekker over, een, twee, drie keer. De man struikelt en valt op een stapel plastic jerrycans. Hij heeft een man doodgeschoten, het besef ligt zwaar in hem. Langzaam komt hij overeind, met zijn blik op de stille figuur, hij ziet het bloed dat uit de buik over het witte plastic van de watercontainers vloeit, lange strepen. Levensbloed.

Er beweegt een schaduw vlak naast hem, hij keert terug naar de werkelijkheid, te laat, het pistool drukt tegen zijn hoofd. '*Black cunt*,' zegt de stem.

De verschrikkelijke pijn in zijn borst, Griessel kan zich niet bewegen, krijgt geen adem. Hij ligt op de betonnen vloer. De dood zal komen, alles is voorbij, hij had op de Taskforce moeten wachten. In de periferie een beweging, aan de andere kant, hij probeert zijn hoofd te draaien. Vusi. Een donderend schot, iemand valt, verder naar rechts. Alles in slow motion, onwezenlijk, vaag, ver weg. Het is het begin, het afbrokkelen van het leven, hij zal nu de gil horen, de angstaanjagende schreeuw wanneer je in de diepe, donkere afgrond tuimelt. Waarom is hij niet bang? Waarom die... rust, alleen dat intense verlangen naar zijn kinderen, zijn vrouw. Anna? Nu weet hij dat hij haar terug wil, nu, te laat.

Beweging. Hij kan zien. Nog niet dood. Vusi schiet weer, drie keer. Hij kijkt naar zijn collega. De adem komt nu makkelijker. Hoe kan dat? Bennies hand gaat langzaam naar zijn borst, voelt naar de gapende wond. Droog. Geen bloed. Hij kijkt, voelt. Gat in zijn borstzak. Geen bloed. Vanwaar die pijn? Voelt het harde ding, pakt het beet.

De Leatherman. De kogel heeft de Leatherman getroffen, de opluchting brandt door hem heen, een stekend besef. Hij heeft zichzelf voor schut gezet, gedacht dat hij doodging. Dan hoort hij een stem: 'Black cunt.' Hij kijkt op. De man die op hem geschoten heeft, staat daar, met een lang wapen tegen Vusi's hoofd.

Griessel reikt naar zijn pistool op de vloer, pakt het, heft het, er is geen tijd om te richten. Haalt de trekker over, ziet een schok door de arm van de man gaan, ziet Vusi vallen, schiet weer, mis. De man staat nog, het pistool met de geluiddemper is verdwenen. Bennie probeert op te staan, zijn hele ribbenkast staat in vuur en vlam, nog steeds gruwelijke pijn, Leatherman of niet, dus eerst kruipt hij, komt overeind en strompelt erheen.

Vusi beweegt.

Griessel richt zijn dienstwapen op de man. 'Niet bewegen,' zegt hij. Hij ziet dat de man zijn arm vasthoudt, zijn elleboog is kapot, veel bloed, een wirwar van pezen en verbrijzeld bot.

Vusi gaat staan. 'Bennie...' zijn stem komt van ver, Griessel is doof van de schoten.

'Ik heb hem, Vusi.'

'Ik dacht dat je dood was.'

'Ik ook,' zegt Griessel, bijna verlegen. Hij geeft de man een ruk aan zijn kraag. 'Liggen!' zegt hij. De man zakt langzaam op zijn knieën.

'Waar is Rachel?'

Geen antwoord. Bennie slaat met de loop van zijn pistool tegen zijn rug, hard. De man valt voorover. 'Mijn arm,' zegt hij.

'Rot op met je arm. Waar is Rachel?'

De man kijkt langzaam om naar de deur achter hem. 'Daar.'

'Is ze alleen?'

'Nee.'

'Is Jason daarbinnen? Jason de Klerk?'

Geen reactie. Griessel slaat hem weer met het pistool. 'Waar is Jason?'

Ogenblik stilte. 'Dat ben ik.'

Woede overrompelt Griessel, frustratie, opluchting. Hij grijpt De Klerk bij zijn haar. 'Jij stuk stront,' zegt hij en hij voelt het verlangen hem kapot te schieten, te schieten, door zijn keel, voor Erin Russel, voor alles, zijn vinger spant om de trekker.

'Bennie!'

Een geluid achter hen, een deur die dichtvalt. De twee rechercheurs draaien zich om en richten.

'Niet schieten!' Een andere jongen staat daar, handen omhoog, angst op zijn gezicht, bloed op zijn bovenlip.

'Op de grond,' zegt Vusi.

'Alsjeblieft,' zegt hij en gaat onmiddellijk liggen.

'Waar is Rachel?' vraagt Bennie.

'Ze is daarbinnen,' zegt de andere.

Ze kijken naar de dichte deur. 'Vusi, als hij een vin verroert,' zegt Griessel en loopt naar de deur.

'Pas op,' zegt de jongen. 'Oerson is bij haar.'

Ze is zich bewust van het vuurwapen dat op haar is gericht, van de man in zijn schitterende uniform die boven haar uittorent. Hij zegt haar naam. Kent hij haar? Ze heft haar blik, probeert te focussen, waarom staat die andere hier ook nog, die jongen, een van degenen die haar benen hebben vastgehouden?

Er klinkt een schot, haar ogen gaan instinctief dicht, ze verwacht het te voelen, uit het wapen dat op haar is gericht.

Doet haar ogen pas open als het uniform vloekt, hij heeft zich nu van haar afgewend, zijn pistool op de deur gericht. De andere man bukt zich en kruipt naar de muur. Weer schiet iemand daarbinnen, een zachtere knal.

'*What the fuck?*' fluistert het uniform.

Nog een schot, oorverdovend. Het uniform schuift snel weg van de deur, weer dondert het daarbinnen, drie keer.

Dan weet ze het ineens: de politieman. Griessel. Hij heeft haar gevonden. Ze wil rechtop gaan zitten, beweegt haar benen, en de pijn in haar voeten is overweldigend, maar dat maakt niet uit, ze trekt haar hielen naar zich toe, krijgt grip. Nog een schot, nog een. Hij schiet ze neer, Bennie Griessel, hij moet ze allemaal afmaken. Ze drukt zich tegen de koude paal, kon ze maar opstaan. Het uniform en de jongeman staan als versteend. Weer twee schoten. Stilte.

'Ik ga naar buiten,' zegt de jongen, hij doet de deur open en direct weer dicht.

'Shit,' zegt het uniform.

Stemmen daarbinnen, onverstaanbare woorden. Dan alleen de adem van de man in uniform, oppervlakkig en snel.

'*He's going to kill you,*' zegt ze tegen hem, met haat in haar stem.

Hij komt ineens naar haar toe, zet een laars links en rechts van haar knieën, en drukt het wapen tegen haar wang. 'Hou je bek,' sist hij, met het pistool tegen haar wang. 'Jij gaat mee.' Dan kijkt hij om naar de deur, met wilde ogen.

Ze schopt hem. Ze brengt haar knie omhoog, de knie van haar pijnlijke rechtervoet, stoot die tussen zijn benen met alles wat ze in zich heeft en schreeuwt: *'Now!'* Haar stem is een wanhopig bevel. Het uniform schreeuwt iets en valt naar haar toe. Een daverend lawaai, de deur wordt opengeschopt, een enkel schot en de man valt van haar af en dan ziet ze hem in de deuropening staan, een figuur met een pistool in zijn hand, een gat in zijn overhemd, haren die nodig geknipt moeten worden en eigenaardige Slavische ogen.

'Bennie Griessel,' zegt ze, de uitspraak is volmaakt.

Hij laat het pistool zakken, gaat naar haar toe, met diep medeleven in zijn ogen. Hij raapt haar kledingstukken van de vloer, bedekt haar haastig, slaat zijn armen om haar heen en drukt haar tegen zich aan.

'Ja,' zegt hij. 'Ik heb je gevonden.'

45

Kort na vier uur komt de verpleegster de deur van de ziekenhuiskamer uit en zegt tegen Fransman Dekker: 'Een kwartiertje.' Ze houdt de deur open zodat hij naar binnen kan.

Alexa Barnard zit rechtop in de kussens. Hij ziet het verband om haar onderarm, dan de teleurstelling die langzaam op haar gezicht komt.

'Ik had de andere rechercheur verwacht,' zegt ze traag, slordig gevormde woorden. De medicijnen zijn nog niet helemaal uitgewerkt.

'Goedemiddag, mevrouw,' zegt hij neutraal, want hij kan haar loomheid gebruiken, hij moet een conflict vermijden, haar vertrouwen winnen. Hij trekt een blauwe stoel bij, tot bijna tegen het bed. Hij gaat zitten, met zijn ellebogen op de dunne witte sprei. Ze staart hem aan met vage belangstelling. Ze lijkt er beter aan toe dan vanochtend, haar haar is gekamd en achter in haar nek samengebonden, zodat haar onverhulde gezicht sterker lijkt, de vergane schoonheid als een fossiel in een verweerde rotswand.

'Hoofdinspecteur Griessel zit niet meer op deze zaak,' zegt hij.

Ze knikt langzaam.

'Ik begrijp het nu beter,' zegt hij zacht en meelevend.

Ze tilt een wenkbrauw op.

'Hij was... geen gemakkelijke man.'

Ze zoekt eerst zijn gezicht af, totdat ze overtuigd is van zijn oprechtheid. Dan kijkt ze langs hem. Hij ziet het vocht dat zich gestaag in haar ogen verzamelt, de onwillekeurige bewegingen van de onderlip. Met de achterkant van de hand van haar gezonde rechterarm veegt ze traag over haar wang.

Beter dan hij gehoopt had. 'U hield veel van hem.'

Ze kijkt nog steeds ergens achter Dekker, geeft een knikje, veegt nog een keer.

'Hij heeft u heel erg gekwetst. Zoveel jaren. Achter elkaar, steeds opnieuw.'

'Ja.' Bijna onhoorbaar. Hij wil háár laten praten. Hij wacht. Ze zegt niets. Het geluid van een helikopter klinkt door de gesloten gordijnen voor het raam, het geroffel steeds harder. Hij wacht tot het bedaart.

'U gaf uzelf de schuld. U dacht dat het door u kwam.'

Haar blik schuift naar hem toe. Nog steeds stilte.

'Maar dat was niet zo. Er zijn mannen die zo zijn,' zegt hij. 'Het is een ziekte. Een verslaving.' Ze knikt instemmend, alsof ze nog meer wil horen.

'Het is een drug voor de ziel. Ik denk dat ze hierbinnen een leegte voelen, een gat dat nooit vol wil worden, misschien helpt het even, een dag of twee, en dan begint het weer van voren af aan. Ik denk dat er een reden is, ik denk dat ze niet van zichzelf houden, het is een manier om...' Zijn blanke Afrikaans laat hem in de steek.

'Geaccepteerd te worden,' zegt ze. Hij wacht, geeft haar een kans. Maar ze kijkt hem strak aan, afwachtend, bijna smekend.

'Ja, geaccepteerd. Misschien meer dan dat. Er is iets kapot vanbinnen; ze willen het heel maken. Een pijn die van heel ver komt, die nooit helemaal weggaat, elke keer terugkomt, erger, maar het medicijn helpt steeds minder, het is een...' Zijn handgebaar zoekt weer een woord, nu opzettelijk.

'Een vicieuze cirkel.'

'Ja...'

Ze vult de stilte die hij schept niet. Eerst aarzelt hij, dan: 'Hij hield veel van u, op zijn manier, ik denk dat hij veel van u hield. Het probleem is, denk ik, dat hij het niet wilde doen, en elke keer als hij het wel deed, hield hij nog minder van zichzelf, want hij wist dat hij u kwetste, hij wist dat hij schade aanrichtte. Dan wordt dat de reden waarom hij het weer doet, het is als een hond die in zijn staart bijt. Die niet kan ophouden. Als een vrouw laat zien dat ze hem wil, dan betekent het dat hij niet zo slecht is, dan denkt hij niet meer na, hij voelt alleen. Het is als een koorts die over hem komt, je kunt het niet tegenhouden. Je wilt het, maar je kunt het niet, hoeveel je ook van je vrouw houdt...' Hij zwijgt plotseling, beseft dat hij op glibberig terrein komt, en zakt langzaam terug in zijn stoel.

Hij kijkt haar aan en vraagt zich af of ze het begrepen heeft. Ziet dan dat ze elders is en hoort haar zeggen: 'Ik heb hem gevraagd hulp te zoeken.'

Hij hoopt. Ze kijkt naar het tafeltje naast haar bed. Boven het laatje is een spleet waar een tissue uit hangt. Ze trekt die eruit, veegt haar ogen een voor een af en verfrommelt het papiertje in haar rechterhand. 'Er was een tijd, denk ik, dat ik probeerde het te begrijpen, dat ik dacht een jochie in hem te zien, een verstoten, eenzaam jochie. Ik weet het niet, hij heeft nooit iets gezegd, ik kon er nooit achter komen waar het vandaan kwam. Maar waar komt iets vandaan? Waar komt mijn drinken vandaan? Mijn angsten, mijn onzekerheid. Mijn minderwaardigheidsgevoel? Ik ben het in mijn kindertijd gaan zoeken, want dat is de makkelijke uitweg. De schuld van je vader en moeder. Zij hebben fouten gemaakt, zij waren niet volmaakt, maar dat is niet genoeg... excuus. Het probleem is dat het in mij zit. Het is deel van mijn atomen, het is hoe die vibreren, het is hun frequentie, hun toonhoogte, de toonsoort waarin ze zingen...'

Hij vermoedt waar ze naartoe wil.

'Niemand kan helpen...' moedigt hij haar aan.

'Alleen jijzelf.'

'Hij kon niet veranderen.'

Ze schudt haar hoofd. Nee, Adam Barnard kon niet veranderen. Hij wil tegen haar zeggen: 'Dus hebt u er iets aan gedaan,' maar geeft haar de kans om het zelf te zeggen.

Ze zakt langzaam weer in de kussens, alsof ze heel moe is.

'Ik weet het niet...' Diepe zucht.

'Wat?' vraagt hij, een fluisterende uitnodiging.

'Hebben we het recht? Om mensen te willen veranderen? Zodat ze bij ons passen? Zodat ze ons tegen onszelf beschermen? Verleggen we zo niet de verantwoordelijkheid? Mijn zwakte tegenover de zijne. Als ik sterk was... Of hij. Onze tragedie was onze combinatie, de een was de katalysator van de ander. We waren... een ongelukkige chemische verbinding...'

Zijn kwartier liep ten einde. 'En dan moet er iets wijken,' zegt hij. 'Iemand moet iets doen.'

'Nee. Het was te laat om iets te doen. Onze verhouding lag al te veel vast, het patroon was deel van ons geworden, we konden niet meer op een andere manier leven. Na een zeker punt kun je niets meer doen.'

'Niets?'

Weer schudt ze haar hoofd.

'Er is altijd iets wat iemand kan doen.'

'Zoals wat?'

'Als de pijn genoeg geweest is, en de vernedering.' Hij heeft meer nodig dan dit. Hij grijpt een kans, geeft haar iets om mee verder te gaan: 'Als hij je begint uit te schelden en te bedreigen. Als hij je aanvalt...'

Ze draait langzaam haar hoofd naar hem toe. Eerst uitdrukkingloos, waardoor hij niet weet of het gaat werken. Dan begint de frons, aanvankelijk alsof ze het niet begrijpt, maar dan het groeiende begrip en een ingehouden verwijt. Eindelijk kijkt ze neer op de sneden in haar hand. 'Ik kan het u niet kwalijk nemen.'

'Hoe bedoelt u?' Maar hij weet dat hij heeft gefaald.

'U doet uw werk.'

Hij leunt weer naar voren, hij moet het vanuit een andere hoek proberen. 'We weten genoeg, mevrouw,' zegt hij, nog steeds meelevend. 'Het was iemand met inside information. Iemand die wist waar hij zijn pistool opborg. Iemand die wist van uw... toestand. Iemand met genoeg motief. U komt in aanmerking. Dat weet u.'

Ze knikt nadenkend.

'Wie heeft u geholpen?'

'Het was Willie Mouton.'

'Willie Mouton?' Hij kan de verbazing niet uit zijn stem houden en weet niet zeker wat ze bedoelt, want het is alsof er een licht bij haar opging.

'Daarom heb ik die andere rechercheur... Griessel gevraagd om te komen.'

'O?'

'Ik had waarschijnlijk dezelfde gedachtegang als u. Over het pistool. Want er waren maar vier mensen die wisten waar het was, en alleen Adam had de sleutel.'

'Welke sleutel?'

'Van de wapenkluis boven in zijn kast. Maar Willie is dat ding komen monteren. Vier, vijf jaar geleden. Hij is daar goed in, is nog steeds erg technisch. Heel vroeger heeft hij voor bands podiumwerk gedaan. Adam kon niets met zijn handen, maar hij wilde geen mensen van buitenaf, hij wilde niet dat iemand van het pistool wist, hij was bang dat het gestolen zou worden. Vanochtend... Willie was hier, hij en die advocaat, het was een raar gesprek, ik besefte het pas toen ze weg waren...' Ze zwijgt ineens, peinzend, de hand met de sneden halverwege het bed en haar gezicht.

Als ze blijft zwijgen kan hij er niet meer tegen. 'Wat besefte u?'

'Willie wilde altijd meer. Een groter aandeel, meer geld. Al was Adam nog zo goed voor hem.'

'Mevrouw, wat bedoelt u nu?'

'Willie stond hier bij het bed en het enige wat hij wilde weten was of ik me iets kon herinneren. Ik heb Willie meer dan een jaar niet gezien. En dan komt hij ineens hier vanochtend, alsof hij echt bezorgd is. Hij maakte alle passende geluiden, hij wilde weten hoe het ging, hij zei dat hij het zo erg vond van Adam, maar toen wilde hij weten of ik me iets herinnerde. Ik zei dat ik het niet wist, ik was in de war, ik snapte het niet... En toen vroeg hij weer: "Kun je je nog iets herinneren, wat dan ook?" Ik... Pas toen ze weg waren, een hele tijd later... Ik lag daar maar, en de medicijnen...

Maar toen hoorde ik hem weer. Waarom wilde hij dat zo graag weten? En waarom was zijn advocaat erbij? Dat wilde ik tegen Griessel zeggen, dat... dat raar was.'

'Mevrouw, u zei dat hij u geholpen heeft.'

Ze kijkt hem verbaasd aan. 'Nee, dat heb ik niet gezegd.'

'Ik vroeg wie u geholpen had. Toen zei u Willie Mouton.'

De deur achter Dekker gaat open.

'Nee, nee,' zegt Alexa Barnard verbaasd en Dekker vraagt zich af wat voor pillen ze krijgt.

'Inspecteur,' zegt de verpleegster.

'Nog vijf minuten,' zegt hij.

'Het spijt me, maar dat is niet mogelijk.'

'U begrijpt me verkeerd,' zegt Alexa Barnard.

'Alsjeblieft,' zegt Dekker tegen de verpleegster.

'Inspecteur, als de dokter een kwartier zegt, dan kan ik u niet meer geven.'

'Fok de dokter,' zegt hij onwillekeurig.

'Eruit! Of ik bel de beveiliging.'

Hij overweegt zijn opties, hij weet dat hij zo dichtbij is, ze is in de war, zo'n kans krijgt hij niet meer, maar de verpleegster is nu getuige van die verklaring.

Hij staat op. 'We spreken elkaar een andere keer,' zegt hij en loopt de deur uit, de gang door, naar de lift. Drukt op het knopje, boos, blijft erop rammen. Hij was zo dichtbij.

De deur fluistert open, de grote lift is leeg. Hij loopt erin, ziet dat het lampje van de 0 brandt en slaat zijn armen over elkaar.

Nu wil ze Willie Mouton de schuld geven. Daar trapt hij niet in.

De lift begint te zakken.

Hij zal weer met de huishoudelijke hulp Sylvia Buys moeten praten. Hij heeft haar adres, in zijn notitieblok. Athlonestraat zoveel. Hij kijkt op zijn horloge. Bijna twintig voor vier. In dit verkeer naar de Athlonestraat? Misschien is ze nog in het huis hier in Tamboerskloof.

Willie Mouton? Hij ziet weer de chaos van die ochtend op straat, de strijdlustige Willie Mouton, Zorro, kale kop, oorbel, met zijn stomme telefoon. En de advocaat.

Mouton die zo graag wil dat hij Jos en Melinda arresteert.

De liftdeur schuift open. Er staan mensen te wachten. Hij loopt langzaam naar buiten, in gedachten. Blijft in de hal staan.

De advocaat die er de hele dag bij was, die spookachtige man, zo ernstig. Mouton en Groenewald hier, bij Alexa. 'Wat kun je je herinneren?' Waarom?

Liegt de alcoholiste?

Adam belde me gisteravond, ergens na negenen, en vertelde me over de verhalen van Iván Nell.

Zijn mobiel gaat. Hij ziet dat het Griessel is, die denkt dat zij onschuldig is.

'Bennie?'

'Fransman, ben jij nog bij AfriSound?'

'Nee, ik ben in het City Park.'

'Waar?'

'In het ziekenhuis.'

'Nee, ik bedoel, waar in het ziekenhuis?'

'Bij de ingang. Waarom?'

'Blijf daar, ik ben over een minuut bij je. Je zult het niet geloven.'

46

Met de verbogen tang van de Leatherman die zijn leven heeft gered knipt Bennie Griessel de handen van Rachel Anderson los. Dan gaat hij vier slaapzakken halen, vraagt Vusi om back-up en medische bijstand op te roepen, rolt het lichaam van het bevende meisje in twee slaapzakken, spreidt de andere twee op de vloer uit en legt haar daarop neer.

'Laat me niet alleen,' zegt ze.

'Maak je geen zorgen,' maar hij hoort Oerson kreunen en gaat eerst het pistool van de Metro-officier zoeken voordat hij bij haar gaat zitten, zijn mobiel tevoorschijn haalt en John Afrika belt.

'Bennie, waar ben je in jezusnaam? Ik bel al...'

'Commissaris, we hebben Rachel Anderson gevonden, ik zit nu bij haar, we zitten in Observatory, ik wil maar één ding vragen: stuur ons de helikopter, ze heeft medische hulp nodig, niets ernstigs, maar ik ga haar zeker niet naar het Groote Schuur Hospitaal brengen.'

Een tel stilte voordat Afrika zegt: 'Halleluja! De helikopter is onderweg, geef me het adres.'

'Het spijt me, meneer Burton, ik geloof u gewoon niet,' zegt Bill Anderson over zijn mobiele telefoon. 'Er staat een waarschuwing hier op de website van het Amerikaanse consulaat dat er de afgelopen twaalf maanden veertien Amerikanen onder bedreiging van een vuurwapen zijn beroofd, nadat ze op OR Tambo International waren geland. Ik heb net gelezen dat een minister van de Zuid-Afrikaanse regering heeft gezegd dat ze die misdadige schoften moeten afmaken, en zich geen zorgen hoeven te maken over regels. Ik bedoel, het is daar het Wilde Westen. Hier is er nog een: "Er zijn in de jaren na het einde van de apartheid meer politieagenten vermoord dan in de hele voorgaande geschiedenis van dat land." "Gewapende overvallen op particuliere huizen zijn met dertig procent toegenomen." En dan gaat u me vertellen dat we geen beveiliging nodig hebben?'

'Het klinkt erger dan het is, kan ik u verzekeren,' probeert de Amerikaanse consul dapper.

'Meneer Burton, onze vlucht is vanmiddag. Het enige wat ik wil is dat u iemand aanbeveelt om ons te beschermen.'

Dan Burtons zucht is hoorbaar. 'Nou, over het algemeen bevelen we Body Armour aan, een particuliere beveiligingsfirma. U kunt een zekere Jeanette Louw bellen...'

'Kunt u dat voor me spellen?'

Dan gaat de vaste telefoon naast Anderson op zijn bureau en hij zegt: 'Wacht even,' en neemt de hoorn op: 'Bill Anderson.'

'Daddy,' hoort hij de stem van zijn dochter.

'Rachel! O, god, waar ben je?'

'Ik ben bij hoofdinspecteur Bennie Griessel, daddy...' en dan breekt de stem van zijn dochter.

Griessel zit met zijn rug tegen de muur, allebei zijn armen om haar heen. Ze leunt zwaar tegen hem aan, haar hoofd op zijn schouder, terwijl ze met haar vader praat. Als ze klaar is en hem zijn telefoon teruggeeft, kijkt ze naar hem op en zegt: '*Thank you*.'

Hij weet niet wat hij moet antwoorden. Hij hoort de sirenes naderen en vraagt zich af hoelang het gaat duren voordat de helikopter er is.

'Hebt u de video gevonden?' vraagt ze.

'Wat voor video?'

'De video van de moord. In Kariba.'

'Nee,' zegt hij.

'Daarom hebben ze Erin vermoord.'

'Je hoeft het niet nu te vertellen,' zegt hij.

'Jawel, dat moet wel.'

Erin en zij deelden de hele reis een tent.

Erin had zich makkelijk aan de andere tijdzone aangepast, ze sliep al snel door, om zich bij zonsopgang behaaglijk uit de rekken, te gapen en te zeggen: 'Weer een volmaakte dag in Afrika.'

Rachel had in het begin 's avonds moeite om in slaap te komen. Na de eerste week ging het beter, maar elke nacht, ergens tussen een en drie, werd ze door haar biologische klok gewekt. Een paar ogenblikken van bewustzijn die ze zich achteraf vaag herinnerde en waarin ze zich oriënteerde en zich verwonderde over het verbazingwekkende avontuur, dit zonderlinge voorrecht om naar de geluiden van een goddelijk continent te liggen luisteren. Vervolgens zakte ze dan weer zorgeloos weg in de geborgenheid van de slaap.

Bij het Karibameer verraste het maanlicht haar. Iets na twee uur 's nachts, nauwelijks wakker, werd ze zich bewust van de gloed en deed ze haar ogen open. Ze dacht dat iemand een schijnwerper had aangezet. Tot het besef neerdaalde: volle maan. Betoverd door de intensiteit, de omvang, dreef ze al bijna weer terug naar haar dromen. Voor haar geestesoog zag ze de maan boven het water van het Karibameer, de schoonheid ervan, en bedacht dat ze dit moest vastleggen in haar videodagboek. Misschien werd dit het openingsshot van de dvd die ze thuis met Premiere Pro ging maken. Of de achtergrond voor haar titelsequentie-animatie in After Effects, als ze genoeg tijd had om de geheimen van dat programma te ontrafelen.

Dus kroop ze uiteindelijk uit haar slaapzak, voorzichtig om Erin niet te storen, pakte de Sony-videocamera en ging de zwoele zomernacht in.

Het kamp was stil. Ze liep tussen de tenten door, tot aan de rand van het meer. Het uitzicht was wat zij vermoed had: weer een adembenemend tafereel in Afrika: de maan een juweel van mat zilver dat over het tapijt van miljarden sterren gleed, alles verdubbeld door de spiegel van het meer. Ze zette de camera aan, vouwde het lcd-schermpje open en drukte op de keuzetoets 'Sunset & Moon'. Maar de maan stond te hoog, zodat ze of de reflectie of het echte ding in beeld kon krijgen, maar niet alle twee. Ze keek om zich heen en zag de rotsen aan de rand van het meer, zo'n honderd meter verderop. Er groeide een acacia uit. Dat zou haar hoogte geven, een referentiepunt en perspectief.

Boven op de rotsen probeerde ze het nog eens. Ze experimenteerde met de takken van de boom tot ze geluiden hoorde, beneden, nog geen vijftien meter verderop.

Ze draaide zich om en keek. Twee figuren in het donker. Een gedempte ruzie. Ze ging langzaam zitten, instinctief, en merkte dat het Jason de Klerk en Steven Chitsinga bij een van de trailers waren.

Ze lachte stilletjes, richtte de camera op hen en begon op te nemen. Haar bedoeling was ze te plagen, want het waren de twee grootste pestkoppen, de gidsen die de leiding hadden en voortdurend de Europese en Amerikaanse toeristen bespotten om hun hang naar luxe, hun gekibbel en geklaag, hun onvermogen om Afrika de baas te zijn. En nu had ze bewijs dat zij ook niet volmaakt waren. Ze glimlachte bij de gedachte hoe ze het bij het ontbijt zou onthullen. Laat hen ook eens met de mond vol tanden staan.

Tot Steven een van de grote bagageladen onder aan de trailer opentrok en zich bukte om er iets uit te halen. Hij rukte er hardhandig aan en ineens was er de vorm van een mens tussen hen in, een kleinere figuur naast de atletische lengte van de twee gidsen.

Een mannenstem riep een woord. Steven pakte de kleinere figuur van achteren beet en drukte een hand over zijn mond. Nu keek Rachel Anderson op van het schermpje, verbijsterd, ze wilde er zeker van zijn dat het beeld op de camera haar niet bedroog. Ze zag hoe er iets blonk in Jasons hand, helder en dodelijk in het maanlicht, hoe hij dit in de borst van de kleine figuur dreef, hoe de man ineens verslapte in Stevens greep.

Jason greep hem bij zijn voeten, Steven bij zijn armen en ze sleepten de figuur weg, het donker in.

Ze was daar lang blijven zitten. Aanvankelijk ontkennend, het kon niet waar zijn, een droom, helemaal onwerkelijk. Ze had het geluid van de camera afgezet en de video afgespeeld. Het beeldmateriaal was niet best, de camera deed het niet echt goed in het donker, maar er was genoeg te zien, waardoor het besef als een bom insloeg: ze had een moord gezien. Gepleegd door twee mensen aan wie ze haar leven had toevertrouwd.

De volgende dagen gingen in een waas voorbij. Ze besefte dat ze getraumatiseerd was en wist niet wat ze moest doen. Ze trok zich terug. Erin vroeg voortdurend: 'Wat is er?' en later 'Heb ik iets verkeerd gedaan?' En zij zei alleen maar: 'Ik voel me niet zo lekker.'

Erin dacht dat het de eerste tekenen van malaria waren, hoorde haar uit over symptomen en zij antwoordde vaag en ontwijkend totdat haar vriendin de moed opgaf.

Ze wilde de moord aangeven, maar bij wie? Er gingen zoveel geruchten over de politie in Zimbabwe, zoveel verhalen over corruptie en politiek, dat ze aarzelde. Na een bezoek aan de Victoria-watervallen waren ze het land uit, in Botswana, en ineens waren er geen mogelijkheden meer. Alleen de ontzetting die ze voelde en het besef dat een moord in Zimbabwe, door staatsburgers van Zimbabwe, niet de zaak van de politie in een ander land was. Niet op dit continent.

In Kaapstad was ze met een paar anderen naar de Van Hunks-nachtclub gegaan, zonder te weten dat Jason later ook zou komen.

Ze hadden alle twee gedronken, Erin bijna fanatiek. Ze was uitgevaren tegen Rachel, in een escalerende stortvloed van verwijten, aan tafel en op de dansvloer. Eerst alleen met woorden als messen, later met tranen van dronkenmansverdriet. Over vriendschap en vertrouwen en verraad.

De alcohol had Rachels zelfbeheersing gebroken. Ze was emotioneel geworden, de drang om de grote last van het geheim te verlichten was te groot geworden, en ook de behoefte om de verschrikkelijke aantijgingen tegen haar te ontkennen. Eindelijk, met de hoofden bij elkaar aan tafel, had ze alles verteld.

Erin had haar gekalmeerd. Het kon niet waar zijn, een misverstand, niet

Jason en Steven. Onmogelijk. Rachel had gezegd dat ze in de ochtenduren vaak naar de video had gekeken. Het was geen misverstand.

Laten we het hen vragen, laten we de zaak ophelderen, de redenatie van een behoorlijk bezopen, naïeve aartsoptimist die nooit kwaad in iemand kon zien. Nee, nee, nee, had Rachel geantwoord, beloof me dat je niets zult doen, nooit, kom we gaan naar huis, mijn vader zal wel weten wat we moeten doen.

Erin had het beloofd. Ze hadden gedanst. Erin was ineens verdwenen, was weer teruggekomen bij de tafel, en had gezegd: Jason en Steven zijn hier, ze had het hun gevraagd, ze zeiden dat ze het gedroomd had. Rachel had opgekeken, over de zee van gezichten en Jasons blik op haar gericht gezien. Hij had een telefoon tegen zijn oor en een uitdrukking van kille vastberadenheid in zijn ogen. Ze had haar rugzak gegrepen en tegen Erin gezegd, kom we moeten hier weg, nú; Erin had nog tegengestribbeld, ze wilde niet weg, wat heb je toch? Rachel had haar bij haar bovenarmen vastgegrepen en gezegd: 'Nu kom je met me mee. Nu!'

Ze waren een paar honderd meter van de club, in de Langstraat, toen Jason en Steven naar buiten kwamen, naar rechts en naar links keken, hen in het oog kregen en begonnen te rennen. Die andere drie waren er later bijgekomen, Barry, Eben en Gary.

Ze had geweten dat ze voor haar leven rende.

Steven Chitsinga en Barry Smith rijden in de Toyota-pick-up vanuit de Scottstraat de Spekestraat in en zien de politieauto's voor de loods van African Overland Adventures. Een horde blauwe zwaailichten, overal uniformen.

Steven zegt iets in het Shona, Barry zwijgt en trapt hard op de rem waardoor de grote off-roadbanden gieren. Hij gooit de auto in de achteruit, laat de koppeling opkomen, geeft gas, schiet naar achteren en raakt iets. In de spiegel ziet hij net het dak van een auto, pas als hij zich in paniek omdraait om te kijken, beseft hij dat het nog een SAPS-patrouillewagen is. En daarachter een ambulance, die bijna de hele straat blokkeert.

Hij schakelt weer, schiet naar voren; als hij linksaf de Stanleystraat in kan en dan weer links in de Grantstraat...

Maar de Stanleystraat is afgesloten, de hele straat staat vol met politiebusjes, Opels. Uniformen komen aanrennen, wapens in de hand.

'Fuck,' zegt Steven naast hem.

Barry zegt niets. Hij brengt de pick-up tot stilstand en tilt zijn handen langzaam van het stuur tot boven zijn hoofd.

'He's coming with me,' zegt Rachel Anderson als ze haar op de brancard naar de helikopter dragen. Ze wijst naar Griessel, die naast haar loopt en haar hand vasthoudt.

'Er is geen plaats,' zegt de ambulancebroeder.

'Dan ga ik niet.'

'Rachel, ik ben er over een paar minuten,' sust Griessel haar.

Ze probeert zich van de brancard te worstelen. 'Ik ga niet.'

'Wacht,' zegt de ambulancebroeder, 'hij kan met je mee.' Tegen Griessel: 'Waar staat uw auto?'

Bennie wijst naar de surveillancewagen. 'De sleutel zit er nog in.'

Ze laden haar in de helikopter. Griessel wurmt zich met moeite naast haar.

'Wacht even,' zegt de broeder en hij rent het gebouw weer in. Hij komt naar buiten met de tenen in een zakje en geeft het gruwelijke vrachtje aan Griessel. 'Ze kunnen ze er weer aanzetten,' zegt de man. 'Misschien...'

In de helikopter praat ze, maar de wieken maken te veel lawaai.

Pas bij het ziekenhuis, nadat ze op het dak zijn geland, als ze haar naar de operatiekamer willen brengen, dezelfde waar ze Mbali Kaleni en Eben Etlinger hebben geopereerd, zegt ze dat ze moeten wachten, en tegen Griessel zegt ze dat er nog iets was, afgelopen nacht. Nadat ze Erins keel hadden doorgesneden.

'We kunnen later praten,' pleit hij, want hij moet terug naar Vusi, er is nog een heleboel werk te doen.

'Nee, u moet het weten. Ze hebben nog iemand vermoord.'

Ze had gezien hoe ze Erins keel doorsneden en was toen blindelings gaan rennen, uit angst en shock, terug naar de straat, de eerste de beste straat weg van hen. Ergens, even verderop, had ze links een gebouw gezien, een doorgang naar een binnentuin. Ze wilde uit hun blikveld komen. Daar was ze naar binnen gerend.

Er stond een aantrekkelijke, lange man, van middelbare leeftijd, met een pak aan bij een visvijver te kijken hoe twee anderen wegliepen. Hij riep hen woedend iets na voordat ze de glazen deur opendeden en naar binnen verdwenen. Tegen de muur was een logo met een vogel, dat wist ze nog.

'Please, help me,' riep ze enorm opgelucht, hier was redding. De grote man keek naar haar en de woede op zijn gezicht sloeg opeens om in bezorgdheid. 'Wat is er aan de hand?' vroeg hij.

'Ze willen me vermoorden,' zei ze en ging bij hem staan.

'Wie?'

En toen hoorden ze de voetstappen en keken naar de doorgang waar Jason en de anderen verschenen. Nu had Jason een vuurwapen in zijn hand.

'We willen alleen maar haar,' zei hij tegen de grote man. De man sloeg zijn arm beschermend om Rachels schouders en zei: 'Niet voordat we de politie hebben gebeld.'

'Ze heeft iets van ons gestolen. We willen gewoon onze spullen terug, we willen geen problemen.'

'Des te meer reden om de politie te bellen,' en hij voelde in zijn zakken, waarschijnlijk op zoek naar een telefoon.

Jason richtte het vuurwapen op de man. 'Dan moet ik schieten.'

De man haalde zijn mobiel tevoorschijn.

Op dat moment besefte ze dat ze voor nog een dode verantwoordelijk zou zijn en begon weer te rennen. De grote man probeerde hen tegen te houden.

Ze hoorde twee schoten. Ze keek om. De grote man in het zwarte pak was gevallen.

Toen ging ze ervandoor, de hoek om. In de straat reed net een vrachtwagen van de gemeente weg, een stinkende truck die vuilniszakken vervoerde. Ze sprong erop, keek om en zag dat ze eraan kwamen. De vrachtwagen maakte vaart zodat het groepje van Jason steeds kleiner werd. Ze dacht dat ze de moed zouden opgeven toen ze bijna een halve kilometer voorsprong had, maar toen stond het verkeerslicht helemaal boven aan de straat op rood. Daar was ze eraf gesprongen.

'Er gingen twee mannen het gebouw in vlak voordat hij je zag?' vraagt hij als ze haar de operatiekamer inrijden.

'Ja,' zegt ze.

Griessel loopt erachteraan. 'Hoe zagen ze eruit?'

'Ik kan me alleen de ene herinneren. Hij was... excentriek. Heel mager, met een geschoren hoofd... O, en een zilveren oorring,' en dan zegt de dokter tegen Griessel dat hij weg moet.

'Hij was helemaal in het zwart,' roept ze voordat de deur dichtgaat.

16.41 uur – 17.46 uur

47

Rechercheur-inspecteur Vusi Ndabeni verliest uiteindelijk zijn professionele kalmte in een verhoorkamer van bureau Caledonplein.

Ze hebben Steven Chitsinga in een cel gezet. Ze hebben Mat Joubert gevraagd om Jason de Klerk in een beschikbaar kantoor te verhoren, want Griessel zegt dat hij dat niet kan omdat hij 'die klootzak verrot zou slaan'.

Vusi neemt Barry Smith mee naar een officiële verhoorruimte, Griessel neemt Bobby Verster in een ander kantoor onder handen. Verster is degene die als laatste uit Rachels martelkamer is gekomen, die Jeremy Oerson alleen heeft achtergelaten. Ze vermoeden dat hij de zwakste schakel is.

Joubert krijgt niets uit Jason de Klerk, ondanks zijn ervaring, zijn intimiderende omvang en het feit dat De Klerk verschrikkelijke pijn heeft aan zijn verbrijzelde elleboog. Hij negeert elke vraag en staart alleen maar naar de muur.

Op elke vraag van Vusi zegt Barry Smith binnensmonds: 'Fuck off.' Vusi voelt de onlust in zich groeien, maar hij onderdrukt die en stelt de volgende vraag.

'Fuck off.'

In het andere kantoor zegt Bobby Verster tegen Bennie Griessel dat hij niet mee was met de tour, hij was toevallig afgelopen nacht met Barry en Eben in de Purple Turtle toen Jason belde. Barry was opgesprongen en had tegen hen gezegd dat ze mee moesten komen, en buiten zagen ze Jason en Steven de twee meisjes in de Langstraat achtervolgen. Toen was hij meegegaan.

Griessels lijf doet pijn, maar hij is nog vol van de euforie van de doorbraak, de opluchting dat hij Rachel heeft gevonden. Hij staat op van zijn stoel en loopt naar de tafel. Hij kijkt naar Bobby. Bobby kijkt weg. 'Ken je die mop van dat hondje?' vraagt Griessel.

'Wat?' Grote achterdocht.

Bennie gaat op de tafel zitten, kruist zijn armen voorzichtig voor zijn pijnlijke borstkas, en zegt met een plagerige, speelse, vriendelijke stem: 'Die van het jonge hondje dat grote honden over seks heeft horen praten, hoe lekker het is om te neuken. "Wat is neuken?" vraagt het kleine hondje.

"Dat is het lekkerste wat er is, kom we laten het je zien." De honden rennen de straat af en sporen een loopse teef op. De teef rent weg voor de meute. Ze achtervolgen haar, het blok rond. Als ze de vierde keer rond het blok gaan, zegt het kleine hondje: "Jongens, ik neuk dit rondje nog mee, maar dan ga ik naar huis."'

Bobby Verster lacht niet.

Bennie Griessel zegt: 'Werd je al dat achtervolgen niet zat, Bobby?'

Verster zegt niets.

'Niet eens toen ze een onschuldig jong meisje de keel doorsneden?'

Bobby zegt dat hij geschokt was toen Jason dat deed. Hij had geprotesteerd. Toen had Steven Chitsinga tegen hem gezegd: 'Jij bent de volgende als je niet je bek houdt en helpt.' Toen werd hij bang. Maar hij had geen flauw idee waar Jason en de anderen mee bezig waren.

'Dus je werd gedwongen?'

'Ja.'

'Eigenlijk ben je onschuldig?'

'Ja.'

'Wil je zo een verklaring afleggen? Zodat we met jou klaar zijn?' vraagt Griessel.

'Ja, dat doe ik.' Gretig.

Bennie schuift pen en papier naar hem toe, Bobby schrijft. 'Onderteken hier,' zegt Bennie. Als Bobby klaar is, leest Griessel de verklaring hardop voor. Hij vraagt: 'Dit is de zuivere waarheid?'

'Dat is het.'

'Dan ben je medeplichtig aan moord. Je gaat de bak in en je gaat heel lang zitten.'

Bobby Verster zet grote ogen op. Hij protesteert, net zoals hij volgens zijn zeggen de afgelopen nacht heeft gedaan. 'U zei dat ik onschuldig was.'

'Nee, ik vroeg of je onschuldig was. Kom, er staat een boevenbusje buiten, dat je naar Pollsmoor zal brengen.'

'Pollsmoor?'

'Tot de borgsom is vastgesteld. Over een week of twee. Drie.'

'Wacht...'

Griessel wacht.

Bobby Verster denkt lang na. En dan zegt hij: 'Jullie zoeken Blake.'

'Wie is Blake?'

'Moet ik naar Pollsmoor?'

'Over alles valt te onderhandelen.'

'Blake is de eigenaar. Van Overland. Voor hem brengen we de mensen binnen.'

'Wat voor mensen brengen jullie?'
'De zwarten.'
'Wat voor zwarten?'
'De zwarten die ze in de laden leggen, onder de trailer. Uit Zimbabwe. Maar het zijn niet altijd Zimbabwanen.'
'Illegale immigranten?'
'Zoiets. Dat weet ik niet. Ik help pas een maand met het smokkelen, ze willen me nog niet alles vertellen.'
'Hoe heet Blake?'
'Duncan. Maar we noemen hem Mr B. Hij woont hier in de stad, meer weet ik niet.'
'Veel dank.'
'Moet ik nog steeds naar Pollsmoor?'
'Yep.'

Fransman Dekker neemt twee extra uniformen mee naar AfriSound. Ze lopen tussen de journalisten door die in het tuintje staan. Hij negeert de vragen. Een van de twee agenten die de deur bewaken, doet open. Dekker zegt: 'Kom, jullie gaan allemaal mee.' Ze beklimmen de trap in gelid, de rechercheur voorop, de vier uniformen achter hem aan. Ze lopen door de receptie. Dekker glimlacht naar Natasha, voor de eerste keer vandaag met groot zelfvertrouwen. De gang door, tot het kantoor van Mouton. Hij klopt niet, hij loopt gewoon naar binnen.

De advocaat is er niet.

'Wat nou weer?' vraagt Mouton.

'Het lekkerste van mijn job, waar ik het meeste van hou, is een whitey-lul arresteren,' zegt Dekker.

Moutons adamsappel springt wild op en neer, maar hij krijgt geen woord uit zijn strot.

Dekker vraagt twee agenten om Mouton in de gaten te houden, loopt weg, wenkt de twee andere uniformen en doet de deur van Wouter Steenkamps kantoor open. De accountant zit achter zijn computer.

'We weten alles van gisteravond,' zegt hij. Steenkamp vertrekt geen spier.

'Hij belt niet, hij verroert zich niet, hij blijft hier gewoon zitten,' zegt Dekker tegen de twee uniformen. 'Ik ben zo terug.'

Griessel roept Vusi en Mat Joubert. Ze houden een spoedvergadering in het kantoor van de bureauchef. Hij vertelt hun wat Bobby Verster heeft gezegd. Nadat ze overlegd hebben, gaat Vusi terug en zegt tegen Barry Smith: 'We rekenen Mr B in. We weten alles.'

Hij ziet hoe Barry Smith verbleekt. 'Fuck off,' met nog meer venijn.

'Moord,' zegt Vusi tegen hem. 'Levenslang.'

'Fuck off, you black bastard.'

Het onrecht van die dag drukt zwaar op Vusumuzi Ndabeni, maar hij schudt het nog een laatste keer af. Dan zegt Barry Smith: 'Fucking motherfucker,' en golft Vusi's woede over hem heen als de machtige branding van de Transkeise kust. Met één snelle beweging is hij bij de jongen, stompt hem met zijn vuist tegen zijn slaap, met alle kracht die hij in zijn tengere, getrainde lichaam heeft.

Barry's hoofd schokt weg, hij slaat achterover, met stoel en al, zijn hoofd klapt dof tegen de vloer. Vusi zit op hem, bij hem, rukt hem aan zijn kraag overeind, drukt zijn gezicht tegen dat van Barry en zegt: 'Mijn moeder is een nette vrouw, hoor je me?'

Dan laat hij hem los en doet zwaar ademend een stap naar achteren. Vusi trekt zijn jasje recht, wordt zich bewust van de pijn in zijn knokkels, ziet hoe Barry's ogen moeite hebben met focussen. Barry staat wankelend op, kijkt terug, pakt langzaam de stoel, zet hem rechtop en zakt erin neer. Hij legt traag zijn handen op de tafel en laat zijn hoofd erin zakken zodat zijn gezicht is verborgen.

Het duurt een tijdje voordat Vusi doorheeft dat de jongen huilt. Hij pakt een stoel en gaat zitten. Hij zegt niets, vertrouwt zijn stem niet, de woede is nog niet bedaard, het schuldgevoel nog maar een klein, donker plekje in zijn maag.

Langer dan een minuut zitten ze zo.

'Mijn moeder vermoordt me,' zegt Barry achter zijn handen.

'Ik kan je helpen,' zegt Vusi.

Barry snikt zo hevig dat zijn hele lichaam ervan siddert. Dan begint hij te praten.

Dekker gaat tegenover Mouton zitten. Hij zegt: 'Ik weet dat je Adam niet hebt doodgeschoten. Ik weet van het meisje en de vier jongens die achter haar aan zaten.'

'Vijf,' zegt Mouton, en dan lijkt het of hij zijn tong wil afbijten.

'Vijf,' zegt Dekker tevreden.

'Ik wil mijn advocaat bellen,' zegt Mouton.

'Later. Ik zal je eerst vertellen wat er gebeurd is. Barnard belde je, gisteravond, kort na negen uur. Je wist dat we die oproep konden traceren, en daarom heb je hem uit eigen beweging gemeld...'

Moutons adamsappel beweegt, hij wil iets zeggen, maar Dekker legt hem met een hand het zwijgen op. 'Adam belde je niet om te zeggen hoe stom de beschuldigingen van Iván Nell waren. Hij maakte zich zorgen. Nell vertelde me dat Barnard verbijsterd was. Hij was buiten zichzelf. Hij rook lont, Willie. Hij vermoedde iets, hij wist dat iemand bezig was met de geldzaken te knoeien. Ik weet nog niet hoe, maar daar kom ik nog wel achter. In elk geval zei Adam dat hij jullie wilde spreken. Zei hij dat jullie naar kantoor moesten komen, jij en Woutertje? Of was het jouw voorstel om de problemen buitenshuis te houden? Dus kwamen jullie hierheen, heel bezorgd waarschijnlijk, want jullie zijn schuldig. Hoe laat, Willie? Zei hij dat jullie om elf uur moesten komen, zodat hij eerst naar de cijfers kon kijken? Ik weet dat hij gisteravond op zijn computer heeft gewerkt. Hij was zo verbijsterd over wat hij zag dat hij de computer niet eens heeft uitgezet. Vanochtend stond die nog aan. Misschien heeft hij alle bestanden op een cd gebrand zodat jullie er niet meer mee konden knoeien. Jullie zaten hier, misschien in zijn kantoor, en toen confronteerde hij jullie ermee. Zeker alles ontkend, hè Willie? Hoe doe ik het tot nu toe? Geeft niet, laat ik het afmaken. Ruzie en rotzooi van elf uur tot halftwee vannacht. Toen zei Barnard waarschijnlijk: "Laat maar, we praten morgen verder." Hij zal moe zijn geweest. Dacht aan zijn dronken vrouw thuis. En jullie gingen achter hem aan, tot buiten in de tuin. Verder ruzie maken. Toen liepen jullie naar binnen op het moment dat die vrouw eraan kwam. Geluk gehad, op meerdere manieren. Want als jullie daar ook hadden gestaan, waren jullie misschien ook neergeknald. Maar toen schoten ze Adam dood. Probleem nummer een opgelost. En daar stonden jullie voor het grote raam naar het lijk te kijken en jullie dachten: wat nu? Jullie grote probleem was Iván Nell. Want wat jullie ook zouden doen, als Iván zou gaan praten over een addertje onder het gras, dan zaten jullie in de puree. Toen dacht je, hoe kan ik het laten lijken alsof we hier nooit zijn geweest. Iemand anders de schuld geven. Toen herinnerde jij je Jos en de Zonde. En Alexa en het pistool. Fokking briljant, Willie, moet ik toegeven. Toen droegen jullie Barnard naar jouw auto. Als hij in de auto van jou of van Barnard heeft gelegen, dan zullen er bloed, haren, vezels en DNA zijn, dat vinden we wel. Nu moet ik zeggen, die schoen en dat mobieltje, dat snapte ik niet. Tot zo'n halfuur geleden, toen zette ik alles op een rijtje. Die schoen is uitgegaan toen jullie Adam optilden om hem naar de auto te dragen. Je hebt hem waarschijnlijk zo aan zijn voeten opgetild. En het mobieltje had hij in zijn hand toen hij werd neergeschoten. Je pakt het mobieltje en herinnert je dat Adam je gebeld heeft. Dus je delete zijn hele oproepgeschiedenis. En je stopt de telefoon in zijn schoen, en de schoen in je zak of je legt hem boven op Barnard, dat zullen we nooit zeker weten. En als je bij de auto komt en de achterbak openmaakt, leg je de schoen op het dak. Tijdelijk. En dan krijgen jullie haast en vergeten de schoen. En rijden maar,

Woutertje voorop in de auto van Adam, jij erachteraan. Zoiets. En op de hoek, als jullie afslaan, mietert die schoen eraf, en jullie hebben het niet in de gaten. Hoe doe ik het, Willie? Ik zal je vertellen, ik heb me suf gepiekerd over die schoen, tot ik weer daar op de hoek stond. Toen had ik het, ineens. Fokking briljant, al zeg ik het zelf.'

Mouton staart Dekker alleen maar aan.

'Je hebt hem met Wouter de trap op gedragen en daar bij Alexa neergelegd. En toen heb je het pistool uit de kluis gehaald die je zelf hebt gemonteerd. Ergens ben je drie schoten gaan afvuren. Ik denk dat je dat niet in het huis kon doen, al gebruikte je een kussen om het lawaai te dempen, want jullie waren bang dat Alexa wakker zou worden, dronken of niet. Jullie zijn een stukje gaan rijden, Willie. De berg op? Ergens waar het niet uit zou maken. Toen zijn jullie teruggegaan en hebben het pistool daar neergelegd. Slim. Maar niet slim genoeg.'

'Ik wil mijn advocaat bellen.'

'Bel hem maar, Willie. Zeg maar dat hij naar bureau Groenpunt moet komen. Want hier is een bevel tot inhechtenisneming en een machtiging om alles hier te doorzoeken. En ik breng slimme mensen mee, Willie. Accountants, computerexperts, jongens die gespecialiseerd zijn in witteboordencriminaliteit. Jullie hebben geld gestolen van Adam Barnard en Iván Nell en wie weet hoeveel anderen, en ik zal erachter komen hoe jullie dat gedaan hebben. En dan ga ik jou en Woutertje opbergen, Willie, en die fokking Frankensteinadvocaat van jou kan er niets tegen doen. Of zat hij ook in het complot?'

Bennie Griessel duwt de man de voordeur van bureau Caledonplein door. Zijn volle baard en haren zijn kort geknipt, netjes, egaal vroegtijdig grijs. Hij ziet er fit en slank uit in het denim overhemd, de kaki katoenen broek en de blauwe bootschoenen. Alleen de boeien om zijn polsen duiden erop dat er iets mis is, want het gezicht is uitdrukkingloos.

Vusi wacht in de hal.

'Mag ik je voorstellen aan Duncan Blake?' vraagt Griessel tevreden.

Vusi bekijkt de man van top tot teen alsof hij hem wil afmeten aan zijn pasverworven kennis. Dan wendt hij zich zorgelijk tot Griessel. 'Bennie, we moeten de commissaris laten komen.'

'O?'

'Dit is heel groot. En lelijk. We moeten een team naar Kampsbaai sturen, naar een ziekenhuis. Een groot team.'

Dan pas glijdt er een schaduw van emotie over het gezicht van Duncan Blake.

17.47 uur – 18.36 uur

48

Ze zitten in het kantoor van de bureauchef: Griessel, Vusi en John Afrika.

'Ik wil alleen maar zeggen dat ik trots op jullie ben, de korpschef is trots op jullie. De minister zegt dat ik jullie hartelijk moet gelukwensen uit haar naam,' zegt Afrika.

'Vusi is degene die de zaak heeft gekraakt,' zegt Griessel.

'Nee, commissaris, dat was Bennie... hoofdinspecteur Griessel.'

'De SAPS is trots op jullie allebei.'

'Commissaris, het is een grote zaak,' zegt Vusi.

'Hoe groot?'

'Commissaris, ze hebben mensen gesmokkeld, acht tegelijk, via Zimbabwe. Somaliërs, Soedanezen, Zimbabwanen.'

'Allemaal plekken waar problemen zijn.'

'Dat klopt, commissaris, mensen die niets hebben, die opnieuw willen beginnen, die daar alles voor doen.'

'Zeker zakken vol geld gevraagd om ze naar het beloofde land te brengen?'

'Nee, commissaris, niet zo heel veel.'

'O?'

'Wij dachten aanvankelijk ook dat het alleen illegale immigratie was, commissaris. Toen vertelde Barry Smith, een van de gidsen, me de rest. Het ziekenhuis, het hele gedoe.'

'Wat voor ziekenhuis?' vraagt John Afrika.

'Misschien moeten we helemaal bij het begin beginnen. Bennie heeft met Blake gepraat, commissaris.'

Griessel knikt, krabt achter zijn oor en bladert in zijn notitieblok tot hij de goede bladzij vindt. 'Duncan Blake, commissaris. Hij is Zimbabwaans staatsburger, vijfenvijftig jaar oud. Hij was getrouwd, maar zijn vrouw is in 2001 aan kanker overleden. In de jaren zeventig maakte hij deel uit van de Rhodesian Special Air Services, hij heeft dertig jaar lang op de familieboerderij even buiten Hurungwe in Mashonaland-West gewerkt. Zijn zus, Mary-Anne Blake, was chirurg in het ziekenhuis van Harare. In mei 2000 heeft de leider van de oud-strijdersbeweging, Chenjerai Hitler Hunzvi,

Blakes boerderij bezet. Blakes voorman, Justice Chitsinga, schijnt nog geprobeerd te hebben de bezetters tegen te houden, maar hij werd doodgeschoten. Blake heeft twee jaar lang geprobeerd zijn boerderij via de rechtbank terug te krijgen, maar in 2002 heeft hij de moed opgegeven en is hij met zijn zus naar de Kaap gekomen. Hij heeft Steven Chitsinga, de zoon van zijn voorman, meegenomen, en heeft African Overland Adventures opgezet. Zijn personeel bestond voornamelijk uit jongens en meisjes uit Zimbabwe, kinderen van onteigende boeren of hun werknemers. De Klerk, Steven Chitsinga, Eben Etlinger, Barry Smith...'

'En die man van Metro die jullie hebben doodgeschoten? Oerson?' vraagt de commissaris.

'Dat is weer een ander verhaal, commissaris,' zegt Vusi. 'Smith zegt dat Oerson bij Verkeerscontrole zat. Twee jaar geleden werkte hij bij de weegbrug op de N7, bij Vissershok, en toen haalde hij een van hun Adventuretrucks van de weg en het ding had overgewicht. Toen begon hij te suggereren dat ze geen boete hoefden te betalen, en De Klerk stond meteen klaar om hem iets onder tafel toe te schuiven. Oerson pakte het aan en ze mochten doorrijden. Maar hij begon zich af te vragen hoe het kwam dat die lui van Adventure zo snel zoveel hadden betaald. En hij dacht: ze komen uit het noorden, door Afrika, dus ze smokkelen iets. Toen wachtte hij tot ze weer langskwamen, een maand later. Hij haalde ze weer van de weg. En hij zei dat hij even in de truck en de aanhanger wilde kijken, in alle hoeken en gaten. Toen zei De Klerk dat dat niet nodig was, hoeveel wilde hij hebben. Maar Oerson zei nee, hij wilde kijken, want hij dacht dat ze iets te verbergen hadden. De Klerk bood steeds meer en Oerson zei maak open. De Klerk zei dat hij dat niet kon doen, en Oerson zei: 'Dan wil ik een aandeel, want ik ruik groot geld.' Dus De Klerk belde Blake. En ze zetten Oerson op de loonlijst. Maar op één voorwaarde: Oerson moest bij Metro solliciteren, want ze hadden een mannetje nodig om een oogje te houden op de Somali's en de Zimbo's die al organen hadden gedoneerd en allemaal in de stad...'

'Organen gedoneerd?'

'Daar kom ik zo op, commissaris. Veel van die mensen die al gedoneerd hadden, openden van het geld dat ze kregen een kraampje in de stad. Een aantal van hen dreigde te gaan praten als ze niet nog meer geld kregen. Het was Oersons job om ze het zwijgen op te leggen.'

'Je bedoelt permanent?'

'Soms, commissaris. Maar nooit zelf. Daar had hij een ander contact voor. Ook bij Metro.'

'Jissis,' zegt John Afrika en vouwt zijn handen voor zich. Dan kijkt hij naar Vusi. 'En de organen?'

'Blake had die Adventure-handel opgezet, en in 2003 hebben hij en zijn zus het oude Atlantic Hotel in Kampsbaai gekocht. Het is helemaal verbouwd en nu zijn ze er een particulier ziekenhuis begonnen. Zij is de "directrice".'

'Een ziekenhuis?'

Vusi bedenkt opeens iets. 'Pardon, commissaris,' zegt hij en hij trekt het toetsenbord en de muis naar zich toe. Hij draait het computerscherm om zodat hij het beter kan zien, klikt op het icoon van de webbrowser en tikt een webadres in.

GOOGLE SOUTH AFRICA verschijnt op het scherm.

Vusi tikt het woord 'AtlantiCare' in het venster en klikt dan op Google Search. Onmiddellijk verschijnt er een lange lijst mogelijkheden. Hij kiest de bovenste link en langzaam begint een webpagina te laden op het scherm. Een wit gebouw tegen de helling van de Twaalf Apostels, met een banner: ATLANTICARE: EXCLUSIVE INTERNATIONAL MEDICAL CENTRE. Er verschijnt nog een foto, het gebouw van achteren gezien, met de Atlantische Oceaan die zich tot aan de horizon uitstrekt.

'Daar is het, commissaris.'

John Afrika fluit. 'Groot geld.'

'Steven Chitsinga zegt dat het grote boeren waren. Ze pachtten een heleboel boerenbedrijven: vee, tabak, maïs. Veilige investeringen. Maar waar het om gaat, commissaris...' Vusi verschuift de muis weer en klikt op TRANSPLANTS. '... ze doen transplantaties.'

Er gaat nog een webpagina open, met de banner met het witte gebouw helemaal bovenaan. Dan de kop: TRANSPLANTS YOU CAN AFFORD. Vusi leest hardop voor: 'De gemiddelde kosten voor een harttransplantatie in de Verenigde Staten zijn $ 300.000. Een longtransplantatie kost $ 275.000, en een darmtransplantatie bijna een half miljoen dollar. Dat kan niemand zich veroorloven zonder ziektekostenverzekering, maar ook al bent u verzekerd, er is geen garantie dat u op tijd een donororgaan zult krijgen. In de Verenigde Staten staan bijvoorbeeld meer dan 55.000 mensen op de wachtlijst voor een niertransplantatie.'

'Je gaat me toch niet vertellen dat ze...'

'Jawel, commissaris,' zegt Vusi en hij leest verder voor van de webpagina: 'Wij beschikken over de modernste medische voorzieningen, bieden specifieke, specialistische nazorg in een schitterende omgeving, werken met chirurgen van wereldklasse en een internationaal netwerk van donoren, zodat u binnen drie weken na aankomst uw transplantatie kunt ondergaan, tegen een fractie van de kosten.'

'Daarom smokkelden ze de mensen binnen,' zegt Griessel.

'Voor de organen,' zegt Vusi.

'Bliksems,' zegt de commissaris. 'We moeten onmiddellijk mensen naar dat ziekenhuis sturen, voor de dossiers.'

'Mat Joubert is daar al, commissaris. Met een groot team.'

'Dus ze brachten die mensen binnen en vermoordden ze dan?'

'Niet altijd, commissaris,' zegt Vusi. 'Blijkbaar was dit de prijs die de mensen moesten betalen voor een beter leven in Zuid-Afrika. Ze moesten een nier of een long of een deel van hun lever doneren. Of een deel van een oog, hoornvlies, en ook beenmerg, ik weet het allemaal nog niet precies. Kennelijk kun je veel van je organen weggeven zonder dat je er echt last van hebt.'

'En harten?'

'Dat moeten we nog bekijken, commissaris, want op de website hebben ze het ook over harten. Maar de vluchteling die Rachel Anderson heeft gezien, die bij Kariba door De Klerk en Chitsinga is vermoord, die had aids. Smith zegt dat ze tests bij zich hadden. Voordat ze zo'n figuur onder de trailer laadden, namen ze bloed af en dan onderzochten ze dat. Zo ontdekten ze dat hij aids had. Ze hebben hem er uitgehaald, maar ze konden het zich niet veroorloven om hem te laten lopen.'

'Wat zíjn dat voor mensen?' vraagt John Afrika.

'Dat heb ik Duncan Blake ook gevraagd,' zegt Griessel. 'Hij vertelde dat Afrika alles van hem had afgepakt, al zijn dromen, Afrika heeft zijn hart uitgerukt. Waarom zou hij Afrika dan niet hetzelfde aandoen?'

Griessels mobiel gaat abrupt en schril. Hij kijkt naar het schermpje, staat op, loopt een eindje weg en neemt op.

De commissaris leunt naar voren, kijkt naar de website, zucht diep en luistert hoe Griessel geluiden van ongeloof maakt.

Bennie Griessel komt weer naar het bureau. 'Dat was Mat,' zegt hij. 'Commissaris, dit gaat nog een hele toestand worden.'

'Waarom?' Er klinkt grote bezorgdheid in John Afrika's stem.

'Er zit een minister tussen de dossiers van het ziekenhuis.'

'Een van onze ministers?'

'Ja, commissaris. Levertransplantatie.'

'Ach nee, o fok,' zegt John Afrika.

Fransman Dekker had al gehoord dat de computerspecialist van de SAPS geniaal was. Dus verwachtte hij iemand die op Bill Gates leek. Wat hij kreeg, was een tenger kereltje met het gezicht van een schooljongen, twee ontbrekende voortanden, een groot afrokapsel, geen gevoel voor humor en een ernstige slis. 'Dit if gefponnen fuiker,' zegt het genie tegen

Dekker in het kantoor van Wouter Steenkamp.

'Pardon, brother?' vraagt Dekker, want hij verstaat er geen woord van.

'Fuikerfpin.'

'Suikerspin?'

'Dat klopt.'

'Hoezo, brother?'

'Illufief. Een pdf-wachtwoord if nutteloof.'

'Een pds-wachtwoord?'

'Nee, een pdf.'

'Pdf?'

'Dat klopt. Menfen denken dat een pdf-wachtwoord fafe if. Maar het if fo fafe alf me reet.'

'Hoe hebben ze het dan gedaan?'

'Defe jongen...' en hij wijst naar de computer van Steenkamp, '... heeft de met een wachtwoord beveiligde pdf'f van de verkopen van elke artieft van de diftributeur gekregen. Via e-mail. Het fiet ernaar uit dat het fijn taak waf om het naar de artieft te fturen alf het geld werd overgemaakt.'

'Ja.'

'De artieft denkt dat hij de enige if die het wachtwoord heeft, duf denkt hij dat de platenmaatfchappij de opgave van de fee-dee-verkopen niet kan veranderen. Hij denkt dat hij al fijn geld krijgt.'

'Omdat het van de distributeur komt?'

'Ja, de diftributeur heeft het wachtwoord aangemaakt, maar het aan defe figuur gemaild. En defe figuur heeft het aan de artieft gemaild.'

'Ja.'

'Maar kijk hier eenf...' Het computergenie opent een programma. 'Dit if ElcomFoft, Advanfed Pdf Paffword Recovery, de profeffionele editfie. Je koopt het via hun webfite, dat koft je net onder de duifend rand, maar dan kun je prefief doen wat je wilt met een pdf, zelfs al heeft hij een veertig-bitf verfleuteling met Thunder Tablef. Dat betekent dat het gefponnen fuiker if, elke wachtwoord-beveiliging.'

'Dus Steenkamp kon achter het wachtwoord van die figuur komen en dan kon hij de opgaven veranderen.'

'Prefief. Hij kopieert het pdf-tablet, plakt het in Exfel, verandert de fijferf, maakt een nieuwe pdf, want hij heeft Adobe Acrobat Profeffional, de Fee Ef Drie editie, gloednieuw, nieuwfte van het nieuwfte, en hij fet er defelfde wachtwoord-beveiliging weer op. Nu denkt de artieft dat het de orifinele pdf if, hij weet niet dat hij opgelicht if.'

'Hoeveel hebben ze verduisterd?'

'Fo te fien wiffelt het, van tien profent tot veertig profent, dat hangt ervan af hoeveel de artieft verkoopt. Van de grote fterren, foalf die Iván Nell, daar hebben fe tot veertig profent gepakt op fijn laatfte fee-dee.'

'Jezusmina.'

'Prefief, wat u fegt.'

18.37 uur – 19.51 uur

49

Precies dertien uur nadat Bennie Griessel in zijn flat wakker werd gebeld, om 18.37 uur, zegt hij tegen John Afrika: 'Commissaris, ik moet om zeven uur in Canal Walk zijn, mag ik gaan?'

De commissaris staat op en legt een hand op Griessels schouder. 'Hoofdinspecteur, ik wil je maar één ding zeggen: Als er ooit een man was die een bevordering verdiend heeft, dan ben jij het. Ik heb er nooit aan getwijfeld dat je de zaak zou oplossen... nooit.'

'Dank u, commissaris.'

'Laat Vusi het hier afhandelen, ga je dingen doen, we praten morgen verder.'

'Dank je, Bennie,' zegt Vusi van achter de tafel, waar het dossier steeds dikker wordt.

'Graag gedaan, Vusi,' en dan is hij de deur uit, haastig, hij zal geen tijd hebben om een ander overhemd aan te trekken, maar hij kan Anna het verhaal vertellen, hoe het gat daar gekomen is. En dan herinnert hij zich dat hij zijn zoon moest bellen. Fritz had hem gebeld met het nieuws dat hij van school gaat en dat zij, Wet & Orde met een ampersand, een 'vette gig' hadden gekregen, ze *staan in het voorprogramma van Gian Groen en Zinkplaat tijdens een tournee, pa, ze hebben het over 25 duizend per maand, dat is meer dan zesduizend de man*. Toen had Griessel gezegd: 'Ik bel je terug, de boel loopt hier een beetje uit de hand.'

Hij stapt in de auto, pakt de handsfree van zijn mobiel uit het handschoenenkastje, sluit hem aan, belt en rijdt naar de Buitengracht en de N1.

'Hallo, pa.'

'Hoe gaat het, Fritz?'

'Cool, pa, cool.'

'Zesduizend rand per persoon voor de band?'

'Ja, pa. *Awesome*, en ze betalen voor eten en overnachting en alles, pa.'

'Dat is fantastisch,' zegt Griessel.

'Ik weet het, pa, een professionele musicus heeft geen eindexamen nodig, pa, waarvoor, ik bedoel, waarom moet ik het intieme leven van de slak kennen, pa. Nu moeten jullie die brief tekenen, want ik word pas in december achttien, pa.'

'Nou, kom maar op met die brief, Fritz.'

'Meen je dat, pa?'

'Jazeker. Iemand heeft niet meer dan zesduizend in de maand nodig. Want je flat gaat je, laten we zeggen tweeduizend kosten...'

'Nee, pa, ik blijf eerst nog thuis wonen...'

'Maar je gaat je moeder toch zeker logies betalen? Voor de was en schoonmaken en eten?'

'Vind je dat, pa?'

'Ik weet het niet, Fritz. Wat denk jij dat eerlijk is?'

'*Sure*, pa, het klinkt eerlijk.'

'En dan heb je een auto nodig, laten we zeggen een afbetaling van zo'n tweeduizend, plus de verzekering en de benzine en onderhoud, drie, drieenhalf...'

'Niets daarvan, pa, Rohan heeft een Ford Bantam op de kop getikt voor tweeëndertigduizend, je hoeft toch niet met zo'n snelle auto te beginnen.'

'Waar had hij die tweeëndertigduizend vandaan?'

'Van zijn vader.'

'En waar ga jij tweeëndertigduizend vandaan halen?'

'Ik... eh...'

'Maar kom, laten we zeggen dat je tweeduizend per maand spaart voor een auto, dan is het maar vijftien maanden, anderhalf jaar, dan heb jij een Bantam, maar dan zitten we al op vierduizend qua uitgaven en dan heb je nog geen kleren gekocht, je hebt nog geen belminuten voor je mobiel, je hebt nog geen snaren voor je gitaar, scheermesjes, aftershave, deodorant, je hebt nog geen chick mee uit genomen...'

'We hebben het niet meer over chicks, pa.' Maar de eerste tekenen van inzicht klinken al door in de stem van zijn zoon, het enthousiasme is verflauwd.

'Waar hebben jullie het dan wel over?'

'Girls, pa.'

'En als de tournee voorbij is, Fritz, waar komen dan de volgende zesduizend per maand vandaan?'

'Er komt wel iets.'

'En als er niets komt?'

'Waarom zijn jullie altijd zo negatief, pa? Jullie willen niet dat ik gelukkig word.'

'Hoe gelukkig zul je worden als je geen inkomsten hebt?'

'We gaan een cd maken, pa, we gaan het geld van de tournee pakken en een cd maken en dan...'

'Maar als jullie het geld van de tournee pakken, waar gaan jullie dan van leven?'

Stilte. 'Jullie gunnen me niets. Mag een mens niet dromen?'

'Ik gun je alles, jongen. Daarom stel ik die vragen.'

Geen reactie.

'Ga je er nog een beetje over nadenken, Fritz?'

'Waarvoor moet ik het intieme leven van de slak kennen, pa?'

'Dat is een ander verhaal. Ga je nadenken?'

Traag, onwillig komt het: 'Jaaaaa, pa.'

'Goed, tot later.'

'Oké, pa.'

'Bye, Fritz.'

'Bye, pa.'

Hij glimlacht in zichzelf in de auto op de N1. Zijn zoon. Net als hij was. Vol plannen.

Totdat hij vooruitdenkt. Aan Anna. Dan verdwijnt de glimlach. En hij krijgt het benauwd.

Ze zit buiten waar je het water kunt zien. Dat is een goed teken, denkt hij.

Hij staat even in de deuropening van Primi en kijkt naar haar. Zijn Anna. Tweeënveertig, maar ze ziet er goed uit, het is alsof ze de afgelopen maanden het juk van het alcoholisme van haar man heeft afgegooid, waardoor er weer iets jongs in haar is. De witte blouse, de blauwe spijkerbroek, het vestje over de schouders.

Dan ziet ze hem. Hij let goed op haar gezicht als hij naar haar toe loopt. Ze glimlacht, maar niet breed.

'Hallo, Anna.'

'Hallo, Bennie.'

Hij zoent haar op de wang. Ze draait haar hoofd niet weg. Goed teken.

Hij trekt een stoel naar achter. 'Neem me niet kwalijk dat ik er zo bij loop, maar het was een krankzinnige dag.'

Haar ogen vallen op het gat in de zak. 'Wat is er gebeurd?'

'Ze hebben op me geschoten.' En hij gaat zitten.

'Allemachtig, Bennie.'

Goed teken.

'Grootste geluk van mijn leven. Nog geen uur eerder stak ik een Leatherman in mijn zak, je weet wel, zo'n ding met van die tangetjes.'

'Je had dood kunnen zijn.'

Hij haalt zijn schouders op. 'Als het je dag is, is het je dag.'
Ze kijkt naar hem en laat haar ogen over zijn gezicht glijden. Hij smacht naar het moment dat ze haar hand zal uitsteken, zoals vroeger, zijn verwarde haar zal gladstrijken en zal zeggen: 'Bennie, die bos van jou...'
Hij ziet hoe haar hand beweegt. Ze legt hem weer neer. 'Bennie...' zegt ze.
'Ik ben nuchter,' zegt hij. 'Al bijna zes maanden.'
'Ik weet het. Ik ben heel trots op je.'
Goed teken. Hij grijnst naar haar, vol verwachting.
Ze haalt diep adem. 'Bennie... Er is maar één manier om dit te zeggen. Er is iemand anders, Bennie.'

50

In zijn auto haalt Fransman Dekker de lijst met namen en telefoonnummers tevoorschijn. Natasha Abader staat bovenaan.

Er is geen vrouw die naar jou kan kijken zonder aan seks te denken.

Tijd om erachter te komen of ze bullshit verkocht.

Hij toetst het nummer in op zijn mobiel.

Het is een drug voor de ziel. Ik denk dat ze hierbinnen een leegte voelen, een gat dat nooit vol wil worden, misschien helpt het even, een dag of twee, en dan begint het weer van voren af aan. Ik denk dat er een reden is, ik denk dat ze niet van zichzelf houden.

Zijn eigen woorden. Tegen Alexa Barnard.

Hij heeft een vrouw thuis. Een goede, mooie, sexy, slimme vrouw. Crystal. Die op hem wacht.

Hij kijkt naar het groene knopje op zijn mobiel.

Hij denkt aan de benen van Natasha Abader. Haar kont. Haar borsten. Klein en parmantig, hij weet hoe ze eruitzien, hij ziet de tepels voor zich, overduidelijk. Hij zou zijn handen vol hebben aan haar. In elke opzicht.

Er is iets kapot in hem. Een wond van heel ver terug, die nooit helemaal genezen is, die elke keer terugkomt, steeds erger, maar het medicijn helpt steeds minder.

Op een gegeven moment zal hij moeten kappen met die onzin, want hij houdt veel van zijn vrouw. In jezusnaam, hij kan niet zonder Crystal, ze is alles voor hem. En als ze erachter komt...

Hoe zou ze erachter moeten komen?

De koorts neemt bezit van hem. Hij drukt op het knopje.

'Natasha, hallo.'

'Je spreekt met Vusi Ndabeni. De rechercheur van vanochtend, bij de kerk.'

'O, hallo,' zegt Tiffany October, de patholoog. Ze klinkt moe.

'Je hebt zeker een drukke dag gehad?'

'We hebben het allemaal druk,' zegt ze.

'Ik vroeg me af,' zegt Vusi, met een hart dat in zijn keel klopt. 'Of je...'

De lijn is daverend stil.

'Of je misschien iets wilt gaan eten. Of drinken...'

'Nu?'

'Nee, ik bedoel, een keer, misschien een andere avond...'

'Nee,' zegt ze, en Vusi's hart zinkt. 'Nee, nu,' zegt ze. 'Alsjeblieft. Een biertje. Een Windhoek Light en een bordje patat, dat lijkt me heerlijk. Na zo'n dag...'

Hij rijdt over de N1 en denkt vooruit. Hij gaat geld trekken bij de ABSA-bank onder aan de Langstraat, bij het belastingkantoor. Want hij heeft zijn laatste contante geld aan Mat Joubert gegeven, voor de hamburgers die hij had gehaald. En dan naar de drankwinkel op de Buitengracht, die is tot acht uur open. Hij gaat een fles Jack Daniels en een tweeliterfles cola kopen en hij gaat zichzelf in een coma zuipen.

Er is iemand anders.

Hij vroeg: 'Wie?'

Zij zei: 'Dat doet er niet toe. Het spijt me zo, Bennie, het is gewoon gebeurd.'

Fok. Gewoon gebeurd. Zulke dingen gebeuren niet gewoon. Je gaat ernaar op zoek. Hij mag zes maanden niet zuipen en dan gaat ze zelf een man zoeken. Verdomme, hij maakt hem af, die lul, hij gaat uitzoeken wie het is, hij zal haar volgen, verdomme, en hij zal die klootzak tussen zijn ogen schieten, verdomme. Zeker een of ander jong advocaatje daar van haar werk, te bescheten om zijn eigen meisje te vinden, dus pronkt hij met zijn fokking BMW en zijn nette pakken bij de vrouw van een politieagent. Hij komt er nog wel achter wat er met je gebeurt als je met de vrouw van een politieagent klooit, hij maakt die lul af, dan zullen ze zien.

Hij was opgestaan. *Het spijt me zo, Bennie, het is gewoon gebeurd.* Toen was hij weer gaan zitten en had naar haar gekeken en gewacht, want ze moest zeggen dat ze het niet meende, want hij weigerde de volle impact te aanvaarden. Ze waren daar zodat ze kon zeggen dat hij terug mocht komen nu hij van de drank af was. Maar ze zat daar alleen maar met tranen in haar ogen, verdomme, en o zoveel medelijden met zichzelf. Duizend dingen gingen door zijn hoofd. Hij was bijna dood geweest. Hij had honderdzesenvijftig dagen tegen de drankzucht gevochten, hij had alimentatie betaald, hij had voor hen gezorgd, hij had alles goed gedaan. Dit kon ze niet maken, ze had het recht niet, jezus, maar haar betraande ogen keken alleen maar terug met een verbijsterende onontkoombaarheid, totdat het hele gewicht van de implicaties als een slecht gebouwd huis op hem neer stortte.

Toen was hij opgestaan en weggelopen.

'Bennie,' had ze hem nog achterna geroepen.

Bennie gaat zuipen. Dat had hij tegen haar moeten zeggen, maar hij was door blijven lopen, dat fokking restaurant uit, naar zijn auto, met zijn kapotte overhemd en zijn verwarde haar. Zag niets, hoorde niets, voelde alleen dit, en de woede; alles kapot, alles kapot verdomme.

Hij trekt 500 rand, ziet wat hij die maand nog over heeft en denkt aan Duncan Blake, die daar in de verhoorkamer zat en vroeg: 'Hoeveel, om te zorgen dat het allemaal verdwijnt?'

'Ik ben niet te koop.'

'Dit is Afrika. Iedereen is te koop.'

'Ik niet.'

'Vijf miljoen.'

'Wat dacht je van tien?'

'Dat kan geregeld worden.'

Toen lachte hij. Maar hij had dat geld moeten aanpakken. Voor tien miljoen kun je een hoop drank kopen, en dan zou hij ook nog zo'n BMW en een flitsend pak hebben gekocht, een kapper voor 150 rand en wat het ook allemaal is wat Anna in die kleine lul ziet.

Oké, drank kopen.

Zijn telefoon gaat als hij terugloopt naar de auto. Hij kijkt niet naar het schermpje, maar neemt zonder meer op.

'Griessel.' Bot, kortaf.

'*Captain, this is Bill Anderson*... Bel ik gelegen?'

Zijn eerste gedachte is dat iemand Rachel weer heeft gepakt en hij zegt: 'Ja.'

'Hoofdinspecteur, ik weet niet hoe ik dit aan moet pakken. Ik weet niet hoe je een man bedankt voor het redden van je kind. Ik weet niet hoe je een man bedankt die bereid was zijn leven op het spel te zetten, die bereid was te worden neergeschoten om de dochter van iemand die hij nooit ontmoet heeft te redden. Daar ben ik niet in getraind. Maar mijn vrouw en ik, we willen u bedanken. We zijn u heel veel verschuldigd, meer dan we ooit kunnen terugbetalen. We zijn onderweg naar Zuid-Afrika, ons vliegtuig vertrekt over twee uur. Als we zijn aangekomen, zouden we het een eer vinden om u mee uit eten te nemen. Als gebaar, natuurlijk, als klein bewijs van onze immense dankbaarheid en waardering. Maar nu wil ik u alleen maar bedanken.'

'Ik... eh... Ik deed gewoon mijn werk.' Er komt niets anders in hem op. Het telefoontje komt te snel, hij heeft te veel andere dingen aan zijn hoofd.

'Nee, meneer, wat u hebt gedaan ging veel verder dan uw plicht. Dus dank u wel. Namens Jess, Rachel en mijzelf. We wensen u het allerbeste, voor u en uw gezin. Mogen al uw dromen in vervulling gaan.'

Hij zit in zijn auto voor de bank. Hij denkt aan de woorden van Bill Anderson. *Mogen al uw dromen in vervulling gaan.* Zijn enige droom was dat Anna hem terugnam. Nu heeft hij geen fok meer.

Alleen de droom om goed dronken te worden.

Hij zet de motor aan.

Dan denkt hij aan de woorden van Fritz, de droom van zijn zoon. Wet & Orde.

En Carla, die in Londen is gaan werken, want ze wil terugkomen en een auto kopen en naar de universiteit gaan. En ze dromen allebei van een nuchtere vader.

Hij zet de motor af.

Hij denkt aan de droom van Bella van Breda om een eigen zaak te hebben. Alexa Barnard die zei dat ze er zolang van had gedroomd zangeres te zijn. Duncan Blake: *Afrika heeft alles van me afgepakt, al mijn dromen...*

En Bill Anderson. *Mogen al uw dromen in vervulling gaan.*

Hij doet het handschoenenkastje open, pakt de sigaretten, steekt er een op en denkt na. Over heel veel dingen. De teksten van Lize Beekman die in hem opkomen. *As jy vir liefde omdraai.*

Zo blijft hij heel lang zitten, terwijl de wereld voorbij jaagt door de Langstraat. Dan keert hij.

Bennie Griessel slaat de 500 rand stuk aan bloemen. De eerste bos gaat hij afleveren op de zaal waar Mbali Kaleni ligt. Ze zeggen dat hij niet naar binnen mag. Hij schrijft een boodschap op een kaartje. *Je bent een dappere vrouw en een goede rechercheur.*

Dan loopt hij naar Rachel Anderson en legt een bos bloemen naast haar op het bed.

'Ze zijn prachtig,' zegt ze.

'Jij ook.'

'En die?' vraagt ze over de andere bloemen in zijn armen.

'Dat is smeergeld,' zegt hij.

'O?'

'Ja. Weet je, ik heb een droom. Ik ga een band beginnen. En we hebben een goede zangeres nodig. En ik ken toevallig een geweldige zangeres hier in dit ziekenhuis,' zegt hij.

'Cool,' zegt ze, en hij vraagt zich af of hij haar aan Fritz kan voorstellen.

51

From: Bennie Griessel [mailto:benniegriessel2@mweb.co.za]
Sent: 16 januari 2009 22:01
To: carla805@hotmail.com
Subject: Vandaag

Lieve Carla,

Het spijt me dat ik je nu pas mail. Mijn laptop had geen verbinding meer met internet, het was een heel gedoe, maar nu doet hij het.

Het was een lange dag en heel zwaar. Ik heb veel aan je gedacht en je gemist. Maar ik heb een beroemde zangeres ontmoet en ik ben bevorderd. Je vader is vandaag hoofdinspecteur geworden.

Dankwoord

De research voor elk boek is als een ontdekkingsreis: je succes wordt voor een groot deel bepaald door de kennis, het inzicht, de ervaring en de welwillendheid van de gidsen die je vergezellen. Voor *13 uur* had ik het voorrecht om de reis met briljante gidsen te maken, aan wie ik diepe dank verschuldigd ben:

Theuns Jordaan, de ware gentleman van de Afrikaanse muziekindustrie en de belichaming van alles wat daar goed aan is. Hij heeft ondanks zijn drukke bezigheden kostbare uren besteed om heel geduldig mijn eindeloze vragen te beantwoorden, zelfs een keer in de coulissen voor een optreden. Zonder hem was *13 uur* veel armer geweest. Veel dank ook aan Linda Jordaan, die de ontmoetingen met zoveel professionaliteit en gastvrijheid heeft geregeld.

Albert du Plessis, stichter en directeur van Rhythm Records, en beslist een van de verstandigste mensen in de muziekindustrie, die de geheimen ervan voor mij heeft onthuld.

De weergaloze hoofdinspecteur Elmarie Myburgh van de Eenheid Psychologisch Onderzoek van de Zuid-Afrikaanse politie in Pretoria. Ik kan haar niet genoeg lof, erkenning en dankbaarheid betuigen.

Mijn fantastische redacteur dr. Etienne Bloemhof. Dit is mijn zesde roman waaraan hij een enorme bijdrage heeft geleverd. Hoe moet je iemand daarvoor bedanken?

Mijn agent, Isobel Dixon, voor haar professionaliteit, hulp, aanmoediging en onberispelijke oordeel.

Mijn vrouw, Anita, voor haar liefde, geduld, ondersteuning, wijsheid, beleid, organisatie, fotografie, kookkunst...

Andries Wessels, voor het lezen en het uitstekende advies.

Anton Goosen, Anton L'Amour, Richard van der Westhuizen, Steve Hofmeyr en Josh Hawks van Freshlyground, die in informele gesprekken kennis hebben overgedragen.

Neil Sandilands, die zonder het te weten het zaadje voor het verhaal heeft geplant.

Jill Quirk van het English Graduate Office aan de universiteit van Purdue.

Dan Eversman van de Hodson's Bay Company in West Lafayette, Indiana.

Judy Clain van Little, Brown in New York.

Het personeel van Carlucci's Quality Food Store in de Bo-Oranjestraat.

En ik heb ook dankbaar gebruikgemaakt van de volgende bronnen:

De Media24-database op www.koerantargiewe.media24.com
LitNet (www.litnet.co.za)
Gray's Anatomy (www.graysanatomyonline.com)
http://world.guns.ru
Referaat: *Standards Employed to Determine Time of Death*, Jeff Kercheval, VICAP International Symposium, Quantico, Virginia.
www.baltimoresun.com
www.eurasianet.org
www.africanoverland.co.za
http://goafrica.about.com

www.deonmeyer.com/afrikaans/indeks.html

Woordenlijstje van Zoeloe- en Xhosawoorden

uNkulunkulu	God, schepper	(Zoeloe)
Sawubona	hallo	(Zoeloe)
Molo	hallo	(Xhosa)
Unjani	hoe gaat het?	(Zoeloe)
Ntwengephi	redelijk	(Xhosa)
Ngaphakathi	kom binnen	(Zoeloe)
Izidingidwane	klootzakken	(Zoeloe)
Ngokushesha	snel	(Zoeloe)
Isidomu	stomkoppen	(Zoeloe)

Lees ook alvast een fragment uit

Icarus

ISBN paperback 978 94 005 0615 2
ISBN e-book 978 90 449 7378 5

Vertaald uit het Afrikaans
door Martine Vosmaer en Karina van Santen

1

Het lijk van Ernst Richter wordt ontdekt door een complot tussen hemel en aarde. Alsof het heelal samenzweert om de gerechtigheid een zetje in de rug te geven.

Eerst is er het noodweer van 17 december, even na acht uur 's ochtends. Het is vreemd, maar niet echt uitzonderlijk, en is voortgekomen uit een afgedwaald lagedrukgebied: een blauwzwart, kolkend monster dat aan komt rollen van over de Atlantische Oceaan, even ten noorden van Robbeneiland.

De wolkenmassa vuurt theatrale witte gevorkte tongen af naar zee en land. Hij sleurt een buiengordijn mee dat binnen een halfuur 71 mm regen over Bloubergstrand, Parklands, Killarney Gardens en Zeezicht uitstort.

Er is waterschade en verkeerschaos. De oude en nieuwe media buitelen hijgerig over elkaar heen met het grote B-woord. *Broeikaseffect.*

Maar de bijdrage van de aarde aan het blootleggen van het lichaam is bescheidener; alleen de contouren van het landschap voorbij Blouberg, waar de zuidooster als een blinde beeldhouwer de duinen heeft gevormd om de wolkbreuk lukraak te kanaliseren. Zo komen Ernst Richters voeten onder het zand vandaan, de ene bloot en tragisch, de andere met een half afgezakte zwarte sok en komisch.

De laatste schakel in de causale keten is het noodlot dat de negenentwintigjarige cameraman Craig Bannister rond 11:17 uur daar in de buurt stopt, aan de Otto du Plessis Drive, de kustweg tussen Blouberg en Melkbosstrand. Hij stapt uit zijn auto en kijkt naar het weer. De wind is vrijwel gaan liggen, de wolken zijn aan het oplossen. Hij wil zijn nieuwe radiogestuurde drone testen, de DJI Phantom 2 Vision+ met gestabiliseerde HD-camera. De Phantom, een zogenaamde quadcopter, is een technologisch meesterstukje. Hij is uitgerust met gps en een wifi-verbinding zodat Bannister zijn iPhone aan de camera kan koppelen. Milliseconden nadat zijn Phantom de beelden vanuit de lucht heeft opgenomen ziet hij ze op het scherm van zijn telefoon.

Even na 11:31 uur kijkt Bannister fronsend naar het vreemde beeld en hij manipuleert de Phantom zo dat die lager en dichterbij gaat vliegen. Hij laat hem precies een meter boven het verschijnsel hangen, totdat hij zeker van zijn zaak is.

Zand, zwart plastic en voeten. Duidelijk.

Hij kijkt op van de iPhone om te bepalen waar de Phantom precies zweeft en loopt er dan haastig naartoe. Alsof het videobeeld fictie is, een soort tv-drama. Hij volgt een slingerende route tussen planten en struiken door, en op en neer over de duinen. Pas als hij over de laatste helling komt, ziet hij het liggen. Hij loopt ernaar toe. Zijn voetstappen laten een eenzame rij sporen achter in het door de regen gladgestreken zand.

De voeten steken uit het dikke zwarte plastic waarin zo te zien een lichaam is gewikkeld. De rest ligt nog onder het zand.

'Shit,' zegt Craig Bannister.

Hij steekt zijn hand uit naar zijn telefoon die aan de zender zit vastgeklemd. Dan beseft hij dat de Phantom nog steeds een meter boven de grond hangt, bezig alles op video vast te leggen.

Hij laat de quadcopter landen en schakelt alles uit. Dan belt hij.

Om 13:14 uur, in de Ocean Basket in de Kloofstraat, gaat de telefoon van rechercheur Bennie Griessel. Hij kijkt naar het scherm en ziet dat het majoor Mbali Kaleni is. Zijn nieuwe chef bij de afdeling Ernstige Delicten van het DPCI, het *Directorate for Priority Crime Investigation* – ook wel de Valken genoemd. Het is voor hem een kans om gered te worden. Daarom neemt hij snel op, met vage hoop.

'Bennie, het spijt me dat ik je stoor tijdens de lunch...'

'Geen probleem,' zegt hij.

'Ik heb je nodig in Edgemead. Farmersfield Road. Vaughn is ook onderweg.'

'Ik ben er over twintig minuten.'

'Mijn excuses aan je familie,' zegt ze, want ze weet van het 'speciale etentje' dat Alexa Barnard, de liefde in Griessels leven, heeft georganiseerd.

'Zal ik doen.'

Hij hangt op. Alexa, Carla en dat kereltje Van Eck hebben het gesprek gehoord. Ze kijken hem aan. Zijn zoon Frits zit voortdurend met zijn neus in zijn telefoon.

'Hè, papa,' zegt Carla begrijpend en teleurgesteld tegelijk.

Alexa pakt zijn hand en drukt die medelevend.

'Het spijt me,' zegt Bennie en hij staat op. Hij voelt de vage pijn in zijn buik en arm. Niet meer zo erg als vanochtend. 'Ik moet naar Edgemead.'

'Belangrijke moord?' vraagt het kereltje Van Eck. Hij is Carla's nieuwe 'vriend'. Hij lijkt Jezus wel met dat haar tot op zijn schouders en die baard.

Griessel negeert hem. Hij pakt zijn portemonnee en haalt zijn creditcard eruit. Hij geeft de kaart aan Alexa. Hij is opgelucht als ze knikt en hem aanneemt. 'Geef me nog even een kus,' zegt ze. 'Mijn topspeurder.'

In de duinen ten oosten van de Otto du Plessis Drive graven ze voorzichtig het lijk van Ernst Richter op, terwijl de wind elke keer een paar minuten rukt en trekt en daarna weer gaat liggen en de zon achter de dikke wolken vandaan komt, meteen warm en verblindend helder in de weerkaatsing van de duinen en de nog onstuimige Atlantische Oceaan.

De video-eenheid van de SAPS is rond 13:32 uur klaar met de opnamen en Forensisch is bezig voorzichtig het zand rond het lichaam op te scheppen en in gemerkte plastic zakjes te doen.

Rechercheur-adjudant Jamie Keyter van Table View heeft de leiding. Hij heeft een gebied in een straal van tien meter rond de vondst met geel afzetband laten afsluiten. Hij heeft twee agenten aangesteld om het verkeer op de Otto du Plessis Drive te regelen en nieuwsgierigen op afstand te houden. Met de achterdochtige, vaag beschuldigende toon die hij voor dit soort gelegenheden bewaart, heeft hij Craig Bannister grondig ondervraagd.

'Waarom bent u precies hier uw vliegtuigje komen testen?'

'Er staat nergens dat het verboden is.'

'Dat weet ik. Maar waarom bent u niet naar de Vlei gegaan, waar ze die kleine vliegtuigjes laten vliegen?'

'Dat is voor hobbyisten met radiografisch bestuurbare vliegtuigjes.'

'En?'

'Moet u horen, ik heb alleen dit ding. Ik ben een professionele DOP. Dit is een...'

'Wat is een DOP?'

'Director of Photography. Ik werk voor tv- en filmproducties. Dit is de nieuwste technologie in cameravoering. Een drone met een HD-camera. Ik moet ermee kunnen oefenen zonder honderd kleine vliegtuigjes te hoeven ontwijken.'

'Hebt u hier een vergunning voor?'

'Een vergunning? Niemand heeft een vergunning nodig voor een kleine drone.'

'Dus u bent gewoon hier gestopt?'

'Inderdaad.'

'Enorm toevallig.' Jamie Keyter op zijn ironische best.

'Hoe bedoelt u?'

'Ik bedoel niets, ik stel vragen.'

'Moet u horen, ik ben doorgereden tot ik een plek had gevonden met een mooi uitzicht,' zegt Bannister heel geduldig. 'De weg, de zee, de berg, kijk maar. Het is best spectaculair. Ik moest oefenen om met dat ding te vliegen, maar ik wilde ook de camera testen. Op iets wat de moeite waard was, zoals dit landschap.'

Jamie Keyter haalde zijn Ferrari-zonnebril van zijn neus om Bannister een ik-kijk-dwars-door-je-heen-blik te geven.

De man stond alleen maar rusteloos te wachten.

'Dus u hebt alles op video?' vroeg Keyter uiteindelijk.

'Ja.'

'Laat eens zien.'

Toen bekeken ze samen op de mobiele telefoon de beelden. Twee keer. 'Oké,' zei Keyter en hij gaf Bannister opdracht bij zijn auto te wachten. De adjudant zette zijn Ferrari-zonnebril weer op zijn neus.

In het zwarte poloshirt waar zijn bollende biceps goed in uitkomen, en zijn zwarte katoenen Edgars-broek met zwarte riem, handen op de heupen, kijkt hij nu naar de twee voeten die onder het plastic uitsteken. Hij is ingenomen met zichzelf. De voeten zijn, ondanks de lijkverkleuring, duidelijk van een blanke. Dat betekent media-aandacht.

Jamie Keyter houdt van media-aandacht.

Bennie Griessel, zesenveertig jaar oud, herstellende alcoholist die al zeshonderdentwee dagen droog staat, zit door de voorruit van zijn auto te staren, gestrand in het verkeer van de Buitengrachtstraat.

Normaal gesproken heeft hij de pest aan december.

Normaal gesproken zou hij met een gemompeld '*jisses*' het gekkenhuis van vakantiegangers verwensen, vooral die fokking *Gautengers* die met hun dikke portemonnees in fonkelnieuwe BMW's zo snel mogelijk naar de Kaap scheuren om hun kerstbonus erdoorheen te jassen. Met zo'n houding van wij-zullen-die-Slaapstad-eens-wakker-schudden. En de voltallige bevolking van de noordelijke voorsteden van de Kaap die hun remmingen thuislaten en naar de stranden stromen. Samen met de Europeanen die zijn gevlucht voor de kou.

Normaal gesproken zou hij knorrig zitten nadenken over de gevolgen van die invasie: geen parkeerplek te vinden, het verkeer stinkt, alle prijzen gaan omhoog en het misdaadcijfer stijgt met minstens twaalf procent, want ze zuipen allemaal als tempeliers en dan komen alle verkeerde dingen boven.

Normaal gesproken. Maar niet dit jaar. Want in hem en over hem en om hem heen hangt een soort benauwdheid. Als een mistroostige wolk. Alweer. Nog steeds.

De opluchting over zijn ontsnapping uit de Ocean Basket is vervlogen. Onderweg naar de auto is de zwaarmoedigheid in Mbali's stem tot hem doorgedrongen. De matheid, de ontzetting, versterkt door haar poging om het te verhullen. In schril contrast met de positiviteit die ze de afgelopen twee maanden als groepsbevelvoerder heeft proberen uit te stralen.

Ik heb je nodig in Edgemead. Farmersfield Road. Vaughn is ook onderweg.

Daar wacht dus ellende. En hij voelt zich niet meer opgewassen tegen ellende.

Daarom zijn het decembergekkenhuis en het trage verkeer vandaag geen doorn in zijn vlees, maar een zegen.

Het forensisch team heeft het lijk van Ernst Richter helemaal blootgelegd.

Adjudant Jamie Keyter laat het videoteam weer komen om alles vast te leggen: het dikke zwarte plastic dat om het lichaam is gerold, net niet lang genoeg om ook de voeten te kunnen bedekken. En het bloedrode koord waarmee het stevig is dichtgebonden – boven bij het hoofd, om het middel en om de enkels.

Keyter heeft een persfotograaf gezien die met zijn lange lens vanaf de Otto du Plessis Drive foto's probeerde te maken. Daarom staat hij nu wijdbeens, handen op de heupen: het toonbeeld van een rechercheur die zijn plaats delict onder controle heeft. Hij houdt het videoteam in de gaten tot hij zeker weet dat het lijk vanuit alle belangrijke hoeken is gefilmd en gefotografeerd.

'Oké,' zegt hij. 'Jullie kunnen gaan.' En dan tegen Forensisch, met een gebiedend handgebaar: 'Snij maar los.'

De twee forensisch analisten kiezen de juiste instrumenten uit hun gereedschapskoffer, tillen het afzetband op en knielen bij het slachtoffer. De ene snijdt voorzichtig het rode touw los. De andere pakt het en stopt het in een plastic zakje.

Jamie Keyter duikt nu zelf onder het gele band door en loopt naar het lichaam. 'Kom, we rollen hem uit.'

Het duurt bijna tien minuten, want ze moeten voorzichtig te werk gaan en het stuk plastic is eindeloos lang. De forensisch experts vouwen elke twee meter van het plastic voorzichtig weer op om contaminatie zo veel mogelijk te beperken.

De geüniformeerde agenten, het videoteam, de twee brigadier-rechercheurs en de ambulancebroeders komen nieuwsgierig dichterbij.

En dan is het lichaam onthuld.

'Hij ligt er nog niet lang,' zegt de ene forensisch analist, want er zijn relatief weinig tekenen van ontbinding, alleen een algemene verkleuring van de huid, het blauwpaarse netwerk van de livor mortis dat aan de voeten en onderaan de hals zichtbaar is, en de zandkorrels die van top tot teen aan het lijk kleven.

Het is een slanke man van gemiddelde lengte, met dik, donkerbruin haar, gekleed in een blauwe spijkerbroek en een zwart T-shirt waarop in grote witte letters de woorden *I RE-*

FUSE TO ENGAGE IN A BATTLE OF WITS WITH AN UNARMED PERSON staan.

'Misschien een week of zo,' zegt de ander, en hij bedenkt dat het gezicht van het slachtoffer hem vaag bekend voorkomt, maar hij kan het op dat moment niet plaatsen. Hij onderdrukt de opwelling om er iets over te zeggen.

Verder komen ze niet met de herkenning van Ernst Richter op de plaats delict.

'Hij is ergens mee gewurgd,' zegt de andere forensisch analist en hij wijst naar de donkere verkleuring die als een ring om de keel loopt.

'Duidelijk,' zegt Jamie Keyter.

2

Die woensdagmiddag is het stil in de Farmersfieldstraat, rijen identieke witte en crèmekleurige middenklassehuizen met drie slaapkamers, pannendak en keurig gazonnetje. De storm van die ochtend heeft een spoor van takken en bladeren op straat achtergelaten.

Griessel hoeft het adres niet te zoeken. Hij ziet de buren in kleine verslagen groepjes aan de overkant staan, en een hele drom politieauto's. Hij parkeert op de stoep, vijftig meter verderop. Hij blijft zitten met zijn handen op het stuur, en zijn ogen neergeslagen.

Hij heeft geen zin om uit te stappen.

Er is iets gebeurd dat de normale situatie in de buitenwijk Edgemead heeft verstoord. En hij weet dat het zijn benauwdheid van de afgelopen maanden zal verergeren. Ook het busje van PCSI, de elite *Provincial Crime Scene Investigation,* staat er. Wat doen die hier? En waarom zijn Vaughn en hij van de Valken erbij geroepen?

Hij haalt diep adem, laat traag het stuur los en stapt langzaam uit. Hij loopt erheen.

Zijn zicht wordt versperd door een witte muur, zodat hij eerst moet omlopen naar de oprit waar een agent de toegang bewaakt.

Het huis ziet eruit zoals de meeste in de straat. Er staan nog meer mensen van de SAPS in uniform voor de deur, in een kring, met hangend hoofd.

De agent houdt hem met een verbiedende hand tegen.

Hij laat zijn identiteitskaart zien.

De ogen gaan onmiddellijk wijd open: 'O, kapitein Griessel. Kapitein Cupido vroeg of u hier wilde wachten. Ik laat hem snel roepen.'

'Hoezo?' vraagt Bennie en loopt om de man heen.

'Nee, kapitein, alstublieft.' Benauwd. 'Hij heeft het bevolen. Ik moest hem laten roepen.'

'Roep hem dan maar.' Hij heeft geen zin in de fratsen van Vaughn.

De agent vraagt luidkeels aan de uniformen voor de deur om 'de Valkenkapitein' te laten komen. Een van hen rent haastig naar binnen.

Griessel wacht ongeduldig.

Cupido komt naar buiten rennen in zijn Valk-in-Verzet-uitdossing – spijkerbroek, geel T-shirt, blauw jasje en het schelle statement van de geel met oranje hardloopschoenen die hij gisterochtend enthousiast heeft toegelicht: 'Nike Air Pegasus Plus, pappie, bijna duizend pegels regular price, maar ze waren bij Tekkie Town in de uitverkoop. Cool comfort in technicolor, het is alsof je op lucht loopt in een natte droom. Haalt gegarandeerd het "werk" uit het "voetenwerk". Maar de eigenlijke bonus is dat *majoor* Mbali zwaar zal balen van deze sneakers.'

Vaughn verzet zich de afgelopen weken tegen het edict van netheid van *majoor* Mbali (de nieuwe rang elke keer met ironische klemtoon). Kaleni heeft afgelopen maandagochtend tijdens een groepsvergadering plechtig gezegd: 'Als jullie professioneel willen zijn, moeten jullie er professioneel uitzien. We hebben een verantwoordelijkheid tegenover het DPCI en het publiek.' En toen heeft ze hen gevraagd om das en jasje en 'formele schoenen' te dragen. Of toch minstens een overhemd met kraag en een jasje. Wat de laatste druppel was voor Cupido, want hij was heel verontwaardigd over haar aanstelling als groepshoofd: 'Jij denkt dat het toeval is, zo na die laatste verkiezing? Ik dacht het niet. Gewoon omdat ze een Zoeloe is, positieve etnische discriminatie, het is de héle tijd Zuma-tijd, Benna. En jij hebt meer ervaring, meer dienstjaren, bent clever. En zíj krijgt de promotie?'

Griessel wist dat Cupido zich eigenlijk zorgen maakte dat de nieuwe bevelvoerder zijn fratsen niet meer zou pikken. Mbali is precies en conservatief, Vaughn juist niet. En hij had gezegd dat zij de juiste persoon op die post is, in de omstandigheden.

Het had niet geholpen.

Ondanks zijn haast en de vrolijke kleren staat Cupido's gezicht somber als hij komt aanlopen.

'Benna, je hoeft niet naar binnen. Wij zijn klaar hier.'

Griessel hoort de toon in de stem van zijn collega, de geforceerde zakelijkheid die ontzetting verhult.

'Ik ben niet dat hele eind hierheen gereden om... Wat is er aan de hand, Vaughn? Wat is hier gebeurd?'

'Trust me, Benna. Het is over en uit, kom, we gaan.' Cupido legt zijn hand smekend op Griessels schouder.

Bennie voelt woede in zich opkomen. Wat is er met Cupido aan de hand? Hij trekt zijn schouder weg. 'Ga je me nog vertellen wat er aan de hand is, of moet ik gaan kijken?'

'Benna, wil je me voor deze ene keer vertrouwen?' vraagt hij met een wanhoop die Griessels achterdocht alleen nog maar aanwakkert.

'Jissis,' zegt Griessel en hij begint naar de voordeur te lopen.

'Het is Vollie,' zegt Cupido.

Griessel blijft staan. 'Vollie?'

'Ja, onze Vollie. Vollie Vis. En zijn gezin.'

Adjudant Tertius van Vollenhoven, die met hen allebei heeft samengewerkt, indertijd toen de Provinciale Recherche nog bestond. Vollie, die gereserveerd en droog in zijn Namakwaland-accent zijn Weskust-grapjes opdiste wanneer de nacht lang en het moreel laag was. Vollie Vis, die geboren was in

Lambertsbaai en in de weekenden terugging en op maandag voor het hele team vis en schaaldieren meebracht. Met precieze instructies hoe ze klaargemaakt moesten worden, want 'een kreeft verkloten is heiligschennis, collega.' De man die in een tijdsbestek van vier jaar twee seriemoordenaars op de Kaapse Vlakte had opgebracht. Met eindeloos geduld en toewijding. En toen ging hij weg. Naar bureau Bothasig. Hij zei dat hij zijn portie had gedaan en een rustiger leven zocht – hij wilde zijn huwelijk redden en zijn kinderen zien opgroeien. Maar iedereen wist dat het ging om het trauma van de onderzoeken, maand na maand naast weer een verminkt lijk van een slachtoffer staan, wetend dat je alleen met een beetje geluk die monsters kan tegenhouden, hoe hard je ook je best doet.

Het oude gevoel van onrecht wordt wakker in Griessel, de rancune tegen de verantwoordelijken.

'Inbraak?'

'Nee, Benna...'

'Wat is er gebeurd, Vaughn?'

Cupido's stem is nauwelijks te horen. Hij kan Griessel niet aankijken. 'Vollie heeft ze doodgeschoten, vannacht, en toen zichzelf.'

'Vollie?'

'Ja, Benna.'

Hij herinnert zich de twee vrolijke dochters, tieners nog maar, en Vollies vrouw, mollig, sterk, een steun. Mercia of Tersia... hij wil zich omdraaien, hij wil dit niet in zijn hoofd zien – Vollie met een dienstpistool aan het bed van een kind.

'Godsamme, Vaughn,' zegt hij en hij voelt de beklemming terugkomen, verstikkend.

'Ik weet het.'

Griessel wil blijven praten, hij wil aan de druk ontsnappen. 'Maar waarom? Wat is er gebeurd?'

Cupido gebaart naar de uniformen voor de deur. 'Bureau Bothasig heeft gisteren een meisje gevonden, in het veld onder Richwood. Het tweede. Zelfde methode als een moord een maand geleden. Het is een seriemoordenaar. Foute boel, Benna, hele zieke fucker. Vollie was er ook bij.'

Griessel zet alles op een rijtje, met zijn hand tegen zijn achterhoofd. Hij probeert te begrijpen wat er is gebeurd. Alle demonen die zijn teruggekomen om Vollie van binnenuit aan te vreten.

'Kom, Benna, laten we gaan.'

Griessel staat als versteend.

Cupido ziet dat zijn collega lijkbleek is. 'Benna, het is echt beter als we...'

'Wacht.' Griessel kijkt Cupido scherp aan. 'Waarom heeft Mbali ons laten komen?'

'De bureauchef van Bhotasig heeft haar gevraagd of wij wilden gaan kijken. Hij zegt dat hij alleen maar zeker wilde zijn dat ze niets missen, want de media...'

'O.' En dan: 'Waarom wil je me daar weghouden, Vaughn?'

Cupido kijkt hem aan en tikt met een wijsvinger tegen zijn slaap. 'Omdat het nog niet goed met je gaat, Benna. Dat weet ik.'

Jamie Keyter en de twee forensisch analisten hebben de zakken van de spijkerbroek van het slachtoffer zorgvuldig doorzocht. Er zat niets in.

Ze hebben het lichaam in de grote zwarte lijkenzak gelegd, die dichtgeritst en de brancard laten komen. Het lichaam is naar de ambulance gedragen. Forensisch heeft het zwarte plastic en het rode touw zorgvuldig gemerkt en verpakt. De ene analist is de metaaldetector gaan halen en loopt nu in concentrische cirkels rond de plaats delict, met een koptelefoon op zijn hoofd.

De andere staat bij Jamie Keyter. Er is niemand anders binnen gehoorsafstand. 'Ik zweer je dat hij me bekend voorkomt,' zegt de analist.

'Natuurlijk. Hij werkt met je samen,' zegt Keyter met een frons achter de zonnebril.

'Nee, hij niet, het slachtoffer.'

'Je bedoelt dat je hem kent?'

'Nee, kennen niet. Alleen weten van.'

'Een beroemdheid, zeg maar?'

'Ik weet dat ik hem eerder heb gezien.'

'Het helpt geen fok als je niet weet waar. Denk je dat hij van de politie is?'

De analist heeft nu spijt dat hij zijn mond heeft opengedaan. 'Nee, ik... Misschien heb ik het mis. Misschien lijkt hij gewoon op iemand.'

De man met de metaaldetector blijft staan. 'Hier ligt iets,' zegt hij. Het is ongeveer drie meter van waar het slachtoffer is gevonden.

De ander pakt een schep en kruipt onder het gele afzetband door. Hij gebruikt zijn handen om het zand onder de detector los te woelen en voorzichtig weg te scheppen. Hij vindt eerst niets.

'Weet je het zeker?' vraagt hij aan zijn collega.

'Er ligt beslist iets.'

Veertig centimeter onder het oppervlak voelt hij het metaal. Met zijn vingers werkt hij het zand weg. Dan ligt het er.

'Jis, het is een mobiel.'

Hij staat op, haalt een kwastje uit zijn gereedschapskist en veegt het zand weg, terwijl Jamie Keyter het videoteam er weer bij roept.

'iPhone 5, zo te zien,' zegt de man van Forensisch. Hij drukt op een knopje op de telefoon, maar er gebeurt niets. 'Dood als een pier.'